WITTE DOOD

Robert Galbraith bij Boekerij

Koekoeksjong
Zijderups
Het slechte pad
Witte dood

www.boekerij.nl

ROBERT GALBRAITH

WITTE DOOD

All characters and events in this publication, other than those clearly in the public domain, are fictitious and any resemblance to real persons, living or dead, is purely coincidental.

ISBN 978-90-225-8584-9
ISBN 978-94-023-1278-2 (e-book)
NUR 330

Oorspronkelijke titel: *Lethal White*
Vertaling: Sabine Mutsaers
Omslagontwerp: Wil Immink Design
Omslagbeeld: Duncan Spilling © Little Brown Book Group Ltd 2018, additional texture © Arigato / Shutterstock
Zetwerk: Text & Image, Assen

Voor Di en Roger
en ter nagedachtenis
aan die lieve witte Spike

Proloog

> Geluk, mijn lieve Rebecca, betekent allereerst dat kalme, heerlijke gevoel van argeloosheid.
>
> Henrik Ibsen, *Rosmersholm*

Als de zwanen nu maar naast elkaar wilden zwemmen op het donkergroene meer, dan zou deze foto wel eens de kroon op de carrière van de trouwfotograaf kunnen worden.

Hij wilde het bruidspaar beslist niet van positie laten veranderen, want het zachte licht onder het bladerdak van de bomen maakte van de bruid een prerafaëlitische engel, met haar losse roodgouden krullen, en benadrukte de gebeeldhouwde jukbeenderen van haar echtgenoot. De fotograaf kon zich niet heugen wanneer hij voor het laatst zo'n knap bruidspaar voor zijn lens had gehad. Tactische trucjes waren overbodig bij Matthew Cunliffe en zijn kersverse echtgenote – hij hoefde de dame niet zo te draaien dat de vetrollen op haar rug verborgen bleven (ze was eerder een tikkeltje te tenger, maar dat was juist gunstig voor de foto) of de bruidegom te vragen het eens met gesloten mond te proberen, want de heer Cunliffe had een kaarsrecht, spierwit gebit. Het enige wat verhuld zou moeten worden, door straks de uiteindelijke foto's te retoucheren, was het lelijke litteken dat over de gehele onderarm van de bruid liep: felpaars, de gaatjes van de hechtingen nog zichtbaar.

Ze had een brace van rubber met elastiek gedragen toen de fotograaf die ochtend bij haar ouderlijk huis aankwam. Hij was behoorlijk geschrokken toen ze het ding afdeed voor de foto's. Hij had zich zelfs afgevraagd of ze soms een mislukte zelfmoordpoging had gedaan zo vlak voor de bruiloft; hij keek nergens meer van op. Hij zat niet voor niets al twintig jaar in het vak.

'Messteek,' had mevrouw Cunliffe – of Robin Ellacott, zoals ze twee uur geleden nog had geheten – verklaard. De fotograaf was een teergevoelig man. Hij had met moeite het beeld van zich afgezet van staal dat door dat zachte, bleke vlees sneed. Gelukkig ging het lelijke litteken nu schuil in de schaduw die werd opgeworpen door mevrouw Cunliffes boeket roomwitte rozen.

De zwanen, die verdomde zwanen. Het zou geen punt zijn als ze allebei van de achtergrond verdwenen, maar een van de twee dook steeds omlaag, zodat de witte piramide van zijn achterwerk midden in het meer als een ijsberg van veren uit het water stak. Het oppervlak rimpelde door de beweging, zodat het digitaal verwijderen van het beest een stuk ingewikkelder zou worden dan de jonge mevrouw Cunliffe, die dit al had voorgesteld, besefte. De partner van de zwaan daarentegen bleef op de oever staan, elegant, sereen en hardnekkig buiten beeld.

'Klaar?' vroeg de bruid, haar ongeduld tastbaar.

'Je ziet er prachtig uit, mop,' zei Geoffrey, de vader van de bruidegom, ergens achter de fotograaf. Hij klonk nu al aangeschoten. De ouders van het bruidspaar, de getuigen en de bruidsmeisjes stonden allemaal toe te kijken in de schaduw van de dichtstbijzijnde bomen. Het kleinste bruidsmeisje, een peuter die eerder in bedwang gehouden had moeten worden omdat ze steentjes in het meer gooide, jengelde nu tegen haar moeder, die onafgebroken en op irritante fluistertoon op haar in praatte.

'Klaar?' vroeg Robin nogmaals, zonder zich iets aan te trekken van haar schoonvader.

'Bijna,' loog de fotograaf. 'Draai je alsjeblieft wat dichter naar hem toe, Robin. Zo, ja. Even lachen, allebei. Een brede glimlach!'

Het bruidspaar had iets gespannens over zich, iets wat niet geheel en al toe te schrijven was aan de lastige fotosessie. Het maakte de fotograaf niet uit. Hij was geen relatietherapeut. Hij had stellen meegemaakt die tegen elkaar tekeergingen nog terwijl hij zijn belichtingsmeter aflas. Eén keer was een bruid kwaad weggelopen van haar eigen receptie. Hij had, ter vermaak van zijn vrienden, een bewogen foto uit 1998 bewaard waarop de bruidegom zijn getuige een kopstoot gaf.

Hoe goed ze er ook uitzagen, hij schatte de kansen van het echtpaar Cunliffe niet hoog in. Het lange litteken op de arm van de bruid had hem al meteen een akelig gevoel gegeven. Hij vond het maar onheilspellend en onaangenaam.

'Hier laten we het bij,' zei de bruidegom plotseling, en hij liet Robin los. 'We hebben er nu toch wel genoeg?'

'Wacht, wacht, die andere komt er net aan!' zei de fotograaf nors.

Op het moment dat Matthew Robin had losgelaten, was de zwaan die op de oever had gestaan het donkergroene water in gewaggeld en naar zijn partner gezwommen.

'Je zou haast denken dat die rotzakken het met opzet doen, hè Linda,' zei Geoffrey met een vet lachje tegen de moeder van de bruid. 'Stomme beesten.'

'Het geeft niet,' zei Robin, en ze trok de lange rok op tot over haar schoenen, waarvan de hakken net wat te laag waren. 'We hebben vast wel iets bruikbaars.'

Ze beende onder het groepje bomen vandaan het blakerende zonlicht in en liep over het gazon naar het zeventiende-eeuwse kasteel, waar de meeste bruiloftsgasten al rondliepen met een glas champagne terwijl ze het hotelterrein en het uitzicht bewonderden.

'Ik denk dat ze last heeft van haar arm,' zei de moeder van de bruid tegen de vader van de bruidegom.

Gelul, dacht de fotograaf met een zeker kil genoegen. Die twee hebben ruzie gehad in de auto.

De echtelieden hadden er best gelukkig uitgezien toen ze in een regen van confetti de kerk uit kwamen, maar bij aankomst bij het chique plattelandshotel hadden de strakke gezichten hun woede maar nauwelijks kunnen verhullen.

'Die trekt wel bij. Ze heeft gewoon een borrel nodig,' zei Geoffrey bemoedigend. 'Ga haar eens gezelschap houden, Matt.'

Matthew beende al achter zijn bruid aan, die makkelijk in te halen was, zoals ze met haar naaldhakken in het hoge gras liep. De rest van het gezelschap volgde, het mintgroene chiffon van de bruidsmeisjes wapperend in de warme wind.

'Robin, we moeten praten.'

'Zeg het maar.'

'Kun je niet even wachten?'

'Als ik nu blijf staan, hebben we dadelijk de hele familie op onze nek.'

Matthew keek even om. Ze had gelijk.

'Robin...'

'Niet aan mijn arm zitten!'

De wond klopte in de warme zon. Robin wilde de weekendtas pakken waar de stevige, beschermende brace in zat, maar die lag ergens buiten bereik in de bruidssuite, waar die ook mocht zijn.

De grote groep gasten die in de schaduw van het hotel stonden kwam beter in zicht. De vrouwen waren makkelijk van elkaar te onderscheiden, met hun hoeden. Matthews tante Sue droeg een knalblauw karrenwiel en Robins schoonzus Jenny een opzichtig, modieus geval met gele veren. De mannelijke gasten vormden echter één geheel in hun donkere pakken. Vanuit de verte was onmogelijk vast te stellen of Cormoran Strike zich ook onder hen bevond.

'Blijf nou even staan,' zei Matthew; ze hadden de familieleden, die hun tempo moesten aanpassen aan zijn kleine nichtje, snel achter zich gelaten.

Robin bleef staan.

'Ik was gewoon geschokt toen ik hem daar ineens zag,' zei Matthew voorzichtig.

'Denk je soms dat ik erop had gerekend dat hij halverwege de dienst binnen zou vallen en het bloemstuk om zou stoten?' vroeg Robin.

Matthew zou met dat antwoord hebben kunnen leven als ze niet met moeite een glimlach had onderdrukt. Hij was nog niet vergeten hoe ze opeens had gestraald toen haar voormalige baas met veel lawaai hun huwelijksplechtigheid onderbrak. Hij vroeg zich af of hij haar ooit zou kunnen vergeven dat haar blik bij het jawoord strak gericht was geweest op de dikke, lelijke, verfomfaaide gestalte van Cormoran Strike in plaats van op haar kersverse echtgenoot. De hele kerk had natuurlijk gezien hoe ze opleefde zodra ze hem zag.

Het familiegroepje kwam weer dichterbij. Matthew pakte Robin voorzichtig bij haar bovenarm, zijn vingers een paar centimeter boven het litteken van de messteek, en trok haar met zich mee. Ze volgde gewillig, maar hij vermoedde dat dat kwam doordat ze hoopte daarmee dichter bij Strike te komen.

'Ik heb het in de auto al gezegd: als je weer voor hem wilt gaan werken...'

'Dan ben ik "zwaar gestoord", ja,' zei Robin.

De mannen op het terras waren nu makkelijker van elkaar te onderscheiden, maar Robin zag Strike nergens. Hij was groot en fors. Ze zou hem meteen moeten zien, zelfs tussen haar broers en ooms, die allemaal langer dan één meter tachtig waren. Robins humeur, dat een hoge vlucht had genomen toen Strike verscheen, stortte ter aarde als een doorweekt vogeltje dat pas het nest had verlaten. Hij was na de mis natuurlijk naar huis gegaan in plaats van een van de pendelbusjes naar het hotel te nemen. Zijn korte aanwezigheid was een gebaar geweest om zijn goede wil te tonen, maar meer ook niet. Hij was niet gekomen om haar weer in dienst te nemen, alleen om haar te feliciteren met haar nieuwe leven.

'Luister nou even,' zei Matthew, iets vriendelijker nu. Ze wist dat hij net als zij de aanwezigen had afgespeurd en dezelfde conclusie had getrokken toen Strike zich niet onder hen bleek te bevinden. 'Ik bedoelde daarstraks in de auto dat je zelf moet weten wat je doet, Robin. Als hij je terug wilde – wil... Ik was verdomme gewoon bezorgd. Het was niet bepaald veilig, hè, die baan bij hem?'

'Nee,' zei Robin. De wond op haar arm klopte. 'Veilig was het niet.'

Ze draaide zich om naar haar ouders en de rest van de familie in het naderende groepje en wachtte tot ze hen hadden ingehaald. De zoete, kriebelige geur van warm gras vulde haar neusgaten terwijl de zon meedogenloos op haar blote schouders scheen.

'Wil je naar tante Robin toe?' vroeg Matthews zus.

De kleine Grace pakte gehoorzaam Robins gewonde arm en gaf er een zwaai aan, waarmee ze haar een kreet van pijn ontlokte.

'O, wat erg, Robin. Sorry! Gracie, laat los.'

'Champagne!' brulde Geoffrey. Hij sloeg zijn arm om Robins schouders en voerde haar mee naar de verwachtingsvolle gasten.

De herentoiletten waren, zoals Strike had kunnen verwachten in dit chique hotel op het platteland, geurvrij en brandschoon. Het liefst had hij een glas bier meegenomen het koele, rustige wc-hokje in, maar daarmee zou hij misschien de indruk hebben versterkt dat hij een of andere verlopen alcoholist was die was ontsnapt uit de bajes om deze bruiloft bij te wonen. Zijn mededeling dat hij genodigde was voor het feest van het echtpaar Cunliffe-Ellacott was aan de receptie toch al met nauwverholen scepsis ontvangen.

Zelfs in ongeschonden staat kwam Strike vaak intimiderend over: lang, fors en donker, met een van nature norse uitstraling en een boksersprofiel. Vandaag zag hij eruit alsof hij zojuist uit de ring was gestapt. Zijn gebroken neus was paars en twee keer zo groot als normaal, en hij had twee dikke, blauwe ogen, één oor zag vuurrood en was nog kleverig en zwart van de verse hechtingen. Gelukkig ging de steekwond die dwars over zijn handpalm liep schuil onder verband, maar zijn beste pak was verkreukeld en zat vol wijnvlekken van de laatste keer dat hij het had gedragen. Het positiefste wat je over zijn voorkomen zou kunnen zeggen was dat hij erin geslaagd was twee dezelfde schoenen bij elkaar te zoeken voordat hij naar Yorkshire vertrok.

Hij gaapte, sloot zijn ogen en leunde even met zijn hoofd tegen het koude tussenwandje. Hij was zo moe dat hij makkelijk hier in slaap zou kunnen vallen, zittend op de wc-bril. Maar hij moest Robin gaan zoeken en haar vragen – smeken, als het moest – hem te vergeven dat hij haar had ontslagen, en terug te komen. Hij meende vreugde op haar gezicht gezien te hebben toen hun blikken elkaar kruisten in de kerk. Ze had hem in ieder geval stralend aangekeken toen ze aan Matthews arm naar buiten liep, dus was hij snel over het kerkhof teruggelopen om zijn vriend Shanker, die op het parkeerterrein lag te slapen in de Mercedes die hij voor deze rit had geleend, te vragen achter de gastenbusjes aan te rijden naar het hotel waar de receptie werd gehouden.

Strike had geen zin om te blijven voor het diner en de toespraken; hij had de uitnodiging die hij had ontvangen voordat hij Robin de laan uit stuurde niet bevestigd. Het enige wat hij wilde was een paar minuten met haar praten, maar dat was tot nu toe onmogelijk gebleken. Hij was helemaal vergeten hoe het eraan toeging op zo'n bruiloft. Terwijl hij op het overvolle terras naar Robin uitkeek, was hij tot zijn ongenoegen het middelpunt geworden van honderd paar nieuwsgierige ogen. De champagne had hij afgeslagen – hij hield niet van champagne – en hij was naar de bar gegaan voor een glas bier. Een jongeman met donker haar en dezelfde mond en hetzelfde voorhoofd als Robin was achter hem aan gekomen, gevolgd door een hele meute andere jongeren, allemaal met een nauwverholen uitdrukking van opwinding op het gezicht.

'U bent toch Strike?' vroeg de jongeman.

De detective bevestigde dat.

'Martin Ellacott,' zei de ander. 'Robins broer.'

'Hallo, alles goed?' zei Strike, en hij stak zijn in het verband gestoken hand omhoog om te laten zien dat hij de jongen niet pijnloos een hand zou kunnen geven. 'Weet je ook waar ze is?'

'Poseren voor de foto's,' zei Martin. Hij wees op de iPhone die hij in zijn hand had. 'U bent op het nieuws. U hebt de Shacklewell Ripper opgepakt.'

'O,' zei Strike. 'Ja.'

Ondanks de verse steekwonden in zijn handpalm en aan zijn oor leken de gewelddadige gebeurtenissen van zo'n twaalf uur terug veel langer geleden. Het contrast tussen de ranzige flat waar hij de moordenaar te pakken had gekregen en dit viersterrenhotel was zo groot dat het twee verschillende werkelijkheden leken.

In de bar was een vrouw opgedoken met een turquoise sjaaltje dat licht wapperde in haar witblonde haar. Ook zij had een telefoon in de hand gehad, en haar ogen gingen razendsnel omhoog en weer omlaag terwijl ze de Strike die in levenden lijve voor haar stond vergeleek met de foto van hem die ze ongetwijfeld op haar scherm had staan.

'Sorry, even pissen,' had Strike tegen Martin gezegd, en hij was ertussenuit geglipt voordat iemand anders hem kon benaderen. Nadat hij zich langs de wantrouwende baliemedewerkers had weten te praten, had hij zijn toevlucht gezocht tot de toiletten.

Hij gaapte nog een keer en keek op zijn horloge. Robin moest nu toch wel klaar zijn met die foto's. Met een grimas van pijn – de pijnstillers die hij in het ziekenhuis had gekregen waren allang uitgewerkt – kwam Strike overeind, schoof het slot van de deur en liep de wc uit, de hem aangapende vreemden tegemoet.

Achter in de verlaten eetzaal had een strijkkwartet zich geïnstalleerd. De muzikanten begonnen te spelen terwijl het bruidspaar en hun familie zich in een rij opstelden om de felicitaties in ontvangst te nemen. Robin nam aan dat ze daar op zeker moment tijdens de voorbereidingen van de bruiloft mee had ingestemd. Ze had zo'n groot deel van de verantwoordelijkheid voor deze dag afgeschoven op anderen dat ze nu steeds voor dit soort kleine verrassingen kwam te staan. Zo was ze bijvoorbeeld vergeten dat de trouwfoto's genomen zouden worden bij het hotel en niet in de kerk. Als ze niet meteen na de plechtigheid waren weggescheurd in de Daimler, had ze misschien de kans gekregen om met Strike te praten en hem te vragen – te smeken, als het moest – of hij haar terug wilde nemen. Maar hij was vertrokken zonder haar gesproken te hebben, en nu vroeg ze zich af of ze moedig genoeg, of nederig genoeg, zou zijn om hem na dit alles te bellen en te smeken om haar baan.

Binnen leek het donker na het felle zonlicht in de hoteltuinen. De zaal had houten lambrisering, en er hingen brokaten gordijnen en olieverfschilderijen met vergulde lijst. De geur van de bloemstukken hing zwaar in de lucht, en op de sneeuwwitte tafelkleden glansden de glazen en het zilveren bestek. De muziek van het strijkkwartet, luid galmend in de lege ruimte, werd algauw overstemd door het geluid van gasten die buiten de trap op liepen en voor de deur samendromden, pratend en lachend, nu al gelaafd met champagne en bier.

'Daar gaat-ie dan!' bulderde Geoffrey, die het beter naar zijn zin leek te hebben dan alle anderen. 'Laat ze maar komen!'

Robin betwijfelde of Geoffrey openlijk zo uitbundig had kunnen doen als Matthews moeder nog geleefd zou hebben. Wijlen mevrouw Cunliffe was een vrouw van koele zijdelingse blikken en elleboogstootjes geweest, altijd alert op tekenen van al te openlijk getoonde emoties. Haar zuster Sue stond vooraan in de ontvangstrij; ze straalde een zekere kilheid uit omdat ze aan de hoofdtafel had willen zitten, een voorrecht dat haar niet was toegekend.

'Hoe gaat het nu met je, Robin?' vroeg ze terwijl ze de lucht ergens bij Robins oor kuste. Robin voelde zich ongelukkig, teleurgesteld en schuldig omdat ze niet blij was, en ze besefte plotseling dat deze vrouw, haar nieuwe aangetrouwde tante, een enorme hekel aan haar had. 'Mooie jurk,' zei tante Sue, maar haar blik was al gericht op de knappe Matthew.

'Had je moeder dit nog maar...' begon ze, en toen hapte ze naar adem en begroef haar gezicht in het zakdoekje dat ze al klaar had in haar hand.

Er schuifelden nog meer stralende vrienden en familieleden naar binnen om hen te kussen en ze de hand te schudden. Geoffrey hield de rij op door iedereen die zich daar niet actief tegen verzette stevig te omhelzen.

'Dus hij is toch gekomen,' zei Robins favoriete nicht Katie. Ze zou bruidsmeisje geweest zijn, ware het niet dat ze hoogzwanger was. Ze was vandaag uitgerekend. Robin vond het een wonder dat ze nog kon lopen. Haar buik was zo hard als een watermeloen toen ze zich naar haar toe boog om haar te kussen.

'Wie is gekomen?' vroeg Robin toen Kate een stap opzij deed om Matthew te omhelzen.

'Je baas. Strike. Martin was hem net aan het doorzagen in de...'

'Jij zit aan die tafel, geloof ik,' zei Matthew, en hij wees naar een plek in het midden van de zaal. 'Je zult wel snakken naar een stoel, en dan met deze warmte...'

Robin merkte amper iets van de vele andere gasten die langstrokken in de rij. Ze reageerde lukraak op hun gelukwensen, en haar blik werd steeds naar de deur getrokken waardoor ze allemaal binnenkwamen. Bedoelde Katie dat Strike toch hier in het hotel was? Was hij vanuit de kerk achter haar aan gekomen? Kon hij ieder moment binnenkomen? Waar had hij dan gezeten? Ze had overal gezocht, op het terras, in de gang, in de bar. De hoop laaide op, maar zakte al snel weer weg. Misschien had Martin, berucht om zijn gebrek aan tact, hem weggejaagd? Toen bracht ze zichzelf in herinnering dat Strike geen zwakkeling was en opnieuw laaide de hoop op, en terwijl haar binnenste deze omzwervingen maakte langs verwachting en vrees, kon ze onmogelijk de emoties simuleren die gebruikelijker waren voor iemands trouwdag, en ze wist dat Matthew de afwezigheid daarvan aanvoelde en dat hij er woest om was.

'Martin!' zei Robin opgewekt toen haar jongere broer opdook, met al drie halve liters bier achter de kiezen, in het gezelschap van zijn vrienden.

'Jij wist het zeker al?' vroeg Martin, die ervan uitging dat dat inderdaad het geval was. Hij had zijn telefoon in zijn hand. Die nacht had hij bij een vriend geslapen, zodat zijn slaapkamer beschikbaar was voor familieleden uit het diepe zuiden.

'Wat wist ik?'

'Dat hij gisteravond de Ripper heeft opgepakt.'

Martin hield het schermpje omhoog om haar het nieuws te laten zien. Ze hapte naar adem bij het zien van de Ripper. Het was de man die haar in de arm had gestoken; de wond op haar onderarm klopte hevig.

'Is hij nog hier?' vroeg Robin, zonder nog langer de schijn op te houden. 'Strike? Blijft hij hier, Martin, heeft hij daar iets over gezegd?'

'Godver, moet dit nou?' mompelde Matthew.

'Sorry,' zei Martin, die Matthews ergernis opmerkte. 'Ik houd de boel op hier.'

En hij slenterde weg. Robin draaide zich naar Matthew toe en zag, alsof ze thermische beelden bekeek, het schuldgevoel door hem heen trekken.

'Jij wist het,' zei ze, terwijl ze afwezig een oudtante de hand schudde die zich naar haar toe boog om haar te kussen.

'Wat wist ik?' vroeg hij korzelig.

'Dat Strike gisteravond...'

Maar nu werd haar aandacht opgeëist door Tom, Matthews oude studievriend en collega, en zijn verloofde Sarah. Ze hoorde amper iets van wat Tom zei, omdat ze onafgebroken naar de deur keek, waar ze Strike hoopte te zien.

'Jij wist het,' herhaalde ze zodra Sarah en Tom doorgelopen waren. Er viel weer een gat. Geoffrey had een nicht uit Canada ontdekt. 'Of niet soms?'

'Ik heb vanmorgen op het nieuws een staartje van het bericht gehoord,' mompelde Matthew. Zijn gezichtsuitdrukking werd harder toen hij over Robins hoofd heen naar de deur keek. 'Nou, daar zal je hem hebben, hoor. Jij je zin.'

Robin draaide zich om. Strike was binnengekomen, met gekromde schouders, één oog bont en blauw boven zijn zware stoppels, het andere oog gezwollen en vol hechtingen. Hij stak een in verband gestoken hand op toen hun blikken elkaar kruisten en probeerde een treurig glimlachje, dat eindigde in een van pijn vertrokken grimas.

'Robin,' zei Matthew, 'luister even, ik moet je iets...'

'Dadelijk,' antwoordde ze, met een blije lach die de hele dag had geschitterd door afwezigheid.

'Voordat je hem spreekt, moet ik je...'

'Matt, kan dat alsjeblieft straks?'

Niemand van de familie wilde Strike ophouden, die door zijn verwondingen geen handen kon schudden. Hij hield de arm met het verband voor zich uit en schuifelde de rij langs. Geoffrey keek hem boos aan en zelfs bij Robins moeder, die Strike bij hun eerdere ontmoeting graag had gemogen, kon er geen lachje af toen hij haar bij naam begroette. Het was alsof alle gasten in het vertrek naar hem keken.

'Het had niet zo theatraal gehoeven, hoor.' Robin keek met een glimlach naar zijn gehavende gezicht toen hij eindelijk voor haar stond.

Hij grijnsde, al deed dat pijn. De rit van ruim driehonderd kilometer die hij zo roekeloos had ondernomen was uiteindelijk toch de moeite waard geweest, nu hij haar brede glimlach zag.

'Zoals je de kerk binnenviel. Je had ook gewoon kunnen bellen.'

'Ja, sorry dat ik dat bloemstuk omstootte,' zei Strike, die daarmee de nors kijkende Matthew bij het gesprek betrok. 'Ik had wel gebeld, maar...'

'Ik heb mijn telefoon de hele ochtend niet bij me gehad,' zei Robin. Ze was zich ervan bewust dat ze de rij ophield, maar het kon haar niet meer schelen. 'Loop maar om ons heen,' zei ze opgewekt tegen Matthews baas, een lange vrouw met rood haar.

'Ik heb eerder gebeld, wat was het... twee dagen geleden?'

'Wat?' zei Robin, terwijl Matthew een stroef gesprekje voerde met Jemima.

'Een paar keer,' vervolgde Strike. 'Ik heb een bericht ingesproken.'

'Ik heb geen telefoontje gekregen,' zei Robin, 'en geen bericht.'

Het was alsof het geroezemoes en de andere geluiden van de honderd gasten en het kabbelende melodietje van het strijkkwartet plotseling gedempt werden, alsof de schok haar omsloot als een steeds krappere luchtbel.

'Wanneer... Wat heb je... Twee dagen geleden?'

Sinds ze bij haar ouderlijk huis was aangekomen, was ze voortdurend in beslag genomen door de suffe taken die bij de voorbereiding van de bruiloft hoorden, maar toch was ze erin geslaagd regelmatig stiekem op haar telefoon te kijken, in de hoop dat Strike iets van zich had laten horen. Om één uur die nacht, alleen in bed, was ze naar haar belgeschiedenis gescrold in de ijdele hoop dat ze een telefoontje of tekstbericht gemist zou hebben, maar de complete geschiedenis bleek gewist te zijn. Omdat ze de afgelopen weken amper een oog had dichtgedaan, had ze de conclusie getrokken dat ze in haar vermoeidheid een verkeerde toets had ingedrukt, waardoor per ongeluk alles was gewist...

'Ik blijf niet, hoor,' mompelde Strike. 'Ik kwam alleen even zeggen dat het me spijt, en je vragen of je weer...'

'Je moet blijven,' zei ze, en ze pakte zijn arm beet alsof hij anders misschien zou ontsnappen.

Haar hart ging zo tekeer dat ze ervan buiten adem raakte. Ze wist dat ze wit wegtrok, en de rumoerige ruimte om haar heen leek te tollen en draaien.

'Blijf alsjeblieft,' zei ze, nog steeds met haar hand om zijn arm geklemd, zonder zich iets aan te trekken van Matthew, die briesend naast haar stond. 'Ik wil met je praten. Mam?'

Linda stapte uit de ontvangstrij. Het was alsof ze had staan wachten tot ze werd geroepen, en ze leek er niet blij mee te zijn.

'Kun jij alsjeblieft voor Cormoran een plaats regelen aan een van de tafels?' vroeg Robin. 'Misschien bij Stephen en Jenny?'

Linda nam Strike met een strak gezicht mee. Er stonden nog een paar laatste gasten te wachten om de familie te feliciteren. Robin kon het niet langer opbrengen om glimlachend over koetjes en kalfjes te praten.

'Waarom heb ik Cormorans telefoontjes niet ontvangen?' vroeg ze aan Matthew, terwijl een oudere man schuifelend naar zijn tafel liep zonder door iemand verwelkomd of begroet te zijn.

'Ik probeerde je nog te zeggen...'

'Waarom heb ik die telefoontjes niet ontvangen, Matthew?'

'Robin, kunnen we het hier een andere keer over hebben?'

De waarheid diende zich zo plotseling aan dat ze even naar lucht hapte. 'Jíj hebt mijn belgeschiedenis gewist,' zei ze toen, en haar gedachten maakten enorme sprongen om de gebeurtenissen met elkaar te verbinden. 'Je vroeg mijn pincode toen ik naar de wc was geweest bij die koffietent langs de snelweg.'

De laatste twee gasten hoefden maar één blik op de gezichten van de bruid en bruidegom te werpen om snel door te lopen zonder aanspraak te maken op hun begroeting.

'Je pakte mijn telefoon. Er was iets met de huwelijksreis, zei je. Heb je zijn bericht beluisterd?'

'Ja,' zei Matthew. 'Ik heb het gewist.'

De stilte die haar leek te omhullen ging over in een hoge fluittoon. Ze voelde zich licht in het hoofd. Daar stond ze dan, in een opzichtige kanten jurk die ze niet mooi vond, en die ze had laten vermaken omdat de bruiloft eerder was uitgesteld. Ze kon geen kant op vanwege alle ceremoniële verplichtingen. Aan de rand van haar gezichtsveld vormden de honderd gasten één vage vlek. Allemaal verwachtingsvolle, hongerige mensen.

Haar blik vond Strike, die met zijn rug naar haar toe naast Linda stond te wachten tot de ober een extra plaats had ingedekt aan de tafel van haar oudere broer Stephen. Robin stelde zich voor dat ze met grote passen naar hem toe zou lopen en zou zeggen: 'Laten we maken dat we hier wegkomen.' Wat zou hij zeggen als ze dat deed?

Deze dag had haar ouders duizenden ponden gekost. De bomvolle zaal wachtte tot de bruid en bruidegom hun plaats aan de hoofdtafel zouden innemen. Bleker dan haar bruidsjurk liep Robin achter haar kersverse echtgenoot aan naar hun stoelen terwijl om hen heen een applaus losbarstte.

De pietluttige ober leek vastbesloten Strikes ongemak te rekken. Cormoran had geen andere keuze dan in het volle zicht van alle tafels te blijven staan wachten tot er voor hem was ingedekt. Linda, die bijna een kop kleiner was dan de detective, bleef aan Strikes elleboog staan terwijl de jongeman onzichtbare aanpassingen aanbracht rond het dessertvorkje en het bord zo draaide dat het patroon gelijkliep met dat van het bord ernaast. Het weinige dat Strike van Linda's gezicht kon zien onder de zilverkleurige hoed stond verbolgen.

'Heel hartelijk dank,' zei hij toen de ober eindelijk een stapje opzij deed, maar op het moment dat hij de rugleuning van zijn stoel beetpakte, legde Linda losjes een hand op zijn mouw. Haar lichte aanraking voelde als een zware keten, aangezien deze gepaard ging met een aura van diep verontwaardigd moederschap en beledigde gastvrijheid. Ze leek heel veel op haar dochter. Linda's nu wat minder felle haar was ook roodgoud, en het heldere grijsblauw van haar ogen werd versterkt door de zilverkleurige hoed.

'Wat kom je hier doen?' vroeg ze met opeengeklemde kaken, terwijl de obers om hen heen druk in de weer waren met het serveren van het voorgerecht. Gelukkig leidde de komst van het eten de andere gasten af. De gesprekken barstten los terwijl ze hun aandacht op de langverwachte maaltijd richtten.

'Ik kom Robin vragen weer bij me te komen werken.'

'Je hebt haar ontslagen. Ze is er kapot van.'

Daar had hij van alles op kunnen zeggen, maar hij koos ervoor het niet te doen, uit respect voor wat Linda doorstaan moest hebben toen ze de twintig centimeter lange steekwond op Robins arm zag.

'Ze is drie keer aangevallen in de tijd dat ze voor jou werkte,' zei Linda, die nu rood aanliep. 'Drie keer.'

Strike had naar waarheid kunnen zeggen dat hij alleen voor de eerste aanval de schuld op zich nam. De tweede had plaatsgevonden nadat Robin zijn expliciete instructies in de wind had geslagen en de derde was een gevolg geweest van het feit dat ze niet alleen had geweigerd hem te gehoorzamen, maar ook nog eens een moordonderzoek en zijn complete detectivebureau in gevaar had gebracht.

'Ze slaap 's nachts niet. Ik hoor haar regelmatig...'

Linda's ogen glinsterden fel. Ze liet zijn arm los, maar ze fluisterde: 'Jij hebt geen dochter, je weet niet wat wij hebben doorgemaakt.'

Voordat Strike zijn vermoeide tong had teruggevonden om te reageren, was ze al weggebeend naar de hoofdtafel. Hij ving Robins blik boven haar onaangeroerde voorgerecht. Ze keek gekweld, alsof ze bang was dat hij zou opstappen. Hij trok lichtjes een wenkbrauw op en liet zich toen eindelijk op zijn stoel zakken.

Links van hem doemde onheilspellend een forse gestalte op. Toen Strike zich die kant op draaide, zag hij weer een paar ogen dat sterk leek op die van Robin, deze keer boven strijdlustige kaken en onder een paar borstelige wenkbrauwen.

'Jij bent zeker Stephen,' zei Strike.

Robins oudere broer bromde wat, nog altijd met een strak gezicht. Beiden waren groot en fors; ze zaten zo dicht op elkaar dat Stephens elleboog die van Strike raakte toen hij zijn glas bier pakte. De rest van de tafel gaapte Strike aan. Hij stak zijn rechterhand op in een soort halfslachtige groet en herinnerde zich het verband pas weer toen hij het zag, waardoor het voelde alsof hij nog meer de aandacht op zichzelf richtte.

'Hallo, ik ben Jenny, de vrouw van Stephen,' zei de vrouw met het bruine haar en de brede schouders die aan de andere kant naast Stephen zat. 'Jij ziet eruit alsof je dit wel kunt gebruiken.'

Ze schoof een onaangeroerd halveliterglas bier langs Stephens bord naar hem toe. Strike was zo dankbaar dat hij haar wel had kunnen zoenen. Met het oog op Stephens boze blik beperkte hij zich tot een welgemeend 'Dank je wel' en goot de helft van het grote glas in één teug naar binnen. Vanuit zijn ooghoeken zag hij Jenny iets in Stephens oor fluisteren. Die laatste keek toe hoe Strike zijn glas neerzette, schraapte zijn keel en zei toen nors: 'O ja, ik moet je nog feliciteren.'

'Waarmee?' vroeg Strike niet-begrijpend.

Stephens uitdrukking werd een tikkeltje minder fel. 'Je hebt die moordenaar opgepakt.'

'O ja,' zei Strike, waarna hij met zijn linkerhand zijn vork oppakte en die in het zalmhapje op zijn bord stak. Pas nadat hij het in zijn geheel had weggewerkt en hij Jenny zag lachen, drong het tot hem door dat hij het voorgerecht wel met wat meer respect had mogen behandelen. 'Sorry,' mompelde hij. 'Veel honger.'

Stephen bekeek hem nu met een vage goedkeuring. 'Wat heeft het voor zin, hè?' zei hij met een blik op zijn eigen zalmmousse. 'Het is allemaal lucht.'

'Cormoran,' zei Jenny, 'zou je even naar Jonathan willen zwaaien? Dat is Robins andere broer – daar zit hij.'

Strike keek in de aangewezen richting. Een tengere jongen met dezelfde haar- en huidskleur als Robin zat aan de naastgelegen tafel enthousiast te zwaaien. Strike salueerde even schaapachtig naar hem.

'Dus je wilt haar terug?' vroeg Stephen streng.

'Ja,' antwoordde Strike. 'Dat klopt.'

Hij verwachtte min of meer een boze reactie, maar Stephen zuchtte alleen maar diep. 'Ik zou blij moeten zijn. Ik heb haar nog nooit zo gelukkig gezien als toen ze voor jou werkte. Toen we klein waren pestte ik haar altijd omdat ze zei dat ze bij de politie wilde,' voegde hij eraan toe. 'Had ik dat maar niet gedaan.' Hij nam nog een groot glas bier aan van de ober en slaagde erin een indrukwekkende teug achterover te slaan voordat hij verderging: 'Achteraf gezien waren we echt een stel eikels, terwijl zij... Nou ja, tegenwoordig kan ze wel wat beter voor zichzelf opkomen.'

Stephens blik dwaalde af naar de hoofdtafel, en Strike, die er met zijn rug naartoe zat, greep zijn kans om zich om te draaien en ook even naar Robin te gluren. Ze zat daar zwijgend, zonder te eten of naar Matthew te kijken.

'Nu even niet, man,' hoorde hij Stephen zeggen, en toen hij zich weer omdraaide, zag hij dat zijn buurman een lange, dikke arm uitstak om een barrière te vormen tussen Strike en een van Martins vrienden, die was opgestaan en zich al bukte om Strike iets te vragen. De vriend trok zich beteuterd terug.

'Proost,' zei Strike, en hij goot de rest van Jenny's halve liter naar binnen.

'Wen er maar aan,' zei Stephen, waarna hij zijn eigen zalmmousse ook in één hap naar binnen werkte. 'Je hebt de Shacklewell Ripper opgepakt. Je wordt beroemd, man.'

Ze zeiden wel eens dat alles in een roes voorbijging nadat je een schok te verwerken had gekregen, maar zo ging het bij Robin niet. De eetzaal om haar heen bleef maar al te scherp zichtbaar, ieder detail helder afgetekend: het stralende licht dat in vierkanten door de gordijnen heen naar binnen viel, en achter het glas de azuurblauwe hemel, alsof er een laag vernis overheen lag; de damasten tafelkleden, aan het zicht onttrokken door ellebogen en de wirwar aan glazen; de steeds verhittere wangen van de schranzende, klokkende gasten; het aristocratische profiel van tante Sue, niet verzacht door het gebabbel van haar buurvrouw, en de gekke gele hoed van Jenny die wiebelde op haar hoofd terwijl ze grapjes maakte tegen Strike. Ze zag Strike. Haar blik keerde zo vaak terug naar zijn rug dat ze volkomen accuraat de vouwen in zijn jasje had kunnen tekenen, de donkere krulletjes op zijn achterhoofd en het verschil in dikte tussen zijn beide oren, veroorzaakt door de steekwond links.

Nee, de schok van wat ze daarnet in de ontvangstrij te weten was gekomen had haar omgeving niet wazig gemaakt. Haar perceptie van geluid en tijd was juist sterker geworden. Op zeker moment had Matthew haar aangespoord iets te eten, wist ze, maar het drong pas echt tot haar door nadat een ijverige ober haar nog volle bord had weggehaald; alles wat tegen haar werd gezegd moest door de dikke muren heen die haar hadden omsloten nadat Matthew zijn verraderlijke handeling aan haar had opgebiecht. In de onzichtbare cel die haar volledig scheidde van alle andere aanwezigen gierde de adrenaline door haar lijf en werd ze telkens opnieuw aangespoord om op te stappen.

Als Strike vandaag niet was gekomen, zou ze misschien nooit geweten hebben dat hij haar terug wilde, dat haar misschien de schaamte bespaard zou blijven, de woede en vernedering, de pijn die haar kwelde sinds die afschuwelijke avond van haar ontslag. Matthew had ervoor gekozen haar datgene te ontzeggen wat haar redding zou kunnen zijn, datgene waar ze in de kleine uurtjes van de nacht, als iedereen sliep, om had gehuild: het herstel van haar zelfrespect, het behoud van de baan die alles voor haar betekende. En van de vriendschap waarvan ze pas achteraf, toen die haar was afgenomen, had beseft dat die behoorde tot de dingen die haar leven de moeite waard maakten. Matthew had tegen haar gelogen en was blijven liegen. Hij had glimlachend toegekeken hoe zij zich door de dagen tot aan de bruiloft heen sleepte, hoe ze probeerde te doen alsof ze blij was dat ze ervanaf was – van het leven waar ze zo van hield. Had ze hem weten te misleiden? Geloofde hij echt dat ze blij was dat haar leven met Strike verleden tijd was? Zo ja, dan was ze vandaag getrouwd met een man die haar totaal niet kende, en zo nee...

Het dessert werd afgeruimd en Robin moest een glimlach forceren voor de bezorgde ober, die deze keer vroeg of hij haar misschien iets anders kon brengen, aangezien dit de derde gang was die ze onaangeroerd had gelaten.

'Je hebt zeker geen geladen pistool voor me?' vroeg Robin aan hem.

Op het verkeerde been gezet door haar ernstige gezicht glimlachte hij, om vervolgens niet-begrijpend te kijken.

'Geeft niet,' zei ze. 'Laat maar.'

'In godsnaam, Robin,' zei Matthew, en ze besefte met een steek van woede en ook genot dat hij in paniek was, bang voor wat ze zou doen, voor hoe het nu verder zou gaan.

De koffie werd geserveerd in chique zilveren kannen. Robin keek toe hoe de obers inschonken en schaaltjes met petitfours op de tafels zetten. Ze zag Sarah Shadlock in een strak, mouwloos turquoise jurkje door de zaal naar de toiletten snellen, nog gauw voor de speeches, gevolgd door een hoogzwangere Katie op haar platte schoenen, opgezwollen en moe, haar enorme buik prominent naar voren gestoken, en opnieuw ging Robins blik naar Strikes rug. Hij zat petitfours naar binnen te werken en met Stephen te praten. Ze was blij dat ze hem naast Stephen had gezet. Ze had altijd wel gedacht dat die twee het goed met elkaar zouden kunnen vinden.

Toen kwam het verzoek om stilte, gevolgd door geritsel, geschuifel en het schrapen van de stoelen van iedereen die met zijn rug naar de hoofdtafel zat en zich nu moest omdraaien naar de sprekers. Robin keek Strike aan. Ze kon zijn uitdrukking niet peilen. Hij wendde zijn blik pas af toen haar vader ging staan, zijn bril rechtzette en het woord nam.

Strike verlangde ernaar te gaan liggen, of als dat niet kon in ieder geval weer bij Shanker in de auto te stappen en de rugleuning van de passagiersstoel naar achteren te klappen. Van de afgelopen achtenveertig uur had hij er amper twee geslapen, en door de combinatie van zware pijnstillers en inmiddels vier halve-literglazen bier kreeg hij zo'n slaap dat hij steeds wegdoezelde, zijn hoofd ondersteund door zijn hand, om wakker te schrikken als zijn wang van zijn knokkels gleed.

Hij had Robin nooit gevraagd wat haar ouders voor de kost deden. Als Michael Ellacott in zijn speech al had verwezen naar zijn werk, was het Strike ontgaan. Robins vader was een man met een milde, bijna professorale uitstraling, mede door zijn bril met hoornen montuur. De kinderen waren allemaal lang, net als hij, maar alleen Martin had zijn donkere haar en lichtbruine ogen geërfd.

De toespraak was geschreven, of misschien herschreven, toen Robin werkloos was. Michael vertelde met veel liefde en waardering over haar persoonlijke eigenschappen, haar intelligentie, haar veerkracht, haar gulheid en haar vriendelijkheid. Hij moest even pauzeren om zijn keel te schrapen toen hij aangaf hoe trots hij was op zijn enige dochter, maar liet in het midden wat ze precies had bereikt; er viel een gat doordat hij niet vermeldde wat ze had gedaan en doorstaan. Natuurlijk was de gebeurtenis die Robin had overleefd deels ongeschikt om besproken te worden in deze eetzaal, waar het klam was als in een humidor, en niet bestemd voor de oren van deze met veren en corsages getooide gasten. Maar voor Strike was het feit dat ze het had overleefd het grootste bewijs van de genoemde eigenschappen, en hij was van mening, hoe duf het slaapgebrek hem ook maakte, dat dat feit erkend had moeten worden.

Niemand anders leek er zo over te denken. Hij bespeurde zelfs een lichte opluchting onder de aanwezigen toen Michael zijn betoog afrondde zonder te beginnen over messen of littekens, gorillamaskers of bivakmutsen.

Het moment om de bruidegom het woord te geven was aangebroken. Matthew ging staan, onder enthousiast applaus, maar Robins handen bleven in haar schoot liggen terwijl ze naar het raam aan de andere kant van de zaal staarde, waar de zon nu laag aan de wolkeloze hemel stond en lange, donkere schaduwen over het gazon wierp.

Ergens in de ruimte zoemde een bij. Strike, die veel minder bang was om Matthew te beledigen dan hij bij Michael was geweest, ging verzitten in zijn stoel, sloeg zijn armen over elkaar en deed zijn ogen dicht. Hij luisterde nog even hoe Matthew vertelde dat Robin en hij elkaar al kenden vanaf hun kindertijd, maar dat hij pas in de zesde klas had opgemerkt hoe knap het meisje was geworden dat hem ooit had verslagen met zaklopen...

'Cormoran!'

Hij schrok wakker en besefte, te oordelen naar de natte plek op zijn borst, dat hij had gekwijld. Slaperig keek hij naar Stephen, die hem een por met zijn elleboog had gegeven.

'Je snurkte,' mompelde Stephen.

Voordat Strike iets terug kon zeggen, barstte er weer een applaus los. Matthew ging weer zitten, er kon geen lachje af op zijn gezicht.

Nu moest het toch wel zo'n beetje voorbij zijn? Maar nee, Matthews getuige stond op uit zijn stoel. Nu Strike weer wakker was, werd hij zich ervan bewust dat zijn blaas op knappen stond. Hij hoopte dat deze gast in godsnaam snel zijn verhaal zou doen.

'Matt en ik hebben elkaar ontmoet op het rugbyveld,' zei de spreker, en aan een tafel achter in de zaal ging dronken gejuich op.

'Naar boven,' zei Robin. 'Nu.'

Het waren de eerste woorden die ze tegen haar echtgenoot had gesproken sinds ze plaatsgenomen hadden aan de hoofdtafel. Het applaus voor de speech van de getuige was amper weggestorven. Strike stond naast zijn stoel, maar ze kon zien dat hij alleen maar naar de wc ging, want hij hield een ober aan en vroeg hem de weg. Maar ze wist nu sowieso dat hij haar terug wilde, en ze vertrouwde erop dat hij lang genoeg zou blijven om haar bevestiging aan te horen. Dat kon ze opmaken uit de blik die ze hadden gewisseld tijdens het voorgerecht.

'Over een half uur begint de band,' zei Matthew. 'Het is de bedoeling dat wij...'

Maar Robin liep al naar de deur, nog steeds omhuld door de onzichtbare isolatiecel die ervoor had gezorgd dat ze de speech van haar vader koud en met droge ogen had uitgezeten, net als het nerveuze gemompel van Matthew en de langdradige, overbekende verhalen uit de oude doos van de rugbyclub, opgedist door Matthews getuige. Ze had vaag de indruk dat haar moeder haar probeerde te onderscheppen toen ze zich een weg tussen de gasten door baande, maar ze trok zich er niets van aan. Ze had braaf het diner en de speeches uitgezeten, het universum was haar een momentje van privacy en vrijheid verschuldigd.

Ze stampte de trap op, haar rok opgetrokken tot boven haar goedkope schoenen, en een gang met hoogpolig tapijt door zonder precies te weten waar ze naartoe ging, haastig gevolgd door Matthew.

'Mag ik jou wat vragen?' vroeg ze aan een tiener in hoteluniform die een mand met wasgoed uit een kast reed. 'Waar is de bruidssuite?'

Hij keek van haar naar Matthew en had het lef om te grijnzen.

'Doe niet zo stom, eikel,' zei Robin kil.

'Robin!' riep Matthew uit toen de jongen vuurrood werd.

'Die kant op,' zei de hotelmedewerker schor, en hij wees waar ze heen moest.

Robin beende verder. Matthew had de sleutel, wist ze. Hij had de vorige nacht in het hotel geslapen met zijn getuige, al was dat niet in de bruidssuite geweest.

Zodra Matthew de deur had opengemaakt, liep ze met grote passen naar binnen, en ze registreerde de rozenblaadjes op het bed, de koeler met champagne en de grote envelop met het opschrift DE HEER EN MEVROUW CUNLIFFE. Tot haar opluchting zag ze ook de weekendtas die ze als handbagage had willen meenemen naar de geheime bestemming van hun huwelijksreis. Ze ritste hem open, stak haar niet-gewonde arm erin en viste de brace eruit die ze voor de foto's had afgedaan. Toen ze het ding weer over haar zere onderarm had geschoven, over de amper geheelde wond, wurmde ze de gloednieuwe trouwring van haar vinger en legde die met een klap op het nachtkastje naast de champagne-emmer.

'Wat doe je nou?' Matthew klonk angstig en tegelijkertijd agressief. 'Wat...? Wil je de boel afblazen? Wil je niet getrouwd zijn?'

Robin staarde hem aan. Ze had verwacht een ontlading te voelen zodra ze alleen waren en ze vrijuit kon spreken, maar de enorme omvang van wat hij had gedaan tartte haar pogingen om die ontlading te uiten. Ze las zijn angst voor haar stilzwijgen in zijn ogen, die alle kanten uit schoten, en in zijn gespannen schouders. Hij had zich, al dan niet bewust, precies tussen haar en de deur geplaatst.

'Oké,' zei hij luid, 'ik weet dat ik had moeten...'

'Je wist wat die baan voor mij betekende. Dat wist je heel goed.'

'Ik wilde niet dat je terugging, oké?' schreeuwde Matthew. 'Je bent aangevallen en neergestoken, Robin!'

'Dat was mijn eigen schuld!'

'Hij heeft je de laan uit gestuurd!'

'Omdat ik iets had gedaan waarvan hij had gezegd dat ik het niet moest doen...'

'Ik wist wel dat je hem goddomme zou verdedigen!' Matthew had nu al zijn zelfbeheersing verloren. 'Ik wist dat je als een fucking schoothondje naar hem terug zou gaan zodra je hem had gesproken!'

'Zoiets beslis jij niet voor mij!' riep ze. 'Niemand heeft het recht mijn fucking telefoontjes te onderscheppen en mijn berichten te wissen, Matthew!'

Alle terughoudendheid en schijn waren verdwenen. Ze hoorden elkaar alleen zo nu en dan bij toeval, als ze even naar adem hapten, en beiden brulden hun wrok en pijn door de kamer, als vlammende speren die ontbrandden en tot stof vergingen voordat ze hun doel bereikten. Robin gebaarde wild, en ze gilde het uit van de pijn toen haar arm scherp protesteerde. Matthew wees met woedende verontwaardiging naar het litteken dat ze voor altijd met zich mee zou dragen omdat ze zo stom en roekeloos was geweest voor Strike te werken. Er werd niets bereikt, niets vergeven, nergens voor verontschuldigd: de ruzies die de afgelopen maanden hadden aangetast waren de aanloop geweest naar deze oplaaiende vuurzee, als de strijd om een grensgebied die voorafgaat aan een oorlog. Achter het raam ging de middag in rap tempo over in de avond. Robins hoofd bonsde, haar maag draaide om en ze dreigde overmand te worden door het gevoel dat haar keel werd dichtgeknepen.

'Jij kon er niet tegen dat ik vaak moest overwerken, en het kon je geen moer schelen dat ik voor het eerst van mijn leven echt blij was met mijn werk, dus heb je maar gelógen! Je wist wat het voor me betekende, en toch heb je gelogen! Hoe kon je mijn belgeschiedenis wissen, mijn voicemail wissen...?'

Ze liet zich plotseling in die diepe stoel met franjes zakken en nam haar hoofd in haar handen, duizelig van haar eigen woede en de schok op een lege maag.

Ergens ver weg, in de hoogpolige rust van de hotelgangen, ging een deur dicht en giechelde een vrouw.

'Robin,' zei Matthew schor.

Ze hoorde hem dichterbij komen, maar ze stak een hand op om hem tegen te houden. 'Raak me niet aan.'

'Robin, ik had het niet moeten doen, dat weet ik. Ik wilde niet dat je weer iets zou overkomen.'

Ze hoorde hem amper. Ze was niet alleen kwaad op Matthew, maar ook op Strike. Hij had nog een keer terug moeten bellen. Hij had het moeten blijven proberen. *Als hij had teruggebeld, had ik hier nu misschien niet gezeten.*

Die gedachte maakte haar bang.

Als ik had geweten dat Strike me terug wilde, zou ik dan met Matthew getrouwd zijn?

Ze hoorde het ruisen van Matthews jasje en gokte dat hij op zijn horloge keek. Misschien zouden de gasten beneden denken dat ze verdwenen waren om hun huwelijk te consummeren. Ze stelde zich voor dat Geoffrey schuine grappen zou maken in hun afwezigheid. De band stond natuurlijk al een uur klaar om te beginnen. En weer dacht ze eraan hoeveel dit alles haar ouders had gekost. En weer dacht ze aan de aanbetaling voor de uitgestelde bruiloft die ze ook al kwijt waren.

'Goed,' zei ze toonloos. 'Naar beneden, er moet gedanst worden.' Ze stond op en streek automatisch haar rok glad.

Matthew keek wantrouwend. 'Weet je het zeker?'

'We zullen deze dag toch moeten doorkomen,' zei ze. 'Iedereen is helemaal hierheen gereisd. Mijn ouders hebben een smak geld betaald.'

Ze hees haar jurk weer op en liep naar de deur van de suite.

'Robin!'

Ze draaide zich om in de verwachting dat hij zou zeggen: 'Ik hou van je.' In de verwachting dat hij zou glimlachen, zou smeken, zou aandringen op een echtere verzoening.

'Je kunt deze maar beter weer omdoen,' zei hij, en hij stak haar de trouwring toe die ze had afgedaan, zijn gezichtsuitdrukking net zo kil als de hare.

Aangezien Strike van plan was om te blijven tot hij Robin nogmaals had gesproken, had hij niets beters kunnen bedenken dan doorgaan met drinken. Hij had zich losgemaakt uit de gewillige bescherming van Stephen en Jenny, omdat hij vond dat ze vrijelijk moesten kunnen genieten van het gezelschap van vrienden en familie, en hij was teruggevallen op de methoden waarmee hij gewoonlijk de nieuwsgierigheid van vreemden afweerde: door gebruik te maken van zijn eigen intimiderende omvang en zijn van nature norse gezicht. Hij had een poos in zijn eentje met een groot glas bier aan het uiteinde van de bar gezeten en zich vervolgens teruggetrokken op het terras, waar hij afgezonderd van de andere rokers peinzend naar de vlekjes avondschaduw onder de bomen had zitten kijken en onder een koraalrode hemel de zoete weidegeur had opgesnoven. Zelfs Martin en zijn vrienden, die inmiddels flink wat gedronken hadden en als een stel tieners in een kring stonden te roken, slaagden er niet in genoeg moed te verzamelen om hem lastig te vallen.

Na verloop van tijd werden de gasten behendig bijeengedreven en met z'n allen teruggeleid naar de zaal met de houten lambrisering, die in hun afwezigheid was getransformeerd tot dansvloer. De helft van de tafels was weggehaald, de andere helft aan de kant geschoven. Er stond een band opgesteld achter een aantal versterkers, maar de bruid en bruidegom ontbraken nog. Een man van wie Strike begreep dat het Matthews vader was, bezweet, tonnetjerond en met een rood aangelopen hoofd, had al verschillende grappen gemaakt over wat ze volgens hem aan het doen waren, toen Strike werd aangesproken door een vrouw in een strakke turquoise jurk wier haarversiering met veren zijn neus kietelde toen ze zich naar hem toe boog om hem de hand te schudden.

'Cormoran Strike, toch?' zei ze. 'Wat een eer! Sarah Shadlock.'

Strike wist alles van Sarah Shadlock. Ze was in hun studententijd met Matthew naar bed geweest, in de periode dat hij een langeafstandsrelatie had met Robin. Strike wees ook deze keer op zijn verband om aan te geven waarom hij haar geen hand kon geven.

'Ach, arme kerel!'

Een dronken, kalende man die waarschijnlijk jonger was dan hij eruitzag dook op achter Sarah.

'Tom Turvey,' zei hij, zijn onscherpe blik strak op Strike gericht. 'Goed gedaan, man. Heel goed gedaan. Verdómd knap werk.'

'We wilden je al zo lang eens ontmoeten,' zei Sarah. 'Wij zijn oude vrienden van Matt en Robin.'

'Shacklewell Rip... Ripper,' zei Tom met een lichte hik. 'Verdomd knap werk.'

'Kijk nou toch, arme kerel,' zei Sarah nog een keer, waarbij ze Strikes biceps aanraakte terwijl ze glimlachend naar zijn gehavende gezicht keek. 'Dat heeft híj toch niet gedaan?'

'Iedereen wil er alles over weten,' zei Tom met een benevelde grijns. 'Ze houden het niet meer. Jij had hier een speech moeten houden in plaats van Henry.'

'Ha ha,' zei Sarah. 'Dat is natuurlijk het laatste waar je zin in hebt. Je bent vast meteen hierheen gereisd, onmiddellijk na... Nou ja, weet ik veel. Of niet?'

'Sorry,' zei Strike met een onbewogen gezicht. 'De politie heeft me gevraagd er niet over te praten.'

'Dames en heren,' zei de getergde ceremoniemeester, die overvallen was door de ongemerkte binnenkomst van Matthew en Robin. 'Graag een applaus voor de heer en mevrouw Cunliffe!'

Toen het pasgetrouwde stel met strakke gezichten naar het midden van de dansvloer liep, klapte iedereen behalve Strike. De zanger van de band nam de microfoon over van de ceremoniemeester.

'Dit is een nummer uit hun verleden dat veel voor Matthew en Robin betekent,' kondigde de zanger aan, en Matthew liet een hand om Robins middel glijden en pakte met de andere hand de hare.

De trouwfotograaf kwam uit de luwte tevoorschijn en begon weer plaatjes te schieten, met een lichte frons vanwege de terugkeer van de lelijke rubberen brace om de arm van de bruid.

De eerste akoestische tonen van 'Wherever You Will Go' van The

Calling klonken. Robin en Matthew begonnen op de plaats een rondje te draaien, hun blikken van elkaar afgewend.

So lately, been wondering,
who will be there to take my place
when I'm gone, you'll need love
to light the shadows on your face...

Merkwaardige keuze voor een nummer 'van ons samen', dacht Strike, maar terwijl hij toekeek, zag hij hoe Matthew zich naar Robin toe boog, haar smalle taille steviger beetpakte en bukte om haar iets in het oor te fluisteren.

Een ontnuchterende steek in zijn maagstreek doorboorde de mist van vermoeidheid, opluchting en alcohol die Strike de hele dag had afgeschermd voor de realiteit van wat deze bruiloft betekende. Nu, terwijl hij toekeek hoe het pasgetrouwde paar de dansvloer betrad, Robin in haar lange witte jurk, met een smalle band met rozen in het haar, en Matthew in zijn donkere pak, werd Strike gedwongen te erkennen hoe lang – en hoe vurig – hij had gehoopt dat Robin niet zou gaan trouwen. Hij wilde dat ze vrij was, vrij om te kunnen zijn wat zij samen waren geweest. Vrij, zodat als de omstandigheden veranderden... zodat de mogelijkheid openbleef... vrij, zodat ze op een dag zouden kunnen uitzoeken wat ze nog meer voor elkaar konden zijn.

Fuck. Bekijk het maar.

Als ze wilde praten, moest ze hem maar bellen. Hij zette zijn lege glas op een vensterbank, maakte rechtsomkeert en baande zich een weg tussen de andere gasten door, die schuifelend opzijgingen om hem erdoor te laten zodra ze zijn duistere blik zagen.

Toen Robin een draai maakte, waarbij ze strak voor zich uit bleef kijken, zag ze Strike vertrekken. De deur ging open en weg was hij.

'Laat me los.'

'Wat?'

Ze maakte zich van Matthew los, hees haar jurk op om wat vrijer te kunnen bewegen en verliet toen, half op een drafje, de dansvloer, waarbij ze bijna tegen haar vader en tante Sue op botste, die samen bedaard aan het dansen waren. Matthew bleef in zijn eentje midden in de zaal achter terwijl Robin zich door de geschrokken toeschouwers heen werkte naar de deur die zojuist dichtgevallen was.

'Cormoran!'

Hij was al halverwege de trap naar beneden, maar draaide zich om zodra hij zijn naam hoorde. Hij vond het mooi staan, haar haar in losse krullen onder die kroon van rozen uit Yorkshire.

'Gefeliciteerd.'

Ze liep nog een paar treden verder naar beneden en vocht tegen de brok die haar keel blokkeerde. 'Wil je me echt terug?'

Hij forceerde een glimlach. 'Ik heb verdomme urenlang met Shanker in de auto gezeten, een auto waarvan ik sterk vermoed dat hij gestolen is. Natuurlijk wil ik je terug.'

Ze lachte en de tranen sprongen haar in de ogen. 'Is Shanker er ook? Had hem mee naar binnen genomen!'

'Shanker? Hier? Hij zou alle gasten gerold hebben en daarna de kassalade van de receptie hebben meegenomen.'

Ze lachte nog een keer, maar de tranen drupten nu uit haar volgelopen ogen en belandden op haar wangen.

'Waar slaap je dan?'

'In de auto, terwijl Shanker me naar huis brengt. Hij rekent hier een kapitaal voor. Geeft niet,' bromde hij toen ze haar mond al opendeed. 'Dat is het me wel waard als jij terugkomt. Meer dan waard.'

'Deze keer wil ik een contract,' zei Robin, maar haar strenge toon was in tegenspraak met de uitdrukking in haar ogen. 'Een degelijk, vast contract.'

'Afgesproken.'

'Oké. Nou, dan zie ik je...' Wanneer zou ze hem weer zien? Het was de bedoeling dat ze twee weken op huwelijksreis ging.

'Laat maar weten,' zei Strike.

Hij draaide zich om en wilde de trap weer af lopen.

'Cormoran!'

'Wat?'

Ze liep naar hem toe tot ze een trede hoger stond dan hij. Hun ogen waren nu op gelijke hoogte. 'Ik wil er alles over horen, hoe je hem te pakken hebt gekregen en zo.'

Hij glimlachte. 'Dat kan wel wachten. Maar zonder jouw hulp zou het me niet gelukt zijn.'

Ze zouden geen van beiden kunnen zeggen wie de eerste stap had gezet, of misschien deden ze het tegelijkertijd. Voordat ze het wisten waren ze verwikkeld in een stevige omhelzing, Robin met haar kin op Strikes schouder, hij met zijn gezicht in haar haar. Hij rook naar zweet, bier en medisch ontsmettingsmiddel, en zij naar rozen en het lichte parfum dat hij had gemist toen ze niet meer bij hem op kantoor zat. Het gevoel haar vast te houden was nieuw en tegelijkertijd vertrouwd, alsof hij haar lang geleden al vaak in zijn armen had genomen, alsof hij het jarenlang had gemist, zonder het te weten. Boven speelde de band door, hoorbaar door de gesloten deuren heen:

I'll go wherever you will go,
if I could make you mine...

Net zo plotseling als ze elkaar hadden beetgepakt, lieten ze weer los. De tranen stroomden over Robins gezicht. Eén moment van gekte snakte Strike ernaar om te zeggen: 'Ga met me mee,' maar er zijn woorden die onmogelijk ongedaan gemaakt of vergeten kunnen worden, en hij wist dat deze woorden tot die categorie behoorden.

'Laat maar weten,' zei hij nog een keer. Hij probeerde te glimlachen, maar dat deed pijn aan zijn gezicht. Na een zwaai met zijn verbonden hand liep hij zonder om te kijken de trap af.

Ze keek hem na en streek verwoed de hete tranen uit haar gezicht. Als hij had gezegd: 'Ga met me mee,' zou ze het gedaan hebben, wist ze. Maar wat dan? Robin nam een grote hap lucht, veegde met de rug van haar hand haar neus af, draaide zich om, hees haar rok weer op en liep langzaam de trap op, terug naar haar echtgenoot.

Een jaar later

1

Ik heb gehoord dat hij van plan is uit te breiden... dat hij op zoek is naar een goede assistent.

Henrik Ibsen, *Rosmersholm*

Het universele verlangen naar roem is zo groot dat degenen die het bij toeval bereiken, of tegen hun zin, tevergeefs zullen wachten op medelijden.

Na het oppakken van de Shacklewell Ripper was Strike wekenlang bang dat de grootste triomf van zijn detectivebestaan wel eens de doodsklap voor zijn carrière zou kunnen zijn. De kleine beetjes publiciteit die zijn bureau tot dan toe had getrokken leken nu eerder op de twee keer dat een drenkeling kopje-onder gaat voordat hij voorgoed in de diepte verdwijnt. Het bedrijf waarvoor hij zo veel had opgeofferd, waarvoor hij zo hard had gewerkt, was grotendeels afhankelijk van zijn vermogen om in Londen over straat te gaan zonder herkend te worden, maar na het inrekenen van een seriemoordenaar was hij een rol gaan spelen in de verbeelding van het publiek, een sensationele vreemde snuiter waarover in quizzen grapjes werden gemaakt, onderwerp van ieders nieuwsgierigheid, en extra fascinerend omdat hij die weigerde te bevredigen.

Nadat de kranten Strikes vernuftigheid bij het opsporen van de Ripper tot de laatste druppel hadden uitgemolken, hadden ze flink gespit in zijn familieachtergrond. Die noemden ze 'kleurrijk', al was het voor hemzelf een akelige klont in zijn binnenste die hij al zijn hele leven met zich meedroeg en waar hij liever verre van bleef: zijn vader de rockster, zijn moeder de dode groupie, zijn loopbaan bij het leger die was geëindigd met het verlies van zijn halve rechterbeen. Sluwe journalisten hadden verlekkerd met geld gewapperd naar de enige met wie hij zijn jeugd deelde: zijn halfzus Lucy. Kennissen uit zijn legertijd hadden uit de losse pols commentaar gegeven dat voor Strike, afgezien van de opmerkingen waarvan hij wist dat ze in de categorie grove humor vielen, vooral leek te duiden op jaloezie en geringschatting. De vader die Strike slechts tweemaal had ontmoet en wiens achternaam hij niet gebruikte, had via een publiciteitsagent een verklaring afgelegd waarin hij onterecht suggereerde dat er sprake was van een vriendschappelijke relatie, die zich ver buiten de nieuwsgierige blikken afspeelde. De naschokken van het oppakken van de Ripper hadden Strikes leven een jaar lang beïnvloed, en hij was er niet van overtuigd dat ze nu achter de rug waren.

Natuurlijk had het ook voordelen om de bekendste privédetective van Londen te zijn. In de nasleep van de rechtszaak was Strike overspoeld door nieuwe klanten, zodat het voor hem en Robin fysiek onmogelijk was om alle klussen zelf af te handelen. Aangezien het raadzaam was dat Strike zich voorlopig niet te vaak liet zien, was hij maanden achter elkaar het grootste deel van de tijd op kantoor gebleven, en terwijl ingehuurde krachten – voornamelijk ex-politie en oud-militairen, van wie velen afkomstig uit de wereld van de particuliere beveiliging – het meeste speurwerk op zich namen, deed Strike voornamelijk de avond- en nachtklussen en handelde hij het papierwerk af. Nadat hij een jaar lang het maximale aantal opdrachten had aangenomen dat zijn uitgebreide detectivebureau aankon, was Strike erin geslaagd Robin eindelijk de salarisverhoging te geven waarop ze al veel langer recht had; daarnaast had hij zijn laatste schulden afbetaald en een dertien jaar oude BMW-3-serie gekocht.

Lucy en zijn vrienden gingen ervan uit dat de aanwezigheid van die auto en het extra personeel betekende dat Strike eindelijk een zekere welvaart had bereikt waarop hij kon terugvallen. De waarheid was dat hij na aftrek van de exorbitant hoge kosten van een parkeergarage in het centrum van Londen bijna niets overhield om van te leven. Hij woonde nog steeds in de tweekamerflat boven zijn kantoor, waar hij kookte op een enkele gaspit.

De administratieve rompslomp die de nieuwe freelancers met zich meebrachten en de wisselende kwaliteit van de beschikbare mannen en vrouwen waren een voortdurende bron van ellende voor Strike. Hij had maar één man gevonden die hij semipermanent aanhield: Andy Hutchins, een magere, zwaarmoedige oud-politieman die tien jaar ouder was dan zijn nieuwe baas en die hem met klem was aanbevolen door Strikes vriend bij de Londense politie, rechercheur Eric Wardle. Hutchins was met vervroegd pensioen gegaan toen de artsen multiple sclerose bij hem hadden vastgesteld, nadat zijn linkerbeen plotseling vrijwel verlamd was geweest. Toen hij bij Strike solliciteerde, had Hutchins hem gewaarschuwd dat hij misschien niet altijd fit zou zijn. Het verloop van de ziekte was onvoorspelbaar, had hij uitgelegd, maar in de afgelopen drie jaar had hij geen terugval gehad. Hij volgde een speciaal vetarm dieet dat Strike in de oren klonk als een ware straf: geen rood vlees, geen kaas, geen chocolade en niets uit de frituur. Andy was methodisch en geduldig en je kon hem klussen toevertrouwen zonder voortdurende supervisie, en dat was meer dan Strike van al zijn andere krachten kon zeggen, met uitzondering van Robin. Hij vond het nog steeds onvoorstelbaar dat ze als tijdelijke secretaresse zijn leven was binnengewandeld en was uitgegroeid tot zijn compagnon en een uitstekende collega.

Maar of ze nog vrienden waren, dat was een andere vraag.

Twee dagen na de bruiloft van Robin en Matthew, toen de pers hem zijn flat uit had gejaagd en het voor Strike nog altijd onmogelijk was om de tv aan te zetten zonder zijn eigen naam te horen, had hij, ondanks de uitnodigingen van vrienden en van zijn zus, zijn toevlucht gezocht in een eenvoudig hotel, een Travelodge in de buurt van metrostation Monument. Daar had hij de afzondering en privacy gevonden waar hij naar snakte; daar had hij de vrijheid om urenlang ongestoord te slapen, en daar had hij negen blikken bier achterovergeslagen en verlangd naar een gesprek met Robin, steeds heviger bij ieder leeg blik dat hij, met afnemende precisie, door de kamer gooide in de richting van de prullenbak.

Ze hadden geen contact met elkaar gehad sinds hun omhelzing op de trap, waarnaar Strikes gedachten in de dagen erna herhaaldelijk waren teruggekeerd. Hij was ervan overtuigd dat Robin een helse tijd doormaakte bij haar ouders in Masham, waar ze moest beslissen of ze zou kiezen voor een scheiding of voor nietigverklaring van haar huwelijk, en ze moest natuurlijk de verkoop van hun flat regelen terwijl ze werd bestookt door de pers en haar boze familie. Wat hij precies zou zeggen als hij haar te pakken kreeg wist Strike niet. Hij wist alleen dat hij haar stem wilde horen. Op dat punt, dronken graaiend in zijn weekendtas, kwam hij tot de ontdekking dat hij in zijn haast om zijn flat te verlaten, in die periode van groot slaaptekort, was vergeten de oplader van zijn telefoon in te pakken. Het toestel was leeg. Hij had zich niet uit het veld laten slaan en had Inlichtingen gebeld, en nadat hij zijn verzoek vele malen had moeten herhalen was het hem gelukt Robins ouderlijk huis te bellen.

Haar vader nam op.

'Ja, hallo, kannik Robin spreken azzeblief?'

'Robin? Die is op huwelijksreis, ben ik bang.'

Heel even had Strike met zijn wazige hoofd niet begrepen wat hij te horen kreeg.

'Hallo?' zei Michael Ellacott en toen, boos: 'Dit is zeker weer zo'n journalist? Mijn dochter zit in het buitenland en ik wil niet dat u steeds naar mijn huis belt.'

Strike had opgehangen en was doorgegaan met drinken tot hij laveloos in slaap viel.

Zijn kwaadheid en teleurstelling waren nog dagenlang blijven hangen, geenszins verminderd door het besef dat velen zouden zeggen dat hij geen enkele aanspraak mocht maken op het privéleven van zijn werkneemster. Robin was blijkbaar niet de vrouw die hij in haar had gezien, als ze dacht dat ze braaf in het vliegtuig moest stappen met de man die Strike in gedachten 'die lul' noemde. Desalniettemin grensde zijn terneergeslagenheid aan een depressie terwijl hij daar in zijn Travelodge, met een gloednieuwe oplader en nog meer bier, zat te wachten tot zijn naam uit het nieuws verdween.

Bewust op zoek naar afleiding van zijn gedachten aan Robin had hij een einde gemaakt aan zijn zelfopgelegde afzondering door in te gaan op een uitnodiging die hij normaal gesproken zou mijden: een etentje met rechercheur Eric Wardle, diens vrouw April en hun vriendin Coco. Strike wist maar al te goed dat het een koppelpoging was. Coco had al eerder geprobeerd via Wardle te achterhalen of Strike nog single was.

Coco was klein, tenger en heel knap, en ze had tomaatrood haar. Ze was tatoeëerster van beroep en parttime burlesquedanseres. Strike had de tekenen van gevaar moeten herkennen. Ze gedroeg zich al voor de borrel giechelig en enigszins hysterisch. Hij was met haar naar bed gegaan in de Travelodge op dezelfde manier als waarop hij de negen blikken Tennent's-bier had leeggedronken.

In de weken daarna had hij Coco moeizaam van zich af moeten schudden. Strike was er niet trots op, maar één voordeel van vluchten voor de pers was dat onenightstands hem moeilijker konden opsporen.

Nu, een jaar later, had Strike nog steeds geen flauw idee waarom Robin ervoor had gekozen om bij Matthew te blijven. Hij ging er maar van uit dat haar gevoelens voor haar man zo diep zaten dat ze blind was voor zijn ware aard. Zelf had hij inmiddels een nieuwe relatie. Die duurde nu tien maanden, langer dan hij het ooit met iemand had volgehouden sinds hij het had uitgemaakt met Charlotte, de enige vrouw met wie hij ooit had overwogen te trouwen.

De emotionele afstand tussen de collega-detectives was een simpel feit in hun dagelijkse bestaan geworden. Strike had niets aan te merken op Robins werk. Ze deed alles wat haar werd opgedragen onmiddellijk en uiterst nauwgezet, ze nam initiatief en was vindingrijk. Maar haar gezicht was ingevallen en zorgelijk – iets wat voorheen nooit het geval was geweest. Hij meende dat ze wat schrikachtiger was dan gewoonlijk, en het was een paar keer voorgekomen dat hij haar bij het verdelen van werk tussen zijn compagnon en zijn freelancers had betrapt op een uitdrukkingsloze, wazige blik die hij niet van haar kende. Hij wist wat de teken van het posttraumatisch stresssyndroom waren, en Robin was inmiddels twee keer aan de dood ontsnapt bij een geweldsincident. In de periode kort na het verlies van zijn onderbeen in Afghanistan had ook hij dissociatie ervaren: hij voelde zich dan plotseling abrupt verwijderd van zijn omgeving en beleefde opnieuw die paar seconden van het onheilspellende voorgevoel en de doodsangst die voorafgegaan waren aan het uiteenspatten van de Viking waarin hij had gezeten, en daarmee zijn lichaam en zijn legercarrière. Hij had er een grote afkeer aan overgehouden van autoritten waarbij iemand anders dan hijzelf achter het stuur zat, en tot op de dag van vandaag droomde hij 's nachts over bloed en pijn, nachtmerries waar hij soms badend in het zweet uit wakker schrok.

Maar toen hij had geprobeerd Robins geestelijke gezondheid met haar te bespreken, op de kalme, verstandige toon van haar werkgever, had ze hem beslist en gepikeerd de mond gesnoerd, op een manier waarvan hij vermoedde dat die terug te voeren was op haar ontslag. Daarna was het hem opgevallen dat ze zich opwierp voor risicovollere opdrachten, ook in het donker, en het was een hele toer geweest om het werk zo in te delen dat het niet opviel dat hij haar de veiligste, meest alledaagse klussen toebedeelde, wat hij dus wel deed.

Ze gingen beleefd, aangenaam en formeel met elkaar om en spraken alleen in zeer grote lijnen over hun privéleven, en dan alleen als het echt nodig was. Robin en Matthew waren pas verhuisd en Strike had erop gestaan dat ze daar een volle week voor vrij nam. Robin had tegengestribbeld, maar hij had voet bij stuk gehouden. Ze had het hele jaar door amper vrije dagen opgenomen, zo bracht hij haar in herinnering, op een toon die geen tegenspraak duldde.

Die maandag was de nieuwste van Strikes onbevredigende freelancers, een arrogante voormalige Red Cap die Strike niet had gekend in de tijd dat hij zelf bij de militaire politie zat, met zijn brommer achter op een taxi geknald die hij had moeten volgen. Strike had hem met plezier ontslagen. Het was een mooie uitlaatklep geweest voor zijn woede, want zijn huurbaas had ook nog eens die week uitgekozen om Strike te laten weten dat hij, net als vrijwel alle andere eigenaren van kantoorruimte in Denmark Street, zijn pand had verkocht aan een projectontwikkelaar. Daardoor hing de detective nu het verlies van zowel zijn kantoor als zijn woonruimte boven het hoofd.

Om een reeks toch al belabberde dagen te bezegelen bleek de uitzendkracht die hij had ingehuurd om wat eenvoudig administratief werk af te handelen en in Robins afwezigheid de telefoon te beantwoorden een van de irritantste vrouwen te zijn die Strike ooit had meegemaakt. Denise praatte onafgebroken, met een nasale zeurstem die zelfs dwars door de gesloten deur naar zijn kantoor hoorbaar was. Strike had zijn toevlucht gezocht tot een koptelefoon met muziek, met als gevolg dat ze herhaaldelijk op zijn deur moest bonzen en roepen voordat hij haar hoorde.

'Wat is er?'

'Dit vond ik net,' zei Denise, en ze legde een briefje voor hem neer waar iets op gekrabbeld was. 'Er staat "kliniek" op en nog iets wat ik niet kan lezen. Een afspraak voor over een half uur – had ik u daaraan moeten herinneren?'

Strike zag Robins handschrift. Het woord dat vóór kliniek stond was inderdaad onleesbaar.

'Nee,' zei hij. 'Gooi maar weg.'

Met de vage hoop dat Robin in stilte professionele hulp had gezocht voor haar eventuele mentale problemen zette Strike de koptelefoon weer op en richtte zich weer op het verslag dat hij aan het lezen was, maar hij merkte dat hij zich er moeilijk op kon concentreren. Daarom besloot hij vroeg te vertrekken voor het sollicitatiegesprek dat hij straks zou hebben met een mogelijke nieuwe freelancer. Vooral om Denise te ontvluchten had hij met deze man afgesproken in zijn favoriete pub.

Strike had de Tottenham maandenlang moeten mijden in de nasleep van het oppakken van de Shacklewell Ripper, want de journalisten hadden er op de loer gelegen nadat was uitgelekt dat het zijn stamkroeg was. Zelfs vandaag nog keek hij wantrouwend om zich heen voordat hij vaststelde dat hij veilig naar de bar kon lopen, waar hij zijn gebruikelijke halve liter Doom Bar bestelde en vervolgens een tafeltje in een hoek uitkoos.

Deels omdat hij zijn best had gedaan geen friet meer te eten – voorheen een van zijn meest gegeten gerechten – en deels vanwege de drukte op het werk was Strike tegenwoordig slanker dan een jaar geleden. Door het gewichtsverlies was de druk op zijn geamputeerde been afgenomen, waardoor het hem minder inspanning kostte en minder opluchting bezorgde om te gaan zitten, zodat hij daarbij niet meer zo de aandacht trok. Strike nam een slok van zijn bier, strekte uit gewoonte zijn been, genietend van het relatieve gemak waarmee dat ging, en hij sloeg de kartonnen dossiermap open die hij had meegenomen.

De aantekeningen in de map waren gemaakt door de prutser die met zijn brommer achter op de taxi was geknald, en er deugde weinig van. Strike kon het zich niet veroorloven deze klant te verliezen, maar Hutchins en hij hadden zonder deze klus al moeite al het werk gedaan te krijgen. Hij had dringend een nieuwe kracht nodig, en toch was hij er niet van overtuigd dat het geplande sollicitatiegesprek wel een goed idee was. Hij had niet met Robin overlegd over de stoutmoedige beslissing om op zoek te gaan naar een man die hij vijf jaar niet had gezien, en zelfs op het moment dat de deur van de Tottenham openging en Sam Barclay binnenkwam, op de minuut af keurig op tijd, vroeg Strike zich af of hij niet een enorme vergissing beging.

Hij zou de man uit Glasgow vrijwel overal meteen herkend hebben als een voormalig militair, met zijn witte T-shirt onder een trui met V-hals, zijn kortgeknipte haar en de te witte gympen onder een strakke spijkerbroek. Toen Strike opstond en zijn hand naar hem uitstak, zei Barclay, die hem al even makkelijk herkend leek te hebben, met een grijns: 'Nu al aan de drank, *aye*?'

'Jij ook een?' vroeg Strike.

Terwijl hij op Barclays bier stond te wachten, bekeek hij de voormalige karabinier via de spiegel achter de bar. Barclay was vooraan in de dertig, maar zijn haar werd al grijs. Verder was hij nog precies hetzelfde als in Strikes herinnering. Met zijn zware wenkbrauwen, grote, ronde blauwe ogen, brede kaken en een mond die wel wat weg had van een snavel leek hij een beetje op een vriendelijke uil. Strike had Barclay meteen gemogen, ook al had hij hem voor de krijgsraad moeten slepen.

'Rook je nog steeds?' vroeg Strike toen hij hem zijn bier had gegeven en weer ging zitten.

'Alleen zo'n pijpje',' zei Barclay. 'We hebben een baby.'

'Gefeliciteerd,' zei Strike. 'Op de gezonde toer, dus?'

'Aye, zoiets ja.'

'En deal je nog?'

'Ik dealde niet,' zei Barclay fel, met zijn sterke Glasgow-accent. 'Dat weet jij heel goed, man. Ik ben gelegenheidsgebruiker, meer niet.'

'Waar koop je het spul dan tegenwoordig?'

'Online,' zei Barclay, en hij nam een slokje van zijn bier. 'Makkelijk zat. De eerste keer dat ik het probeerde, dacht ik: dat kan toch verdomme nooit werken? Maar ach, ik vond het wel een avontuur. Je krijgt het opgestuurd in sigarettenpakjes, onherkenbaar, zeg maar. Er is een heel menu waaruit je kunt kiezen. Mooie uitvinding, internet.'

Hij lachte en vroeg toen: 'Wat wilde je nou van me? Ik had nooit verwacht dat jíj contact met me zou opnemen, man.'

Strike aarzelde. 'Ik zat eraan te denken om jou een baan aan te bieden.'

Het bleef even stil terwijl Barclay hem aanstaarde. Toen wierp hij zijn hoofd in zijn nek en lachte bulderend.

'Fuck,' zei hij. 'Waarom zeg je dat dan niet meteen?'

'Wat denk je zelf?'

'Ik gebruik niet iedere avond,' zei Barclay ernstig. 'Echt niet. Mijn vrouw moet er niks van hebben.'

Strike hield zijn hand op het gesloten dossier terwijl hij nadacht. Hij was bezig geweest met een drugszaak in Duitsland toen hij op Barclay stuitte. In het Britse leger werden drugs gekocht en verhandeld zoals in ieder ander deel van de samenleving, maar de Special Investigation Branch was ingeschakeld om onderzoek te doen naar een operatie die professioneler leek te zijn dan de meeste. Barclay was aangewezen als een van de belangrijkste spelers, en de ontdekking van een blok eersteklas Marokkaanse hasj van een kilo tussen zijn spullen had een verhoor beslist gerechtvaardigd.

Barclay had volgehouden dat hij erin geluisd was, en Strike, die bij het verhoor aanwezig was geweest, was geneigd hem te geloven, niet in de laatste plaats omdat de karabinier hem intelligent genoeg leek om een veel betere verstopplek voor zijn hasj te verzinnen dan de bodem van zijn legertas. Aan de andere kant was er volop bewijs geweest dat Barclay regelmatig had gebruikt, en er was meer dan één getuige die kon verklaren dat hij zich de laatste tijd vreemd had gedragen. Strike had de indruk dat Barclay een makkelijke zondebok was geweest, en hij had besloten zelf ook wat graafwerk te verrichten.

Dat had interessante informatie opgeleverd over bouwmaterialen en -machines die tegen zeer onaannemelijke bedragen werden bijbesteld. Hoewel het niet de eerste keer was dat Strike deze vorm van corruptie tegenkwam, bleken de twee officieren die verantwoordelijk waren voor deze spullen, die op geheimzinnige wijze verdwenen en heel makkelijk door te verkopen waren, toevállig dezelfde mannen te zijn die erop gebrand waren geweest dat Barclay voor de krijgsraad verscheen.

Barclay had er tijdens zijn verhoor door Strike niet op gerekend dat de SIB-sergeant plotseling belangstelling zou tonen voor onregelmatigheden rond de bouwcontracten in plaats van voor de hasj. Eerst was hij op zijn hoede geweest, ervan overtuigd dat hij toch niet geloofd zou worden, gezien de omstandigheden waarin hij zich bevond, maar uiteindelijk had Barclay aan Strike opgebiecht dat hij niet alleen had opgemerkt wat anderen niet zagen – of ze hadden er bewust voor gekozen er niet naar te vragen – maar zelfs tabellen had bijgehouden met de exacte hoeveelheden die deze officieren achteroverdrukten. Helaas voor Barclay hadden de bewuste officieren er lucht van gekregen dat hij iets te veel belangstelling had voor hun activiteiten, en kort daarna was er dus opeens een kilo hasj opgedoken tussen zijn spullen.

Toen Barclay hem het rapport liet zien dat hij had bijgehouden (het schriftje was heel wat beter verstopt geweest dan de hasj), was Strike onder de indruk geweest van de getoonde methode en zijn initiatief, gezien het feit dat Barclay nooit was opgeleid in opsporingstechnieken. Op de vraag waarom hij een onderzoek had ingesteld waarvoor hij niet werd betaald, een onderzoek dat hem bovendien een hoop problemen had bezorgd, had hij zijn brede schouders opgehaald en met zijn sterke accent gezegd: 'Het deugt toch niet? Het is wel het leger waar ze van stelen. Ze steken belastingcenten in hun zak waar andere mensen hard voor moeten werken.'

Strike had meer uren in de zaak gestoken dan volgens zijn collega's gerechtvaardigd was geweest, maar uiteindelijk, met Strikes aanvullende onderzoek om meer gewicht in de schaal te leggen, had het dossier dat Barclay had aangelegd over de activiteiten van zijn superieuren geleid tot hun veroordeling. De SIB was natuurlijk met de eer gaan strijken, maar Strike had ervoor gezorgd dat de beschuldiging aan Barclays adres stilletjes van tafel was geveegd.

'Als je zegt "een baan",' vroeg Barclay zich nu hardop af, terwijl om hen heen het geroezemoes en gerinkel van de pub klonk, 'bedoel je dan als detective?'

'Ja,' antwoordde Strike. 'Wat heb je gedaan sinds de laatste keer dat ik je zag?'

Het antwoord was deprimerend, al kwam het niet onverwacht. Barclay had de eerste jaren na het leger moeite gehad een gewone baan te vinden, en hij had wat schilder- en andere woningklussen gedaan voor het bedrijf van zijn zwager.

'Moeder de vrouw brengt bij ons thuis het meeste geld binnen,' zei hij. 'Ze heeft een goede baan.'

'Oké,' zei Strike. 'Ik denk dat ik je om te beginnen een paar dagen in de week kan bieden. Je werkt op freelancebasis en stuurt mij facturen. Lijkt je dat wat?'

'Aye,' zei Barclay. 'Aye, dat klinkt prima. Wat betaal je per uur?'

Ze hadden het nog vijf minuten over geld. Strike legde uit dat zijn andere krachten zich hadden ingeschreven als zelfstandig ondernemer, en dat bonnetjes voor onkostenvergoeding op kantoor ingeleverd konden worden. Tot slot sloeg hij de dossiermap open en schoof die naar Barclay toe, zodat hij de inhoud kon bekijken.

'Hij moet gevolgd worden,' zei hij, en hij wees op een foto van een mollige jongen met een bos dikke krullen. 'Neem foto's van iedereen met wie hij zich laat zien, en van wat hij uitvoert.'

'Aye, doen we.' Barclay haalde zijn telefoon tevoorschijn en nam foto's van het doelwit en zijn adres.

'Vandaag wordt hij geschaduwd door mijn andere medewerker,' zei Strike, 'maar je zult vanaf morgenvroeg zes uur voor zijn flat moeten posten.'

Het deed hem goed dat Barclay geen vragen stelde over die vroege start.

'Maar wat is er met dat meiske gebeurd?' vroeg Barclay terwijl hij zijn telefoon weer in zijn zak stopte. 'Dat grietje dat samen met je in de kranten stond?'

'Robin?' zei Strike. 'Die heeft vakantie. Ze is volgende week terug.'

Ze namen afscheid met een handdruk, waarbij Strike genoot van een moment van vluchtig optimisme, tot hij zich herinnerde dat hij zou moeten terugkeren naar kantoor en daarmee naar Denise, met haar papagaaiengekwetter, haar gewoonte om met volle mond te praten en haar onvermogen om te onthouden dat hij een schurfthekel had aan slappe thee met melk.

Hij moest zich een weg banen langs het eeuwig opgebroken wegdek aan het begin van Tottenham Court Road om op kantoor te komen. Onderweg wachtte hij tot hij voorbij het lawaaiigste stuk was voordat hij Robin belde om haar te vertellen dat hij Barclay in hun gelederen had ingelijfd, maar hij kreeg de voicemail. Toen hij zich herinnerde dat ze op dat moment in die geheimzinnige kliniek zou moeten zijn, verbrak hij de verbinding zonder een bericht in te spreken.

Onder het lopen schoot hem plotseling iets anders te binnen. Hij was ervan uitgegaan dat de kliniek te maken had met Robins geestelijke gezondheid, maar stel nou...

De telefoon in zijn hand ging; het nummer van zijn kantoor. 'Hallo?'

'Meneer Strike?' tetterde Denise op doodsbange toon in zijn oor. 'Meneer Strike, kunt u alstublieft snel terugkomen? Alstublieft. Er is hier een meneer... die u dringend wil spreken...'

Boven haar stem uit hoorde Strike een harde klap en het geschreeuw van een man.

'Kom alstublieft zo snel mogelijk terug!' gilde Denise.

'Ik kom eraan!' brulde Strike, en hij begon onhandig te rennen.

2

Hij ziet er niet uit als het type man dat je hier zou moeten binnenlaten.

Henrik Ibsen, *Rosmersholm*

Hijgend, met pijnscheuten in zijn rechterknie, gebruikte Strike de leuning om zich de laatste paar treden van de metalen trap naar de overloop voor zijn kantoor op te hijsen. Twee harde stemmen galmden door de glazen deur, de ene van een man, de andere van een vrouw, schel en angstig. Toen Strike naar binnen stormde, bracht Denise, die met haar rug tegen de muur gedrukt stond, hijgend uit: 'O, goddank!'

Strike schatte de man die zich midden in de ruimte had opgesteld halverwege de twintig. Donker haar viel in dunne pieken voor een mager, vuil gezicht dat werd gedomineerd door priemende, diepliggende ogen. Zijn T-shirt, spijkerbroek en hoody waren allemaal gescheurd en groezelig, en de zool van een van zijn sportschoenen hing los. Een ongewassen, dierlijke lucht bereikte de neusgaten van de detective.

Dat de vreemdeling geestelijk niet in orde was leed geen twijfel. Hij raakte om de tien seconden, ogenschijnlijk in een niet te beheersen tic, het puntje van zijn neus aan, dat rood geworden was van het herhaaldelijke getik, en daarna met een soort holle dreun het midden van zijn magere borst, waarna hij zijn hand naar zijn zij liet zakken. Vrijwel onmiddellijk vloog de hand vervolgens weer naar het puntje van zijn neus. Het was alsof hij niet meer wist hoe je een kruis sloeg – of alsof hij die handeling had vereenvoudigd omdat het dan sneller ging. Neus, borst, hand naar de zij; neus, borst, hand naar de zij; de werktuiglijke beweging was verontrustend om te zien, vooral omdat hij zich er nauwelijks van bewust leek te zijn dat hij het deed. Hij was een van die zieke, wanhopige types die je in de Engelse hoofdstad zag en die altijd het probleem van anderen waren, zoals de reiziger in de metro met wie iedereen oogcontact probeerde te mijden, en de schreeuwende vrouw op de hoek van de straat om wie mensen met een grote boog heen liepen. Flarden van geruïneerde menselijkheid, zo alledaags geworden dat ze de verbeelding nooit lang teisterden.

'Ben jij het?' vroeg de man met de priemende ogen, terwijl zijn hand weer van zijn neus naar zijn borst ging. 'Ben jij die Strike? De detective?'

Met de hand die niet voortdurend van neus naar borst ging rukte hij plotseling aan zijn gulp. Denise jammerde, alsof ze bang was dat hij plotseling zijn lid zou ontbloten, wat inderdaad zeer goed mogelijk leek.

'Ik ben Strike, ja,' zei de detective, en hij verplaatste zich zo dat hij tussen de onbekende en zijn uitzendkracht in stond. 'Gaat het, Denise?'

'Ja,' fluisterde ze, nog steeds met haar rug tegen de muur gedrukt.

'Ik heb een kind vermoord zien worden,' zei de vreemdeling. 'Gewurgd.'

'Oké,' zei Strike nuchter. 'Zullen we daar even naar binnen gaan?' Hij wees de man zijn kantoor.

'Ik moet pissen!' zei de onbekende, en hij gaf weer een ruk aan zijn gulp.

'Deze kant op dan.' Strike toonde hem de wc-deur op de gang, vlak bij de voorste kantoorruimte.

Toen de deur achter de man was dichtgevallen, wendde Strike zich fluisterend tot Denise. 'Wat is er gebeurd?'

'Hij wilde u spreken. Ik zei dat u er niet was en toen werd hij kwaad en begon om zich heen te slaan!'

'Bel de politie,' zei Strike zachtjes. 'Zeg dat we hier met een zeer zieke man zitten. Mogelijk psychotisch. Maar wacht wel tot ik hem mijn eigen kantoortje in gelokt heb.'

De wc-deur vloog met een klap open. De gulp van de man stond wagenwijd open. Zo te zien droeg hij geen onderbroek. Denise jammerde weer toen hij verwoed zijn neus en borst aanraakte, neus en borst, zich niet bewust van de grote bos donker schaamhaar die uit zijn broek stak.

'Deze kant op,' zei Strike op vriendelijke toon. De man schuifelde de tussendeur door; de stank die om hem heen hing leek dubbel zo sterk na het korte respijt.

Na Strikes uitnodiging te gaan zitten nam de vreemde plaats op het puntje van de bureaustoel voor de klanten.

'Hoe heet je?' vroeg Strike, die aan de andere kant van het bureau ging zitten.

'Billy,' zei de man, en zijn hand ging drie keer snel achter elkaar van zijn neus naar zijn borst. De derde keer dat de hand omlaagviel, pakte hij hem met zijn andere hand beet en hield hem stevig vast.

'En jij hebt gezien dat er een kind werd gewurgd, Billy?' vroeg Strike, terwijl Denise in het naastgelegen vertrek kakelde: 'Politie! Snel!'

'Wat zei ze?' vroeg Billy, zijn diepliggende ogen heel groot toen hij nerveus naar de tussendeur gluurde, zijn ene hand nog steeds stevig in de andere geklemd in een poging zijn tic te onderdrukken.

'Nee, niks,' antwoordde Strike losjes. 'Ik heb nog een paar andere zaken lopen. Vertel me eens wat meer over dat kind.'

Hij pakte pen en papier, al zijn bewegingen traag en behoedzaam, alsof Billy een wilde vogel was die zou kunnen schrikken.

'Hij heeft het gewurgd, boven bij het paard.'

Denise kakelde nu achter het flinterdunne tussenwandje luidkeels in de telefoon.

'Wanneer was dat?' vroeg Strike, die nog steeds zat te schrijven.

'Héél lang geleden... ik was nog een kind. Het was een klein meisje, maar later zeiden ze dat het een jongetje was. Jimmy was erbij. Hij zegt dat ik dat helemaal niet gezien heb, maar dat is niet waar. Ik heb hem het zelf zien doen. Gewurgd. Met eigen ogen gezien.'

'En dat was dus bij het paard?'

'Ja, boven bij het paard. Maar daar hebben ze haar niet begraven. Hem. Dat was bij de boskuil op mijn vaders terrein. Ik heb gezien dat hij het deed, ik kan u de plek aanwijzen. Ik mag daar van haar vast niet graven, maar u mag dat misschien wel.'

'Dus Jimmy heeft het gedaan?'

'Jimmy heeft niemand gewurgd!' zei Billy boos. 'Hij heeft het samen met mij gezien. Hij zegt dat het nooit gebeurd is, maar hij liegt. Hij was erbij. Hij is bang, moet u weten.'

'Ik begrijp het,' loog Strike, die doorging met het maken van aantekeningen. 'Goed, ik heb wel je adres nodig als ik het ga onderzoeken.'

Hij verwachtte min of meer verzet, maar Billy stak gretig zijn hand uit naar de pen en het papier die hem werden voorgehouden. Een nieuwe vlaag van zijn lijflucht trof Strike. Billy begon te schrijven, maar leek zich plotseling te bedenken.

'U komt toch niet naar Jimmy's huis, hè? Hij trapt me in elkaar als dat gebeurt. U mag niet naar Jimmy toe komen.'

'Nee, nee,' zei Strike geruststellend. 'Ik heb je adres alleen nodig voor het dossier.'

Door de deur klonk de snerpende stem van Denise. 'Er moet sneller iemand komen, hij is hartstikke gestoord!'

'Wat zegt ze?' vroeg Billy.

Tot Strikes frustratie scheurde Billy plotseling het bovenste velletje papier van zijn notitieblok, verfrommelde het en begon toen met de prop in zijn vuist weer zijn neus en borst aan te tikken.

'Let maar niet op Denise,' zei Strike, 'die is bezig met een andere klant. Wil je wat drinken, Billy?'

'Wat dan?'

'Thee? Of koffie?'

'Waarom?' vroeg Billy. Het aanbod leek hem nog wantrouwender gemaakt te hebben. 'Waarom wilt u dat ik iets drink?'

'Alleen als je er zin in hebt. Geeft niks als je niets wilt.'

'Ik heb geen medicijnen nodig!'

'Ik heb ook geen medicijnen voor je,' zei Strike.

'Ik ben niet gek! Hij heeft dat kind gewurgd en toen hebben ze het begraven, in de boskuil bij mijn vaders huis. Het was in een deken gewikkeld. Een roze dekentje. Ik kon er niks aan doen, ik was nog maar een kind. Roze deken. Ik was een kind. Ik wilde er niet bij zijn. Ik was een klein jochie.'

'Hoeveel jaar is het geleden, weet je dat?'

'Heel lang... jaren... Ik kan het niet uit mijn hoofd zetten,' zei Billy, en zijn ogen fonkelden in zijn magere gezicht terwijl de vuist die het propje papier omklemde op en neer fladderde van neus naar borst. 'Ze hebben haar begraven in een roze dekentje, in de boskuil bij mijn vaders huis. Maar naderhand zeiden ze dat het een jongetje was.'

'Waar is dat, Billy, het huis van je vader?'

'Ik mag daar van haar niet meer komen. U zou er wel kunnen gaan graven. U wel. Gewurgd, ze is gewurgd,' zei Billy, en hij keek Strike met zijn grote schrikogen strak aan. 'Maar Jimmy zei dat het een jongetje was. Gewurgd, bij het...'

Er werd op de deur geklopt. Voordat Strike haar kon tegenhouden, had Denise haar hoofd al naar binnen gestoken, een stuk moediger nu Strike er was. Ze had een trotse, gewichtige houding aangenomen.

'Ze komen eraan,' zei ze met een overdreven veelzeggende blik, waarvan zelfs iemand die minder schrikachtig was dan Billy nog nerveus geworden zou zijn. 'Ze zijn onderweg.'

'Wie komen eraan?' vroeg Billy fel, en hij sprong op uit zijn stoel. 'Wie zijn onderweg?'

Denise trok haar hoofd terug en deed de deur dicht. Er klonk een plofje tegen het hout, en Strike wist dat ze ertegenaan leunde, om zo te proberen Billy binnen te houden.

'Ze had het over een levering waar ik op zit te wachten,' zei Strike geruststellend, en hij kwam overeind. 'Vertel verder over...'

'Wat hebt u gedaan?' piepte Billy, en hij schuifelde achteruit naar de deur terwijl hij herhaaldelijk zijn neus en borst aanraakte. 'Wie komt er?'

'Niemand,' antwoordde Strike, maar Billy probeerde de deur al open te duwen. Toen hij weerstand ontmoette, wierp hij zich er hard tegenaan. Aan de andere kant klonk een gil: dat was Denise, die opzij geslingerd werd. Voordat Strike achter zijn bureau vandaan kon komen, was Billy al de gang op gerend. Ze hoorden hem met drie treden tegelijk de metalen trap af rennen en Strike, woedend en in het besef dat hij geen schijn van kans had om deze jongere, op het oog fittere man in te halen, draaide zich om en snelde terug zijn kantoor in. Hij rukte het schuifraam open en boog zich naar buiten, waar hij nog net Billy de hoek om zag hollen en uit het zicht zag verdwijnen.

'Godver!'

Een man die de gitaarwinkel aan de overkant binnenging keek enigszins geschrokken om, op zoek naar de bron van het lawaai.

Strike trok zijn hoofd terug naar binnen en keek woest naar Denise, die in de deuropening van zijn kantoor het stof van zich af stond te kloppen. Onvoorstelbaar genoeg keek ze er heel tevreden bij.

'Ik heb geprobeerd hem tegen te houden,' zei ze trots.

'Ja,' zei Strike met de grootst mogelijke zelfbeheersing. 'Dat zag ik.'

'De politie is onderweg.'

'Geweldig.'

'Wilt u een kopje thee?'

'Nee,' antwoordde hij met opeengeklemde kaken.

'Ik ga de wc maar eens opfrissen,' zei ze, en ze voegde er fluisterend aan toe: 'Ik geloof niet dat hij heeft doorgetrokken.'

3

Ik heb dat gevecht alleen gevoerd, en in het diepste geheim.
Henrik Ibsen, *Rosmersholm*

Terwijl ze door de onbekende straat in Deptford liep, kreeg Robin opeens een zekere tijdelijke zorgeloosheid over zich, en toen ze zich vervolgens afvroeg hoe lang het geleden was dat ze zich zo had gevoeld, besefte ze dat het meer dan een jaar was. Vol energie, opgebeurd door de middagzon, de kleurrijke etalages, de drukte en het geroezemoes op straat vierde ze dat ze nooit meer een stap in de Villiers Trust-kliniek zou zetten.

Haar therapeute was niet blij geweest toen Robin aangaf dat ze de behandeling ging beëindigen.

'Wij raden aan het programma helemaal af te maken,' had ze gezegd.

'Dat weet ik,' zei Robin, 'maar... Nou ja, het spijt me, volgens mij heb ik er alles uit gehaald wat erin zit.'

De glimlach van de therapeute was kil geweest.

'Ik heb veel aan de CGT gehad,' zei Robin. 'Het heeft me echt geholpen met mijn angsten, ik blijf de oefeningen doen...'

Ze had diep ingeademd, haar blik nog strak op de platte schoenen van de vrouw gericht, en vervolgens had ze zichzelf gedwongen haar therapeute aan te kijken.

'... maar deze gesprekken vind ik niet heel nuttig.'

Er volgde een nieuwe pauze. Na vijf sessies was Robin daar wel aan gewend. In normale gesprekken zou het onbeleefd of passief-agressief overkomen om zulke lange stiltes te laten vallen; om eenvoudigweg naar de ander te kijken en af te wachten tot ze iets zou zeggen, maar in de psychodynamische therapie, zo wist ze inmiddels, was het standaard.

Robins huisarts had haar doorverwezen voor een behandeling die volledig werd vergoed door de ziektekostenverzekering, maar de wachtlijst was zo lang geweest dat ze had besloten, met de zuinige instemming van Matthew, om er zelf voor te betalen. Matthew had met moeite de opmerking ingeslikt, wist ze, dat de ideale oplossing zou zijn dat Robin stopte met de baan die haar de PTSS had bezorgd, werk waarvoor ze in zijn ogen ook nog eens veel te weinig betaald kreeg, gezien de gevaren waaraan ze was blootgesteld.

'Het punt is...' had Robin gezegd in haar voorbereide afscheidswoord, 'dat mijn leven aan alle kanten gevuld is met mensen die menen te weten wat het beste voor me is.'

'Jawel,' zei de therapeute, op een toon waarvan Robin vermoedde dat die buiten de muren van de kliniek als neerbuigend ervaren zou worden, 'maar we hebben besproken...'

'En...' Robin was van nature verzoeningsgezind en beleefd. Aan de andere kant had de therapeute er herhaaldelijk op aangedrongen dat ze onverbloemd de waarheid sprak, hier in dit krappe hok met de graslelie in zijn dofgroene pot en de doos extra grote tissues op het lage vurenhouten tafeltje.

'En eerlijk gezegd,' zei ze, 'bent u voor mij een van die mensen.'

Weer een stilte.

'Tja,' zei de therapeute met een lachje. 'Ik ben er om jou te helpen je eigen conclusies te trekken rond...'

'Ja, maar dat doet u door me voortdurend te pushen,' zei Robin. 'Het wordt een strijd. U trekt alles wat ik zeg in twijfel.' Robin sloot haar ogen, overvallen door een zware vermoeidheid. Ze had spierpijn. De hele week had ze bouwpakketten met meubels in elkaar gezet, gesjouwd met dozen vol boeken, en schilderijen opgehangen.

'Als ik hiervandaan kom,' zei ze toen ze haar ogen weer opendeed, 'voel ik me gemangeld. Dan ga ik naar huis, naar mijn man, en hij doet hetzelfde. Hij laat van die lange stiltes vallen waarin hij gaat zitten mokken en spreekt me tegen om de kleinste dingen. Als ik mijn moeder bel: hetzelfde verhaal. De enige die me niet de hele tijd op de huid zit en zegt dat ik aan mezelf moet werken...' Ze zweeg even en zei toen: 'Dat is mijn compagnon.'

'Meneer Strike,' vulde de therapeute fijntjes aan.

Het was een strijd geweest. Robin had geweigerd haar relatie met Strike met de therapeute te bespreken; ze had alleen bevestigd dat hij zich er niet van bewust was hoeveel invloed de zaak rond de Shacklewell Ripper op haar had gehad. Hun persoonlijke relatie, zo had ze op ferme toon gezegd, deed niet ter zake voor haar huidige problemen. De therapeute was tijdens iedere sessie over hem begonnen, maar Robin had consequent geweigerd op het onderwerp in te gaan.

'Ja, die,' zei Robin.

'Je hebt toegegeven dat je hem niet verteld hebt hoe ernstig je angstaanvallen zijn.'

'Dus daarom,' vervolgde Robin, zonder in te gaan op die laatste opmerking, 'ben ik vandaag eigenlijk hierheen gekomen om te zeggen dat ik ermee stop. Zoals ik al zei, ik vind de CGT wél heel nuttig en ik zal de oefeningen blijven doen.'

De therapeute was verbolgen geweest toen bleek dat Robin niet eens bereid was het uur vol te maken, maar Robin had voor de sessie betaald en had daarom het recht te vertrekken wanneer zij dat wilde, wat deze dag voor haar gevoel verlengde met een soort bonusuur. Ze vond dat ze niet onmiddellijk naar huis hoefde te gaan om nog meer dozen uit te pakken; in plaats daarvan kocht ze een Cornetto en genoot daarvan terwijl ze door de zonovergoten straten van haar nieuwe buurt liep.

Ze joeg haar eigen vrolijkheid na als een vlinder, bang dat die misschien zou ontsnappen, en nadat ze een rustiger straat in was gelopen, dwong ze zichzelf zich te concentreren op haar omgeving. Ze was immers dolblij dat ze niet meer in hun oude flat in West Ealing hoefde te wonen, met alle slechte herinneringen die eraan kleefden. Tijdens de beproeving die ze had doorstaan was duidelijk geworden dat de Shacklewell Ripper Robin al veel langer had gevolgd en in de gaten gehouden dan ze had kunnen vermoeden. De politie had zelfs gezegd dat hij waarschijnlijk ook voor haar huis in Hastings Road had gepost, verstopt achter geparkeerde auto's, op een paar meter van haar voordeur.

Hoe graag ze ook had willen verhuizen, het had Matthew en haar elf maanden gekost om nieuwe woonruimte te vinden. Het grootste probleem was dat Matthew vastbesloten was geweest 'een stapje hoger te klimmen op de woningmarkt' nu hij een nieuwe baan had met een beter salaris en hij bovendien geld had geërfd van zijn moeder. Ook Robins ouders hadden aangegeven dat ze bereid waren hen te helpen, aangezien er aan de oude flat zulke akelige herinneringen kleefden, maar Londen was schrikbarend duur. Drie keer had Matthew zijn zinnen gezet op een appartement dat realistisch gezien ver boven hun budget lag. Drie keer was het aan hun neus voorbijgegaan en verkocht voor duizenden ponden meer dan zij zich konden veroorloven – wat Robin hem van tevoren ook wel had kunnen vertellen.

'Belachelijk!' riep hij dan. 'Dat is het helemaal niet waard!'

'Het is waard wat de mensen bereid zijn ervoor te betalen,' had Robin gezegd, gefrustreerd omdat hij als accountant blijkbaar niets van marktwerking snapte. Zelf was ze bereid geweest overal naartoe te verhuizen, al was het maar een kamer, om te ontsnappen aan de schaduwen van de moordenaar die haar in haar dromen nog altijd niet met rust liet.

Toen ze op het punt stond zich om te draaien en terug te lopen naar de hoofdweg, viel haar oog op een opening in een stenen muur, geflankeerd door twee zuilen met daarop de vreemdste fioelen die ze ooit had gezien: aan weerskanten een gigantische, afbrokkelende stenen doodskop boven gekruiste botten, met op de achtergrond een hoge, vierkante toren. De fioelen, dacht Robin terwijl ze zich ernaartoe boog om de lege, zwarte oogkassen van dichtbij te bekijken, zouden niet misstaan hebben voor een piratenwoning in een of andere fantasyfilm. Toen ze door de opening gluurde, zag Robin een kerk en met mos bedekte graven in een verlaten rozentuin die in volle bloei stond.

Ze at haar ijsje op terwijl ze om de St Nicholas-kerk heen slenterde, waar een oud schoolgebouw van rode baksteen een vreemd allegaartje vormde met de ruwe stenen toren waar het tegenaan geplakt leek te zijn. Uiteindelijk nam ze plaats op een houten bankje dat bijna onaangenaam warm was geworden in de zon. Ze rekte haar zere rug, snoof de heerlijke geur van warme rozen op en werd plotseling teruggevoerd, volkomen tegen haar wil, naar de hotelsuite in Yorkshire waar bijna een jaar geleden een boeket bloedrode rozen getuige was geweest van de nasleep van het moment waarop ze Matthew op haar trouwfeest op de dansvloer had achtergelaten.

Matthew en zijn vader, zijn tante Sue, Robins ouders en haar broer Stephen hadden zich verzameld in de bruidssuite, waar Robin zich had teruggetrokken om aan Matthews woede te ontsnappen. Ze was net bezig geweest haar bruidsjurk uit te trekken toen ze binnenvielen, de een na de ander, en allemaal hadden ze dringend willen weten wat er aan de hand was.

Het was uitgelopen op een kakofonie. Stephen, die als eerste had begrepen wat Matthew had aangericht met het wissen van Strikes telefoontjes, was tegen hem tekeergegaan. Geoffrey had met zijn dronken hoofd willen weten waarom Strike was gevraagd te blijven voor het diner terwijl hij niet was ingegaan op de officiële uitnodiging. Matthew schreeuwde dat iedereen moest opdonderen, dat dit iets was tussen Robin en hem, terwijl tante Sue telkens herhaalde: 'Dat heb ik nog nooit meegemaakt, een bruid die wegloopt tijdens de openingsdans. Nog nooit! Ik heb nog nóóit een bruid zien weglopen tijdens de openingsdans.'

Toen was het eindelijk ook tot Linda doorgedrongen wat Matthew had geflikt, en ook zij had hem de huid vol gescholden. Geoffrey had zijn zoon verdedigd en op hoge toon gevraagd waarom Linda wilde dat haar dochter weer ging werken voor een man die had laten gebeuren dat ze werd neergestoken. Martin was binnengekomen, stomdronken, en was op Matthew af gevlogen, al had niemand enig idee waarom. Robin had zich teruggetrokken in de badkamer om over te geven, wat nogal opzienbarend was, aangezien ze de hele dag amper iets had gegeten.

Vijf minuten later had ze Matthew wel moeten binnenlaten omdat hij een bloedneus had, en daar in de badkamer, terwijl hun families nog tegen elkaar tekeergingen in de naastgelegen slaapkamer, had Matthew haar gevraagd, met een prop wc-papier tegen zijn neusgaten gedrukt, om met hem mee te gaan naar de Malediven, niet als huwelijksreis, niet meer, maar om in alle rust de boel op een rijtje te zetten, 'weg van dit alles', zoals hij theatraal had gezegd, met een gebaar naar de bron van het geschreeuw. 'En straks duikt de pers ook nog op,' had hij er beschuldigend aan toegevoegd. 'Die moet jou natuurlijk hebben, vanwege dat gedoe met de Ripper.'

Hij had haar met kille ogen aangekeken boven het wc-papier, woedend omdat ze hem had vernederd op de dansvloer, ziedend omdat Martin hem had geslagen. Zijn uitnodiging om met hem in het vliegtuig te stappen had niets romantisch. Hij stelde een soort conferentie voor, een gelegenheid om rustig te praten. Als ze na serieuze overweging tot de conclusie zouden komen dat het huwelijk een vergissing was geweest, zouden ze na die veertien dagen naar huis gaan, gezamenlijk een verklaring afleggen en ieder hun eigen weg gaan.

En op dat moment, zoals ze daar had gestaan, gekweld, met hevig kloppende onderarm, tot in het diepst van haar ziel van slag door wat er in haar binnenste was ontwaakt toen ze Strikes armen om zich heen had gevoeld, en in het besef dat de pers haar misschien op datzelfde moment al aan het opsporen was, had Robin Matthew beschouwd als... misschien niet als een bondgenoot, maar op z'n minst als een uitweg, een ontsnappingsmogelijkheid. Het idee om in een vliegtuig te stappen, weg van de vloedgolf aan nieuwsgierigheid, geroddel, boosheid, bezorgdheid en ongevraagde adviezen, die vloedgolf waarvan ze wist dat die haar zou blijven overspoelen zolang ze in Yorkshire bleef, was hoogst aantrekkelijk.

Dus waren ze vertrokken. Tijdens de vlucht hadden ze amper een woord met elkaar gewisseld. Waar zou Matthew aan gedacht hebben tijdens die lange uren? Ze had er niet naar gevraagd.

Ze wist alleen dat ze zelf aan Strike had moeten denken. Terwijl ze toekeek hoe de wolken langs het raampje trokken waren haar gedachten telkens teruggekeerd naar hun omhelzing.

Ben ik verliefd op hem? had ze zich herhaaldelijk afgevraagd, maar zonder duidelijk antwoord.

Het peinzen en dubben over dat onderwerp had dagen aangehouden, een innerlijke kwelling die ze niet kon laten merken aan Matthew terwijl ze over witte stranden wandelden om de spanningen en verwijten te bespreken die tussen hen in stonden. 's Nachts sliep Matthew op de bank in de zitkamer, Robin boven in het tweepersoonsbed met klamboe. Soms maakten ze ruzie, op andere momenten trokken ze zich terug in gekwelde, woedende stiltes. Matthew hield Robins telefoon in de gaten, wilde steeds weten waar die was en pakte hem voortdurend op, en Robin wist dat hij zocht naar berichten of telefoontjes van haar baas.

Het ergste was nog wel dat die uitbleven. Kennelijk was Strike niet geïnteresseerd in een gesprek met haar. De omhelzing op de trap, waar haar gedachten steeds naar terugkeerden als een hond naar een heerlijk stinkende lantaarnpaal, leek voor hem een stuk minder betekend te hebben dan voor haar.

Avond na avond liep Robin in haar eentje over het strand, terwijl ze luisterde naar de zware ademhaling van de zee, haar gewonde arm zweterig onder de rubberen brace, haar telefoon achtergelaten in de vakantievilla zodat Matthew geen excuus had om haar te volgen en te controleren of ze niet stiekem met Strike belde.

Maar de zevende avond, toen ze samen met Matthew in de villa was, had ze besloten Strike zelf te bellen. Bijna zonder het voor zichzelf toe te geven had ze een plan bedacht. Bij de bar was een vaste telefoon en ze kende het nummer van de zaak uit haar hoofd. Als ze dat belde, zou ze automatisch doorgeschakeld worden naar Strikes mobiel. Wat ze zou zeggen als ze hem aan de lijn kreeg wist ze nog niet, maar ze wist zeker dat zodra ze zijn stem hoorde, de waarheid over haar gevoelens zich aan haar zou openbaren.

Ze kreeg een droge mond toen de telefoon overging in het verre Londen.

Er werd opgenomen, maar een paar tellen lang zei niemand iets. Robin hoorde beweging, gevolgd door gegiechel, en toen eindelijk een stem.

'Hallo? Met Cormy-Wormy...'

De vrouw begon te gieren van het lachen en Robin hoorde Strike ergens op de achtergrond zeggen, half geamuseerd, half geërgerd en beslist dronken: 'Geef hier! Serieus, geef me mijn...'

Robin had de telefoon met een klap terug in de houder gezet. Het zweet stond op haar gezicht en haar borst; ze voelde zich beschaamd, dwaas, vernederd. Er was een andere vrouw bij hem. Het gelach had onmiskenbaar intiem geklonken. De onbekende had hem geplaagd door zijn mobiel op te nemen en hem (hoe walgelijk) 'Cormy' te noemen.

Ze zou ontkennen dat ze hem had gebeld, mocht Strike ooit informeren naar het telefoontje uit dat verre land. Ze zou keihard liegen, net doen alsof ze geen idee had wat hij bedoelde...

Het horen van de vrouw aan de telefoon was voor Robin als een klap in het gezicht geweest. Als Strike al zo kort na hun omhelzing met iemand anders naar bed ging – en ze durfde er alles om te verwedden dat degene die daarnet de telefoon had opgenomen, wie ze ook mocht zijn, zojuist met Strike naar bed was geweest of op het punt stond om met hem te vrijen – dan zat hij zichzelf dus niet in Londen te kwellen over de ware aard van zijn gevoelens voor Robin Ellacott.

Ze kreeg dorst van het zout op haar lippen terwijl ze verder sjokte onder de avondhemel, een diep spoor achterlatend in het zachte witte zand terwijl naast haar de golven eindeloos stuksloegen. Was het mogelijk, vroeg ze zich af toen ze eindelijk uitgehuild was, dat ze dankbaarheid en vriendschap verwarde met iets diepers? Dat ze haar liefde voor het detectivewerk aanzag voor liefde voor de man die haar deze baan had bezorgd? Natuurlijk, ze bewonderde Strike, en ze was enorm op hem gesteld. Ze hadden samen heel wat heftige ervaringen opgedaan, dus het was niet zo gek dat ze een band met hem voelde, maar was dat ook liefde?

Alleen in de zwoele, van muggen vergeven avond, terwijl de golven zuchtend de kust bereikten en ze haar zere arm met één hand ondersteunde, herinnerde Robin zichzelf er somber aan dat ze bijzonder weinig ervaring met mannen had voor een vrouw die haar achtentwintigste verjaardag naderde. Ze had nooit een ander gehad dan Matthew, haar enige sekspartner, al tien jaar lang haar veilige haven. Als ze inderdaad een oogje had op Strike – de ouderwetse uitdrukking die haar moeder waarschijnlijk zou gebruiken – kon dat dan niet evengoed een nevenwerking zijn van het ontbreken van de afwisseling en de experimenten die de meeste vrouwen van haar leeftijd hadden gekend? Ze was Matthew al zo lang trouw; was het niet onvermijdelijk dat ze op een dag om zich heen zou kijken en zou beseffen dat er ook andere levens waren, andere keuzes? Werd het niet hoog tijd dat ze inzag dat Matthew niet de enige man op aarde was? Strike, zo hield ze zichzelf voor, was gewoonweg degene op wie ze haar nieuwsgierigheid projecteerde, haar ontevredenheid over Matthew.

Nadat ze het deel van zichzelf dat maar bleef verlangen naar Strike tot rede had gebracht – zo hield ze zichzelf althans voor – kwam ze op de achtste avond van hun huwelijksreis tot een moeilijke beslissing. Ze wilde eerder naar huis; ze wilde hun beider families vertellen dat ze uit elkaar zouden gaan. Ze moest Matthew laten weten dat er geen ander in het spel was, maar dat ze na een kwellende, ernstige afweging tot de conclusie was gekomen dat ze van mening was dat ze niet goed genoeg bij elkaar pasten om het huwelijk voort te zetten.

Ze kon zich het nog zo goed herinneren, het gevoel van paniek en enorme tegenzin waarmee ze de deur van hun vakantievilla had opengedaan, klaar voor een ruzie die er nooit zou komen. Matthew zat ineengezakt op de bank, en toen hij haar zag, mompelde hij: ‘Mam?’

Zijn gezicht, armen en benen glommen van het zweet. Toen ze naar hem toe liep, zag ze dat de aderen aan de binnenkant van zijn linkerarm lelijk gezwollen waren, alsof iemand er inkt in had gespoten.

‘Matt?’

Zodra hij haar stem hoorde, had hij beseft dat ze niet zijn dode moeder was. ‘Ik... voel me niet lekker... Robin.’

Ze was naar haar telefoon gesneld en had de hotelreceptie gebeld en om een dokter gevraagd. Tegen de tijd dat die aankwam, zakte

Matthew steeds weg in een delirium. Er werd een schaafwond aangetroffen op de rug van zijn hand, en de arts had bezorgd vastgesteld dat hij wel eens bindweefselontsteking zou kunnen hebben, een aandoening die behoorlijk ernstig moest zijn, zo maakte Robin op uit de gezichten van de bezorgde arts en de verpleegkundige. Matthew zag bewegende gestalten in de donkere hoeken van het huisje, mensen die er niet waren. 'Wie is dat?' vroeg hij steeds aan Robin. 'Wie staat daar?'

'Er is hier verder niemand, Matt.'

Ze hield zijn hand vast terwijl de arts en de verpleegkundige een ziekenhuisopname bespraken.

'Niet weggaan, Robin.'

'Ik blijf bij je.'

Ze had bedoeld dat ze op dat moment bij hem zou blijven, niet voor altijd, maar Matthew begon te huilen. 'O, goddank, ik dacht dat je zou opstappen... Ik hou van je, Robin. Ik weet dat ik het verkloot heb, maar ik hou van je.'

De dokter gaf Matthew orale antibiotica en liep weg om te telefoneren. Matthew klampte zich ijlend vast aan zijn echtgenote en bedankte haar. Soms zakte hij weer weg in die toestand waarin hij schaduwen zag bewegen in de lege hoeken van de kamer, en hij mompelde nog twee keer iets over zijn dode moeder. In haar eentje in de fluweelzachte duisternis van de tropische avond luisterde Robin hoe de gevleugelde insecten tegen de horren voor het raam vlogen, en intussen suste ze de man van wie ze vanaf haar zeventiende had gehouden en waakte over hem.

Het bleek geen bindweefselontsteking te zijn. In de volgende vierentwintig uur waren de antibiotica aangeslagen. Terwijl Matthew herstelde van de infectie die zo plotseling en hevig had toegeslagen, hield hij haar voortdurend nauwlettend in de gaten, zwak en kwetsbaar zoals ze hem nog nooit had gezien; hij was bang, wist ze, dat haar belofte om bij hem te blijven slechts een tijdelijke was geweest.

'We kunnen het toch niet allemaal zomaar weggooien?' had hij schor gezegd vanuit het bed waarin hij van de dokter rust moest houden. 'Al die jaren?'

Ze had hem laten praten over de goede tijden, de dingen die ze samen hadden meegemaakt, en ze had zichzelf herinnerd aan de giechelende vrouw die Strike 'Cormy' had genoemd. Ze stelde zich voor dat ze naar huis zou gaan en een nietigverklaring zou aanvragen, omdat het huwelijk nog altijd niet geconsummeerd was. Ze dacht aan het geld dat haar ouders hadden uitgegeven aan de bruiloft die zij zo vreselijk had gevonden.

In de rozen op het kerkhof om haar heen zoemden de bijen terwijl Robin zich voor de duizendste keer afvroeg hoe het gegaan zou zijn als Matthew niet zijn hand had opengehaald aan het koraal. Haar inmiddels beëindigde therapiesessies waren vervuld geweest van de behoefte om te praten over de twijfels die haar al plaagden vanaf het moment dat ze ermee had ingestemd met hem getrouwd te blijven.

In de maanden die volgden, en vooral toen het redelijk ging tussen Matthew en haar, kwam het haar voor dat ze de juiste beslissing had genomen door het huwelijk een eerlijke kans te geven, maar ze was het wel blijven beschouwen als een soort proefperiode, waardoor ze soms, als ze 's nachts weer eens wakker lag, woest op zichzelf was omdat ze te laf was geweest om zich na zijn herstel alsnog van Matthew los te maken.

Ze had Strike nooit uitgelegd wat er was gebeurd, waarom ze ermee ingestemd had om te proberen het huwelijk vlot te trekken. Misschien was hun vriendschap daarom zo kil en afstandelijk geworden. Toen ze terugkwam van haar huwelijksreis, had ze gemerkt dat Strike anders tegen haar deed – en zij deed misschien ook wel anders tegen hem, moest ze toegeven, door wat ze had gehoord toen ze hem in haar wanhoop had gebeld vanuit die bar op de Malediven.

'Dus je laat het zo?' had hij ruw gevraagd na een snelle blik op haar ringvinger.

Ze had zich geërgerd aan zijn toon, en aan het feit dat hij niet eens vroeg waaróm ze getrouwd bleef. Vanaf dat moment had hij ook nooit meer naar haar privéleven geïnformeerd; hij had op geen enkele manier laten blijken dat hij nog wel eens dacht aan die omhelzing op de trap.

Of Strike het nu bewust zo had geregeld of niet, sinds de Shacklewell Ripper hadden ze niet meer samen aan een zaak gewerkt. In een imitatie van haar senior partner was Robin teruggevallen op een koele, professionele houding.

Maar soms was ze bang dat hij haar niet meer zo waardeerde als voorheen, nu ze zich zo conformistisch en laf had getoond. Een paar maanden terug hadden ze een ongemakkelijk gesprek gehad waarin hij haar had aangeraden een poosje vrij te nemen, en daarbij had hij haar gevraagd of ze voor haar gevoel volledig was hersteld van de aanval met het mes. Dat had Robin opgevat als een steek onder water over haar gebrek aan moed, en ze was bang dat ze weer aan de zijlijn zou belanden, beroofd van het enige aspect van haar leven waarin ze op dat moment bevrediging vond. Ze had stellig gezegd dat het prima ging, en ze was meteen twee keer zo hard gaan werken.

Het mobieltje in haar tas trilde. Robin viste het toestel eruit en keek op het schermpje. Strike. Ze zag ook dat hij al eerder had gebeld, rond de tijd dat zij met groot genoegen afscheid nam van de Villiers Trust-kliniek.

'Hallo,' zei ze. 'Ik zie nu pas dat je hebt gebeld. Sorry.'

'Geeft niet. Is de verhuizing goed gegaan?'

'Ja, hoor.'

'Ik wilde je alleen even laten weten dat ik een nieuwe freelancer heb gevonden. Sam Barclay heet hij.'

'Fijn.' Robin keek naar een glimmende vlieg op een dikke, lichtroze roos. 'Wat is zijn achtergrond?'

'Leger,' antwoordde Strike.

'Militaire politie?'

'Eh... nou nee.'

Robin betrapte zich erop dat ze zat te grijnzen toen Strike haar het verhaal over Sam Barclay vertelde. 'Dus je hebt een hasjrokende huisschilder in de arm genomen?'

'Hij rookt niet, hij gebruikt zo'n pijpje voor zijn hasj,' verbeterde Strike haar, en Robin kon horen dat hij ook grijnsde. 'Hij is op de gezonde toer. Pas een baby gekregen.'

'Nou, hij lijkt me... interessant.'

Ze wachtte af, maar Strike zei niets.

'Dan zie ik je zaterdagavond,' zei ze.

Robin had zich verplicht gevoeld om Strike uit te nodigen voor de housewarming die ze met Matthew gaf, want ze had ook hun vaste, meest betrouwbare freelancer Andy Hutchins gevraagd en het zou raar zijn om Strike dan te passeren. Tot haar verbazing had hij ja gezegd.

'Ja, tot dan.'

'Komt Lorelei mee?' vroeg Robin. Ze hoopte dat het nonchalant klonk, maar was bang dat dat niet het geval was.

Strike meende, daar in het centrum van Londen, iets sardonisch te bespeuren in haar vraag, alsof ze hem uitdaagde toe te geven dat zijn vriendin een belachelijke naam had. Er was een tijd geweest dat hij haar erop aangesproken zou hebben, dat hij zou hebben gevraagd wat er mis was met de naam Lorelei. Hij zou ervan genoten hebben om met haar te sparren, maar dit was gevaarlijk terrein.

'Ja, ze komt mee. De uitnodiging was toch voor ons alle...'

'Ja, natuurlijk,' zei Robin snel. 'Goed, tot...'

'Wacht,' zei Strike. Hij was alleen op kantoor, nadat hij Denise vroeg naar huis had gestuurd. De uitzendkracht had willen blijven, ze werd immers per uur betaald. Pas nadat Strike haar had verzekerd dat hij haar voor een hele dag zou betalen, had ze haar spullen gepakt, intussen onafgebroken pratend.

'Er is vanmiddag iets geks gebeurd,' zei Strike.

Robin luisterde aandachtig en zonder hem in de rede te vallen naar Strikes levendige verslag van Billy's kortstondige bezoek. Toen hij was uitverteld, was ze zo afgeleid dat ze helemaal vergat om zich druk te maken om Strikes koele houding. Hij klonk nu trouwens weer als de Strike van een jaar geleden.

'Hij was zonder twijfel geestesziek,' zei Strike, zijn blik gericht op de heldere hemel achter het raam. 'Misschien wel psychotisch.'

'Ja, maar...'

'Precies,' zei Strike. Hij pakte het notitieboekje waarvan Billy het blaadje met het half opgeschreven adres had afgescheurd en draaide het afwezig om in zijn vrije hand. 'Is hij geestesziek en denkt hij daarom dat hij heeft gezien dat er een kind werd gewurgd? Of is hij geestesziek én heeft hij gezien dat er een kind werd gewurgd?'

Een poosje zeiden ze geen van beiden iets, terwijl ze in gedachten het verhaal van Billy van alle kanten bekeken – en ze wisten allebei dat de ander hetzelfde deed. Deze korte, kameraadschappelijke denkpauze eindigde abrupt toen een cockerspaniël, die zonder dat Robin het had gemerkt snuffelend was komen aanlopen tussen de rozen, zonder waarschuwing zijn snuit op haar blote knie legde, en ze slaakte een kreetje.

'What the fuck?'

'Niks, een hond...'

'Waar ben je?'

'Op een kerkhof.'

'Wat? Waarom?'

'Gewoon de omgeving verkennen. Ik kan nu beter ophangen,' zei ze, en ze stond op van het bankje. 'Er moeten thuis nog meubels in elkaar gezet worden.'

'Hup, aan de slag,' zei Strike, die daarmee terugkeerde naar zijn gebruikelijke bruuske gedrag. 'Ik zie je zaterdag.'

'Sorry, hoor,' zei het oudere baasje van de cockerspaniël toen Robin haar telefoon weer wegstopte in haar tas. 'Bent u bang voor honden?'

'Helemaal niet,' antwoordde Robin glimlachend, en ze aaide de zachte, goudblonde kop van de hond. 'Hij verraste me alleen.'

Terwijl ze langs de enorme doodskoppen terugliep naar haar nieuwe huis, dacht Robin aan Billy, die door Strike zo levendig was beschreven dat Robin het gevoel had dat ze hem zelf had ontmoet.

Ze ging helemaal op in haar gedachten, waardoor ze voor het eerst die week helemaal vergat omhoog te kijken bij het passeren van de White Swan, de plaatselijke pub in haar nieuwe buurt. Hoog boven de straat, op de hoek van het pand, hing één enkele uitgesneden zwaan, die Robin elke keer dat ze erlangs kwam herinnerde aan haar rampzalige bruiloft.

4

Wat stel jij voor dat we in de stad gaan doen?
Henrik Ibsen, *Rosmersholm*

Iets meer dan tien kilometer verderop legde Strike zijn mobiel op zijn bureau en stak een sigaret op. Robins belangstelling voor zijn verhaal had de stress weggenomen van het verhoor dat hij had ondergaan een half uur nadat Billy zijn kantoor uit was gevlucht. De twee politieagenten die waren gekomen na Denises telefoontje leken hun kans te grijpen om de beroemde Cormoran Strike gedwongen te laten toegeven dat hij niet onfeilbaar was, en ze hadden de tijd genomen om vast te stellen dat hij er niet in was geslaagd de volledige naam of het adres van de waarschijnlijk psychotische Billy te achterhalen.

De late middagzon viel schuin over het notitieboekje dat op zijn bureau lag, waardoor de lichte doordruk zichtbaar werd. Strike gooide zijn sigaret in de asbak die hij lang geleden had gejat in een Duitse bar, pakte het notitieboekje op en hield het schuin omhoog. Hij draaide het verschillende kanten op terwijl hij probeerde te lezen welke letters er waren doorgedrukt. Toen pakte hij een potlood en kraste er zachtjes mee over het papier. Algauw kwamen er slordige blokletters tevoorschijn, die duidelijk de woorden 'Charlemont Road' vormden. Billy had bij het huisnummer minder hard op het papier gedrukt dan bij de straatnaam. Een van de vage afdrukken zou een 5 of een incomplete 8 kunnen zijn, maar zo te zien stond daar nog een cijfer voor, of misschien een letter.

Strikes onuitroeibare neiging om raadselachtige voorvallen tot de bodem uit te zoeken was voor hemzelf net zo lastig als voor anderen. Hoewel hij moe was en honger had, en ondanks het feit dat hij zijn uitzendkracht had weggestuurd zodat hij het kantoor kon sluiten, scheurde hij het papiertje met de zojuist onthulde straatnaam van het blokje en liep naar de andere ruimte, waar hij de computer weer aanzette.

Er waren in het Verenigd Koninkrijk diverse straten die Charlemont Road heetten, maar ervan uitgaande dat Billy niet de middelen had om erg ver te reizen, vermoedde Strike dat hij het adres in East Ham moest hebben. Volgens de online gegevens woonden er twee Williams, maar die waren allebei boven de zestig. Hij herinnerde zich dat Billy bang was geweest dat Strike 'bij Jimmy zou langsgaan', dus hij zocht eerst op Jimmy en toen op het wat officiëlere James. Dat leverde een zekere James Farraday op, negenenveertig jaar.

Strike noteerde Farradays adres onder de doorgedrukte krabbels van Billy, al was hij er niet van overtuigd dat Farraday de man was die hij zocht. Om te beginnen bevatte het huisnummer geen 5 of 8, en bovendien suggereerde het buitengewoon onverzorgde voorkomen van Billy dat degene bij wie hij in huis woonde het niet zo nauw nam met de persoonlijke hygiëne. Farraday woonde met zijn vrouw en twee anderen, waarschijnlijk zijn dochters.

Strike zette de computer uit, maar bleef in gedachten verzonken naar het donkere scherm zitten staren terwijl hij dacht aan Billy's verhaal. Het roze dekentje bleef aan hem knagen. Het leek zo'n specifiek, alledaags detail voor een psychotisch waanbeeld.

Het besef dat hij de volgende morgen vroeg op moest voor een betaalde klus maakte dat hij overeind kwam. Voordat hij het kantoor verliet, stopte hij het velletje papier met Billy's doorgedrukte handschrift en Farradays adres in zijn portefeuille.

Londen, dat recentelijk het epicentrum was geweest van de feestelijkheden rond het diamanten jubileum van de koningin, bereidde zich nu voor op het gastheerschap voor de Olympische Spelen.

Overal zag je Union Jacks en het logo LONDON 2012 – op uithangborden, spandoeken, vlaggetjes, sleutelhangers, bekers en paraplu's – en vrijwel iedere etalage puilde uit van de rommelig uitgestalde olympische souvenirs. Het logo deed Strike denken aan fluorescerende glasscherven die lukraak bij elkaar gegooid waren, en hij was al net zo slecht te spreken over de officiële mascottes, die in zijn ogen leken op twee eenogige kiezen.

Er hing een zweem van opwinding en nervositeit in de hoofdstad, ongetwijfeld voortgekomen uit de eeuwige Britse angst zichzelf als land voor schut te zetten.

Gesprekken werden gedomineerd door geklaag over niet-beschikbare kaartjes voor olympische wedstrijden, en mensen die niet naar wens waren toebedeeld, deden geringschattend over de kaartenloterij, waarbij iedereen zogenaamd gelijke kansen had om bepaalde evenementen live bij te wonen. Strike, die had gehoopt op kaartjes voor het boksen, had naast het net gevist, maar hij had hardop gelachen om het aanbod van zijn oude schoolvriend Nick om zijn plaats in te nemen bij het dressuur, waarvoor zijn vrouw Ilsa tot haar immense vreugde kaarten had gescoord.

Harley Street, waar Strike die vrijdag een cosmetisch chirurg zou schaduwen, was niet aangestoken door de olympische koorts. De statige victoriaanse gevels toonden hun gebruikelijke onverzoenlijke gezicht aan de wereld, niet bezoedeld door opzichtige logo's of vlaggen.

Strike, die voor deze klus zijn beste Italiaanse pak had aangetrokken, nam positie in bij het portiek van een tegenovergelegen gebouw en deed daar alsof hij in zijn mobiel stond te praten terwijl hij in werkelijkheid de ingang in de gaten hield van de dure, gezamenlijke privékliniek van twee artsen, van wie de ene Strike had ingehuurd.

Dodgy Doc – 'de gewiekste, onbetrouwbare dokter' – zoals Strike zijn te schaduwen doelwit in gedachten noemde, nam er de tijd voor om zijn naam eer aan te doen. Misschien durfde hij zijn onethische gedrag niet voort te zetten nadat zijn compagnon hem had aangesproken op zijn wanpraktijken. Dat was gebeurd toen duidelijk was geworden dat Dodgy recentelijk twee borstvergrotingen had uitgevoerd die niet terug te vinden waren in de boeken van de praktijk. Dodgy's senior partner, die het ergste vermoedde, had Strike ingeschakeld om hem te helpen.

'Zijn verklaring was zwak en zat vol gaten,' had de chirurg met het spierwitte haar verteld, en hij had er met een zuinig mondje, maar op onheilspellende toon aan toegevoegd: 'Het is een, eh... een rokkenjager. Altijd al geweest. Voordat ik hem met de feiten confronteerde, heb ik zijn internetgeschiedenis bekeken, en ik kwam terecht op een website waar jonge vrouwen bedelen om geld voor hun cosmetische verfraaiingen, in ruil voor expliciete foto's. Ik ben bang... Ik weet niet hoe het precies zit, maar het is mogelijk dat hij met die vrouwen een overeenkomst heeft gesloten die niet... monetair is. Twee van de jongere dames kregen het verzoek een nummer te bellen dat ik niet herkende, maar daarbij werd gesuggereerd dat er gratis een operatie uitgevoerd zou kunnen worden, in ruil voor een "exclusieve regeling".'

Strike had nog niet meegemaakt dat Dodgy buiten zijn vaste werktijden met vrouwen afsprak. Op maandag en vrijdag was hij in zijn spreekkamer in Harley Street, en de tussenliggende dagen werkte hij in de privékliniek waar hij zijn patiënten opereerde. De keren dat Strike hem had gevolgd buiten die werkplekken was hij hooguit een blokje om gelopen om chocolade te kopen, waaraan hij verslaafd leek te zijn. Dodgy reed iedere avond in zijn Bentley naar huis, naar zijn vrouw en kinderen in Gerrards Cross, achtervolgd door Strike in zijn oude blauwe BMW.

Vanavond zouden beide chirurgen met hun echtgenotes een diner bijwonen van het Royal College of Surgeons, dus had Strike zijn BMW achtergelaten in een dure parkeergarage. De uren kropen eentonig voorbij; Strikes grootste zorg was het regelmatig verplaatsen van zijn gewicht, dat op de prothese drukte terwijl hij tegen hekken, parkeermeters en portieken leunde. Een gestage stroom klanten belde bij Dodgy aan, en ze werden een voor een binnengelaten. Het waren allemaal vrouwen, de meeste gestroomlijnd en goedverzorgd.

Om vijf uur trilde Strikes mobiel in zijn borstzak. Hij zag een berichtje van zijn cliënt.

Je kunt gaan, sta op het punt met hem naar het Dorchester te vertrekken.

Strike bleef koppig rondhangen en keek toe hoe beide zakenpartners een kwartiertje later het pand verlieten. Zijn cliënt was lang en grijs, Dodgy was een gesoigneerde, zwierige man met een olijfkleurige huid en glanzend zwart haar die driedelige pakken droeg. Strike wachtte tot ze in een taxi waren gestapt en wegreden, waarna hij zich geeuwend uitrekte en overwoog om naar huis te gaan, misschien met een afhaalmaaltijd.

Bijna tegen zijn zin pakte hij zijn portefeuille en haalde daar het verkreukelde papiertje uit waarop hij met potlood Billy's staatnaam tevoorschijn had weten te halen.

Hij had al de hele dag het idee in zijn achterhoofd gehad om Billy te gaan opzoeken in Charlemont Road, mocht Dodgy Doc eerder vertrekken van zijn werk, maar hij was moe en had last van zijn been. Als Lorelei wist dat hij een vrije avond had, zou ze van Strike verwachten dat hij haar belde. Aan de andere kant: morgenavond gingen ze ook al samen naar Robins housewarming, en als hij vanavond naar Lorelei ging, zou hij zich morgen na het feest moeilijk van haar kunnen losmaken. Hij bracht nooit twee avonden achter elkaar door in haar flat, zelfs niet als dat handiger uitkwam. Hij stelde graag grenzen aan de aanspraak die ze op zijn tijd mocht maken.

Alsof hij hoopte dat het weer hem zou tegenhouden keek hij naar de wolkeloze junihemel, en hij slaakte een zucht. Het was een heldere, volmaakte avond. Ze hadden zo veel werk dat hij maar moest afwachten wanneer hij weer eens een paar uur over zou hebben, dus als hij naar Charlemont Road wilde, moest hij het nu doen.

5

Ik begrijp goed dat u een afkeer hebt van openbare bijeenkomsten en van het... gepeupel dat deze bezoekt.
Henrik Ibsen, *Rosmersholm*

Omdat zijn reis in het spitsuur viel, kostte het Strike ruim een uur om van Harley Street in East Ham te komen. Tegen de tijd dat hij Charlemont Road had gevonden deed zijn stomp zeer, en bij de aanblik van de lange straat met woonhuizen speet het hem dat hij niet het type man was dat Billy gewoon kon afschrijven als een gek.

De geschakelde woningen vormden een allegaartje: sommige hadden een kale bakstenen gevel, andere waren geschilderd of bedekt met grindpleister. Voor sommige ramen hing een Union Jack; nieuwe uitingen van de olympische koorts, of misschien blijven hangen na het jubileum van de koningin. De lapjes grond voor de huizen deden dienst als minivoortuintje of als vergaarbak voor afval, afhankelijk van de voorkeur van de bewoners. Halverwege de straat lag een vies oud matras, achtergelaten door iemand die er kennelijk vanaf wilde.

Zijn eerste glimp van de woning van James Farraday gaf Strike weinig hoop dat hij zijn bestemming had bereikt, want het was een van de best onderhouden panden in de straat. Voor de voordeur was een piepklein portiekje met gekleurd glas aangebracht, voor alle ramen hing vitrage met ruches, en de koperen brievenbus glom in het zonlicht. Strike drukte op de plastic deurbel en wachtte af.

Na een korte pauze werd er opengedaan door een vrouw met een gekweld gezicht. Er schoot meteen een grijs gestreepte kat naar buiten, die kennelijk achter de deur had zitten wachten op de eerste de beste gelegenheid om te ontsnappen. Het verongelijkte gezicht van de vrouw viel nogal uit de toon boven haar schort, waar een 'Love is...'-cartoon op was afgedrukt. Er kwam een sterke geur van gebraden vlees uit het huis.

'Hallo,' zei Strike, en het water liep hem in de mond door de etenslucht. 'Ik ben op zoek naar Billy.'

'Dan bent u aan het verkeerde adres. Er woont hier geen Billy.' Ze wilde de deur al dichtdoen.

'Hij zei dat hij bij Jimmy logeerde,' zei Strike terwijl de kier kleiner werd.

'Er is hier ook geen Jimmy.'

'Sorry, ik zag dat hier iemand woont die James...'

'Niemand noemt hem Jimmy. U hebt het verkeerde huis.' Ze deed de deur dicht.

Strike en de gestreepte kat keken elkaar aan; hooghartig, in het geval van de kat, die op de mat ging zitten en zich begon te wassen, ogenschijnlijk zonder zich nog langer iets aan te trekken van Strike.

Strike liep terug naar het trottoir, waar hij een sigaret opstak en naar beide kanten de straat afspeurde. Hij schatte dat er tweehonderd huizen in Charlemont Road stonden. Hoeveel tijd zou het kosten om bij elk huishouden aan te kloppen? Meer dan hij vanavond had, luidde helaas het antwoord, en meer tijd dan hij de komende periode zou hebben. Hij liep door, gefrustreerd en met toenemende pijn aan zijn been; onderweg gluurde hij door ramen en keek kritisch naar voorbijgangers, op zoek naar iemand die leek op de man die hij de vorige dag had ontmoet. Twee keer vroeg hij aan mensen die hun huis binnengingen of naar buiten kwamen of ze 'Jimmy en Billy' kenden, van wie hij zogenaamd het huisnummer niet meer wist. Beiden zeiden nee.

Strike sjokte verder en deed zijn best niet met zijn been te trekken.

Uiteindelijk kwam hij bij een gedeelte waar de huizen waren opgekocht en verbouwd tot appartementen. De voordeuren grensden twee aan twee krap aan elkaar en de voortuintjes waren geasfalteerd.

Strike ging langzamer lopen. Er hing een gescheurd A4'tje op een van de twee sjofelste deuren, waar de verf van afbladderde. Een vage maar bekende tinteling van belangstelling – die hij nooit de term 'voorgevoel' zou toekennen – voerde Strike naar de deur.

Op het papier was een mededeling gekrabbeld:

Bijeenkomst van 19.30 uur verplaatst van pub naar buurthuis
Well in Vicarage Lane – einde van de straat links
Jimmy Knight

Strikte tilde met één vinger het vel papier op, zag een huisnummer dat eindigde op 5, liet het papier weer los en deed een stap achteruit om door het smoezelige raam op de benedenverdieping naar binnen te kijken.

Voor het raam hing een oud laken tegen de zon, maar een punt daarvan had losgelaten. Strike was lang genoeg om door de vrijgekomen hoek naar binnen te gluren, en hij zag een strook van een lege kamer waar een uitgeklapte slaapbank stond met daarop een vlekkerig dekbed. In de hoek lag een berg kleding en op een kartonnen doos stond een draagbaar tv'tje. Het tapijt ging schuil onder een grote hoeveelheid lege bierblikken en overvolle asbakken. Dat leek veelbelovend. Hij liep terug naar de afbladderende voordeur en klopte met zijn grote vuist aan.

Er werd niet opengedaan en hij hoorde of zag niets wat duidde op beweging binnen.

Hij keek nog een keer op de brief die op de deur hing en vertrok toen. Toen hij linksaf Vicarage Lane in liep, zag hij het buurthuis meteen liggen, recht voor hem uit, de naam THE WELL in grote, glimmende perspex letters aangegeven.

Een oudere man met een mao-pet op het hoofd en een vlassige grijze baard stond pal voor de glazen ingang met een stapel folders in de hand. Toen Strike hem naderde bekeek de man, wiens T-shirt bedrukt was met het verwassen gezicht van Che Guevara, hem achterdochtig. Hoewel Strike geen stropdas droeg, maakte hij in zijn Italiaanse pak een ongepast formele indruk. Toen duidelijk werd dat hij voor het buurthuis kwam, schuifelde de man met de folders zijwaarts om hem de doorgang te versperren.

'Ik weet dat ik laat ben,' zei Strike met goed gespeelde ergernis, 'maar ik kom er verdomme net pas achter dat de locatie is veranderd.'

Zijn zelfverzekerdheid en zijn omvang leken de man met de maopet van zijn stuk te brengen, maar schijnbaar vond hij het beneden zijn waardigheid om onmiddellijk te zwichten voor een man in pak. 'Namens wie komt u?'

Strike had al een snelle inventarisatie opgemaakt van de in blokletters gedrukte woorden op de folders die de man tegen de borst drukte: WEIGER! KOM IN OPSTAND! VERSTOOR DEZE PLANNEN! en daaronder het nogal uit de toon vallende VOLKSTUINTJES. Er stond een ruwe tekening bij van vijf dikke zakenmannen die sigarenrook uitbliezen in de vorm van de olympische ringen.

'Namens mijn vader,' zei Strike. 'Hij is bang dat zijn moestuintje straks geasfalteerd wordt.'

'Aha,' zei de man met de baard. Hij ging opzij. Strike griste een folder uit zijn hand mee voordat hij het buurthuis in liep.

Binnen was niemand te zien, op een vrouw met grijs haar van West-Indische afkomst na, die een ruimte in gluurde door een kier in een deur die ze zojuist had geopend. Strike hoorde nog net een vrouwenstem in de ruimte erachter. De woorden waren moeilijk te verstaan, maar haar toon leek te duiden op een tirade. Toen ze zich ervan bewust werd dat er iemand pal achter haar stond, draaide de vrouw bij de deur zich om. De aanblik van Strikes nette pak leek op haar een tegenovergestelde werking te hebben dan op de man met de baard aan de deur.

'Bent u van de Olympische Spelen?' fluisterde ze.

'Nee, gewoon een belangstellende.'

Ze duwde de deur verder open om hem binnen te laten. In het zaaltje zaten een stuk of veertig mensen op plastic stoelen. Strike nam de dichtstbijzijnde stoel die nog vrij was en speurde de achterhoofden voor hem af op zoek naar het schouderlange, klitterige haar van Billy.

Vooraan was een tafel klaargezet voor de sprekers. Voor die tafel ijsbeerde nu een jonge vrouw terwijl ze het publiek toesprak. Haar haar was geverfd in dezelfde felrode tint als dat van Coco, de onenightstand waar Strike bijna niet vanaf had kunnen komen, en ze sprak in een reeks niet-afgemaakte zinnen, waarbij ze zo uitweidde dat ze nu en dan de draad kwijtraakte en soms haar aangedikte arbeidersaccent vergat. Strike kreeg de indruk dat ze al heel lang aan het woord was.

'... denken aan de krakers en kunstenaars die allemaal... Want dit is een hechte gemeenschap, ja toch, en dan komen zij aankakken met hun klemborden en dan is het van: als je verstandig bent, maak je dat je wegkomt, je trekt toch aan het kortste... Ja toch? Je hebt niks te vertellen, dit is het paard van Troje, een gecoördineerde campagne, zeg maar...'

Het publiek leek voor de helft uit studenten te bestaan. Onder de oudere aanwezigen zag Strike mannen en vrouwen die hij inschatte als toegewijde demonstranten, sommigen in een T-shirt met een linkse slogan erop, zoals zijn vriend aan de deur. Hier en daar zag hij types die je niet zou verwachten, waarschijnlijk gewone buurtbewoners die niet blij waren met de komst van de Olympische Spelen naar Oost-Londen: artistiekerige figuren, misschien krakers, en een ouder echtpaar dat zat te smoezen en van wie Strike vermoedde dat ze zich oprecht zorgen maakten om hun volkstuintje. Toen hij zag dat ze de lijdzame, geduldige houding aannamen die je vaak zag bij mensen tijdens een kerkdienst, vermoedde Strike dat ze het er zojuist over eens geworden waren dat ze niet zomaar konden vertrekken zonder de aandacht op zich te vestigen. Een jongen met piercings en anarchistische tatoeages over zijn hele lichaam pulkte hoorbaar tussen zijn tanden.

Achter de jonge spreekster zaten drie anderen, een oudere vrouw en twee mannen die zachtjes met elkaar praatten. Een van hen was minstens zestig, had een brede borst en ingevallen kaken, en de strijdlustige uitstraling van een man die vele demonstraties en succesvolle krachtmetingen met recalcitrante bedrijfsdirecties op zijn naam had staan. Iets in de donkere, diepliggende ogen van de ander maakte dat Strike de folder in zijn hand afspeurde op zoek naar bevestiging van een plotseling vermoeden.

BUURTACTIE CORE – OLYMPISCHE SPELEN
15 juni 2012
19.30 White Horse Pub East Ham E6 6EJ

Sprekers:

Lilian Sweeting	Stichting Natuurbehoud, Oost-Londen
Walter Frett	Arbeidersbond/CORE-activist
Flick Purdue	Armoedebestrijding/CORE-activist
Jimmy Knight	Real Socialist Party/organisator CORE

Ondanks zijn ongeschoren gezicht en groezelige uitstraling was de man met de diepliggende ogen op geen stukken na zo vies als Billy, en zijn haar was de afgelopen maanden beslist een keer geknipt. Hij leek halverwege de dertig te zijn, en hoewel hij een hoekiger gezicht had en gespierder was, had hij hetzelfde donkere haar en dezelfde bleke huid als Strikes bezoeker van laatst. Strike zou er aan de hand van de beschikbare aanwijzingen een aanzienlijk bedrag op durven inzetten dat Jimmy Knight de oudere broer van Billy was.

Jimmy rondde zijn gefluisterde gesprek met zijn collega van de Arbeidersbond af en leunde toen achterover in zijn stoel, zijn stevige armen over elkaar geslagen, met een afwezige blik die erop duidde dat hij niet langer luisterde naar de jonge vrouw, net zomin als de rest van haar steeds onrustiger schuifelende publiek.

Strike merkte dat hij in de gaten werd gehouden door een onopvallende man die een rij voor hem zat. Toen Strike zijn fletsblauwe ogen ontmoette, richtte de ander zijn aandacht snel weer op Flick, die nog aan het woord was. Strike bekeek de schone spijkerbroek, het T-shirt en het ultrakorte haar van de man en stelde vast dat hij er beter aan gedaan zou hebben die ochtend de tondeuse over te slaan, maar misschien had de politie van Londen het niet de moeite waard gevonden om voor een onbelangrijke operatie als CORE zijn beste mensen te sturen. Maar de aanwezigheid van een agent in burger was natuurlijk te verwachten geweest. Iedere groepering die op dat moment plannen maakte om de voorbereidingen voor de Olympische Spelen te verstoren of te dwarsbomen werd ongetwijfeld in de gaten gehouden.

Vlak bij de politieman in burger zat een Aziatische jongeman in hemdsmouwen die eruitzag alsof hij van kantoor kwam. Hij was lang en dun en keek strak naar de spreker, bijtend op de nagels van zijn linkerhand. Terwijl Strike naar hem zat te kijken, trok hij met een kreetje zijn vinger terug van zijn mond. Er kwam bloed uit.

'Goed,' zei een man luid. Het publiek, dat doorhad dat dit iemand was die het hier voor het zeggen had, ging wat rechter zitten. 'Hartelijk dank, Flick.'

Jimmy Knight ging staan en voerde het lauwe applausje voor Flick aan, die om de tafel heen liep en plaatsnam op de vrije stoel tussen de twee mannen in.

Jimmy Knight, in zijn afgedragen spijkerbroek en een ongewassen T-shirt, deed Strike denken aan de mannen die zijn inmiddels overleden moeder vroeger als minnaar had uitgekozen. Hij had de bassist van een grimeband of een knappe roadie kunnen zijn, met zijn gespierde armen en tatoeages. Strike zag dat de rug van de onopvallende man met de blauwe ogen verstrakt was. Hij had op Jimmy gewacht.

'Goedenavond samen, heel fijn dat jullie er zijn.'

Zijn persoonlijkheid vulde de ruimte als de eerste tonen van een hit. Strike maakte uit die eerste paar woorden op dat hij het type man was dat in het leger óf buitengewoon nuttig zou zijn óf een ongehoorzame dwarskop. Jimmy's accent was moeilijk thuis te brengen, net als dat van Flick. Strike kreeg de indruk dat ook hij het cockney had omgebogen naar een wat lompe, boerse tongval, in zijn geval met iets meer succes.

'Goed, de olympische karavaan gaat dus Oost-Londen platwalsen!' Zijn vurige blik gleed langs de toehoorders, die nu een en al oor waren.

'Huizen gaan tegen de grond, fietsers worden van de sokken gereden, en de grond die van ons allemaal is, of liever gezegd wás, wordt opgeslokt. Jullie hebben al van Lilian gehoord wat dat betekent voor het leefgebied van de dieren, de insecten. Ik wil het hier hebben over de aantasting van de woonwijken. Ons gezamenlijke terrein wordt geasfalteerd, en waarvoor? Om de sociale woningbouw en de ziekenhuizen te realiseren die we nodig hebben? Natuurlijk niet! Nee, we krijgen stadions die miljarden kosten, pronkstukken voor het kapitalistische systeem, dames en heren. Er wordt van ons gevraagd het elitisme te omarmen, terwijl achter de afzettingen de vrijheid van de gewone mensen wordt beperkt, afgebrokkeld, afgepakt.

We moeten de Olympische Spelen víéren, zeggen ze in al die dure persberichten die de rechtse media zo gretig tot zich nemen en napraten. De vlag verafgoden, de middenklasse opzwepen tot zwaar patriottisme! Kom onze fantastische medaillewinnaars aanbidden – stralend goud voor iedereen die genoeg smeergeld betaalt uit andermans zak!'

Er klonk instemmend gemompel. Een paar mensen klapten.

'Het is de bedoeling dat wij enthousiast doen over een stel verwende kostschooljongens en -meiden die hun sport beoefenen terwijl onze speelvelden worden verkwanseld! Hielenlikkerij zou onze nationale olympische sport moeten zijn! We verafgoden lui in wie miljoenen zijn geïnvesteerd omdat ze toevallig kunnen fietsen, terwijl ze hun ziel hebben verkocht om te verhullen hoe die schoften onze planeet naar de klote helpen en de belasting ontduiken. Ze staan in de rij om hun naam op de afsluithekken te krijgen – hekken waarmee de mensen worden buitengesloten die hier op hun eigen grond wonen en werken!'

Het applaus, waaraan Strike, het oude echtpaar naast hem en de Aziatische man niet meededen, was net zo goed bedoeld voor Jimmy's optreden als voor zijn woorden. De boze verontwaardiging straalde van Jimmy's enigszins schurkachtige maar knappe gezicht.

'Zien jullie dit?' Van een tafel achter hem griste hij een vel papier met daarop het hoekige 2012-logo dat Strike zo lelijk vond. 'Welkom bij de Olympische Spelen, vrienden, de natte droom van iedere fascist. Zien jullie dat logo? Hebben jullie dat gezien? Het is een geknakt hakenkruis!'

In de zaal werd gelachen en nog een keer geklapt, waardoor het luide gerommel van Strikes maag werd overstemd. Hij vroeg zich af of hij ergens in de buurt een afhaalmaaltijd zou kunnen krijgen. Hij zat zelfs al uit te rekenen of hij hier op tijd terug zou kunnen zijn, toen de West-Indische vrouw met het grijze haar die hij daarstraks had gezien de deur van de zaal wijd openhield. Haar gezichtsuitdrukking maakte duidelijk dat CORE nu wel lang genoeg van de gastvrijheid van het buurthuis gebruikgemaakt had.

Maar Jimmy was niet te stuiten.

'Die zogenaamde olympische gedachte van fair play en amateursport normaliseert de onderdrukking en het autoritaire systeem! Word wakker, Londen wordt gemilitariseerd! De Britse overheid, die de tactieken van kolonisatie en invasie al eeuwenlang toepast, heeft de Olympische Spelen aangegrepen als het volmaakte excuus om de politie, het leger, helikopters en wapens in te zetten tegen de gewone burger! Duizend extra bewakingscamera's, haastig aangenomen wetten, en denk je dat die camera's weer weggehaald worden als deze kapitalistische kermis verder trekt?

Sluit je bij ons aan!' schreeuwde Jimmy, terwijl de medewerkster van het buurthuis langs de muur naar de voorkant van de zaal schuifelde, nerveus maar vastberaden. 'CORE maakt deel uit van een bredere, wereldwijde beweging die zich verzet tegen de onderdrukking! Wij maken gemene zaak met alle linkse antionderdrukkingsbewegingen in heel Londen! We gaan wettelijk toegestane demonstraties houden en we zetten iedere vorm van vreedzaam protest in die ons nog niet wordt verboden in deze stad, die in rap tempo bezet wordt!'

Nog meer applaus, al leek het oudere echtpaar naast Strike zich steeds ongelukkiger te voelen.

'Ja, ja, ik weet het,' zei Jimmy tegen de vrouw van het buurthuis, die nu het voorste gedeelte van de zaal had bereikt en timide gebaarde. 'Ze willen ons eruit hebben,' voegde Jimmy eraan toe tegen het publiek, en hij schudde grijnzend het hoofd. 'Natuurlijk moeten we ophoepelen. Natuurlijk.'

Een paar mensen sisten afkeurend naar de vrouw van het buurthuis.

'Voor wie meer wil horen,' zei Jimmy, 'we gaan zo naar de pub verderop in de straat. Het adres staat op de folder!'

De meeste aanwezigen applaudisseerden. De politieman in burger stond op uit zijn stoel. De oudere stel schuifelde al naar de deur.

6

Ik… heb de reputatie akelig fanatiek te zijn, heb ik me laten vertellen.

Henrik Ibsen, *Rosmersholm*

Stoelen rammelden, tassen werden over schouders gehesen. Het grootste deel van het publiek liep naar de deuren achterin, maar sommige mensen leken niet te willen vertrekken. Strike deed een paar passen in Jimmy's richting in de hoop hem te kunnen spreken, maar de jonge Aziaat was hem te snel af en beende naar de activist toe, ogenschijnlijk nerveus maar vastberaden. Jimmy wisselde nog een paar woorden met de man van de arbeidersbond en zag toen de nieuwkomer staan, waarna hij afscheid nam van Walter en naar de Aziaat toe liep. Alles wees erop dat hij bereid was een praatje te maken met de man van wie hij kennelijk aannam dat het een bekeerling was.

Maar zodra de Aziaat het woord nam, betrok Jimmy's gezicht. Ze praatten op gedempte toon, midden in het snel leeglopende zaaltje terwijl Flick en een groepje jonge mensen bleven rondhangen in afwachting van Jimmy. Ze leken zich te goed te voelen om de handen uit de mouwen te steken: de medewerkster van het buurthuis ruimde in haar eentje de stoelen op.

'Laat mij maar,' bood Strike aan, en hij nam drie stoelen van haar over zonder acht te slaan op de scherpe steek in zijn knie toen hij ze op een stapeltje hees.

'Hartelijk bedankt,' zei ze hijgend. 'Ik denk niet dat we dat stelletje hier...'

Ze wachtte even tot Walter en een paar anderen voorbijgelopen waren. Niemand bedankte haar.

'... nog een keer gebruik laten maken van het buurthuis,' maakte ze verontwaardigd haar zin af. 'Ik wist niet waar ze zich mee bezighielden. In de folder hebben ze het over burgerlijke ongehoorzaamheid en weet ik wat allemaal nog meer.'

'Bent u vóór de Olympische Spelen?' vroeg Strike terwijl hij nog een stoel opstapelde.

'Mijn kleindochter is lid van een hardloopvereniging,' zei ze. 'We hebben kaartjes. Ze kan haast niet wachten.'

Jimmy was nog in gesprek verwikkeld met de jonge Aziaat. Ze leken te kibbelen. Jimmy zag er gespannen uit; hij keek voortdurend schichtig om zich heen, op zoek naar een ontsnappingsmogelijkheid, of misschien om zich ervan te verzekeren dat er niemand meeluisterde. De zaal liep leeg. De twee mannen verplaatsten zich langzaam naar de uitgang. Strike spitste zijn oren in een poging te horen wat ze tegen elkaar zeiden, maar de schuifelende voetstappen van Jimmy's aanhangers op de houten vloer overstemden alles op een paar woorden na.

'... al jaren, man. Begrepen?' zei Jimmy fel. 'Dus je doet maar wat je niet laten kunt, jij bent hier degene die zich heeft opgeworpen als fucking...'

Ze waren nu buiten gehoorsafstand. Strike hielp de vrijwilliger van het buurthuis met het opstapelen van de laatste stoelen, en toen ze het licht uitdeed, vroeg hij de weg naar de White Horse.

Vijf minuten later, ondanks zijn voornemen om gezonder te gaan eten, kocht Strike een portie friet en liep daarmee over White Horse Road naar de pub die ernaar vernoemd was en aan het einde van de straat zou moeten liggen, zo was hem verteld.

Al etende vroeg Strike zich af hoe hij het beste een gesprek met Jimmy Knight zou kunnen aanknopen. Zoals de reactie van de oudere Che Guevara-fan daarstraks aan de deur al had aangetoond, wekte Strikes huidige outfit niet gemakkelijk vertrouwen op bij de antikapitalistische demonstranten. Jimmy had de uitstraling van een doorgewinterde extreemlinkse activist, en waarschijnlijk rekende hij op belangstelling van officiële zijde voor zijn activiteiten in de geladen sfeer voorafgaand aan de Spelen. Strike zag de politieman in burger met de blauwe ogen al achter Jimmy aan sjokken, de handen in de zakken van zijn spijkerbroek. Strikes eerste taak was nu om Jimmy ervan te verzekeren dat hij niet was gekomen om een onderzoek naar CORE in te stellen.

The White Horse bleek een lelijk prefab pand te zijn op een druk kruispunt, met uitzicht op een groot park. Een wit oorlogsmonument met keurig gerangschikte kransen aan de voet rees op als een eeuwig verwijt aan het terras ertegenover, waar alcohol werd geschonken en waarvan het gebarsten, met onkruid doorschoten beton bezaaid lag met oude peuken. De gasten die met een glas in de hand rondhingen op het kale terras voor de pub rookten allemaal. Strike zag Jimmy, Flick en diverse anderen in een groepje voor een raam staan dat was versierd met een enorm West Ham-spandoek. De lange, jonge Aziaat was nergens te bekennen, maar de politieman in burger hield zich in zijn eentje net buiten het groepje op.

Strike ging naar binnen om bier te halen. Het interieur van de pub bestond grotendeels uit vlaggen met het rode Sint-Joriskruis en nog meer West Ham-parafernalia. Nadat hij een groot glas John Smith's had besteld ging Strike terug naar buiten, waar hij een verse sigaret opstak en naar het groepje rondom Jimmy toe liep. Hij stond al naast Flicks schouder voordat ze doorkregen dat de grote, forse onbekende in pak iets van hen wilde. Alle gesprekken vielen stil; het wantrouwen was van de gezichten te lezen.

'Hallo,' zei Strike, 'ik ben Cormoran Strike. Zou ik jou misschien even kunnen spreken, Jimmy? Het gaat over Billy.'

'Billy?' herhaalde Jimmy op scherpe toon. 'Hoezo?'

'Ik heb hem gisteren ontmoet. Ik ben privédetec...'

'Chizzel heeft hem gestuurd!' riep Flick uit, en ze keek Jimmy geschrokken aan.

'Kop dicht,' gromde hij.

Terwijl de rest van het groepje Strike bekeek met een mengeling van nieuwsgierigheid en vijandigheid, gebaarde Jimmy hem om mee te komen naar een plek aan de rand van het gezelschap. Tot Strikes verbazing kwam Flick achter hen aan. Mannen met kortgeschoren haar in West Ham-shirts knikten in het voorbijgaan naar de activist. Jimmy hield halt naast twee witte zuilen met een paardenhoofd erop, keek om zich heen of er niemand meeluisterde en vroeg toen aan Strike: 'Hoe heette je ook alweer?'

'Cormoran. Cormoran Strike. Is Billy jouw broer?'

'Mijn jongere broer, ja,' antwoordde Jimmy. 'Zei je nou dat hij naar je toe is gekomen?'

'Yep. Gistermiddag.'

'En jij bent privé...?'

'Detective, ja.'

Strike zag de herkenning dagen in Flicks ogen. Ze had een bol, bleek gezicht dat onschuldig geweest zou zijn zonder de heftige eyeliner en het ongekamde tomaatrode haar. Ze wendde zich snel weer tot Jimmy. 'Jimmy, hij is...'

'Van de Shacklewell Ripper?' vroeg Jimmy, en hij gluurde over zijn aansteker naar Strike terwijl hij een nieuwe sigaret opstak. 'En Lula Landry?'

'Ja, klopt,' antwoordde Strike. Vanuit zijn ooghoeken zag hij Flicks blik langs zijn lichaam omlaaggaan naar zijn onderbenen. Ze trok met haar mond, ogenschijnlijk minachtend.

'Is Billy bij jou geweest?' vroeg Jimmy nog een keer. 'Waarom?'

'Hij zei dat hij er getuige van is geweest dat er een kind gewurgd werd,' zei Strike.

Jimmy blies felle wolken rook uit. 'Ja, het is goed mis in zijn kop. Schizoïde persoonlijkheidsstoornis.'

'Ik kreeg inderdaad de indruk dat hij ziek was, ja,' beaamde Strike.

'Is dat het enige wat hij zei? Dat hij een kind gewurgd heeft zien worden?'

'Het leek mij genoeg om er wat mee te doen,' zei Strike.

Jimmy's mondhoeken krulden omhoog in een vreugdeloze glimlach. 'U geloofde hem toch niet?'

'Nee,' zei Strike naar waarheid, 'maar ik vind niet dat hij in die toestand over straat moet zwerven. Hij heeft hulp nodig.'

'Volgens mij is hij er niet slechter aan toe dan anders, dacht jij van wel?' vroeg Jimmy aan Flick, op een ongeïnteresseerde toon die wat gekunsteld overkwam.

'Nee,' zei ze, en ze nam nauwelijks de moeite haar vijandigheid te verbergen toen ze zich weer tot Strike richtte. 'Hij heeft zijn ups en downs. Als hij zijn medicijnen inneemt, gaat het prima.'

Haar accent was een stuk minder aangedikt nu haar andere vrienden er niet meer bij waren. Strike zag dat ze een klontje slaap in haar ooghoek had waar ze de eyeliner dwars overheen had aangebracht. Doordat hij grote delen van zijn jeugd had doorgebracht in rommel en viezigheid, kon hij slecht tegen mensen die het niet erg nauw namen met de hygiëne, behalve wanneer ze zo ongelukkig of zo ziek waren dat reinheid er niet toe deed.

'Jij komt toch uit het leger?' vroeg ze, maar Jimmy overstemde haar.

'Hoe wist Billy jou te vinden?'

'Opgezocht op internet?' opperde Strike. 'Ik woon niet in een hol onder de grond, hoor.'

'Billy weet niet hoe je iemands adres moet opzoeken op internet.'

'Hij heeft mijn kantoor anders wel weten te vinden.'

'Er is geen dood kind,' zei Jimmy abrupt. 'Het zit allemaal tussen zijn oren. Hij heeft het er altijd over als het weer eens slecht met hem gaat. Heb je zijn tic niet gezien?'

Jimmy imiteerde akelig accuraat de dwanghandeling van een schokkerige hand die van neus naar borst ging. Flick begon te lachen.

'Ja, dat heb ik gezien,' zei Strike met een strak gezicht. 'Dus je weet niet waar hij is?'

'Ik heb hem sinds gistermorgen niet meer gezien. Wat wil je van hem?'

'Zoals ik al zei, leek het me geen goed idee dat hij in deze staat in zijn eentje over straat zwerft.'

'Goh, wat goed,' zei Jimmy. 'Een rijke, beroemde detective die zo begaan is met onze Bill.'

Strike zei niets.

'Jij hebt toch in het leger gezeten?' vroeg Flick nog een keer.

'Klopt.' Strike keek op haar neer. 'Wat heeft dat ermee te maken?'

'Ik vraag het alleen maar.' Ze liep enigszins rood aan in haar verontwaardiging. 'Je bent dus niet altijd zo begaan geweest met het welzijn van anderen, hè?'

Strike, die vaak te maken kreeg met mensen die er dezelfde opvattingen op na hielden als Flick, ging er niet op in. Ze zou hem waarschijnlijk gewoon geloven als hij zou zeggen dat hij bij het leger was gegaan in de hoop dat hij dan kinderen aan zijn bajonet mocht rijgen.

Jimmy, die ook geen zin leek te hebben om Flicks mening over het leger aan te horen, zei: 'Het komt wel goed met Billy. Soms blijft hij een tijdje bij ons pitten en dan vertrekt hij weer. Zo gaat het iedere keer.'

'Waar slaapt hij als hij niet bij jullie is?'

'Bij vrienden,' antwoordde Jimmy schouderophalend. 'Ik weet niet hoe ze allemaal heten.' Toen sprak hij zichzelf tegen: 'Ik doe vanavond wel een belrondje om te kijken of alles oké is.'

'Doe dat,' zei Strike, en hij leegde zijn glas en gaf het aan de getatoeëerde barjongen die over het kale, betonnen terras beende en alle lege glazen verzamelde. Strike nam nog een laatste haal van zijn sigaret, gooide de peuk bij zijn duizenden kameraden op het gebarsten beton, trapte hem uit met zijn voetprothese en pakte toen zijn portefeuille.

'Doe mij een lol,' zei hij tegen Jimmy, en hij gaf hem een visitekaartje, 'laat even wat horen als Billy opduikt, oké? Ik zou graag willen weten dat hij in goede handen is.'

Flick snoof minachtend, maar Jimmy leek even van zijn stuk gebracht. 'Ja, is goed. Doe ik.'

'Weten jullie welke bus ik moet hebben om zo snel mogelijk in Denmark Street te komen?' vroeg Strike toen. Hij moest er niet aan denken om weer dat hele eind naar de metro te lopen, en er reden uitnodigend veel bussen langs de pub. Jimmy, die de omgeving goed leek te kennen, legde Strike uit hoe hij bij de juiste halte kon komen.

'Dank je wel.' Terwijl hij zijn portefeuille weer in zijn binnenzak stopte, zei Strike langs zijn neus weg: 'Billy zei dat jij erbij was toen dat kind werd gewurgd, Jimmy.'

De snelheid waarmee Flick haar hoofd Jimmy's kant op draaide verried haar. Jimmy zelf was beter voorbereid. Zijn neusvleugels bewogen, maar verder slaagde hij erin op geloofwaardige wijze zijn schrik te verhullen.

'Ja, hij heeft het verknipte verhaal tot in de details in die gekke kop van hem zitten, de arme jongen. Er zijn dagen dat hij denkt dat onze dode moeder erbij was. En binnenkort misschien de paus ook nog.'

'Triest,' zei Strike. 'Ik hoop dat je hem kunt vinden.'

Hij stak een hand op ten afscheid en liet hen buiten voor de pub achter. Hij had honger ondanks de portie friet, zijn stomp deed zeer en tegen de tijd dat hij bij de bushalte aankwam, liep hij behoorlijk mank.

De bus kwam na een kwartier wachten. Twee dronken jongelui een paar stoelen vóór Strike discussieerden, met steeds dezelfde argumenten, over de pas gecontracteerde nieuwe speler van West Ham, Jussi Jääskeläinen, een naam die ze geen van beiden konden uitspreken. Strike staarde nietsziend door het groezelige raam naar buiten; hij had pijn aan zijn been en verlangde naar zijn bed, maar hij kon zich niet ontspannen.

Hoe vervelend het ook was om het te moeten toegeven, het uitstapje naar Charlemont Road had hem niet verlost van de lichte twijfel over Billy's verhaal die ergens op de achtergrond aan hem knaagde. De herinnering aan Flicks gezicht toen ze plotseling angstig naar Jimmy had gekeken, en vooral haar uitroep 'Chizzel heeft hem gestuurd!' had die knagende twijfel doen omslaan in een behoorlijke, misschien wel blijvende verstoring van de detectives gemoedsrust.

7

Denkt u dat u hier zult blijven? Voorgoed, bedoel ik?
Henrik Ibsen, *Rosmersholm*

Robin had graag een rustig weekend gehad na een lange week doe-het-zelfmeubels uitpakken en in elkaar zetten, maar Matthew verheugde zich op de housewarming, waarvoor hij een groot aantal collega's had uitgenodigd. Hij was trots op de interessante, romantische achtergrond van hun straat, die ooit was gebouwd voor scheepsbouwers en zeekapiteins, in de tijd dat Deptford het centrum van de scheepsbouw was. Matthew mocht dan nog niet de postcode van zijn dromen hebben bereikt, een smalle straat met kinderkopjes vol mooie oude huizen voldeed wel aan zijn wens van 'een stapje hoger op de woningmarkt', ook al waren Robin en hij slechts de huurders van dit keurige, rechthoekige bakstenen pand met schuiframen en cherubijntjes boven de voordeur.

Matthew had eerst tegengestribbeld toen Robin voorstelde een huis te huren, maar ze had voet bij stuk gehouden en gezegd dat ze het niet zou trekken om nog een jaar in Hastings Road te blijven wonen terwijl het ene na het andere bod op toch al te dure koophuizen werd afgewezen. Dankzij de erfenis en Matthews nieuwe baan konden ze de huur van het mooie huisje met de drie slaapkamers net betalen, en de opbrengst van hun appartement in Hastings Road bleef onaangeroerd op de bank staan.

Hun huisbaas, een uitgever die naar New York was vertrokken

om op de hoofdvestiging van de uitgeverij te gaan werken, was zielsgelukkig geweest met zijn nieuwe huurders. Als gay van in de veertig bewonderde hij Matthews gladde voorkomen, en hij stond erop hun op de dag van de verhuizing persoonlijk de sleutels te overhandigen.

'Ik ben het eens met Jane Austens opvatting over de ideale huurder,' zei hij tegen Matthew toen ze buiten op de kinderkopjes stonden. "Een getrouwd man, en zonder kinderen; precies zoals men het zich zou moeten wensen." Een huis wordt nooit goed bijgehouden zonder dame! Of verdelen jullie de taak van het stofzuigen?'

'Natuurlijk,' had Matthew glimlachend geantwoord. Robin, die achter de mannen met een doos vol planten de drempel over liep, had een sarcastische opmerking ingeslikt.

Ze vermoedde dat Matthew niet aan zijn vrienden en collega's had verteld dat ze het huis niet hadden gekocht maar het slechts huurden. Ze betreurde haar eigen toenemende wens om Matthew te betrappen op verachtelijk of onbetrouwbaar gedrag, al ging het maar om kleine dingen, en ze bestrafte zichzelf in stilte omdat ze steeds het slechtste van hem dacht. In die sfeer van zelfkastijding had ze ook ingestemd met dit feestje; ze had drank en plastic glazen gekocht, hapjes gemaakt en alles klaargezet in de keuken. Matthew had de meubels verschoven en was een aantal avonden op rij in de weer geweest met de muziek, die nu uit zijn iPod schalde, die in het docking station stond. De eerste paar tonen van 'Cutt Off' van Kasabian klonken toen Robin snel naar boven ging om zich te verkleden.

Ze had schuimrollers in haar haar, dat ze vanavond hetzelfde wilde dragen als op haar trouwdag. Omdat ze weinig tijd meer had tot de gasten zouden komen, trok ze de rollers er met één hand uit terwijl ze haar kledingkast openrukte. Ze had een nieuwe jurk, lichtgrijs en nauwsluitend, maar ze was bang dat het grijs alle kleur uit haar gezicht wegnam. Na een korte aarzeling haalde ze de smaragdgroene Roberto Cavalli tevoorschijn, die ze nog nooit in het openbaar had gedragen. Het was het duurste kledingstuk dat ze had, en tevens het mooiste: het 'afscheidscadeau' dat Strike voor haar had gekocht nadat ze hem als uitzendkracht had geholpen hun eerste moordenaar op te pakken. De uitdrukking op Matthews gezicht toen ze hem enthousiast het cadeau had laten zien had ervoor gezorgd dat ze de jurk nooit droeg.

Om de een of andere reden gingen haar gedachten naar Strikes vriendin, Lorelei, toen ze zichzelf de jurk voorhield. Lorelei, die altijd felle snoepkleurtjes droeg, had zichzelf de stijl van een pin-up uit de jaren veertig aangemeten. Ze was net zo lang als Robin en had glanzend bruin haar, dat ze in een lok over één oog liet vallen, à la Veronica Lake. Robin wist dat Lorelei drieëndertig was, en ze was mede-eigenares en verkoopster in een winkel met vintage en theaterkleding op Chalk Farm Road. Die informatie had Strike een keer laten vallen, en Robin had de naam in haar oren geknoopt en de winkel thuis online opgezocht. Het leek een succesvolle glamourzaak te zijn.

'Het is kwart voor,' zei Matthew, die de slaapkamer in kwam snellen en al lopend zijn T-shirt uittrok. 'Ik denk dat ik gauw nog even ga douchen.'

Hij zag dat ze met de smaragdgroene jurk in haar handen stond.

'Ik dacht dat je die grijze zou aantrekken?'

Hun blikken kruisten elkaar in de spiegel. Matthew, met ontbloot bovenlijf, zongebruind en knap, had zulke symmetrische trekken dat zijn spiegelbeeld vrijwel identiek was aan zijn echte verschijning.

'Die maakt me zo bleek,' zei Robin.

'Ik vind die grijze mooier,' zei hij. 'Bleek staat je goed.'

Ze forceerde een glimlach. 'Oké,' zei ze toen. 'Dan wordt het die grijze.'

Eenmaal omgekleed haalde ze haar vingers door haar haar om de krullen losser te maken, trok een paar zilverkleurige sandaaltjes met dunne bandjes aan en liep snel terug naar beneden. Ze was maar amper in de gang of de bel ging.

Als ze van tevoren had moeten raden wie er als eerste zouden komen, zou ze gegokt hebben op Sarah Shadlock en Tom Turvey, die zich pasgeleden verloofd hadden. Het was typisch iets voor Sarah om al op de stoep te staan voordat Robin klaar was, zodat ze de kans kreeg als eerste in hun huis rond te snuffelen, om vervolgens een plekje in te nemen waar ze goed zicht had op de binnenkomers. En jawel, toen Robin de voordeur opendeed, stond Sarah daar, gekleed in felroze, met een grote bos bloemen in de armen. Tom had bier en wijn bij zich.

'O, wat een héérlijk huis, Robin,' kirde Sarah zodra ze de drempel over was, en ze keek om zich heen in de gang. Afwezig omhelsde ze Robin, haar blik gericht op de trap, waar Matthew naar beneden kwam, onderwijl zijn overhemd dichtknopend. 'Echt heerlijk. Deze zijn voor jou.'

Voor ze het wist werd Robin overladen met een armvol stargazerlelies.

'Bedankt,' zei ze. 'Ik ga ze meteen in het water zetten.'

Ze hadden geen vaas die groot genoeg was voor de bloemen, maar Robin kon ze moeilijk in de gootsteen laten staan. Ze hoorde vanuit de keuken Sarahs lach, zelfs boven Coldplay en Rihanna uit, die nu 'Princess of China' blèrden vanaf Matthews iPod. Robin sleepte een emmer uit de kast en liet die vollopen, waarbij ze zelf drijfnat werd.

Ze hadden het erover gehad, herinnerde ze zich, dat Matthew niet meer met Sarah zou gaan lunchen tijdens hun gezamenlijke pauzes. Er was zelfs sprake van geweest dat hij helemaal niet meer privé met haar omging, nadat Robin had ontdekt dat Matthew haar met Sarah had bedrogen toen ze begin twintig waren. Maar Tom had Matthew geholpen aan de beter betaalde baan die hij nu had bij Toms bedrijf, en nu Sarah de trotse bezitster was van een verlovingsring met een knots van een solitairdiamant, leek het Matthew kennelijk totaal niet nodig dat er ook maar de minste sporen van ongemak ontstonden tijdens sociale gelegenheden waarbij het toekomstige echtpaar Turvey aanwezig was.

Robin hoorde het drietal boven rondlopen. Matthew liet de slaapkamers zien. Ze hees de emmer met lelies uit de gootsteen en schoof hem in een hoek naast het fornuis terwijl ze zich afvroeg of het erg negatief van haar was om te vermoeden dat Sarah expres bloemen had meegenomen om even van Robin af te zijn. Sarah was nooit opgehouden met het flirterige gedrag waarmee ze Matthew al sinds hun gezamenlijke jaren aan de universiteit bejegende.

Robin schonk een glas wijn voor zichzelf in en kwam net de keuken uit toen Matthew Tom en Sarah voorging naar de zitkamer.

'... en Lord Nelson en Lady Hamilton zouden op nummer 19 hebben gewoond, maar toen heette het nog Union Street,' zei hij. 'Oké, wat willen jullie drinken? Alles staat klaar in de keuken.'

'Heerlijk huis, Robin,' zei Sarah. 'Zoiets kom je niet vaak tegen. Jullie hebben echt geboft.'

'We huren het maar,' zei Robin.

'Echt?' vroeg Sarah gretig, en Robin wist dat ze daar haar conclusies uit trok, niet over de huizenmarkt maar over het huwelijk van Robin en Matthew.

'Mooie oorbellen,' zei Robin, om van onderwerp te veranderen.

'Ja, hè?' Sarah hield haar haar naar achteren zodat Robin ze beter kon bekijken. 'Van Tom gekregen voor mijn verjaardag.'

De bel ging weer. Robin liep naar de deur om open te doen, in de hoop dat het een van de weinige mensen was die zij had uitgenodigd. Op Strike hoopte ze uiteraard niet. Hij zou wel weer laat komen, zoals bij iedere privéaangelegenheid waarvoor ze hem ooit had uitgenodigd.

'O, goddank,' zei Robin, verbaasd over haar eigen opluchting toen ze Vanessa Ekwensi voor de deur zag staan.

Vanessa was politieagente. Ze was lang en zwart, met amandelvormige ogen, het figuur van een fotomodel en een beheerste, zelfverzekerde houding waar Robin jaloers op was. Ze was alleen naar het feest gekomen. Haar vriend, die forensisch onderzoeker was bij het korps van Londen, had andere verplichtingen die avond. Robin vond het jammer, ze had zich erop verheugd hem te ontmoeten.

'Gaat het een beetje?' vroeg Vanessa toen ze binnenkwam. Ze had een fles rode wijn bij zich en droeg een donkerpaars hemdjurkje. Robin dacht weer aan de smaragdgroene Cavalli boven en had spijt dat ze die niet had aangetrokken.

'Ja, hoor,' antwoordde ze. 'Ga mee naar achteren, daar kun je roken.'

Ze liep voor Vanessa uit de zitkamer door, langs Sarah en Matthew, die Tom nu in zijn gezicht belachelijk maakten om zijn kaalheid.

De achterste muur van de binnenplaats was begroeid met klimop. Buiten stonden terracotta bakken met goed onderhouden struiken. Robin, die niet rookte, had asbakken en klapstoelen neergezet, en overal theelichtjes. Matthew had haar op gespannen toon gevraagd waarom ze zo veel moeite deed voor de rokers. Ze had heel goed geweten waarom hij dat vroeg – en gedaan alsof ze het niet doorhad.

'Ik dacht dat Jemima rookte?' had ze zogenaamd verbaasd gezegd. Jemima was Matthews bazin.

'O ja,' reageerde hij, even van zijn stuk gebracht. 'Ja... maar ze is een gezelligheidsroker.'

'Nou, ik ben er tamelijk zeker van dat ze hier voor de gezelligheid komt, Matt,' had Robin liefjes geantwoord.

Ze ging wat te drinken halen voor Vanessa. Toen Robin terugkwam, had Vanessa net een sigaret opgestoken, haar mooie ogen strak gericht op Sarah Shadlock, die nog steeds stond te lachen om Toms wijkende haargrens, met Matthew als joviale medestander.

'Dat is ze toch?' vroeg Vanessa.

'Dat is ze,' beaamde Robin.

Ze waardeerde het kleine teken van morele steun. Toen Robin en Vanessa een paar maanden bevriend waren, had Robin haar in vertrouwen genomen en verteld over haar relatie met Matthew. Vóór die tijd hadden ze het alleen gehad over politiewerk, de politiek en kleding op de avonden dat ze samen naar de bioscoop of een goedkoop restaurant gingen. Robin vond Vanessa beter gezelschap dan alle andere vrouwen die ze kende. Matthew, die haar twee keer had ontmoet, had gezegd dat hij Vanessa 'kil' vond, maar Robin had geen idee waarom.

Vanessa had een reeks levenspartners gehad – één keer was ze zelfs verloofd geweest, maar ze had het uitgemaakt toen hij vreemdging. Robin vroeg zich wel eens af of Vanessa haar niet lachwekkend onervaren vond, als de vrouw die was getrouwd met haar schoolvriendje van vroeger.

Even later stroomden er een stuk of tien mensen de zitkamer in, collega's van Matthew met hun partners die duidelijk eerst naar de kroeg geweest waren. Robin keek toe hoe Matthew hen begroette en aanwees waar de drank stond. Dat alles op de luide, schertsende toon die ze hem ook had horen gebruiken op avondjes uit met zijn werk. Ze ergerde zich eraan.

Het werd al snel druk op het feest. Robin stelde mensen aan elkaar voor, wees de drankjes aan, zette nog wat extra plastic bekertjes neer en deelde schalen met hapjes rond omdat het erg vol werd in de keuken. Pas toen Andy Hutchins en zijn vrouw er waren, had ze het gevoel dat ze even de teugels kon laten vieren en de tijd kon nemen voor haar eigen gasten.

'Ik heb voor jou aparte hapjes gemaakt,' zei Robin tegen Andy nadat ze Louise en hem de tuin had gewezen. 'Dit is Vanessa. Ze werkt bij de politie. Vanessa, dit zijn Andy en Louise. Wacht even, Andy, dan ga ik ze halen. Lactosevrij.'

Toen ze de keuken in kwam, stond Tom tegen de koelkast geleund. 'Sorry Tom, ik moet er even bij.'

Hij knipperde met zijn ogen en ging toen opzij. Hij is al dronken, dacht ze, en het was amper negen uur. Robin hoorde buiten te midden van de drukte Sarahs bulderende lach.

'Laamijmahellepe,' zei Tom, en hij hield de deur van de koelkast open, die dicht dreigde vallen toen Robin bukte om de schaal lactosevrije, niet-gefrituurde hapjes voor Andy te pakken, die ze op de onderste plank had gezet. 'God, wat heb jij een lekkere kont, Robin.'

Ze kwam overeind zonder iets te zeggen. Ondanks zijn dronken grijns voelde ze hoe ongelukkig hij was, als een koude tochtvlaag achter dat opgewekte masker. Matthew had haar verteld hoe moeilijk Tom het had met zijn wijkende haargrens, en dat hij zelfs een transplantatie overwoog.

'Mooi overhemd,' zei Robin.

'Huh, dit ding? Vin'je da mooi? Heeft zij voor me gekocht. Matt heeft er ook zo een, hè?'

'Eh, dat weet ik niet precies,' zei Robin.

'Dat weet je niet precies,' herhaalde Tom met een akelig lachje. 'En dat heeft dan surveillancetraining gehad. Je moet thuis eens wat beter opletten, Robin.'

Robin keek even met gelijke delen medelijden en kwaadheid naar hem, maar toen besloot ze dat hij te dronken was om ruzie mee te maken en ze liep weg met Andy's hapjes.

Het eerste wat ze zag toen de mensen plaatsmaakten om haar weer de tuin in te laten, was dat Strike er was. Hij stond met zijn rug naar haar toe te praten met Andy. Naast hem stond Lorelei, in een vuurrode zijden jurk, de glanzende waaier van haar op haar rug als een reclame voor dure shampoo. Op de een of andere manier had Sarah zich gedurende Robins korte afwezigheid het groepje binnengewerkt. Toen Vanessa Robins blik ving, trok ze even met haar mondhoek.

'Hallo,' zei Robin, en ze zette de schaal met hapjes op het smeedijzeren tafeltje naast Andy neer.

'Robin, hoi!' zei Lorelei. 'Wat een leuke straat, zeg.'

'Ja, hè?' zei Robin terwijl Lorelei de lucht achter haar oor kuste.

Strike bukte ook om haar te kussen. Zijn stoppels schuurden langs Robins gezicht, maar zijn lippen raakten haar huid niet. Hij trok meteen een van de zes blikken Doom Bar open die hij had meegebracht.

Robin had in gedachten geoefend wat ze tegen Strike zou zeggen als hij in haar nieuwe huis was: rustige, nonchalante opmerkingen waardoor het klonk alsof ze nergens spijt van had, alsof er iets fijns en moois was waar hij geen oog voor had, maar dat de doorslag gaf in Matthews voordeel. En ze wilde hem ook spreken over die vreemde kwestie met Billy en het gewurgde kind. Maar op dat moment was Sarah aan het woord, over veilinghuis Christie's, waar ze werkte, en de hele groep luisterde naar haar.

'Ja, de derde van volgende maand wordt bij ons *The Lock* geveild,' zei ze. 'Constable,' voegde ze er heel attent aan toe, voor degenen die niet zo veel verstand hadden van kunst als zij. 'We verwachten dat het ruim twintig zal opbrengen.'

'Twintigduizend pond?' vroeg Andy.

'Twintig miljoen,' zei Sarah met een neerbuigend snuiflachje.

Matthew lachte ergens achter Robin, en ze ging automatisch opzij om hem tot de kring toe te laten. Hij leek in vervoering te zijn, zoals zo vaak wanneer er grote sommen geld besproken werden. Misschien praten Sarah en hij daar wel over als ze samen lunchen, dacht Robin: over geld.

'Vorig jaar heeft *Gimcrack* meer dan tweeëntwintig opgebracht. Stubbs. De op twee na waardevolste oude meester die ooit is verkocht.'

Vanuit haar ooghoeken zag Robin dat Lorelei haar vingers met de vuurrood gelakte nagels in Strikes hand liet glijden, die aan de binnenkant de littekens droeg van hetzelfde mes dat Robins arm voorgoed had beschadigd.

'Ach, dat is toch helemaal niet boeiend,' zei Sarah niet-gemeend. 'Genoeg over werk! Wie heeft er hier kaartjes voor de Olympische Spelen? Tom, mijn verloofde, is woest. Wij zijn ingeloot voor pingpong.' Ze trok een komisch gezicht. 'Wat hebben jullie gekregen?'

Robin zag Strike en Lorelei vluchtig een blik wisselen, en ze wist dat ze elkaar stilzwijgend troostten omdat ze weer zo'n ellendig 'kaartjes-voor-de-Olympische-Spelen'-gesprek moesten aanhoren. Ineens wenste ze dat ze niet gekomen waren, en ze schuifelde achteruit bij het groepje vandaan.

Een uur later besprak Strike in de zitkamer de kansen voor Engeland op het EK voetbal met een van Matthews bevriende collega's terwijl Lorelei aan het dansen was. Robin, met wie hij nog geen woord had gewisseld sinds ze elkaar buiten hadden gezien, liep door de kamer met een schaal hapjes. Ze bleef even staan om een praatje te maken met een vrouw met rood haar en ging toen weer verder met de schaal. De manier waarop Robin haar haar droeg deed Strike denken aan haar bruiloft.

Met het oog op de vermoedens die waren ontstaan naar aanleiding van haar bezoek aan de onbekende kliniek bekeek hij haar figuur in de nauwsluitende grijze jurk. Ze zag er beslist niet zwanger uit, en het feit dat ze wijn dronk leek ook een contra-indicatie, maar misschien waren Matthew en zij nog maar net begonnen met ivf.

Recht tegenover Strike, net te zien tussen de dansende lichamen door, stond rechercheur Vanessa Ekwensi. Het had Strike verbaasd haar op dit feestje aan te treffen. Ze stond tegen de muur geleund te praten met een lange blonde man die, te oordelen naar zijn overdreven aandachtige houding, tijdelijk vergeten leek te zijn dat hij een trouwring droeg. Vanessa keek vluchtig naar Strike aan de andere kant van de kamer en maakte hem met een getergde blik duidelijk dat ze het niet erg zou vinden als hij hun onderonsje kwam verstoren. Het gesprek over voetbal was niet zo boeiend dat Strike bang was de rest ervan te missen als hij opstapte, en zodra er een geschikte pauze viel, liep hij om de dansende mensen heen naar Vanessa toe.

'Goedenavond.'

'Hallo,' zei ze, en ze nam zijn kus op de wang in ontvangst met de elegantie die al haar handelingen kenmerkte. 'Cormoran, dit is Owen... Sorry, ik heb je achternaam niet verstaan.'

Het duurde niet lang tot Owen de hoop opgaf op wat het ook was geweest dat hij van Vanessa wilde, of het nu louter het plezier van wat geflirt met een knappe vrouw was of haar telefoonnummer.

'Ik wist niet dat jij zo goed bevriend was met Robin,' zei Strike toen Owen afdroop.

'Ja, we trekken de laatste tijd veel met elkaar op,' zei Vanessa. 'Ik heb haar een berichtje gestuurd toen ik hoorde dat jij haar op straat had gezet.'

'O,' zei Strike, en hij nam een grote slok Doom Bar. 'Juist, ja.'

'Daarna belde ze op om me te bedanken en toen zijn we samen wat gaan drinken.'

Dat had Robin nooit aan Strike verteld, maar hij had er dan ook alles aan gedaan, zo besefte hij zelf ook wel, om niet-werkgerelateerde gespreksonderwerpen uit de weg te gaan sinds ze na haar huwelijksreis weer bij hem was komen werken.

'Mooi huis,' merkte hij op, en hij deed zijn best om de smaakvol ingerichte kamer niet te vergelijken met zijn zitkamer met open keukentje op de zolderverdieping boven zijn kantoor. Matthew moest wel een dik salaris hebben om dit te kunnen betalen, dacht hij. Van Robins opslag konden ze het niet doen, dat was wel duidelijk.

'Inderdaad,' zei Vanessa. 'Ze huren het.'

Strike keek even naar de dansende Lorelei terwijl hij deze interessante informatie verwerkte. Iets triomfantelijks in Vanessa's toon gaf hem het vermoeden dat ook zij hierin een keuze zag die niet geheel en al terug te voeren was op de huizenmarkt.

'En dat allemaal door zo'n zeebacterie,' zei Vanessa.

'Wat?' vroeg Strike niet-begrijpend.

Ze wierp hem een scherpe blik toe en schudde toen lachend het hoofd. 'Niks. Laat maar.'

'Jazeker, wij hebben niet slecht gescoord,' hoorde Strike Matthew tegen de vrouw met het rode haar zeggen toen de muziek even stilviel. 'We hebben kaartjes voor een bokswedstrijd.'

Natúúrlijk, jij wel, dacht Strike geërgerd, en hij tastte in zijn zak naar zijn sigaretten.

'Heb je het naar je zin gehad?' vroeg Lorelei om één uur die nacht in de taxi.

'Niet echt,' antwoordde Strike, zijn blik gericht op de koplampen van de tegenliggers.

Hij had de indruk gehad dat Robin hem ontliep. Na hun relatief warme gesprek die donderdag had hij verwacht... Ja, wat eigenlijk? Samen praten, samen lachen? Hij was benieuwd geweest hoe het ging met haar huwelijk, maar op dat gebied was hij niet veel wijzer geworden. Matthew en zij leken best amicaal met elkaar om te gaan, maar het feit dat ze het huis huurden was intrigerend. Suggereerde dat een gebrek aan investering, desnoods onbewust, in een gezamenlijke toekomst? Een makkelijk te ontbinden overeenkomst? En dan was er Robins vriendschap met Vanessa Ekwensi, die Strike beschouwde als een nieuwe toevoeging aan het leven dat ze onafhankelijk van Matthew leidde.

En dat allemaal door zo'n zeebacterie.

Wat had ze daar in godsnaam mee bedoeld? Had het iets te maken met die geheimzinnige kliniek? Was Robin ziek?

Na een paar minuten besefte Strike plotseling dat hij Lorelei moest vragen hoe háár avond was geweest.

'Ik heb wel eens leukere feestjes gehad,' verzuchtte ze. 'Ik vrees dat die Robin van jou een heleboel saaie vrienden heeft.'

'Ja,' zei Strike. 'Dat zijn voornamelijk de vrienden van haar man, denk ik. Die is boekhouder. En nogal een lul,' voegde hij eraan toe, en hij genoot ervan het hardop te zeggen.

De taxi rolde voort door de nacht terwijl Strike terugdacht aan Robins figuur in die grijze jurk.

'Sorry?' zei hij toen hij de indruk kreeg dat Lorelei iets tegen hem had gezegd.

'Ik vroeg waar je aan zat te denken.'

'Nergens aan,' loog Strike, en omdat hij dat liever deed dan praten, sloeg hij een arm om haar heen, trok haar naar zich toe en kuste haar.

8

> Nee maar! Mortensgaard is hogerop geklommen. Er zijn nu talloze mensen die achter hem aan lopen.
>
> Henrik Ibsen, *Rosmersholm*

Die zondagavond had Robin een berichtje gestuurd om Strike te vragen wat voor klus hij voor maandag had gepland, want ze had al haar taken aan anderen overgedragen voordat ze een week verhuisverlof nam. Zijn antwoord was kortaf: *Kom naar kantoor*. Daar kwam ze de volgende morgen keurig om kwart voor negen binnen, en hoe de zaken er ook voor stonden tussen haar en haar compagnon, ze was blij om terug te zijn op die sjofele bovenverdieping.

De deur naar Strikes kantoortje stond open toen ze aankwam. Hij zat achter zijn bureau met zijn mobiel aan zijn oor. Het zonlicht viel in honinggele banen over het versleten tapijt. Het zachte verkeersgedruis werd al snel overstemd door het gerammel van de oude fluitketel, en vijf minuten na haar binnenkomst zette Robin een mok dampende, donkerbruine thee zonder smaakje neer voor Strike, die zijn duim naar haar opstak en *Bedankt* mimede. Ze liep naar haar eigen bureau, waar het lampje van de telefoon knipperde om aan te geven dat er een bericht was ingesproken. Ze toetste het nummer van de voicemail in en luisterde naar de kille vrouwenstem die haar liet weten dat er tien minuten voordat Robin binnenkwam was gebeld, waarschijnlijk terwijl Strike nog boven zat of al in gesprek was op zijn mobiel.

Er klonk een schor gefluister in Robins oor.

'Sorry dat ik er zomaar vandoor ging, meneer Strike. Het spijt me. Maar ik kan nu niet meer langskomen. Hij houdt me hier vast, ik kan niet weg, hij heeft de deuren onder stroom gezet...'

De rest van de zin ging verloren in gesnik. Robin probeerde bezorgd Strikes aandacht te trekken, maar hij had zijn draaistoel naar het raam gekeerd om naar buiten te kijken, nog altijd met het mobieltje aan zijn oor. Willekeurige woorden bereikten Robin door de klaaglijke woordenbrij aan de telefoon.

'... kan niet weg... Helemaal alleen...'

'Ja, is goed,' zei Strike in zijn kantoor. 'Woensdag dan, oké? Prima, fijne dag nog.'

'... helpen, alstublieft, meneer Strike!' jammerde de stem in Robins oor.

Ze gaf een ram op de speakerknop, en onmiddellijk galmde de gekwelde stem door het kantoor.

'De deuren exploderen als ik probeer te ontsnappen, meneer Strike, help me alstublieft, kom me halen, ik had niet naar u toe moeten komen, ik heb tegen hem gezegd dat ik het weet van dat kindje en er is méér, veel meer, ik dacht dat ik hem kon vertrouwen...'

Strike draaide met een ruk zijn bureaustoel om, stond op en kwam zijn kantoortje uit gebeend. Er klonk een doffe dreun, alsof de telefoon aan de andere kant van de lijn was gevallen. Het gesnik werd vager, waarschijnlijk verwijderde de radeloze spreker zich van het toestel.

'Dat is hij weer,' zei Strike. 'Die Billy. Billy Knight.'

Het gesnik en de zware ademhaling werden weer luider en Billy fluisterde paniekerig, zijn lippen hoorbaar tegen de telefoon gedrukt: 'Er staat iemand voor de deur. Help. Help me, meneer Strike.'

De verbinding werd verbroken.

'Noteer het nummer,' zei Strike. Robin reikte naar de telefoon om op het display te kijken, maar nog voor ze het toestel kon pakken, werd er opnieuw gebeld. Ze nam onmiddellijk op, haar blik strak op Strike gericht.

'Met het kantoor van Cormoran Strike.'

'Eh... goedemorgen,' klonk een zware, aristocratische stem.

Robin trok een grimas naar Strike en schudde het hoofd.

'Shit,' mompelde hij, en hij liep zijn kantoortje in om zijn thee te halen.

'Ik zou graag de heer Strike spreken.'

'Die is helaas in gesprek op de andere lijn,' loog Robin.

Ze hadden een jaar geleden de gewoonte ontwikkeld om klanten terug te bellen. Zo zeefden ze de journalisten en rare grappenmakers eruit.

'Ik wacht wel even,' zei de beller, die lichtgeraakt klonk, als iemand die het niet gewend was zijn zin niet te krijgen.

'Ik ben bang dat het nog wel even kan duren. Mag ik een nummer noteren, zodat hij u terug kan bellen?'

'Nou, dat zal dan binnen tien minuten moeten gebeuren, want ik ga zo een vergadering in. Zegt u maar dat ik een mogelijke opdracht voor hem heb die ik graag zou willen bespreken.'

'Ik kan helaas niet garanderen dat de heer Strike de opdracht persoonlijk zal uitvoeren,' zei Robin, ook een standaardantwoord om de pers te weren. 'Ons bureau is momenteel volgeboekt.' Ze trok pen en papier naar zich toe. 'Om wat voor opdracht gaat...?'

'Meneer Strike moet het doen,' zei de stem vastberaden. 'Maakt u hem dat duidelijk. De heer Strike moet het zelf doen. Mijn naam is Chizzel.'

'Hoe spel je dat?' vroeg Robin, die zich afvroeg of ze de naam goed verstaan had.

'c-h-i-s-w-e-l-l. Jasper Chiswell. Laat hem me bellen op het volgende nummer.'

Robin schreef de cijfers op die Chiswell haar gaf en wenste hem nog een fijne ochtend. Toen ze de telefoon weglegde, ging Strike op de nepleren bank zitten die ze in de algemene ruimte hadden staan voor de klanten. De bank had de irritante eigenschap om onverwachte scheetgeluiden te maken als je ging verzitten.

'Een zekere Jasper Chiswell – je zegt "Chizzel", maar je schrijft het met "well" op het eind – wil dat je een opdracht van hem aanneemt. Hij zegt dat jij het zelf moet doen, hij accepteert niemand anders.' Robin fronste peinzend haar voorhoofd. 'Ik ken die naam toch?'

'Ja,' antwoordde Strike. 'Dat is de minister van Cultuur.'

'O, god,' zei Robin toen het tot haar doordrong. 'Natúúrlijk! Die grote dikke man met dat rare haar!'

'Dat is 'm.'

Robin werd bestookt door vage herinneringen en associaties. Ze meende zich een oude affaire te herinneren, oneervol ontslag, rehabilitatie en, iets recenter, een vers schandaal, een nieuw ranzig verhaal in het nieuws...

'Is zijn zoon niet in de cel beland wegens doodslag, nog niet zo lang geleden?' vroeg ze. 'Dat was toch Chiswell? Die zoon zat stoned achter het stuur en heeft een jonge moeder doodgereden, toch?'

Strikes aandacht leek van heel ver te komen. Hij had een merkwaardige uitdrukking op zijn gezicht.

'Ja, dat klinkt bekend.'

'Is er iets?'

'Ja, een paar dingen zelfs,' zei Strike, en hij streek met zijn hand over zijn stoppelige kin. 'Om te beginnen: ik heb vrijdag Billy's broer gevonden.'

'Hoe dan?'

'Lang verhaal,' zei Strike, 'maar die Jimmy blijkt deel uit te maken van een protestgroep tegen de komst van de Olympische Spelen naar Londen, CORE noemen ze zichzelf. Maar er was een meisje bij hem, en het eerste wat zij zei toen ik hem vertelde dat ik privédetective ben, was: "Chiswell heeft hem gestuurd."'

Strike dacht daar even over na terwijl hij van zijn perfect gezette thee dronk.

'Maar Chiswell heeft mij heus niet nodig om een oogje op CORE te houden.' Hij dacht nu even hardop. 'Er was daar al een politieman in burger.'

Hoewel Robin graag wilde horen wat Strike dwarszat aan Chiswells telefoontje, drong ze niet aan; ze luisterde zwijgend en gaf hem de gelegenheid om over deze nieuwe ontwikkeling na te denken. Dat was precies de tact die Strike had gemist in de periode dat ze niet op kantoor was.

'En er is nog iets,' zei hij na een hele poos, alsof er geen onderbreking was geweest. 'De zoon die in de gevangenis heeft gezeten wegens doodslag is... was niet Chiswells enige zoon. De oudste, Freddie, is gesneuveld in Irak. Ja, dat was het. Majoor Freddie Chiswell, Queen's Royal Hussars. De pantserdivisie. Omgekomen bij een aanslag op een konvooi in Basra. Ik heb onderzoek gedaan naar zijn dood toen ik nog bij de SIB was.'

'Dus je ként Chiswell?'

'Nee, nooit ontmoet. Normaal gesproken heb je geen contact met de familie... Ik ken Chiswells dochter ook van vroeger. Vaag, maar ik heb haar een paar keer ontmoet. Ze was een oude schoolvriendin van Charlotte.'

Er ging een lichte huivering door Robin heen bij het horen van Charlottes naam. Ze had een enorme nieuwsgierigheid opgevat – die ze succesvol verborg – voor Charlotte, de vrouw met wie Strike zestien jaar lang een knipperlichtrelatie had gehad, die nogal akelig en ogenschijnlijk definitief was beëindigd.

'Jammer dat we Billy's nummer nu niet meer kunnen achterhalen.' Strike streek nogmaals met zijn grote, harige hand over zijn kaak.

'Als hij nog een keer belt, noteer ik het meteen,' verzekerde Robin hem. 'Bel je Chiswell wel terug? Hij stond op het punt een vergadering in te gaan, zei hij.'

'Ik wil heel graag weten wat hij van me wil, maar de vraag is of ik wel ruimte heb voor een nieuwe klant,' zei Strike. 'Eens even denken...'

Hij legde zijn hand achter zijn hoofd en keek fronsend naar het plafond, waar de vele scheurtjes zichtbaar werden in het zonlicht. Dat is mijn zorg niet, dacht hij, binnenkort is dit plafond het probleem van zo'n fucking projectontwikkelaar...

'Ik heb Andy en Barclay op dat joch van Webster gezet. Barclay doet het trouwens goed. Hij heeft nu drie dagen op rij gepost, compleet met foto's. En dan hebben we die goeie ouwe Dodgy Doc nog. Heeft nog steeds niks uitgevreten wat het vermelden waard is.'

'Jammer,' zei Robin, maar ze herstelde zich meteen. 'Nee, dat bedoel ik niet. Heel goed juist.' Ze wreef in haar ogen. 'Deze baan is niet goed voor je normen en waarden. Wie houdt vandaag Dodgy in de gaten?'

'Dat wilde ik jou laten doen,' zei Strike, 'maar de opdrachtgever heeft gistermiddag gebeld. Hij was vergeten door te geven dat Dodgy naar een symposium in Parijs moest.'

Strike, zijn blik nog steeds op het plafond gericht, zijn wenkbrauwen gefronst, zei peinzend: 'We moeten vanaf morgen twee dagen naar die technobeurs. Wat doe jij liever, Harley Street of een congrescentrum in Epping Forest? We kunnen ook ruilen, als je wilt. Hou jij morgen Dodgy in de gaten of kies je voor een paar honderd stinkende nerds in T-shirts met superhelden erop?'

'Niet alle computerfanaten stinken,' wees Robin hem terecht. 'Jouw vriend Spanner stinkt niet.'

'Ik zou Spanner niet beoordelen op de hoeveelheid deodorant die hij gebruikt voordat hij hierheen komt,' zei Strike.

Spanner, die hun computer- en telefoonsysteem onder handen had genomen toen de klandizie opeens de pan uit rees, was de jongere broer van Strikes oude vriend Nick. Hij had een oogje op Robin; dat wist Strike en dat wist ze zelf ook.

Strike nam in gedachten de opties door en wreef opnieuw over zijn kin.

'Ik bel Chiswell terug om na te gaan wat hij wil,' zei hij uiteindelijk. 'Je weet nooit, misschien is het een grotere klus dan die van de advocaat met de overspelige vrouw. Dat is toch de eerstvolgende op de wachtlijst?'

'Ja, hij of de Amerikaanse vrouw die getrouwd is met de Ferraridealer. Ze staan allebei op stand-by.'

Strike zuchtte. Ontrouw vormde de hoofdmoot van hun werkzaamheden.

'Ik hoop niet dat Chiswells vrouw ook vreemdgaat. Ik kan wel wat afwisseling gebruiken.'

De bank maakte de gebruikelijke flatulentiegeluiden toen Strike opstond. Terwijl hij naar zijn eigen kantoortje liep, riep Robin hem na: 'Is het goed als ik dan nu de administratie bijwerk?'

'Als je het niet erg vindt...' zei Strike en hij deed de deur achter zich dicht.

Tamelijk opgewekt ging Robin achter haar computer zitten. In Denmark Street was een straatmuzikant net begonnen met 'No Woman, No Cry' en ze had daarnet heel even, toen ze het over Billy Knight en de Chiswells hadden, het gevoel gehad dat ze weer de Strike en Robin van een jaar geleden waren, voordat ze met Matthew getrouwd was.

Intussen had Strike in zijn kantoortje Jasper Chiswells nummer gebeld. Er werd vrijwel meteen opgenomen.

'Chiswell,' blafte de man.

'U spreekt met Cormoran Strike,' zei de detective. 'U hebt zojuist mijn compagnon gesproken.'

'Juist, ja,' zei de minister van Cultuur, die zo te horen sprak vanaf de achterbank van een auto. 'Ik heb een opdracht voor u. Niet iets wat ik over de telefoon wens te bespreken. Vanmiddag en vanavond heb ik het helaas te druk, maar morgen zou wel kunnen.'

'*Ob-observing the hypocrites...*' zong de straatmuzikant.

'Sorry, morgen lukt echt niet,' zei Strike, en hij keek naar de stofdeeltjes die in de banen fel zonlicht dwarrelden. 'Tot vrijdag zit ik helemaal vol. Kunt u me een idee geven van het type klus waar we over praten, excellentie?'

Chiswells reactie was gespannen en boos. 'Ik kan dit niet aan de telefoon bespreken. Als u naar me toe komt, zal ik u vorstelijk belonen, als het daarom gaat.'

'Het is geen kwestie van geld, maar van tijd. Ik zit tot vrijdag helemaal volgeboekt.'

'Hè, verdomme!' Chiswell sprak plotseling niet meer in de telefoon; Strike hoorde hem tegen iemand anders tekeergaan. '... línks hier, idioot die je bent! Links, verdorie! Nee, ik ga wel lopen. Ik ga verdomme lopen, doe die deur open!'

Op de achtergrond hoorde Strike een nerveuze mannenstem: 'Het spijt me, meneer. Dat was een straat met eenrichtingverkeer...'

'Laat maar zitten! Doe het portier open... Doe goddomme dat portier open!'

Strike wachtte met opgetrokken wenkbrauwen af. Hij hoorde een dichtslaand autoportier gevolgd door snelle voetstappen, en toen kwam Jasper Chiswell weer aan de lijn; hij sprak nu tegen hem.

'Dit is een dringende zaak!' beet hij hem toe.

'Als het niet kan wachten tot vrijdag, ben ik bang dat u iemand anders zult moeten zoeken.'

'*My feet is my only carriage*,' zong de straatmuzikant.

Chiswell zei een paar tellen niets, en toen: 'U moet het doen. Ik leg u later onder vier ogen uit waarom, maar... Vooruit dan, maar dan móét het vrijdag. Kom naar Pratt's Club. Als u daar om twaalf uur bent, krijgt u een lunch van me.'

'Goed,' zei Strike, nu nog nieuwsgieriger. 'Dan zie ik u bij Pratt's.'

Hij hing op en liep terug naar Robin, die de post aan het openmaken en sorteren was. Toen hij haar in het kort over het telefoongesprek vertelde, googelde ze Pratt's voor hem.

'Ik wist niet dat zulke zaken nog bestonden,' zei ze vol ongeloof, nadat ze even op haar monitor had zitten lezen.

'Wat voor zaken?'

'Het is een herenclub... heel conservatief. Vrouwen niet toegestaan, alleen als introducée voor leden tijdens de lunch... en "om verwarring te voorkomen",' las Robin voor van Wikipedia, 'worden alle mannelijke personeelsleden George genoemd.'

'En als ze nou een vrouw aannemen?'

'Kennelijk hebben ze dat al gedaan, ergens in de jaren tachtig,' zei Robin, en haar gezichtsuitdrukking hield het midden tussen geamuseerd en afkeurend. 'Ze wordt Georgina genoemd.'

9

Het is beter voor jou als je het niet weet. Beter voor ons allebei.

Henrik Ibsen, *Rosmersholm*

Die vrijdag om half twaalf kwam Strike, in pak en fris geschoren, metrostation Green Park uit en liep naar Piccadilly. Dubbeldekkers reden stapvoets langs de etalages van luxe winkels, die munt sloegen uit de olympische koorts door een eclectische mix aan spullen te verkopen: gouden medailles van chocolade, brogues met de Union Jack erop, antieke sportposters en telkens weer het logo dat Jimmy Knight had vergeleken met een geknakt hakenkruis.

Strike had een ruime marge ingecalculeerd om bij Pratt's te komen, want zijn been deed weer zeer na twee dagen waarin hij zijn prothese nauwelijks rust had kunnen geven. Hij had gehoopt op de technobeurs in Epping Forest waar hij de vorige dag was geweest zo nu en dan een pauze te kunnen inlassen, maar dat was op een teleurstelling uitgelopen. De man die hij moest schaduwen, de recentelijk ontslagen zakenpartner in een start-up, werd verdacht van pogingen belangrijke onderdelen van hun nieuwe app te verkopen aan de concurrent. Strike had de jongeman gevolgd van stand naar stand en al zijn handelingen en interacties vastgelegd, in de hoop dat de ander een keer moe zou worden en zou gaan zitten. Maar zijn doelwit had alleen even koffiegedronken aan een hoge statafel en geluncht bij een tentje waar iedereen met zijn vingers sushi at uit plastic dozen – en verder had hij acht uur lang gelopen en gestaan. Na de vele uren rondhangen in Harley Street de vorige dag had het Strike nauwelijks verbaasd dat het afdoen van zijn prothese 's avonds zeer onaangenaam was geweest; hij had de gelpad die de stomp scheidde van zijn kunstscheen met moeite los kunnen peuteren. Nu liep hij langs de koele, roomwitte bogen van het Ritz Hotel terwijl hij hoopte dat ze bij Pratt's minstens één comfortabele stoel van ruime afmetingen zouden hebben.

Hij ging rechtsaf St James's Street in, die licht omlaag afliep naar het zestiende-eeuwse St James's Palace. Dit was een deel van Londen waar Strike uit eigen beweging niet gauw kwam, aangezien hij noch de middelen noch de behoefte had om klant te worden bij herenmodezaken, de daar van oudsher gevestigde wapenwinkels of eeuwenoude wijnhandelaren. Maar toen hij langzaam Park Place naderde, kwam er een persoonlijke herinnering naar boven. Hij had meer dan tien jaar geleden in deze straat gelopen, met Charlotte.

Ze waren heuvelopwaarts gegaan, niet omlaag, op weg naar een lunch met haar vader, die nu dood was. Strike was met verlof geweest vanuit het leger en ze hadden hun relatie, die voor iedereen die hen kende onbegrijpelijk en ten dode opgeschreven was, weer opgepakt. Geen van beiden had zelfs maar één voorstander van hun verkering. Zijn vrienden en familie bekeken Charlotte met wantrouwen, haat en alles wat daartussenin zat, terwijl haar familieleden Strike, de buitenechtelijke zoon van een beruchte rockster, altijd hadden beschouwd als de zoveelste uiting van Charlottes behoefte om te rebelleren en te choqueren. In haar kringen stelde Strikes militaire loopbaan niets voor, of eigenlijk werd die gezien als het zoveelste teken van zijn proleterige ongeschiktheid om naar de hand van de welopgevoede schoonheid te dingen, want echte heren van Charlottes klasse gingen niet bij de militaire politie maar bij de cavalerie of een garderegiment.

Charlotte had hard in zijn hand geknepen toen ze een nabijgelegen Italiaans restaurant binnengingen. Strike wist niet meer precies waar het was geweest. Het enige wat hij zich herinnerde was de woeste, afkeurende uitdrukking op het gezicht van Sir Anthony

Campbell toen ze zijn tafel naderden. Voordat er een woord werd gesproken had Strike geweten dat Charlotte haar vader niet had verteld dat het weer aan was tussen hen, of dat ze hem zou meebrengen naar het etentje. Die nalatigheid was typerend voor Charlotte, een manier om een scène uit te lokken die ook typisch iets voor haar was. Strike was lang geleden tot de overtuiging gekomen dat ze situaties naar haar hand zette vanuit een ogenschijnlijk onbedwingbare behoefte aan conflict. Naast haar gebruikelijke ziekelijke leugenzucht was ze bij vlagen ook nog eens kwetsend eerlijk geweest, en in zo'n bui had ze Strike tegen het einde van hun relatie verteld dat ze tijdens ruzies tenminste voelde dat ze lééfde.

Strike was aangekomen bij Park Place, een rij roomwit geschilderde herenhuizen die grensden aan St James's Street, en hij merkte dat de plotseling opgedoken herinnering aan Charlotte, met haar hand in de zijne, niet langer pijnlijk was, en hij voelde zich als een alcoholist die voor het eerst bier kan ruiken zonder dat het zweet hem uitbreekt of hij er wanhopig naar snakt. Misschien is het zover, dacht hij terwijl hij naar de zwarte voordeur van Pratt's met de smeedijzeren balustrade erboven toe liep. Misschien was hij van haar genezen, twee jaar nadat ze hem een onvergeeflijke leugen had verteld en hij voorgoed was vertrokken; misschien was hij verlost van wat hij soms, ook al was hij niet bijgelovig, beschouwde als een soort Bermudadriehoek, een gevarenzone waarin hij vreesde opnieuw te worden meegesleurd, mee naar de diepte van ellende en pijn waar hij destijds door toedoen van Charlottes geheimzinnige aantrekkingskracht was beland.

Met een enigszins feestelijk gevoel klopte hij op de deur van Pratt's.

Een kleine, tengere, moederlijke vrouw deed open. Met haar prominente boezem en haar alerte, heldere ogen deed ze hem denken aan een roodborstje of een winterkoninkje. In haar spraak hoorde hij sporen van het zuidwesten van Engeland.

'U bent vast meneer Strike. De minister is er nog niet. Komt u binnen.'

Hij liep achter haar aan de drempel over, naar een zaal waar hij in de verte een enorme biljarttafel zag staan. Rijke schakeringen rood en groen en donker hout domineerden de ruimte. De gastvrouw, van wie hij aannam dat het Georgina was, ging hem voor een steil trapje af, dat Strike voorzichtig afdaalde, met één hand stevig om de leuning geklemd.

De trap kwam uit in een knus souterrain. Het plafond was er zo laag dat het deels leek te rusten op het grote buffet waar porseleinen schalen op waren uitgestald, de bovenste helft verzonken in het pleisterwerk.

'We zijn niet erg groot,' luidde haar overbodige uitleg. 'Zeshonderd leden, maar we kunnen maar veertien couverts per keer serveren. Wilt u iets drinken, meneer Strike?'

Hij sloeg het aanbod af, maar ging wel in op de uitnodiging om plaats te nemen in een van de leren stoelen die gegroepeerd waren rondom een verweerde kaarttafel.

De kleine ruimte was met een boogvormige doorgang verdeeld in een zit- en een eetgedeelte. Er waren twee plaatsen gedekt aan de lange tafel in de andere helft van het vertrek, onder kleine ramen met luiken. De enige andere persoon in het souterrain naast Georgina en Strike was een kok in witte jas die aan het werk was in een minuscuul keukentje, op nog geen meter van waar hij zat. De kok heette hem met een Frans accent welkom en ging toen verder met het snijden van koude rosbief.

Dit was het tegenovergestelde van de chique restaurants waar Strike regelmatig echtelieden van cliënten in de gaten hield, waar het licht was uitgezocht bij de omgeving van glas en graniet, en waar recensenten met scherpe tong als stijlvol geklede aasgieren op ongemakkelijke moderne stoelen zaten. Pratt's was schaars verlicht. Koperen lampjes aan de wanden met het donkerrode behang, dat vrijwel volledig schuilging achter opgezette vissen in glazen lijsten, jachttaferelen en politieke cartoons. In een nis met blauw-witte tegels langs één wand stond een antiek ijzeren fornuis. De porseleinen schalen, het kale tapijt op de vloer plus de tafel met de huiselijke voorraad ketchup en mosterd droegen allemaal bij aan de knusse, informele sfeer, alsof een stel aristocratische jongetjes alles wat ze leuk vonden aan de grotemensenwereld – spelletjes, drank en trofeeën – hadden meegesleept naar de kelder, waar oma zorgde voor een glimlach, troost en lovende woorden.

Het was twaalf uur en Chiswell was nergens te bekennen. Maar 'Georgina' was vriendelijk en verschafte grif informatie over de club. Ze was inwonend, samen met haar man, de chef-kok. Strike bedacht onwillekeurig dat dit wel tot het duurste onroerend goed van Londen moest behoren. Iemand besteedde een smak geld aan het aanhouden van de kleine herenclub, die in 1857 was geopend, zo vertelde Georgina hem.

'Ja, de eigenaar is de hertog van Devonshire,' zei ze opgewekt. 'Hebt u ons boek met weddenschappen al gezien?'

Strike sloeg de bladzijden om van het zware, in leer gebonden geval waarin lang geleden weddenschappen waren vastgelegd. Hij las een handgeschreven aantekening uit de jaren zeventig, in gigantische hanenpoten: 'Mrs Thatcher komt in de volgende regering. Inzet: een diner met kreeft, waarbij de kreeft groter dient te zijn dan een mannenpenis in erectie.'

Strike stond er nog om te grijnzen toen er boven zijn hoofd een bel klonk.

'Daar zullen we de minister hebben,' zei Georgina, en ze haastte zich de trap op.

Strike zette het grote boek terug op de plank en ging weer op zijn plaats zitten. Van boven klonken zware voetstappen, en toen klonk vanaf de trap dezelfde heetgebakerde, ongeduldige stem die hij die maandag had gehoord.

'... nee, Kinvara, dat kan niet. Ik heb je net uitgelegd waarom niet, ik heb een lunchbespreking.... Nee, dat doe je niet... Vijf uur dan, ja... ja... Ja! Tot kijk.'

Twee grote, in zwarte schoenen gestoken voeten daalden de trap af, en Jasper Chiswell verscheen in het souterrain. Hij tuurde onbarmhartig om zich heen. Strike stond op uit zijn leunstoel.

'Aha,' zei Chiswell, die hem vanonder zijn zware wenkbrauwen kritisch opnam. 'Je bent er al.'

Jasper Chiswell zag er tamelijk goed uit voor zijn achtenzestig jaar. Een forse, brede man; ondanks zijn afhangende schouders had hij nog een volle bos grijs haar, van zichzelf, al zou je het niet verwachten. Het was zijn haar dat Chiswell tot een gemakkelijk doelwit van spotprenttekenaars maakte: het was stug, steil en tamelijk lang, en het stak in pieken van zijn hoofd af, op zo'n manier dat het deed denken aan een pruik of, zoals wel eens onvriendelijk werd gesuggereerd, de borstel van een schoorsteenveger. Daar kwam nog zijn dikke, rode gezicht bij, met kleine oogjes en een vooruitstekende onderlip, die hem de aanblik gaf van een uit de kluiten gewassen, eeuwig pruilende baby die op het punt stond een driftbui te krijgen.

'Mijn vrouw,' zei hij tegen Strike, met de telefoon nog in zijn hand. 'Komt zomaar zonder waarschuwing naar de stad. En dan gaan lopen mokken. Die denkt dat ik alles zomaar uit mijn handen kan laten vallen.'

Chiswell stak hem een grote, zweterige hand toe en schudde toen de zware overjas van zich af die hij aanhad, ondanks het warme weer. Toen hij dat deed, zag Strike het speldje op zijn rafelige regimentsdas. Niet-ingewijden zouden misschien denken dat het een hobbelpaardje was, maar Strike herkende er onmiddellijk The White Horse of Hanover in.

'Queen's Own Hussars,' zei hij met een knikje toen ze beiden gingen zitten.

Chiswell bevestigde dat met een bekakt *'Yerse'* in plaats van 'Yes'. 'Georgina, voor mij die sherry die je me hebt geschonken toen ik hier laatst was met Alastair. U ook?' blafte hij tegen Strike.

'Nee, dank u.'

Hoewel hij er op geen stukken na zo groezelig uitzag als Billy Knight, rook ook Chiswell niet al te fris.

'Yerse, Queen's Own. Aden en Singapore. Mooie tijd.'

Hij leek op dat moment geen al te mooie tijd te beleven. Zijn rode huid zag er van dichtbij merkwaardig vlekkerig uit. Rond de uitgroei van zijn stugge haar lag een dikke laag roos, en de oksels van zijn blauwe overhemd vertoonden grote zweetkringen. De minister had het onmiskenbare voorkomen, niet ongebruikelijk onder Strikes klanten, van een man die gebukt ging onder grote druk, en toen zijn sherry werd gebracht, klokte hij vrijwel het hele glas in één keer leeg.

'Zullen we meteen doorgaan?' stelde hij voor, en zonder op het antwoord te wachten blafte hij: 'We willen gelijk eten, Georgina.'

Zodra ze hadden plaatsgenomen aan de tafel, die was gedekt met een gesteven, spierwit tafelkleed zoals bij Robins bruiloft, bracht Georgina hun dikke plakken koude rosbief met gekookte aardappelen. Het was ouderwets Engels kostschooleten, zonder poespas, niets mis mee. Pas toen de serveerster hen met rust liet, daar in de schemerige eetkamer vol olieverfschilderijen en nog meer dode vissen, nam Chiswell het woord weer.

'U bent bij die bijeenkomst van Jimmy Knight geweest,' zei hij zonder inleiding. 'Een agent in burger heeft u herkend.'

Strike knikte. Chiswell stak een gekookte aardappel in zijn mond, kauwde er verwoed op en slikte de hap door voordat hij vervolgde: 'Ik weet niet wie u betaalt om Jimmy Knight door het slijk te halen, maar wie het ook mag zijn en wat u ook voor negatiefs over hem hebt gevonden, ik ben bereid het dubbele te betalen voor die informatie.'

'Ik vrees dat ik niks te melden heb over Jimmy Knight,' zei Strike. 'En ik ben door niemand betaald om naar die bijeenkomst te gaan.'

Chiswell keek hem stomverbaasd aan. 'Maar wat deed u daar dan?' vroeg hij streng. 'U gaat me toch niet vertellen dat u van plan bent te gaan protesteren tegen de Olympische Spelen?'

Zijn 'p' van 'protesteren' was zo'n hevige plofklank dat er een stukje aardappel uit zijn mond over de tafel vloog.

'Nee,' zei Strike. 'Ik zocht iemand, iemand die daar misschien ook zou zijn. Maar die persoon was er niet.'

Chiswell viel op zijn rosbief aan alsof die hem iets misdaan had. Een poosje was het geschraap van hun bestek het enige geluid dat er te horen was. Chiswell prikte de laatste aardappel van zijn bord, stak die in één keer in zijn mond, liet kletterend zijn mes en vork vallen en zei: 'Ik overwoog al om een privédetective in de arm te nemen voordat ik hoorde dat u Knight in de gaten hield.'

Strike zei niets. Chiswell keek hem wantrouwend aan.

'U hebt de reputatie erg goed te zijn.'

'Dat is aardig van u,' zei Strike.

Chiswell bleef Strike doordringend aankijken, met een soort ziedende wanhoop, alsof hij zich afvroeg of hij kon durven hopen dat de detective niet de zoveelste teleurstelling zou zijn die het leven voor hem in petto had.

'Ik word gechanteerd, meneer Strike,' zei hij abrupt. 'Gechanteerd door enkele mannen die een tijdelijk, doch waarschijnlijk labiel bondgenootschap vormen. Een van hen is Jimmy Knight.'

'Juist,' zei Strike.

Ook hij legde zijn mes en vork neer. Het was alsof Georgina gedachten kon lezen en wist dat Strike en Chiswell klaar waren met het hoofdgerecht. Ze ruimde de borden af en kwam terug met een *treacle tart*. Zodra ze weer naar de keuken was vertrokken en beide mannen een flinke punt van het gebak hadden genomen, hervatte Chiswell zijn verhaal.

'De onverkwikkelijke details doen er niet toe,' zei hij op besliste toon. 'U hoeft alleen maar te weten dat Jimmy Knight ervan op de hoogte is dat ik iets heb gedaan waarvan ik niet graag heb dat de persmuskieten er lucht van krijgen.'

Strike zei niets, maar Chiswell leek iets beschuldigends te proeven in zijn stilzwijgen, want hij voegde er op scherpe toon aan toe: 'Er is geen misdaad gepleegd. Al zullen sommige mensen er geen voorstander van zijn, het was destijds niet verboden... maar dat terzijde.' Chiswell nam een grote slok water. 'Knight kwam een paar maanden geleden naar me toe en wilde veertigduizend pond zwijggeld. Dat weigerde ik te betalen. Hij dreigde alles openbaar te maken, maar aangezien hij weinig bewijs leek te hebben voor zijn beschuldiging, waagde ik het te hopen dat hij zijn dreigement niet zou kunnen uitvoeren. Er verscheen geen verhaal in de pers, dus ging ik ervan uit dat mijn vermoeden dat hij geen bewijs had juist was. Een paar weken later kwam hij terug en vroeg de helft van het eerder geëiste bedrag. Ook toen heb ik geweigerd. Dat was het moment waarop hij, ik neem aan om de druk op mij te verhogen, contact opnam met Geraint Winn.'

'Het spijt me, ik weet niet wie...'

'De man van Della Winn.'

'Della Winn, de minister van Sport?' vroeg Strike, van zijn stuk gebracht.

'Ja, natuurlijk Della-Winn-de-minister-van-Sport,' snauwde Chiswell.

De edelhoogachtbare Della Winn, zoals Strike maar al te goed wist, was een vrouw uit Wales van begin zestig die al vanaf de geboorte blind was. Voor welke partij ze ook waren, de meeste mensen hadden bewondering voor de liberaal-democrate, die mensenrechtenadvocate was geweest voordat ze in het parlement terechtkwam. Ze werd meestal gefotografeerd met haar geleidehond, een blonde labrador, en de laatste tijd was ze veel in het nieuws geweest, aangezien de Paralympics nu haar terrein waren. Ze had Selly Oak bezocht toen Strike in het ziekenhuis lag, herstellende van het verlies van zijn been in Afghanistan. Hij had een positieve indruk van haar gekregen: een intelligente, meelevende vrouw. Van haar man wist Strike niets.

'Ik weet of Della ervan op de hoogte is waar Geraint mee bezig is,' zei Chiswell, die een stuk taart aan zijn vork prikte en daarna met volle mond verder praatte. 'Waarschijnlijk wel, maar houdt ze zich er verre van. Dan kan ze het later altijd ontkennen. De heilige Della mag immers niet in verband gebracht worden met chantage, hè?'

'Heeft haar man u om geld gevraagd?' vroeg Strike vol ongeloof.

'O, nee, dat niet. Geraint wil me dwingen om af te treden.'

'Heeft hij daar nog een bepaalde reden voor?'

'Er speelt een vijandschap tussen ons die dateert van vele jaren geleden, totaal niet gebaseerd op enige... Maar dat doet er niet toe,' zei Chiswell, en hij schudde geërgerd het hoofd. 'Geraint kwam naar me toe. Hij "hoopte dat het niet waar was" en "bood me de kans om het uit te leggen". Het is een akelig, verknipt mannetje dat zijn leven vult met het dragen van de handtas van zijn vrouw en het beantwoorden van haar telefoontjes. Natuurlijk zou hij ook wel eens van echte macht willen proeven.'

Chiswell nam een slok van zijn sherry.

'Dus u begrijpt dat ik enigszins in de knel zit, meneer Strike. Al zou ik van zins zijn Jimmy Knight te betalen, dan nog heb ik te maken met een man die mijn ondergang wenst, en die wel eens aan bewijsmateriaal zou kunnen komen.'

'Hoe kan Winn aan bewijsmateriaal komen?'

Chiswell nam nog een grote hap taart en keek over zijn schouder of Georgina veilig in de keuken bleef.

'Ik heb gehoord,' mompelde hij, en er vloog een fijne nevel van taartdeeg van zijn slappe lippen, 'dat er wel eens foto's zouden kunnen zijn.'

'Foto's?' herhaalde Strike.

'Winn kan ze natuurlijk niet hébben. In dat geval zou het afgelopen zijn. Maar misschien bedenkt hij een manier om eraan te komen. Yerse.'

Hij schoof de laatste hap taart in zijn mond en zei toen: 'Er bestaat natuurlijk altijd een kans dat de foto's voor mij niet belastend zijn. Voor zover mij bekend is zijn er geen onderscheidende kenmerken.'

Strikes fantasie ging met hem op de loop. Hij popelde om te vragen: 'Onderscheidende kenmerken waarop, meneer de minister?' maar hield zich in.

'Het is allemaal zes jaar geleden gebeurd,' vervolgde Chiswell. 'Ik heb het in gedachten zo vaak teruggehaald. Er waren anderen bij betrokken, mensen die hun mond voorbijgepraat zouden kunnen hebben, maar dat betwijfel ik ten zeerste. Te veel te verliezen. Nee, het komt allemaal aan op wat Knight en Winn boven water kunnen halen. Ik heb sterk het vermoeden dat Winn meteen naar de pers zal stappen als hij de foto's in handen krijgt, terwijl Knight daar niet meteen voor zal kiezen. Die wil alleen maar geld zien. Dus hier zit ik dan, meneer Strike, *a fronte praecipitium, a tergo lupi*. Dit hangt me nu al weken boven het hoofd. Geen aangename situatie.'

Hij tuurde met zijn kraaloogjes naar Strike, en de detective moest onweerstaanbaar denken aan een mol, die knipperend opkeek naar een geheven spade die hem ieder moment kon pletten.

'Toen ik hoorde dat u bij die bijeenkomst aanwezig was, nam ik aan dat u de gangen van Knight natrok en dat u bruikbare informatie over hem had gevonden. Ik ben tot de conclusie gekomen dat er maar één uitweg is uit deze diabolische situatie: iets zien te vinden wat ik tegen hem kan gebruiken, voordat ze de foto's in handen krijgen. Vuur met vuur bestrijden.'

'Chantage met chantage?'

'Ik verlang niets van die lui, behalve dat ze me verdomme met rust laten,' beet Chiswell hem toe. 'Een onderhandelingstroef, meer niet. Ik heb gehandeld binnen de wet,' zei hij ferm, 'en in overeenstemming met mijn geweten.'

Chiswell was geen erg innemende man, maar Strike kon zich voorstellen dat de aanhoudende spanning in afwachting van een publieke onthulling een kwelling moest zijn, zeker voor een man die toch al zijn portie aan schandalen had gehad. Strikes vluchtige research van de vorige avond naar zijn mogelijke klant had vele gniffelverhalen opgeleverd over de verhouding die het einde van zijn eerste huwelijk had betekend, en over het feit dat Chiswells tweede vrouw een week in een kliniek had gezeten wegens 'zware oververmoeidheid', en over het grimmige auto-ongeluk waarbij zijn jongste zoon een jonge moeder had doodgereden.

'Dit is een omvangrijke opdracht, meneer Chiswell,' zei Strike. 'Ik moet er twee of drie mensen op zetten om Knight en Winn grondig na te trekken, vooral als de tijd dringt.'

'Het kan me niet schelen wat het kost,' zei Chiswell. 'Al moet u uw hele detectivebureau erop zetten. Ik weiger te geloven dat er geen vuile was te vinden is bij Winn, dat gluiperige, miezerige ventje. Er klopt iets niet aan die twee als stel. Zij de blinde engel van het licht...' Chiswell liet zijn lip opkrullen, '... en hij haar trouwe volgeling met zijn dikke pens, altijd bezig anderen een mes in de rug te steken, graaiend naar alles wat hij voor niks kan krijgen. Er móét iets te vinden zijn. En dan Knight, die communistische volksmenner, daar weet de politie vast nog niet alles van. Het is altijd een herrieschopper geweest, een ellendig misbaksel.'

'Kende u Jimmy Knight al voordat hij u chanteerde?' vroeg Strike.

'Jazeker,' antwoordde Chiswell. 'De Knights behoorden tot mijn achterban. De vader heeft als klusjesman van alles gedaan voor onze familie. De moeder heb ik nooit gekend. Ik geloof dat ze is gestorven voordat die drie in Steda Cottage gingen wonen.'

'Juist,' zei Strike. Hij moest denken aan Billy's gekwelde woorden: *Ik heb een kind vermoord zien worden en niemand gelooft me.* Aan zijn tic, de nerveuze beweging van neus naar borst, dat slordig geslagen kruis, en het prozaïsche, precieze detail van het roze dekentje waarin het dode kind begraven zou zijn.

'Er is iets wat ik u moet vertellen voordat we het over de afhandeling hebben, meneer Chiswell,' zei Strike. 'Ik was bij die bijeenkomst van CORE omdat ik op zoek was naar de jongere broer van Knight. Billy heet hij.'

De rimpel tussen Chiswells bijziende ogen werd een fractie dieper. 'Yerse, ik weet nog dat er twee waren, maar Jimmy was een heel stuk ouder – zeker tien jaar, schat ik. Ik heb... Billy, zei u? Ik heb Billy al jaren niet meer gezien.'

'Hij is beslist geestesziek,' zei Strike. 'Afgelopen maandag is hij bij me gekomen met een merkwaardig verhaal, om er vervolgens vandoor te gaan.'

Chiswell wachtte af, en Strike voelde een onmiskenbare spanning.

'Billy beweert,' zei Strike, 'dat hij getuige is geweest van het wurgen van een klein kind toen hij nog heel jong was.'

Chiswell deinsde niet vol afschuw terug; hij raasde of tierde niet. Hij vroeg niet op hoge toon of hij ergens van beschuldigd werd, vroeg niet wat hij hier in vredesnaam mee te maken had. Hij vertoonde geen van de flamboyante verweren van de schuldige, en toch zou Strike gezworen hebben dat dit verhaal voor Chiswell niet nieuw was.

'En wie zou volgens hem dat kind gewurgd hebben?' vroeg hij alleen, terwijl hij met zijn vinger over de rand van zijn glas streek.

'Dat heeft hij me niet verteld – wilde hij niet vertellen.'

'Denkt u dat Knight me dáármee chanteert? Kindermoord?' vroeg Chiswell op barse toon.

'Ik vond dat u moest weten waarom ik op zoek was naar Jimmy,' zei Strike.

'Ik heb geen doden op mijn geweten,' zei Jasper Chiswell nadrukkelijk. Hij dronk zijn laatste slok water op. 'Men kan onmogelijk,' vervolgde hij terwijl hij het lege glas op tafel zette, 'verantwoordelijk worden gehouden voor onbedoelde gevolgen.'

10

Ik heb erin geloofd dat wij er samen tegen opgewassen zouden zijn.

Henrik Ibsen, *Rosmersholm*

Een uur later kwamen de detective en de minister het pand aan Park Place 14 uit, en ze liepen de paar meter naar St James's Street. Chiswell was bij de koffie minder knorrig geworden, minder gnomisch; opgelucht, zo vermoedde Strike, dat hij nu daden in gang had gezet die hem zouden kunnen verlossen van een last die vrijwel ondraaglijk was geworden. Ze hadden een overeenkomst bereikt waar Strike blij mee was: het zag ernaar uit dat dit een beter betaalde en uitdagender klus zou worden dan de opdrachten die zijn detectivebureau sinds lange tijd had gehad.

'Nou, bedankt, meneer Strike,' zei Chiswell, en hij keek St James's Street in toen ze samen even op de hoek bleven staan. 'Ik moet u hier verlaten, ik heb een afspraak met mijn zoon.'

Maar hij verroerde zich niet.

'U hebt het onderzoek naar Freddies dood verricht,' zei hij toen abrupt, en hij gluurde vanuit zijn ooghoeken naar Strike.

Strike had niet verwacht dat Chiswell erover zou beginnen, en al helemaal niet hier, zo op het laatste moment, na hun heftige gesprek in het souterrain.

'Ja,' antwoordde hij. 'Ik vind het heel erg voor u.'

Chiswells blik bleef gericht op een kunstgalerie in de verte.

'Ik heb uw naam onthouden van het rapport,' zei Chiswell. 'Die komt niet veel voor.' Hij slikte moeizaam, zijn blik nog steeds op de galerie gericht. Hij leek er merkwaardig weinig voor te voelen om naar zijn afspraak te vertrekken. 'Een goeie jongen, Freddie,' zei hij toen. 'Een heel goeie jongen. Kwam bij mijn oude regiment terecht – min of meer. De Queen's Own Hussars zijn in '93 samengegaan met de Queen's Royal Irish, zoals u wel zult weten. Dus hij ging bij de Queen's Royal Hussars. Veelbelovend. Een en al leven. Maar u hebt hem natuurlijk nooit gekend.'

'Nee,' zei Strike. Een beleefde opmerking leek nu gepast. 'Hij was uw oudste kind, nietwaar?'

'De oudste van vier.' Chiswell knikte. 'Twee meisjes,' voegde hij eraan toe, en het klonk alsof hij hen wegwuifde, vrouwspersonen slechts; kaf, geen koren. 'En dan nog een jongen,' voegde hij er somber aan toe. 'Heeft in de gevangenis gezeten. Misschien hebt u de kranten gezien.'

'Nee,' loog Strike, want hij wist hoe het voelde als de kranten strooiden met je persoonlijke gegevens. De meest barmhartige reactie, als je het enigszins geloofwaardig kon brengen, was om de mensen hun eigen verhaal te laten vertellen.

'Altijd problemen mee gehad, met Raff,' zei Chiswell. 'Zijn leven lang. Ik heb een baan voor hem geregeld, daarginds.' Hij wees met zijn dikke vinger naar de etalage van de galerie in de verte. 'Gestopt met zijn studie kunstgeschiedenis. Die zaak is van een vriend van me, daar mag hij komen werken. Mijn vrouw beschouwt hem als een verloren zaak. Hij heeft een jonge moeder doodgereden. Onder invloed van drugs.'

Strike zei niets.

'Nou, tot ziens dan maar.' Chiswell leek te ontwaken uit zijn melancholische trance. Na een nieuwe zweterige handdruk beende hij weg, diep weggedoken in de dikke jas die zo slecht paste bij voor deze mooie junidag.

Strike liep in tegengestelde richting St James's Street in en haalde zijn telefoon tevoorschijn. Robin nam op nadat het toestel drie keer was overgegaan.

'Ik moet je zien,' zei Strike zonder inleiding. 'We hebben een nieuwe klus, een grote.'

'Shit!' zei ze. 'Ik ben in Harley Street. Ik wilde je niet storen omdat je met Chiswell was, maar Andy's vrouw is van een ladder gevallen en heeft haar pols gebroken. Ik heb gezegd dat ik Dodgy van hem overneem zodat hij met haar naar het ziekenhuis kan.'

'Shit. Waar is Barclay?'

'Nog bezig met Webster.'

'Is Dodgy in zijn praktijk?'

'Ja.'

'Dan wagen we het erop,' zei Strike. 'Op vrijdag gaat hij meestal recht naar huis. Dit is dringend. Ik moet het je onder vier ogen vertellen. Kun je naar de Red Lion komen, in Duke of York Street?'

Strike, die alle alcohol had afgeslagen tijdens de maaltijd met Chiswell, koos nu voor bier in plaats van terug te keren naar kantoor. Was hij bij de White Horse in East Ham nog uit de toon gevallen in zijn pak, voor Mayfair was hij precies goed gekleed, en twee minuten later liep hij naar binnen bij de Red Lion in Duke of York Street, een knusse pub in een negentiende-eeuws pand waar de koperen lampen en het gegraveerde glas hem deden denken aan de Tottenham. Nadat hij met een halve liter London Pride naar een tafeltje in een hoek was gelopen, zocht hij op zijn telefoon Della Winn en haar man op en begon een artikel te lezen over de naderende Paralympics, waarin Della uitgebreid werd geciteerd.

'Hoi,' zei Robin vijfentwintig minuten later terwijl ze haar tas op de stoel tegenover hem gooide.

'Wat wil je drinken?' vroeg hij.

'Ik haal het zelf wel,' zei Robin.

'Nou?' vroeg ze toen ze een paar minuten later terugkwam met een glas jus d'orange. Strike moest glimlachen om haar nauwverholen ongeduld. 'Wat was er nou? Wat wilde Chiswell van je?'

De pub, niet meer dan een hoefijzervormige ruimte rond één enkele bar, zat al bomvol keurig geklede mannen en vrouwen die hun weekend vroeg begonnen waren of, net als Strike en Robin, hun werk afrondden met een drankje. Strike dempte zijn stem en vertelde haar over zijn lunch met Chiswell.

'O,' zei Robin neutraal toen Strike haar helemaal had bijgepraat. 'Dus we... we moeten proberen de vuile was van Della Winn buiten te hangen?'

'Of van haar man,' zei Strike, 'en Chiswell noemt het liever een "onderhandelingstroef".'

Robin zei niets. Ze nipte van haar sap.

'Chantage is verboden, Robin,' zei Strike, die haar ongemakkelijke gezichtsuitdrukking correct interpreteerde. 'Knight probeert Chiswell veertigduizend pond afhandig te maken en Winn wil hem dwingen zijn baan op te geven.'

'Dus chanteert hij hen op zijn beurt, en wij gaan hem daarbij helpen?'

'We zoeken dagelijks naar bruikbare feiten over anderen,' zei Strike op barse toon. 'Het is een beetje laat om nu gewetensbezwaren aan te voeren.'

Hij nam een grote slok van zijn bier, niet alleen geërgerd door haar houding, maar ook door het feit dat hij zijn wrevel had laten blijken. Zij woonde met haar echtgenoot in een gewild huis met schuiframen in Albury Street, terwijl hij het nog steeds moest doen met twee tochtige kamers, waar hij binnenkort waarschijnlijk ook nog eens uit gezet zou worden omdat de straat een andere bestemming kreeg. Zijn detectivebureau had nog nooit een klus aangeboden gekregen die fulltime werk bood voor drie man, misschien wel maandenlang. Strike ging zich echt niet verontschuldigen omdat hij daar wel oren naar had. Hij was het zat, na jaren buffelen, om meteen weer terug te vallen in de rode cijfers als er even wat minder werk was. Hij had voor zijn zaak ambities die niet te vervullen waren zonder eerst een veel gezonder banksaldo op te bouwen. Desalniettemin voelde hij zich geroepen zijn positie te verdedigen.

'Wij zijn net advocaten, Robin: we staan aan de kant van de cliënt.'

'Je hebt laatst die beleggingsadviseur afgewezen die wilde weten waar zijn vrouw...'

'Omdat het verdomme overduidelijk was dat hij haar iets zou aandoen als hij haar zou vinden.'

'En stel nou,' zei Robin met een opstandige blik in haar ogen, 'dat datgene wat ze over Chiswell te weten komen...'

Maar voordat ze de zin kon afmaken, botste een lange man die diep in gesprek verwikkeld was met een collega keihard tegen Robins stoel, waardoor ze voorover klapte tegen de tafel en haar jus d'orange omstootte.

'Hé!' riep Strike, terwijl Robin probeerde het sap van haar drijfnatte jurk te deppen. 'Zou je niet even je excuus aanbieden?'

'Ach jee,' zei de man lijzig, met een blik op de doorweekte Robin, aangestaard door diverse mensen. 'Heb ík dat gedaan?'

'Echt wel, eikel,' zei Strike, en hij hees zich overeind en liep om de tafel heen. 'En dat was geen verontschuldiging!'

'Cormoran!' zei Robin waarschuwend.

'Goed, het spijt me,' zei de man, alsof hij een enorme concessie deed, maar zodra hij Strikes omvang zag, leek zijn excuus iets oprechter te worden. 'Serieus, sorry dat...'

'Opzouten,' gromde Strike, en tegen Robin zei hij: 'We ruilen van stoel. Als er dan weer zo'n onhandige sukkel langskomt, raakt hij mij in plaats van jou.'

Half opgelaten, half geroerd door zijn gebaar pakte ze haar handtas, die ook drijfnat was, en deed wat hij had gevraagd. Strike kwam teruggelopen met een handvol papieren servetjes en gaf haar die.

'Dank je wel.'

Het was moeilijk om te volharden in haar strijdlustige houding nu hij vrijwillig op een stoel vol sinaasappelsap zat om haar te sparen. Robin bleef sap opdeppen terwijl ze zich naar hem toe boog en zachtjes zei: 'Je weet waar ik me zorgen om maak. Dat verhaal van Billy.'

De dunne katoenen jurk plakte aan alle kanten aan haar huid, en Strike hield zijn blik resoluut op haar ogen gericht.

'Daar heb ik Chiswell naar gevraagd.'

'O?'

'Natuurlijk. Waar zou ik anders aan gedacht hebben toen hij me vertelde dat hij werd gechanteerd door Billy's broer?'

'En wat zei hij?'

'Hij verklaarde dat hij niemands dood op zijn geweten had, maar hij zei ook: "Men kan onmogelijk verantwoordelijk worden gehouden voor onbedoelde gevolgen."'

'Wat wil dat nou weer zeggen?'

'Dat heb ik ook gevraagd. Hij gaf me een hypothetisch voorbeeld van een man die een pepermuntje op de grond laat vallen waar later een klein kind in stikt.'

'Hè?'

'Ja, ik weet het ook niet. Billy heeft niet meer gebeld, neem ik aan?'

Robin schudde het hoofd.

'Moet je horen, de kans is levensgroot dat Billy waanideeën heeft,' zei Strike. 'Toen ik Chiswell vertelde wat Billy had gezegd, kreeg ik totaal niet de indruk dat hij zich schuldig voelde of bang werd...'

Terwijl hij het zei, dacht hij terug aan de schaduw die over Chiswells gezicht was getrokken, en zijn indruk dat het verhaal voor Chiswell niet helemaal nieuw was geweest.

'Waar chanteren ze Chiswell dan mee?' vroeg Robin.

'Geen flauw idee. Hij zegt dat het gaat om iets wat zes jaar geleden is gebeurd, wat niet strookt met Billy's verhaal, want die was zes jaar geleden geen klein kind meer. Volgens Chiswell heeft hij misschien immoreel gehandeld in de ogen van sommige mensen, maar niet illegaal. Hij leek te suggereren dat datgene wat hij heeft gedaan niet wettelijk verboden was toen hij het deed, maar nu wel.'

Strike onderdrukte een geeuw. Het bier en de warme middag maakten hem slaperig. Hij had voor straks bij Lorelei thuis afgesproken.

'Dus je vertrouwt hem?' vroeg Robin.

'Vertrouw ik Chiswell?' vroeg Strike zich hardop af, zijn blik gericht op de druk gegraveerde spiegel achter Robin. 'Als ik er geld op moest inzetten, zou ik zeggen dat hij vandaag eerlijk tegen me was, maar hij is wel wanhopig. Of ik geloof dat hij in het algemeen betrouwbaar is? Waarschijnlijk niet meer dan alle anderen.'

'Je vond hem toch niet áárdig, hè?' vroeg Robin vol ongeloof. 'Ik heb over hem gelezen.'

'En?'

'Voorstander van de doodstraf door ophanging, anti-immigratie, heeft gestemd tegen verlenging van het zwangerschapsverlof...'

Ze merkte niet dat Strike onwillekeurig naar haar buik keek en vervolgde: 'Hij heeft zijn mond vol over het gezin als hoeksteen van de samenleving, maar vervolgens verlaat hij zijn vrouw voor een journaliste...'

'Ja, oké, ik zou niet voor mijn lol met hem de kroeg in gaan, maar hij heeft iets meelijwekkends. Een zoon verloren, en de andere zoon heeft een vrouw doodgereden...'

'Ja, dat bedoel ik dus. Hij vindt dat je kruimeldieven voorgoed moet opsluiten, maar als zijn zoon een moeder van kleine kinderen overhoop rijdt, doet hij er alles aan om hem een korte...'

Ze zweeg abrupt toen een luide vrouwenstem uitriep: 'Robin! Wat leuk!'

Sarah Shadlock was de pub binnengekomen met twee mannen.

'O, god,' mompelde Robin voordat ze het wist, en toen zei ze wat harder: 'Sarah, hallo!'

Ze zou er veel voor overgehad hebben deze ontmoeting te ontlopen. Sarah vertelde straks natuurlijk maar wat graag aan Matthew dat ze Robin en Strike had gezien tijdens een onderonsje in een pub in Mayfair, terwijl Robin nog maar een uur geleden door de telefoon tegen Matthew had gezegd dat ze in haar eentje in Harley Street was.

Sarah stond erop zich om de tafel heen te wurmen om Robin te omhelzen, iets waarvan die laatste zeker wist dat ze het niet gedaan zou hebben als ze geen mannen bij zich had gehad.

'Schat, wat is er gebeurd? Je plakt helemaal!'

Hier in Mayfair gedroeg ze zich nog wat chiquer dan op alle andere plekken waar Robin haar had meegemaakt, en ze was vele malen hartelijker tegen Robin.

'Niks,' mompelde Robin. 'Sapje geknoeid.'

'Cormoran!' riep Sarah opgewekt uit, waarna ze op hem af dook om hem op de wang te kussen. Strike bleef bewegingloos zitten en reageerde er niet op, tot Robins vreugde. 'Middagje vrij?' vroeg Sarah, die beiden een veelbetekenende glimlach toewierp.

'Werk,' zei Strike botweg.

Omdat ze niet werd aangespoord te blijven, liep Sarah naar de bar, gevolgd door haar collega's.

'Ik was helemaal vergeten dat Christie's hier om de hoek zit,' mompelde Robin.

Strike keek op zijn horloge. Hij wilde niet in pak naar Lorelei, en bovendien zaten er nu jus d'orange-vlekken in van Robins natte stoel.

'We moeten bespreken hoe we deze klus gaan aanpakken, want de opdracht gaat morgen in.'

'Oké,' zei Robin met enige schroom, want het was lang geleden dat ze in het weekend had gewerkt. Matthew was eraan gewend geraakt dat ze dan thuis was.

'Jij hoeft niet,' zei Strike die haar gedachten leek te hebben gelezen. 'Jou heb ik pas maandag nodig. We moeten dit minimaal met drie man doen. Over Webster hebben we wel zo'n beetje genoeg informatie om de klant tevreden te houden, dus we zetten Andy fulltime op Dodgy Doc. Laat de twee klanten op de wachtlijst weten dat we deze maand niks voor ze kunnen doen, en Barclay kan met ons de zaak-Chiswell op zich nemen.

Jij gaat maandag naar het Lagerhuis.'

'Hè, wat?' vroeg Robin geschrokken.

'Je gaat erheen als een petekind van Chiswell. Je bent zogenaamd geïnteresseerd in een carrière in het parlement. Dan kun je Geraint in de gaten houden, die Della's partijkantoor tegenover dat van Chiswell bestiert, op dezelfde gang. Een beetje met hem aanpappen...'

Hij nam een grote slok bier en keek haar over de rand van zijn glas fronsend aan.

'Wat is er?' vroeg Robin, die zich afvroeg wat er nu ging komen.

'Wat zou je ervan zeggen,' zei Strike, zo zacht dat ze zich naar hem toe moest buigen om het te verstaan, 'om de wet te overtreden?'

'Nou, over het algemeen ben ik daarop tegen,' zei Robin, en ze twijfelde of ze het amusant of verontrustend moest vinden. 'Dat is min of meer de reden dat ik speurwerk wilde gaan doen.'

'En als de wet zo'n beetje grijs gebied is en we niet op een andere manier aan de benodigde informatie kunnen komen? Met in ons achterhoofd de wetenschap dat Winn zéker de wet overtreedt – hij probeert immers een minister van zijn positie te stoten door middel van chantage.'

'Wil je afluisterapparatuur in Winns kantoor plaatsen?'

'In één keer goed,' zei Strike. Hij schatte haar weifelende blik op de juiste manier in en vervolgde: 'Luister, volgens Chiswell praat die Winn heel makkelijk zijn mond voorbij, daarom zit hij daar op kantoor, ver uit de buurt van zijn vrouw, die op het ministerie van Sport werkt. Hij schijnt vrijwel altijd zijn deur open te laten staan, keihard over vertrouwelijke zaken te praten en geheime papieren te laten slingeren in de gezamenlijke keuken. Grote kans dat hij ook zonder afluisterapparatuur loslippig genoeg zal zijn, maar ik vind niet dat we daarop moeten rekenen.'

'Goed, ik doe het.'

'Zeker weten?' vroeg Strike. 'Oké. Je kunt daar niks mee naar binnen nemen, want je moet door een metaaldetector. Ik heb afgesproken dat ik Chiswell morgen een paar afluisterapparaatjes breng. Die geeft hij dan binnen weer aan jou.

Je hebt een schuilnaam nodig. Stuur me een appje als je er een bedacht hebt, dan kan ik die aan Chiswell doorgeven. Je zou ook weer Venetia Hall kunnen gebruiken. Chiswell is wel zo'n type dat een petekind kan hebben dat Venetia heet.'

Venetia was Robins doopnaam, maar Robin was zo gespannen en opgewonden dat het haar nu even niet kon schelen dat Strike daar nog steeds lol om had, aan zijn grijns te zien.

'Je zult je ook moeten vermommen,' zei Strike. 'Niet heel ingrijpend, maar Chiswell herinnerde zich jou nog van de berichten over de Ripper, dus we moeten ervan uitgaan dat Winn je misschien ook zou herkennen.'

'Het is te warm voor een pruik,' zei Robin. 'Misschien gekleurde contactlenzen. Die ga ik meteen even kopen. En daaroverheen eventueel een bril met gewoon vensterglas.' Er verscheen een glimlach op haar gezicht die ze niet kon onderdrukken. 'Het Lagerhuis!' herhaalde ze enthousiast.

Robins opgewonden grijns verflauwde toen het witblonde hoofd van Sarah Shadlock weer opdook binnen haar gezichtsveld, aan de andere kant van de bar. Sarah was van plaats veranderd om Robin en Strike in de gaten te kunnen houden.

'Kom, we gaan,' zei Robin tegen Strike.

Terwijl ze terugliepen naar de metro vertelde Strike haar dat Barclay Jimmy Knight zou schaduwen. 'Ik kan dat niet doen,' zei hij spijtig. 'Hij en zijn vrienden bij CORE weten nu hoe ik eruitzie en wat ik doe.'

'Wat ga jij dan doen?'

'De gaten opvullen, aanwijzingen natrekken, indien nodig 's avonds werken,' antwoorde Strike.

'Arme Lorelei,' zei Robin. Het was eruit voor ze het wist. Het langsrazende verkeer werd steeds drukker, en toen Strike niets terugzei, hoopte Robin maar dat hij het niet gehoord had.

'Heeft Chiswell iets gezegd over zijn zoon die is gesneuveld in Irak?' vroeg ze, als iemand die snel kucht om een lach te maskeren die haar al ontsnapt is.

'Ja,' zei Strike. 'Freddie was duidelijk zijn favoriete kind, wat weinig goeds zegt over zijn beoordelingsvermogen.'

'Hoe bedoel je?'

'Freddie Chiswell was een ontzettende lul. Ik heb veel onderzoek gedaan naar gesneuvelde soldaten, en er zijn nog nooit zo veel mensen geweest die me vroegen of de dode officier soms door een van zijn eigen mannen in de rug geschoten was.'

Robin reageerde geschokt.

'*De mortuis nil nise bonum*?' vroeg Strike.

Robin had sinds ze voor Strike werkte aardig wat Latijn geleerd.

'Tja,' zei ze zacht, en voor het eerst kon ze enig medeleven opbrengen voor Jasper Chiswell, 'je kunt niet van de vader verwachten dat hij kwaadspreekt over zijn zoon.'

Aan het einde van de straat gingen ze uiteen, Robin om gekleurde contactlenzen te kopen, Strike op weg naar de metro.

Hij voelde zich ongekend opgewekt na het gesprek met Robin: bij het bespreken van deze uitdagende klus waren de vertrouwde contouren van hun vriendschap plotseling teruggekeerd. Hij vond het fijn dat ze zo uitkeek naar haar bezoek aan het Lagerhuis; fijn dat hij degene was die haar die kans had geboden. Hij had zelfs genoten van de manier waarop ze zijn aannames over Chiswells verhaal op de proef had gesteld.

Vlak voordat hij het metrostation binnen wilde gaan deed Strike plotseling een stap opzij, tot grote ergernis van de zakenman die op vijftien centimeter afstand op zijn hielen liep. De man maakte een woest, afkeurend geluid, kon nog net een botsing vermijden en beende verontwaardigd de metro in, terwijl Strike onaangedaan tegen de zonovergoten muur leunde, genietend van de warmte die door zijn jasje heen drong terwijl hij rechercheur Eric Wardle belde.

Strike had Robin de waarheid verteld. Hij geloofde niet dat Chiswell ooit een kind had gewurgd, maar toch was er iets onmiskenbaar vreemds aan Chiswells reactie op Billy's verhaal. Dankzij de onthulling van de minister dat de familie Knight vroeger vlak bij zijn ouderlijk huis woonde, wist Strike nu dat Billy als kind in Oxfordshire had gewoond. De eerste logische stap bij het onderdrukken van zijn ongemakkelijke gevoel over het roze dekentje was uitzoeken of er enkele tientallen jaren terug in die streek kinderen waren verdwenen en nooit teruggevonden.

II

> ... laat ons alle herinneringen smoren in ons gevoel van vrijheid, in vreugde, in passie.
>
> Henrik Ibsen, *Rosmersholm*

Lorelei Bevan woonde in een eclectisch ingerichte flat boven haar goedlopende vintagekledingzaak in Camden. Strike arriveerde daar die avond om half acht, met een fles pinot noir in de ene hand en zijn mobiel aan zijn oor in de andere. Lorelei deed open, glimlachte goedmoedig bij de vertrouwde aanblik van een telefonerende Strike, kuste hem op de mond, nam de wijn van hem over en liep terug naar de keuken, waar een welkome geur van pad thai vandaan kwam.

'... of proberen bij CORE zelf binnen te komen,' zei Strike tegen Barclay, terwijl hij de deur achter zich dichtdeed en doorliep naar Loreleis zitkamer, die werd gedomineerd door een grote reproductie van Andy Warhols Elizabeth Taylors. 'Ik stuur je alles wat ik heb over Jimmy. Hij is betrokken bij een paar verschillende groeperingen. Geen idee of hij een baan heeft. Zijn stamkroeg is de White Horse in East Ham. Ik geloof dat hij supporter is van de Hammers.'

'Het kan erger,' zei Barclay, die zachtjes praatte omdat de baby, die tandjes kreeg, eindelijk sliep. 'Het had ook Chelsea kunnen zijn.'

'Je zult moeten opbiechten dat je voormalig militair bent,' zei Strike. Hij liet zich in een leunstoel zakken en hees zijn been op het poefje dat al was klaargezet om het hem gemakkelijk te maken. 'Dat zien ze meteen aan je.'

'Geen punt,' zei Barclay met zijn Schotse tongval. 'Ik ben gewoon de arme kerel die niet wist waar hij aan begon. Linkse types zijn daar dol op. Laat ze me maar betuttelen.'

Strike haalde grinnikend zijn sigaretten tevoorschijn. Na zijn aanvankelijke twijfel begon hij nu te geloven dat hij een goede kracht had aan Barclay.

'Oké, hou je gedeisd tot ik weer van me laat horen. Komende zondag, denk ik.'

Toen Strike had opgehangen verscheen Lorelei met een glas rood voor hem.

'Kun je hulp gebruiken in de keuken?' vroeg Strike, maar zonder zich te verroeren.

'Nee, blijf maar zitten, ik ben zo klaar,' antwoordde ze glimlachend. Hij vond haar schort in jarenvijftigstijl leuk.

Toen ze terugliep naar de keuken stak hij zijn sigaret op. Hoewel Lorelei niet rookte, had ze geen bewaar tegen Strikes Benson & Hedges, zo lang hij maar de kitscherige asbak gebruikte die ze voor dat doel had staan, versierd met dartele poedels.

Al rokende gaf hij aan zichzelf toe dat hij jaloers was op Barclay, die zou infiltreren bij Knight en zijn meute extreemlinkse collega's. Het was het soort klus dat Strike altijd heel prettig had gevonden bij de militaire politie. Hij herinnerde zich de vier soldaten die in de ban waren geraakt van een plaatselijke ultrarechtse groepering. Strike was erin geslaagd hun wijs te maken dat hij net als zij geloofde in een blanke nationalistische superstaat, en hij had geïnfiltreerd bij een van hun bijeenkomsten en daarmee vier zeer bevredigende arrestaties en veroordelingen mogelijk gemaakt.

Hij zette de tv aan en keek een tijdje naar het nieuws op Channel 4 terwijl hij van zijn wijn dronk en rookte, met het aangename vooruitzicht van de pad thai en andere sensuele geneugten. Vanavond had bij uitzondering een keer wat andere werkende mensen zo vanzelfsprekend vonden, maar wat voor hem een zeldzaamheid was: de opluchting en ontlading van een vrijdagavond.

Strike en Lorelei hadden elkaar ontmoet op het verjaardagsfeest van Eric Wardle. Het was in sommige opzichten een wat pijnlijke avond geweest, omdat Strike daar Coco was tegengekomen, voor het eerst sinds hij haar door de telefoon had laten weten dat hij geen behoefte had aan een nieuwe date. Coco was heel dronken geworden, en om één uur 's nachts, toen hij op de bank diep in gesprek verwikkeld was met Lorelei, was ze door de kamer naar hem toe gebeend, had een glas wijn over hen beiden heen gegooid en was weggestoven. Strike had niet geweten dat Coco en Lorelei oude vriendinnen waren tot de volgende morgen, toen hij wakker werd in Loreleis bed. Dat was eigenlijk meer Loreleis probleem dan het zijne, vond hij. Zij leek de ruil – Coco wilde niets meer met haar te maken hebben – meer dan prima te vinden.

'Hoe doe jij dat toch?' had Wardle oprecht verbaasd gevraagd, de eerstvolgende keer dat ze elkaar weer zagen. 'Man, ik zou graag weten wat jouw...'

Strike trok zijn zware wenkbrauwen op en Wardle leek zich te verslikken in wat gevaarlijk dicht bij een compliment leek te komen.

'Ik heb geen geheim,' zei Strike. 'Sommige vrouwen vallen gewoon op dikke mannen met maar één been, schaamhaar op hun kop en een gebroken neus.'

'Dat die nog vrij rondlopen... Het is kennelijk slecht gesteld met de geestelijke gezondheidszorg in ons land,' had Wardle gezegd, en Strike had erom moeten lachen.

Lorelei was haar echte naam. Ze was niet vernoemd naar de mythische sirene aan de Rijn, maar naar het personage van Marilyn Monroe in *Gentlemen Prefer Blondes*, de favoriete film van haar moeder. Mannen keken naar haar om als ze langsliep op straat, maar ze riep bij Strike niet het hevige verlangen of de verzengende pijn op die Charlotte had veroorzaakt. Of dat kwam doordat Charlotte zijn vermogen tot dergelijke gevoelens had geblokkeerd of doordat het Lorelei ontbrak aan de daarvoor benodigde magie wist hij niet. Strike noch Lorelei had ooit 'Ik hou van je' tegen de ander gezegd. In Strikes geval kwam dat doordat hij, hoe begerenswaardig en amusant hij haar ook vond, het niet oprecht zou kunnen beweren. Hij nam voor het gemak aan dat voor Lorelei hetzelfde gold.

Ze had nog niet zo lang geleden na vijf jaar haar relatie beëindigd met de man met wie ze had samengewoond. Strike was op Wardles feest, nadat ze hem meerdere smeulende blikken had toegeworpen, naar de andere kant van de huiskamer gelopen om met haar te praten. Hij had haar graag geloofd toen ze vertelde hoe verrukkelijk het was om de flat voor zich alleen te hebben, om weer lekker vrij te zijn, maar de laatste tijd bespeurde hij toch een licht ongenoegen bij haar wanneer hij zei dat hij in het weekend moest werken – als de eerste dikke regendruppels die de voorbode waren van een onweersbui. Als hij erover begon, ontkende ze het: *Nee joh, natuurlijk niet, je moet toch werken...*

Maar Strike had vanaf het prille begin van de relatie zijn onwrikbare grenzen aangegeven: zijn werk was nu eenmaal onvoorspelbaar, en financieel stond hij er slecht voor. Hij was niet van plan in andere bedden dan dat van haar te belanden, maar als ze op zoek was naar voorspelbaarheid of vastigheid, dan was hij niet de juiste man voor haar. Daar leek ze zich destijds tevreden mee te stellen, en mocht dat in de loop van die tien maanden minder geworden zijn, dan was Strike bereid er zonder verwijten mee te kappen, even goede vrienden. Misschien voelde ze dat aan, want ze had nooit een discussie of ruzie uitgelokt. Dat deed hem goed, en niet alleen omdat hij niet op moeilijk gedoe zat te wachten. Hij vond Lorelei leuk, deelde graag het bed met haar en vond het wenselijk – om redenen waar hij beter niet te diep over na kon denken, aangezien hij heel goed wist hoe het zat – om nu een relatie te hebben.

De pad thai was uitstekend, hun conversatie luchtig en vermakelijk. Strike vertelde Lorelei niets over zijn nieuwe klant, behalve dat hij hoopte dat de opdracht lucratief en interessant zou zijn. Nadat ze samen de afwas hadden gedaan, vertrokken ze naar de slaapkamer, met de zuurstokroze muren en de gordijnen bedrukt met cartooncowgirls en pony's.

Lorelei hield van verkleedpartijtjes. Die avond droeg ze in bed nylonkousen en een zwart korset. Ze had het allerminst gebruikelijke talent om een erotische scène uit te beelden zonder dat het doorsloeg naar een parodie. Misschien had Strike zich, met zijn afgezette onderbeen en zijn gebroken neus, bespottelijk moeten voelen in dit boudoir, dat een en al frivoliteit en meisjesachtigheid was, maar ze was zo'n goede Aphrodite voor zijn Hephaistos dat hij soms zelfs niet aan Robin en Matthew dacht.

Per slot van rekening was er geen groter genoegen dan een vrouw die oprecht naar je verlangde, dacht hij toen ze de volgende dag rond lunchtijd naast elkaar op een terrasje ieder hun eigen krant zaten te lezen, Strike rokend terwijl Lorelei met haar perfect gelakte nagels afwezig over de rug van zijn hand kriebelde. Waarom had hij dan tegen haar gezegd dat hij die middag moest werken? Hij moest inderdaad de afluisterapparatuur gaan afgeven bij Chiswells flat in Belgravia, maar hij had makkelijk nog een nacht bij Lorelei kunnen slapen: terug naar de slaapkamer, de nylonkousen en het kanten schortje. Een verleidelijk vooruitzicht.

En toch weigerde iets onverzettelijks in hem om zich gewonnen te geven. Twee nachten achter elkaar, daarmee zou hij het patroon doorbreken. Dan was het nog maar een klein zetje naar echte intimiteit. Heel diep in zijn hart kon Strike zich geen toekomst voorstellen waarin hij met een vrouw zou samenwonen, trouwen of kinderen krijgen. Sommige van die dingen was hij van plan geweest met Charlotte, in de dagen dat hij zich had moeten aanpassen aan het leven met een half been minder. Een geïmproviseerde bom op een stoffige weg in Afghanistan had in één klap een einde gemaakt aan het leven dat Strike verkoos, en hij was met een totaal ander lijf in een nieuwe werkelijkheid beland. Soms beschouwde hij zijn aanzoek aan Charlotte als de meest extreme uiting van zijn tijdelijke desoriëntatie na de amputatie. Hij had opnieuw moeten leren lopen, en wat bijna net zo moeilijk was: een leven leiden buiten het leger. Nu, met een afstand van twee jaar ertussen, zag hij in dat hij had geprobeerd zich vast te klampen aan dat ene gedeelte van zijn verleden terwijl de rest hem door de vingers glipte. Zijn loyaliteit aan het leger had hij verplaatst naar een toekomst met Charlotte.

'Goeie zet,' had zijn oude vriend Dave Polworth onmiddellijk gezegd toen Strike hem over de verloving vertelde. 'Het zou ook zonde zijn als al die gevechtstraining voor niks was geweest. Al vergroot je nu wel het risico om te sneuvelen, vriend.'

Had Strike ooit gedacht dat ze echt zouden trouwen? Had hij echt geloofd dat Charlotte genoegen zou nemen met het leven dat hij haar kon bieden? Had hij, na alles wat ze hadden doorgemaakt, echt gemeend dat er wat te redden viel voor hen samen, beiden beschadigd, ieder op hun eigen chaotische, persoonlijke, merkwaardige manier? Nu Strike daar met Lorelei in de zon zat, kwam het hem voor alsof hij dat een paar maanden lang met heel zijn hart had geloofd, terwijl hij tegelijkertijd had beseft dat het onmogelijk was; hij plande nooit meer dan een paar weken vooruit en klampte zich 's nachts aan Charlotte vast alsof ze de laatste mens op aarde was, alsof alleen het Armageddon hen zou kunnen scheiden.

'Jij nog koffie?' mompelde Lorelei.

'Ik moet maar eens gaan,' antwoordde Strike.

'Zie ik je gauw weer?' vroeg ze toen Strike de ober betaalde.

'Zoals ik al zei: ik heb een nieuwe klus. Mijn werktijden zijn de komende tijd nogal onvoorspelbaar. Ik bel je morgen. Zodra ik een avondje vrij kan nemen, gaan we samen uit.'

'Goed, hoor,' zei ze met een glimlach, en ze voegde er zachtjes aan toe: 'Kusje.'

Hij kuste haar. Ze drukte haar volle lippen op zijn mond en haalde daarmee onweerstaanbaar bepaalde hoogtepunten van die nacht naar boven. Ze maakten zich van elkaar los. Strike nam met een glimlach afscheid en liet haar achter met de krant, daar in de zon.

De minister van Cultuur vroeg Strike niet binnen toen hij de deur voor hem opendeed in Ebury Street. Sterker nog, Chiswell leek Strike zo snel mogelijk te willen zien vertrekken. Nadat hij de doos met afluisterapparatuur in ontvangst had genomen, mompelde hij: 'Tot ziens, ik zal ze aan haar geven,' en hij wilde de deur dichtdoen, maar plotseling riep hij Strike na: 'Hoe heet ze?'

'Venetia Hall,' antwoordde Strike.

Chiswell deed de deur dicht, en Strikes vermoeide stappen voerden hem terug door de straat met de rustige goudgele herenhuizen; terug naar de metro, terug naar Denmark Street.

Zijn kantoor kwam hem donker en somber voor na Loreleis flat. Strike gooide de ramen open om de geluiden van Denmark Street binnen te laten, waar muziekliefhebbers nog altijd de instrumentenwinkels en de oude platenzaken bezochten waarvan Strike vreesde dat ze gedoemd waren te verdwijnen door de naderende projectontwikkeling. Het geluid van langsrijdende auto's en claxons, van gesprekken en voetstappen, gitaarriffs gespeeld door aspirant-kopers, en in de verte de bongo's van de zoveelste straatmuzikant klonken Strike aangenaam in de oren toen hij ging zitten werken, in het besef dat hij uren op de bureaustoel zou moeten doorbrengen als hij op internet zijn doelwitten tot op het bot wilde uitpluizen.

Als je wist waar je moest zoeken, als je er de tijd en de vaardigheden voor had, waren de levens van velen in grote lijnen goed op te diepen in cyberspace: de spookachtige geraamtes, soms gedeeltelijk, soms griezelig compleet, van het bestaan dat hun tegenhangers van vlees en bloed leidden. Strike had vele handigheidjes en geheimen geleerd, en hij was er bedreven in geraakt om zelfs in de donkerste uithoeken van internet te snuffelen, maar vaak bevatten de onschuldigste socialmediasites al een onnoemelijke schat aan informatie; in zulke gevallen hoefde je maar weinig verbanden te leggen om gedetailleerde achtergrondverhalen samen te stellen, uit privélevens waarvan de achteloze eigenaren nooit de bedoeling hadden gehad ze met de hele wereld te delen.

Strike raadpleegde eerst Google Maps, om de plek te bekijken waar Jimmy en Billy waren opgegroeid. Steda Cottage was natuurlijk te klein om vernoemd te worden, maar Chiswell House was duidelijk aangegeven, vlak buiten het dorpje Woolstone. Vijf minuten lang bekeek hij vruchteloos het bosrijke terrein rondom Chiswell House, waar hij een paar vierkantjes zag die eventueel voormalige personeelshuisjes zouden kunnen zijn – *toen hebben ze het begraven, in de boskuil bij mijn vaders huis* – om zich vervolgens weer te richten op de oudere, minder labiele broer.

Actiegroep CORE had een website, waar Strike tussen ellenlange polemieken over kapitalistische evenementen en neoliberalisme een bruikbaar protestschema aantrof van demonstraties die Jimmy van plan was bij te wonen of waar hij zou spreken. De detective printte ze uit en voegde ze toe aan zijn dossier. Vervolgens klikte hij een link aan naar de website van de Real Socialist Party, die nog drukker en rommeliger was dan de site van CORE. Ook hier trof hij een langdradig artikel van Jimmy's hand aan, een betoog voor het opheffen van 'apartheidsstaat' Israël en het verslaan van de 'zionistische lobby' die de westerse kapitalistische gevestigde orde in een wurggreep zou hebben. Strike zag dat Jasper Chiswell op de lijst met 'westerse politieke elite' onderaan het artikel vermeld stond als 'openlijk verklaard zionist'.

Jimmy's vriendin Flick was te zien op enkele foto's op de site van de Real Socialist Party, waar ze met zwart haar meeliep in een protestmars tegen Trident en witblond-met-roze-gloed Jimmy aanmoedigde toen hij als spreker op een openluchtpodium stond bij een partijbijeenkomst. Strike volgde een link naar Flicks Twitter en bekeek haar tijdlijn, een vreemde mengeling van weeïge en juist scherpe, kwetsende posts. 'Ik hoop dat je kanker aan je aars krijgt, vuile Tory-kut' stond er pal boven een filmpje van een jong katje dat zo hard nieste dat het uit zijn mandje tuimelde.

Voor zover Strike het kon beoordelen, had Jimmy noch Flick onroerend goed in bezit of ooit bezeten, iets wat hij met hen gemeen had. Online kon hij niets vinden over de manier waarop ze zich financieel bedropen, tenzij het schrijven voor extreemlinkse websites beter betaalde dan Strike altijd had gedacht. Jimmy woonde in een armetierig flatje aan Charlemont Road dat hij huurde van een zekere Kasturi Kumar, en hoewel Flick via de sociale media terloops meldde dat ze in Hackney woonde, kon hij nergens een adres van haar vinden.

Al spittend in de gegevens op internet ontdekte Strike een James Knight van de juiste leeftijd die vijf jaar leek te hebben samengewoond met een vrouw, Dawn Clancy; het bekijken van Dawns uiterst informatieve, met emoji's overladen Facebook-pagina leverde hem de informatie op dat ze met Knight getrouwd was geweest.

Dawn was kapster en had een succesvolle salon gehad in Londen, maar was teruggekeerd naar Manchester, waar ze vandaan kwam. Ze was dertien jaar ouder dan Jimmy, leek geen kinderen te hebben en had ogenschijnlijk geen contact meer met haar ex. Strikes oog viel echter op een reactie van haar onder het bericht van een gedumpte vriendin die 'alle mannen' 'waardeloze schoften' noemde: 'Ja, het is een eikel, maar hij heeft je tenminste niet voor de rechter gesleept! Ik win (alweer)!'

Gefascineerd ging Strike op zoek naar rechtbankverslagen, en na wat graafwerk vond hij diverse bruikbare brokjes informatie. Jimmy was twee keer veroordeeld wegens opruiing, één keer tijdens een protestmars tegen het kapitalisme en één keer bij een demonstratie tegen Trident, maar Strike had niet anders verwacht. Wat veel interessanter was, was dat Jimmy bleek voor te komen op een lijst van hinderlijke procesvoerders, opgesteld door HM Courts and Tribunals Service. Vanwege zijn lang geleden ontwikkelde gewoonte om voor het minste of geringste een rechtszaak te beginnen, was het Knight voortaan 'verboden om zonder permissie een civiele zaak aan te spannen'.

Jimmy had beslist waar voor zijn geld gekregen – of eigenlijk voor het geld uit de staatskas. De afgelopen tien jaar had hij civiele zaken aangespannen tegen diverse individuen en organisaties. De wet had hem slechts één keer in het gelijk gesteld, in 2007, toen hij schadeloosgesteld moest worden door Zanet Industries, een bedrijf dat zich niet aan de voorgeschreven procedure had gehouden bij zijn ontslag.

Jimmy had in de rechtbank zelf de verdediging gevoerd tegen Zanet, en blijkbaar was hij zo verguld geweest met de gewonnen zaak dat hij zonder juridische bijstand vele anderen voor de rechter had gesleept, onder wie een garagehouder, twee buren, een journalist die hem in diskrediet gebracht zou hebben, twee Londense politieagenten van wie hij beweerde dat ze hem mishandeld hadden, nog twee werkgevers en tot slot zijn ex-vrouw, van wie hij beweerde dat ze hem lastiggevallen had en dat hij door haar inkomstenderving had geleden.

Strike had de ervaring dat mensen die afzagen van juridische bijstand óf labiel waren óf zo arrogant dat het op hetzelfde neerkwam. Jimmy's proceszieke achtergrond suggereerde dat hij hebberig en principeloos was, scherp maar niet verstandig. Het was altijd nuttig om grip te hebben op iemands kwetsbare kanten wanneer je probeerde hem zijn geheimen te ontfutselen. Strike noteerde in het dossier dat naast hem lag de namen van iedereen die Jimmy ooit voor de rechter had gesleept, plus het huidige adres van zijn exvrouw.

Tegen middernacht trok hij zich terug in zijn flat voor de broodnodige nachtrust, en zondag stond hij vroeg op om zijn aandacht te richten op Geraint Winn; hij zat over zijn toetsenbord gebogen tot het buiten weer begon te schemeren. Tegen die tijd lag er een nieuwe kartonnen dossiermap naast hem met de naam CHISWELL op het label; de map stond bol van de zeer uiteenlopende maar grondig nagetrokken informatie over Chiswells twee afpersers.

Toen Strike zich geeuwend uitrekte, werd hij zich plotseling bewust van de geluiden die hem door de open ramen bereikten. De muziekwinkels waren eindelijk gesloten, de bongo's gestopt, maar het verkeer zoefde en bromde nog steeds over Charing Cross Road. Strike hees zich overeind, steunend op het bureau omdat zijn overgebleven enkel gevoelloos was geworden na uren in de bureaustoel, en hij bukte om door het raam van zijn eigen kantoortje te kijken naar de feloranje hemel die zich uitstrekte boven de daken.

Het was zondagavond en over minder dan twee uur speelde Engeland tegen Italië in de kwartfinale van het EK voetbal in Kiev. Een van de weinige vormen van luxe die Strike zich had gepermitteerd was een abonnement op Sky, zodat hij de wedstrijden live kon kijken. Een draagbaar tv'tje, het enige wat fatsoenlijk in zijn zolderflat paste, was misschien niet het ideale medium om zo'n belangrijke wedstrijd te kijken, maar een avond in de kroeg kon hij niet verantwoorden omdat hij de volgende dag heel vroeg moest beginnen. Morgen zou hij het schaduwen van Dodgy Doc hervatten, een vooruitzicht dat hem weinig genoegen schonk.

Strike keek op zijn horloge. Hij had nog tijd om chinees te halen voor de wedstrijd, maar hij moest ook Barclay en Robin nog bellen, met instructies voor de komende dagen. Net toen hij de telefoon wilde pakken liet een muziekje hem weten dat er mail was.

Het onderwerp luidde 'Vermist kind in Oxfordshire'. Strike legde zijn mobiel en zijn sleutels terug op het bureau en klikte de mail open.

Strike,
Dit is het beste wat ik kon vinden op korte termijn. Het was uiteraard lastig zoeken zonder exacte tijdbepaling. 2 nooit gevonden vermiste kinderen in Oxfordshire/Wiltshire begin/mid jaren negentig voor zover ik het kan nagaan. Suki Lewis, 12, verdwenen in oktober 1992. Immamu Ibrahim, 5 jr, verdwenen in 1996. Vader verdween tegelijkertijd, vermoedelijk naar Algerije. Zonder verder informatie kan ik er weinig mee.
Groet, E

12

De atmosfeer die we inademen is geladen met onweer.
Henrik Ibsen, *Rosmersholm*

De ondergaande zon wierp een rode gloed over het dekbed achter Robin terwijl ze in hun nieuwe, ruime slaapkamer aan de kaptafel zat. De barbecue van de buren vulde de lucht die daarnet nog naar kamperfoelie had gegeurd met rook. Ze had Matthew zojuist beneden op de bank achtergelaten, waar hij de aanloop van de wedstrijd Engeland-Italië lag te kijken met een koud flesje Peroni in de hand.

Ze trok een la van de kaptafel open en haalde het doosje met gekleurde contactlenzen tevoorschijn dat ze daar had verstopt. Na wat uitproberen de vorige dag had ze besloten dat de lichtbruine lenzen het natuurlijkst overkwamen bij haar rossig blonde haar. Behoedzaam haalde ze eerst de ene en toen de andere uit het doosje en plaatste ze op haar blauwgrijze irissen, die meteen begonnen te tranen. Het was van groot belang dat ze aan de lenzen wende voordat ze ze ging dragen. Ideaal zou zijn geweest als ze ze het hele weekend had kunnen inhouden, maar Matthews reactie toen hij haar met gekleurde lenzen zag had haar daarvan weerhouden.

'Je ogen!' had hij uitgeroepen, en hij had haar een paar seconden perplex aangestaard. 'Jezus, wat afschuwelijk. Doe uit die dingen!'

Aangezien de zaterdag al verpest was door spanningen en onenigheid over haar werk, had ze ervoor gekozen de lenzen niet het hele weekend te dragen, omdat ze Matthew daarmee voortdurend zou herinneren aan haar bezigheden van die komende week. Hij leek haar undercoverklus in het Lagerhuis zo'n beetje gelijk te stellen aan hoogverraad, en haar weigering om hem te vertellen wie haar cliënt was en wie ze in de gaten moest houden had hem nog bozer gemaakt.

Robin hield zichzelf steeds voor dat Matthew gewoon bezorgd om haar was, en dat ze hem dat moeilijk kwalijk kon nemen. Het was een riedel geweest die ze in gedachten herhaalde als een penitentie: *het is logisch dat hij zich zorgen maakt, je was vorig jaar bijna dood geweest, hij wil alleen maar dat je niks overkomt.* Maar het feit dat ze vrijdag iets was gaan drinken met Strike leek Matthew meer zorgen te baren dan welke potentiële moordenaar dan ook.

'Vind je jezelf nou ook niet fucking hypocriet?' had hij gevraagd.

Als hij kwaad was, stond de huid rond zijn neus en bovenlip strakgespannen. Dat was Robin jaren geleden al opgevallen, maar de laatste tijd bezorgde het haar iets wat in de buurt kwam van walging. Dat had ze nooit aan haar therapeute verteld. Het voelde te hatelijk, iets wat heel diep zat.

'Hoezo ben ik hypocriet?'

'Gezellig met hem borrelen...'

'Matt, hij is mijn collega.'

'... en dan klagen dat ík ga lunchen met Sarah.'

'Ga dan met haar lunchen!' Robins hartslag versnelde van woede. 'Ga je gang! Toevallig zag ik haar nog bij de Red Lion, met een paar mannen van haar werk. Wil je misschien Tom bellen om hem te vertellen dat zijn verloofde borrelt met collega's? Of ben ik de enige die dat niet mag?'

Het vel rond zijn neus en mond leek op de snuit van een dier als het straktrok, dacht Robin, van een bleke, grommende hond.

'Zou je me verteld hebben dat je met hem in de kroeg hebt gezeten als Sarah jullie niet had gezien?'

'Ja,' zei Robin, die nu echt haar geduld verloor. 'En dan zou ik van tevoren hebben geweten dat je er zo belachelijk over zou doen.'

De spanning van hun ruzie, lang niet de heftigste van die maand, was de hele zondag blijven hangen. Pas de afgelopen uren, met het vooruitzicht van de voetbalwedstrijd om hem op te beuren, had Matthew weer wat vriendelijker tegen haar gedaan. Robin had zelfs aangeboden een biertje voor hem te pakken in de keuken en hem een kus op het voorhoofd gedrukt voordat ze, met een bevrijd gevoel, naar boven ging voor de gekleurde contactlenzen en haar voorbereidingen voor de volgende dag.

Haar ogen begonnen langzaam wat minder oncomfortabel aan te voelen als ze veel knipperde. Robin schoof over het bed heen naar haar laptop. Toen ze die naar zich toe trok, zag ze dat er zojuist een mail van Strike was binnengekomen.

Robin,
Bijgevoegd het zoekresultaat voor de Winns.
Bel je nog voor korte bespreking voor morgen.
CS

Het ergerde Robin. Strike zou 'de gaten opvullen' en de avondklussen doen. Dacht hij nou echt dat zij dat weekend had stilgezeten? Toch klikte ze de eerste bijlage aan, een document waarin de vruchten van Strikes online zoekwerk waren opgesomd.

Geraint Winn
Geraint Ifon Winn, geb. 15 juli 1950 in Cardiff. Vader mijnwerker. Atheneumdiploma, later Della ontmoet op universiteit Cardiff. Was 'onroerendgoedadviseur' voordat hij haar rechterhand werd en na de verkiezingen haar kantoor in het parlement ging runnen. Geen bijzonderheden over vorige loopbaan te vinden online. Nooit een bedrijf gehad op zijn naam. Woont met Della aan Southwark Park Road in Bermondsey.

Strike was erin geslaagd een paar foto's op te diepen – van slechte kwaliteit – waarop Winn samen met zijn bekende echtgenote te zien was, foto's die Robin zelf ook al had gevonden en had opgeslagen op haar laptop. Ze wist hoeveel moeite het Strike gekost moest hebben om een afbeelding van Geraint op te sporen, want zelf had ze er de vorige nacht, toen Matthew lag te slapen, ook lang over gedaan. Persfotografen leken hem niet te beschouwen als iemand die veel toevoegde op hun kiekjes. Geraint Winn was een magere, kalende man zonder bovenlip, met een bril met fors montuur, een slap kinnetje en een flinke overbeet. Dat alles bij elkaar genomen maakte dat hij Robin deed denken aan een gekko.

Strike had ook informatie bijgevoegd over de minister van Sport.

Della Winn
Geb. 8 augustus 1947, meisjesnaam Jones. Opgegroeid in Vale of Glamorgan, Wales. Beide ouders leraar. Blind vanaf de geboorte door bilaterale microfthalmie. Van 5 tot 18 jaar blindeninstituut St Enodoch. Als tiener diverse zwemtitels behaald. (Zie bijgevoegde artikelen voor meer details, ook over liefdadigheidsinstelling The Playing Field.)

Ook al had Robin dat weekend zo veel over Della Winn gelezen als ze maar kon vinden, ze werkte zich braaf door beide artikelen heen. Er stond weinig in wat ze nog niet wist.

Della had gewerkt voor een prominente mensenrechtenorganisatie voordat ze zich succesvol kandidaat stelde in het kiesdistrict in Wales waar ze was geboren. Ze was van oudsher voorvechtster voor sport in achterstandswijken, sporters met een beperking en projecten waarbij de sport werd ingezet bij de revalidatie van gewonde veteranen. De oprichting van haar liefdadigheidsinstelling The Level Playing Field, ter ondersteuning van jonge sporters en mensen die, hetzij door armoede, hetzij door een lichamelijke beperking, een achterstand hadden, had veel aandacht gekregen in de pers. Veel bekende sporters hadden hun tijd geschonken aan het goede doel.

In beide door Strike bijgevoegde artikelen stond iets wat Robin al had gevonden met haar eigen speurwerk: het echtpaar Winn had, net als de Chiswells, een kind verloren. De dochter van Della en

Geraint, hun enige kind, had zelfmoord gepleegd op haar zestiende, een jaar voordat Della het parlement in ging. Deze tragedie werd vermeld in elk achtergrondverhaal dat Robin had gelezen over Della Winn, zelfs in de artikelen waarin ze werd bejubeld om alles wat ze had bereikt. In haar sprekersdebuut in het parlement had ze haar steun geuit voor een nog op te richten hotline tegen pesten, maar verder sprak ze zelf nooit over de dood van haar kind.

Robins mobiel ging. Ze nam op nadat ze had gecontroleerd of de slaapkamerdeur goed dicht was.

'Dat is snel,' zei Strike met een mond vol Singapore-noedels. 'Sorry, ik had niet verwacht dat je meteen zou opnemen. Chinees gehaald.'

'Ik heb je mail gelezen,' zei Robin. Ze hoorde een metalige klik en nam aan dat hij een blik bier opentrok. 'Heel nuttig, dank je.'

'Heb je je vermomming geregeld?'

'Ja,' zei Robin, en ze draaide zich om om zichzelf in de spiegel te bekijken. Het was gek dat een andere kleur ogen je gezicht zo veranderde. Ze was van plan straks een bril met ongeslepen glazen te dragen over haar bruine ogen.

'En weet je genoeg over Chiswell om je voor te doen als zijn petekind?'

'Natuurlijk,' antwoordde Robin.

'Vertel,' zei Strike. 'Eens kijken of ik onder de indruk ben.'

'Geboren in 1944,' zei Robin onmiddellijk, zonder haar aantekeningen te raadplegen. 'Klassieke talen gestudeerd aan Merton College in Oxford, daarna bij de Queen's Own Hussars gegaan, actieve dienst in Aden en Singapore. Eerste vrouw Lady Patricia Fleetwood, drie kinderen: Sophia, Isabella en Freddie. Sophia is getrouwd en woont in Northumberland, Isabella runt Chiswells kantoor in het parlement...'

'O ja?' vroeg Strike, en het klonk enigszins verbaasd. Robin was blij dat ze iets had ontdekt wat hij niet wist.

'Is dat de dochter die jij kende?' vroeg ze, want ze herinnerde zich dat Strike daar iets over had gezegd op kantoor.

'"Kennen" is een groot woord. Ik heb haar samen met Charlotte een paar keer ontmoet. Iedereen noemde haar "Izzy Chizzy", zo'n typische bijnaam uit de betere klasse.'

'Lady Patricia is gescheiden van Chiswell nadat hij een politiek verslaggeefster zwanger had ge...'

'Met als resultaat die teleurstellende zoon van de kunstgalerie.'

'Precies.'

Robin schoof wat met de muis om een foto aan te klikken die ze had opgeslagen, deze keer van een donkere, tamelijk knappe man in een antracietgrijs pak die de trap van een rechtbankgebouw op liep naast een stijlvolle vrouw met zwart haar en een zonnebril die sterk op hem leek, al was ze op het eerste oog niet oud genoeg om zijn moeder te kunnen zijn.

'Maar Chiswell en de verslaggeefster zijn niet lang na Raphaels geboorte uit elkaar gegaan,' zei Robin.

'De familie noemt hem Raff,' zei Strike, 'en de tweede vrouw moet hem niet, zij vindt dat Chiswell hem had moeten onterven na dat auto-ongeluk.'

Robin maakte nog een aantekening.

'Fijn, dank je wel. Met Chiswells huidige vrouw, Kinvara, ging het vorig jaar niet goed,' vervolgde ze, en ze klikte een foto aan van Kinvara, een rondborstige vrouw met rood haar die een nauwsluitende zwarte jurk en een zware diamanten halsketting droeg. Ze was wel dertig jaar jonger dan Chiswell en keek met een pruilmondje de camera in. Als ze niet beter had geweten, zou Robin hen eerder hebben ingeschat als vader en dochter dan als echtpaar.

'Wegens "zware oververmoeidheid",' was Strike haar voor. 'Ja, hoor. Wat denk jij, drank of drugs?'

Robin hoorde een metalig geluid en nam aan dat Strike zojuist een leeg Tennent's-blik in de kantoorprullenbak had gemikt. Hij was dus alleen. Lorelei kwam nooit in het zolderflatje boven de zaak.

'Wie zal het zeggen,' zei Robin, haar blik nog altijd op Kinvara Chiswell gericht.

'Nog één ding,' zei Strike. 'Dat komt net binnen. Er zijn een paar vermiste kinderen geweest in Oxfordshire rond de tijd van Billy's verhaal.'

Er viel een korte stilte.

'Ben je er nog?' vroeg Strike.

'Ja... Ik dacht dat jij niet geloofde dat Chiswell een kind heeft gewurgd?'

'Klopt,' zei Strike. 'Het komt niet overeen met de tijden, en als Jimmy zou weten dat een Tory-minister een kind heeft gewurgd, zou hij vast niet twintig jaar gewacht hebben om te proberen daar munt uit te slaan. Maar toch zou ik willen weten of Billy het zich inbeeldt dat hij iemand gewurgd heeft zien worden. Ik ga nu wat graven in de namen die Wardle me heeft gegeven, en als er iets bij zit wat op mij geloofwaardig overkomt, zal ik jou misschien vragen Izzy uit te horen. Wie weet herinnert zij zich iets over een verdwenen kind in de buurt van Chiswell House.'

Robin zei niets.

'Zoals ik in de pub al zei: Billy is geestesziek. Het verhaal zal wel nergens op gebaseerd zijn,' zei Strike, en het klonk enigszins verdedigend. Zoals Robin en hij beiden maar al te goed wisten, had hij in het verleden wel vaker betaalde klussen en rijke klanten van de hand gewezen om raadsels op te lossen die anderen misschien zouden hebben laten liggen. 'Ik heb alleen...'

'... geen rust voordat je ernaar gekeken hebt,' zei Robin. 'Oké, ik begrijp het.'

Ze kon niet zien dat Strike grinnikend in zijn vermoeide ogen wreef.

'Nou, veel succes morgen,' zei hij. 'Bel me op mijn mobiel als je me nodig hebt.'

'Wat ga je doen?'

'Administratie. De ex van Jimmy Knight werkt niet op maandag. Dinsdag ga ik haar opzoeken in Manchester.'

Robin voelde plotseling een vlaag van nostalgisch verlangen naar het jaar daarvoor, toen Strike en zij samen een autorit hadden ondernomen om vrouwen te verhoren die waren achtergelaten door gevaarlijke mannen. Ze vroeg zich af of hij daar ook aan had moeten denken bij het plannen van deze trip.

'Zit je Engeland-Italië te kijken?' vroeg ze.

'Ja,' antwoordde Strike. 'Er was verder toch niks, hè?'

'Nee,' antwoordde Robin haastig. Het was niet haar bedoeling geweest de indruk te wekken dat ze hem langer dan nodig wilde ophouden. 'Ik spreek je snel weer.'

Ze brak zijn afscheidswoorden af en gooide de mobiel op het bed.

13

Ik laat me niet murw slaan door de angst voor wat er zou kunnen gebeuren.

Henrik Ibsen, *Rosmerholm*

De volgende morgen werd Robin hijgend wakker, met haar vingers aan haar keel, waar ze een niet-bestaande greep probeerde af te weren. Ze was al bij de deur van de slaapkamer toen Matthew wakker werd en verbaasd naar haar keek.

'Niks aan de hand,' mompelde ze voordat hij een vraag kon formuleren, en ze tastte naar de deurklink die haar uit de slaapkamer moest bevrijden.

Het verbaasde haar vooral dat het niet eerder was gebeurd na het horen van het verhaal over het gewurgde kind. Robin wist precies hoe het voelde als een hand zich om je hals sloot, als je hersenen werden overspoeld door duisternis; hoe het voelde om te weten dat je binnen een paar tellen voorgoed weggevaagd zou worden. Ze had niet kunnen ontkomen aan therapie, door alle scherpe herinneringen, fragmenten die afweken van wat het geheugen normaal gesproken voortbracht, en die haar plotseling uit haar lichaam konden sleuren, terug naar een verleden waarin ze de met nicotine bevlekte vingers van de man die haar wurgde kon ruiken en ze tegen haar rug onder diens sweatshirt de weke buik van de man met het mes voelde.

Ze deed de badkamerdeur op slot en liet zich op de vloer zakken in haar grote, wijde slaapshirt terwijl ze zich concentreerde op haar ademhaling, op het gevoel van de koude tegels onder haar blote benen terwijl ze luisterde, zoals ze had geleerd, naar het snelle bonzen van haar hart en de adrenaline die door haar aderen raasde. Niet vechten tegen de paniek maar ernaar kijken. Na een poos snoof ze de vage geur op van de lavendelbodywash die ze de vorige avond had gebruikt, en ze luisterde naar een vliegtuig in de verte.

Je bent veilig. Het is maar een droom. Gewoon een droom.

Door twee gesloten deuren heen hoorde ze Matthews wekker gaan. Een paar minuten later klopte hij op de deur. 'Gaat het?'

'Ja, hoor,' riep Robin boven het geluid van het stromende water uit. Ze deed de deur open.

'Alles goed hier?' vroeg hij, en hij bekeek haar aandachtig.

'Ik moest alleen plassen,' zei Robin opgewekt, en ze liep terug naar de slaapkamer om haar gekleurde contactlenzen in te doen.

Voordat ze bij Strike ging werken, had Robin zich ingeschreven bij een uitzendbureau: Temporary Solutions. De kantoren waar ze haar naartoe hadden gestuurd waren in haar herinnering allemaal door elkaar gaan lopen tot één brij, waarvan alleen de vreemde, afwijkende uitschieters haar bijgebleven waren. Ze herinnerde zich de alcoholistische baas wiens gedicteerde brieven ze uit mededogen had herschreven; de bureaulade waarin ze een volledig kunstgebit en een vieze onderbroek had aangetroffen; de hoopvolle jongeman die haar 'Bobbie' had genoemd en onhandig had geprobeerd, over hun ruggelings tegen elkaar geplaatste computerschermen heen, met haar te flirten; de vrouw die haar werkhokje had behangen met foto's van de acteur Ian McShane; het meisje dat het midden in de kantoortuin per telefoon had uitgemaakt met haar vriend, zonder zich iets aan te trekken van de nieuwsgierige stilte die om haar heen was gevallen. Robin betwijfelde of ook maar iemand van de mensen met wie ze slechts vage blikken had gewisseld meer van haar was bijgebleven dan haar van hen, zelfs de schuchtere jongen die haar Bobbie had genoemd.

Maar vanaf het allereerste moment dat ze het paleis van Westminster, het parlementsgebouw, betrad, wist ze dat wat hier ging gebeuren haar altijd zou bijblijven. Er trok een aangename huivering door haar heen toen ze de toeristen achter zich liet en het hek door liep waar de politie de wacht hield. Toen ze het paleis naderde, met het gouden lijstwerk dat diepe schaduwen wierp in de vroege ochtendzon en de beroemde klokkentoren die in silhouet afstak tegen de hemel, namen haar zenuwen en haar opwinding toe.

Strike had haar verteld welke deur ze moest nemen. Die voerde naar een lange, schemerig verlichte stenen gang, maar eerst moest ze door een metaaldetector en een röntgenpoort zoals die ook werden gebruikt op vliegvelden. Toen ze haar schoudertas afnam om die te laten scannen, zag Robin een eindje verderop een lange, ietwat verfomfaaide blondine van in de dertig staan wachten met een pakje dat in bruin papier gewikkeld was. De vrouw keek toe hoe Robin stilstond om de automaat een foto te laten nemen die zou verschijnen op haar papieren dagpasje, dat ze aan een koord om de hals diende te dragen. Toen de beveiligingsman Robin doorwuifde, kwam de blondine naar haar toe.

'Venetia?'

'Ja,' zei Robin.

'Izzy,' zei de ander met een glimlach, en ze stak haar een hand toe. Ze droeg een ruimvallend bloesje met een vlekkerig dessin van grote bloemen op een broek met wijde pijpen. 'Dit komt van paps.' Ze drukte Robin het pakje in handen. 'Het spijt me *enurm*, we moeten opschieten. Heel blij dat je op tijd bent.'

Ze zette er flink de pas in, en Robin moest zich haasten om haar bij te houden.

'Ik ben bezig een berg papieren te printen die ik naar paps moet brengen op het ministerie van Cultuur. Ik kom óm in het werk. Nu paps minister van Cultuur is en de Olympische Spelen eraan komen, is het een gekkenhuis.'

Ze ging Robin half op een drafje voor door de gang, waarvan het achterste gedeelte glas-in-loodramen had, en daarna een soort doolhof van gangetjes in, al die tijd doorpratend, zelfverzekerd en met een chique tongval. Robin was onder de indruk van haar volume.

'*Yah*, met het zomerreces vertrek ik hier. Ik ga een interieurbedrijfje beginnen met mijn vriendin Jacks. Ik werk hier nu vijf jaar. Paps is er niet blij mee, hij zoekt een enúrm goede rechterhand en de enige sollicitant die hem aanstond heeft ons laten zitten.'

Ze praatte over haar schouder tegen Robin, die haar maar amper kon bijbenen.

'Jij kent zeker niet toevallig een fantástische personal assistant?'

'Ik ben bang van niet,' antwoordde Robin, die geen vrienden had overgehouden aan haar uitzendperiode.

'We zijn er bijna,' zei Izzy terwijl ze Robin voorging door een verbijsterende hoeveelheid smalle gangen, allemaal gestoffeerd met tapijt in dezelfde kleur mosgroen als de leren stoelen die Robin kende van het Lagerhuis op tv. Ze waren aangekomen bij een zijgangetje waar diverse zware houten deuren op uitkwamen, in gotische boogvorm.

'Daar,' zei Izzy op luide fluistertoon, 'is Winns kamer. En hier...' ze beende naar de laatste deur links, 'zitten wij.' Ze deed een stapje opzij om Robin als eerste binnen te laten.

Het kantoor was klein, vol en rommelig. Voor de stenen boogramen hing vitrage en erachter lag het terras, waar schaduwen zich bewogen tegen de verblindende felheid van de Theems. In de kamer stonden twee bureaus, een heleboel boekenkasten en een doorgezakte groene fauteuil. Groene gordijnen hingen half voor de uitpuilende boekenkast die één hele wand besloeg, en ze onttrokken de slordige stapels dossiers die overal lagen maar half aan het zicht. Boven op een dossierkast stond een tv-monitor, waarop de op dat moment verlaten zaal van het Lagerhuis te zien was, de groene bankjes leeg. Op een lage plank met vlekkerig behang erboven stond een waterkoker met een aantal verschillende, niet bij elkaar passende bekers. De printer in een hoek zoemde schor. Een deel van de papieren die hij uitbraakte waren op het sleetse tapijt beland.

'O, shit.' Izzy snelde erheen om ze op te rapen terwijl Robin de deur achter hen dichtdeed. Izzy schoof de papieren op haar bureau bijeen tot een net stapeltje en zei: 'Ik ben zó blij dat paps jou hierheen heeft gehaald. De spanningen liepen vréselijk op, en dat kan hij nu niet gebruiken, met alles wat er speelt. Maar Strike en jij lossen het wel voor hem op, toch? Winn is een afschuwelijk mannetje,' voegde Izzy eraan toe, en ze pakte een leren map. 'Ongeschikt. Hoe lang werk je al voor Strike?'

'Een paar jaar,' zei Robin, en ze trok het papier van het pakje dat Izzy haar had gegeven.

'Ik heb hem ontmoet, heeft hij je dat verteld? Yah, ik heb bij zijn ex op school gezeten, Charlie Campbell. Bloedmooi, maar ze brengt een hoop onrust met zich mee, Charlie. Ken je haar?'

'Nee,' zei Robin. Een bijna-botsing voor de deur van Strikes kantoor was haar enige contact geweest met Charlotte.

'Ik ben altijd een beetje verliefd geweest op Strike,' zei Izzy.

Robin keek verbaasd om, maar Izzy zat met een onbewogen gezicht papieren in de map te stoppen.

'Yah, anderen zagen niet wat er zo aantrekkelijk aan hem was, maar ik wel. Hij was zo stoer mannelijk en... schaamteloos.'

'Schaamteloos?' herhaalde Robin.

'Yah. Hij laat niet met zich sollen. Het kon hem geen reet schelen dat de mensen hem... Dat hij in de ogen van anderen...'

'Niet goed genoeg voor haar was?'

Zodra de woorden haar mond verlaten hadden, voelde Robin zich opgelaten. Ze had zich opeens merkwaardig beschermend gevoeld ten opzichte van Strike. Dat sloeg natuurlijk nergens op; als er iemand voor zichzelf kon opkomen, was hij het wel.

'Zoiets, ja,' zei Izzy, die nog op de printer wachtte. 'Het is een vreselijke tijd geweest voor paps, de afgelopen maanden. En wat hij heeft gedaan is helemaal niet verkeerd!' zei ze fel. 'Het ene moment is het legaal, en dan ineens niet meer. Daar kan paps niks aan doen.'

'Wat is niet meer legaal?' vroeg Robin onschuldig.

'Sorry,' antwoordde Izzy, vriendelijk maar vastberaden. 'Hoe minder mensen het weten, hoe beter, zegt paps.'

Ze gluurde door de vitrage naar de hemel. 'Ik hoef geen jas aan, toch? Nee... Sorry dat ik weg moet, maar paps heeft deze nodig en hij heeft om tien uur een afspraak met de olympische sponsors. Veel succes.'

En weg was ze, in een vlaag van gebloemde stof en warrig haar. Robin bleef nieuwsgierig maar op een vreemde manier gerustgesteld achter. Als Izzy zo'n vrijmoedige kijk had op het vergrijp van haar vader, kon het vast niet iets vreselijks zijn – ervan uitgaande dat Chiswell zijn dochter de waarheid had verteld natuurlijk.

Robin scheurde het laatste stuk papier van het pakje dat Izzy haar had gegeven. Daarin zaten, zoals ze al had geweten, de vijf afluisterapparaatjes die Strike dat weekend had afgegeven bij Jasper Chiswell. Als minister hoefde Chiswell niet iedere morgen door de detectiepoortjes, zoals Robin. Ze bekeek de apparaatjes aandachtig. Ze zagen eruit als gewone stopcontacten. Je kon ze over de bestaande aanbrengen, zodat die laatste normaal bleven werken. De apparaatjes begonnen pas met opnemen als er in de nabijheid werd gesproken. Robin hoorde haar eigen hartslag in de stilte die was gevolgd op Izzy's vertrek. Het drong nu pas goed tot haar door welke lastige taak er voor haar lag.

Ze trok haar jas uit, hing hem aan een haakje en pakte toen een grote doos tampons uit haar tas, die ze had gekocht om de afluisterapparaatjes die ze niet gebruikte in te verbergen. Nadat ze ze allemaal op één na in de doos had gestopt, legde ze die in de onderste la van haar bureau. Vervolgens zocht ze de rommelige boekenplanken af tot ze een lege archiefdoos had gevonden, waarin ze het laatste afluisterapparaatje legde, afgedekt met een handvol brieven met tikfouten die ze van een stapel in het bakje 'voor de versnipperaar' pakte. Daarmee gewapend haalde ze een keer diep adem en liep het kantoortje uit.

Winns deur stond nu open. Toen Robin erlangs liep, zag ze een lange Aziatische man met een bril met dikke glazen staan, met een waterkoker in zijn hand.

'Hallo!' zei Robin onmiddellijk, waarbij ze de doortastende, opgewekte houding van Izzy imiteerde. 'Ik ben Venetia Hall, wij zijn buren! Wie ben jij?'

'Aamir,' mompelde de ander met een Londens arbeidersaccent. 'Mallik.'

'Werk je voor Della Winn?' vroeg Robin.

'Ja.'

'O, ze is zó inspirerend,' zei Robin dweperig. 'Een van mijn heldinnen, kan ik wel zeggen.'

Aamir antwoordde niet, maar hij leek niets liever te willen dan met rust gelaten worden. Robin voelde zich een terriër die een renpaard probeerde aan te vallen.

'Werk je hier al lang?'

'Een half jaar.'

'Ben je op weg naar de koffiehoek?'

'Nee,' zei Aamir, alsof ze hem een oneerbaar voorstel had gedaan, en hij wendde scherp af naar de toiletten.

Robin liep door met de archiefdoos in haar handen, en ze vroeg zich af of ze zich de vijandigheid van de jongeman had ingebeeld. Misschien was het gewoon verlegenheid geweest. Het zou nuttig zijn om een vriend te hebben bij Winn op kantoor. Het was een belemmering dat ze zich moest uitgeven voor een Izzy-achtig petekind van Jasper Chiswell. Onwillekeurig dacht ze dat Robin Ellacott uit Yorkshire makkelijker vriendschap zou hebben gesloten met Aamir.

Nu ze zogenaamd doelbewust Izzy's kamer uit gelopen was, besloot ze nog even op onderzoek uit te gaan voordat ze terugging.

De kantoren van Chiswell en van Winn waren in het parlementsgebouw zelf, het paleis van Westminster, dat met zijn boogplafonds, bibliotheken, theesalons en de uitstraling van comfortabele grandeur veel weg had van een oud universiteitsgebouw.

Een half overdekte corridor, bewaakt door grote stenen beelden van een eenhoorn en een leeuw, leidden naar een roltrap die uitkwam in Portculis House. Dat was een modern Crystal Palace, met een glazen vouwdak, driehoekige panelen die op hun plaats gehouden werden door dikke zwarte steunen. Eronder was een grote open ruimte met een lunchroom, waar parlementsleden zich mengden onder de ambtenaren. Geflankeerd door volgroeide bomen veranderden de lange, ondiepe overdekte waterbakken door de junizon in oogverblindende stroken kwikzilver.

Er hing een gonzende, ambitieuze huivering in de lucht, het gevoel deel uit te maken van een vitale wereld. Onder het plafond van kunstzinnig gefragmenteerd glas passeerde Robin parlementair verslaggevers op leren banken die allemaal met hun telefoon in de weer waren, op een laptop tikten of politici onderschepten om hun om commentaar te vragen. Robin vroeg zich af of ze hier graag gewerkt zou hebben als ze nooit bij Strike terechtgekomen was.

Haar verkenningstocht eindigde in het derde, armoedigste en minst interessante van de gebouwen waar de parlementsleden kantoor hielden. Het had niet eens de uitstraling van een driesterrenhotel, met versleten tapijten, vaalwitte muren en rijen identieke deuren. Robin draaide zich om, nog steeds met de archiefdoos in haar handen, en vijftig minuten nadat ze was vertrokken liep ze opnieuw langs Winns deur. Nadat ze snel had vastgesteld dat de gang verlaten was, legde ze haar oor tegen het dikke eikenhout. Ze meende binnen beweging te horen.

'Hoe gaat het?' vroeg Izzy toen Robin een paar minuten later haar kamer weer binnenkwam.

'Ik heb Winn nog niet gezien.'

'Misschien is hij op het ministerie. Hij grijpt ieder excuus aan om bij Della langs te gaan,' zei Izzy. 'Wil je koffie?'

Maar voordat ze van haar bureau kon opstaan, ging haar telefoon.

Terwijl Izzy een woeste kiezer afwimpelde die er niet in was geslaagd kaarten te scoren voor het schoonspringen op de Olympische Spelen – 'Ja, ik kijk ook graag naar Tom Daley,' zei ze, terwijl ze geërgerd met haar ogen rolde naar Robin, 'maar de kaartjes zijn nu eenmaal verlóót, mevrouw' – schepte Robin oploskoffie in twee bekers en deed er lang houdbare melk bij. Hoe vaak had ze dit niet gedaan op al die kantoren waar ze het afschuwelijk vond? Ze was plotseling buitengewoon dankbaar dat ze voorgoed aan dat leven ontsnapt was.

'Opgehangen,' zei Izzy onverschillig, en ze legde de telefoon weg. 'Waar hadden we het over? O yah, Geraint. Hij is woest omdat Della hem niet tot SPAD heeft benoemd.'

'Wat is een SPAD?' vroeg Robin, die Izzy's koffie neerzette en zelf aan het andere bureau ging zitten.

'*Special adviser*, haar adviseur dus. Dan ben je een soort tijdelijke ambtenaar, maar wel een met heel veel aanzien. Alleen geef je zo'n baan niet aan familie, dat hoort niet. Geraint is sowieso een ramp, als het wel had gemogen zou ze hem ook niet als adviseur gewild hebben.'

'Ik heb daarnet Winns collega ontmoet,' zei Robin. 'Aamir. Deed niet erg vriendelijk.'

'O, dat is een rare,' zei Izzy smalend. 'Doet tegen mij ook hooguit beleefd. Waarschijnlijk omdat Geraint en Della de pest hebben aan paps. Ik heb nooit begrepen waarom, maar ze lijken ons allemaal te haten. O, dat zou ik bijna vergeten: paps heeft net een berichtje gestuurd. Mijn broer Raff komt later deze week hier meehelpen. Misschien,' voegde Izzy eraan toe, al klonk het weinig hoopvol, 'kan Raff mijn werk overnemen, als hij er iets van bakt. Maar Raff weet niets van de chantage of wie jij echt bent, dus mondje dicht, oké? Paps heeft veertien petekinderen, Raff kan dat toch allemaal niet bijhouden.'

Izzy nam een slokje van haar koffie en zei toen, plotseling ingetogen: 'Je zult het wel gehoord hebben, van Raff. Het heeft in alle kranten gestaan. Die arme vrouw... het was afschuwelijk. Ze had een dochtertje van vier...'

'Ik heb wel iets gezien,' zei Robin neutraal.

'Ik ben de enige in de familie die hem opzocht in de gevangenis,' zei Izzy. 'Iedereen was vol afkeer vanwege wat hij gedaan had. Kinvara – de vrouw van paps – zei dat hij levenslang had moeten krijgen, maar dat mens heeft geen idee,' vervolgde ze, 'hoe afgrijselijk het daar was. De mensen moesten eens weten hoe het in de gevangenis is. Ik bedoel, ik besef heus wel dat hij iets heel ergs heeft gedaan, maar...'

Ze maakte de zin niet af. Robin vroeg zich af, onaardig misschien, of Izzy niet eigenlijk bedoelde dat een verfijnde jongeman als haar broer niet in de gevangenis thuishoorde. Het was ongetwijfeld een akelige ervaring geweest, dacht ze, maar hij had per slot van rekening onder invloed van drugs een jonge moeder doodgereden.

'Ik dacht dat hij in een galerie werkte,' zei Robin.

'Bij Drummond, ja, maar daar heeft hij het verbruid,' zei Izzy met een zucht. 'Paps haalt hem eigenlijk alleen maar hierheen om een oogje op hem te kunnen houden.'

De salarissen werden hier uit de staatskas betaald, dacht Robin, en ze dacht aan de ongewoon korte gevangenisstraf die de ministerszoon had gekregen voor het dodelijke ongeluk dat hij onder invloed van drugs had veroorzaakt.

'Hoezo heeft hij het verbruid bij die galerie?'

Tot haar grote verbazing ging Izzy's treurige uitdrukking over in een plotselinge proestbui.

'O god, sorry, ik mag niet lachen. Hij heeft het met zijn collega-verkoopster gedaan op de wc,' zei ze hevig giechelend. 'Ik weet dat het heus niet grappig is, maar hij was net uit de gevangenis en Raff is een heel knappe jongen. Hij heeft altijd iedereen kunnen krijgen. Als je hem in een pak hijst en je zet hem ergens neer met een knap blondje dat net van de kunstacademie komt, wat denk je dan dat er gebeurt? Maar zoals je je misschien wel kunt voorstellen, was de eigenaar van de galerie er niet blij mee. Hij hoorde hoe die twee bezig waren en gaf Raff een laatste waarschuwing. Daarna deden Raff en dat meisje het nog een keer, en paps flipte helemaal en nu komt Raff dus hier werken.'

Robin kon er niet om lachen, maar Izzy leek het niet te merken. Ze ging helemaal op in haar eigen gedachten.

'Je weet nooit, misschien komt het dan wel goed tussen paps en Raff,' zei ze hoopvol, en ze keek op haar horloge.

'Ik moet wat mensen terugbellen,' zei ze daarna met een zucht. Ze zette haar koffiebeker weg en reikte naar de telefoon, maar haar hand verstarde toen op de gang achter de gesloten deur een zangerige mannenstem klonk.

'Daar heb je hem! Winn!'

'Nou, daar gaat-ie dan,' zei Robin, en ze pakte de archiefdoos weer.

'Succes,' fluisterde Izzy.

Toen Robin de gang op liep, zag ze Winn in de deuropening van zijn kantoor staan; waarschijnlijk praatte hij met Aamir daarbinnen.

Winn had een map in zijn hand waar in oranje letters THE LEVEL PLAYING FIELD op stond. Bij het horen van Robins voetstappen draaide hij zich naar haar om.

'Hé, hallo,' zei hij met een Cardiffse tongval, en hij deed een stapje terug de gang in.

Zijn blik gleed via Robins hals omlaag naar haar borsten en ging toen weer naar haar mond en ogen. Robin wist door die ene blik wat voor man hij was. Ze had ze zo vaak meegemaakt op diverse kantoren, de types die op zo'n manier naar je keken dat je je onhandig en opgelaten voelde, die een hand op je onderrug legden als ze vlak achter je de deur door liepen, die over je schouder gluurden, zogenaamd om op je monitor te kijken, en gewaagde opmerkingen maakten over je kleding, om tijdens de borrel na het werk over te gaan op opmerkingen over je figuur. Mannen die 'Geintje!' riepen als je kwaad werd en dan agressief reageerden op klachten.

'Hebben ze voor jou een gaatje gevonden hier?' vroeg Geraint, en uit zijn mond klonk het obsceen.

'Ik loop stage bij oom Jasper.' Robin glimlachte opgewekt.

'Oóm Jasper?'

'Ja, Jasper Chiswell.' Robin sprak de naam, net als de Chiswells zelf, uit als 'Chizzel'. 'Hij is mijn peetoom. Venetia Hall,' zei ze toen, en ze stak hem haar hand toe.

Alles aan Winn deed haar vaag denken aan een amfibie, tot aan zijn klamme handpalm. In het echt leek hij minder op een gekko, dacht ze, en meer op een kikker, met die dikke buik en dunne armen en benen, zijn piekerige haar nogal vet.

'Hoe is dat zo gekomen, dat Jasper je peetoom is?'

'O, oom Jasper en papa zijn oude vrienden,' zei Robin, die een compleet achtergrondverhaal had ingestudeerd.

'Uit het leger?'

'Landbeheer.' Robin bleef bij haar verhaal.

'Aha,' zei Geraint. En toen: 'Mooi haar. Is dat je eigen kleur?'

'Ja,' antwoordde Robin.

Zijn ogen gleden weer langs haar lichaam. Het kostte Robin grote moeite om naar hem te blijven glimlachen. Ze ging door met dwepen en giechelen tot haar kaakspieren pijn deden, zei instemmend dat ze zeker een gil zou geven als ze zijn hulp nodig had en liep toen eindelijk de gang op. Ze voelde dat hij haar nakeek tot ze uit het zicht verdwenen was.

Net zoals Strike na het ontdekken van Jimmy Knights proceszieke gedrag, was Robin er nu van overtuigd dat ze zojuist een bruikbaar inkijkje had gekregen in Winns zwakke punt. Ze was tot de ontdekking gekomen dat mannen als Geraint verbijsterend snel meenden dat hun lukraak rondgestrooide seksuele toenaderingen gewaardeerd en zelfs beantwoord werden. Ze had een niet onaanzienlijk deel van haar loopbaan als uitzendkracht besteed aan pogingen zich dergelijke mannen van het lijf te houden, mannen die allemaal hun wellustige uitnodigingen als hoogst aangenaam beschouwden, en voor wie jeugdige onervarenheid een onweerstaanbare verleiding vormde.

Hoe ver, vroeg ze zich af, was ze bereid te gaan in haar streven bruikbare informatie te achterhalen waarmee Winn in diskrediet gebracht kon worden? Terwijl ze zogenaamd doelgericht door de eindeloze gangen liep, alsof ze elders een stapel paperassen moest afgeven, zag Robin zichzelf in gedachten al over zijn bureau gebogen staan op een moment dat die lastige Aamir even weg was; met haar borsten op ooghoogte vroeg ze Winn om hulp en advies, giechelend om zijn ranzige grappen.

Toen zag ze, met een plotselinge vlaag van akelig scherpe verbeeldingskracht, Winn met zijn bezwete gezicht op zich afkomen, de liploze mond opengesperd, en ze voelde zijn handen op haar armen, die hij tegen haar zij klemde terwijl hij zijn dikke buik tegen haar aan drukte en haar met haar rug tegen een dossierkast duwde...

Het eindeloze groen van tapijt en stoelen, de donkere houten bogen en lambrisering leken wazig te worden en te krimpen toen Winns ingebeelde versierpoging overging in een regelrechte belaging. Ze duwde de deur voor haar neus open alsof ze daarmee fysiek aan haar paniek kon ontsnappen...

Doorademen. Doorademen. Doorademen.

'Het is wat overweldigend als je het voor het eerst ziet, hè?'

De man klonk vriendelijk en niet al te jong.

'Ja.' Robin wist amper wat ze zei. *Doorademen.*

'Uitzendkracht, zeker?' Gevolgd door: 'Gaat het wel, meiske?'

'Astma,' zei Robin.

Die smoes had ze eerder gebruikt. Het gaf haar een excuus om te blijven staan, diep in en uit te ademen en zich weer te verankeren in de werkelijkheid.

'Heb je geen puffer?' vroeg de oudere gastheer bezorgd. Hij was in rokkostuum, een zwierig kenmerk van zijn functie. Bij het zien van deze onverwachte grandeur moest Robin opeens denken aan het witte konijn dat opdook te midden van alle gekte.

'Die ligt nog in mijn kantoor. Het gaat wel over, ik moet gewoon even...'

Ze was al strompelend terechtgekomen in een omgeving vol goud en kleuren die het drukkende gevoel alleen maar versterkten. De Members' Lobby, die bekende, rijkversierde victoriaans-gotische zaal die ze van de televisie kende, lag pal naast het Lagerhuis, en aan de rand van haar gezichtsveld doemden vier gigantische bronzen beelden op van voormalige premiers – Thatcher, Attlee, Lloyd George en Churchill – terwijl langs de hele wand borstbeelden van alle anderen stonden. Ze deden Robin denken aan afgehakte hoofden, en het verguldsel, met de ingewikkelde tracering en rijkgekleurde versiersels, danste om haar heen, jouwde haar uit omdat ze niet kon genieten van al die pracht en praal.

Ze hoorde stoelpoten schrapen. De oudere gastheer had een stoel voor haar gepakt en vroeg nu een collega om een glas water voor haar te halen.

'Dank u wel... dank u wel,' zei Robin mat, en ze voelde zich onbekwaam, beschaamd en opgelaten. Strike mocht dit nooit te weten komen. Hij zou haar naar huis sturen, zeggen dat ze niet geschikt was voor deze klus. En ze moest het ook verzwijgen voor Matthew, die dit soort aanvallen afdeed als de beschamende, onvermijdelijke consequenties van haar domme beslissing om detectivewerk te blijven doen.

De gastheer sprak haar vriendelijk toe terwijl ze langzaam tot zichzelf kwam, en binnen een paar minuten was ze in staat om gepast te reageren op zijn goedbedoelde gebabbel. Terwijl haar ademhaling gestaag weer normaal werd, vertelde hij het verhaal over het borstbeeld van Edward Heath dat groen uitgeslagen was na de komst van het levensgrote Thatcher-beeld naast hem, en dat er een speciale behandeling nodig was geweest om het de oorspronkelijke donkere bronstint terug te geven.

Robin lachte beleefd, kwam overeind en bedankte hem nogmaals toen ze hem het lege glas teruggaf.

Wat voor speciale behandeling zou zíj nodig hebben, vroeg ze zich af toen ze wegliep, om weer de oude te worden?

14

… hoe gelukkig ik zou moeten zijn als ik erin zou slagen wat licht te brengen in al deze duistere ellende.

Henrik Ibsen, *Rosmersholm*

Dinsdagmorgen stond Strike vroeg op. Nadat hij had gedoucht, zijn prothese had aangebracht en zich had aangekleed, vulde hij een thermosfles met donkerbruine thee, pakte de boterhammen die hij de vorige avond had gesmeerd uit de koelkast en stopte ze in een tas, samen met twee pakken chocoladekoekjes, kauwgum en een paar zakken *salt & vinegar*-chips. Toen liep hij naar buiten, de zon in, op weg naar de garage waar zijn BMW stond. Hij had om half één een afspraak bij een kapster in Manchester, de ex-vrouw van Jimmy Knight.

Eenmaal in de auto, met zijn zak met proviand binnen handbereik, trok Strike de gymschoenen aan die hij voor dat doel op de achterbank had liggen, waarin zijn nepvoet meer grip had op de rem. Toen pakte hij zijn mobiel en stelde een bericht op voor Robin.

Strike had de namen die Wardle hem had gegeven als uitgangspunt genomen en een groot deel van de maandag doorgebracht met onderzoek, zo goed en zo kwaad als het ging, naar de vermissing van de twee kinderen in de omgeving van Oxfordshire twintig jaar eerder waarover de politie hem had verteld. Wardle bleek de voornaam van het jongetje verkeerd gespeld te hebben, hetgeen Strike tijd had gekost, maar uiteindelijk was hij erin geslaagd persverslagen uit de archieven op te diepen over Imamu Ibrahim; Imamu's moeder had verzekerd dat haar man, met wie ze niet meer samen was, het jongetje had ontvoerd en had meegenomen naar Algerije. Strike was uiteindelijk gestuit op twee regels informatie over Imamu en zijn moeder op de site van een organisatie die werkte aan het oplossen van internationale voogdijkwesties. Daaruit had Strike moeten concluderen dat Imamu levend en wel was aangetroffen bij zijn vader.

Het lot van Suki Lewis, het meisje van twaalf dat was weggelopen uit een tehuis, was mysterieuzer. Strike had uiteindelijk een foto van haar gevonden, diep weggestopt in een oud nieuwsbericht. Suki was in 1992 weggelopen uit het kindertehuis waar ze woonde, en van daarna had Strike niets over haar kunnen vinden. De wazige foto toonde een kind in de groei met grote tanden, fijne gelaatstrekken en kort donker haar.

Het was een klein meisje, maar later zeiden ze dat het een jongetje was.

Het zou dus kunnen dat er een kwetsbaar, androgyn kind van de aardbodem verdwenen was rond dezelfde tijd en in dezelfde omgeving waar Billy Knight naar eigen zeggen een jongetje-meisje gewurgd had zien worden.

In de auto stuurde hij zijn bericht naar Robin.

Vraag eens aan Izzy, langs je neus weg, als dat lukt, of zij zich nog iets herinnert over Suki Lewis, meisje van 12. Ze is 20 jr geleden weggelopen uit een tehuis vlak bij hun woning.

Het stof op zijn voorruit glinsterde en werd wazig in de opkomende zon toen hij Londen uit reed. Autorijden was niet meer het genoegen dat het vroeger was geweest. Strike had geen geld om een aangepaste auto te kopen, en ook al was dit een automaat, het bedienen van de pedalen van de BMW bleef lastig met zijn prothese. Als het er echt op aankwam, viel hij soms terug op remmen en gasgeven met links.

Toen hij eindelijk invoegde op de M6 hoopte Strike een tempo van een kleine honderd kilometer per uur te kunnen aanhouden, maar een of andere eikel in een Opel Corsa besloot achter op zijn bumper te gaan rijden.

'Haal dan verdomme in,' gromde Strike. Hij was niet van plan zelf zijn snelheid aan te passen; hij reed nu net lekker zonder onnodig zijn prothesevoet te hoeven gebruiken, en hij bleef een tijdje boze blikken in zijn achteruitkijkspiegel werpen, tot de bestuurder van de Corsa de boodschap begreep en ervandoor ging.

Zo ontspannen als voor hem tegenwoordig mogelijk was achter het stuur liet Strike het raampje zakken om de frisse lucht van deze mooie zomerdag binnen te laten, en hij stond zijn gedachten toe terug te keren naar Billy en de vermiste Suki Lewis.

Ik mag daar van haar vast niet graven, had Billy bij Strike op kantoor gezegd, dwangmatig zijn neus en borst aantikkend, *maar u mag dat misschien wel.*

Van wie zou dat niet mogen, vroeg Strike zich af. Misschien de nieuwe eigenares van Steda Cottage? De kans was groot dat die bezwaar maakte als Billy de bloemborders wilde omspitten op zoek naar een lijk.

Nadat hij met zijn linkerhand in de tas met eten had gegraaid, er een zak chips uit had gehaald en die met zijn tanden had opengetrokken, herinnerde Strike zichzelf er voor de zoveelste keer aan dat het hele verhaal van Billy misschien wel een hersenschim was. Suki Lewis kon overal zijn. Niet ieder vermist kind was dood. Suki kon ook wel meegenomen zijn door een verwarde vader of moeder. Twintig jaar geleden, toen internet nog in de kinderschoenen stond, kon de haperende communicatie tussen regionale politiekorpsen worden uitgebuit door mensen die voor zichzelf of anderen een nieuw bestaan wilden. En zelfs als Suki niet meer leefde, was er niets wat erop wees dat ze gewurgd zou zijn, laat staan dat Billy Knight daar getuige van was geweest. De meeste mensen zouden ongetwijfeld concluderen dat dit een geval was van 'veel rook, geen vuur'.

Terwijl hij de chips met handenvol tegelijk naar binnen werkte, bedacht Strike peinzend dat wanneer het erom ging wat 'de meeste mensen' ergens van zouden denken, hij meestal zijn halfzus Lucy in gedachten nam, de enige van zijn zeven halfbroers en -zussen met wie hij zijn chaotische, nomadische jeugd deelde. Lucy was voor hem het summum van alles wat conventioneel en fantasieloos was, ook al hadden ze als kind genoeg macabere, gevaarlijke en angstaanjagende zaken van heel dichtbij meegemaakt.

Voordat Lucy op haar veertiende permanent bij hun oom en tante in Cornwall was gaan wonen, had hun moeder haar en Strike meegezeuld van kraakpand naar commune, van huurflat naar de huiskamervloer van vrienden; ze waren zelden langer dan een half jaar op één plek gebleven en Leda had haar kinderen in die tijd blootgesteld aan een hele stoet excentrieke, beschadigde en verslaafde wezens. Met zijn rechterhand aan het stuur en de linker tastend naar koekjes dacht Strike terug aan de nachtmerrieachtige spektakels waarvan Lucy en hij als kind getuige waren geweest: de psychotische jongen die vocht tegen een onzichtbare duivel in een souterrain in Shoreditch; de tiener die letterlijk de zweep had gekregen in een quasimystieke commune in Norfolk (wat Strike betrof nog steeds de ergste plek waar Leda hen ooit mee naartoe had genomen) en Shayla, een van Leda's meest kwetsbare vriendinnen en tevens parttimeprostituee, die het uitsnikte nadat een gewelddadige kortstondige verkering haar zoontje een hersenbeschadiging had bezorgd.

Door die onvoorspelbare en soms angstaanjagende jeugd snakte Lucy nu naar stabiliteit en conformiteit. Ze was getrouwd met een bouwkostencalculator aan wie Strike een hekel had, en ze had drie zoontjes die hij amper kende. Lucy zou Billy's verhaal over het gewurgde jongetje-meisje waarschijnlijk afdoen als het product van een geknakte geest en het gauw wegstoppen in een verre uithoek, samen met al het andere waar ze liever niet aan dacht. Lucy had er behoefte aan om te doen alsof geweld en vreemde zaken waren verdwenen in een verleden dat net zo dood was als hun moeder; om te doen alsof het leven onwrikbaar stabiel was nu Leda niet meer leefde.

Strike begreep dat wel. Hoe totaal verschillend ze ook waren en hoe vaak hij zich ook groen en geel aan haar ergerde, hij hield van Lucy. Toch kon hij het niet laten haar tijdens zijn rit naar Manchester te vergelijken met Robin. Robin was in Strikes ogen opgegroeid in het toppunt van kleinburgerlijke stabiliteit, maar ze was heel wat moediger dan Lucy. Beide vrouwen hadden te maken gehad met geweld en sadisme. Lucy had daarop gereageerd door zich te begraven op een plek waar ze hoopte dat die haar nooit meer zouden bereiken; Robin door er vrijwel dagelijks de confrontatie mee aan te gaan, door zich te storten op andere misdaden en trauma's, gedreven door de impuls om actief complicaties te ontwarren en de waarheid aan het licht te brengen; dezelfde impuls die Strike bij zichzelf herkende.

Terwijl de zon hoger aan de hemel klom, nog steeds glinsterend op de smoezelige voorruit, voelde hij een diepe spijt dat ze nu niet bij hem was. Zij was de beste persoon die hij ooit had gekend om een theorie mee te ontrafelen. Ze zou voor hem de dop van de thermosfles draaien en thee inschenken. *We zouden samen lol hebben.*

De afgelopen periode waren ze een paar keer teruggevallen in hun oude plagerige omgang met elkaar, sinds die keer dat Billy het kantoor was binnengevallen met een verhaal dat verontrustend genoeg was om de gereserveerdheid weg te nemen die in ruim een jaar tijd was verhard tot een blijvende belemmering voor hun vriendschap... of wat het ook was tussen ons, dacht Strike, en heel even voelde hij haar weer in zijn armen daar op de trap, rook hij weer de geur van witte rozen, het parfum dat altijd op kantoor hing als Robin aan haar bureau zat...

Met een soort inwendige grimas tastte hij naar een nieuwe sigaret, stak die op en dwong zichzelf om zich te concentreren op Manchester, op de vragen die hij van plan was te stellen aan Dawn Clancy, de vrouw die vijf jaar lang de echtgenote van Jimmy Knight was geweest.

15

Ja, het is een rare. Ze heeft altijd al een vreselijk air gehad...
Henrik Ibsen, *Rosmersholm*

Terwijl Strike in noordelijke richting reed, werd Robin zonder nadere uitleg gesommeerd voor een gesprek onder vier ogen met de minister van Cultuur in hoogsteigen persoon.

Terwijl ze in de zon naar het departement van Cultuur, Media en Sport liep, dat was gehuisvest in een groot negentiende-eeuws wit pand op een paar minuten afstand van de parlementsgebouwen, betrapte Robin zich erop dat ze bijna wenste dat ze een van de toeristen was die het trottoir overspoelden, omdat Chiswell chagrijnig had geklonken aan de telefoon.

Ze zou er veel voor overgehad hebben om de minister nuttige informatie over zijn afperser te kunnen overhandigen, maar aangezien ze hier pas anderhalve dag werkte, was er maar één ding dat ze met tamelijk grote zekerheid kon zeggen: haar eerste indruk van Geraint Winn was bevestigd. Hij was lui, hitsig, gewichtigdoenerig en indiscreet. De deur van zijn kantoor stond vrijwel altijd open, waardoor zijn zangerige stem de hele gang door galmde als hij, met een onbezonnen gebrek aan eerbied, praatte over de 'onbenullige probleempjes' van zijn kiezers of achteloos strooide met de namen van beroemdheden en hooggeplaatste politici, er voortdurend op gebrand over te komen als een man voor wie het runnen van een eenvoudig verkiezingskantoor slechts een onbelangrijk bijbaantje was.

Hij groette Robin joviaal vanachter zijn bureau wanneer ze langs zijn open deur liep en legde daarbij een gretig verlangen naar meer contact aan de dag. Maar Aamir Mallik dwarsboomde, al dan niet opzettelijk, al haar pogingen om deze begroetingen om te buigen tot een gesprekje, hetzij door haar te onderbreken met vragen voor Winn, hetzij, zoals hij nog maar een uur geleden had gedaan, door eenvoudigweg de deur voor haar neus dicht te duwen.

Vanbuiten was het grote, vierkante gebouw waar het ministerie van Cultuur, Media en Sport huisde niet erg geruststellend. Vanbinnen was het gemoderniseerd en hing het vol met moderne kunst, waaronder een abstracte glazen sculptuur die was bevestigd onder de koepel boven het centrale trappenhuis, waarlangs Robin naar boven werd gebracht door een efficiënt ogende jonge vrouw. Aangezien zij meende van doen te hebben met een petekind van de minister, deed Robins begeleidster haar uiterste best om haar allerlei hoogtepunten in het gebouw te tonen.

'De Churchill Room,' zei ze, en ze wees naar links toen ze rechtsaf gingen. 'Dat is het balkon waarop hij zijn toespraak heeft gegeven op Victory in Europe Day. Voor de minister moeten we deze kant op...'

Ze ging Robin voor door een brede gang vol bochten die tevens dienstdeed als kantoorruimte. Keurig geklede jonge mensen zaten aan een rij bureaus voor de lange ramen aan de rechterkant die uitkeken over een grote, vierkante binnenplaats. Die bood door zijn omvang en schaal de aanblik van een colosseum, en had hoge witte muren waar ramen in zaten. Het was een wereld van verschil met het krappe kantoortje waar Izzy oploskoffie dronk. Hier stond op een van de bureaus een groot, duur cupjesapparaat.

De kantoren links waren van de halfronde ruimte gescheiden door glazen muren en deuren. Robin zag de minister van Cultuur al van veraf: hij zat te telefoneren aan zijn bureau, onder een modern schilderij van de koningin. Hij gaf met een bruusk gebaar aan dat haar begeleidster Robin moest binnenlaten, en hij bleef aan de telefoon terwijl Robin enigszins opgelaten wachtte tot hij zijn gesprek zou beëindigen. Uit het toestel klonk een schelle vrouwenstem die Robin zelfs van ruim twee meter afstand hysterisch voorkwam.

'Ik moet gaan, Kinvara!' blafte Chiswell. 'Ja... we hebben het er nog over. Ik moet nú ophangen.'

Hij legde het toestel weg, hardhandiger dan nodig was, en wees Robin de stoel tegenover hem. Zijn stugge, steile haar piekte als een stralenkrans alle kanten op en zijn dikke onderlip gaf hem een nukkige, boze uitstraling.

'De kranten beginnen te snuffelen,' gromde hij. 'Dat was mijn vrouw. *The Sun* heeft haar vanmorgen gebeld om te vragen of de geruchten waar zijn. Ze vroeg: "Welke geruchten?" maar die kerel gaf geen details. Hij viste natuurlijk maar wat. Probeerde haar te overdonderen.'

Fronsend keek hij naar Robin, en de aanblik leek hem niet te bevallen.

'Hoe oud ben jij?'

'Zevenentwintig,' zei ze.

'Je ziet er jonger uit.'

Het klonk niet als een compliment. 'Heb je al zo'n afluisterapparaat weten te plaatsen?'

'Helaas niet,' antwoordde Robin.

'Waar is Strike?'

'In Manchester, voor een gesprek met de ex-vrouw van Jimmy Knight,' zei Robin.

Chiswell maakte het boze, wrokkige geluid dat meestal als 'hmpf' wordt genoteerd en kwam overeind.

Robin sprong ook op uit haar stoel.

'Nou, je kunt maar beter teruggaan, aan de slag,' zei Chiswell. Toen voegde hij er zonder van toon te veranderen aan toe, terwijl hij naar de deur liep: 'De National Health Service. De mensen zullen denken dat we knettergek geworden zijn.'

'Pardon?' zei Robin, volledig van haar stuk gebracht.

Chiswell trok de glazen deur open en gebaarde Robin hem voor te gaan, de open ruimte in waar al die keurig geklede jonge mensen zaten te werken bij het ultramoderne koffieapparaat.

'De openingsceremonie van de Olympische Spelen,' legde hij uit terwijl hij achter haar aan liep. 'Linkse flauwekul. We hebben goddomme twee wereldoorlogen gewonnen, maar dat mag niet gevierd worden.'

'Onzin, Jasper,' klonk een zware, melodieuze stem met een Welsh accent vlak bij hen. 'We vieren zo vaak militaire overwinningen. Dit is een ander soort viering.'

Della Winn, de minister van Sport, stond pal voor Chiswells deur, met haar bijna witte labrador aan een riem. Ze was een statige vrouw, het grijze haar van haar brede voorhoofd gekamd, en haar zonnebril was zo donker dat Robin niets kon zien van wat erachter schuilging. Haar blindheid, wist Robin dankzij haar research, was het gevolg van een zeldzame aandoening waarbij de ogen geen van beide waren gegroeid *in utero.* Soms droeg ze oogprothesen, vooral wanneer ze werd gefotografeerd. Della was behangen met een grote hoeveelheid zware gouden sieraden en een forse halsketting van edelstenen, en ze was van top tot teen gekleed in hemelsblauw. Robin had in een van Strikes uitgeprinte karakterschetsen van de politica gelezen dat Geraint iedere morgen Della's kleding voor haar klaarlegde en dat het voor hem, met zijn beperkte gevoel voor mode, het makkelijkst was om dan alles in één kleur te kiezen. Robin had het aandoenlijk gevonden toen ze het las.

Chiswell leek niet blij te zijn met de plotselinge verschijning van zijn collega; iets wat Robin nauwelijks verrassend vond gezien het feit dat haar man hem chanteerde. Della daarentegen toonde geen enkel blijk van gêne.

'Ik dacht dat we misschien samen naar Greenwich konden rijden,' zei ze tegen Chiswell, terwijl de lichte labrador zachtjes aan de zoom van Robins rok snuffelde. 'Dan hebben we mooi de gelegenheid om onderweg de plannen voor de twaalfde door te nemen. Wat doe je, Gwynn?' vroeg ze toen ze de kop van de hond aan de riem voelde trekken.

'Ze snuffelt aan me,' zei Robin nerveus, en ze aaide de hond.

'Dit is mijn petekind, eh...'

'Venetia,' vulde Robin aan, aangezien Chiswell duidelijk niet op haar naam kon komen.

'Hoe maakt u het?' Della stak haar een hand toe. 'Op bezoek bij Jasper?'

'Nee, ik loop stage op het verkiezingskantoor,' zei Robin. Ze drukte de warme hand met de vele ringen terwijl Chiswell wegliep om het document te bekijken dat de man in pak die was blijven staan hem voorhield.

'Venetia,' herhaalde Della, haar knappe gezicht nog steeds Robins kant op gedraaid. Er verscheen een vage frons in haar voorhoofd, deels verscholen achter de ondoordringbare zwarte bril. 'En je achternaam?'

'Hall,' antwoordde Robin.

Ze voelde een belachelijke vlaag van paniek, alsof Della op het punt stond haar te ontmaskeren. Chiswell, nog steeds over het document gebogen dat hij aangereikt had gekregen, liep bij hen vandaan en leverde daarmee Robin, voor haar gevoel, over aan de Della's genade.

'Schermen,' zei Della.

'Pardon?' vroeg Robin, opnieuw in opperste verwarring; ze dacht aan computer- en tuinschermen. Enkele van de jonge mensen rondom de ultramoderne koffiemachine hadden zich omgedraaid om mee te luisteren, met een beleefd geïnteresseerde uitdrukking op het gezicht.

'Ja,' zei Della. 'Dat weet ik nog. Jij zat met Freddie in het Engelse schermteam.'

Haar vriendelijke gezicht was harder geworden. Chiswell boog zich inmiddels over een bureau en streepte zinnen door op het document.

'Nee, ik heb nooit geschermd,' zei Robin, volkomen uit het veld geslagen. Door het woord 'team' had ze begrepen dat ze moest denken aan zwaarden in plaats van tuinhekken en computers.

'Dat heb je wel,' zei Della toonloos. 'Ik herinner me jou nog. Petekind van Jasper, zat bij Freddie in het team.'

Het was een uiting van arrogantie, van geloof in het eigen gelijk, waar Robin enigszins nerveus van werd. Ze durfde niet te protesteren, want er luisterden nu meerdere mensen mee. Daarom zei ze alleen maar: 'Het was leuk u te ontmoeten,' en liep weg.

'U opníéuw te ontmoeten,' zei Della op scherpe toon, maar Robin ging er niet op in.

16

... een man met zo'n kwalijke staat van dienst! Hij is zo iemand die zich voordoet als een leider van het volk! En met succes, ook nog!

Henrik Ibsen, *Rosmersholm*

Na vierenhalf uur achter het stuur gezeten te hebben stapte Strike in Manchester allesbehalve bevallig uit de BMW. Hij bleef een poos staan in Burton Road, een brede, aangename straat met een mengeling van winkels en woonhuizen, waar hij tegen de auto leunde terwijl hij zijn hals en zijn been rekte, dankbaar dat hij een parkeerplek had weten te vinden vlak bij 'Stylz'. De felroze gevel sprong eruit tussen een eetcafé en buurtsupermarkt Tesco Express; in de etalage van de kapperszaak hingen foto's van nors kijkende modellen met onnatuurlijke haarkleuren.

Binnen deed de salon, met zijn zwart-witte tegelvloer en roze muren, Strike denken aan Loreleis slaapkamer. Het interieur was uitgesproken trendy, maar leek niet specifiek jeugdige of avontuurlijke klanten aan te trekken. Op dat moment zaten er maar twee mensen, van wie één een dikke vrouw van minstens zestig die voor een spiegel in *Good Housekeeping* zat te bladeren met een heleboel repen aluminiumfolie in het haar. Strike sloot bij binnenkomst een weddenschap met zichzelf dat Dawn de slanke vrouw met het spierwit geblondeerde haar was die met de rug naar hem toe geanimeerd stond te praten met een oudere dame wier blauwige haar ze aan het permanenten was.

'Ik heb een afspraak met Dawn,' zei hij tegen de jonge receptioniste, die enigszins leek te schrikken van deze grote, forse man te midden van de geparfumeerde ammoniakdampen. De geblondeerde vrouw draaide zich om bij het horen van haar naam. Ze had de gelooide, vlekkerige huid van een toegewijd zonnebankgebruikster.

'Ik kom zo bij je, pik,' zei ze glimlachend.

Strike ging op een bankje bij het raam zitten.

Vijf minuten later ging ze hem voor naar een roze beklede stoel achter in de zaak.

'Wat is de bedoeling?' vroeg ze terwijl ze hem met een handgebaar uitnodigde om te gaan zitten.

'Ik kom niet voor mijn haar,' zei Strike, die bleef staan. 'Ik wil best betalen voor een knipbeurt, het is niet mijn bedoeling uw tijd te verdoen, maar...' Hij haalde een visitekaartje en zijn rijbewijs uit zijn zak. 'Ik ben Cormoran Strike, privédetective. Ik hoopte u te kunnen spreken over uw ex-man, Jimmy Knight.'

Ze reageerde eerst stomverbaasd, wat niet zo vreemd was, maar toen gaapte ze hem gefascineerd aan. 'Strike?' herhaalde ze. 'Toch niet de Strike die de Ripper heeft opgepakt?'

'Inderdaad.'

'Jezus. Wat heeft Jimmy uitgevreten?'

'Niks bijzonders,' zei Strike nonchalant. 'Ik wil alleen wat achtergrondinformatie.'

Ze geloofde hem natuurlijk niet. Haar gezicht zat vol fillers, vermoedde hij; ze had een verdacht glad en glanzend voorhoofd boven zorgvuldig met potlood getekende wenkbrauwen. Alleen haar rimpelige hals verried haar leeftijd.

'Dat is voorbij. Al een eeuwigheid. Ik praat nooit over Jimmy. Spreken is zilver, zwijgen is goud, zeggen ze toch?'

Maar hij voelde de nieuwsgierigheid en de opwinding als warmte van haar afstralen. Radio 2 schetterde op de achtergrond. Ze keek even om naar de twee vrouwen die aan de spiegels zaten.

'Sian!' riep ze toen, en de receptioniste draaide zich geschrokken om. 'Haal haar folies eruit en houd haar permanent voor me in de gaten, meid.' Ze aarzelde, nog altijd met Strikes visitekaartje in de hand. 'Ik weet niet of ik dit wel moet doen,' zei ze; het was duidelijk dat ze graag wilde dat hij haar zou overhalen.

'Alleen wat achtergrondinformatie,' zei hij. 'Verder niks.'

Vijf minuten later overhandigde ze hem een beker koffie met veel melk in een piepklein kamertje achter de salon, waar ze opgewekt babbelde, haar gezicht enigszins afgetobd onder het tl-licht, maar nog knap genoeg om duidelijk te maken waarom Jimmy ooit belangstelling had getoond voor een vrouw die dertien jaar ouder was dan hij.

'... *yeah*, een demonstratie tegen kernwapens. Ik ging erheen met een vriendin, Wendy, die hield zich bezig met dat soort dingen. Vegetariër,' voegde ze eraan toe, en ze duwde de deur naar de salon dicht met haar voet en haalde een pakje Silk Cut tevoorschijn. 'Je kent dat type wel.'

'Ik heb zelf sigaretten,' zei Strike toen ze hem het pakje voorhield. Hij stak de hare voor haar op, en toen zijn eigen Benson & Hedges. Samen bliezen ze de rook uit. Ze sloeg haar benen over elkaar en ratelde door.

'... yeah, dus sprak Jimmy die lui daar toe. Over wapens en hoeveel we daarop konden besparen, dat we het geld beter aan de gezondheidszorg konden besteden en zo, want wat had het voor zin... Hij is een goede spreker,' zei Dawn.

'Inderdaad. Ik heb hem gehoord.'

'Yeah, en ik viel als een blok voor hem. Ik beschouwde hem als een soort Robin Hood.'

Strike zag haar opmerking al aankomen. Die had ze duidelijk al vaker gemaakt. 'Maar hij stal niet alleen van de rijken.'

Ze was al gescheiden toen ze Jimmy ontmoette. Haar eerste man had haar ingeruild voor een kapster uit de salon in Londen die ze destijds samen hadden gehad. Dawn was goed uit de scheiding gekomen en had de zaak kunnen behouden. Na haar eerste man met zijn criminele trekjes was Jimmy in haar ogen een romantisch type, waardoor ze van de weeromstuit smoorverliefd op hem was geworden.

'Maar er waren altijd andere meisjes,' zei ze. 'Van die linkse types.

Soms nog heel jong. Hij was in hun ogen een soort popster of zoiets. Ik ben er pas later achter gekomen hoeveel het er waren, maar toen had hij al pasjes voor al mijn rekeningen.'

Dawn vertelde Strike uitgebreid dat Jimmy haar had overgehaald om de rechtszaak te financieren die hij aanspande tegen zijn voormalige werkgever, Zanet Industries, omdat ze zich bij zijn ontslag niet aan de juiste procedure hadden gehouden.

'Hij stond erg op zijn strepen. Maar dom is hij niet, hoor. Tienduizend pond heeft hij eruit gesleept bij Zanet. Daar heb ik geen penny van gezien. Hij heeft het allemaal verkwanseld aan andere rechtszaken. Toen we uit elkaar gingen, probeerde hij mij ook voor de rechter te slepen. Inkomstenderving, laat me niet lachen. Ik had hem vijf jaar onderhouden en hij beweerde dat hij voor me had gewerkt, dat hij onbetaald de zaak mee had opgebouwd en ook nog astma had overgehouden aan de chemicaliën. Een hoop gelul, dat was het. Gelukkig werd het verzoek afgewezen. En toen probeerde hij me ook nog te beschuldigen van vernieling. Ik zou zijn auto bekrast hebben met een sleutel.'

Ze drukte haar sigaret uit en pakte een nieuwe.

'Dat had ik inderdaad gedaan,' zei ze met een plotseling boosaardig lachje. 'Weet je dat hij nu op een zwarte lijst staat? Hij mag zonder toestemming geen rechtszaken meer aanspannen.'

'Ja, dat wist ik,' zei Strike. 'Is hij ooit bij criminele activiteiten betrokken geweest toen jullie nog samen waren, Dawn?'

Ze stak de sigaret op en keek Strike over haar vingers heen aan, nog steeds in de hoop te horen te krijgen wat Jimmy had uitgevreten waardoor hij Strike achter zich aan had. Na een hele tijd zei ze: 'Ik weet niet of hij wel naging of de meisjes met wie hij het aanlegde boven de zestien waren. Ik hoorde naderhand dat een van hen... Maar toen waren we al uit elkaar. Het was mijn probleem niet meer,' zei Dawn.

Strike maakte een aantekening.

'En bij alles wat met Joden te maken heeft, vertrouw ik hem ook niet. Hij moet ze niet. Israël is de wortel van het kwaad, volgens Jimmy. "Zionisme", ik kan het woord niet meer hóren. Je zou toch denken dat ze wel genoeg geleden hebben,' zei ze toen vaag. 'Ja, zijn bedrijfsleider bij Zanet was Joods en ze konden elkaars bloed wel drinken.'

'Hoe heette die?'

'Ja, hoe heette hij ook alweer?' Dawn nam fronsend een diepe haal van haar sigaret. 'Paul nog wat... Lobstein, dat was het. Paul Lobstein. Waarschijnlijk werkt hij nog steeds bij Zanet.'

'Heb je nog contact met Jimmy, of met iemand van zijn familie?'

'Jezus, nee. Blij dat ik van hem af ben. De enige van zijn familie die ik ooit heb ontmoet is Billy, zijn broertje.' Ze klonk wat milder bij het uitspreken van die naam.

'Hij was niet helemaal goed. Heeft nog een tijdje bij ons in huis gewoond. Een schatje, echt waar, maar niet helemaal goed. Kwam door hun vader, zei Jimmy. Alcoholist, losse handjes. Heeft de kinderen in zijn eentje grootgebracht en sloeg ze verrot, met een broekriem en alles, volgens de jongens. Jimmy is naar Londen vertrokken en die arme Billy bleef alleen bij hem achter. Niet gek dat hij zo geworden is.'

'Wat bedoel je?'

'Hij had een... hoe heet dat? Een tic.'

Ze imiteerde zeer accuraat het getik van neus naar borst waarvan Strike in zijn kantoor getuige was geweest.

'Ze hebben hem zware medicijnen gegeven, dat weet ik nog. Toen hij bij ons wegging, heeft hij een tijdje met een paar anderen in een flat gewoond. Nadat Jimmy en ik uit elkaar gegaan waren heb ik hem nooit meer gezien. Het was een lieverd, maar Jimmy ergerde zich aan hem.'

'In welk opzicht?' vroeg Strike.

'Jimmy had niet graag dat Billy over hun jeugd praatte. Ik weet niet waarom, ik denk dat hij zich schuldig voelde omdat hij Billy alleen daar in huis had achtergelaten. Er zat een luchtje aan het hele verhaal...'

Strike kon merken dat ze er al lang niet meer aan had gedacht.

'Een luchtje?' drong hij aan.

'Het is een paar keer gebeurd dat Jimmy, als hij wat had gedronken, zei dat zijn vader in de hel zou komen voor de manier waarop hij de kost verdiende.'

'Ik dacht dat hij gewoon hier en daar klusjes deed?'

'O? Tegen mij hebben ze gezegd dat hij meubelmaker was. Hij werkte voor de familie van die politicus, hoe heet hij ook alweer? Die met dat haar.' Ze gebaarde woeste pieken rond haar hoofd.

'Jasper Chiswell?' opperde Strike, waarbij hij de naam uitsprak zoals die werd gespeld.

'Ja, die. De ouwe meneer Knight woonde gratis in een huisje bij de familie op het terrein. De jongens zijn daar opgegroeid.'

'En hij zei dus dat zijn vader werk deed waarvoor hij in de hel zou komen?'

'Ja. Waarschijnlijk bedoelde hij gewoon dat hij voor Tory's werkte. Bij Jimmy draaide alles om politiek. Ik snap daar niks van,' zei Dawn rusteloos. 'Je moet toch leven? Stel je voor dat ik aan mijn klanten vraag op wie ze stemmen voordat... Shit!' riep ze toen uit, en ze drukte haar peuk uit en vloog overeind. 'Ik hoop maar dat Sian de rollers van mevrouw Horridge heeft uitgehaald, anders is ze nu kaal.'

17

Ik begrijp dat hij volkomen onverbeterlijk is.
Henrik Ibsen, *Rosmersholm*

In afwachting van een geschikte gelegenheid om het afluisterapparaatje in Winns kantoor te plaatsen, bracht Robin vrijwel de hele middag door op de stille gang waaraan zowel zijn kantoor als dat van Izzy lag, maar tevergeefs. Winn was wel vertrokken voor een lunchbespreking, maar Aamir was achtergebleven. Robin ijsbeerde door de gang met een archiefdoos in haar armen, in afwachting van het moment dat Aamir naar de wc zou gaan. Telkens wanneer een voorbijganger een gesprekje met haar dreigde aan te knopen, trok ze zich terug in Izzy's kantoor.

Om tien over vier was het geluk eindelijk met haar. Geraint Winn kwam met grote passen de hoek om gelopen, enigszins aangeschoten na een schijnbaar uitgelopen lunch, en in tegenstelling tot zijn vrouw leek hij dolblij te zijn Venetia tegen het lijf te lopen toen ze zijn kant op liep.

'Daar is ze!' riep hij overdreven luid. 'Ik wilde je net spreken! Kom binnen, kom binnen!'

Hij duwde de deur van zijn kantoor open. Robin liep achter hem aan, verbaasd maar ook gretig; nu kon ze de ruimte die ze van afluisterapparatuur moest voorzien vanbinnen bekijken.

Aamir zat in hemdsmouwen te werken aan zijn bureau, dat een mini-oase van netheid vormde in de puinhoop eromheen. Winns bureau lag vol met stapels mappen. Robin zag het oranje logo van The Level Playing Field op een paar brieven die voor hem lagen. Pal onder Geraints bureau was een stopcontact dat ideaal zou zijn voor het plaatsen van het afluisterapparaat.

'Hebben jullie al kennisgemaakt?' vroeg Geraint joviaal. 'Venetia, dit is Aamir.'

Hij ging zitten en nodigde Robin uit plaats te nemen op de fauteuil waarop een berg ordners lag die dreigde te verschuiven.

'Heeft Redgrave nog teruggebeld?' vroeg Winn aan Aamir terwijl hij zich moeizaam uit zijn jasje wurmde.

'Wie?' vroeg de laatste.

'Sir Steve Redgrave!' antwoordde Winn, en hij leek nadrukkelijk een geërgerde blik in Robins richting te werpen. Ze voelde zich er opgelaten onder, vooral omdat Aamirs gemompelde 'Nee' kil klonk.

'The Level Playing Field,' zei Winn tegen Robin.

Hij had zich uit zijn jasje weten te wurmen en probeerde dat nu zwierig over de rugleuning van zijn stoel te slingeren. Het belandde slap op de vloer, maar Geraint leek het niet te zien; hij tikte op het oranje logo van de bovenste brief die voor hem lag. 'Onze liefda...' Hij liet een boer. 'Pardon. Onze liefdadigheidsstichting. Voor kansarme en mindervalide sporters. Veel sponsoren in hoge posities. Sir Steve is graag bereid...' Hij boerde nog een keer. 'Pardon. Om te helpen. O ja, ik wil je nog mijn excuses aanbieden. Namens mijn vrouw, het arme mens.'

Hij leek er enorme lol in te hebben. Robin zag vanuit haar ooghoeken dat Aamir Geraint een scherpe blik toewierp, als een uitgeslagen en snel weer teruggetrokken klauw.

'Ik begrijp niet wat u bedoelt,' zei Robin.

'Ze haalt namen door elkaar. Altijd. Als ik haar niet in de gaten zou houden, zou het nog eens flink misgaan. De verkeerde brieven naar de verkeerde mensen... Ze zag je voor iemand anders aan. Ik had haar tijdens de lunch aan de telefoon en ze hield vol dat jij iemand was met wie onze dochter jaren geleden te maken heeft gehad. Verity Pulham, ook een petekind van jouw peetoom. Ik heb meteen gezegd dat jij dat niet bent, en ik moest je haar excuses overbrengen.

Gek mens is het ook. Heel koppig als ze denkt dat ze gelijk heeft, maar...' Hij sloeg nogmaals geërgerd zijn ogen ten hemel en tikte tegen zijn voorhoofd, de echtgenoot die al jaren leed onder een vrouw van wie hij horendol werd. 'Uiteindelijk heb ik het haar duidelijk weten te maken.'

'Goh,' zei Robin voorzichtig, 'ik ben blij dat ze nu weet dat het een misverstand was, want ze leek Verity niet erg aardig te vinden.'

'Eerlijk gezegd was Verity ook een krengetje,' zei Winn, nog altijd stralend, en Robin kon zien dat hij het leuk vond om zo over haar te praten. 'Gemeen tegen onze dochter.'

'Ach jee,' zei Robin, en ze voelde een doffe dreun onder haar ribben toen ze zich herinnerde dat Rhiannon Winn zelfmoord had gepleegd. 'Wat erg. Afschuwelijk.'

'Weet je,' zei Winn, die ging zitten en zijn stoel achterover kantelde tegen de muur, met zijn handen achter zijn hoofd, 'jij lijkt me een veel te lief meisje om geassocieerd te worden met de familie Chiswell.' Hij was beslist een beetje dronken. Robin rook vaag de wijn in zijn adem, en Aamir wierp hem opnieuw een scherpe, vernietigende blik toe. 'Wat heb je hiervóór gedaan, Venetia?'

'Pr,' antwoordde Robin, 'maar ik wil graag zinvoller werk doen. In de politiek, of iets voor een goed doel. Ik heb over The Level Playing Field gelezen,' zei ze naar waarheid. 'Het lijkt me heel mooi. U doet toch veel voor veteranen? Ik heb gisteren een interview met Terry Byrne gezien. De paralympische wielrenner?'

Byrne had haar aandacht getrokken doordat hij dezelfde amputatie had ondergaan als Strike, net onder de knie.

'Ja, jij hebt natuurlijk een persoonlijke band met veteranen,' zei Winn.

Robins maag maakte een rare salto. 'Pardon?'

'Freddie Chiswell?' hielp Winn haar.

'O ja, natuurlijk,' zei Robin. 'Al heb ik Freddie niet erg goed gekend. Hij was iets ouder dan ik. Het was natuurlijk afschuwelijk toen hij... toen hij omkwam.'

'Nou, vreselijk,' zei Winn, maar het klonk onverschillig. 'Della was zwaar tegen de oorlog in Irak. Groot tegenstandster. Maar jouw oom Jasper was er helemaal vóór, hoor.'

Even leek de lucht te gonzen van Winns niet-geuite implicatie dat Chiswell zijn verdiende loon had gekregen voor zijn enthousiasme.

'Nou, dat weet ik niet,' zei Robin voorzichtig. 'Oom Jasper vond militaire actie gerechtvaardigd op basis van de bewijzen die we destijds hadden. Maar goed,' vervolgde ze dapper, 'hij kan in ieder geval moeilijk beschuldigd worden van eigenbelang, want zijn zoon moest dus ook de oorlog in.'

'Ja, als je het over die boeg gooit, is er moeilijk iets tegen in te brengen,' zei Winn.

Hij hief zijn handen alsof hij zich overgaf, waarbij zijn stoel enigszins verschoof langs de muur en hij een paar tellen zijn evenwicht dreigde te verliezen. Toen greep hij de rand van het bureau vast en trok zichzelf en de stoel weer recht. Het kostte Robin grote moeite om niet in lachen uit te barsten.

'Geraint,' zei Aamir, 'die brieven moeten ondertekend worden als we ze voor vijf uur de deur uit willen doen.'

'Het is passs half vijfff,' zei Winnen met een blik op zijn horloge. 'Ja, Rhiannon heeft in het Britse schermteam voor junioren gezeten.'

'Wat goed,' zei Robin.

'Sportieve meid, net als haar moeder. Ze schermde op haar veertiende al bij de junioren in Wales. Ik reed alle toernooien met haar af. We hebben uren samen in de auto gezeten! Toen ze zestien was zat ze bij het landelijke team. Maar die Britten behandelden haar uit de hoogte,' vervolgde Winn met een vleugje Keltische verbolgenheid. 'Zij zat namelijk niet op zo'n dure kostschool. Alles draait bij die lui om connecties. Verity Pulham was eigenlijk niet eens zo goed. Maar pas toen Verity haar enkel had gebroken werd Rhiannon, die veel beter kon schermen, toegelaten tot het Britse team.'

'Op die manier,' zei Robin, in een poging haar medeleven in evenwicht te brengen met haar zogenaamde band met de Chiswells. Maar dit kon toch niet de reden zijn dat Winn zo'n hekel had aan de familie? Desalniettemin klonk er oud zeer door in Geraints fanatieke toon. 'Het zou bij sport om de prestaties moeten draaien,' zei ze.

'Inderdaad,' zei Winn. 'Dat zou je verwachten. Wacht even...'

Hij tastte naar zijn portefeuille en haalde er een oude foto uit. Robin stak haar hand al uit, maar Geraint hield de foto stevig vast. Hij stond onhandig op uit zijn stoel, struikelde half over een stapel boeken die ernaast lag toen hij om zijn bureau heen liep, en vervolgens kwam hij zo dicht bij Robin staan dat ze zijn adem in haar nek voelde. Hij liet haar de foto van zijn dochter zien.

Rhiannon Winn stond daar stralend, gekleed in schermuitrusting, met een gouden medaille om de hals. Ze was bleek en tenger, en Robin zag van beide ouders nauwelijks iets terug in haar gezicht, al had Rhiannons brede, intelligente voorhoofd misschien een vleugje Della. Maar door Geraints luidruchtige gehijg in haar oor en de inspanning die het haar kostte om niet van hem weg te duiken, zag Robin opeens voor zich hoe Geraint Winn, met zijn brede, lipoze grijns, door een grote zaal vol bezwete tienermeisjes beende. Was het heel schandalig als ze zich afvroeg of het wel uit vaderlijke toewijding was dat hij zijn dochter het hele land door had gereden?

'Zeg, wat heb je jezelf aangedaan?' vroeg Geraint, zijn hete adem in haar oor. Hij boog zich nog dichter naar haar toe en raakte het paarse litteken op haar blote onderarm aan.

Robin kon er niets aan doen, ze trok vliegensvlug haar arm terug. De zenuwen rond het litteken waren nog niet helemaal geheeld, en ze vond het verschrikkelijk als iemand eraan zat.

'Ik ben op mijn negende door een glazen deur gevallen,' zei ze, maar de vertrouwelijke, persoonlijke sfeer was verwaaid als een wolk sigarettenrook.

Aamir bleef rondhangen aan de rand van haar gezichtsveld, star en zwijgend aan zijn bureau. Geraints glimlach was nu geforceerd. Ze had te lang op verschillende kantoren gewerkt om niet te beseffen dat er zojuist een subtiele machtsverschuiving had plaatsgevonden. Nu zij gewapend was met zijn dronken ongepastheid werd Geraint wrokkig en maakte hij zich enigszins zorgen. Ze zou willen dat ze haar arm niet had teruggetrokken.

'Ik vroeg me af, meneer Winn,' zei ze een beetje schor, 'of u me misschien advies zou willen geven over de liefdadigheidswereld. Ik kan maar niet beslissen: politiek, goede doelen... en ik ken verder niemand die het allebei heeft gedaan.'

'O,' zei Geraint, knipperend achter zijn dikke brillenglazen. 'O, nou... ik durf inderdaad wel te zeggen dat ik...'

'Geraint,' zei Aamir nog een keer, 'we moeten echt die brieven...'

'Ja, ja, goed,' zei Geraint luid. 'Ik spreek je nog,' zei hij met een knipoog tegen Robin.

'Heel fijn.' Ze glimlachte naar hem.

Toen Robin het kantoor uit liep, wierp ze Aamir een lachje toe, dat hij niet beantwoordde.

18

Aha, dus zo ver is het al gekomen!
Henrik Ibsen, *Rosmersholm*

Na bijna negen uur achter het stuur waren Strikes nek, rug en benen stijf en pijnlijk, en de tas met proviand was al geruime tijd leeg. De eerste ster glinsterde aan de weidse, inktzwart kleurende vlakte boven zijn hoofd toen zijn mobiel ging. Het was de vaste tijd waarop zijn zus Lucy hem belde, voor 'zomaar een babbeltje'. Drie van de vier keer nam hij niet op, want hoeveel hij ook van haar hield, hij kon geen belangstelling opbrengen voor de schoolperikelen van haar zoontje, het gekibbel rond ouderavonden of de details van de carrière van haar man. Maar toen hij zag dat het Barclay was die belde, reed hij een eenvoudige maar doeltreffende parkeerstrook op, eigenlijk meer een inrit naar een weiland. Daar zette hij de motor uit en nam op.

'Geregeld,' zei Barclay laconiek. 'Jimmy.'

'Nu al?' Strike was serieus onder de indruk. 'Hoe doe je dat?'

'Pub,' antwoordde Barclay met zijn Schotse tongval. 'Onderschept. Hij hing een lulverhaal op over de onafhankelijkheid van Schotland. Dat is zo mooi aan die linkse figuren in Engeland, die horen graag dat er niks deugt aan hun eigen land. Ik heb de hele middag geen biertje hoeven betalen.'

'*Bloody hell*, Barclay,' zei Strike, die nog een sigaret opstak na de twintig die hij er die dag al had gerookt. 'Dat doe je goed, man.'

'Dit was nog maar het begin,' zei Barclay. 'Je had hem moeten horen toen ik begon over het imperialisme van het leger. Echt, die lui slikken alles voor zoete koek. Ik ga morgen naar een bijeenkomst van CORE.'

'Heb je enig idee waar Knight van leeft?'

'Hij vertelde dat hij als journalist werkt voor een aantal linkse websites, hij verkoopt CORE-shirts en handelt een beetje in dope. Waardeloos spul, kan ik je vertellen. Na de pub zijn we naar zijn huis gegaan. Je kunt nog beter bouillonblokjes roken, man. Ik heb gezegd dat ik wat beters voor hem zal regelen. Dat kunnen we toch boeken als onkosten, hè?'

'Ik zal het onder "diversen" zetten,' zei Strike. 'Oké, hou me op de hoogte.'

Barclay verbrak de verbinding. Strike besloot van de gelegenheid gebruik te maken om zijn benen te strekken en hij stapte uit. Met zijn sigaret in de hand leunde hij tegen het hek van een grote, donkere akker terwijl hij Robin belde.

'Dat is Vanessa,' loog Robin toen ze Strikes nummer zag verschijnen op haar telefoon.

Matthew en zij hadden net met een bord Indiaas afhaaleten op schoot het nieuws gekeken. Hij was laat thuisgekomen, moe, en ze had geen zin in de zoveelste ruzie.

Met de telefoon in de hand liep ze door de openslaande deuren naar de binnenplaats, die op het feestje dienstgedaan had als rookruimte. Nadat ze zich ervan had verzekerd dat de deur stevig dichtzat, nam ze op. 'Hallo, alles goed?'

'Ja, hoor. Kan het even?'

'Ja.' Robin leunde tegen de tuinmuur en keek naar een mot die vruchteloos tegen het helderverlichte glas botste in een poging het huis binnen te gaan. 'Hoe is het gegaan bij Dawn Clancy?'

'Niks bruikbaars,' zei Strike. 'Ik dacht dat ik misschien een aanknopingspunt had, een Joodse voormalige baas van Jimmy met wie hij een appeltje te schillen had, maar ik heb dat bedrijf gebeld en die arme kerel blijkt afgelopen september te zijn gestorven aan een beroerte. En gisteren, toen ik net bij haar vertrokken was, belde Chiswell. *The Sun* is aan het rondsnuffelen, zegt hij.'

'Ja,' zei Robin. 'Ze hebben zijn vrouw gebeld.'

'Daar zitten we dus niet op te wachten,' zei Strike, wat Robin een behoorlijk understatement leek. 'Ik ben benieuwd wie de kranten heeft getipt.'

'Ik gok op Winn,' zei Robin, en ze dacht terug aan Geraints verhalen de hele middag, de manier waarop hij gewichtig allerlei interessante namen had laten vallen. 'Hij is echt zo iemand die bij journalisten suggereert dat er iets speelt rond Chiswell, ook al kan hij dat niet bewijzen. Even serieus,' zei ze toen, ook deze keer zonder hoop op een echt antwoord, 'wat denk jij dat Chiswell heeft uitgespookt?'

'Ik zou het graag willen weten, maar het doet er eigenlijk niet toe.' Strike klonk vermoeid. 'We worden niet betaald om zíjn geheimen aan het licht te brengen. Over geheimen gesproken...'

'Ik heb dat afluisterapparaat nog niet kunnen installeren,' zei Robin, omdat ze de vraag al voelde aankomen. 'Ik ben zo lang mogelijk gebleven, maar toen ze allebei vertrokken, deed Aamir de deur op slot.'

Strike zuchtte diep. 'Niet te gretig worden, dan verpest je het misschien,' zei hij. 'Maar als *The Sun* zich ermee bemoeit, begint de tijd te dringen. Kijk wat je kunt doen. Misschien heel vroeg beginnen of zo.'

'Ik zal het proberen,' zei Robin. 'Maar ik heb vandaag wel iets geks meegemaakt met de Winns.' Ze vertelde hem over de verwarring van Della, die haar had verwisseld met een van Chiswells echte petekinderen, en het verhaal over Rhiannon en het schermteam. Strike leek maar amper geïnteresseerd.

'Ik betwijfel of de Winns dáárom willen dat Chiswell ontslag neemt. Hoe dan ook...'

'Gelegenheid gaat vóór motief,' zei ze, woorden die Strike vaak gebruikte.

'Precies. Zeg, kunnen wij morgen na het werk ergens afspreken om alles eens goed door te nemen?'

'Oké,' zei Robin.

'Barclay doet het trouwens uitstekend,' zei Strike toen, alsof de gedachte hem opbeurde. 'Hij heeft zich al naar binnen gepraat bij Jimmy.'

'O,' zei Robin. 'Mooi.'

Na de mededeling dat hij haar zou laten weten welke pub het handigst was om af te spreken hing Strike op, en Robin bleef peinzend in haar eentje achter op de stille, donkere binnenplaats terwijl de sterren aan de hemel steeds fellere speldenknopjes werden.

Barclay doet het trouwens uitstekend.

In tegenstelling tot Robin, die niets te weten was gekomen, alleen iets onbenulligs over Rhiannon Winn.

De mot fladderde nog steeds wanhopig tegen de schuifdeur om bij het licht te komen.

Stomkop, dacht Robin. Hierbuiten is het veel fijner.

Ze zou zich schuldig moeten voelen over het gemak waarmee de leugen over Vanessa die zogenaamd belde over haar lippen was gekomen, dacht ze, maar ze was alleen maar blij dat Matthew haar had geloofd. Terwijl ze toekeek hoe de mot hopeloos met zijn vleugels tegen het fonkelende glas bleef fladderen, dacht Robin aan een opmerking van haar therapeute tijdens een van hun sessies, toen Robin maar door was blijven gaan over haar behoefte om vast te stellen waar de echte Matthew eindigde en haar illusies over hem begonnen.

'Mensen veranderen in tien jaar,' had ze gezegd. 'Waarom zou je je afvragen of jij je in Matthew hebt vergist? Misschien zijn jullie gewoon allebei veranderd.'

Komende maandag waren ze een jaar getrouwd. Op Matthews voorstel zouden ze dat weekend naar een chic hotel in de buurt van Oxford gaan. Robin keek daar op een vreemde manier naar uit, want het leek de laatste tijd beter te gaan tussen Matthew en haar als ze in een andere omgeving waren. Zodra ze omringd werden door vreemden leek hun neiging om te kibbelen te verdwijnen. Ze had hem het verhaal verteld over het groen uitgeslagen borstbeeld van Ted Heath en andere (in haar ogen) interessante feiten over het Lagerhuis. Hij had al die tijd zijn verveelde gezichtsuitdrukking behouden, vastbesloten om zijn afkeer over de hele onderneming te blijven overbrengen.

Tot een besluit gekomen deed ze de schuifdeur open, en de mot fladderde vrolijk naar binnen.

'Wat moest Vanessa?' vroeg Matthew toen Robin weer ging zitten, zijn ogen nog op het nieuws gericht. De roze lelies van Sarah Shadlock stonden op een tafel naast haar, tien dagen na hun komst in huis nog in volle bloei; Robin rook de bedwelmende geur zelfs boven de curry uit.

'Ik heb laatst toen we samen op stap waren per ongeluk haar zonnebril meegenomen,' zei Robin quasigeërgerd. 'Ze wil hem terug, het is een Chanel. Ik heb gezegd dat ik hem morgen voor mijn werk wel even afgeef.'

'Chanel, toe maar,' zei Matthew met een lachje dat neerbuigend op Robin overkwam. Ze wist dat hij meende een zwak punt te hebben ontdekt aan Vanessa, maar misschien vond hij haar juist wel leuker nu hij dacht dat ze waarde hechtte aan dure merken en ze haar spullen per se terug wilde.

'Ik moet om zes uur de deur uit,' zei Robin.

'Om zes uur?' zei Matthew geërgerd. 'Jezus, ik ben doodop, ik wil niet voor dag en dauw...'

'Ik wilde voorstellen om in de logeerkamer te gaan slapen,' zei Robin.

'O,' zei Matthew, wat milder nu. 'Ja, oké. Prima.'

19

Ik doe het niet graag, maar enfin, als het per se moet...
Henrik Ibsen, *Rosmersholm*

Robin vertrok de volgende morgen om kwart voor zes. De hemel was lichtroze en het was buiten warm genoeg om het ontbreken van een jas te rechtvaardigen. Haar blik ging even naar de zwaan toen ze langs de plaatselijke pub liep, maar ze dwong zichzelf om zich te concentreren op de dag die voor haar lag in plaats van op de man die ze thuis had achtergelaten.

Toen ze een uur later aankwam op de gang van Izzy's kantoor, zag ze dat Geraints deur al openstond. Ze gluurde snel naar binnen en zag niemand, maar Aamirs jasje hing over de rugleuning van zijn stoel.

Robin haastte zich naar Izzy's kantoor, draaide de deur van het slot, schoot naar haar bureau om een van de afluisterapparaatjes uit de tampondoos te pakken, nam als alibi een stapel verlopen werkschema's mee en rende weer de gang op.

Bijna bij Geraints kantoor aangekomen schoof ze de gouden armband die ze speciaal voor dat doel had omgedaan van haar pols en gooide hem voorzichtig naar binnen.

'Nee, hè?' zei ze hardop.

Er werd niet gereageerd vanuit het kantoor. Robin klopte op de openstaande deur, zei: 'Hallo?' en stak haar hoofd om de hoek. Er was nog steeds niemand te zien binnen.

Ze liep snel de ruimte door naar het dubbele stopcontact vlak boven de plint achter Geraints bureau. Daar knielde ze neer, haalde het afluisterapparaatje uit haar tas, trok de stekker van de ventilator die op zijn bureau stond eruit, klikte het apparaatje op het stopcontact, stak de stekker er weer in, controleerde of de ventilator nog werkte en zocht toen de vloer af naar haar armband, hijgend alsof ze zojuist honderd meter had gesprint.

'Waar ben jij mee bezig?'

Aamir stond in de deuropening, in hemdsmouwen, met een verse beker thee in zijn hand.

'Ik had geklopt.' Robin wist zeker dat ze vuurrood zag. 'Ik heb mijn armband laten vallen en die rolde... O, daar ligt hij.'

De armband lag pal naast Aamirs bureaustoel. Robin vloog eropaf. 'Hij is van mijn moeder,' loog ze. 'Ze zou het heel erg vinden als ik hem kwijtraakte.'

Ze schoof de armband aan haar pols, pakte de papieren die ze op Geraints bureau had gelegd, glimlachte zo nonchalant als ze kon en liep toen het kantoor uit, langs Aamir, die wantrouwend zijn ogen tot spleetjes kneep, zo zag ze vanuit haar ooghoeken.

In juichstemming liep ze Izzy's kantoortje weer in. Ze had nu tenminste goed nieuws voor Strike als ze hem vanavond sprak in de pub. Barclay was niet meer de enige die zijn werk uitstekend deed.

Ze ging zo op in haar gedachten dat ze niet doorhad dat er nog iemand in het kantoortje was, tot een man pal achter haar vroeg: 'Wie ben jij?'

Het heden verdween. Haar belagers hadden haar beiden van achteren aangevallen. Met een gil draaide Robin zich om, klaar om te vechten voor haar leven. De papieren vlogen door de lucht en haar handtas gleed van haar schouder en belandde open op de vloer, waardoor de inhoud alle kanten op rolde.

'Sorry!' zei de man. 'Jezus, sorry, hoor!'

Maar Robin kreeg geen lucht. Er klonk luid geroffel in haar oren en het zweet brak haar uit, over haar hele lichaam. Ze bukte om alles op te rapen, zo hevig trillend dat ze steeds weer iets liet vallen.

Niet nu. Niet nu.

Hij praatte tegen haar, maar ze kreeg er geen woord van mee. De wereld viel weer uit elkaar in losse onderdeeltjes van angst en gevaar, en hij was een waas toen hij bukte om haar haar eyeliner en een flesje oogdruppels om haar contactlenzen te bevochtigen te overhandigen.

'O,' riep Robin lukraak uit. 'Fijn. Momentje. Toilet.'

Ze strompelde naar de deur. Op de gang kwamen twee mensen haar kant op gelopen, hun stemmen vaag en onverstaanbaar toen ze haar groetten. Ze wist amper wat ze terugzei en liep half op een drafje langs hen heen naar de damestoiletten.

Een vrouw die op het ministerie van Gezondheid werkte begroette haar vanaf de wastafel waar ze haar lippenstift aan het bijwerken was. Robin denderde blindelings langs haar heen en deed met trillende vingers het toilethokje op slot.

Het had geen zin om te proberen de paniek te onderdrukken; die zou alleen maar terugvechten en proberen haar aan haar wil te onderwerpen. Ze moest de aanval uitzitten, alsof de angst een op hol geslagen paard was dat ze voorzichtig naar makkelijker begaanbaar terrein loodste.

Roerloos bleef ze staan, haar handen tegen beide tussenwandjes gedrukt, en ze sprak zichzelf in gedachten toe alsof ze een dier was dat afgericht werd; alsof haar lichaam, met die irrationele doodsangst, een opgejaagde prooi was.

Je bent veilig, je bent veilig, je bent veilig...

De paniek ebde langzaam weg, al ging haar hart nog tekeer. Uiteindelijk trok Robin haar gevoelloos geworden handen terug van de wanden van het wc-hokje en deed haar ogen open, knipperend tegen het felle licht. Het was stil op de toiletten.

Ze gluurde het hokje uit. De vrouw was weg. Er was niemand, alleen haar eigen bleke spiegelbeeld. Nadat ze haar gezicht natgemaakt had met koud water en het met papieren handdoekjes had drooggedept, zette ze de bril met het vensterglas weer op en liep de deur uit.

Er leek ruzie te zijn in het kantoor waaruit ze zojuist was vertrokken. Ze haalde diep adem en ging weer naar binnen.

Jasper Chiswell draaide zich met een boze blik naar haar om, zijn grijze haar in pieken alle kanten op rond zijn roze gezicht. Izzy stond achter haar bureau. De onbekende man was er nog. In haar broze toestand was Robin liever niet het focuspunt van drie paar nieuwsgierige ogen geweest.

'Wat was dat daarnet?' vroeg Chiswell op dwingende toon aan Robin.

'Niks.' Het koude zweet brak haar uit onder haar jurk.

'Je rende ineens weg. Heeft hij...?' Chiswell wees op de donkere man. 'Heeft hij je iets aangedaan? Probeerde hij...?'

'Wat? Nee! Ik had niet gezien dat er iemand was, dat is alles. Hij zei iets en ik schrok. En daarna...' Ze voelde zich heviger blozen dan ooit tevoren. '... moest ik naar de wc.'

Chiswell draaide zich om naar de donkere man. 'Waarom ben je ook zo vroeg?'

Het drong eindelijk tot Robin door dat dit Raphael was. Van de foto's die ze online had gevonden wist ze dat deze half-Italiaan een buitenbeentje was in de familie, die verder uniform blond en uitermate Engels in voorkomen was, maar ze was er totaal niet op voorbereid geweest dat hij in het echt zo knap zou zijn. Hij droeg zijn antracietgrijze pak, witte overhemd en traditionele donkerblauwe stippeltjesdas met een air waar geen van de andere mannen op deze gang aan kon tippen. Zijn huid was zo donker dat hij bijna zwart leek, net als zijn ogen, en hij had hoge jukbeenderen, donker, lang en vol haar met een lok voor zijn ogen, en een grote mond met, in tegenstelling tot zijn vader, een volle onderlip die zijn gezicht iets kwetsbaars gaf.

'Ik dacht dat je op punctualiteit stond, pa,' zei hij, en hij hief even zijn armen en liet ze weer vallen, in een gebaar van hulpeloosheid.

Zijn vader richtte zich tot Izzy. 'Geef hem wat te doen.'

Chiswell beende het kantoor uit. Robin, die zich doodschaamde, liep naar haar bureau. Niemand zei iets tot Chiswells voetstappen weggestorven waren. Toen nam Izzy het woord.

'Hij staat zwaar onder druk, Raff, van alle kanten. Het ligt niet aan jou. Hij gaat van de kleinste dingetjes door het lint, echt waar.'

'Het spijt me heel erg,' dwong Robin zichzelf tegen Raphael te zeggen. 'Mijn reactie was zwaar overtrokken.'

'Geeft niks,' antwoordde hij, met een accent dat vaak met dure kostscholen geassocieerd wordt. 'Overigens ben ik geen zedendelinquent, even voor de duidelijkheid.'

Robin lachte nerveus.

'Ben jij dat petekind van wie ik nooit gehoord had? Ze vertellen mij ook niks. Venetia, toch? Ik ben Raff.'

'Eh, ja... hoi.'

Hij gaf haar een hand en Robin nam weer plaats aan het bureau, waar ze zogenaamd druk in de weer ging met het verschuiven van stapels papieren. Ze voelde haar gezicht beurtelings warm en koud worden.

'Het is gewoon een gekkenhuis op het moment,' zei Izzy, en Robin wist dat ze probeerde, niet zonder eigenbelang, om Raphael ervan te overtuigen dat hun vader minder vreselijk was om mee te werken dan hij misschien overkwam. 'We hebben te weinig personeel, de Olympische Spelen komen eraan, TDT zit paps voortdurend op de huid...'

'Wát zit hem op de huid?' vroeg Raphael. Hij liet zich in de doorgezakte leunstoel vallen, trok zijn stropdas los en sloeg zijn lange benen over elkaar.

'TDT,' herhaalde Izzy. 'Zet even de waterkoker aan die daar naast je staat, Raff, ik snak naar een kop koffie. TDT staat voor Tinky de Tweede. Zo noemen Fizz en ik Kinvara.'

De vele bijnamen binnen de familie Chiswell waren Robin uitgelegd door Izzy, tijdens hun pauzes op kantoor. Izzy's oudere zus Sophia was 'Fizzy' terwijl Sophia's drie kinderen verblijd waren met de koosnaampjes Pringle, Flopsy en Pong.

'Waarom Tinky de Tweede?' vroeg Raff terwijl hij met zijn lange vingers een pot oploskoffie opendraaide. Robin was zich nog steeds bewust van al zijn bewegingen, al hield ze haar blik gericht op haar zogenaamde werk. 'Wat was Tinky de Eerste?'

'O, kom op, Raff, je moet toch wel gehoord hebben van Tinky,' zei Izzy. 'Die verschrikkelijke Australische verpleegster met wie opi de laatste keer getrouwd is, toen hij seniel begon te worden. Hij heeft bijna al zijn geld aan haar verbrast. Voor haar was het al het tweede huwelijk met zo'n ouwe dwaas. Opi heeft een waardeloos renpaard voor haar gekocht en ladingen afgrijselijke sieraden. Paps heeft nog bijna een rechtszaak moeten aanspannen om haar het huis uit te krijgen na opi's dood. Maar gelukkig viel ze dood neer door borstkanker voordat het echt een dure grap werd.'

Robin keek op, geschrokken van deze plotselinge hardvochtigheid.

'Melk en suiker, Venetia?' vroeg Raphael, die oploskoffie in mokken schepte.

'TDT is met paps getrouwd voor de poen,' ging Izzy onverstoorbaar verder, 'en bovendien is ze net zo'n paardengek als Tinky. Ze heeft er nu negen, wist je dat? Negen!'

'Negen wat?' vroeg Raphael.

'Paarden, Raff!' zei Izzy ongeduldig. 'Van die onhandelbare, slechtgemanierde heethoofden die ze vertroetelt omdat ze geen kinderen heeft, en ze steekt er bakken met geld in! Jézus, wat zou ik graag willen dat paps bij haar wegging,' zei Izzy. 'Geef me de koektrommel eens.'

Dat deed hij. Robin, die voelde dat Raphael naar haar keek, bleef doen alsof ze helemaal opging in haar werk.

De telefoon ging.

'Met het kantoor van Jasper Chiswell,' zei Izzy, terwijl ze met één hand de koektrommel probeerde open te maken, de telefoon onder haar kin geklemd. 'O,' zei ze toen, plotseling koeltjes. 'Hallo, Kinvara. Paps is net weg...'

Raphael grijnsde om het gezicht van zijn halfzus, en hij pakte de trommel van haar over, maakte die open en hield hem Robin voor, die het hoofd schudde. Er kwam een stortvloed aan onverstaanbare woorden uit Izzy's telefoon.

'Nee... hij is weg... hij kwam alleen even Raff begroeten.'

De stem aan de andere kant van de lijn leek scheller te worden.

'Op het ministerie van Cultuur, hij heeft om tien uur een bespreking,' zei Izzy. 'Ik kan hem niet... Omdat hij het erg druk heeft, nu met de Olym... Ja. Tot ziens.'

Ze legde de telefoon met een klap neer en werkte zich uit haar jasje.

'Die mag wel weer een "rustkuur" nemen. De laatste heeft blijkbaar niet geholpen.'

'Izzy gelooft niet in mentale aandoeningen,' zei Raphael tegen Robin. Hij zat peinzend naar haar te kijken, een tikkeltje nieuwsgierig, meende ze, alsof hij wilde weten wat hij aan haar had.

'Natuurlijk geloof ik wel in mentale aandoeningen, Raff!' zei Izzy, ogenschijnlijk beledigd. 'Natuurlijk wel! Ik vond het rot voor haar, toen. Wel waar, Raff. Kinvara heeft twee jaar geleden een miskraam gehad,' legde Izzy aan Robin uit. 'En natúúrlijk is dat triest, natúúrlijk, en het is volkomen begrijpelijk dat ze naderhand een beetje... Je weet wel. Maar nee. Sorry, hoor,' zei ze nukkig tegen Raphael, 'ze maakt er misbruik van. Ze denkt dat ze tegenwoordig recht heeft op alles wat ze maar wil. Trouwens, ze zou een verschrikkelijke moeder zijn geweest,' zei Izzy opstandig. 'Ze kan er niet tegen als ze zelf niet het middelpunt van alle aandacht is. Als ze haar zin niet krijgt, gaat ze het kleine meisje uithangen. "Laat me niet alleen, Jasper, ik ben bang als je er 's nachts niet bent." Ze vertelt idiote leugens, zegt dat er steeds opgebeld wordt, dat er mannen in de bosjes op de loer liggen die de paarden van alles aandoen.'

'Wát?' zei Raphael, half lachend, maar Izzy gaf hem geen kans.

'O shit, kijk nou. Paps heeft zijn aantekeningen laten liggen.' Ze haastte zich achter haar bureau vandaan, griste de leren map van de radiator en riep over haar schouder: 'Raff, kun jij even de ingesproken berichten afluisteren en voor me noteren terwijl ik weg ben?'

De zware houten deur viel met een doffe klap achter haar dicht, en Robin bleef alleen achter met Raphael. Ze was zich al hyperbewust geweest van zijn aanwezigheid voordat Izzy vertrok, maar nu leek Raphael het hele vertrek te vullen, met die donkere olijfkleurige ogen die op haar gericht bleven.

Hij heeft onder invloed van xtc de moeder van een kind van vier doodgereden. Hij heeft amper een derde van zijn straf uitgezeten en nu staat hij bij zijn vader op de loonlijst, op kosten van de belastingbetaler.

'Hoe werkt dit?' vroeg Raphael, die aan Izzy's bureau ging zitten.

'Gewoon op "Play" drukken, denk ik,' mompelde Robin, en ze nam snel een slokje koffie en deed alsof ze aantekeningen maakte op een notitieblok.

Het antwoordapparaat begon ingeblikte berichten uit te braken en overstemde daarmee het vage geroezemoes vanaf het terras achter de vitrage.

Een zekere Rupert vroeg Izzy hem terug te bellen over 'de AGM'.

Ene mevrouw Ricketts sprak twee volle minuten over het verkeer op Banbury Road.

Een woedende vrouw zei beledigd dat ze het wel had kunnen verwachten, een antwoordapparaat, terwijl je als minister het publiek persoonlijk te woord diende te staan. Vervolgens bleef ze, totdat het apparaat haar onderbrak, doorratelen over haar buren die weigerden overhangende takken van een boom te snoeien, ondanks herhaaldelijke verzoeken van de gemeente.

Toen werd de stille kantoorruimte gevuld door een norse mannenstem, bijna theatraal dreigend. 'Ze zeggen dat mensen in hun broek pissen als ze doodgaan, Chiswell, is dat waar? Veertigduizend pond, anders ga ik informeren wat de kranten willen betalen.'

20

> Wij tweeën werkten volkomen vriendschappelijk lekker door.
>
> Henrik Ibsen, *Rosmersholm*

Strike had The Two Chairmen uitgekozen voor zijn afspraak met Robin om bij te praten die woensdagavond, vanwege de handige ligging dicht bij het parlementsgebouw. De pub lag verscholen op een kruispunt van eeuwenoude achterafstraatjes – Old Queen Street, Cockpit Steps – met een bonte verzameling bijzondere, bezadigd aandoende gebouwen die schuin naast elkaar opgesteld stonden. Pas toen hij naar de overkant van straat liep, waarbij hij hevig met zijn been trok, en hij het metalen bord boven de ingang zag, besefte Strike dat de naam van de pub verwees naar twee nederige dienaren die de zware last van een gesloten draagstoel torsten. Strike, moe en met zijn zere been, vond het een gepast beeld, al was degene die op het bord van de pub in de stoel werd vervoerd een verfijnde dame in het wit en geen dikke, sikkeneurige minister met stug piekhaar en een kort lontje.

De drukke pub zat vol met mensen die na hun werk kwamen borrelen, en Strike was plotseling bang dat hij niet zou kunnen zitten, een onwelkom vooruitzicht met zijn overbelaste been, rug en nek na de lange rit van gisteren en de vele uren die hij vandaag had doorgebracht in Harley Street bij het schaduwen van Dodgy Doc.

Strike had net aan de bar een halve liter London Pride gehaald toen de tafel aan het raam vrijkwam. Met een uit noodzaak geboren vaart dook hij op de hoge, met de rug naar de straat geplaatste bank af voordat het dichtstbijzijnde groepje mannen en vrouwen in pak die kon annexeren. Niemand zou er moeilijk over doen dat hij in zijn eentje een tafel voor vier in beslag nam: Strike was zo groot en fors, en hij had zo'n norse uitstraling, dat zelfs dit groepje gladde ambtenaren zou twijfelen aan hun vermogen om te onderhandelen over een compromis.

De zaak met de kale houten vloer was wat Strike in gedachten schaarde in de categorie 'de betere soberheid'. Op een verschoten wandschildering op de achterste muur waren achttiende-eeuwse mannen met pruiken te zien die samen zaten te roddelen, maar verder was het een en al geschuurd hout en monochrome reproducties. Hij keek door het raam of Robin al in zicht kwam. Toen ze nergens te bekennen bleek dronk hij van zijn bier, las het nieuws op zijn telefoon en probeerde de menukaart te negeren die voor hem op tafel lag en die hem lokte met een plaatje van gepaneerde vis.

Robin, die er om zes uur had moeten zijn, schitterde om halfzeven nog steeds door afwezigheid. Strike kon de foto op de menukaart niet langer weerstaan en bestelde fish-and-chips en nog een bier, waarna hij een lang artikel in *The Times* las over de openingsceremonie van de naderende Olympische Spelen, wat eigenlijk neerkwam op een lange lijst van manieren waarop het land zich volgens de journalist verkeerd zou presenteren en vernederen.

Tegen kwart voor zeven begon Strike zich zorgen te maken om Robin. Hij had net besloten haar te bellen toen ze binnengesneld kwam, rood aangelopen. Ze droeg een bril waarvan Strike wist dat ze die niet nodig had, en ze had een uitdrukking op haar gezicht die hij herkende als de nauwverholen opwinding van iemand die iets te vertellen heeft wat de moeite waard is.

'Lichtbruine ogen,' zei hij toen ze tegenover hem kwam zitten. 'Goeie. Verandert je hele uiterlijk. Wat heb je voor me?'

'Hoe weet je dat ik...? Nou, heel veel zelfs,' zei ze omdat ze inzag dat het geen zin had een spelletje te spelen. 'Ik had je daarstraks willen bellen, maar er waren de hele dag mensen en het ging vanmorgen ook al bijna mis met het afluisterapparaat.'

'Heb je het geplaatst? Verdomd mooi werk!'

'Bedankt. Ik snak naar een glas wijn, wacht even.'

Ze kwam terug met een glas rood en begon onmiddellijk te vertellen over het bericht dat Raphael die morgen op het antwoordapparaat had afgespeeld.

'Ik kreeg de kans niet om het nummer van de beller te noteren, want er kwamen nog vier berichten achteraan. Het telefoonsysteem daar is echt antiek.'

Strike vroeg fronsend: 'Hoe sprak de beller "Chiswell" uit, weet je dat nog?'

'Zoals het hoort. Chizzel.'

'Dat zou Jimmy kunnen zijn,' zei Strike. 'Wat gebeurde er na dat telefoontje?'

'Raff vertelde Izzy erover toen ze terugkwam op kantoor,' zei Robin, en Strike meende een zekere verlegenheid te horen bij het uitspreken van de naam Raff. 'Hij begreep duidelijk niet wat voor boodschap hij doorgaf. Izzy belde meteen haar vader en die werd woest. We konden hem door de telefoon horen tieren, al was er niet veel van te verstaan.'

Strike wreef peinzend over zijn kin.

'Hoe klonk die anonieme beller?'

'Londens accent,' zei Robin. 'Dreigend.'

'"Ze pissen in hun broek als ze doodgaan",' herhaalde Strike zachtjes.

Robin wilde iets zeggen, maar een heftige persoonlijke herinnering maakte dat ze de woorden bijna niet over haar lippen kreeg. 'Iemand die gewurgd wordt...'

'Ja,' onderbrak Strike haar. 'Ik weet het.'

Ze namen allebei een slok.

'Ervan uitgaande dat Jimmy de beller was,' vervolgde Robin, 'dan heeft hij vandaag twee keer naar het ministerie gebeld.'

Ze hield haar handtas open en liet Strike het afluisterapparaatje zien dat daarin verstopt zat.

'Heb je het al mee kunnen nemen?' vroeg hij verbaasd.

'En er een ander voor in de plaats gehangen,' antwoordde Robin, die er niet in slaagde haar triomfantelijke glimlach te onderdrukken. 'Daarom was ik zo laat. Ik heb de gok gewaagd. Aamir, die voor Winn werkt, vertrok en Geraint kwam binnen terwijl ik mijn spullen aan het pakken was. Hij probeerde me te versieren.'

'O ja?' vroeg Strike geamuseerd.

'Fijn dat je dat grappig vindt,' zei Robin koeltjes. 'Het is geen prettige man.'

'Sorry,' zei Strike. 'In welk opzicht is het geen prettige man?'

'Neem het maar gewoon van me aan. Ik heb dat type vaak genoeg meegemaakt op diverse kantoren. Het is een viespeuk, maar hij bezorgt me ook de kriebels. Hij zei daarstraks,' zei ze, en haar verontwaardiging was zichtbaar in haar gezicht, dat nog roder werd, 'dat ik hem aan zijn dode dochter deed denken. Toen zat hij aan mijn haar.'

'Hij zat aan je haar?' Daar kon Strike niet om lachen.

'Pakte een lok van mijn schouder en liet die door zijn vingers gaan,' zei Robin. 'Ik denk dat hij op dat moment besefte wat ik van hem vond, en hij probeerde er een vaderlijke draai aan te geven. Maar goed, ik zei dat ik naar de wc moest en vroeg hem te wachten, zodat we het over liefdadigheidsprojecten konden hebben. Toen ben ik de gang op geglipt en heb die apparaatjes verwisseld.'

'Dat heb je verdomd goed aangepakt, Robin.'

'Ik heb het onderweg hierheen beluisterd,' zei Robin terwijl ze haar koptelefoontje uit haar zak haalde. 'En...' Ze gaf Strike de oortjes. 'Ik heb het interessante gedeelte voor je klaargezet.'

Strike deed gehoorzaam de oortjes in en Robin zette de tape in haar handtas aan.

'... om half vier, Aamir.'

De mannenstem met het Welshe accent werd onderbroken door een rinkelende mobiele telefoon. Schuifelende voeten bij het stopcontact, het gerinkel hield op en Geraint zei: 'O, hallo, Jimmy. Ogenblikje... Aamir, doe die deur eens dicht.'

Nog meer geschuifel, voetstappen.

'Jimmy, ja?'

Er volgde een hele poos waarin Geraint zijn best leek te doen een steeds heftiger tirade aan de andere kant van de lijn in te dammen.

'Ho, wacht... Jimmy, luister ev... Jimmy, luister nou! Ik weet dat het jou geld heeft gekost, Jimmy, ik begrijp dat je verbitterd bent. Jimmy, verdorie! We begrijpen dat je er zo over denkt... Dat is niet eerlijk, Jimmy, Della en ik zijn geen van beiden in weelde opgegroeid. Mijn vader werkte nota bene in een kolenmijn! Luister nou even. We hebben de foto's bijna!'

In het gedeelte dat volgde meende Strike heel vaag Jimmy te horen aan de telefoon.

'Ik begrijp je standpunt,' zei Geraint ten slotte, 'maar ik vraag je met klem om geen gekke dingen te doen, Jimmy. Hij geeft je nooit... Jimmy, luister nou! Hij geeft je je geld niet, dat heeft hij meer dan duidelijk gemaakt. Het is nu naar de krant of niks, dus... bewijzen, Jimmy. Bewijzen!'

Weer een periode van onverstaanbaar geratel.

'Dat zeg ik toch net? Ja... nee, maar Buitenlandse Zaken... Nou, nee. Nee, Aamir kent iemand... ja... ja... Goed dan. Doe ik, Jimmy. Goed, Ja, oké. Ja, Tot ziens.'

De klap van een telefoon die werd neergesmeten, gevolgd door Geraints stem. 'Domme lul,' zei hij.

Weer het geluid van voetstappen. Strike keek even naar Robin, die met een draaiende beweging van haar hand aangaf dat Strike moest blijven luisteren. Na ongeveer een halve minuut was Aamir te horen, timide en gespannen.

'Geraint, Christopher heeft niets beloofd over die foto's.'

Zelfs op de blikkerige tape, met vlakbij het geritsel van papier op Geraints bureau, klonk de stilte geladen.

'Geraint, heb je me wel ge...'

'Ja, ik heb je gehoord!' snauwde Winn. 'Goeie god, je hebt economie gestudeerd en dan kun je niet eens een manier bedenken om die schoft een paar foto's af te troggelen? Ik vraag je niet om ze het gebouw uit te smokkelen, je hoeft ze alleen maar te kopiëren. Dat is toch niet zo ingewikkeld?'

'Ik wil geen problemen meer,' mompelde Aamir.

'Nou, ik had toch verwacht,' zei Geraint, 'na alles wat vooral Della voor jou heeft gedaan...'

'Daar ben ik ook dankbaar voor,' zei Aamir snel. 'Dat weet u best... Goed, goed, ik zal het proberen.'

De volgende minuut was alleen het geschuifel van voetstappen en papier te horen, gevolgd door een mechanische klik. Het apparaat schakelde zichzelf automatisch uit als er een minuut lang niet werd gepraat en werd weer geactiveerd als iemand het woord nam. De volgende stem was een andere man, die vroeg of Della aanwezig zou zijn bij 'het subcomité' die middag.

Strike deed de oortjes uit.

'Heb je alles gehoord?' vroeg Robin.

'Ik denk het wel.'

Ze leunde achterover en keek Strike verwachtingsvol aan.

'Buitenlandse Zaken?' herhaalde hij zacht. 'Wat kan hij in godsnaam uitgevreten hebben waar Buitenlandse Zaken foto's van heeft?'

'We waren toch niet geïnteresseerd in wat hij heeft gedaan?' vroeg Robin met opgetrokken wenkbrauwen.

'Ik heb niet gezegd dat het me niet interesseert, alleen dat ik er niet voor betaald word om het uit te zoeken.'

Strikes portie fish-and-chips werd gebracht. Hij bedankte de barvrouw en goot een sloot ketchup op zijn bord.

'Izzy deed er heel nuchter over,' zei Robin peinzend. 'Ze zou er nooit zo luchtig over hebben gesproken als hij... als hij iemand had... vermoord.' Ze vermeed bewust het woord 'gewurgd'. Drie paniekaanvallen in drie dagen was wel genoeg.

'Ik moet zeggen,' zei Strike, nu met zijn mond vol friet, 'dat zo'n anoniem telefoontje... Tenzij,' zei hij toen hem iets te binnen schoot. 'Tenzij Jimmy de slimme inval heeft gehad om Chiswell ook nog eens te betrekken bij dat verhaal van Billy, boven op wat Chiswell écht heeft uitgespookt, wat dat ook mag zijn. Zo'n kindermoord hoeft niet echt gebeurd te zijn om een minister in de problemen te brengen, iemand die toch al door de pers wordt achtervolgd. Je weet hoe het gaat op internet. Er zijn genoeg mensen die denken dat "Tory-aanhanger" zo'n beetje gelijkstaat aan "kindermoordenaar". Misschien is dit Jimmy's manier om de druk op te voeren.'

Strike prikte nors een paar frieten aan zijn vork.

'Ik zou graag willen uitzoeken waar Billy zit, als we iemand vrij hadden om hem op te sporen. Barclay heeft hem niet gezien, en volgens hem heeft Jimmy niks gezegd over een broer.'

'Billy zei dat hij ergens vastgehouden werd,' zei Robin aarzelend.

'Ik denk eerlijk gezegd niet dat we op dit moment te veel moeten vertrouwen op wat Billy zegt. Ik heb bij de Shiners iemand gekend die op oefening psychotische aanvallen had. Hij dacht dat er kakkerlakken onder zijn huid rondliepen.'

'Bij de...?'

'Shiners. De fuseliers. Frietje?'

'Beter van niet,' zei Robin, ook al had ze trek. Ze had Matthew een berichtje gestuurd dat ze laat thuis zou komen, en hij zou wachten met eten tot ze thuis was. 'Maar ik heb je nog niet alles verteld.'

'Suki Lewis?' vroeg Strike hoopvol.

'Het is me nog niet gelukt terloops over haar te beginnen. Nee, ik wilde zeggen dat Chiswells vrouw beweert dat er mannen in de struiken zitten en dat er wordt geknoeid met haar paarden.'

'Mannen? Meervoud?'

'Dat zei Izzy. Maar ze zegt ook dat Kinvara een hysterisch mens is dat altijd de aandacht wil trekken.'

'Dat thema komt wel steeds terug, hè? Mensen die zogenaamd gek zijn en daardoor niet weten wat ze hebben gezien.'

'Denk je dat dat ook Jimmy geweest kan zijn? In de tuin?'

Strike dacht er al kauwend over na.

'Ik zie niet in wat hij ermee op zou schieten om in die tuin op de loer te gaan liggen of de paarden iets aan te doen, tenzij hij Chiswell alleen maar bang wil maken. Ik zal eens bij Barclay nagaan of Jimmy een auto heeft en of hij het over Oxfordshire heeft gehad. Heeft Kinvara de politie gebeld?'

'Dat vroeg Raff ook toen Izzy terugkwam,' zei Robin, en ook deze keer meende Strike een vleugje verlegenheid te bespeuren toen ze de naam Raff uitsprak. 'Kinvara zegt dat de honden blaften en dat ze een schaduw van een man in de tuin zag, maar hij ging ervandoor. Ze zei dat er de volgende morgen voetafdrukken te zien waren in de wei bij de paarden en dat een ervan met een mes gestoken was.'

'Heeft ze een veearts gebeld?'

'Dat weet ik niet. Het is lastig om vragen te stellen als Raff erbij is. Ik wil niet te nieuwsgierig overkomen, want hij weet niet wie ik ben.'

Strike schoof het bord van zich af en tastte naar zijn sigaretten. 'Foto's,' zei hij peinzend, terugkerend naar het centrale onderwerp. 'Foto's bij Buitenlandse Zaken. Wat kan dat nou zijn, iets wat belastend is voor Chiswell? Die heeft daar toch nooit gewerkt?'

'Nee,' zei Robin. 'De hoogste post die hij ooit heeft bekleed is die van minister van Economische Zaken. Hij heeft moeten aftreden vanwege zijn verhouding met Raffs moeder.'

De houten klok boven de haard liet Robin weten dat het tijd was om te vertrekken. Ze verroerde zich niet.

'Je vindt Raff leuk, hè?' Strikes onverwachte vraag verraste Robin.

'Wat?' Ze was bang dat ze bloosde.

'Die indruk kreeg ik gewoon,' zei Strike. 'Voordat je hem ontmoette, vond je hem maar niks.'

'Moet ik me dan vijandig tegenover hem opstellen terwijl ik zogenaamd een petekind van zijn vader ben?' vroeg Robin opstandig.

'Nee, natuurlijk niet,' antwoordde Strike, maar Robin had het gevoel dat hij haar in de maling nam en dat stoorde haar.

'Ik moet gaan,' zei ze. Ze veegde het koptelefoontje van tafel en stopte het weer in haar tas. 'Ik heb tegen Matt gezegd dat ik thuis zou eten.'

Ze stond op, nam afscheid van Strike en liep de pub uit.

Strike keek haar na, met lichte spijt van zijn opmerking over de manier waarop ze sprak over Raphael Chiswell. Nadat hij een paar minuten in zijn eentje bier had zitten drinken betaalde hij voor zijn eten en liep naar buiten, om op het trottoir een sigaret op te steken voordat hij de minister van Cultuur belde, die vrijwel meteen opnam.

'Ogenblikje,' zei Chiswell. Strike hoorde geroezemoes op de achtergrond. 'Het is hier druk.'

Een dichtvallende deur; het geroezemoes werd gedempt.

'Zit bij een etentje,' zei Chiswell. 'Had je wat voor me?'

'Geen goed nieuws, ben ik bang,' zei Strike terwijl hij bij de pub vandaan liep, Queen Anne Street in, tussen de witgeverfde panden die oplichtten in de schemer. 'Mijn compagnon is er vanmorgen in geslaagd een afluisterapparaatje aan te brengen in het kantoor van Winn. We hebben een gesprek tussen hem en Jimmy Knight opgenomen. De assistent van Winn – Aamir, toch? – probeert aan de foto's te komen waarover u het had. Bij Buitenlandse Zaken.'

De stilte die volgde duurde zo lang dat Strike zich afvroeg of de verbinding verbroken was. 'Bent u...?'

'Ik ben er nog!' snauwde Chiswell. 'Dat is die jongen van Mallik, toch? Vuil ettertje. Wat een vúíl etterventje. Hij is al een keer ontslagen. Laat hem het maar proberen. Hij moet het maar eens proberen! Denkt hij nou echt dat ik niet... Ik weet het een en ander over Aamir Mallik,' zei hij toen. 'Jazeker.'

Strike wachtte enigszins verrast op opheldering, maar die kwam niet. Chiswell ademde slechts zwaar in de telefoon. Het gedempte geluid van voetstappen vertelde Strike dat Chiswell over tapijt ijsbeerde.

'Had je verder niks te melden?' vroeg de minister uiteindelijk op barse toon.

'Nog één ding,' zei Strike. 'Volgens mijn compagnon heeft uw vrouw 's avonds laat een of meerdere mannen op uw terrein gezien.'

'O,' zei Chiswell, 'yerse.' Het klonk niet bepaald bezorgd. 'Mijn vrouw houdt paarden en ze neemt de beveiliging daarvan erg serieus.'

'U denkt niet dat dit iets te maken heeft met...?'

'Beslist niet. Nee, nee. Kinvara is soms nogal... Eerlijk gezegd,' zei Chiswell, 'kan ze zich volkomen hysterisch aanstellen. Ze houdt een complete kudde paarden en is altijd bang dat die beesten gestolen worden. Ik wil niet dat u uw tijd verdoet met speuren in de bosjes in Oxfordshire. Mijn problemen liggen in Londen. Was dat alles?'

Strike zei dat het alles was, en na een afgemeten groet verbrak Chiswell de verbinding, waarna Strike naar metrostation St James's Park strompelde.

Tien minuten later zat hij in een hoekje van een treincoupé, sloeg zijn armen over elkaar, strekte zijn benen en staarde nietsziend naar het raam tegenover hem.

Dit onderzoek was hoogst ongebruikelijk van aard. Hij had nog nooit een afpersingszaak meegemaakt waarbij de cliënt zo weinig wilde loslaten over wat hij had uitgespookt – maar ja, bedacht Strike, hij had ook nooit eerder een minister als opdrachtgever gehad. Bovendien kwam het niet elke dag voor dat er een jongeman zijn kantoor binnenstormde die mogelijk psychotisch was en stellig beweerde dat hij getuige was geweest van de moord op een kind, terwijl Strike toch aardig wat ongebruikelijke gesprekken had gevoerd met labiele personen sinds hij de kranten had gehaald. Dat wat hij ooit 'de mafkezenla' had genoemd, een benaming waartegen Robin zo nu en dan bezwaar maakte, besloeg nu een halve dossierkast.

Het was de link tussen het gewurgde kind en Chiswells chantagezaak die Strike bezighield, ook al leek het verband op het eerste gezicht voor de hand te liggen: Jimmy en Billy waren immers broers. Het zag ernaar uit dat iemand (en het leek Strike hoogst aannemelijk dat dat Jimmy was, afgaand op wat Robin hem over het telefoontje had verteld) besloten had Chiswell in verband te brengen met Billy's verhaal, ook al kon de daad die de aanleiding had gevormd voor de afpersing, tevens de reden dat Chiswell zich tot Strike had gewend, onmogelijk kindermoord zijn, anders was Geraint Winn wel naar de politie gestapt. Als een tong die steeds terugkeert naar een blaar op het gehemelte keerden Strikes gedachten aldoor vruchteloos terug naar de gebroeders Knight: Jimmy, de charismatische, welbespraakte man met de knappe boeventronie, de heetgebakerde opportunist; en Billy, opgejaagd, vies, zonder twijfel geestesziek, geteisterd door een herinnering die mogelijk onjuist was, maar daar niet minder afschuwelijk door werd.

Ze zeggen dat mensen in hun broek pissen als ze doodgaan.

Wie pissen in hun broek? Ook nu leek Strike Billy Knight te horen.

Ze hebben haar begraven in een roze dekentje, in de boskuil bij mijn vaders huis. Maar naderhand zeiden ze dat het een jongetje was...

Hij had zojuist van zijn cliënt uitdrukkelijk opdracht gekregen om zijn onderzoek te beperken tot Londen en niet te kijken naar Oxfordshire.

Terwijl hij op de borden keek welk station zijn trein zojuist binnengereden was, dacht Strike even aan Robins verlegenheid wanneer ze over Raphael Chiswell sprak. Geeuwend haalde hij zijn mobiel weer tevoorschijn en slaagde erin de jongste nakomeling van zijn cliënt te googelen – er waren vele foto's te vinden waarop hij de trap voor de rechtbank op liep, op weg naar de zitting en zijn veroordeling wegens doodslag.

Toen hij langs de foto's van Raphael scrolde, voelde Strike een toenemende antipathie tegen de knappe jongeman in zijn donkere pak. Los van het feit dat Chiswells zoon er eerder uitzag als een Italiaans fotomodel dan als een doorsnee-Brit, zorgden de afbeeldingen er ook voor dat Strikes latente wrevel, die zijn oorsprong vond in sociale klasse en persoonlijk leed, uitgroeide tot een diepe wrok ergens in zijn borstkas. Raphael was hetzelfde type als Jago Ross, de man met wie Charlotte was getrouwd nadat Strike het had uitgemaakt: afkomstig uit de betere kringen, dure kleding, dure scholen, hun pekelzonden toegeeflijker behandeld omdat ze zich de beste advocaten konden veroorloven, en omdat ze leken op de zonen van de rechters die over hun lot beslisten.

De metro vertrok weer en Strike stopte de telefoon in zijn zak nu hij geen bereik meer had, sloeg zijn armen over elkaar en hervatte zijn gestaar naar de donkere ruit terwijl hij hard zijn best deed een onaangename gedachte te weren die zich aan hem bleef opdringen als een bedelende hond, onmogelijk te negeren.

Hij besefte nu pas dat hij er nooit bij stilgestaan had dat Robin belangstelling zou kunnen opvatten voor een andere man dan Matthew, behalve natuurlijk dat ene moment toen hij haar zelf in zijn armen had genomen daar op de trap, op haar huwelijksdag, toen ze heel even...

Kwaad op zichzelf schopte hij die nutteloze gedachte opzij en dwong zijn afdwalende gedachten terug te keren naar die merkwaardige zaak rond een minister, paarden die met een mes bewerkt waren en een lijkje dat ergens in een kuil in het bos begraven was in een roze dekentje.

21

> ... er worden achter jouw rug bepaalde spelletjes gespeeld hier in huis.
>
> Henrik Ibsen, *Rosmersholm*

'Waarom heb jij het zo druk en heb ik geen moer te doen?' vroeg Raphael vrijdag tegen het einde van de ochtend aan Robin.

Ze was net terug van het schaduwen van Geraint, dat was geeindigd bij Portcullis House. Terwijl ze hem van een afstand observeerde, had ze gezien hoe de beleefde lachjes van de vele jonge vrouwen die hij begroette steevast overgingen in een blik van afkeer zodra hij voorbij was. Geraint was naar een vergaderzaal op de eerste verdieping vertrokken, dus was Robin teruggekeerd naar Izzy's kantoor. Bij het naderen van Geraints kamer had ze gehoopt naar binnen te kunnen glippen om het tweede afluisterapparaatje te verwisselen, maar door de open deur zag ze Aamir achter zijn computer zitten.

'Raff, ik geef je dadelijk iets te doen, schat,' mompelde Izzy gespannen, intussen op haar toetsenbord ratelend. 'Ik moet dit afmaken, het is voor de lokale partijvoorzitster. Paps komt over vijf minuten om het te ondertekenen.'

Ze wierp een gekwelde blik op haar broer, die onderuitgezakt in de leunstoel hing en speelde met het papieren bezoekerspasje om zijn nek, zijn lange benen gestrekt voor zich uit, zijn hemdsmouwen opgerold, zijn das losgetrokken.

'Ga anders even een kop koffie drinken op het terras,' stelde Izzy voor. Robin wist dat ze hem uit haar buurt wilde hebben als Chiswell kwam.

'Heb jij zin in koffie, Venetia?' vroeg Raphael.

'Helaas,' zei Robin. 'Te druk.'

De ventilator op Izzy's bureau draaide haar kant op en ze genoot een paar seconden van het koele briesje. De vitrage voor de ramen gaf niet meer prijs dan een troebele, nevelige impressie van de schitterende junidag buiten. Afgeknotte parlementariërs verschenen als lichtgevende spoken op het terras achter het glas. Het was benauwd in het krappe kantoortje. Robin droeg een katoenen jurk, haar haar in een paardenstaart, maar ze moest toch zo nu en dan met de rug van haar hand haar bovenlip droogdeppen terwijl ze deed alsof ze zat te werken.

Raphaels aanwezigheid op kantoor was een obstakel, zoals ze ook tegen Strike had gezegd. Toen ze nog met Izzy alleen was geweest had ze geen smoes hoeven bedenken om op de gang rond te hangen. Bovendien kéék Raphael steeds naar haar, en op een totaal andere manier dan de wellustige blikken waarmee Geraint haar van top tot teen opnam. Ze keurde Raphaels gedrag niet goed, maar zo nu en dan betrapte ze zichzelf op iets wat gevaarlijk dicht in de buurt kwam van medelijden. Hij had een nerveuze indruk gemaakt toen zijn vader erbij was, en verder... Nou ja, iedereen zou hem knap vinden. Dat was de voornaamste reden waarom ze het vermeed zijn kant op te kijken; het was beter om dat niet te doen als ze een beetje objectief wilde blijven.

Hij probeerde hardnekkig een band met haar op te bouwen, en zij deed haar best hem te ontmoedigen. De vorige dag nog was hij ineens opgedoken toen ze voor de deur van Geraint en Aamir uit alle macht had geprobeerd een telefoongesprek van Aamir af te luisteren dat over een 'onderzoek' ging. Door het weinige dat Robin had kunnen opvangen was ze ervan overtuigd geweest dat The Level Playing Field ter discussie stond.

'Maar is het dan geen strafrechtelijk onderzoek?' had Aamir op bezorgde toon gevraagd. 'Het is niet officieel? Ik dacht dat het gewoon een routinekwestie... Maar meneer Winn had begrepen dat hij met zijn brief aan de toezichthouder alle zorgen van de stichting had weggenomen.'

Robin had de gelegenheid om hem af te luisteren niet aan zich voorbij kunnen laten gaan, maar ze wist dat ze een risico liep. Wat ze echter niet had verwacht, was dat niet Winn maar Raphael haar daar zou verrassen.

'Wat sta je nou stiekem weggedoken?' had hij lachend gevraagd.

Robin was snel doorgelopen, maar ze had achter zich Aamirs deur met een klap horen dichtslaan; ze vermoedde dat híj er in het vervolg wel voor zou zorgen dat de deur van het kantoor gesloten bleef.

'Ben je altijd zo schrikachtig of ligt het aan mij?' had Raphael gevraagd toen hij haar achternakwam. 'Kom, we gaan koffiedrinken, ik verveel me kapot hier.'

Robin had bruusk geweigerd, maar terwijl ze later weer zat te doen alsof ze het heel druk had, had ze moeten toegeven dat een deel van haar – een heel klein deeltje – toch gevleid was door zijn aandacht.

Er werd op de deur geklopt, en tot Robins verbazing kwam Aamir Mallik binnen, met een lijst namen in de hand. Hij sprak Izzy aan, nerveus maar vastberaden.

'Ja, eh, hallo. Geraint wil graag het bestuur van The Level Playing Field toevoegen aan de gastenlijst voor de Paralympics-receptie op 12 juli,' zei hij.

'Ik heb niks met die receptie te maken,' snauwde Izzy. 'Die wordt georganiseerd door het ministerie van Cultuur, niet door mij. Wáárom,' barstte ze uit terwijl ze haar zweterige pony van haar voorhoofd streek, 'komt iedereen overal mee naar míj toe?'

'Geraint wil deze mensen er beslist bij hebben,' zei Aamir. De lijst trilde in zijn hand.

Robin vroeg zich af of ze op dat moment Aamirs verlaten kantoor in zou durven sluipen om de afluisterapparaatjes te verwisselen. Ze stond op, stilletjes om niet de aandacht op zich te vestigen.

'Waarom vraagt hij dat dan niet aan Della?' zei Izzy.

'Die heeft geen tijd, en het gaat maar om acht mensen,' zei Aamir. 'Het is voor hem echt...'

'Hoor, daar spreekt Lachesis, de dochter van de godin van de Noodzaak.'

De bulderende bas van de minister van Cultuur bereikte het vertrek eerder dan hijzelf. Chiswell stond in de deuropening in een verkreukeld pak en versperde Robin de doorgang. Ze ging zo onopvallend mogelijk weer zitten.

Robin kreeg de indruk dat Aamir zich schrap zette.

'Weet u wie Lachesis was, meneer Mallik?' vroeg Chiswell.

'Niet echt, nee,' antwoordde Aamir.

'Nee? Niks geleerd over de Grieken op die scholengemeenschap in Harringay? Raff, jij hebt tijd over, zo te zien, vertel meneer Mallik eens over Lachesis.'

'Ik weet het ook niet.' Raphael gluurde vanonder zijn dikke, donkere wimpers naar zijn vader.

'Hou je je nou van de domme? Lachesis,' zei Chiswell, 'was een van de schikgodinnen. Ze mat de draad van de levensduur af. Wist precies wanneer het voor iedereen afgelopen was. Geen Plato-liefhebber, meneer Mallik? Catullus past waarschijnlijk beter in uw straatje. Hij heeft een aantal voortreffelijke gedichten voortgebracht over mannen met jouw gewoontes. *Pedicabo ego vos et irrumabo, Aureli pathice et cinaede Furi*, nietwaar? Gedicht 16, zoek maar op, het zal je zeker bevallen.'

Raphael en Izzy staarden hun vader allebei aan. Aamir bleef een paar tellen staan alsof hij niet meer wist wat hij eigenlijk kwam doen en droop toen af.

'Ken uw klassieken,' zei Chiswell, en hij keek Aamir na met iets wat op boosaardig genoegen leek. 'Een mens is nooit te oud om te leren, hè Raff?'

Robins mobiel trilde op haar bureau. Een bericht van Strike. Ze hadden afgesproken om onder werktijd geen contact met elkaar op te nemen tenzij het dringend was. Ze liet het toestel in haar tas glijden.

'Waar zijn de papieren die ik moet tekenen?' vroeg Chiswell aan Izzy. 'Heb je de brief voor die verdraaide Brenda Bailey af?'

'Die ben ik aan het printen,' zei Izzy.

Terwijl Chiswell een stapel brieven van zijn handtekening voorzag, hijgend als een buldog in het verder stille vertrek, mompelde Robin dat ze weg moest en haastte zich de gang op.

Omdat ze Strikes bericht wilde lezen zonder bang te hoeven zijn dat ze gestoord zou worden, volgde ze een houten bordje met een pijl naar de ondergrondse kapel. Ze snelde de aangewezen smalle stenen trap af en trof beneden een verlaten kapel aan.

Die was gedecoreerd als een middeleeuwse juwelenkist: iedere centimeter van de gouden muur versierd met heraldische en religieuze motieven en symbolen. Boven het altaar hingen kleurrijke heiligenafbeeldingen, en de hemelsblauwe orgelpijpen waren omwikkeld met goudkleurig lint en opgesmukt met dieprode fleurs de lis. Robin schoof snel een roodfluwelen kerkbank in en opende Strikes bericht.

Je moet iets voor me doen. Barclay heeft 10 dgn op rij Jimmy Knight gevolgd en nu hoort hij net dat zijn vrouw dit weekend moet werken. Er is geen oppas voor de baby. Andy vertrekt vanavond met zijn gezin voor een week naar Alicante. Zelf kan ik Jimmy niet schaduwen, hij kent me. core doet morgen mee aan een protestmars tegen kernwapens. Begint om twee uur in Bow. Kun jij gaan?

Robin staarde een paar seconden naar het bericht en stootte toen een kreun uit die door de kapel galmde.

Het was de eerste keer in meer dan een jaar dat Strike haar op korte termijn vroeg om extra uren te werken, maar dit weekend was haar eerste trouwdag. Het dure hotel was al geboekt, de tassen stonden ingepakt in de auto. Ze had na werktijd, over een paar uur, met Matthew afgesproken. Ze zouden meteen doorrijden naar Le Manoir aux Quat'Saisons. Matthew zou woest zijn als ze niet mee kon.

In de rust van de vergulde kapel moest ze denken aan de woorden die Strike tegen haar had gezegd toen hij ermee instemde dat ze zou worden opgeleid tot detective: *Ik heb iemand nodig die lange da-*

gen kan maken en ook in het weekend werkt... Je bent geknipt voor deze baan, maar je gaat trouwen met iemand die er een hekel aan heeft dat je dit werk doet.

Robin had geantwoord dat het haar niet kon schelen hoe Matthew erover dacht, dat ze zelf wel uitmaakte wat ze deed.

Waar lag haar loyaliteit nu? Ze had ermee ingestemd getrouwd te blijven, beloofd hun huwelijk een kans te geven. Ze had meer dan genoeg onbetaalde overuren gedraaid voor Strike. Hij kon moeilijk beweren dat ze werkschuw was.

Langzaam typte ze een antwoord, waarna ze woorden schrapte, ze verving door andere en iedere lettergreep goed overdacht.

Het spijt me heel erg, maar we vieren dit weekend onze trouwdag. Hotel is al gebroekt, we vertrekken vanavond.

Ze wilde meer schrijven, maar wat viel er verder te zeggen? 'Het gaat niet goed met mijn huwelijk, dus het is belangrijk dat ik onze trouwdag vier'? 'Ik zou me veel liever vermommen als demonstrant en Jimmy Knight gaan stalken?' Ze drukte op 'Verzenden'.

Terwijl ze op Strikes antwoord wachtte, wat voelde alsof ze ieder moment de uitslag van een medisch onderzoek kon krijgen, volgde Robin met haar blik de kronkelende klimplanten die op het plafond geschilderd waren. Rare gezichten tuurden naar haar omlaag van tussen de sierlijsten, zoals de mythische Groene man. Heraldische en heidense afbeeldingen vermengden zich met engelen en kruisbeelden. Deze kapel was meer dan een godshuis. Het geheel voerde terug naar een tijdperk van bijgeloof, magie en het feodalisme.

De minuten kropen voorbij zonder dat Strike reageerde. Robin stond op en liep de kapel door. Helemaal achterin was een kast. Toen ze die opendeed, zag ze een gedenkplaat voor suffragette Emily Davison. Zij had daar blijkbaar overnacht zodat ze bij de volkstelling van 1911 het Lagerhuis kon opgeven als verblijfadres. Dat was zeven jaar voor de invoering van het vrouwenkiesrecht geweest. Robin dacht onwillekeurig dat Emily Davison vast geen goed woord overgehad zou hebben voor Robins keuze om een slecht huwelijk voorrang te geven boven de vrijheid om te werken.

Robins mobiel zoemde weer. Ze keek omlaag, bang voor wat ze daar zou lezen. Strike had geantwoord met twee letters:

OK

De loden last leek zich te verplaatsen van haar borst naar haar maag. Strike woonde nog steeds, zoals Robin maar al te goed wist, in de veredelde zit-slaapkamer boven hun kantoor, en hij werkte in de weekends door. Voor hem, de enige niet-getrouwde medewerker van het bureau, was de grens tussen werk en privé zeer flexibel en poreus, als er al een grens was, terwijl dat niet gold voor Robin, Barclay en Hutchins. En het ergste was wel dat ze geen enkele manier kon bedenken om Strike te laten weten dat het haar speet, dat ze het begreep, dat ze zou willen dat het anders was, zonder hen beiden te herinneren aan die omhelzing op de trap op haar huwelijksdag, die inmiddels zo lang onbesproken was gebleven dat ze zich afvroeg of de herinnering wel klopte.

Met een ellendig gevoel liep ze de trap op, de onderaardse kapel uit, nog steeds met de stapel papieren in haar hand die ze zogenaamd ergens moest afgeven.

Toen ze terugkwam was Raphael alleen in het kantoortje. Hij zat achter Izzy's pc te typen, op een derde van haar snelheid.

'Izzy is met pa mee, iets doen wat zo saai klonk dat het me alweer ontschoten is,' zei hij. 'Ze zijn zo terug.'

Robin forceerde een glimlach en ging aan haar bureau zitten, haar gedachten bij Strike.

'Dat was nogal raar, niet, dat gedicht?' vroeg Raphael.

'Wat? O, dat Latijnse gedicht? Ja,' zei Robin. 'Best wel.'

'Het leek wel of hij het speciaal vanbuiten had geleerd om Mallik ermee om de oren te slaan. Niemand heeft zoiets zomaar paraat.'

Robin, die wist dat Strike ook rare Latijnse spreuken uit het hoofd kende, antwoordde: 'Nee, dat lijkt mij ook niet.'

'Heeft hij iets tegen Mallik of zo?'

'Ik zou het echt niet weten,' loog Robin.

Omdat ze geen manieren meer kon verzinnen om haar tijd te doden achter het bureau, begon ze maar weer met papieren te schuiven.

'Hoe lang blijf je hier, Venetia?'

'Dat weet ik nog niet. Tot het parlement met reces gaat, denk ik.'

'Wil je hier serieus komen werken? Voor vast?'

'Ja,' zei ze. 'Ik vind het interessant.'

'Wat heb je hiervóór gedaan?'

'Pr,' antwoordde Robin. 'Dat was leuk, maar ik had zin in iets anders.'

'Hoop je een minister aan de haak te slaan?' vroeg hij met een vaag lachje.

'Ik kan niet zeggen dat ik hier iemand heb zien rondlopen met wie ik zou willen trouwen,' zei Robin.

'Pijnlijk,' zei Raphael met een theatrale zucht.

Robin was bang dat ze bloosde, en ze probeerde het te verhullen door zich over een geopende lade te buigen en er lukraak wat spullen uit te pakken.

'Zeg, heeft Venetia Hall eigenlijk een relatie?' drong hij aan toen ze weer omhoogkwam.

'Ja,' zei ze. 'Hij heet Tim. We zijn nu een jaar samen.'

'O? Wat voor werk doet Tim?'

'Hij werkt bij Christie's,' antwoordde Robin. Ze was op het idee gekomen door de mannen die ze met Sarah Shadlock had gezien bij de Red Lion: onberispelijk geklede kostschooltypes van wie ze zich kon voorstellen dat Chiswells petekind ermee om zou gaan. 'En jij?' vroeg ze toen. 'Izzy zei iets over...'

'Bij de galerie?' onderbrak Raphael haar. 'Dat stelde niks voor. Ze was te jong voor me. Trouwens, haar ouders hebben haar naar Florence gestuurd.'

Hij had zijn stoel naar haar toe gedraaid. Zijn gezicht stond ernstig en onderzoekend en hij keek haar aan alsof hij iets wilde weten wat een gewoon gesprek niet aan het licht zou brengen. Robin verbrak het oogcontact. Het was niet gepast voor de tevreden verkering van de denkbeeldige Tim om een andere man zo doordringend aan te kijken.

'Geloof jij in verlossing?'

Die vraag overrompelde Robin volledig. Hij had iets plechtigs, een schoonheid die haar deed denken aan de kapel aan de voet van de wenteltrap, dat glanzende juweeltje.

'Ik... Ja,' zei ze.

Hij had een potlood van Izzy's bureau gepakt en draaide dat met zijn lange vingers rond terwijl hij aandachtig naar haar bleef kijken. Hij leek haar de maat te nemen.

'Je weet wat ik heb gedaan? Met de auto?'

'Ja,' antwoordde ze.

De stilte die zich tussen hen ontrafelde werd in Robins hoofd bevolkt door zwaailichten en vage schimmen. Ze zag in gedachten Raphael bebloed achter het stuur zitten terwijl op de weg de geknakte gestalte van de jonge moeder lag; ze zag de politiewagens, het afzetlint en de gapende automobilisten in andere auto's. Hij bekeek haar nauwlettend. Alsof hij hoopte op haar zegen, alsof haar vergiffenis ertoe deed. En soms, zo wist ze, kon de vriendelijkheid van een vreemde, of zelfs van een vage kennis, een ommekeer veroorzaken, iets om je aan vast te klampen terwijl je naasten je alleen maar verder de diepte in sleurden met hun pogingen je te helpen. Ze dacht aan de oudere gastheer in de Members' Lobby, die er niets van had begrepen maar een immense troost voor haar was geweest, zijn schorre stem en vriendelijke woorden een strohalm, de weg terug naar het heden, waar ze weer helder kon denken.

De deur ging opnieuw open. Robin en Raphael schrokken allebei toen er een wulpse vrouw met rood haar binnenkwam, met een bezoekerspas aan een koord om haar hals. Robin herkende haar meteen van de online foto's: Jasper Chiswells vrouw Kinvara.

'Hallo,' zei Robin, want Kinvara staarde alleen maar met een strak gezicht naar Raphael, die zich haastig naar zijn computer toe draaide en weer begon te typen.

'Jij bent zeker Venetia,' zei Kinvara, haar blik nu op Robin gericht. Ze had een hoog meisjesachtig stemmetje. Haar ogen waren katachtig, in een ietwat pafferig gezicht. 'Wat ben je knap. Niemand had me verteld dat je zo knap bent.'

Robin had geen idee hoe ze daarop moest reageren. Kinvara liet zich in de doorgezakte stoel zakken waar Raff meestal zat, nam de designerzonnebril af die haar lange rode haar uit haar gezicht hield en schudde dat los. Haar blote armen en benen waren bedekt met sproeten. De bovenste knoopjes van haar mouwloze groene jurkje stonden op knappen door haar zware borsten.

'Van wíé was jij nou een dochter?' vroeg Kinvara een tikkeltje nors. 'Dat heeft Jasper me niet verteld. Hij vertelt me sowieso niets als het niet per se hoeft. Dat ben ik wel gewend. Hij heeft alleen gezegd dat je een petekind bent.'

Niemand had Robin gewaarschuwd dat Kinvara niet wist wie ze echt was. Misschien hadden Izzy en Chiswell niet verwacht dat ze elkaar tegen het lijf zouden lopen.

'Van Jonathan Hall,' zei Robin nerveus. Ze had een rudimentaire achtergrond bedacht voor het petekind Venetia, maar niet in de verwachting er zo diep op in te moeten gaan tegenover Chiswells eigen vrouw, die toch al zijn vrienden en kennissen zou moeten kennen.

'Wie is dat?' vroeg Kinvara. 'Ik zou het natuurlijk moeten weten, Jasper zal wel weer kwaad zijn dat ik niet heb opgelet.'

'Hij is landbeheerder in...'

'O, dat stuk grond in Northumberland?' onderbrak Kinvara haar, al leek haar belangstellig niet erg groot. 'Dat was voor mijn tijd.'

Goddank, dacht Robin.

Kinvara sloeg haar benen over elkaar en vouwde haar armen over haar enorme boezem. Haar voet wipte op en neer. Ze wierp Raphael een harde, bijna hatelijke blik toe. 'Groeten we niet meer, Raphael?'

'Hallo,' zei hij.

'Jasper zei dat ik hierheen moest komen, maar als je liever hebt dat ik op de gang wacht, dan zeg je het maar, hoor,' zei Kinvara met haar hoge, geknepen stem.

'Natuurlijk niet,' mompelde Raphael, terwijl hij met een doelbewuste blik naar zijn monitor bleef kijken.

'Nou, ik wil jullie anders niet storen, hoor.' Kinvara keek van Raphael naar Robin. Het verhaal over de blondine in de kunstgalerie schoot Robin weer te binnen. Ze deed voor de tweede keer alsof ze iets zocht in een la, en het was een opluchting toen ze Chiswell en Izzy op de gang hoorde aankomen.

'... tien uur en niet later, anders heb ik geen tijd meer om dat verdomde ding helemaal te lezen. En zeg tegen Haines dat ik de BBC móét spreken, ik heb het te druk voor een stelletje idioten die het over... Kinvara.'

Chiswell bleef met een ruk staan in de deuropening van het kantoor en zei zonder een spoor van genegenheid: 'Ik heb gezegd dat je naar Cultuur moest komen, niet hierheen.'

'Ik ben ook heel blij om jou weer te zien, Jasper, na drie dagen zonder elkaar,' zei Kinvara terwijl ze overeind kwam en haar gekreukte jurkje gladstreek.

'Hoi, Kinvara,' zei Izzy.

'Ik was vergeten dat je bij Cultuur wilde afspreken,' zei Kinvara tegen Chiswell, zonder acht te slaan op haar stiefdochter. 'Ik probeer je al de hele morgen te bellen...'

'Ik heb het nog zo gezegd,' gromde Chiswell. 'Tot één uur had ik een vergadering. En als je nou weer over die verdomde dekkingskosten komt zeuren...'

'Nee, Jasper, het gaat toevállig niet over dekkingskosten, en ik had het liever onder vier ogen besproken, maar als jij wilt dat ik erover begin waar je kinderen bij zijn...'

'Ach, mens,' bulderde Chiswell. 'Kom dan maar mee. We zoeken een rustig plekje op.'

'Er was gisteravond een man,' zei Kinvara. 'Een man die... Kijk niet zo naar me, Isabella!'

Izzy's uitdrukking was er een van pure scepsis. Ze trok haar wenkbrauwen op en liep verder het kantoor in alsof Kinvara onzichtbaar was geworden.

'Een rustig plekje, zei ik!' snauwde Chiswell, maar Kinvara liet zich niet de mond snoeren.

'Ik heb gisteravond een man gezien in het bos bij het huis, Jasper!'

zei ze, met die luide hoge stem waarvan Robin wist dat die ver zou doorgalmen over de smalle gang. 'Ik beeld het me niet in, er was een man met een schop in het bos, ik heb hem zelf gezien, en hij ging ervandoor toen de honden naar hem toe renden! Jij zegt steeds dat ik niet zo'n heisa moet maken, maar ik ben 's avonds alleen in dat huis en als jij er niks aan doet, Jasper, dan bel ik zelf de politie!'

22

> … voel jij je niet geroepen om dat op je te nemen, voor de goede zaak?
>
> Henrik Ibsen, *Rosmersholm*

Strike was bloedchagrijnig.

Waarom, zo vroeg hij zich af toen hij de volgende morgen met zijn manke poot naar Mile End Park liep, moest uitgerekend híj, senior partner en oprichter van de zaak, verdomme op een bloedhete zaterdagochtend naar die protestmars terwijl hij drie man personeel en een geamputeerd onderbeen had? Omdat hij, beantwoordde hij de vraag zelf, geen baby had waarop hij moest passen, geen vrouw die een reis had geboekt of haar pols had gebroken, en hij geen weekendje in een fucking hotel voor de boeg had om te vieren dat hij een jaar getrouwd was. Hij was helemaal niet getrouwd, dus moest zíjn vrije tijd opgeofferd worden, zíjn weekend – dat nu dus veranderde in twee gewone werkdagen.

Alles waarvan Robin bang was dat Strike het over haar dacht, dacht hij inderdaad: hij vergeleek haar huis in Albury Street, de pittoreske straat met de kinderkopjes, met zijn twee tochtige zolderkamertjes en hield de rechten en status die dat gouden ringetje haar gaf naast Loreleis teleurstelling toen hij had uitgelegd dat een gezamenlijke lunch en misschien die avond een etentje er nu niet in zaten. Hij vergeleek Robins beloften van gelijke verantwoordelijkheid toen hij haar aannam als compagnon met de realiteit waarin ze meteen naar huis snelde, naar haar man.

Oké, Robin had in haar twee jaar bij hem op het bureau veel onbetaalde overuren gedraaid en oké, hij besefte heus wel dat ze méér dan haar plicht voor hem had gedaan. Oké, in theorie was hij haar verdomd dankbaar. Maar het bleef een feit dat hij vandaag hompelend onderweg was om urenlang iemand te volgen, waarschijnlijk zonder resultaat, terwijl zij en die lul van een echtgenoot van haar nu over de snelweg raasden voor een weekendje in een chic hotel buiten de stad, een gedachte die zijn zere been en rug er niet draaglijker op maakte.

Ongeschoren, gekleed in een oude spijkerbroek, een rafelige, verwassen hoody en stokoude sportschoenen, zwaaiend met een plastic tasje in zijn ene hand, liep Strike het park in. Hij zag de demonstranten verderop al samendrommen. Vanwege het risico dat Jimmy hem zou herkennen had Strike bijna besloten niet naar de protestmars te gaan, maar na het laatste bericht van Robin (waar hij uit puur chagrijn niet op had geantwoord) had hij zich bedacht.

Kinvara Chiswell was op kantoor. Zegt dat ze gisteravond een man met een schop heeft gezien in het bos bij hun huis. Ik begreep van haar dat ze van Chiswell de politie niet mag bellen over deze indringer, maar ze dreigt dat toch te doen als Chiswell niet ingrijpt. Kinvara wist trouwens niet dat hij ons heeft ingeschakeld, ze dacht dat ik echt Venetia Hall was. O ja, het zou kunnen dat de Commissie Goede Doelen onderzoek doet naar The Level Playing Field. Ik probeer het uit te zoeken.

Het bericht had Strike alleen nog maar kwader gemaakt. Hij zou op dat moment alleen genoegen nemen met concreet bewijs tegen Geraint Winn, nu *The Sun* Chiswell in de nek hijgde en hun cliënt zwaar in de stress zat.

Volgens Barclay had Jimmy Knight wel een auto, maar dat was een tien jaar oude Suzuki Alto die niet door de apk was gekomen en van de weg was gehaald. Barclay kon niet voor honderd procent uitsluiten dat Jimmy honderd kilometer verderop 's avonds in het donker door Chiswells tuin en bossen sloop, maar het leek Strike onwaarschijnlijk.

Aan de andere kant zag hij Jimmy er best voor aan om iemand op Chiswells vrouw af te sturen om haar te intimideren. Hij had waarschijnlijk nog wel vrienden of kennissen in de omgeving waar hij was opgegroeid. Een nog verontrustender gedachte was dat Billy ontsnapt zou zijn uit de gevangenis, echt of denkbeeldig, waarin hij naar eigen zeggen werd vastgehouden, en dat hij had besloten te gaan graven, op zoek naar bewijs dat het kind in een roze dekentje begraven lag bij het oude huisje van zijn vader of dat hij, in de ban van wat voor paranoïde fantasie dan ook, een van Kinvara's paarden met een mes had bewerkt.

Uit bezorgdheid om deze onverklaarbare kanten van de zaak en de belangstelling die *The Sun* toonde voor de minister, en omdat hij zich ervan bewust was dat zijn detectivebureau nog geen stap dichter was bij het vinden van een onderhandelingstroef om in te zetten tegen Chiswells afpersers dan op de dag dat Strike de minister als cliënt had aangenomen, voelde hij zich verplicht de onderste steen boven te halen. Ondanks zijn vermoeidheid, zijn spierpijn en het sterke vermoeden dat de protestmars niets bruikbaars zou opleveren, had hij zich die zaterdagmorgen uit bed gesleept, zijn prothese bevestigd op de stomp die al een beetje dik was, en hij was vertrokken naar Mile End Park, hoewel hij weinig kon bedenken waar hij nu minder zin in zou hebben dan twee uur lang lopen.

Zodra hij de meute demonstranten dicht genoeg was genaderd om individuen te kunnen onderscheiden, graaide Strike in de tas die hij bij zich had en haalde er een plastic masker uit, het witte gezicht met hoge wenkbrauwen en een dun snorretje dat de laatste tijd voornamelijk werd geassocieerd met de hackersgroepering Anonymous. Hij zette het masker op, verfrommelde de plastic tas, propte die in de dichtstbijzijnde vuilnisbak en hobbelde verder naar de groep spandoeken met teksten als: GEEN RAKETTEN OP WONINGEN! GEEN SCHERPSCHUTTERS OP STRAAT! SPEEL NIET MET ONS LEVEN! en veelvuldig: WEG MET HEM! op posters waarop het gezicht van de premier was afgebeeld. Gras was voor Strikes prothesevoet altijd een van de lastigste ondergronden om op te lopen. Het zweet brak hem uit tegen de tijd dat hij eindelijk de oranje spandoeken van CORE zag, met het logo van de geknakte olympische ringen.

Ze waren met een man of tien. Strike verschool zich achter een groepje kwetterende jongeren om het verschoven plastic masker recht te zetten, dat niet was gemaakt voor een man wiens neus ooit gebroken was geweest. Toen zag hij Jimmy Knight. Hij stond te praten met twee jonge vrouwen, die allebei het hoofd in de nek wierpen en verrukt schaterlachten om iets wat Knight had gezegd. Met het masker stevig tegen zijn gezicht gedrukt om de gaten recht voor zijn ogen te houden speurde Strike de rest van de CORE-leden af, en hij kwam tot de ontdekking dat de afwezigheid van tomaatrood haar niet betekende dat Flick het in een andere kleur had geverfd, maar dat ze er niet was.

Stewards dreven de menigte samen tot iets wat op een rij moest lijken. Strike begaf zich tussen de demonstranten; een zwijgende reus die expres een beetje traag deed toen hij positie had ingenomen pal achter CORE, zodat de jeugdige organisatoren, geïntimideerd door zijn omvang, hem behandelden als een rots waar de stroom omheen geleid moest worden. Een magere jongen die ook een Anonymous-masker droeg stak twee duimen naar Strike op terwijl hij schuifelend aansloot in de rij. Strike beantwoordde het gebaar.

Jimmy, die inmiddels een shagje stond te roken, maakte nog steeds grapjes tegen de twee jonge meisjes naast hem, die streden om zijn aandacht. De donkerste van de twee, die buitengewoon aantrekkelijk was, hield een kartonnen bord omhoog dat aan twee kanten was beschilderd met een zeer gedetailleerde afbeelding van David Cameron als Hitler, die uitkeek over het Olympisch Stadion van 1936. Het was een tamelijk indrukwekkend staaltje kunst, en Strike had de tijd om het te bewonderen toen de stoet eindelijk gestaag in beweging kwam, geflankeerd door politie en stewards in fluorescerende hesjes, het park uit, de lange, rechte Roman Road in.

Het gladde asfalt was iets makkelijker voor Strikes prothese, maar zijn stomp deed nog steeds zeer. Na een paar minuten werd er gescandeerd: 'WEG met de rakketten! WEG met de rakketten!'

Een handjevol persfotografen liep langzaam achteruit voor de stoet uit om foto's te nemen van de koplopers.

'Hé, Libby,' zei Jimmy tegen het meisje met het handbeschilderde Hitler-bord. 'Wil je op mijn schouders zitten?'

Strike zag de nauwverholen jaloezie van haar vriendin toen Jimmy op zijn hurken ging zitten zodat Libby in zijn nek kon kruipen, waarna hij haar boven de menigte uit tilde. Haar bord stak nu zo hoog in de lucht dat de fotografen vóór de stoet het ook konden zien.

'Laat je tieten zien, dan halen we de voorpagina's!' riep Jimmy naar haar.

'Jimmy!' gilde ze, zogenaamd verontwaardigd. De glimlach van haar vriendin was geforceerd. De camera's klikten en Strike, die achter het plastic masker een grimas trok van de pijn, deed zijn best om niet al te zichtbaar mank te lopen.

'Die kerel met de grootste camera was de hele tijd met jou bezig,' zei Jimmy toen hij het meisje uiteindelijk weer op de grond liet zakken.

'Fuck, als ik de kranten haal flipt mijn moeder helemaal,' zei ze opgewonden, en ze ging aan de andere kant naast hem lopen, waarbij ze iedere gelegenheid aangreep om hem aan te stoten of hem een stompje te geven terwijl hij haar plagend verweet dat ze bang was voor de reactie van haar ouders. Ze was minstens vijftien jaar jonger dan hij, schatte Strike.

'Heb je het een beetje naar je zin, Jimmy?'

Door het masker kon Strike niet opzij kijken, zodat hij pas doorhad dat Flick zich bij de stoet had aangesloten toen haar ongekamde tomaatrode haar pal voor hem opdook. Haar plotselinge komst verraste Jimmy ook.

'Daar ben je!' zei hij. Zijn vreugde klonk weinig overtuigend.

Flick keek kwaad naar Libby, die geïntimideerd haar pas versnelde. Jimmy probeerde een arm om Flick heen te slaan, maar ze schudde hem van zich af.

'Hé!' zei hij, onschuldige verontwaardiging veinzend. 'Wat is er nou?'

'Drie keer raden, eikel,' snauwde Flick.

Strike kon zien dat Jimmy zijn tactiek afwoog. Er was irritatie zichtbaar op zijn knappe boeventronie, maar ook een zekere behoedzaamheid, meende Strike. Jimmy probeerde voor de tweede keer een arm om Flick heen te slaan. Deze keer sloeg ze hem weg.

'Hé!' zei hij weer, deze keer agressief. 'Wat krijgen we nou?'

'Ik knap het vuile werk voor je op en jij loopt hier met háár te klooien? Wat voor fucking idioot denk je eigenlijk dat ik ben, Jimmy?'

'WEG met de rakketten!' brulde een steward met megafoon, en de menigte nam het weer over. De kreten van de vrouw met de hanenkam naast Strike waren schel en doordringend als het gekrijs van een pauw. De enige bonus van het hernieuwde geschreeuw was dat Strike vrijelijk kon kreunen van de pijn, elke keer dat hij zijn prothesevoet neerzette. Het werkte enigszins als ontlading, maar veroorzaakte tevens trillingen onder het plastic masker die kietelden op zijn bezwete gezicht. Hij tuurde door de ooggaten naar de ruziënde Jimmy en Flick, maar verstond er geen woord van door het lawaai van de menigte. Pas toen het gescandeer om hen heen eindelijk afnam kon hij min of meer volgen wat ze tegen elkaar zeiden.

'Ik ben dit hele klotegedoe zat,' zei Jimmy. 'Ík ben niet degene die studenten oppikt in de kroeg als...'

'Jij had me gedumpt!' zei Flick, op een soort geschreeuwde fluistertoon. 'Je zei dat je geen vastigheid wilde.'

'Dat was toch gewoon een momentopname?' reageerde Jimmy ruw. 'Het was de stress. Ik werd niet goed van Billy. Ik verwachtte heus niet dat jij meteen naar de kroeg zou rennen om met de eerste de beste...'

'Je zei dat je schijtziek van me...'

'Godver, mens, ik was kwaad en ik heb een hoop dingen gezegd die ik niet meende. Als ik elke keer dat ik schijtziek van jou werd een ander wijf zou neuken...'

'Nou, soms denk ik dat je me alleen maar aanhoudt vanwege Chis...'

'Fuck, praat een beetje zachter!'

'Denk je dat ik het leuk vond, vandaag in het huis van die griezel?'

'Ik heb je verdomme al bedankt, we hebben het hier toch over gehad? Ik zou heus wel meegegaan zijn als ik die folders niet naar de drukker...'

'En dan maak ik daar ook nog eens schoon,' zei ze met een plotselinge snik. 'Het is walgelijk, en vandaag moest ik... Het was afschuwelijk, Jimmy, hij hoort opgenomen te worden, hij is er zo slecht aan toe.'

Jimmy keek schichtig om zich heen. Strike, die kortstondig binnen zijn gezichtsveld kwam, deed zijn best om zo natuurlijk mogelijk te lopen, ook al voelde zijn stomp elke keer dat hij er met zijn volle gewicht op leunde alsof er duizend rode mieren op zaten.

'Als alles achter de rug is, laten we hem opnemen,' zei Jimmy. 'Echt waar, maar als we hem nu laten gaan, verkloot hij alles, je weet hoe hij is. Als Winn die foto's eenmaal heeft...' Jimmy's toon was nu mild, en hij sloeg voor de derde keer een arm om haar schouder. 'Moet je horen, ik ben je fucking dankbaar.'

'Ja,' zei Flick met verstikte stem, terwijl ze met de rug van haar hand langs haar neus veegde, 'voor het geld. Omdat je niet eens zou weten wat Chiswell heeft uitgespookt als ik niet...'

Jimmy trok haar ruw naar zich toe en kuste haar. Even verzette ze zich, toen opende ze haar mond. De kus bleef maar duren terwijl ze doorliepen; Strike kon hun tongen zien bewegen in die twee monden. Ze wankelden enigszins, aan elkaar geklonken, en een paar andere CORE-leden grinnikten terwijl het meisje dat Jimmy op de schouders had genomen beteuterd toekeek.

'Jimmy,' mompelde Flick toen de zoen uiteindelijk voorbij was, maar hij zijn arm nog om haar heen geslagen hield. Ze keek hem met grote, hebberige hertenogen aan en praatte nu zachter. 'Ik denk echt dat je mee naar hem toe moet gaan om met hem te praten. Hij heeft het de hele tijd over die verdomde detective.'

'Wat zeg je?' vroeg Jimmy, maar Strike wist dat hij het wel verstaan had.

'Strike. Die schoft die soldaat is geweest, met dat ene been. Billy is helemaal op hem gefixeerd. Denkt dat hij hem komt redden.'

Het eindpunt van de protestmars kwam eindelijk in zicht: Bow Quarter aan Fairfield Road, waar de skyline werd doorboord door de vierkante stenen toren van een oude luciferfabriek, het gebouw waar een deel van de geplande raketten zou komen te staan.

'Hem redden?' zei Jimmy hatelijk. 'Rot een eind op. Hij doet verdomme alsof hij wordt gemarteld.'

De demonstranten verbraken de gelederen; ze losten op in een vormeloze menigte die rondhing rond een donkergroene vijver voor de beoogde raketbasis. Strike zou er veel voor over hebben gehad om op een bankje te kunnen gaan zitten of, zoals veel demonstranten deden, tegen een boom te leunen, zodat hij niet met zijn volle gewicht op zijn stomp hoefde te leunen. Het uiteinde ervan, waar de huid die niet bedoeld was om hem te dragen geïrriteerd en ontstoken was, smeekte om ijs en rust, net als de pezen in zijn knie. Maar in plaats van te gaan zitten strompelde hij achter Jimmy en Flick aan, buitenom langs de menigte, weg van hun CORE-collega's.

'Hij wilde jou zien, ik heb gezegd dat je geen tijd had,' hoorde hij Flick zeggen. 'En hij huilde. Het was afschuwelijk, Jimmy.'

Strike keek zogenaamd geïnteresseerd naar de zwarte jongeman met de microfoon die het podium voor de mensenmassa beklom, en intussen schuifelde hij dichter naar Jimmy en Flick toe.

'Ik zorg voor Jimmy als ik het geld krijg,' zei Jimmy tegen Flick. Hij leek zich nu schuldig te voelen. 'Natuurlijk zorg ik voor hem... en voor jou. Ik zal niet vergeten wat je voor me hebt gedaan.'

Dat hoorde ze graag. Strike zag vanuit zijn ooghoeken een opgewonden blos op haar smoezelige gezicht verschijnen. Jimmy haalde een pak shag en Rizla-vloeitjes uit de zak van zijn spijkerjasje en begon weer een shagje te draaien.

'Dus hij heeft het nog steeds over die klotedetective?'

'Ja.'

Jimmy stak het shagje op en rookte een poosje zwijgend, waarbij hij zijn blik afwezig langs de aanwezigen liet gaan.

'Weet je wat?' zei hij plotseling. 'Ik ga nu naar hem toe. Hem een beetje kalmeren. Hij moet zich nog wat langer gedeisd houden daar. Ga je mee?'

Hij stak een hand uit, die Flick glimlachend beetpakte. Ze liepen weg.

Strike liet hen een kleine voorsprong nemen, deed toen het masker af, trok de oude grijze hoody uit, zette de zonnebril op die hij had meegenomen voor het geval er zich een situatie als deze zou voordoen en liep achter hen aan. Het masker en de hoody gooide hij bij hun achtergelaten protestborden.

Jimmy's tempo was nu totaal anders dan tijdens de rustige mars. Flick moest om de paar passen een drafje inzetten om hem bij te houden, en Strike beet op zijn tanden omdat de zenuwuiteinden in de ontstoken huid van zijn stomp langs de prothese wreven en de overwerkte spieren in zijn bovenbenen kreunden in protest.

Hij transpireerde hevig en ging steeds onnatuurlijker lopen. Voorbijgangers staarden hem nu aan. Hij voelde hun nieuwsgierigheid en medelijden terwijl hij mank met zijn beenprothese sleepte. Hij wist heus wel dat hij die verdomde fysio-oefeningen had moeten doen, dat hij zich aan de geen-frietregel had moeten houden, dat hij in een ideale wereld vandaag een vrije dag genomen zou hebben, een rustdag zonder prothese, met een ijspakking op de stomp. Maar hij strompelde verder en weigerde te luisteren naar zijn lichaam, dat hem smeekte te stoppen terwijl de afstand tussen hem en Jimmy en Flick alleen maar toenam en de bewegingen van zijn bovenlijf en armen grotesk werden door de compensatie. Hij kon alleen maar vurig hopen dat Jimmy of Flick niet zou omkijken, want Strike zou onmogelijk incognito kunnen blijven als ze hem zo zagen hobbelen. Ze verdwenen al in station Bow, die keurige kleine blokkendoos, terwijl Strike aan de overkant van de straat liep te hijgen en vloeken.

Toen hij van de stoeprand stapte, schoot er een verzengende pijn door de achterkant van zijn rechterbovenbeen, alsof de spieren met een mes werden doorkliefd. Het been klapte dubbel en hij viel; zijn uitgestoken hand schoof over het asfalt en hij sloeg met zijn heup, schouder en hoofd tegen het wegdek. Ergens vlak bij hem slaakte een vrouw een geschrokken kreetje. Toeschouwers zouden wel denken dat hij dronken was. Dat was al eerder voorgekomen nadat hij was gevallen. Vernederd, woest en kreunend van de pijn kroop hij het trottoir op, en hij trok zijn rechterbeen weg van het aankomende verkeer. Een jonge vrouw kwam nerveus naar hem toe om te kijken of hij hulp nodig had. Hij snauwde haar af en voelde zich toen schuldig.

'Sorry,' zei hij schor, maar ze was er al haastig vandoor gegaan met twee vriendinnen.

Strike hees zich omhoog aan het hek dat langs de straat liep en bleef met zijn rug tegen het metaal geleund op de grond zitten, zwetend en bloedend. Hij vroeg zich af of hij zonder hulp overeind zou kunnen komen. Toen hij met zijn hand over de achterkant van zijn stomp wreef, voelde hij een buil zo groot als een ei, en hij bedacht kreunend dat hij waarschijnlijk een hamstring had gescheurd. De pijn was zo hevig dat hij er misselijk van werd.

Hij haalde zijn mobiel uit zijn zak. Het schermpje was gebarsten doordat hij er in zijn val bovenop was beland.

'Fuck. Fuck, fuck, fuck,' mompelde hij, en hij sloot zijn ogen en leunde met zijn hoofd tegen het koude metaal.

Zo bleef hij minutenlang roerloos zitten, door de mensen om hem heen afgedaan als een zwerver of dronkaard terwijl hij in stilte zijn beperkte opties doornam. Uiteindelijk, met het gevoel dat hij geen kant op kon, opende hij zijn ogen, veegde met zijn onderarm zijn gezicht droog en toetste Loreleis nummer in.

23

… wegkwijnend, verkommerend in de mistroostigheid van een dergelijk huwelijk…

Henrik Ibsen, *Rosmersholm*

Achteraf bekeken had Robin al geweten dat het weekendje ter ere van hun eerste trouwdag gedoemd was te mislukken nog voordat het begon; vanaf het moment dat ze in de onderaardse kapel van het Lagerhuis nee had gezegd tegen Strikes verzoek om Jimmy te schaduwen.

In een poging het schuldgevoel van zich af te zetten had ze Matthew over Strikes verzoek verteld toen hij haar na het werk kwam halen. Toch al gespannen door de eisen die het navigeren in de drukke vrijdagspits met de Land Rover aan hem stelde, was Matthew in de aanval gegaan: hij had op hoge toon gevraagd waarom ze zich schuldig voelde na alle slavenarbeid die ze de afgelopen twee jaar voor Strike had verricht, en Matthew had zo op hem afgegeven dat Robin zich geroepen voelde Strike te verdedigen. Een uur later waren ze nog steeds aan het ruziën over haar werk, toen Matthew opeens opmerkte dat er trouw- noch verlovingsring te zien was aan haar druk gebarende hand. Die droeg ze nooit als ze de ongehuwde Venetia Hall speelde, en ze was compleet vergeten dat ze niet meer in Albury Street zou komen voordat ze naar het hotel vertrokken, waardoor ze haar ringen niet had kunnen omdoen.

'We zijn een jaar getrouwd en jij kunt er niet eens aan denken je ringen te dragen?' had Matthew geschreeuwd.

Anderhalf uur later stopten ze voor het hotel, dat opgetrokken was uit goudgele baksteen. Een stralende man in uniform hield de deur voor Robin open. Haar 'Dank u wel' was vrijwel onhoorbaar doordat haar keel werd dichtgesnoerd van woede.

Tijdens het diner in het Michelinsterrenrestaurant spraken ze amper een woord. Robin, die net zo goed piepschuim en zaagsel had kunnen eten, keek om zich heen naar de andere tafels. Matthew en zij waren veruit het jongste stel daar, en ze vroeg zich af of sommige van de andere echtelieden ook zo'n dieptepunt hadden gekend in hun huwelijk en dat hadden overleefd.

Die nacht sliepen ze met de ruggen naar elkaar toe.

Zaterdag werd Robin wakker met het besef dat ieder moment in het hotel, elke stap door de schitterend aangelegde tuin, over het pad dat omzoomd was met lavendel, in de boomgaard en de biologische moestuin, hun een klein fortuin kostte. Misschien had Matthew dezelfde gedachten, want tijdens het ontbijt trok hij bij. Toch bleven hun gesprekken hachelijk; ze begaven zich regelmatig op gevaarlijk terrein en verlieten dat dan schielijk weer. Robin voelde spanningshoofdpijn opkomen achter haar slapen, maar ze wilde het hotelpersoneel niet om pijnstillers vragen, want elk teken van onvrede zou tot een nieuwe ruzie met Matthew kunnen leiden. Robin vroeg zich af hoe het zou zijn om een bruiloft en een huwelijksreis te hebben waaraan je later veilig herinneringen kon ophalen. Uiteindelijk beperkten ze zich tot Matthews werk als gespreksonderwerp toen ze een wandeling maakten over het hotelterrein.

Er zou de zaterdag daarop een cricketwedstrijd gehouden worden tussen zijn firma en een ander bedrijf, voor het goede doel. Matthew, die net zo uitblonk in cricket als hij had gedaan in rugby, verheugde zich enorm op de wedstrijd. Robin hoorde zijn gepoch aan over zijn eigen cricketkunsten en over Toms gepruts, en ze lachte op de juiste momenten en maakte instemmende geluidjes terwijl een verkild, treurig deel van haar zich al die tijd afvroeg hoe het nu zou gaan in Bow, of Strike naar de protestmars was gegaan, of hij nuttige informatie zou achterhalen over Jimmy en hoe het toch kwam dat zij, Robin, getrouwd was met die gewichtige, zelfingenomen man naast haar die haar deed denken aan een knappe jongen van wie ze ooit had gehouden.

Die avond had Robin seks met Matthew; voor de allereerste keer deed ze het puur omdat ze de gevolgen niet zou kunnen verdragen als ze zou weigeren. Het was hun trouwdag, dus moesten ze vrijen, als een soort notariële bekrachtiging van het weekend – en ongeveer net zo aangenaam. De tranen brandden in haar ogen toen Matthew zijn hoogtepunt bereikte, en de kille, treurige kern diep in haar volgzame lichaam vroeg zich af waarom hij niet aanvoelde hoe ongelukkig ze was, al deed ze hard haar best om het tegendeel te veinzen; ze vroeg zich af hoe hij zichzelf in hemelsnaam kon wijsmaken dat hun huwelijk een succes was.

Ze sloeg in het donker een arm voor haar betraande ogen nadat hij van haar af was gerold en alle dingen had gezegd die je op zo'n moment hoorde te zeggen. En toen ze 'Ik ook van jou' zei, wist ze voor het eerst zeker, zonder de geringste twijfel, dat ze loog.

Toen Matthew sliep, tastte Robin heel voorzichtig in het donker naar de telefoon die op haar nachtkastje lag en bekeek haar berichten. Niets van Strike. Ze googelde foto's van de protestmars in Bow en herkende te midden van de menigte een lange man met het krullende haar dat ze zo goed kende. Hij droeg een wit masker. Robin legde haar mobiel ondersteboven terug om het licht te dempen en sloot haar ogen.

24

> Haar niet te beteugelen vlagen van hevige hartstocht – waarvan ze verwachtte dat ik die zou beantwoorden...
>
> Henrik Ibsen, *Rosmersholm*

Zes dagen later, vroeg op de vrijdagochtend, keerde Strike terug naar zijn twee zolderkamers in Denmark Street. Hij liep op krukken, zijn prothese in die weekendtas die over zijn schouder hing, zijn rechterbroekspijp omgespeld, zijn gezichtsuitdrukking ingesteld op het afweren van de zijdelingse meewarige blikken van passanten toen hij de korte straat door hobbelde op weg naar nummer 24.

Hij was niet naar de dokter gegaan. Lorelei had haar eigen huisartsenpraktijk gebeld zodra ze er samen met de taxichauffeur – die een zeer royale fooi had gekregen – in was geslaagd Strike de trap naar haar flat op te hijsen, maar de huisarts had gezegd dat Strike naar zijn spreekkamer moest komen.

'Wat wilt u nou, dat ik daarheen kom hinkelen? Het is mijn hamstring, dat voel ik,' had hij gesnauwd aan de telefoon. 'Ik weet hoe het werkt: rust, een ijspakking, al dat gelul. Het is niet de eerste keer.'

Hij was gedwongen geweest zijn slaap-nooit-twee-nachten-achter-elkaar-bij-een-vrouw-regel te overtreden en had vier volle dagen en vijf nachten bij Lorelei doorgebracht. Daar had hij nu spijt van, maar wat had hij dan moeten doen? Dit was, zoals Chiswell het geformuleerd zou hebben, een geval van 'a fronte praecipitium, a tergo lupi'. Hij zou die zaterdag met Lorelei uit eten zijn gegaan. Nadat hij ervoor had gekozen haar de waarheid te vertellen in plaats van een smoes te bedenken, had hij niet anders gekund dan haar hulp aanvaarden. Nu wenste hij dat hij zijn oude vrienden Nick en Ilsa had gebeld, of desnoods Shanker, maar het was te laat. Het leed was al geleden.

Het besef dat hij onredelijk en ondankbaar was maakte Strikes stemming er niet beter op toen hij moeizaam zijn weekendtas de trap op zeulde. Hoewel zijn verblijf in Loreleis flat deels zeer aangenaam was geweest, was alles verpest door wat er de vorige avond was voorgevallen, en dat was volledig zijn eigen schuld. Hij had het laten gebeuren, datgene waartegen hij zich had geprobeerd te wapenen na de breuk met Charlotte; hij had het laten gebeuren omdat hij even niet op zijn hoede was geweest en Loreleis kopjes thee, vers gekookte maaltijden en genegenheid had aanvaard, tot ze uiteindelijk, gisteravond laat in het donker, tegen zijn blote borst had gefluisterd: 'Ik hou van jou.'

Opnieuw met een grimas, door de inspanning van het balanceren op de krukken toen hij de voordeur openmaakte, belandde Strike bijna languit in zijn flat. Hij gooide met een klap de deur achter zich dicht, liet de weekendtas op de vloer vallen, liep naar het stoeltje aan de formica tafel in zijn keukentje-annex-huiskamer, plofte erop neer en wierp zijn krukken aan de kant. Het was een opluchting om thuis te zijn, en alleen, hoe lastig het ook was met zijn been in deze toestand. Hij had natuurlijk eerder naar huis moeten gaan, maar aangezien hij toch niet in staat was iemand te schaduwen en hij zich behoorlijk ellendig voelde, was het makkelijker geweest om in die lekkere fauteuil te blijven zitten, met zijn stomp op een grote, vierkante poef, en om Robin en Barclay instructies te sturen terwijl Lorelei hem eten en drinken bracht.

Strike stak een sigaret op en dacht na over alle vrouwen die er waren geweest na de breuk met Charlotte. Eerst de bloedmooie Ciara Porter, een onenightstand waarvan ze geen van beiden spijt hadden gehad. Een paar weken nadat hij in de pers was verschenen door het oplossen van de Landry-moord had Ciara hem gebeld.

Door zijn nieuwswaardigheid was hij in het hoofd van het model in aanzien gestegen van losse scharrel naar mogelijke verkering, maar hij had een nieuwe afspraak van de hand gedaan. Vriendinnen die met je gefotografeerd wilden worden waren niet gunstig voor iemand met zijn type werk.

De volgende was Nina geweest, die voor een uitgeverij werkte en die hij had gebruikt om aan informatie voor een zaak te komen. Hij vond haar leuk, maar achteraf gezien niet leuk genoeg om haar echt goed te behandelen. Hij had Nina gekwetst. Daar was hij niet trots op, maar hij lag er ook niet bepaald wakker van.

Elin was anders geweest, mooi en – het fijnste van alles – ze deed niet moeilijk: de reden dat hij lang was blijven hangen. Elin was destijds verwikkeld geweest in een echtscheiding met haar vermogende man en had minstens zo veel behoefte gehad aan discretie en duidelijk afgebakende grenzen als Strike zelf. Ze hadden het een paar maanden uitgehouden samen, tot hij wijn over haar heen had gemorst en hij het restaurant uit was gelopen waar ze samen zaten te eten. Naderhand had hij haar gebeld om zich te verontschuldigen, en ze had hem gedumpt voordat hij zijn zin kon afmaken. Aangezien hij haar na een zware vernedering bij La Gavroche had achtergelaten met een fikse stomerijrekening, had het hem wat smakeloos geleken om daarop te reageren met de woorden: 'Dat wilde ik ook net zeggen.'

Na Elin kwam Coco, bij wie hij liever niet te lang bleef stilstaan, en nu was er dus Lorelei. Hij vond haar leuker dan al die anderen, en daarom was het rot dat zij degene was geweest die 'Ik hou van jou' had gezegd.

Strike had twee jaar geleden voor zichzelf iets gezworen, en dat deed hij zelden, want als hij het deed, hield hij zich er ook aan, dat wist hij van zichzelf. Hij had nog nooit 'Ik hou van jou' gezegd tegen een andere vrouw dan Charlotte en dat zou niet veranderen, tenzij hij zonder gerede twijfel wist dat hij bij de betreffende vrouw wilde blijven en een leven met haar wilde opbouwen. Als hij de woorden zou uiten in minder serieuze omstandigheden, zou dat alles wat hij met Charlotte had moeten doorstaan tot een aanfluiting maken.

Alleen echte liefde had de verwoesting die zij samen hadden doorgemaakt kunnen rechtvaardigen, de vele malen dat hij de draad van hun relatie weer had opgepakt, ook al wist hij diep in zijn hart dat het nooit zou werken. Liefde was voor Strike het opzoeken van pijn en verdriet, het aanvaarden ervan en erin volharden. Liefde was niet Loreleis slaapkamer met de cowgirlgordijnen.

En dus had hij niets gezegd na haar gefluisterde verklaring, en toen ze hem vroeg of hij haar wel had gehoord, had hij alleen maar 'Jawel' gezegd.

Strike pakte zijn sigaretten. *Jawel.* Nou ja, hij was tenminste eerlijk geweest. Met zijn oren was niks mis. Daarna was het tamelijk lang stil gebleven, en Lorelei was uit bed gestapt, naar de badkamer gegaan en daar een half uur gebleven. Strike nam aan dat ze er had gehuild, al was ze zo vriendelijk geweest dat zachtjes te doen, zodat hij het niet kon horen. Hij had zich in bed liggen afvragen wat hij tegen haar zou kunnen zeggen dat zowel aardig als eerlijk was, maar hij wist dat alles minder dan 'Ik ook van jou' onaanvaardbaar was, en het was een feit dat hij niet van haar hield en hij ging niet liegen.

Toen ze weer in bed lag, had hij zijn hand naar haar uitgestoken. Ze had even toegelaten dat hij haar schouder streelde en toen gezegd dat ze moe was en slaap nodig had.

Wat had ik dan verdomme moeten doen? vroeg hij in gedachten aan een denkbeeldige ondervraagster die sprekend op zijn zus Lucy leek.

Je zou om te beginnen kunnen proberen haar kopjes thee af te slaan en je niet door haar te laten pijpen, luidde het snedige antwoord, waarop Strike, die hevige steken in zijn stomp had, antwoordde met *Fuck you.*

Zijn mobiel ging. Hij had het gebarsten scherm gerepareerd met plakband en zag door dat verwrongen pantser een onbekend nummer in beeld staan.

'Strike.'

'Ha die Strike, met Culpepper.'

Dominic Culpepper, die voor *News of the World* had gewerkt tot de opheffing ervan, had voorheen vaak klussen voor Strike gehad.

De relatie tussen beide mannen, toch al nooit persoonlijk en erg hartelijk, was enigszins vijandig geworden toen Strike had geweigerd inside-informatie te verstrekken over zijn twee meest recente moordzaken. Culpepper, die nu werkte voor *The Sun*, was een van de journalisten geweest die geestdriftig in Strikes privéleven hadden gegraven na de arrestatie van de Shacklewell Ripper.

'Ik vroeg me af of jij tijd had om een klus voor ons te doen,' zei Culpepper.

Jij hebt goddomme wel lef, zeg.

'Wat voor iets had je in gedachten?'

'De vuile was van een minister buitenhangen.'

'Welke?'

'Dat hoor je als je de klus aanneemt.'

'Ik zit behoorlijk vol. Over wat voor vuile was hebben we het?'

'Dat moet jij juist voor me uitzoeken.'

'Maar hoe weet je dan dat er iets over hem te vinden is?'

'Van een goedgeïnformeerde bron,' antwoordde Culpepper.

'Waar heb je mij voor nodig als je een goedgeïnformeerde bron hebt?'

'Hij wil niet praten. Heeft alleen laten doorschemeren dat er iets te vinden is. Veel zelfs.'

'Sorry, dat gaat niet lukken, Culpepper,' zei Strike. 'Ik zit helemaal vol.'

'Zeker weten? We betalen goed, Strike.'

'Ik verdien niet slecht tegenwoordig,' zei de detective, en hij stak een tweede sigaret aan met het brandende puntje van de eerste.

'Dat zal wel ja, mazzelpik,' zei Culpepper. 'Oké, dan moet Patterson het maar doen. Ken je die?'

'Oud-politieman? Die kom ik wel eens tegen, ja,' zei Strike.

Het gesprek eindigde met het uitwisselen van beleefdheden die ze geen van beiden meenden, waarna Strikes akelige voorgevoel steeds sterker werd. Hij googelde Culpeppers naam en trof hem aan als auteur van een artikel over The Level Playing Field van twee weken terug.

Het zou natuurlijk kunnen dat meer dan één minister op dat moment het gevaar liep door *The Sun* ontmaskerd te worden wegens overtreding van de goede zeden of de publieke smaak, maar het feit dat Culpepper recentelijk van dichtbij te maken had gehad met het echtpaar Winn wees er sterk op dat Robin terecht vermoedde dat Geraint *The Sun* had getipt, en dat Chiswell degene was die binnenkort door Patterson onder de loep genomen zou worden.

Strike vroeg zich af of Culpepper wist dat hij al voor Chiswell werkte, of zijn telefoontje misschien bedoeld was om informatie uit hem los te peuteren door hem aan het schrikken te maken, maar dat leek hem onwaarschijnlijk. Het zou wel heel dom zijn geweest van de krantenman om Strike te vertellen wie hij ging inhuren als hij ervan op de hoogte was dat Strike al bij de minister op de loonlijst stond.

Strike kende Mitch Patterson alleen van reputatie: Patterson en hij waren het afgelopen jaar twee keer ingehuurd door de verschillende helften van echtparen die een echtscheiding aangingen. Patterson had een hoge positie gehad bij de politie van Londen en was 'vervroegd met pensioen gegaan'. Patterson was voortijdig zilvergrijs en had het gezicht van een boze mopshond. Hoewel het op privégebied een onaangename man was, althans volgens Eric Wardle, was Patterson wel iemand die resultaat boekte.

'In zijn nieuwe loopbaan kan hij natuurlijk moeilijk mensen verrot schoppen,' had Wardle gezegd, 'dus daarmee verdwijnt een nuttig onderdeel van zijn arsenaal.'

Strike keek er niet naar uit dat Patterson zich straks met de zaak zou gaan bemoeien. Hij pakte zijn mobiel weer en zag dat noch Robin noch Barclay de afgelopen twaalf uur had gebeld voor een update. Hij had de vorige dag Chiswell nog gerust moeten stellen nadat die zijn twijfels had geuit over Robin, omdat ze nog geen resultaten had geboekt.

Gefrustreerd door zijn personeel en zijn eigen onvermogen om iets te doen stuurde Strike hetzelfde bericht naar Robin en Barclay:

The Sun probeerde me in te huren voor onderzoek naar Chiswell. Bel zsm met update. Heb NU *bruikbare info nodig.*

Hij trok zijn krukken naar zich toe en hees zich overeind om de inhoud van zijn koelkast en keukenkastjes te bekijken, en hij kwam tot de ontdekking dat de komende vier maaltijden uit bliksoep zouden bestaan als hij niet naar de supermarkt ging. Nadat hij bedorven melk door de gootsteen had gegoten, maakte hij een beker zwarte thee voor zichzelf en ging weer aan de formica tafel zitten, waar hij een derde sigaret opstak en vreugdeloos overwoog om zijn hamstringoefeningen te doen.

Zijn telefoon ging weer. Zodra hij zag dat het Lucy was, schakelde hij de voicemail in. Het laatste waar hij nu op zat te wachten was een verslag van de laatste vergadering van de ouderraad.

Een paar minuten later, toen Strike op de wc zat, belde ze weer. Hij hopste naar de keuken met zijn broek op half elf in de hoop dat het Robin of Barclay zou zijn. Toen hij opnieuw het nummer van zijn zus op het schermpje zag staan, vloekte hij alleen maar hardop en liep terug naar de wc.

Toen de telefoon voor de derde keer ging, wist hij dat ze het niet zou opgeven. Hij zette het blik soep dat hij had willen opentrekken met een klap neer en griste zijn mobiel van tafel. 'Lucy, ik heb het druk, wat is er?' zei hij korzelig.

'Ik ben het, Barclay.'

'Aha, dat werd tijd. Is er nieuws?'

'Ik heb wat over die meid van Jimmy, die Flick, als je daar wat aan hebt.'

'Alle kleine beetjes helpen. Waarom bel je nu pas?'

'Ik weet het pas tien minuten,' zei Barclay onverstoorbaar. 'Ik hoorde het haar in de keuken aan Jimmy vertellen. Ze jat geld op haar werk.'

'Wat voor werk?'

'Heeft ze niet gezegd. Het punt is dat Jimmy niet al te gek op haar is, als je het mij vraagt. Het kan hem volgens mij niet veel schelen als ze gepakt wordt.'

Een piepje in Strikes oor leidde hem af. Iemand anders probeerde hem te bellen. Hij keek snel op zijn telefoon en zag dat het Lucy weer was.

'Maar ik heb nog iets uit hem losgekregen,' zei Barclay. 'Gisteravond, toen hij stoned was. Hij zei dat hij een minister kent die bloed aan zijn handen heeft.'

Piep. Piep. Piep.

'Strike? Ben je daar nog?'

'Ja, ik ben er nog.'

Strike had Barclay niets verteld over Billy's verhaal.

'Wat zei hij precies, Barclay?'

'Hij ratelde maar door over de regering, de Tory's, dat het een stelletje vuile schoften zijn. En ineens zegt hij uit het niets: "En moordenaars." Ik vraag: hoe bedoel je? En hij zegt: '"Ik ken er een die bloed aan zijn handen heeft. Kinderbloed."'

Piep. Piep. Piep.

'Ik moet je zeggen: dat hele CORE is echt een stelletje relschoppers, misschien heeft hij het wel gewoon over uitkeringen die gekort worden of iets van die strekking. Dat is voor die lui bijna net zo misdadig als moord. Niet dat ik Chiswells politiek zelf hoog inschat, Strike.'

'Geen spoor van Billy, Jimmy's broer?'

'Niks. Ik hoor ook niemand over hem.'

Piep. Piep. Piep.

'En niks wijst erop dat Jimmy ertussenuit is geknepen naar Oxfordshire?'

'Niet sinds ik hem schaduw.'

Piep. Piep. Piep.

'Oké, blijf speuren. Laat het me weten als je iets vindt.'

Hij verbrak de verbinding en ging naar naar Lucy's gemiste oproepen op zijn telefoon.

'Ja, Lucy,' zei hij ongeduldig. 'Ik heb het nogal druk, kan ik je...?'

Maar zodra ze begon te praten, verstarde zijn gezicht. Nog voordat ze paniekerig de reden van haar telefoontje had kunnen afmaken, had hij zijn sleutels al gepakt en zijn krukken naar zich toe getrokken.

25

> We zullen eens kijken of we kunnen verhinderen dat jij enige schade aanricht.
>
> Henrik Ibsen, *Rosmersholm*

Strikes bericht met het verzoek om een update bereikte Robin om tien voor negen, toen ze aankwam op de gang waaraan de kantoren van Izzy en Winn lagen. Ze was zo benieuwd wat hij te zeggen had dat ze midden in de verlaten wandelgang bleef staan om zijn bericht te lezen.

'O, shit,' mompelde ze toen ze las dat de belangstelling van *The Sun* voor Chiswell toenam. Tegen de muur van de gang geleund, met zijn gebogen zijkanten, alle eikenhouten deuren gesloten, zette ze zich schrap om Strike te bellen.

Ze hadden elkaar niet meer gesproken sinds haar weigering om Jimmy te volgen naar de protestmars. Toen ze hem die maandag had gebeld om zich te verontschuldigen, had Lorelei opgenomen. 'O, hoi, Robin, ik ben het!'

Een van de akelige dingen aan Lorelei was dat ze sympathiek was. Om redenen waar Robin niet te diep over na wilde denken had ze liever gehad dat Lorelei een onaangenaam mens was geweest.

'Hij staat onder de douche, sorry! Hij is al het hele weekend hier, hij is door zijn knie gegaan toen hij iemand moest volgen. Hoe het precies zit heeft hij me niet verteld, maar jij zult het vast wel weten!

Hij heeft me vanaf de straat moeten bellen, het was verschrikkelijk, hij kon niet meer staan. Ik heb een taxi genomen en de chauffeur betaald om Corm samen met mij naar boven te hijsen. Hij kan zijn prothese niet dragen, hij loopt op krukken...'

'Zeg maar dat ik gebeld heb,' zei Robin met een blok ijs in haar maag. 'Niks belangrijks.'

Sindsdien had Robin het gesprek meerdere keren afgespeeld in haar hoofd. Lorelei had onmiskenbaar iets bezitterigs gehad toen ze over Strike praatte. En hij had Lorelei dus gebeld toen hij in de problemen zat (*Ja, natuurlijk. Had hij jou soms moeten bellen in Oxfordshire?*), Lorelei was degene bij wie hij het hele weekend was gebleven (*Ze is zijn vriendin, waar moest hij anders heen?*), degene die voor hem zorgde, hem troostte en misschien wel met hem vloekte en klaagde over Robin, zonder wie hij deze blessure vast niet opgelopen zou hebben.

En nu moest ze Strike bellen om hem te vertellen dat ze, na vijf volle dagen, nog steeds geen bruikbare informatie had. Winns kantoor, waar ze zo makkelijk binnen had kunnen lopen toen ze hier twee weken geleden kwam werken, werd nu telkens wanneer Geraint en Aamir weg moesten zorgvuldig afgesloten. Robin was ervan overtuigd dat dat Aamirs werk was, dat hij haar wantrouwde na het incident met de 'gevallen' armband en die keer dat Raphael luidkeels had opgemerkt dat ze Aamirs telefoontje stond af te luisteren.

'Post.'

Robin draaide zich met een ruk om en zag de kar haar kant op komen, voortgeduwd door een joviale man met grijs haar.

'Geeft u mij de stukken voor Chiswell en Winn maar. We hebben zo een bespreking,' hoorde ze zichzelf zeggen. De man van de postkamer overhandigde haar een stapel brieven, samen met een doos waarin een doorzichtig venstertje van cellofaan zat. Robin zag achter het venstertje een levensgrote, zeer realistische foetus liggen. Daarboven was geschreven: HET IS LEGAAL OM MIJ TE VERMOORDEN.

'God, wat akelig,' zei Robin.

De man met de postkar gniffelde. 'Dat is nog niks vergeleken met wat ze soms krijgen,' zei hij opbeurend. 'Weet je nog dat dat witte poeder in het nieuws was? Anthrax, zeiden ze. Een hoop drukte om niks, dat was het! O, en ik heb ooit een drol in een doos bezorgd. Door al dat pakpapier rook je er niets van. De baby is voor Winn, niet voor Chiswell. Zij is degene die voor abortus is. Heb je het naar je zin hier?' vroeg hij, duidelijk om een praatje verlegen.

'Nou en of,' zei Robin, maar haar aandacht was getrokken door een van de enveloppen die ze de man botweg afhandig had gemaakt. 'Sorry, ik moet gaan.'

Ze keerde Izzy's kantoor de rug toe, haastte zich langs de man van de postkamer en zat vijf minuten later buiten aan een tafeltje van Terrace Café, aan de oever van de Theems. Het terras werd van de rivier gescheiden door een laag stenen muurtje waar op regelmatige afstand van elkaar zwarte ijzeren lampen op stonden. Links en rechts lagen respectievelijk Westminster Bridge en Lambeth Bridge, de eerste groen geschilderd in de kleur van de stoelen in het Lagerhuis, de tweede dieprood, zoals de zetels in het Hogerhuis. Op de tegenovergelegen oever stond de witte gevel van County Hall, het provinciehuis, terwijl tussen het paleis en dat laatste gebouw de brede Theems stroomde, het olieachtige wateroppervlak doorzichtig grijs boven die troebele diepte.

Toen ze daar zat, buiten gehoorsafstand van de paar vroege koffiedrinkers, richtte Robin haar aandacht op een van de brieven voor Geraint Winn die ze zo roekeloos had aangenomen van de man met de postkar. Naam en adres van de afzender waren zorgvuldig neergepend op de achterkant van de envelop, in een bibberig schuinschrift: *Sir Kevin Rodgers, The Elms 16 in Fleetwood, Kent.* Robin wist toevallig, door alle achtergrondinformatie die ze had gelezen over de liefdadigheidsinstelling van het echtpaar Winn, dat de oudere Sir Kevin, die zilver had gewonnen bij het hordelopen op de Olympische Spelen van 1956, in het bestuur zat van The Level Playing Field.

Wat moest er gebeuren, vroeg Robin zich af, dat mensen de behoefte voelden om een brief te schrijven in een tijd dat telefoon en e-mail zo veel makkelijker en sneller waren?

Ze zocht op haar mobiel het nummer op van Sir Kevin en Lady

Rodgers op het bijbehorende adres. Ze waren oud genoeg, dacht ze, om nog een vaste telefoon te hebben. Na een snelle slok versterkende koffie stuurde ze Strike een bericht terug:

Ben iets op het spoor, bel je zsm.

Vervolgens zette ze de nummerherkenning op haar telefoon uit, pakte een pen en het notitieboekje waarin ze het nummer van Sir Kevin had genoteerd en toetste de cijfers in.

Een oudere vrouw nam op nadat de telefoon drie keer was overgegaan. Robin zette een Welsh accent op, al was ze bang dat het haar slecht afging. 'Kan ik Sir Kevin spreken, alstublieft?'

'Ben jij dat, Della?'

'Is Sir Kevin aanwezig?' vroeg Robin, wat luider nu. Ze had gehoopt zich niet daadwerkelijk te hoeven uitgeven voor een minister.

'Kevin!' riep de vrouw. 'Della voor jou!'

Er klonk geschuifel dat Robin deed denken aan geruite pantoffels.

'Hallo?'

'Kevin, Geraint heeft zojuist je brief ontvangen,' zei Robin, en ze kromp even ineen omdat haar accent ergens tussen Cardiff en Lahore bleef steken.

'Sorry Della, wat zei je?' vroeg de man zwakjes.

Hij leek doof te zijn, wat voor Robin gunstig was, maar ook een hindernis. Ze ging harder praten en articuleerde zo duidelijk als ze kon. Sir Kevin begreep de strekking van haar woorden bij haar derde poging.

'Ik had al tegen Geraint gezegd dat ik me zou moeten terugtrekken als hij niet dringend stappen ondernam,' zei hij treurig. 'Wij zijn al heel lang bevriend, Della, en het was – is – een uitstekende stichting, maar ik moet om mijn positie denken. Ik had hem nog wel gewaarschuwd.'

'Maar waarom toch, Kevin?' vroeg Robin, en ze pakte haar pen.

'Heeft hij je mijn brief niet laten lezen?'

'Nee,' zei Robin naar waarheid, de pen in de aanslag.

'Ach hemel,' zei Sir Kevin zwakjes. 'Nou, om te beginnen... vijfentwintigduizend pond die niet in de boeken terug te vinden zijn is een serieuze zaak.'

'En verder?' vroeg Robin terwijl ze snel aantekeningen maakte.

'Pardon?'

'Je zei "om te beginnen". Waar maak je je nog meer zorgen om?'

Robin hoorde de vrouw die de telefoon had opgenomen praten op de achtergrond. Ze klonk woest.

'Della, ik bespreek dit liever niet aan de telefoon,' zei Sir Kevin, en hij klonk verslagen.

'Goh, ik vind dit teleurstellend,' zei Robin, naar ze hoopte met iets van Della's zoetgevooisde grandeur. 'Ik had gehoopt dat je me op z'n minst zou vertellen wat de reden is, Kevin.'

'Tja, er is natuurlijk die kwestie met Mo Farah...'

'Mo Farah?' herhaalde Robin, en haar verbazing was niet gespeeld.

'Wist je dat niet?' zei Sir Kevin. 'Ach, hemel...'

Robin hoorde voetstappen en de vrouw kwam weer aan de lijn, eerst gedempt en toen helder.

'Laat mij maar. Kevin, laat los. Moet je horen, Della, Kevin is enorm van streek door dit alles. Hij vermoedde al dat jij niet wist wat er speelde, en nu blijkt dus dat hij het bij het rechte eind had. Ze willen jou nooit ergens mee belasten, Della, dat wil niemand,' zei ze, en het klonk alsof ze dit beschouwde als een onterechte vorm van bescherming, 'maar het is nu eenmaal een feit – nee, Kevin, ze moet dit weten – dat Geraint de mensen dingen belooft die hij niet kan waarmaken. Gehandicapte kinderen en hun familie hebben te horen gekregen dat ze een bezoekje zouden krijgen van David Beckham en Mo Farah, en weet ik wie nog meer. Dat komt allemaal uit, Della, nu de Commissie Goede Doelen erbij betrokken is, en ik sta niet toe dat Kevins naam door het slijk wordt gehaald. Hij is een gewetensvol man en hij heeft zijn best gedaan. Hij spoort Geraint nu al maanden aan om orde op zaken te stellen, en dan hebben we nog de kwestie met Elspeth, die... Nee, Kevin, ik hou mijn mond niet, ik vertel haar gewoon waar het... Afijn, het zou wel eens heel akelig kunnen worden, Della. Ik sluit niet uit dat zowel de politie als de pers wordt ingeschakeld en dat spijt me, maar ik moet aan Kevins gezondheid denken.'

'Wat is er met Elspeth?' vroeg Robin, nog altijd verwoed schrijvend.

Sir Kevin zei op klaaglijke toon iets op de achtergrond.

'Daar ga ik niet op in door de telefoon,' zei Lady Rodgers afwerend. 'Vraag dat maar aan Elspeth zelf.'

Opnieuw geschuifel, en de telefoon werd weer overgenomen door Sir Kevin. Hij was bijna in tranen. 'Della, je weet hoezeer ik je bewonder. Ik had het graag anders gezien.'

'Ja,' zei Robin. 'Goed, dan zal ik Elspeth moeten bellen.'

'Wat zeg je?'

'Ik... ik bel Elspeth.'

'Ach hemel,' zei Sir Kevin. 'Maar weet je, het hoeft op zich niets te betekenen te hebben.'

Robin vroeg zich af of ze om Elspeths nummer zou durven vragen, maar besloot het niet te doen. Della zou het nummer vast al hebben.

'Toch zou ik willen dat je me Elspeths verhaal vertelde,' zei ze, met haar pen weer in de aanslag.

'Dat doe ik liever niet,' zei Sir Kevin schor. 'De schade die dit soort geruchten de reputatie...'

Lady Rodgers kwam weer aan de lijn. 'Meer hebben we niet te zeggen. Deze hele toestand is Kevin erg zwaar gevallen en heeft tot spanningen geleid. Het spijt me, maar dat was ons laatste woord over deze kwestie, Della. Tot ziens.'

Robin legde haar telefoon naast zich op het tafeltje en keek om zich heen of er niemand op haar lette. Toen pakte ze het toestel weer en scrolde naar de lijst met bestuursleden van The Level Playing Field. Een van hen heette Dr Elspeth Curtis-Lacey, maar haar privénummer was niet vermeld op de site van de stichting, en na enig speurwerk bleek het geheim te zijn.

Robin belde Strike. Ze kreeg zijn voicemail. Ze wachtte een paar minuten en probeerde het nog een keer, met hetzelfde resultaat. Na de derde mislukte poging om hem te bereiken stuurde ze een berichtje:

Ik weet meer over GW. Bel me.

De kille, vochtige schaduw die over het terras had gelegen toen ze aankwam schoof steeds verder naar achteren. De warme zon streek over Robins tafeltje terwijl ze zo lang mogelijk met haar koffie deed in afwachting van Strikes telefoontje. Toen, eindelijk, trilde haar telefoon om te melden dat er een bericht was. Ze keek er met bonzend hart naar, maar het was van Matthew.

Zin om na het werk een borrel te gaan drinken met Tom en Sarah?

Robin bekeek het bericht met een mengeling van desinteresse en weerzin. Morgen was de cricketwedstrijd voor het goede doel waar Matthew zo naar uitkeek. Tijdens een borrel met Tom en Sarah zou het ongetwijfeld nergens anders over gaan. Ze zag hen al met z'n vieren aan de bar staan: Sarah en haar eeuwige geflirt met Matthew, Tom die steeds stunteliger en bozer reageerde op Matthews grappen over zijn slechte worp, en Robin die, zoals de laatste tijd steeds vaker gebeurde, gespeeld geamuseerd en belangstellend meepraatte, want dat was de prijs die ze betaalde om niet van Matthew het wrokkige verwijt te krijgen dat het haar niet boeide, dat ze zich verheven voelde boven hun gezelschap, of dat ze (zoals hij steevast riep tijdens hun felste ruzies) liever iets was gaan drinken met Strike. Er was één troost, bedacht ze: het zou geen heel late, dronken toestand worden, want Matthew nam zijn sport heel serieus en wilde natuurlijk op tijd naar bed voor de wedstrijd. Dus stuurde ze hem terug: *Oké, waar?* en ging weer zitten wachten op Strikes telefoontje.

Na drie kwartier begon ze zich af te vragen of hij misschien ergens was waar hij niet kon bellen; in dat geval zou zij blijven zitten met de vraag of ze Chiswell moest vertellen wat ze zojuist had ontdekt. Zou Strike dat te vrijpostig vinden, of zou hij juist geïrriteerd raken als ze Chiswell zijn onderhandelingstroef niet gaf, gezien de tijdsdruk?

Na een korte innerlijke strijd belde ze Izzy, van wie ze het bovenste gedeelte van het kantoorraam kon zien vanaf de plek waar ze zat.

'Izzy, met mij, Venetia. Ik bel je omdat ik dit niet kan zeggen waar Raphael bij is. Ik denk dat ik informatie over Winn heb voor je vader...'

'O, wat goed!' zei Izzy luidkeels, en Robin hoorde op de achtergrond het ratelen van een toetsenbord en Raphael die vroeg: 'Is dat Venetia? Waar is ze?'

'Ik kijk even in de agenda, Venetia... Hij is tot elf uur bij Cultuur, maar daarna zit hij de hele middag in vergadering. Zal ik hem even bellen? Ik denk dat hij je nu wel kan ontvangen als je snel bent.'

Dus stopte Robin haar mobiel, notitieblokje en pen in haar tas, goot de laatste slok koffie naar binnen en haastte zich naar het ministerie van Cultuur, Media en Sport.

Chiswell liep al telefonerend te ijsberen door zijn kantoor toen Robin aankwam achter de glazen scheidingswand. Hij wenkte haar, wees op een laag leren bankje vlak bij zijn bureau en bleef praten tegen iemand die hem ontstemd leek te hebben terwijl Robin ging zitten.

'Het was een cadeau,' zei hij nadrukkelijk in de telefoon, 'van mijn oudste zoon. Vierentwintig karaats goud, met de inscriptie *Nec Aspera Terrent*. Ach, kríjg wat!' bulderde hij opeens, en Robin zag dat de pientere jonge kantoormedewerkers op de gang allemaal hun hoofd Chiswells kant op draaiden. 'Dat is Latíjn. Geef me iemand die fatsoenlijk Engels spreekt! Jasper Chiswell. Ik ben de minister van Cultúúr! Ik heb u de datum al gegeven... Nee, dat mag u niet! Ik heb verdorie niet de hele dag de tijd.'

Robin maakte uit Chiswells kant van het verhaal – de kant die zij kon horen – op dat Chiswell een geldclip kwijt was die een emotionele waarde voor hem had, en dat hij meende de clip te hebben laten liggen in een hotel waar hij met Kinvara had overnacht op haar verjaardag. Voor zover ze het kon volgen, hadden de hotelmedewerkers niet alleen verzuimd de clip te vinden, maar toonden ze ook nog eens te weinig eerbied voor het feit dat het Chiswell had behaagd in een van hun hotels te overnachten.

'Ik wil teruggebeld worden. Stelletje prutsers,' mompelde Chiswell, waarna hij ophing en naar Robin keek alsof hij was vergeten wie ze ook alweer was. Nog altijd zwaar ademend liet hij zich op de bank tegenover haar zakken. 'Ik heb tien minuten, dus ik mag hopen dat het de moeite waard is.'

'Ik heb informatie over meneer Winn,' zei Robin, en ze haalde haar notitieboekje tevoorschijn. Zonder op zijn reactie te wachten gaf ze Chiswell een beknopte opsomming van de informatie die ze Sir Kevin had ontfutseld.

'En verder,' besloot ze amper anderhalve minuut later, 'is er misschien sprake van ongepast gedrag door meneer Winn, maar die informatie zou in handen zijn van Dr Elspeth Curtis-Lacey, en zij heeft een geheim telefoonnummer. Er is vast gauw genoeg een manier te vinden om contact met haar op te nemen, maar ik dacht,' zei Robin aarzelend, omdat Chiswell zijn kraaloogjes tot spleetjes kneep, zo te zien van ongenoegen, 'dat ik u dit onmiddellijk moest komen vertellen.'

Een paar seconden lang staarde hij haar alleen maar aan, zijn gezichtsuitdrukking humeurig als altijd, maar toen sloeg hij met zichtbaar genoegen op zijn dij.

'Tjonge,' zei hij. 'Hij zei al dat je zijn beste kracht was. Yerse. Hij zei het al.'

Hij trok een verkreukte zakdoek tevoorschijn en veegde ermee over zijn gezicht, dat bezweet was geraakt tijdens het telefoongesprek met de ongelukkige hotelmedewerker.

'Tjonge,' zei hij nogmaals. 'En zo wordt het toch nog een mooie dag. Ze brengen zichzelf een voor een ten val. Dus Winn is een dief en een leugenaar en misschien nog wel meer?'

'Nou,' zei Robin behoedzaam, 'er is vijfentwintigduizend pond uit de boeken verdwenen zonder goede verklaring en hij heeft in ieder geval beloften gedaan waaraan hij zich niet kan houden...'

'Dr Elspeth Curtis-Lacey,' zei Chiswell, in gedachten verzonken. 'Die naam komt me bekend voor.'

'Ze is liberaal-democratisch raadslid geweest in Northumberland,' zei Robin, die dat zojuist had gelezen op de site van The Level Playing Field.

'Kindermisbruik,' zei Chiswell plotseling. 'Daar ken ik haar van. Kindermisbruik. Ze heeft in een of andere commissie gezeten. Ze draait er volledig in door, ziet het overal om zich heen. Nou zijn die liberaal-democraten natuurlijk allemaal hartstikke gek, dat hebben ze gemeen. Het is één grote kliek van rare snuiters.'

Hij stond op, met achterlating van een vleugje roos op het zwarte leer, en begon fronsend te ijsberen.

'Dat gerotzooi met die goede doelen komt toch wel een keer aan het licht,' zei hij. 'Maar jezus, het zou een ramp voor hen zijn als het nu gebeurde, net nu Della tot over haar oren in de Paralympics zit. Winn raakt vast in paniek als hij erachter komt dat ik het weet. Yerse. Dit zou hem wel eens kunnen uitschakelen... in ieder geval voor de korte termijn. Maar als hij ook nog met zijn tengels aan kinderen heeft gezeten...'

'Daar hebben we geen bewijs voor,' zei Robin.

'... dan zou dat hem voorgoed belemmeren,' zei Chiswell, die weer begon te ijsberen. 'Tjonge. Dat verklaart waarom Winn aanstaande donderdag zijn bestuursleden wil meenemen naar die receptie voor de Paralympics, nietwaar? Hij doet duidelijk zijn best om ze te vriend te houden, om te voorkomen dat meer mensen het zinkende schip zullen verlaten. Prins Harry komt ook. Die lui van zo'n stichting zijn gek op het koningshuis. De helft zit alleen om die reden in het bestuur.'

Hij krabde in zijn dikke bos haar, waardoor een grote zweetplek onder zijn oksel zichtbaar werd.

'We doen het als volgt,' zei hij. 'We zetten zijn bestuursleden op de gastenlijst en jij mag ook komen. Dan kun je die Curtis-Lacey aan haar jasje trekken, eens kijken wat ze te vertellen heeft. Goed? De avond van de twaalfde?'

'Ja, hoor,' zei Robin, en ze noteerde het. 'Prima.'

'Intussen laat ik Winn weten dat ik ervan op de hoogte ben dat hij een greep uit de kas heeft gedaan.'

Robin was bijna bij de deur toen Chiswell abrupt vroeg: 'Jij bent zeker niet op zoek naar een baan als persoonlijk assistente?'

'Pardon?'

'Izzy's functie. Wat betaalt die detective je? Dat kan ik waarschijnlijk ook wel bieden. Ik zoek iemand met een goed stel hersenen en een beetje ruggengraat.'

'Ik... ik ben tevreden met mijn huidige baan.'

Chriswell bromde wat. 'Hm. Nou ja, misschien is het ook wel beter zo. Ik denk dat ik nog wel meer werk voor jullie heb als we eenmaal van Winn en Knight af zijn. Vooruit, je kunt gaan.' Hij keerde haar de rug toe, zijn hand al op de telefoon.

Buiten in de zon haalde Robin haar mobiel weer tevoorschijn. Strike had nog steeds niet gebeld, maar Matthew had de naam van een pub in Mayfair gestuurd, lekker dicht bij Sarahs werk. Toch kon Robin de avond al iets opgewekter tegemoetzien dan vóór haar gesprek met Chiswell. Ze begon zelfs een nummer van Bob Marley te neuriën terwijl ze terugliep naar de parlementsgebouwen.

Hij zei al dat je zijn beste kracht was. Yerse. Hij zei het al.

26

Ik ben niet helemaal alleen, zelfs nu niet. We dragen de eenzaamheid hier met z'n tweeën.

Henrik Ibsen, *Rosmersholm*

Het was vier uur 's nachts, het hopeloze uur waarop huiverende slapelozen een wereld van holle schaduwen bevolken en het bestaan kwetsbaar en vreemd lijkt. Strike, die weggedoezeld was, schrok wakker in de ziekenhuisstoel. Even voelde hij niets anders dan zijn pijnlijke lijf en zijn rammelende honger. Toen zag hij Jack, zijn neefje van negen, roerloos in het bed naast hem liggen, met gelpads over zijn ogen, een buis in zijn keel en slangetjes die uit zijn hals en pols kwamen. Aan de zijkant van het bed hing een zak urine, terwijl drie verschillende infuuszakken druppelend hun inhoud toebrachten aan een lichaampje dat nietig en kwetsbaar tussen de zoemende apparaten lag, in die stille, galmende ruimte van de intensive care.

Hij hoorde ergens achter het gordijn rond Jacks bed de zachte zolen van een verpleegkundige schuifelen. De verpleging had niet gewild dat Strike die nacht in de stoel sliep, maar hij had voet bij stuk gehouden en zijn roem, hoe bescheiden ook, had in combinatie met zijn handicap in zijn voordeel gewerkt. Zijn krukken stonden tegen het nachtkastje geleund. Het was te warm op de afdeling, zoals altijd in ziekenhuizen. Strike had vele weken doorgebracht in een reeks ijzeren bedden nadat zijn been was afgerukt. De geur voerde hem terug naar een periode van pijn en wrede aanpassingen, de tijd waarin hij gedwongen was geweest zijn leven totaal anders in te delen, tegen een achtergrond van eindeloze obstakels, vernederende handelingen en ontberingen.

Het gordijn ritselde en een verpleegster kwam de afgescheiden ruimte binnen, onverstoorbaar en praktisch in haar overall. Toen ze zag dat hij wakker was, glimlachte ze even beroepsmatig naar hem, pakte toen het klembord van het voeteneind van Jacks bed en noteerde vanaf een scherm zijn bloeddruk en zuurstofgehalte. Toen ze klaar was, fluisterde ze: 'Lust u een kopje thee?'

'Gaat het wel goed met hem?' vroeg Strike, zonder de moeite te nemen zijn smekende toon te verhullen. 'Hoe staat het ervoor?'

'Zijn toestand is stabiel. Maakt u zich geen zorgen. Het gaat zoals je mag verwachten in dit stadium. Thee?'

'Ja, heel graag. Dank u wel.'

Zodra de verpleegster het gordijntje achter zich dichtgetrokken had, drong het tot Strike door hoe vol zijn blaas was. Had hij er maar aan gedacht haar te vragen zijn krukken aan te geven. Hij hees zich omhoog, hield zich vast aan de armleuning van de stoel om zijn evenwicht te bewaren, hinkte naar de muur, pakte de krukken en liep achter het gordijn vandaan naar de helder verlichte rechthoek aan het einde van de donkere zaal.

Nadat hij verlichting had gevonden bij een urinoir onder een blauwe lamp die was bedoeld om het junkies te bemoeilijken een ader te zoeken, begaf hij zich naar een wachtkamer vlak bij de zaal waar hij de vorige dag had gezeten tot Jack terugkwam van zijn spoedoperatie. De vader van een van Jacks schoolvriendjes, bij wie hij gelogeerd zou hebben als hij geen geperforeerde blindedarm had gekregen, had Strike gezelschap gehouden. De man had Strike niet alleen willen laten 'totdat die kleine buiten gevaar is' en had al die tijd dat Jack in de operatiekamer was nerveus tegen hem aan gepraat, met telkens herhaalde opmerkingen als 'ze kunnen veel hebben op die leeftijd', 'het is een taaie' en 'nog een geluk dat wij op vijf minuten afstand van school wonen'. Aangevuld met: 'Greg en Lucy zullen wel gek worden van ongerustheid.' Strike had niets gezegd en amper geluisterd terwijl hij zich schrap zette voor het ergste, en hij had Lucy ieder half uur per sms op de hoogte gehouden.

Nog niet terug uit de ok.

Nog geen nieuws.

Uiteindelijk was de chirurg hun komen vertellen dat Jack, die bij aankomst in het ziekenhuis aan de beademing was gelegd, de operatie had doorstaan, dat hij 'een hardnekkige bloedvergiftiging' had opgelopen en nu ieder moment de intensive care binnengereden kon worden.

'Ik breng zijn vriendjes mee om hem te bezoeken,' had de vriend van Lucy en Greg enthousiast gezegd. 'Dat zal hem opvrolijken. Pokémon-kaartjes...'

'Daar is hij nog niet aan toe,' had de chirurg zijn geestdrift getemperd. 'Hij is minimaal de komende vierentwintig uur zwaar verdoofd en blijft aan de beademing. Ben u naaste familie?'

'Nee, dat ben ik,' zei Strike schor; hij had een droge mond nu hij eindelijk het woord nam. 'Ik ben zijn oom. Zijn ouders zitten in Rome om hun trouwdag te vieren. Ze proberen een vlucht te boeken.'

'Aha. Nou, we zijn er nog niet, maar de operatie is geslaagd. We hebben de buikholte schoongemaakt en een drain geplaatst. Hij komt zo deze kant op.'

'Wat zei ik je?' De vriend van Lucy en Greg keek Strike stralend aan, met tranen in de ogen. 'Ze kunnen veel hebben op die leeftijd!'

'Ja,' zei Strike. 'Ik ga Lucy bellen.'

Maar de rampspoed sloeg nog eens extra toe toen Jacks ouders op het vliegveld ontdekten dat Lucy in de paniek haar paspoort was kwijtgeraakt, ergens tussen de hotelkamer en de gate. Wanhopig waren ze langs dezelfde weg teruggekeerd, tevergeefs, en ze hadden geprobeerd hun dilemma uit te leggen aan iedereen van het hotelpersoneel tot aan de politie en de Britse ambassade, met als enige resultaat dat ze die avond hun vlucht misten.

Om tien over vier 's nachts was het heerlijk rustig in de wachtkamer. Strike zette de mobiel aan die hij op de afdeling had uitgeschakeld, en hij zag dat er een stuk of tien gemiste oproepen waren van Robin en één van Lorelei. Zonder er acht op te slaan stuurde hij een bericht naar Lucy, van wie hij wist dat ze wakker zou liggen in het hotel in Rome, waar kort na middernacht haar paspoort was afgegeven door de taxichauffeur die het had gevonden. Lucy had Strike gesmeekt haar een foto van Jack te sturen zodra hij terug was uit de operatiekamer. Strike had haar wijsgemaakt dat de foto niet geladen werd door zijn telefoon. Na de spanningen van die dag hoefde Lucy haar zoon niet aan de beademing te zien liggen, met die pads op zijn ogen en dat kleine lijfje in een veel te groot ziekenhuishemd.

Ziet er goed uit, stuurde hij. *Nog niet bij kennis, maar verpleging is vol vertrouwen.*

Hij drukte op 'Verzenden' en wachtte af. Zoals hij al had gedacht, reageerde ze binnen twee minuten. *Je zult wel moe zijn. Heb je een bed gekregen daar?*

Strike antwoordde: *Nee, zit naast hem. Ik blijf tot jullie er zijn. Probeer wat te slapen en niet te piekeren. x*

Hij zette zijn telefoon uit, hees zich overeind van de stoel, schikte de krukken en liep terug naar de afdeling.

De thee stond op hem te wachten, met melk en net zo slap als Denise hem had gezet, maar nadat hij er twee zakjes suiker in had leeggegooid dronk hij de beker in een paar slokken leeg. Daarbij ging zijn blik heen en weer tussen Jack en de apparaten die hem in leven hielden en tevens zijn toestand registreerden. Strike had de jongen nog nooit zo aandachtig van dichtbij bekeken. Eigenlijk had hij sowieso weinig met hem te maken gehad, ondanks de tekeningen die Jack steevast voor hem maakte en die Lucy aan hem doorgaf.

'Je bent voor hem een held,' had Lucy vele malen gezegd. 'Hij wil later soldaat worden.'

Maar Strike ging familiebijeenkomsten uit de weg, deels omdat hij een hekel had aan Jacks vader Greg, en deels omdat Lucy's wens om haar broer een wat conventioneler bestaan aan te praten al vervelend genoeg was zonder haar zoontjes, van wie Strike de oudste erg veel op zijn vader vond lijken. Zelf had Strike geen kinderwens, en al was hij bereid toe te geven dat ze soms best leuk waren – hij was zelfs bereid toe te geven dat hij een zekere genegenheid had opgevat voor Jack, na Lucy's verhalen dat hij bij de militaire politie wilde –, toch had hij standvastig geweigerd aanwezig te zijn op verjaardagsfeestjes en kerstvieringen met de familie waar de band misschien hechter had kunnen worden.

Maar nu, terwijl de dageraad naar binnen kroop door de dunne gordijnen die Jacks bed afscheidden van de rest van de zaal, zag Strike voor het eerst dat de jongen op zijn oma leek, Strikes eigen moeder Leda. Hij had hetzelfde donkere haar, dezelfde bleke huid en een fijn gevormde mond. Jack zou een heel mooi meisje geweest zijn, maar Leda's zoon wist wat de puberteit met de kaaklijn en de hals van de jongen zou doen... als hij bleef leven.

Natuurlijk blijft hij verdomme leven. De verpleegster zei...

Hij ligt wel op de fucking intensive care. Je komt hier niet terecht vanwege de hik.

Het is een taaie. Hij wil later het leger in. Komt goed.

Het móét goddomme goed komen. Ik heb hem zelfs nooit een appje gestuurd om hem te bedanken voor de tekeningen.

Het duurde een poos voordat Strike weer onrustig in slaap viel.

Hij werd wakker van het vroege zonlicht dat door zijn oogleden heen drong. Knipperend tegen het licht hoorde hij schoenzolen piepen op de vloer. Vervolgens klonk er een luid geratel toen het gordijn werd opengetrokken, waardoor Jacks bed weer in verbinding kwam te staan met de rest van de zaal en er nog meer roerloze gestalten zichtbaar werden in de bedden om hen heen. Een nieuwe verpleegster stond stralend naar hem te kijken, jonger, met een lange donkere paardenstaart.

'Hallo!' zei ze opgewekt terwijl ze Jacks klembord pakte. 'Dat gebeurt niet vaak, dat we hier een beroemdheid krijgen! Ik weet alles over u. Ik heb gelezen hoe u die seriemoordenaar...'

'Dit is mijn neefje Jack,' zei Strike kil. Het was voor hem ondenkbaar om het nu over de Shacklewell Ripper te hebben.

De glimlach van de verpleegster verdween. 'Wilt u even achter het gordijn wachten? We moeten zijn bloeddruk opnemen en de infusen en katheter vervangen.'

Strike hees zich weer op zijn krukken en strompelde moeizaam de zaal uit, waarbij hij probeerde niet te kijken naar de andere roerloze gestalten die daar lagen, aangesloten op hun eigen brommende apparaten.

De kantine was al halfvol toen hij er aankwam. Hij had net, ongeschoren en met zware oogleden, zijn dienblad naar de kassa geschoven en betaald toen het tot hem doordrong dat hij het blad niet kon dragen nu hij op krukken liep. Een jong meisje dat tafels aan het afruimen was zag zijn hachelijke situatie en schoot te hulp.

'Bedankt,' zei Strike kortaf toen ze het dienblad voor hem op een tafeltje bij het raam had gezet.

'Graag gedaan,' zei het meisje. 'Laat straks maar staan, dan ruim ik 't op.'

Dat kleine vriendelijke gebaar maakte Strike onevenredig emotioneel. Hij liet de gebakken eieren met bonen en spek die hij zojuist had gehaald staan, pakte zijn telefoon en stuurde Lucy nog een bericht.

Alles goed, infuus wordt nu vervangen, ga zo weer naar hem toe. X

Zoals hij al min of meer had verwacht, ging zijn telefoon zodra hij een hap gebakken ei had afgesneden.

'We hebben een vlucht,' zei Lucy zonder inleiding, 'maar die gaat pas om elf uur.'

'Geeft niet,' zei hij. 'Ik blijf gewoon hier.'

'Is hij al wakker?'

'Nee, de narcose is nog niet uitgewerkt.'

'Wat zal hij het prachtig vinden om jou te zien, als hij wakker wordt voordat... voordat...' Ze barstte in tranen uit. Strike hoorde dat ze door het gesnik heen iets probeerde te zeggen.

'... wil alleen maar naar huis... hem zien...'

Voor het eerst in zijn leven was Strike blij om Greg te horen, die de telefoon van zijn vrouw overnam.

'We zijn je verdomd dankbaar, Corm. Dit is ons eerste weekend in vijf jaar zonder de kinderen, het is toch niet te geloven?'

'Domme pech.'

'Ja. Hij had wel buikpijn, zei hij, maar ik dacht dat hij zich aanstelde. Dat hij niet wilde dat we weggingen. Ik voel me zo'n schoft nu, je hebt geen idee.'

'Maak je nou maar geen zorgen,' zei Strike, en hij herhaalde: 'Ik blijf gewoon hier.'

Na een kort gesprekje en een huilerig afscheid van Lucy kon Strike aan zijn gebakken eieren beginnen. Hij at werktuiglijk en zonder plezier tussen het gerammel en de drukte van de kantine, omringd door andere ongelukkige, gespannen mensen die voedsel met te veel vet en suiker naar binnen werkten.

Hij was net met zijn laatste reep spek bezig toen er een bericht van Robin binnenkwam.

Probeerde je te bereiken met nieuws over Winn. Wanneer kan ik je het beste bellen?

De zaak-Chiswell leek voor Strike op dat moment heel ver weg, maar bij het lezen van haar bericht was zijn behoefte aan het horen van Robins stem heel even net zo hevig als de drang naar nicotine. Hij liet zijn dienblad staan, met dank aan het vriendelijke meisje dat hem naar zijn tafel had geholpen, en vertrok weer op zijn krukken.

Bij de ingang van het ziekenhuis stond een groepje rokers in de frisse ochtendlucht, met afhangende schouders, als een stel hyena's. Strike stak een sigaret op, inhaleerde diep en belde Robin.

'Hoi,' zei hij toen ze opnam. 'Sorry dat ik niet reageerde, ik ben in het ziekenhuis...'

'Wat is er gebeurd? Je bent toch niet ziek?'

'Nee, ik niet. Mijn neefje Jack. Zijn blindedarm is gisteren geperforeerd en hij... Hij heeft...'

Zijn stem; hij kon wel door de grond gaan. Terwijl hij zijn best deed om zich te vermannen vroeg hij zich af hoe lang het geleden was dat hij had gehuild. Misschien wel sinds de tranen van pijn en woede in het ziekenhuis in Duitsland, waar hij per luchtbrug naar was overgebracht vanaf de plek waar hij in een plas bloed had gelegen nadat de bom zijn been had afgerukt.

'Fuck,' mompelde hij na een hele poos, de enige lettergreep die hij leek te kunnen voortbrengen.

'Cormoran, wat is er gebeurd?'

'Hij... hij ligt op de intensive care,' antwoordde Strike, zijn gezicht vertrokken in een poging zich groot te houden, normaal te praten. 'Zijn moeder... Lucy en Greg zitten vast in Rome, dus hebben ze mij gevraagd...'

'Wie is er bij je? Is Lorelei daar ook?'

'Jezus, nee.'

Het leek weken geleden dat Lorelei 'Ik hou van jou' had gezegd, al was dat pas eergisteren geweest.

'Wat zeggen de dokters?'

'Ze denken dat het wel goed komt, maar ja, hij... hij ligt dus wel op de intensive care. Shit,' zei Strike schor, en hij wreef over zijn ogen. 'Sorry. Het is een zware nacht geweest.'

'Welk ziekenhuis is het?'

Hij vertelde het haar. Ze nam nogal abrupt afscheid en hing op. Strike rookte zijn sigaret op en veegde met de mouw van zijn overhemd beurtelings zijn gezicht en zijn neus af.

De zon scheen volop de stille ziekenzaal binnen toen hij terugkwam. Hij zette zijn krukken tegen de muur, ging weer aan Jacks bed zitten, met de krant van de vorige dag die hij had meegepikt uit de wachtkamer, en las een artikel over de kans dat Arsenal binnenkort Robin van Persie zou kwijtraken aan Manchester United.

Een uur later verschenen de chirurg en de anesthesist van de afdeling aan het voeteneind van Jacks bed om te kijken hoe het met hem ging, en Strike luisterde ongemakkelijk naar hun gemompelde gesprek.

'... zuurstofgehalte nog niet onder de vijftig procent weten te krijgen... aanhoudende koorts... urineafgifte geleidelijk afgenomen de afgelopen vier uur...'

'Nog een röntgenfoto van de borst om er zeker van te zijn dat er niets met de longen...'

Strike wachtte gefrustreerd tot iemand hem hapklare informatie zou geven. Na een hele tijd draaide de chirurg zich om en sprak hem aan.

'We houden hem voorlopig in slaap. Hij is nog afhankelijk van de zuurstoftoevoer en we moeten zijn vochtgehalte reguleren.'

'Wat wil dat zeggen? Gaat het slechter met hem?'

'Nee, dit zien we heel vaak. Hij heeft een fikse infectie opgelopen. We hebben de buikholte behoorlijk grondig moeten spoelen. Ik wil uit voorzorg röntgenfoto's van de borst, om er zeker van te zijn dat we niets hebben geraakt bij het intuberen. Ik kom straks nog wel een kijkje nemen.'

Ze liepen naar een tiener die helemaal in verband gewikkeld was, aangesloten op nog meer slangetjes en buisjes dan Jack, en Strike bleef gespannen achter, uit zijn evenwicht gebracht. In de nachtelijke uren was hij de apparaten in wezen als vriendelijk gaan beschouwen, hulpjes bij het herstel van zijn neefje. Nu kwamen ze hem voor als meedogenloze juryleden die cijfers omhooghielden om aan te geven dat Jack niet geslaagd was.

'Fuck,' mompelde Strike nogmaals, en hij schoof de stoel dichter naar het bed. 'Jack... je vader en moeder...' Hij voelde verraderlijk vocht branden achter zijn oogleden. Er liepen twee verpleegsters langs. '... shit...'

Met de grootst mogelijke inspanning vermande hij zich, en hij schraapte zijn keel.

'Sorry, Jack, je moeder zou niet willen dat ik in je oor vloekte. Ik ben het trouwens, oom Cormoran, mocht je dat nog niet... Je vader en moeder zijn onderweg hierheen, oké? En ik blijf bij je tot...'

Hij viel midden in de zin stil. In de verte stond Robin, in de deuropening van de zaal. Hij zag dat ze iets vroeg aan een zaalverpleegster en keek toe hoe ze zijn kant op kwam lopen, in jeans en een

T-shirt, haar ogen weer het gebruikelijke blauwgrijs en haar haar los. Ze had twee kartonnen bekers in haar handen.

Bij het zien van Strikes onverhoedse uitdrukking van blijdschap en dankbaarheid voelde Robin zich ruimschoots gecompenseerd voor de kwetsende ruzie met Matthew en de lange rit met bus en taxi; ze had twee keer moeten overstappen om hier te komen. Toen kwam de tengere gestalte in het bed naast Strike in zicht.

'O, nee,' zei ze zacht, en ze bleef aan het voeteneind staan.

'Robin, je had niet helemaal hierheen hoeven...'

'Dat weet ik.' Ze schoof een stoel naast die van Strike. 'Maar ik zou zoiets ook niet alleen willen doormaken. Voorzichtig, hij is heet,' zei ze toen ze Strike zijn thee gaf.

Hij nam de beker van haar aan, zette die op het nachtkastje en pakte toen haar hand – pijnlijk stevig. Hij had haar alweer losgelaten voordat ze terug kon knijpen. Toen bleven ze beiden een poos naar Jack zitten staren, totdat Robin met kloppende vingers vroeg: 'Hoe staat het ervoor?'

'Hij heeft nog steeds zuurstof nodig en hij plast niet genoeg,' zei Strike. 'Ik weet niet wat dat wil zeggen. Ik zou liever een cijfer tussen de één en de tien horen, of... fuck, weet ik veel. O ja, en ze willen röntgenfoto's maken van zijn borst om na te gaan of ze zijn longen niet doorboord hebben met die buis.'

'Wanneer is hij geopereerd?'

'Gistermiddag. Hij zakte ineens in elkaar tijdens de gymles op school. Een vriend van Greg en Lucy die vlak bij school woont is meegereden in de ambulance en daarna ben ik hierheen gekomen.'

Even zeiden ze geen van beiden iets, hun blikken op Jack gericht.

Toen zei Strike: 'Ik ben een waardeloze oom geweest. Ik weet niet eens wanneer ze jarig zijn. Ik had je niet kunnen vertellen hoe oud hij is. De vader van zijn vriendje, de man die met hem meegekomen is, wist meer over hem dan ik. Jack wil later soldaat worden, volgens Lucy praat hij vaak over mij, en hij maakt tekeningen voor me waar ik hem verdomme niet eens voor heb bedankt.'

'Nou ja,' zei Robin, die net deed alsof ze niet zag dat Strike ruw met zijn mouw langs zijn ogen streek, 'je bent er voor hem nu hij je nodig heeft en je hebt nog alle tijd om het goed te maken.'

'Ja.' Strike knipperde verwoed met zijn ogen. 'Weet je wat ik ga doen als hij straks weer... Dan neem ik hem mee naar het oorlogsmuseum. Een dagje uit.'

'Goed idee,' zei Robin goedmoedig.

'Ben jij daar ooit geweest?'

'Nee.'

'Goed museum.'

Twee verpleegkundigen, een man en de vrouw tegen wie Strike onaardig had gedaan, kwamen naar het bed toe gelopen.

'We moeten röntgenfoto's maken,' zei de jonge vrouw; ze sprak tegen Robin in plaats van tegen Strike. 'Zou u op de gang willen wachten?'

'Hoe lang duurt het?'

'Een half uur. Misschien een kleine drie kwartier.'

Dus pakte Robin Strikes krukken en gingen ze naar de kantine.

'Dit is echt heel lief van je, Robin,' zei Strike toen ze daar zaten met twee bekers bleke thee en gemberkoekjes, 'maar als je nog meer te doen hebt...'

'Ik blijf tot Greg en Lucy er zijn,' zei Robin. 'Wat moet dit afschuwelijk voor hen zijn, zo ver weg. Matt is zevenentwintig en zijn vader werd al gek van bezorgdheid toen Matt zo ziek was op de Malediven.'

'Ziek?'

'Ja, je weet wel... O, nee, dat heb ik je niet verteld, hè?'

'Wat niet?'

'Hij had een ernstige infectie opgelopen tijdens onze huwelijksreis. Zijn hand opengehaald aan een stuk koraal. Op een gegeven moment moest hij bijna worden overgevlogen naar een ziekenhuis, maar uiteindelijk bleek het mee te vallen. Het was minder ernstig dan ze dachten.'

Terwijl ze het zei, dacht ze terug aan het moment dat ze de houten deur had opengeduwd, die nog warm was van een hele dag zon, haar keel dichtgesnoerd van angst omdat ze zich schrap zette om

Matthew te vertellen dat ze hun huwelijk ongeldig wilde laten verklaren, zonder enig vermoeden van wat haar te wachten stond.

'Matts moeder was nog niet zo lang dood, dus Geoffrey was heel bang dat Matt... Maar het is goed afgelopen.' Robin nam een slokje van haar lauwe thee, haar blik gericht op de vrouw achter de vitrine die voor een magere tiener een bord witte bonen in tomatensaus opschepte.

Strike keek naar Robin. Hij voelde dat haar verhaal niet compleet was. *En dat allemaal door zo'n zeebacterie.*

'Dat moet akelig geweest zijn,' zei hij.

'Nou, leuk is anders,' zei Robin, en ze keek naar haar korte, schone nagels en wierp toen een blik op haar horloge. 'Als je nog een sigaret wilt roken, moeten we nu gaan, hij wordt zo teruggebracht.'

Een van de rokers bij wie ze zich buiten voegden was in pyjama. Hij had zijn infuuspaal meegebracht en hield zich stevig vast aan de stang om in evenwicht te blijven, alsof het een herdersstaf was. Strike stak een sigaret op en blies de rook uit naar de helderblauwe lucht.

'Ik heb nog niet gevraagd hoe jullie weekendje weg was.'

'Sorry dat ik niet kon werken,' zei Robin snel. 'Het was al geboekt en...'

'Daarom vraag ik het niet.'

Ze aarzelde.

'Het was niet al te best, eerlijk gezegd.'

'Ach, nou ja, soms is de druk om het leuk te hebben zo...'

'Ja, precies.'

Na een korte stilte vroeg Robin: 'Lorelei moest zeker werken?'

'Dat zal wel,' zei Strike. 'Wat is het vandaag, zaterdag? Ja, dan werkt ze.'

Zwijgend bleven ze daar staan terwijl Strikes sigaret kromp, millimeter voor millimeter, en ze keken naar de aankomende bezoekers en ambulances. Er was niets ongemakkelijks tussen hen, maar de sfeer leek op de een of andere manier geladen met vragen en onuitgesproken zaken. Uiteindelijk drukte Strike zijn peuk uit in een grote open asbak die de meeste rokers hadden genegeerd en keek op zijn telefoon.

'Ze zijn twintig minuten geleden in het vliegtuig gestapt,' zei hij toen hij het bericht van Lucy las. 'Ze zouden om een uur of drie hier moeten zijn.'

'Wat is er met je mobiel gebeurd?' Robin keek naar het scherm dat met plakband bij elkaar gehouden werd.

'Ben erop gevallen. Ik koop wel een nieuwe als Chiswell ons heeft betaald.'

Het röntgenapparaat werd net de afdeling af gereden toen ze aan kwamen lopen. 'De borst ziet er goed uit!' zei de radiograaf die het voortduwde.

Ze bleven nog een uur zachtjes zitten praten aan Jacks bed, waarna Robin nieuwe thee en een paar repen chocola ging halen uit de automaten op de gang, die ze nuttigden in de wachtruimte terwijl Robin Strike alles vertelde wat ze te weten was gekomen over Winns liefdadigheidsstichting.

'Je hebt jezelf overtroffen,' zei Strike halverwege zijn tweede Mars. 'Uitstekend werk, Robin.'

'Vind je het niet erg dat ik het Chiswell heb verteld?'

'Nee, je moest wel. We zitten met tijdsdruk nu Mitch Patterson aan het rondsnuffelen is. Heeft die mevrouw Curtis-Lacey de uitnodiging voor de receptie aangenomen?'

'Dat hoor ik maandag. Hoe staat het erbij met Barclay? Schiet hij een beetje op met Jimmy Knight?'

'Nog steeds niks bruikbaars.' Strike streek met een zucht over de stoppels die in rap tempo uitgroeiden tot een baard. 'Maar ik heb hoop. Hij is goed, Barclay. Heeft een instinct voor dit soort dingen, net als jij.'

Er schuifelde een gezin de wachtkamer binnen, de vader sniffend en de moeder snikkend. De zoon, die nauwelijks ouder dan zes kon zijn, staarde naar Strikes ontbrekende been alsof het niet meer was dan het zoveelste akelige detail in de nachtmerrie waarin ze terechtgekomen waren. Strike en Robin wisselden een blik en vertrokken;

Robin droeg Strikes thee terwijl hij tussen zijn krukken heen en weer zwaaide.

Zodra ze aan Jacks bed zaten, vroeg Strike: 'Hoe reageerde Chiswell toen je hem vertelde wat je allemaal had ontdekt over Winn?'

'Hij was er dolblij mee. Sterker nog, hij bood me een baan aan.'

'Het verbaast me altijd dat dat niet vaker gebeurt,' zei Strike onaangedaan.

Op datzelfde moment verschenen de anesthesist en de chirurg weer aan het voeteneind van Jacks bed. 'Het ziet er gunstig uit,' zei de anesthesist. 'De röntgenfoto's zijn schoon en zijn temperatuur daalt. Het gaat altijd hard, naar beide kanten. We zullen eens kijken hoe hij het doet met wat minder zuurstof, maar ik denk dat we de goede kant op gaan.'

'Goddank,' zei Robin.

'Blijft hij leven?' vroeg Strike.

'O ja, dat denk ik wel,' zei de chirurg een tikkeltje minzaam. 'We weten hier wat we doen, hoor.'

'Ik moet het Lucy vertellen,' zei Strike, die vergeefs probeerde op te staan; het goede nieuws maakte hem zwakker dan het slechte had gedaan. Robin pakte zijn krukken en hielp hem omhoog. Ze keek hem na toen hij naar de wachtkamer hobbelde, ging weer zitten, zuchtte diep en sloeg even haar handen voor haar gezicht.

'Voor de moeder is het altijd het ergst,' zei de anesthesist vriendelijk.

Ze nam niet de moeite hem te verbeteren.

Strike bleef twintig minuten weg. Toen hij terugkwam, zei hij: 'Ze zijn net geland. Ik heb haar gewaarschuwd dat het er akelig uitziet. Dan zijn ze maar voorbereid. Ze zullen over een uurtje hier zijn.'

'Mooi,' zei Robin.

'Ga jij maar naar huis, Robin. Het was niet mijn bedoeling je zaterdag te verpesten.'

'O,' zei ze, merkwaardig teleurgesteld. 'Oké.'

Ze stond op, pakte haar jasje van de stoel en haar tas van de grond. 'Als je het zeker weet...'

'Ja, ja. Ik denk dat ik maar ga proberen nog een dutje te doen nu we weten dat het goed komt. Ik loop even met je mee.'

'Dat hoeft niet.'

'Ik wil het graag. Dan kan ik ook nog even roken.'

Maar toen ze bij de uitgang kwamen, liep Strike met haar mee, weg van de rokers, langs de ambulances en het parkeerterrein dat kilometers groot leek te zijn, de autodaken glimmend als de ruggen van zeedieren in een verder stoffig waas.

'Hoe ben je hier gekomen?' vroeg hij toen ze weg waren uit de drukte, bij een gazon omringd door violieren, waarvan de geur zich vermengde met die van warm asfalt.

'Met de bus en daarna een taxi.'

'Laat me dan je taxi betalen.'

'Doe niet zo raar. Nee, echt niet.'

'Nou... bedankt, Robin. Het heeft me goedgedaan.'

Ze glimlachte naar hem. 'Daar heb je vrienden voor.'

Onhandig, steunend op zijn krukken, boog hij zich naar haar toe. De omhelzing was kort en zij maakte zich als eerste los, bang dat Strike zou omvallen. De kus die hij op haar wang had willen geven belandde op haar mond toen ze zich naar hem omdraaide.

'Sorry,' mompelde hij.

'Doe niet zo raar,' zei ze nog een keer, blozend nu.

'Ik ga maar eens terug.'

'Ja, natuurlijk.'

Hij liep weg.

'Hou me op de hoogte over Jack,' riep ze hem na, en hij stak een hand op ter bevestiging.

Robin liep weg zonder om te kijken. Ze voelde zijn mond nog op de hare en haar huid tintelde van de schurende stoppels, maar ze veegde het niet weg.

Strike vergat dat hij nog een sigaret had willen roken. Of het nu kwam door het hervonden vertrouwen dat hij zijn neefje zou kunnen meenemen naar het oorlogsmuseum of door een andere reden, zijn vermoeidheid was nu doorspekt met een dwaze luchthartigheid, alsof hij zojuist een shot sterkedrank had genomen. Het vuil en de hitte van een zomerse middag in Londen, met de geur van violieren die in de lucht hing, leek plotseling vervuld van schoonheid.

Het was schitterend om hoop aangereikt te krijgen nadat alles verloren leek te zijn.

27

Ze houden lang vast aan hun doden op Rosmersholm.
Henrik Ibsen, *Rosmersholm*

Tegen de tijd dat Robin het onbekende cricketveld had gevonden, na een rit dwars door Londen, was het vijf uur 's middags en was Matthews liefdadigheidswedstrijd afgelopen. Ze trof hem aan de bar, in zijn gewone kleren, en hij was woest en praatte nauwelijks tegen haar. Matthews team had verloren. De tegenpartij vierde de overwinning uitbundig.

Omdat ze zag aankomen dat ze de hele avond genegeerd zou worden door haar echtgenoot en omdat ze geen vrienden had onder zijn collega's, besloot Robin niet met de twee teams en hun partners mee te gaan naar het restaurant. Ze ging in haar eentje naar huis.

De volgende morgen bleek Matthew volledig aangekleed op de bank te liggen, dronken snurkend. Ze begonnen met bekvechten toen hij wakker werd, een ruzie die uren zou duren en niets oploste. Matthew wilde weten waarom Robin zo nodig naar het ziekenhuis moest snellen om Strikes hand vast te houden terwijl die laatste een vriendin had. Robin hield vol dat je een waardeloos mens was als je een vriend alleen liet met een kind dat misschien wel doodging.

De ruzie liep hoog op; het geheel escaleerde in een niveau van boosaardigheid dat ze nooit eerder hadden bereikt in een jaar van echtelijk gekibbel. Robin verloor haar kalmte en vroeg of ze geen recht had op strafvermindering wegens goed gedrag, nadat ze Matthew tien jaar lang braaf was gevolgd naar allerlei sportvelden. Hij was oprecht gekwetst.

'Als je het niet leuk vindt, had dat dan gezegd!'

'Het is nooit bij je opgekomen, hè? Omdat er van me wordt verwacht dat ik al jouw overwinningen beschouw als de mijne, of niet soms, Matt? Terwijl als ík iets bereik...'

'Sorry, wat heb jij ook alweer bereikt?' vroeg Matthew, een ongeëvenaarde steek onder de gordel. 'Of tellen zijn prestaties nu ook al als de jouwe?'

Er waren nu drie dagen verstreken en ze hadden elkaar nog steeds niet vergeven. Robin had sinds de ruzie iedere nacht in de logeerkamer geslapen en was 's morgens vroeg opgestaan, zodat ze de deur uit kon gaan voordat Matthew onder de douche vandaan kwam. Ze voelde constant een zeurende pijn achter haar ogen, een ongenoegen dat makkelijker te negeren was als ze werkte, maar dat als een lagedrukgebied terugkeerde zodra ze elke avond weer huiswaarts ging. Matthews stille woede drukte op de muren van hun huis, dat, hoewel het twee keer zo groot was als de ruimte die ze eerst hadden gedeeld, donkerder en krapper leek.

Hij was haar man. Ze had beloofd het te proberen. Moe, boos, schuldbewust en ellendig had Robin het gevoel dat ze wachtte tot er iets doorslaggevends zou gebeuren, iets wat hen beiden op een eervolle manier zou ontslaan van deze plicht, zonder nog meer stuitende ruzies, op een redelijke manier. Telkens opnieuw keerden haar gedachten terug naar de bruiloft, de dag waarop ze had ontdekt dat Matthew Strikes telefoontjes had gewist. Ze had er met heel haar hart spijt van dat ze toen niet vertrokken was, voordat hij zijn hand kon openhalen aan dat koraal, voordat ze verstrikt zou raken, zoals ze het nu zag, in haar eigen lafheid vermomd als mededogen.

Terwijl Robin die woensdagmorgen het Lagerhuis naderde, nog niet gefocust op de dag die voor haar lag maar peinzend over haar huwelijksproblemen, maakte een forse man in overjas zich los van het hek waar hij zich had gemengd onder de eerste toeristen van de dag en liep naar haar toe. Hij was lang en breedgeschouderd, met dik, zilvergrijs haar en een platgedrukt, pokdalig gezicht vol rimpels en groeven. Robin besefte pas dat hij haar moest hebben toen hij pal voor haar stilhield en haar de doorgang versperde, zijn grote voeten stevig naast elkaar geplant.

'Venetia? Kan ik heel even met je praten, meisje?'

Paniekerig deed ze een stapje naar achteren, en ze keek in dat harde, platte gezicht met de grove poriën. Hij moest van de pers zijn. Herkende hij haar? De lichtbruine contactlenzen waren van dichtbij iets duidelijker zichtbaar, zelfs achter de ongeslepen brillenglazen.

'Jij werkt toch sinds kort voor Jasper Chiswell? Ik vroeg me af hoe dat tot stand gekomen is. Hoeveel betaalt hij je? Ken je hem al lang?'

'Geen commentaar,' zei Robin, en ze probeerde om de man heen te lopen. Hij bewoog met haar mee. Vechtend tegen de opkomende paniek zei Robin ferm: 'Laat me erdoor, ik moet naar mijn werk.'

Een paar lange Scandinavische jongeren met rugzakken hielden de confrontatie in de gaten, zichtbaar bezorgd.

'Ik wil je alleen maar de gelegenheid geven om jouw kant van het verhaal te vertellen, schat,' zei haar belager zacht. 'Denk er maar over na. Het zou wel eens je enige kans kunnen zijn.'

Hij ging opzij. Robin botste tegen haar potentiële redders op toen ze zich langs hen heen wurmde. *Shit, shit shit...* Wie was die man?

Eenmaal veilig voorbij de beveiligingsscanner liep ze de galmende stenen hal in waar kantoorpersoneel langs haar heen beende, en ze belde Strike. Hij nam niet op.

'Bel me alsjeblieft, het is dringend,' mompelde ze tegen zijn voicemail.

In plaats van naar Izzy's kantoor te gaan of naar de grote, galmende ruimte van Portcullis House zocht ze haar toevlucht in een van de kleinere tearooms, die zonder de toonbank en de kassa nog het meest geleken zou hebben op de ouderwetse werkkamer van een decaan, met donkerhouten lambrisering en tapijt in de alomtegenwoordige tint mosgroen. De ruimte werd in tweeën gedeeld door een zwaar eiken kamerscherm; de parlementsleden zaten helemaal aan de andere kant, ver weg van de onbeduidende werknemers. Robin haalde een beker koffie, ging aan een tafeltje bij het raam zitten, hing haar jas over de rugleuning van haar stoel en wachtte op Strikes telefoontje. De stille, bezadigde ruimte hielp niet om haar zenuwen tot bedaren te brengen.

Het duurde bijna drie kwartier tot Strike belde.

'Sorry, ik zat in de metro,' zei hij hijgend. 'En toen belde Chiswell. Hij hangt net op. We hebben een probleem.'

'O god, wat nu weer?' Robin zette haar koffie neer. Haar maag trok samen van paniek.

'*The Sun* denkt dat jíj het nieuws bent.'

En Robin wist meteen wie het was geweest, daarnet voor het parlementsgebouw: Mitch Patterson, de privédetective die was ingehuurd door de krant.

'Ze zijn gaan graven naar veranderingen in Chiswells leven, en toen stuitten ze op jou: een knappe nieuwe vrouw bij hem op kantoor, dus natuurlijk trekken ze je dan na. Chiswells eerste huwelijk is spaak gelopen omdat hij een verhouding had op zijn werk. Het punt is dat ze er gauw genoeg achter zullen komen dat je niet echt zijn petekind bent. Au, fuck!'

'Wat is er?'

'De eerste dag dat ik weer op twee benen loop en uitgerekend nu kiest Dodgy Doc ervoor om stiekem een meisje te treffen. Chelsea Physic Garden. Met de metro naar Sloane Square en dan een bloedeind lopen. Maar goed,' zei hij hijgend, 'wat was jóúw slechte nieuws?'

'Meer van hetzelfde. Mitch Patterson klampte me net aan voor het parlementsgebouw.'

'Shit. Denk je dat hij je herkend heeft?'

'Daar leek het niet op, maar ik weet het niet. Ik moet hier weg, hè?' zei Robin, en ze keek peinzend naar het roomwitte plafond, dat gestuukt was in een patroon van overlappende cirkels. 'We zouden hier iemand anders kunnen plaatsen. Andy misschien? Of Barclay?'

'Nog niet,' zei Strike. 'Als jij opstapt zodra Mitch Patterson je daar heeft gezien, zullen ze zéker denken dat het om jou draait. Bovendien wil Chiswell dat je morgen naar die receptie gaat om te proberen dat bestuurslid – hoe heet ze ook alweer, Elspeth? Godver! Sorry, het gaat hier niet zo lekker, ik loop op zo'n pad met boomschors. Dodgy gaat met die meid het struikgewas in. Ze is een jaar of zeventien, zo te zien.'

'Heb je je telefoon niet nodig dan, om foto's te maken?'

'Ik heb zo'n bril op met ingebouwde camera. O, nou komt het,' voegde hij er zachtjes aan toe. 'Gefoezel in de bosjes.'

Robin wachtte. Ze hoorde zacht geklik.

'En daar komen een paar echte plantenliefhebbers aan,' mompelde Strike. 'Dus worden ze weer de struiken uit gejaagd... Luister,' vervolgde hij. 'Kom morgen na het werk naar kantoor, voordat je naar die receptie gaat. Dan bekijken we wat we tot nu toe hebben gevonden en besluiten hoe het verder moet. Doe je best om dat tweede afluisterapparaatje terug te krijgen, maar hang er geen nieuw neer, voor het geval we je daar moeten weghalen.'

'Goed,' zei Robin met een akelig voorgevoel. 'Maar dat wordt lastig. Ik weet zeker dat Aamir argwaan... Cormoran, ik moet ophangen.'

Izzy en Raphael kwamen de tearoom in gelopen. Raphael had een arm om zijn halfzus heen geslagen, die van streek was, zag Robin meteen: ze was nog net niet in tranen. Hij zag Robin, die snel de verbinding met Strike verbrak, en hij gaf met zijn blik aan dat het niet goed ging met Izzy, waarna hij iets mompelde tegen zijn zus, die knikte en naar Robins tafeltje kwam lopen terwijl Raphael koffie ging bestellen.

'Izzy!' zei Robin, en ze trok een stoel voor haar naar achteren. 'Wat is er?'

Toen Izzy ging zitten, stroomden de tranen over haar wangen. Robin gaf haar een papieren servetje.

'Dank je wel, Venetia,' zei ze schor. 'Sorry dat ik me zo laat gaan. Stom van me.' Ze haalde diep en bibberig adem en rechtte haar rug, de houding van een meisje dat jarenlang te horen had gekregen dat ze rechtop moest zitten en zich moest vermannen.

'Stom van me,' zei ze nog een keer, en er welden nieuwe tranen op.

‘Pa deed heel schofterig tegen haar,’ zei Raphael, die kwam aanlopen met een dienblad.

‘Zeg dat nou niet, Raff.’ Izzy hikte, en er droop een traan langs haar neus. ‘Ik weet ook wel dat hij het niet meende. Hij was al van streek toen ik aankwam en toen maakte ik het nog erger. Wist je dat hij Freddies gouden geldclip kwijt is?’

‘Nee,’ antwoordde Raphael zonder veel belangstelling.

‘Hij denkt dat hij dat ding in een of ander hotel heeft laten liggen met Kinvara’s verjaardag. Het hotel had net teruggebeld toen ik binnenkwam. Niet gevonden. Je weet hoe paps is als het om Freddie gaat, nog steeds.’

Er trok een merkwaardige blik over Raphaels gezicht, alsof hem een onaangename gedachte te binnen schoot.

‘En toen,’ zei Izzy zwakjes, ‘bleek ik een brief verkeerd gedateerd te hebben en daarvan ging hij door het lint.’ Ze kneep krampachtig in het vochtige servetje.

‘Vijf jaar,’ barstte ze los. ‘Vijf jaar werk ik nu voor hem, en de keren dat hij me heeft bedankt zijn op één hand te tellen. Toen ik zei dat ik erover dacht om te stoppen, zei hij: “Maar pas na de Olympische Spelen”’ – haar stem brak – ‘“want ik heb nu geen tijd om iemand in te werken.”’

Raphael vloekte zacht.

‘Maar hij valt best mee, hoor,’ zei Izzy snel, in een bijna komische draai van honderdtachtig graden. Robin besefte dat Izzy zich ineens herinnerde dat ze had gehoopt dat Raphael haar baan zou overnemen. ‘Ik ben gewoon van slag, en dan maak ik de dingen erger dan ze...’

Haar mobiel ging. Ze keek op het schermpje en kreunde. ‘Nee, hè, het is TDT. Niet nu. Dat trek ik niet. Raff, neem jij op.’

Ze stak het toestel naar hem uit, maar Raphael deinsde terug alsof ze hem had gevraagd een tarantula van haar over te nemen.

‘Toe nou, Raff. Alsjeblieft.’

Raphael pakte met grote tegenzin de telefoon aan. ‘Hallo, Kinvara, ik ben het, Raff. Izzy is even weg. Nee... Venetia is er niet... Nee... ik ben op kantoor, waar anders? Ik neem gewoon even Izzy’s telefoon op. Hij is naar het Olympisch Park, net vertrokken. Nee... nee, ik weet niet waar Venetia is. Niet hier, dat is het enige wat ik weet. Ja... ja, oké. Dag.'

Hij trok zijn wenkbrauwen op. 'Opgehangen.'

Hij schoof de telefoon over de tafel heen terug naar Izzy, die vroeg: 'Waarom wil ze zo graag weten waar Venetia is?'

'Drie keer raden,' zei Raphael geamuseerd.

Robin begreep waar hij op doelde en keek snel uit het raam, want ze voelde haar wangen rood worden. Ze vroeg zich af of Mitch Patterson Kinvara had gebeld en haar dit idee in het hoofd had gepraat.

'Ach, schei toch uit,' zei Izzy. 'Denkt ze dat paps...? Venetia had zijn dochter kunnen zijn!'

'Mocht je het nog niet gemerkt hebben: dat geldt ook voor zijn vrouw,' zei Raphael, 'en je weet hoe ze is. Hoe slechter het met hun huwelijk gaat, hoe jaloerser ze wordt. Pa neemt niet op als ze belt, dus dan trekt ze haar eigen paranoïde conclusie.'

'Paps neemt niet op omdat hij gek van haar wordt,' zei Izzy; de wrok tegenover haar vader werd plotseling verdrongen door haar antipathie tegen haar stiefmoeder. 'Ze was de afgelopen twee jaar het huis niet uit te krijgen en wilde die stomme paarden van haar geen moment alleen laten. Maar de Olympische Spelen komen eraan en ineens wil ze de stad in, tot in de puntjes gekleed, om het ministersvrouwtje uit te hangen.'

Ze haalde nog een keer diep adem, bette haar gezicht weer en stond toen op. 'Ik moet terug, we hebben het razend druk. Bedankt, Raff,' zei ze, en ze gaf hem een duwtje tegen zijn schouder.

Ze liep weg. Raphael keek haar na en wendde zich toen weer tot Robin. 'Izzy is de enige die me kwam opzoeken in de gevangenis.'

'Ja,' zei Robin, 'dat heeft ze me verteld.'

'En als ik vroeger naar dat ellendige Chiswell House moest, was zij de enige die met me praatte. Ik was de kleine bastaardzoon die hun gezin uit elkaar had gedreven, dus ze hadden allemaal een pesthekel aan me, maar Izzy nam me mee naar de stal, waar ik mocht helpen haar pony te borstelen.'

Hij liet met een stuurs gezicht zijn koffie rondwalsen in de beker.

'Jij was zeker verliefd op die stoere Freddie, zoals alle andere meisjes? Hij kon me niet luchten of zien. Noemde me "Raphaela" en maakte me wijs dat pa tegen iedereen had gezegd dat ik een meisje was.'

'Wat afschuwelijk,' zei Robin.

Raphaels boze frons ging aarzelend over in een glimlach. 'Dat is lief van je.'

Hij leek met zichzelf te overleggen of hij nog iets anders zou zeggen. Opeens vroeg hij: 'Heb jij Jack o'Kent ooit ontmoet als je daar op bezoek was?'

'Wie?'

'Zo'n ouwe kerel die voor pa werkte. Woonde op het terrein van Chiswell House. Ik was als kind als de dood voor hem. Hij had een beetje een ingevallen gezicht en een verwilderde blik in zijn ogen, en als ik in de tuin was, dook hij ineens vanuit het niets op. Hij zei nooit wat, vloekte alleen als ik hem voor de voeten liep.'

'Ik... ik kan me wel vaag zo iemand herinneren,' loog Robin.

'Pa noemde hem Jack o'Kent. Wie wás Jack o'Kent eigenlijk? Had die niet iets te maken met de duivel? Hoe dan ook, ik had letterlijk nachtmerries over die ouwe. Hij betrapte me een keer toen ik een schuur in wilde sluipen en joeg me de stuipen op het lijf. Hij bracht zijn gezicht vlak bij dat van mij en zei dat ik niet wilde weten wat daarbinnen te zien was, of zoiets, dat het gevaarlijk was voor kleine jongetjes, of... Ik weet het niet precies, ik was nog een kind.'

'Dat klinkt eng,' zei Robin instemmend; haar interesse was nu gewekt. 'Wat deed hij in die schuur, ben je daar ooit achter gekomen?'

'Waarschijnlijk was het gewoon een opslag voor landbouwmachines. Maar hij deed het voorkomen alsof hij er satansrituelen hield. Het was trouwens een goede timmerman. Hij heeft Freddies doodskist gemaakt. Er was een eik gesneuveld... Pa wilde dat Freddie begraven zou worden in hout van het terrein.'

Opnieuw leek hij te twijfelen of hij zou zeggen wat hem op het hart lag. Hij bekeek Robin aandachtig vanonder zijn donkere wimpers en zei toen: 'Komt pa momenteel... normaal op jou over?'

'Hoe bedoel je?'

'Vind je niet dat hij een beetje vreemd doet? Waarom gaat hij zo tegen Izzy tekeer om niets?'

'Hoge werkdruk?' opperde Robin.

'Ja... zou kunnen.' Raphael fronste en zei toen: 'Hij belde me laatst op een avond, wat op zich al raar is, want hij kan me niet uitstaan. Zomaar een babbeltje, zei hij, en dat was nog nooit gebeurd. Hij had gedronken, dat moet ik er wel bij zeggen. Ik hoorde het zodra hij begon te praten. Afijn, hij begon over Jack o'Kent. Onsamenhangend verhaal, ik begreep er niks van. Hij had het over de dood van Freddie en over Kinvara's dode baby, en toen...' Raphael boog zich naar haar toe. Robin voelde zijn knieën onder de tafel tegen de hare. 'Weet je nog, dat telefoontje op mijn eerste dag hier? Dat enge bericht over mensen die in hun broek pissen als ze doodgaan?'

'Ja,' zei Robin.

'Hij zei: "Het is een straf. Dat was Jack o'Kent, die beller. Hij heeft het op mij gemunt."'

Robin staarde hem aan.

'Maar wie het ook was toen aan de telefoon,' zei Raphael, 'Jack o'Kent kan het niet geweest zijn. Die is al jaren dood.'

Robin zei niets. Ze moest plotseling denken aan Matthews delirium in die donkere, subtropische nacht toen hij haar had aangezien voor zijn overleden moeder. Raphaels knieën leken nu harder tegen de hare te drukken. Ze schoof haar stoel een stukje naar achteren.

'Ik heb de halve nacht wakker gelegen en me afgevraagd of hij gek geworden was. Dat moeten we niet hebben, hè, dat pa ook nog van het padje raakt? We zitten al met Kinvara die hallucinaties heeft over haar paarden die met een mes bewerkt zouden worden, en grafdelvers...'

'Grafdelvers?' herhaalde Robin op scherpe toon.

'Zei ik dat?' vroeg Raphael rusteloos. 'Nou ja, ik bedoel mannen met een schop in het bos.'

'Denk je dat ze zich dat inbeeldt?'

'Geen flauw idee. Izzy en de anderen denken van wel, maar die doen allemaal alsof Kinvara zich hysterisch aanstelt sinds ze dat kind heeft verloren. Ze moest bevallen terwijl ze wisten dat de baby dood was, wist je dat? Daarna ging het niet goed met haar, maar als Chiswell hoor je zoiets niet te laten merken. Gewoon een leuk hoedje opzetten en ergens een lintje doorknippen of zo.'

Hij leek Robins gedachten te lezen, want hij zei: 'Dacht je dat ik haar zou haten, alleen omdat de anderen dat ook doen? Het is een irritant mens en ze moet me niet, maar ik loop niet de hele dag te rekenen wat ze uitgeeft aan haar paarden en wat er dan van de erfenis van mijn neef en nicht af gaat. Ze is geen golddigger, wat Izzy en *Fizzy* ook mogen beweren...' Hij sprak de bijnaam van zijn oudere zus uit met spottende nadruk. 'Ze vonden mijn moeder ook een golddigger. Geld is het enige motief dat ze begrijpen. Ik mag niet weten dat de familie Chiswell ook van die gezellige bijnamen heeft bedacht voor mijn moeder en mij...' Zijn donkere huid werd rood. 'Hoe onvoorstelbaar het ook mag lijken, Kinvara is echt voor mijn vader gevallen, dat kon ik merken. Ze had heel wat beters kunnen krijgen als het haar om het geld te doen was geweest. Hij is hartstikke blut.'

Robin, die 'blut' niet associeerde met een groot huis in Oxfordshire, negen paarden, een appartement in Londen of de zware diamanten halsketting die ze Kinvara op de foto had zien dragen, hield haar gezicht in de plooi.

'Ben jij de laatste tijd nog op Chiswell House geweest?'

'Al even niet meer, nee,' zei Robin.

'Het staat op instorten. Alles is door de motten aangevreten.'

'Ik herinner me van Chiswell House vooral die keer dat de grote mensen het hadden over een klein meisje dat vermist werd.'

'O?' zei Raphael verbaasd.

'Ja, ik weet niet meer hoe ze heette. Ik was zelf nog klein. Susan? Suki? Zoiets.'

'Zegt me niks,' zei Raphael. Zijn knieën raakten de hare weer. 'Zeg, biecht iedereen zijn duistere familiegeheimen aan jou op als ze je net vijf minuten kennen, of ben ik de enige?'

'Tim zegt altijd dat ik begripvol overkom,' zei Robin. 'Misschien moet ik de politiek maar vergeten en therapeute worden.'

'Ja, misschien wel.' Hij keek haar in de ogen. 'Dat zijn geen sterke glazen. Waarom draag je dan een bril? In plaats van gewoon contactlenzen?'

'O, ik... Dit vind ik fijner.' Robin schoof de bril verder op haar neus en pakte haar spullen. 'Goh, ik moet echt gaan.'

Raphael leunde met een treurig lachje achterover in zijn stoel. 'De boodschap is duidelijk. Die Tim van jou boft maar. Zeg dat maar tegen hem.'

Robin stond met een lachje op; ze moest zich vasthouden aan de hoek van de tafel. Slecht op haar gemak en in lichte verwarring verliet ze de tearoom.

Terwijl ze terugliep naar Izzy's kantoor dacht ze na over het gedrag van de minister van Cultuur. Driftaanvallen en paranoïde gebazel waren niet verrassend, bedacht ze, voor een man die was overgeleverd aan twee afpersers, maar Chiswells suggestie dat hij was gebeld door een dode was onmiskenbaar vreemd. Ze had bij geen van beide ontmoetingen de indruk gekregen dat hij een man was die geloofde in geesten of de straf van God, maar aan de andere kant, dacht Robin, deed drank rare dingen met een mens... En ineens zag ze weer voor zich hoe Matthew die zondag als een valse hond tegen haar tekeergegaan was.

Ze was bijna ter hoogte van Winns kantoor toen ze zag dat de deur weer op een kier stond. Robin gluurde naar binnen. Het kantoor leek verlaten te zijn. Ze klopte twee keer. Geen reactie.

Het kostte haar minder dan vijf seconden om bij het stopcontact onder Geraints bureau te komen. Ze trok de stekker van de ventilator eruit, wrikte het afluisterapparaatje eraf en deed net haar handtas open toen Aamirs stem klonk: 'Waar ben jij in godsnaam mee bezig?'

Robin hield geschrokken haar adem in, probeerde overeind te komen, stootte haar hoofd hard tegen het bureau en slaakte een kreetje van pijn. Aamir was net opgestaan uit een leunstoel die van de deur weggedraaid stond en zette zijn koptelefoon af. Schijnbaar had hij met zijn iPod een paar minuutjes voor zichzelf genomen.

'Ik heb geklopt!' zei Robin, en ze wreef met tranen in haar ogen over haar hoofd. Ze verstopte het afluisterapparaatje dat ze nog in haar hand had achter haar rug. 'Ik dacht dat er niemand was!'

'Waar ben jij mee bezig?' vroeg hij nog een keer, en hij kwam op haar af.

Voordat ze antwoord kon geven werd de deur opengeduwd. Geraint kwam binnen.

Vandaag geen liploze grijns, geen gewichtigdoenerij, geen schunnige opmerking over het aantreffen van Robin op de vloer van zijn kantoor. Winn leek op de een of andere manier kleiner dan anders, en hij had paarsige schaduwen onder zijn ogen, die verkleind werden door zijn brillenglazen. Perplex liet hij zijn blik van Robin naar Aamir gaan, en terwijl Aamir hem begon te vertellen dat Robin ongevraagd hun kantoor was binnengelopen, slaagde zij erin het afluisterapparaatje in haar tas te proppen.

'Het spijt me echt,' zei ze terwijl ze overeind kwam, hevig transpirerend. De paniek knaagde aan haar bewustzijn, maar toen dook er een idee op, als een reddingsvlot. 'Echt, sorry. Ik had een briefje willen neerleggen. Ik wilde hem alleen maar lenen.'

Toen de twee mannen haar fronsend aankeken, wees ze naar de ventilator, waarvan de stekker uit het stopcontact was getrokken.

'De onze is stuk. Het is net een oven daarbinnen.' En tegen Geraint zei ze met een meelijwekkend lachje: 'Ik wilde hem maar een half uurtje lenen. Echt. Ik viel daarstraks bijna flauw.'

Ze trok aan de voorkant van haar bloesje, dat inderdaad klam voelde. Zijn blik belandde op haar borsten en de gebruikelijke wellustige grijns keerde terug.

'Ik mag het eigenlijk niet zeggen, maar de hitte staat je goed,' zei Winn met een zelfvoldaan lachje.

Robin dwong zichzelf om te giechelen.

'Ach, we kunnen dat ding wel een half uurtje missen, toch?' vroeg Winn aan Aamir.

Die zei niets en bleef met kaarsrechte rug naar Robin staan kijken, met onverholen wantrouwen. Geraint tilde de ventilator zorgvuldig van het bureau en gaf hem aan Robin. Toen ze zich omdraaide, gaf hij een klopje op haar onderrug.

'Geniet ervan.'

'Dat zal wel lukken,' zei ze, maar ze kreeg de kriebels. 'Hartelijk dank, meneer Winn.'

28

Trek ik het me aan dat ik enorm belemmerd en gedwarsboomd blijk te worden in mijn levenswerk?

Henrik Ibsen, *Rosmersholm*

Het vele lopen naar en in Chelsea Physic Garden de vorige dag had Strikes hamstringblessure geen goed gedaan. Omdat zijn maag opspeelde door het onafgebroken dieet van ibuprofen had hij het de afgelopen vierentwintig uur zonder pijnstillers gedaan, met als gevolg dat hij 'enig ongemak' ervoer, zoals de artsen het graag noemden, toen hij zich die donderdagmiddag met zijn anderhalve been op de bank in zijn kantoor liet zakken. Zijn prothese stond rechtop tegen de nabijgelegen muur terwijl Strike het dossier van Chiswell nog eens doornam.

Voor het raam van zijn kantoortje hing, als het silhouet van een wachter zonder hoofd, Strikes beste pak; zijn overhemd en stropdas hingen aan de gordijnrail en zijn schoenen met schone sokken stonden onder de slaphangende broekspijpen. Hij ging vanavond uit eten met Lorelei en had het zo geregeld dat hij de trap naar zijn zolderflat pas weer op zou hoeven als hij naar bed ging.

Lorelei had zoals gewoonlijk alle begrip gehad voor zijn gebrek aan communicatie in de tijd dat Jack in het ziekenhuis lag – er had slechts heel vaag iets scherps doorgeklonken in haar stem toen ze zei dat het vast vreselijk voor hem was geweest om dit helemaal alleen te moeten doormaken. Strike was zo verstandig om haar niet te vertellen dat Robin bij hem was geweest. Vervolgens had Lorelei, lief en zonder rancune, voorgesteld om samen uit eten te gaan, 'om het een en ander te bespreken'.

Ze hadden nu ruim tien maanden iets met elkaar, en zij had hem pasgeleden vijf dagen lang verzorgd toen hij uitgeschakeld was. Strike besefte dat het niet fair was, en bovendien onfatsoenlijk, om haar te vragen gewoon door de telefoon te zeggen waar het op stond. Het vooruitzicht antwoord te moeten geven op de vraag 'Welke kant denk jij dat deze relatie op gaat?' lag op de loer aan de rand van zijn bewustzijn, even dreigend als het opgehangen pak.

Toch werden zijn gedachten voornamelijk beheerst door het risico de opdracht van Chiswell te verliezen, een klus waarvoor hij nog geen penny had gezien maar die een behoorlijke hap had genomen uit zijn salaris- en onkostenbudget. Robin was er dan wel in geslaagd de onmiddellijke dreiging vanuit Geraint Winn uit te schakelen, maar Barclay had na een veelbelovende start niets gevonden wat ze konden gebruiken tegen Chiswells eerste afperser, en Strike voorzag rampzalige gevolgen voor het geval de kranten, in dit geval *The Sun*, Jimmy Knight zouden opsporen. Zonder de geheimzinnige foto's van Buitenlandse Zaken die Winn hem had beloofd, en ondanks Chiswells verzekering dat Jimmy het verhaal niet in de pers zou willen zien verschijnen, achtte Strike de kans bijzonder groot dat Jimmy, boos en gefrustreerd als hij was, zou proberen de gelegenheid aan te grijpen die hem door de vingers leek te glippen. Zijn proceszieke verleden was veelzeggend: Jimmy was het type dat gauw ruzie zocht en daarbij nergens voor terugdeinsde.

En om Strikes chagrijn nog groter te maken, had Barclay hem laten weten, nadat hij dagenlang was opgetrokken met Jimmy en zijn vrienden, dat hij nu echt naar huis moest, wilde hij voorkomen dat zijn vrouw een echtscheiding zou aanvragen. Barclay had nog een onkostenvergoeding van hem tegoed, dus vroeg Strike hem naar kantoor te komen voor een cheque voordat hij een paar dagen vrij zou nemen. Tot zijn enorme ergernis deed Hutchins, op wie Strike normaal gesproken altijd kon bouwen, nu moeilijk over het op zo korte termijn overnemen van Barclays taak – het volgen van Jimmy – en bleef hij liever posten in en om Harley Street, waar Dodgy Doc weer consult hield voor zijn patiënten.

'Wat is het probleem?' had Strike op barse toon gevraagd. Zijn stomp schrijnde. Hij mocht Hutchins graag, maar was niet vergeten dat de voormalige politieman eerst met zijn gezin op vakantie was geweest en vervolgens met zijn vrouw naar het ziekenhuis had gemoeten nadat ze haar pols had gebroken. 'Ik vraag je gewoon een ander te schaduwen, meer niet. Zelf kan ik Knight niet gaan volgen, hij kent me.'

'Ja oké, dan doe ik het wel.'

'Goh, fideel van je,' had Strike kwaad gezegd. 'Je wordt bedankt.'

De voetstappen van Robin en Barclay die om half zes de metalen trap naar kantoor op liepen waren een welkome afleiding voor Strikes nog altijd verslechterende bui.

'Hoi,' zei Robin terwijl ze binnenkwam met een weekendtas over de schouder. Als antwoord op Strikes vragende blik legde ze uit: 'Kleding voor de Paralympics-receptie. Ik kleed me straks om op de wc, ik heb geen tijd om tussendoor naar huis te gaan.'

Barclay kwam achter haar aan binnen en deed de deur dicht. 'We kwamen elkaar beneden tegen,' zei hij opgewekt tegen Strike. 'Onze eerste ontmoeting.'

'Sam vertelde me net hoeveel wiet hij heeft moeten roken om Jimmy bij te houden,' zei Robin lachend.

'Maar ik rook niet over mijn longen,' zei Barclay met een stalen gezicht. 'Dat kun je niet maken onder werktijd.'

Dat die twee het zo goed met elkaar konden vinden ergerde Strike buitenproportioneel, en hij hees zich met veel misbaar van de nepleren bank, die de gebruikelijke scheetgeluiden maakte.

'Dat is de bank,' beet hij Barclay toe toen die grinnikend om zich heen keek. 'Ik zal je geld pakken.'

'Blijf maar hier, ik doe het wel.' Robin zette haar weekendtas neer, pakte het chequeboekje uit de onderste la van het bureau en gaf dat samen met een pen aan Strike. 'Wil je thee, Cormoran? Jij, Sam?'

'Ach, welja,' zei Barclay.

'Wat zijn jullie belachelijk opgewekt,' merkte Strike zuur op terwijl hij een cheque uitschreef voor Barclay. 'En we staan nog wel op het punt de opdracht kwijt te raken die ons allemaal aan het werk houdt. Tenzij een van jullie informatie heeft waar ik niks van weet, natuurlijk.'

'Het enige spannende dat er deze week is gebeurd in Knights wereld is dat Flick mot kreeg met een van haar huisgenootjes,' zei Barclay. 'Laura heet ze. Zij meende dat Jimmy een creditcard had gejat uit haar handtasje.'

'En was dat zo?' vroeg Strike op scherpe toon.

'Ik denk eerder dat Flick het zelf heeft gedaan. Ze pochte toch laatst ook dat ze geld had gejat op haar werk?'

'Ja, dat heb je verteld.'

'Het begon allemaal in de pub. Die meid, die Laura, had het helemaal gehad. Ze kreeg ruzie met Flick over de vraag wie van hen het burgerlijkst was.'

Ondanks de pijn aan zijn been zijn chagrijnige bui moest Strike lachen.

'Aye, dat liep uit de hand. Er werden pony's bij gehaald, en reisjes naar het buitenland. Toen zei Laura dat ze dacht dat Jimmy maanden geleden haar nieuwe creditcard had gejat. Jimmy werd agressief, zei dat het laster was...'

'Jammer dat hij niemand meer voor de rechter mag slepen,' zei Strike terwijl hij de cheque uit het boekje scheurde.

'En Laura ging er vloekend vandoor. Ze woont nu niet meer bij haar in huis.'

'Heb je haar achternaam?'

'Daar ga ik achteraan.'

'Wat is Flicks achtergrond, Barclay?' vroeg Strike toen Barclay de cheque opborg.

'Ze zegt dat ze is gestopt met haar studie aan de universiteit,' zei Barclay. 'Ze had het eerste jaar niet gehaald.'

'Dat kan de beste studenten overkomen,' zei Robin, die kwam aanlopen met twee bekers thee. Strike en zij hadden geen van beiden hun studie afgemaakt.

'Lekker,' zei Barclay terwijl hij een beker aannam van Robin. 'Haar ouders zijn gescheiden en ze heeft met geen van beiden contact meer. Ze hebben een hekel aan Jimmy. Ik kan het ze niet kwalijk nemen. Als mijn dochter het ooit aanlegt met zo'n figuur als Knight, dan weet ik wel wat ik doe. Als zij er niet bij is, pocht hij tegen zijn maten over allerlei jonge meisjes. Ze denken allemaal dat ze het met een belangrijke revolutionair doen, alles voor de goede zaak. Flick weet nog niet half wat hij allemaal uitspookt.'

'Zijn er minderjarigen bij? Zijn vrouw liet doorschemeren dat hij daar eerder mee de fout in is gegaan. Dat zou een onderhandelingstroef kunnen zijn.'

'Allemaal boven de zestien, voor zover ik weet.'

'Jammer,' zei Strike. Hij ving de blik van Robin, die net terug kwam lopen met haar eigen thee. 'Je weet wat ik bedoel.' En tegen Barclay zei hij: 'Ik heb bij die protestmars opgevangen dat ze zelf ook niet al te monogaam is.'

'Aye, een van haar vriendinnen zei iets over een Indiase ober.'

'Een ober? Ik hoorde geruchten over een student.'

'Waarom niet allebei?' zei Barclay. 'Volgens mij is ze nogal een...'

Maar toen hij Robins blik zag, slikte hij het laatste woord in en nam een slok thee.

'Heb jij nog nieuws?' vroeg Strike aan Robin.

'Ja. Ik heb het tweede afluisterapparaatje terug.'

'Dat meen je niet.' Strike veerde op.

'Ik heb het daarstraks uitgeschreven, het was uren werk. Het meeste stelt niks voor, maar...' Ze zette haar thee neer, trok de weekendtas open en haalde het apparaatje eruit. 'Er zit een vreemd gedeelte bij. Luister maar.'

Barclay liet zich op de leuning van de bank zakken. Robin ging wat rechter in haar bureaustoel zitten en zette het afluisterapparaatje aan.

Geraints lijzige accent vulde de ruimte. '... te vriend houden, en ik zal Elspeth voorstellen aan prins Harry. Goed, ik ga ervandoor, zie je morgen.'

'Fijne avond nog,' zei Aamir.

Robin schudde het hoofd naar Strike en Barclay en zei geluidloos: *Wacht*.

Ze hoorden de deur dichtgaan. Na de gebruikelijke halve minuut stilte klonk er een klik; het punt waar de tape was gestopt en weer begon. Toen zei een zware vrouwenstem met een Welsh accent: 'Ben je daar, schat?'

Strike trok zijn wenkbrauwen op en Barclay hield op met tandenknarsen.

'Ja,' zei Aamir afgemeten.

'Kom, geef me eens een kusje,' zei Della.

Barclay verslikte zich bijna in zijn thee. Uit het apparaatje klonk gesmak van zoenende monden. Schuifelende voeten. Een stoel werd verplaatst. Toen een vaag ritmisch gebons.

'Wat is dat nou?' mompelde Strike.

'De kwispelende geleidehond,' antwoordde Robin.

'Laat me je hand vasthouden,' zei Della. 'Geraint komt niet terug, wees maar niet bang. Ik heb hem naar Chiswick gestuurd. Zo, ja. Dank je wel. Luister, ik moest je even alleen spreken. Het punt is, schat, dat je buren geklaagd hebben. Ze zeggen door de muren heen rare geluiden te horen.'

'Zoals...?' Hij klonk aarzelend.

'Nou ja, het zou een dier kunnen zijn, zeiden ze,' zei Della. 'Een hond die jankte. Je hebt toch geen...?'

'Natuurlijk niet,' zei Aamir. 'Dat moet de tv zijn geweest. Waarom zou ik een hond nemen? Ik ben de hele dag op mijn werk.'

'Het leek me wel iets voor jou om een zielig zwervertje mee naar huis te nemen,' zei ze. 'Met je weke hart...'

'Nee, dus.' Aamir klonk gespannen. 'Je hoeft me niet te geloven. Ga maar kijken, je hebt de sleutel.'

'Schat, doe niet zo boos,' zei Della. 'Ik zou nooit zonder jouw toestemming naar binnen gaan om te snuffelen. Zo ben ik niet.'

'Je hebt er recht op,' zei hij, en Strike meende een bittere ondertoon te horen. 'Het is jouw huis.'

'Je bent boos. Ik wist het wel. Ik moest erover beginnen, want als Geraint de volgende keer opneemt als iemand belt om te klagen...

Het was pure mazzel dat de buurman mij aan de lijn kreeg.'

'Ik zal de tv voortaan zachter zetten,' zei Aamir. 'Oké? Ik doe voorzichtig.'

'Als je maar weet, mijn lief, dat je wat mij betreft mag doen wat je...'

'Ik heb eens zitten denken,' onderbrak Aamir haar. 'Ik vind echt dat ik je huur moet betalen. Als ik nou...'

'We hebben het hier al over gehad. Doe niet zo gek, ik wil geen geld van jou.'

'Maar...'

'Los van al het andere, je zou het niet eens kunnen betalen. Een huis met drie slaapkamers, in je eentje?'

'Maar...'

'Je weet hoe ik erover denk. Je was er anders maar wat blij mee toen je er net woonde. Ik dacht dat je het fijn vond.'

'Ja, natuurlijk. Het was een gul gebaar,' zei hij stijfjes.

'Gul... het is verdorie geen kwestie van gulheid. Zeg, luister eens, heb je zin om wat te gaan eten? Ik moet overwerken en daarna wilde ik naar de Kennington Tandoori gaan. Ik trakteer.'

'Sorry, ik kan niet.' Aamir klonk gespannen. 'Ik moet naar huis.'

'O,' zei Della, een stuk minder hartelijk nu. 'O... dat stelt me teleur. Jammer, hoor.'

'Sorry,' zei hij nogmaals. 'Ik heb afgesproken met een vriend. Een studievriend.'

'Aha. Juist. Nou ja, de volgende keer zal ik eerst bellen. Dan kun je misschien een gaatje vrijmaken in je agenda.'

'Della, ik...'

'Doe niet zo gek, ik plaag je maar. Loop je dan tenminste met me mee naar buiten?'

'Ja. Ja, natuurlijk.'

Er klonk weer geschuifel, gevolgd door het geluid van een deur die openging. Robin zette de tape uit.

'Dóén ze het met elkaar?' zei Barclay luid.

'Dat hoeft niet,' zei Robin. 'Die kus kan ook op de wang geweest zijn.'

'"Laat me je hand vasthouden"?' zei Barclay. 'Sinds wanneer is dat de normale gang van zaken op kantoor?'

'Hoe oud is die Aamir?' vroeg Strike.

'Halverwege de twintig, schat ik,' zei Robin.

'En zij is...?'

'Halverwege de zestig.'

'En ze heeft een huis voor hem geregeld. Hij is toch geen familie van haar, hè?'

'Voor zover ik weet niet,' zei Robin. 'Maar Jasper Chiswell weet iets persoonlijks van hem. Hij citeerde een Latijns gedicht tegen Aamir toen ze elkaar zagen op kantoor.'

'Dat heb je me niet verteld.'

'Sorry,' zei Robin, die zich nu herinnerde dat het was gebeurd vlak voordat zij had geweigerd Jimmy te volgen naar de protestmars. 'Vergeten. Ja, Chiswell citeerde iets in het Latijn en begon toen over "mannen met jouw gewoontes".'

'Welk gedicht was dat?'

'Dat weet ik niet, ik heb nooit Latijn gehad.' Ze keek op haar horloge. 'Ik kan me maar beter gaan omkleden, ik moet over drie kwartier op het ministerie van Cultuur zijn.'

'Aye, ik ga ook, Strike,' zei Barclay.

'Twee dagen, Barclay,' zei Strike toen de ander bij de deur stond. 'En dan ga je terug naar Knight.'

'Wees maar niet bang,' zei Barclay met zijn Schotse tongval. 'Tegen die tijd heb ik wel weer even genoeg van moeder de vrouw.'

'Ik vind hem leuk,' zei Robin toen Barclays voetstappen wegstierven op de metalen trap.

'Ja,' bromde Strike, en hij reikte naar zijn prothese. 'Hij is oké.'

Lorelei en hij hadden vroeg afgesproken, op zijn verzoek. Het was tijd om te beginnen aan het lastige proces om zich toonbaar te maken. Robin trok zich terug op het krappe toilet op de overloop om zich te verkleden, en Strike ging naar zijn eigen kantoortje nadat hij zijn prothese weer had bevestigd.

Hij had net de broek van zijn pak aangetrokken toen zijn mobiel ging. Half hopend dat het Lorelei zou zijn om het etentje af te zeggen pakte hij de telefoon met het gebarsten schermpje en zag, met een moeilijk te verklaren slecht voorgevoel, dat het Hutchins was.

'Strike?'

'Wat is er?'

'Strike... ik heb het verkloot.' Hutchins klonk zwakjes.

'Wat is er gebeurd?'

'Knight is samen met een paar vrienden. Ik ben ze gevolgd naar een pub. Ze zijn iets van plan. Hij heeft een groot kartonnen bord bij zich met Chiswells gezicht erop...'

'En?' riep Strike uit.

'Strike, het spijt me... ik ben een beetje uit mijn doen... Beroerd... Ik ben ze kwijtgeraakt.'

'Wel verdomme, prutser!' brulde Strike, die nu echt zijn geduld verloor. 'Waarom heb je niet gezegd dat je ziek bent?'

'Ik had de laatste tijd al veel vrij genomen, ik wist dat je omhoog-zat...'

Strike zette de telefoon op de speaker, legde het toestel op zijn bureau, haalde zijn overhemd van de hanger en kleedde zich zo snel mogelijk aan.

'Man, het spijt me... Ik kan amper op mijn benen staan.'

'Ik weet hoe dat voelt!' Strike verbrak woedend de verbinding.

'Cormoran?' riep Robin door de deur heen. 'Is alles goed daar?'

'Nee, dat is het verdomme helemaal niet!' Hij deed de deur open.

Ergens in zijn achterhoofd registreerde hij dat Robin de groene jurk aanhad die hij twee jaar geleden voor haar had gekocht, als dank voor haar hulp bij het oppakken van hun eerste moordenaar. Ze zag er oogverblindend uit.

'Knight heeft een protestbord met Chiswells gezicht erop. Hij is iets van plan met een stel maten. Ik wist het, ik *wíst* verdomme dat dit zou gebeuren nu Winn is afgehaakt. Ik durf er alles om te verwedden dat hij onderweg is naar die receptie van jullie. Shit,' zei Strike toen het tot hem doordrong dat hij geen schoenen aanhad, en hij liep terug. 'En Hutchins is ze kwijtgeraakt,' riep hij over zijn schouder. 'Die idioot had me niet verteld dat hij ziek is.'

'Misschien kun je Barclay terughalen?' opperde Robin.

'Die zit vast al in de metro. Ik zal het verdomme zelf moeten doen, hè?' zei Strike. Hij hopste naar de bank en trok zijn schoenen aan. 'Het wemelt daar vanavond van de pers als Harry er is. Er hoeft maar één journalist uit te vogelen wat dat bord van die fucking Jimmy te betekenen heeft en Chiswell is zijn baan kwijt – en wij onze opdrachtgever.' Hij hees zich van de bank af. 'Waar is die receptie vanavond?'

'Lancaster House,' zei Robin. 'Stable Yard.'

'Oké. Blijf stand-by, misschien moet je me uit de brand helpen. Grote kans dat ik hem op zijn bek moet slaan.'

29

Het werd voor mij onmogelijk om nog langer passief toe te kijken.

Henrik Ibsen, *Rosmersholm*

Toen de taxi die hij in Charing Cross Road had aangehouden twintig minuten later St James's Street in reed, zat Strike nog te bellen met de minister van Cultuur.

'Een protestbord? Wat staat erop dan?'

'Uw gezicht,' zei Strike. 'Meer weet ik ook niet.'

'En hij gaat naar de receptie? Dit is wel de *bloody limit*, hè?' brieste Chiswell, zo hard dat Strike in elkaar kromp en de telefoon bij zijn oor vandaan hield. 'Als de pers dit ziet, is het afgelopen! Jij had verdomme moeten voorkomen dat er zoiets zou gebeuren!'

'En dat ga ik ook proberen,' zei Strike. 'Maar als ik in uw schoenen stond, zou ik gewaarschuwd willen worden. Ik raad u aan...'

'Ik betaal jou niet voor je advies!'

'Ik doe mijn uiterste best,' beloofde Strike, maar Chiswell had al opgehangen.

'Ik kan hier niet verder, vriend,' zei de taxichauffeur tegen Strike via de achteruitkijkspiegel, waar een dansende mobile aan hing met veelkleurige katoenen bolletjes en een gouden afbeelding van Ganesha erop. Het einde van St James's Street was afgezet. Achter de houten dranghekken stond een groeiende menigte koningshuisfans en liefhebbers van de Olympische Spelen, velen met Union Jackvlaggetjes in de hand, te wachten op de paralympische deelnemers en prins Harry.

'Oké, dan stap ik hier wel uit,' zei Strike, en hij tastte naar zijn portefeuille.

En weer stond hij voor de muur met de kantelen van St James's Palace, waar de vergulde, ruitvormige klok glom in de vroege avondzon. En weer strompelde Strike heuvelafwaarts, naar de mensenmenigte. Hij passeerde de zijstraat waar Pratt's lag terwijl chic geklede voorbijgangers, kantoorpersoneel en de klanten van galerieën en wijnhandels beleefd opzijgingen voor de man die steeds zichtbaarder mank ging lopen.

'Fuck, fuck, fuck,' mompelde hij, want de pijn straalde uit naar zijn kruis elke keer dat hij met zijn gewicht op de prothese steunde. Hij kwam steeds dichter bij de verzamelde sportfanaten en royaltywatchers. Er waren nergens spandoeken of protestborden van politieke aard te zien, maar toen hij aansloot bij de menigte en Cleveland Row in keek, zag hij een persvak en vele rijen fotografen die stonden te wachten op de prins en de beroemde sporters. Pas toen er een auto langsreed met daarin een vrouw met glanzend bruin haar, die Strike vaag kende van de televisie, schoot hem te binnen dat hij Lorelei niet had gebeld om door te geven dat hij later zou komen voor hun etentje. Hij toetste snel haar nummer in.

'Hoi, Corm.' Het klonk aarzelend. Waarschijnlijk dacht ze dat hij belde om af te zeggen.

'Hoi,' zei hij, nog steeds om zich heen speurend op zoek naar Jimmy. 'Het spijt me echt, maar er is iets tussen gekomen. Het kan wel eens laat worden.'

'O, dat geeft niet,' zei ze, en hij kon horen dat ze allang blij was dat hij nog steeds van plan was te komen. 'Zal ik proberen de reservering te verzetten?'

'Ja. Misschien acht uur in plaats van zeven?'

Toen hij zich voor de derde keer omdraaide om Pall Mall achter hem af te speuren, zag Strike het tomaatrode haar van Flick. Acht CORE-leden kwamen naar de mensenmenigte toe gelopen, onder wie een pezige jongen met blonde dreadlocks en een kleine, gedrongen man die uitsmijter bij een club had kunnen zijn. Flick was de enige vrouw. Iedereen op Jimmy na hield een bord omhoog met de gebroken olympische ringen erop, en slogans als FAIR PLAY IS FAIR PAY en HUIZEN, GEEN BOMMEN. Jimmy hield zijn eigen bord ondersteboven vast, met de afbeelding naar zich toe gekeerd, langs zijn been omlaag.

'Lorelei, ik moet ophangen. Spreek je straks.'

Agenten in uniform liepen langs de hekken om de menigte op afstand te houden, met walkietalkies in de hand terwijl ze met hun blikken voortdurend de juichende toeschouwers scanden. Ook zij hadden CORE in het oog gekregen, het clubje dat een plek tegenover het persvak probeerde te bemachtigen.

Strike klemde zijn kaken op elkaar en baande zich een weg door de mensenmassa, zijn blik op Jimmy gericht.

30

> Het valt niet te ontkennen dat het beter afgelopen zou zijn als we erin geslaagd waren de stroom eerder in te dammen.
>
> Henrik Ibsen, *Rosmersholm*

Enigszins ongemakkelijk in de nauwsluitende groene jurk en op hakken trok Robin een flink aantal waarderende blikken van mannelijke voorbijgangers toen ze uit haar taxi stapte bij het ministerie van Cultuur, Media en Sport. Bij het naderen van de ingang zag ze van vijftig meter afstand Izzy staan, gekleed in feloranje, en Kinvara, in een strakke zwarte japon en met de zware diamanten halsketting die ze ook had gedragen op de foto die Robin online van haar had gezien.

Ondanks haar gespannen zenuwen door de situatie rond Jimmy en Strike viel het Robin op dat Kinvara van streek leek te zijn. Izzy rolde met haar ogen naar Robin toen ze dichterbij kwamen. Kinvara bekeek Robin met een veelzeggende blik van top tot teen, alsof ze wilde aangeven dat ze de groene jurk ongepast vond, zo niet onbetamelijk.

'Het was de bedoeling,' klonk een zware mannenstem vlak bij Robins oor, 'dat we elkaar híér zouden treffen.'

Jasper Chiswell was het gebouw uit gekomen met drie uitnodigingen op geschept papier, waarvan hij Robin er een voorhield.

'Ja, dat weet ik inmiddels, Jasper, dank je,' zei Kinvara, die licht hijgend aan kwam lopen. 'Nogmaals mijn excuses dat ik het verkeerd begrepen had. Niemand heeft de moeite genomen om even te vragen of ik wist wat er was afgesproken.'

Voorbijgangers staarden Chiswell aan, die hun vaag bekend voorkwam met zijn borstelhaar. Robin zag een man in pak zijn metgezel aanstoten en wijzen. Toen stopte er een gestroomlijnde zwarte Mercedes langs het trottoir. De chauffeur stapte uit en Kinvara liep om de auto heen en nam plaats op de plek achter de bestuurdersstoel. Izzy schoof door naar het midden van de achterbank, waardoor er voor Robin niets anders overbleef dan pal achter Chiswell te gaan zitten.

Toen ze wegreden was de sfeer in de auto onaangenaam. Robin keek om naar de mensen die na hun werk nog gingen borrelen of winkelen en vroeg zich af of Strike Knight al gevonden had, bang voor wat er dan zou gebeuren. Ze zou willen dat ze de auto met haar gedachten rechtstreeks koers kon laten zetten naar Lancaster House.

'Dus je hebt Raphael niet uitgenodigd?' vroeg Kinvara snibbig aan het achterhoofd van haar echtgenoot.

'Nee,' antwoordde Chiswell. 'Hij hengelde wel naar een uitnodiging, maar alleen omdat hij helemaal weg is van Venetia.'

Robin voelde dat ze vuurrood werd.

'Venetia heeft een flinke schare fans, nietwaar?' zei Kinvara stijfjes.

'Ik zal morgen eens met Raphael gaan praten,' zei Chiswell. 'Ik ben hem de laatste dagen met heel andere ogen gaan bekijken, mag ik wel zeggen.'

Vanuit haar ooghoeken zag Robin Kinvara gespannen friemelen aan de ketting van haar lelijke avondtasje, waarop een paardenhoofd van kristalletjes was afgebeeld. Er daalde een gespannen stilte neer terwijl de auto door de warme stad snorde.

31

> … met als gevolg dat hij er flink van langs kreeg…
> Henrik Ibsen, *Rosmersholm*

De adrenaline maakte het voor Strike gemakkelijker om de toenemende pijn in zijn been te negeren. Hij kwam steeds dichter bij Jimmy en zijn metgezellen, die werden gedwarsboomd in hun plan om zich opzichtig aan de pers te tonen; de opgewonden menigte was naar voren was gedromd zodra de eerste officiële auto's stapvoets langsreden, in de hoop een beroemdheid te spotten. CORE was laat gearriveerd en stuitte nu op een ondoordringbare mensenmassa.

Mercedessen en Bentleys zoefden langs en boden het publiek een glimp van beroemde en minder beroemde inzittenden. Een komiek werd joelend onthaald toen hij zwaaide. Hier en daar flitsten camera's.

Jimmy, die kennelijk had besloten dat een prominentere plek er niet in zat, sjorde zijn zelfgemaakte kartonnen protestbord omhoog langs de wirwar van benen en maakte zich op om het in de lucht te steken.

Een vrouw die voor Strike liep slaakte een verontwaardigde kreet toen hij haar opzijduwde. Strike was in drie passen bij Jimmy en sloot zijn grote linkervuist om diens pols om te voorkomen dat hij het bord boven zijn middel kon tillen, en hij duwde het terug naar de grond. Hij kon nog net de herkenning in Jimmy's ogen zien flitsen voordat Jimmy's vuist op zijn keel afkwam. Een tweede vrouw zag de klap aankomen en gilde.

Strike dook weg, trapte met zijn linkervoet hard tegen het kartonnen bord en versplinterde de stok waarop het bevestigd was, maar zijn geamputeerde been kon zijn gewicht nog niet dragen, zeker niet toen Jimmy's tweede vuistslag wél doel trof. Op het moment dat Strike neerging, raakte hij Jimmy in zijn ballen. Knight stootte een kreetje uit van pijn, sloeg dubbel, raakte Strike in zijn val, en ze gingen samen onderuit, waarbij ze meerdere omstanders troffen, die luidkeels hun verontwaardiging uitten. Toen Strike op het trottoir belandde, probeerde een van Jimmy's metgezellen hem tegen het hoofd te schoppen. Strike pakte de voet die op hem afkwam beet en draaide die een slag. In het toenemende rumoer hoorde hij een derde vrouw gillen: 'Ze vallen die man aan!'

Strike was te geconcentreerd bezig met het afpakken van Jimmy's gehavende protestbord om zich druk te maken over de vraag of hij hier werd gezien als het slachtoffer of als belager. Hij rukte aan het bord, dat net als hijzelf werd vertrapt, en hij slaagde erin het te verscheuren. Een reep karton bleef haken onder de naaldhak van een vrouw die paniekerig probeerde te ontkomen en verdween samen met haar.

Er werden van achteren vingers om zijn nek gevouwen. Hij ramde een elleboog in Jimmy's gezicht en de greep verslapte, maar toen kreeg Strike een trap in zijn maag en werd hij tegen het achterhoofd geschopt. Er dansten rode vlekken voor zijn ogen.

Nog meer geschreeuw, een fluitje, en plotseling dunde de menigte rondom hem uit. Strike proefde bloed, maar voor zover hij het kon zien waren de versplinterde en gescheurde resten van Jimmy's protestbord verspreid in het strijdgewoel. Opnieuw klauwden Jimmy's handen naar Strikes hals, maar toen werd hij weggetrokken, luidkeels hevig vloekend. Strike, bij wie alle lucht uit zijn longen was geslagen, werd ook beetgepakt en overeind gehesen. Hij verzette zich niet. Hij betwijfelde of hij zonder hulp op zijn benen zou kunnen staan.

32

... en nu kunnen we naar binnen voor het avondmaal. Komt u ook, meneer Kroll?

Henrik Ibsen, *Rosmersholm*

Chiswells Mercedes sloeg vanaf St James's Street de hoek om naar Pall Mall en volgde Cleveland Row.

'Wat is er aan de hand?' gromde Chiswell toen de auto vaart minderde en ten slotte halt hield.

Het geschreeuw vóór hen was niet opgewonden en enthousiast zoals je bij royalty of beroemdheden zou verwachten. Meerdere geüniformeerde agenten rukten op naar de mensenmassa aan de linkerkant van de straat, die al trekkend en duwend weg probeerde te komen van een opstootje, zo te zien een confrontatie tussen de politie en demonstranten. Twee verfomfaaide mannen in jeans en T-shirts doken op uit het gekrakeel, beiden in de houdgreep genomen door een van de geüniformeerde agenten: Jimmy Knight en een jongen met dunne blonde dreadlocks.

Robin slikte een geschrokken kreet in toen Strike opdook, hompelend en bebloed, ook meegevoerd door de politie. Achter hem in de menigte was nog steeds een opstootje gaande, dat niet minder werd maar juist in omvang toenam. Een dranghek kantelde.

'Achteruit, ACHTERUIT!' brulde Chiswell naar de chauffeur, die net weer gas had gegeven. Chiswell liet zijn raampje zakken. 'Portier open. Venetia, doe je portier open! Die man!' brulde hij naar een politieagent die vlakbij stond; de man draaide zich om en zag tot zijn schrik dat het de minister van Cultuur was die naar hem schreeuwde, wijzend naar Strike. 'Hij is mijn gast – die man daar! Laat hem verdomme los!'

Geconfronteerd met een chique dienstauto, een minister en die ijzige, aristocratische stem deed de politieman wat hem werd opgedragen. De aandacht van de meeste mensen was gericht op de steeds gewelddadiger schermutseling tussen de politie en CORE, en op de mensen die als gevolg daarvan vertrapt en weggeduwd werden in hun poging te ontkomen. Een paar cameramannen hadden zich losgemaakt van het persvak verderop en kwamen op het opstootje af gerend.

'Izzy, schuif op. Instappen. INSTAPPEN!' beet Chiswell Strike door het raampje toe.

Robin drukte zich plat en belandde half bij Izzy op schoot om voor Strike ruimte te maken op de achterbank. Het portier werd dichtgeslagen en de auto trok op.

'Wie bent u?' piepte Kinvara bang. Ze zat naast Izzy tegen het andere portier gedrukt. 'Wat is dit allemaal?'

'Hij is privédetective,' gromde Chiswell. Zijn besluit om Strike te laten instappen leek uit paniek geboren. Achterstevoren in zijn stoel keek hij Strike woest aan en zei: 'Hoe dacht je mij te helpen door je te laten arresteren?'

'Ik werd niet gearresteerd.' Strike veegde met de rug van zijn hand over zijn neus. 'Ze wilden me een verklaring afnemen. Knight ging me te lijf toen ik zijn protestbord wilde afpakken. Bedankt,' voegde hij eraan toe tegen Robin, die hem, enigszins moeizaam vanwege de krappe ruimte, een doos tissues aangaf die op de hoedenplank had gelegen. Hij drukte een tissue tegen zijn neus. 'Ik heb het bord verscheurd,' zei hij vanonder het bebloede zakdoekje, maar niemand feliciteerde hem.

'Jasper,' zei Kinvara, 'wat moet dit...?'

'Hou je mond,' snauwde Chiswell zonder haar aan te kijken. 'Ik kan je er niet uit laten met al dat volk,' zei hij kwaad tegen Strike, alsof die daarom had gevraagd. 'Er zijn nog meer fotografen... Je zult met ons mee moeten. Ik regel het wel.'

De auto reed nu naar een slagboom waar politie en beveiliging identiteitsbewijzen en uitnodigingen controleerden.

'Allemaal zwijgen,' droeg Chiswell hun op. 'Stil!' voegde hij er preventief aan toe tegen Kinvara, die haar mond open wilde doen.

De Bentley voor hen mocht doorrijden en de Mercedes reed naar de slagboom.

Robin, die pijn had in haar linkerheup en -been omdat Strike daar met een groot deel van zijn gewicht tegenaan leunde, hoorde geschreeuw achter de auto. Toen ze omkeek, zag ze een jonge vrouw die hen op een drafje volgde, op de hielen gezeten door een politieagente. De jonge vrouw had tomaatrood haar en droeg een T-shirt met een logo van geknakte olympische ringen erop. Ze riep naar Chiswells auto: 'Hij zette het fucking paard erop, Chiswell, het paard! Vuile dief die je bent. Moordenaar!'

'Ik heb een gast bij me die zijn uitnodiging niet ontvangen heeft,' schreeuwde Chiswell door het open raampje naar de gewapende politieman bij de slagboom. 'Cormoran Strike, die man met het geamputeerde been. Heeft in de krant gestaan. Het ministerie heeft een fout gemaakt met de uitnodiging. En de prins,' voegde hij er met adembenemend lef aan toe, 'heeft met klem verzocht om een ontmoeting met hem!'

Strike en Robin keken wat er achter de auto gebeurde. Twee politiemannen voerden een tegenstribbelende Flick af. Er flitsten nog een paar camera's. Onder druk van de minister vroeg de gewapende agent nu om Strikes identiteitsbewijs. Strike, die er altijd een paar op zak had, niet noodzakelijkerwijs op zijn eigen naam, overhandigde zijn echte rijbewijs. De rij stationair draaiende auto's achter hen werd langer. Over een kwartier werd de prins verwacht. Toen wuifde de politieman hen eindelijk door.

'Dat had hij nooit mogen doen,' fluisterde Strike tegen Robin. 'Mij zomaar binnenlaten. Lakse prutser.'

De Mercedes reed het binnenplein op en naderde uiteindelijk de lage trap – slechts een paar treden, bekleed met een rode loper – voor het gigantische, honinggele gebouw dat deed denken aan een statig woonhuis. Aan weerskanten van de rode loper waren rolstoelhellingen aangelegd, en een gevierd rolstoelbasketballer was al bezig zich op een daarvan naar boven te manoeuvreren.

Strike duwde het portier open, hees zich uit de auto en draaide zich toen om om Robin te helpen uitstappen. Ze nam zijn uitgestoken hand aan. Haar linkerbeen was vrijwel gevoelloos op de plek waar hij erop gezeten had.

'Wat leuk je weer te zien, Corm,' zei Izzy stralend toen ze achter Robin uitstapte.

'Hoi, Izzy,' zei Strike.

Opgezadeld met Strike, of hij het nu wilde of niet, haastte Chiswell zich de trap op om aan een van de mannen in livrei die voor de deur stonden uit te leggen dat ze Strike zonder uitnodiging moesten toelaten. Het woord 'geamputeerd' viel meerdere malen. Overal om hen heen zetten auto's feestelijk geklede passagiers af.

'Wat is er toch allemaal aan de hand?' vroeg Kinvara, die achterlangs om de Mercedes heen gelopen was om Strike aan te spreken. 'Wat moet dit voorstellen? Waar heeft mijn man een privédetective voor nodig?'

'Kun je nu eindelijk je muil houden, domme trut?'

Hoewel Chiswell ongetwijfeld gestrest en geschrokken was, was Robin geschokt door zijn onverholen vijandigheid. Hij haat haar, dacht ze. Hij haat haar echt.

'Jullie twee,' zei de minister, en hij wees naar zijn vrouw en zijn dochter, 'naar binnen.'

'Geef me één goede reden waarom ik jou nog zou betalen,' voegde hij er tegen Strike aan toe terwijl er nog meer mensen langs hen heen liepen. 'Je beseft toch wel,' zei Chiswell, en in zijn noodzakelijk onderdrukte woede blies hij kloddertjes spuug op Strikes stropdas, 'dat ik zojuist voor bloody moordenaar ben uitgemaakt voor het oog van twintig mensen, onder wie leden van de pers?'

'Die denken dat ze zomaar wat riep,' zei Strike.

Als die suggestie Chiswell al enige geruststelling bood, liet hij dat niet merken.

'Ik wil jou morgenochtend om tien uur spreken,' zei hij tegen

Strike. 'Niet bij mij op kantoor. Kom naar de flat in Ebury Street.' Hij wendde zich af, maar keerde bij nadere overweging weer terug. 'Jij ook,' blafte hij tegen Robin.

Zij aan zij keken ze toe hoe hij zich de trap op sleepte.

'Hij gaat de opdracht intrekken, hè?' fluisterde Robin.

'Die kans is groot, zou ik zeggen,' zei Strike, die verging van de pijn nu hij weer moest lopen.

'Cormoran, wat stond er op dat protestbord?' vroeg Robin.

Strike liet een vrouw in perzikkleurig chiffon passeren en zei toen zachtjes: 'Foto van Chiswell hangend aan een galg, met onder hem een berg dode kinderen. Maar één ding was raar.'

'Wat dan?'

'Alle kinderen waren zwart.'

Met het zakdoekje nog tegen zijn neus gedrukt tastte Strike in zijn zak naar een sigaret, tot hij zich herinnerde waar hij was, en hij liet zijn hand weer naast zijn zij vallen.

'Zeg, als dat mens van Elspeth hier is, probeer dan meteen te achterhalen wat ze weet van Winn. Dat maakt onze laatste factuur beter te verteren.'

'Oké,' zei Robin. 'Trouwens, je achterhoofd bloedt.'

Strike depte vruchteloos zijn hoofd met de tissue die hij net had weggestopt en strompelde naast Robin de trap op.

'Wij moeten vanavond niet meer samen gezien worden,' zei hij toen ze de drempel over liepen in een zee van okergeel, dieprood en goud. 'Ik heb in Ebury Street een eetcafé gezien, niet ver van Chiswells huis. Ik zie je daar morgenochtend om negen uur, dan verschijnen we samen voor het vuurpeloton. Toe maar, ga jij maar als eerste naar binnen.'

Maar toen ze bij hem vandaan liep, naar de indrukwekkende trap, riep hij haar na: 'Mooie jurk trouwens.'

33

Ik denk dat jij iedereen zou kunnen betoveren – als je je erop zou toeleggen.

Henrik Ibsen, *Rosmersholm*

De voorname hal van het grote herenhuis was ruim, recht en leeg. Een centrale trap, gestoffeerd met rood-gouden tapijt, voerde naar een balkon dat zich splitste naar links en naar rechts. De wanden, die van marmer leken te zijn, waren okergeel, matgroen en dieproze. Diverse paralympiërs werden naar een lift links van de ingang gebracht, maar Strike strompelde naar de trap en hees zich moeizaam naar boven, waarbij hij royaal gebruikmaakte van de leuning. De hemel – zichtbaar door een gigantisch, sierlijk daklicht dat rustte op zuilen – werd langzaam donker, in technicolorvarianten die de kleuren versterkten van de reusachtige Venetiaanse schilderijen met klassieke thema's aan alle wanden.

Strike deed zijn best om zo natuurlijk mogelijk te lopen, uit angst dat hij zou worden aangezien voor een paralympiër en misschien zou moeten verhalen over triomfen uit het verleden, en hij volgde de meute de rechtertrap op, over het balkon naar een klein voorvertrek dat uitkeek over het terrein waar de auto's geparkeerd stonden waarmee de genodigden waren gebracht. Vanaf dat punt werden de gasten een lange, ruime fotogalerij in geleid. Het tapijt was appelgroen, gedecoreerd met rozetten. Aan beide kanten van het vertrek waren hoge ramen, en vrijwel iedere centimeter van de witte muren was bedekt met schilderijen.

'Een drankje, meneer?' vroeg een ober zodra hij de drempel over was.

'Is dat champagne?' vroeg Strike.

'Engelse mousserende wijn, meneer,' antwoordde de ober.

Strike pakte een glas, al was het met weinig enthousiasme, en liep verder door de mensenmassa, langs Chiswell en Kinvara, die stonden te luisteren (of deden alsof, dacht Strike) naar een sportster in een rolstoel. Kinvara wierp Strike zijdelings een wantrouwende blik toe toen hij langsliep op weg naar de muur, waar hij een stoel hoopte te vinden, of iets waar hij makkelijk op kon steunen. Helaas hingen de wanden van de galerij zo vol met schilderijen dat ertegenaan leunen onmogelijk was, en stoelen stonden er ook al niet, dus bleef Strike uiteindelijk staan bij een enorm schilderij van de graaf d'Orsay waarop koningin Victoria een appelschimmel bereed. Terwijl hij van zijn mousserende wijn nipte, probeerde hij discreet het bloed te stelpen dat uit zijn neus drupte en het ergste vuil van zijn broek te kloppen.

Obers liepen rond met dienbladen met hapjes. Strike slaagde erin een paar minuscule krabkoekjes te bemachtigen en bekeek toen aandachtig zijn omgeving. Ook hier zag hij een spectaculair daklicht, deze keer steunend op een aantal vergulde palmen.

Er hing een merkwaardige energie in het vertrek. De prins kon ieder moment arriveren en de vrolijkheid van de gasten kwam en ging, in nerveuze golven, met een toenemend aantal blikken op de deuren. Vanaf zijn uitkijkpost naast koningin Victoria zag Strike een statige gestalte in een lichtgele jurk vrijwel recht tegenover hem staan, naast een rijkelijk versierde zwart met gouden haard. Ze hield met één hand losjes het tuigje van een lichte labrador vast, die zacht hijgend aan haar voeten zat in het overvolle vertrek. Strike had Della niet meteen herkend, omdat ze geen donkere bril droeg maar oogprothesen. Haar enigszins verzonken, troebele, porseleinachtig blauwe blik gaf haar iets vreemd onschuldigs. Geraint stond op korte afstand van zijn echtgenote tegen een magere, muizige vrouw aan te praten die schichtig om zich heen keek, op zoek naar een redder.

Plotseling viel er een stilte bij de deuren waardoor Strike was binnengekomen. Hij zag een rode kruin en een flits van donkere pakken. De verlegenheid trok door de bomvolle zaal als een angstaanjagende bries. Strike keek toe hoe de rode kruin wegliep naar de andere kant van de ruimte. Hij nam nog een slokje van zijn Engelse wijn, en hij vroeg zich net af wie van de vrouwen om hem heen het bestuurslid was dat belastende informatie had over Geraint Winn, toen zijn aandacht plotseling werd getrokken door een lange vrouw die vlak bij hem stond, met haar rug naar hem toe.

Ze droeg haar lange donkere haar in een rommelige knot, en haar kleding was, in tegenstelling tot die van alle andere aanwezige vrouwen, niet uitgesproken feestelijk. Het zwarte, knielange jurkje was eenvoudig op het strenge af, en hoewel ze blote benen had, droeg ze enkellaarsjes met open neus en naaldhakken. Een fractie van een seconde dacht Strike dat hij zich vergiste, maar toen verroerde ze zich en wist hij zeker dat ze het was. Voordat hij kon weglopen, bij haar uit de buurt, draaide ze zich om en keek hem recht in de ogen.

Er verscheen een blos op haar wangen; wangen waarvan hij wist dat ze normaal gesproken cameebleek zagen. Ze was hoogzwanger. Die toestand was behalve aan haar bolle buik nergens zichtbaar. Haar gezicht en ledematen waren nog verfijnd als altijd. Ze was minder opgesmukt dan de andere vrouwen in de zaal, maar ze was met gemak de mooiste. Een paar tellen lang keken ze elkaar aan, toen deed ze enkele aarzelende passen naar voren, en de kleur trok net zo snel weg uit haar gezicht als hij was gekomen.

'Corm?'

'Hallo, Charlotte.'

Als ze al overwoog hem te kussen, dan werd ze daarvan weerhouden door zijn ijzige blik.

'Wat doe jij nou hier?'

'Uitgenodigd,' loog Strike. 'Beroemd man met geamputeerd been. Jij?'

Ze leek verbouwereerd. 'Jago's nichtje doet mee aan de Paralympics. Ze staat...' Charlotte keek om zich heen, blijkbaar op zoek naar het genoemde nichtje, en ze nam een slok water. Haar hand trilde.

Ze morste een paar druppels. Hij zag ze breken als glas op haar bolle buik.

'Nou ja, ergens,' zei ze met een nerveus lachje. 'Ze heeft hersenverlamming en ze is fantastisch, een topruiter. Haar vader zit in Hongkong, dus heeft haar moeder mij meegevraagd.'

Ze werd nerveus van haar eigen stilte en ratelde: 'Jago's familie heeft graag dat ik van alles onderneem, maar mijn schoonzus is kwaad omdat ik de datum verkeerd genoteerd had. Ik dacht dat vanavond het etentje bij de Shard was en dat van nu pas vrijdag, morgen, bedoel ik, en ik had geen tijd meer om me te verkleden.'

Ze gebaarde hulpeloos naar het eenvoudige zwarte jurkje en de laarsjes met naaldhakken.

'Is Jago er niet?'

Haar groene ogen met de gouden spikkeltjes glinsterden even. 'Nee, die zit in de States.'

Haar blik ging naar zijn bovenlip. 'Gevochten?'

'Nee,' zei Strike, en hij veegde weer met de rug van zijn hand langs zijn neus. Toen rechtte hij zijn rug en liet zijn gewicht langzaam weer op de prothese rusten, klaar om weg te lopen. 'Nou, het was leuk je...'

'Corm, niet weggaan.' Ze stak een hand naar hem uit. Haar vingers raakten net niet zijn mouw; ze liet haar hand weer langs haar zij vallen. 'Niet weggaan, nog niet, ik... Je hebt zulke bijzondere dingen gedaan, het heeft in alle kranten gestaan.'

De laatste keer dat ze elkaar zagen had hij ook gebloed, met dank aan de vliegende asbak die hem in zijn gezicht had getroffen nadat hij bij haar was weggegaan. Hij dacht terug aan haar bericht *Het was van jou*, gestuurd op de avond voor haar huwelijk met Ross, waarmee ze verwees naar een eerdere baby die ze beweerde te hebben gedragen, die verdwenen was voordat Strike zelfs maar bewijs van het bestaan ervan had gezien. En hij dacht aan de foto van zichzelf die ze naar zijn kantoor had gestuurd, een paar minuten na haar jawoord tegen Jago Ross, mooi en paniekerig, alsof ze ritueel geofferd werd.

'Gefeliciteerd,' zei hij, zijn blik strak op haar gezicht gericht.

'Ik ben zo dik omdat het een tweeling is.'

Ze raakte niet, zoals hij andere zwangere vrouwen had zien doen, haar buik aan bij het praten over de baby's, maar ze keek omlaag alsof ze enigszins verbaasd was over haar veranderde figuur. Charlotte had nooit kinderen gewild toen ze samen waren. Dat was een van de dingen die ze gemeen hadden. De baby waarvan ze had beweerd dat die van hem was, was voor hen allebei een onwelkome verrassing geweest.

In Strikes verbeelding zat het nageslacht van Jago Ross opgekruld onder het zwarte jurkje als een paar witte welpjes, niet helemaal mens, afgezanten van hun vader, die eruitzag als een losgeslagen poolvos. Hij was blij dat ze er waren, voor zover je zijn vreugdeloze emotie 'blij' kon noemen. Ieder beletsel, elk afschrikmiddel was welkom, omdat het hem nu duidelijk werd dat de aantrekkingskracht die Charlotte zo lang op hem had uitgeoefend, zelfs na honderden ruzies en scènes en duizend leugens, nog niet uitgewerkt was. Zoals altijd had hij het gevoel dat ze achter die groene ogen met de gouden spikkels precies wist wat hij dacht.

'De uitgerekende datum is nog heel ver weg. Ik heb een scan gehad, het zijn een jongen en een meisje. Jago is blij met de jongen. Ben je hier met iemand?'

'Nee.'

Terwijl hij het zei, zag hij over Charlottes schouder een flits groen: Robin, die nu opgewekt stond te praten met de muizige vrouw in paars brokaat die eindelijk aan Geraint ontsnapt was.

'Knap ding,' zei Charlotte, die had omgekeken om te zien wat zijn aandacht trok. Ze had altijd een bovennatuurlijk vermogen gehad om de geringste belangstelling voor andere vrouwen te detecteren. 'Nee, wacht eens,' zei ze toen langzaam, 'is dat niet dat meisje dat voor jou werkt? Ze heeft in alle kranten gestaan. Hoe heette ze nou? Rob...'

'Nee,' zei Strike, 'dat is ze niet.'

Het verbaasde hem niets dat Charlotte Robins naam wist of dat ze haar had herkend, zelfs met bruine contactlenzen. Hij had altijd geweten dat Charlotte hem zou blijven volgen.

'Je viel altijd al op meisjes met zulk haar, hè?' zei Charlotte met een soort kunstmatige vrolijkheid. 'Die kleine Amerikaanse met wie je ging daten toen het volgens jou zogenaamd uit was in Duitsland had ook...'

Er klonk een soort onderdrukte gil vlak bij hen.

'*O my god*, Charlie!'

Izzy Chiswell kwam stralend op hen af gestoven; haar roze gezicht vloekte met haar oranje jurk. Het glas wijn in haar hand was niet haar eerste, vermoedde Strike.

'Hallo, Izz,' zei Charlotte met een geforceerde glimlach. Strike kon bijna voelen hoeveel moeite het haar kostte om zich los te rukken uit de kluwen van stokoude verwijten en wonden die hun relatie uiteindelijk langzaam had gewurgd.

Opnieuw maakte hij zich op om weg te lopen, maar de menigte week uiteen en plotseling kwam prins Harry in zicht, in al zijn hyperrealistische vertrouwdheid, op een meter of drie afstand van Strike en de twee vrouwen, zodat hij niet zou kunnen weglopen zonder dat de halve zaal naar hem keek. Strike zat in de val, en hij liet een langslopende ober schrikken door een lange arm uit te steken en nog een glas wijn van zijn dienblad te grissen. Een paar tellen bleven Charlotte en Izzy naar de prins staan kijken. Toen, zodra duidelijk was dat Harry geen plannen had hen te benaderen, richtten ze zich weer op elkaar.

'Je kunt het al zien!' zei Izzy vol bewondering over Charlottes buik. 'Heb je een echo gehad? Weet je al wat het is?'

'Een tweeling,' zei Charlotte zonder enthousiasme. Ze wees naar Strike. 'Ken je...?'

'Corm, yah, natuurlijk, hij is hier met ons!' zei Izzy stralend, zich duidelijk niet bewust van enige indiscretie.

Charlotte keek van haar oude schoolvriendin naar haar ex, en Strike voelde dat ze popelde om te weten waarom Izzy en Strike samen waren aangekomen. Ze schoof een klein stukje op, ogenschijnlijk om Izzy bij het gesprek te betrekken, maar ze sloot Strike ermee in, op zo'n manier dat hij niet zou kunnen vertrekken zonder een van hen te vragen opzij te gaan. 'O, wacht. Natuurlijk. Jij hebt onderzoek gedaan naar Freddies dood in het leger, toch? Ik weet nog dat je me dat verteld hebt. Arme Freddie.'

Izzy reageerde op deze ode aan haar broer door even het glas te heffen en gluurde toen over haar schouder naar prins Harry. 'Hij wordt met de dag sexyer, vind je niet?' fluisterde ze.

'Maar wel rood schaamhaar, schat,' zei Charlotte met een stalen gezicht.

Strike kon het niet laten te grinniken. Izzy proestte het uit.

'Over schaamhaar gesproken,' zei Charlotte (zonder te laten blijken dat ze iets grappigs had gezegd), 'is dat niet Kinvara Hanratty daarginds?'

'Mijn vreselijke stiefmoeder? Ja,' zei Izzy. 'Ken je haar?'

'Mijn zus heeft een paard aan haar verkocht.'

In de zestien jaar die Strikes knipperlichtrelatie met Charlotte had geduurd had hij talloze gesprekken als dit mogen bijwonen. De mensen in Charlottes sociale klasse leken elkaar allemaal te kennen. Zelfs al hadden ze elkaar nooit ontmoet, dan kenden ze wel broers of zussen, neven of nichten, vrienden of klasgenootjes, en anders kenden hun ouders iemand anders' ouders: ze waren allemaal met elkaar verbonden en vormden een soort web dat voor buitenstaanders voelde als een vijandige habitat. Zelden verliet iemand het web om gezelschap of liefde te zoeken in de rest van de samenleving. Charlotte was in haar kringetje uniek geweest door te kiezen voor iemand die zo lastig in te delen was als Strike, wiens onzichtbare aantrekkingskracht en lage status, zo wist hij, onderwerp waren geweest van een niet-aflatend debat, vol afschuw gevoerd onder haar vrienden en familie.

'Nou, ik hoop niet dat het een paard was waar Amelia veel mee ophad,' zei Izzy, 'want Kinvara zal het zeker verpesten. Ze heeft een slechte hand en een vreselijke zit, maar ze denkt dat ze Charlotte Dujardin is. Rijd jij paard, Cormoran?' vroeg Izzy.

'Nee,' antwoordde Strike.

'Hij vertrouwt paarden niet.' Charlotte glimlachte naar hem.

Maar hij reageerde niet. Hij had er geen behoefte aan om in te haken op oude grappen of gezamenlijke herinneringen.

'Kinvara is woest, moet je kijken,' zei Izzy met een zeker genoegen. 'Paps heeft zojuist zwaar laten doorschemeren dat hij gaat proberen mijn broer Raff over te halen mijn baan op zich te nemen, wat héérlijk is, ik hoopte het al. Paps heeft zich altijd door Kinvara laten ondersneeuwen als het om Raff ging, maar tegenwoordig houdt hij zijn poot stijf.'

'Ik geloof dat ik Raphael ontmoet heb,' zei Charlotte. 'Werkte hij niet een paar maanden geleden bij de galerie van Henry Drummond?'

Strike gluurde even op zijn horloge en keek toen om zich heen. De prins liep naar een ander gedeelte van het vertrek en Robin was nergens te bekennen. Met een beetje geluk was ze het bestuurslid dat belastende informatie had over Winn gevolgd naar de toiletten en ontlokte ze haar nu vertrouwelijke informatie bij de wasbakken.

'Nee, hè?' zei Izzy. 'Kijk uit, daar heb je die... Hallo, Geraint!'

Geraint kwam voor Charlotte, zo werd al snel duidelijk.

'Hallo, hallo,' zei hij, turend door zijn smoezelige brillenglazen vol vetvlekken, zijn liploze mond vertrokken in een wellustige grijns. 'Je nichtje wees me zojuist aan. Wat een bijzondere jongedame is dat, heel bijzonder. Onze stichting steunt het dressuurteam. Geraint Winn,' zei hij, en hij stak haar een hand toe. 'The Level Playing Field.'

'O,' zei Charlotte. 'Hallo.'

Strike had jarenlang gezien hoe ze geilaards afwimpelde. Nadat ze zijn aanwezigheid had erkend, keek ze met kille ogen strak naar Geraint, alsof ze zich afvroeg waarom hij nog niet opgehoepeld was.

Strikes mobiel trilde in zijn zak. Hij keek op het schermpje en zag een onbekend nummer. Het was zijn excuus om op te stappen. 'Sorry, ik moet gaan. Excuses, Izzy.'

'Ach, wat jammer,' zei Izzy pruilend. 'En ik wilde nog wel alles horen over de Shacklewell Ripper!'

Strike zag dat Geraint grote ogen opzette. Hij vervloekte Izzy inwendig en zei snel: 'Fijne avond nog. Dag,' voegde hij er tegen Charlotte aan toe.

Zo snel zijn manke poot het toeliet liep hij weg om zijn telefoon op te nemen, maar toen hij het toestel aan zijn oor hield, had de beller opgehangen.

'Corm.'

Iemand raakte zijn arm aan. Hij draaide zich om. Charlotte was hem gevolgd. 'Ik ga ook.'

'En je nichtje dan?'

'Ze heeft Harry gesproken, ze is vast door het dolle heen. Ze mag me niet erg. Ze zijn geen van allen gek op me. Wat is er met je telefoon gebeurd?'

'Ik ben erop gevallen.'

Hij liep weg, maar met haar lange benen haalde ze hem makkelijk in.

'Ik geloof niet dat ik jouw kant op moet, Charlotte.'

'De eerste tweehonderd meter wel, tenzij je een tunnel wilt graven.'

Hij liep door met zijn manke been, zonder antwoord te geven. Links van hem zag hij weer een flits groen. Toen ze bij de indrukwekkende trap in de hal aankwamen, pakte Charlotte lichtjes zijn arm beet, wankel op de hakken die zo ongeschikt waren voor een zwangere vrouw. Hij onderdrukte de neiging om haar van zich af te schudden.

Zijn mobiel ging weer. Hetzelfde onbekende nummer. Charlotte kwam naast hem staan en keek naar zijn gezicht toen hij opnam. Zodra de telefoon zijn oor raakte, hoorde hij een wanhopige, spookachtige gil.

'Ze vermoorden me, meneer Strike, help! Helpt u me, alstublieft...'

34

> Maar wie had het werkelijk kunnen zien aankomen? Ik in ieder geval niet.
>
> Henrik Ibsen, *Rosmersholm*

De heiige, wolkeloze belofte van alweer een zomerse dag had zich nog niet vertaald in daadwerkelijke warmte toen Robin de volgende morgen aankwam bij het eetcafé in de buurt van Chiswells huis. Ze had kunnen kiezen voor een van de ronde tafeltjes buiten op het terras, maar in plaats daarvan verschool ze zich binnen, in een hoekje van de zaak waar ze met Strike had afgesproken, met haar handen om een café latte gevouwen om ze te warmen. Haar spiegelbeeld in het espressoapparaat was bleek, met dikke ogen.

Op de een of andere manier had ze geweten dat Strike er nog niet zou zijn als ze aankwam. Ze was terneergeslagen en nerveus. Eigenlijk was ze nu liever niet alleen geweest met haar gedachten, maar daar zat ze dan, met als enige gezelschap het sissen van het koffieapparaat. Ze huiverde ondanks het jasje dat ze bij haar vertrek nog snel had meegegrist, gespannen vanwege de aanstaande confrontatie met Chiswell, die wel eens moeilijk zou kunnen doen over de rekening na de catastrofe van Strikes gevecht met Jimmy Knight.

Maar dat was niet het enige waar Robin mee zat. Ze was die morgen ontwaakt uit een warrige droom waarin de donkere gestalte van Charlotte Ross had gefigureerd, op haar laarsjes met naaldhakken. Robin had Charlotte onmiddellijk herkend op de receptie. Ze had haar best gedaan niet naar het voormalig verloofde stel te kijken toen ze met elkaar stonden te praten, kwaad op zichzelf vanwege haar scherpe belangstelling voor wat zich tussen hen afspeelde. Terwijl ze zich van groepje naar groepje had verplaatst en zich schaamteloos in gesprekken mengde in de hoop de ongrijpbare Elspeth Curtis-Lacey te vinden, was haar blik steeds naar Strike en Charlotte gegaan, en toen die twee samen de receptie verlieten, had Robin een akelig gevoel in haar maagstreek gekregen, alsof ze in een lift zat die plotseling omlaagviel.

Thuisgekomen had ze aan niets anders kunnen denken, en daardoor had ze zich weer schuldig gevoeld toen Matthew de keuken uit kwam met een boterham in de hand. Ze had de indruk dat hij nog niet lang thuis was. Hij onderwierp de groene jurk aan een uitgebreide inspectie, van top tot teen, een beetje zoals Kinvara naar haar had gekeken. Robin wilde langs hem heen lopen, de trap op, maar hij was voor haar gaan staan.

'Robin, toe nou. Laten we alsjeblieft praten.'

Dus waren ze naar de zitkamer gegaan om te praten. Robin, die het geruzie beu was, had zich verontschuldigd voor het missen van de cricketwedstrijd en het niet dragen van haar trouwring tijdens hun jubileumweekendje. Matthew op zijn beurt had zijn excuses aangeboden voor zijn opmerkingen tijdens hun ruzie die zondag, vooral die over haar gebrek aan prestaties.

Robin had het gevoel dat ze schaakstukken verplaatsten over een bord dat trilde in de aanloop naar een aardbeving. *Het is te laat. Jij ziet toch ook wel in dat dit allemaal niets meer uithaalt?*

Maar na het gesprek had Matthew gezegd: 'Dus nu is het oké tussen ons?'

'Ja,' had ze geantwoord. 'Het is oké.'

Hij was gaan staan, had een hand uitgestoken en haar uit haar stoel getrokken. Ze had een glimlach geforceerd en hij had haar gekust, heftig, op de mond, en aan de groene jurk gerukt. Ze hoorde de stof scheuren bij de rits en wilde protesteren, maar hij drukte zijn mond weer op de hare.

Ze wist dat ze hem kon tegenhouden, dat hij zou wíllen dat ze hem tegenhield, dat ze op een akelige, achterbakse manier op de proef gesteld werd, dat hij zou ontkennen waar hij mee bezig was, dat hij zou beweren zelf het slachtoffer te zijn. Ze haatte hem erom, en ergens zou ze willen dat ze het type vrouw was dat afstand kon nemen van haar eigen afkeer, haar eigen onwillige vlees, maar ze had te lang gestreden om weer de baas te worden over haar eigen lichaam; dat zou ze nu niet zomaar prijsgeven.

'Nee.' Ze duwde hem weg. 'Ik wil niet.'

Hij liet haar onmiddellijk los, zoals ze had geweten, met een gezicht dat zowel woede als triomf uitdrukte. Opeens wist ze dat ze hem niet om de tuin had kunnen leiden door seks met hem te hebben tijdens hun weekendje weg, en paradoxaal genoeg wekte dat besef een vaag medelijden bij haar op.

'Sorry,' zei ze, 'ik ben moe.'

'Ja,' zei Matthew. 'Ik ook.'

En hij liep de kamer uit. Robin bleef alleen achter, en er liep een rilling over haar rug op de plek waar de jurk was gescheurd.

Waar bleef Strike verdorie? Het was vijf over negen en ze wilde gezelschap. Bovendien wilde ze weten wat er was gebeurd nadat hij met Charlotte de receptie had verlaten. Alles beter dan hier aan Matthew te zitten denken.

Alsof ze hem met die gedachte had opgeroepen ging haar telefoon.

'Sorry,' zei Strike voordat ze iets kon zeggen. 'Verdacht pakketje aangetroffen op het station van Green Park. Ik zit verdomme al twintig minuten vast in de metro en heb nu pas weer bereik. Ik kom zo snel mogelijk, maar misschien moet je zonder mij beginnen.'

'O, god.' Robin sloot haar vermoeide ogen.

'Sorry,' zei Strike nogmaals. 'Ik kom eraan. Ik moet je trouwens wat vertellen. Gisteravond is er iets heel merkwaardigs... O, wacht, we rijden weer. Ik zie je zo.'

Hij hing op, en Robin zat daar met het vooruitzicht het begin van Jasper Chiswells woede-uitbarsting in haar eentje te moeten ondergaan, terwijl ze nog steeds worstelde met een onbehaaglijk, onbestemd gevoel dat was veroorzaakt door een donkere, elegante vrouw die zestien jaar op haar voorliep als het aankwam op kennis over en herinneringen aan Cormoran Strike. Robin hield zichzelf voor: het doet er verdorie niet toe, heb je nog niet genoeg problemen zonder je druk te maken om Strikes liefdesleven? Dit staat helemaal los van jou...

Ze voelde plotseling een schuldbewuste tinteling naast haar mond, daar waar Strikes gemiste kus terechtgekomen was toen ze voor het ziekenhuis stonden. Alsof ze het gevoel ermee zou kunnen wegspoelen nam ze een laatste slok koffie, stond op en liep het eetcafé uit naar de brede, rechte weg waarlangs twee symmetrische rijen identieke negentiende-eeuwse huizen stonden.

Ze zette er flink de pas in, niet omdat ze haast had om Chiswells woede en teleurstelling te ondergaan, maar omdat actief zijn haar hielp de ongemakkelijke gedachten te verdrijven.

Precies op tijd bij Chiswells huis aangekomen bleef ze nog een paar seconden hoopvol staan voor de glimmend zwarte voordeur, voor het geval Strike op het laatste moment zou verschijnen. Dat gebeurde niet. Dus zette Robin zich schrap, liep de drie treden van het brandschone witte trapje op en klopte aan op de deur, die op een flinke kier stond. Een gedempte mannenstem riep iets wat 'Binnen' zou kunnen zijn.

Robin liep een sjofel halletje in dat werd gedomineerd door een duizelingwekkende trap. Het olijfgroene behang was vaal en hing op diverse plaatsen los. Ze liet de voordeur openstaan zoals ze hem had aangetroffen en riep: 'Hallo?'

Er kwam geen reactie. Robin klopte zachtjes op de deur rechts van haar en duwde die open.

De tijd bevroor. Het tafereel leek haar te omsluiten, denderde via haar netvlies een hoofd binnen dat hier niet op voorbereid was, en door de schok bleef ze in de deuropening staan, met haar hand nog op de klink en haar mond enigszins openhangend terwijl ze probeerde te bevatten wat ze zag.

Een man zat wijdbeens in een Queen Anne-stoel, zijn armen slap omlaag, en zijn hoofd leek een glimmende groene knol te zijn waarin een gapende mond was uitgesneden, maar geen ogen.

Toen maakte Robins worstelende bevattingsvermogen haar duidelijk dat het geen knolgewas was maar een mensenhoofd waar een doorzichtige plastic zak strak omheen getrokken was, met een slang erin die uitkwam in een grote tank. De man leek gestikt te zijn. Zijn linkervoet lag zijdelings slap op het kleed, met een gaatje in de zool van de schoen; zijn dikke vingers bungelden omlaag en raakten net niet het vloerkleed, en in zijn kruis zat een vlek door het legen van zijn blaas.

En vervolgens drong het tot haar door dat het Chiswell zelf was die daar in die stoel zat; zijn dikke bos grijs haar was platgedrukt tegen zijn gezicht in het vacuüm dat was ontstaan door de zak. De gapende mond had het plastic naar binnen gezogen, waardoor het zo'n donker gat leek.

35

... de White Horse! Op klaarlichte dag!
Henrik Ibsen, *Rosmersholm*

Buiten, ergens in de verte, schreeuwde een man. Misschien een bouwvakker of vuilnisman, en ergens diep in haar brein besefte Robin dat dit degene was die ze had gehoord toen ze op 'Binnen' rekende. Niemand had haar roep beantwoord. De deur had gewoon op een kier gestaan.

Nu, op een moment dat je het misschien juist wel zou verwachten, raakte ze niet in paniek. Er was geen dreiging, want hoe afschuwelijk de aanblik van die akelige pop met het knollenhoofd en dat slangetje ook mocht zijn, deze arme levenloze gestalte kon haar geen kwaad meer doen. In het besef dat ze moest controleren of hij wel echt zijn laatste adem had uitgeblazen, liep ze naar Chiswell toe en raakte voorzichtig zijn schouder aan. Het was makkelijker omdat ze zijn ogen niet kon zien, vanwege het stugge haar dat ze aan het zicht onttrok, als de manen van een paard. Zijn huid voelde stug onder het gestreepte overhemd en was koeler dan ze had verwacht.

Maar toen stelde ze zich die gapende mond pratend voor, en ze deed meerdere passen achteruit, tot haar voet krakend op iets hards terechtkwam dat op het tapijt lag en ze uitgleed. Ze had een lichtblauw plastic buisje met pillen vertrapt. Robin herkende de homeopathische tabletten die haar plaatselijke drogist ook verkocht.

Ze haalde haar mobiel tevoorschijn, toetste het alarmnummer in en vroeg naar de politie. Nadat ze had verklaard een lijk gevonden te hebben en het adres had gegeven, kreeg ze te horen dat er iemand naar haar toe zou komen.

In een poging vooral niet naar Chiswell te kijken richtte ze haar aandacht op de gerafelde gordijnen, die een onbestemde kleur grijsbruin hadden en waren afgezet met treurige wollen balletjes. Ze keek naar de ouderwetse tv met de nephouten kast, naar de donkere plek van het behang boven de schoorsteenmantel waar ooit een schilderij had gehangen, en naar de foto's in zilveren lijstjes. Maar het in plastic verpakte hoofd, de rubberen slang en de kille glinstering van de tank leken van deze normale alledaagsheid een bordkartonnen tafereel te maken. Alleen de nachtmerrie was echt.

Dus zette Robin haar mobiel op de camerastand en begon foto's te nemen. Het plaatsen van een lens tussen haarzelf en de scène temperde de gruwelijkheid ervan. Langzaam en methodisch documenteerde ze wat ze zag.

Op de salontafel voor het lichaam stond een glas, waar een paar millimeter vloeistof in zat – zo te zien sinaasappelsap. Naast het glas lagen boeken en papieren, kriskras door elkaar. Er lag een vel dik, roomwit schrijfpapier met in de linkerbovenhoek een rood met witte roos, als een druppel bloed, en het gedrukte adres van het huis waar Robin nu stond. Iemand had in een rond, meisjesachtig handschrift geschreven:

Vanavond was de laatste druppel. Hoe dom denk je dat ik ben? Die meid pal onder mijn neus bij je op kantoor neerzetten... Ik hoop dat je beseft hoe bespottelijk het overkomt, hoeveel mensen je zullen uitlachen omdat je achter een meisje aan zit dat jonger is dan je dochters.

Ik ben het zat. Maak je gerust belachelijk, mij kan het niet meer schelen. Het is voorbij.

Ik ga terug naar Woolstone. Zodra ik iets heb geregeld voor de paarden, ben ik hier voorgoed weg. Je kinderen, die ellendelingen, zullen blij zijn, maar ben jij dat ook, Jasper? Ik betwijfel het, maar het is te laat.

K.

Terwijl Robin een foto nam van de brief hoorde ze de voordeur dichtvallen, en ze draaide zich met een geschrokken kreetje om. Strike stond op de drempel, ongeschoren, nog in het pak dat hij naar de receptie had gedragen. Hij staarde naar de gestalte in de stoel.

'De politie is onderweg,' zei Robin. 'Ik heb net gebeld.'

Strike liep voorzichtig verder. 'Holy shit.'

Hij zag het kapotgetrapte buisje pillen op de vloer, stapte eroverheen en bekeek toen aandachtig het met plastic omhulde gezicht.

'Raff zei wel dat hij zich vreemd gedroeg,' zei Robin, 'maar hij had vast geen flauw idee dat...'

Strike zei niets. Hij was het lijk nog aan het bekijken. 'Had hij dat gisteravond al?'

'Wat?'

'Dat.' Strike wees naar Chiswells hand. Er zat een plek op de rug, een halve cirkel die donkerrood afstak tegen de ruwe, bleke huid.

'Dat weet ik niet,' zei Robin.

De schok van wat er was gebeurd drong nu pas goed tot haar door, en ze had moeite om de gedachten te ordenen die op drift geraakt door haar hoofd dreven. Chiswell die door het autoraampje de politie op barse toon opdroeg om Strike binnen te laten op de receptie, Chiswell die Kinvara een domme trut had genoemd, Chiswell die eiste dat Strike en zij die ochtend naar hem toe zouden komen. Het was niet redelijk om nu van haar te verwachten dat ze nog wist hoe de rug van zijn hand eruitgezien had.

'Hm,' zei Strike. Hij zag de mobiel in Robins hand. 'Heb je overal foto's van genomen?'

Ze knikte.

'Dit allemaal?' Hij liet zijn hand boven de tafel wapperen. 'Dat?' Hij wees naar de vertrapte pillen op het tapijt.

'Ja. Dat was mijn schuld, ik trapte erop.'

'Hoe ben je binnengekomen?'

'De deur stond open. Ik dacht dat hij hem voor ons op een kier had gezet. Een bouwvakker op straat riep iets en ik dacht dat het Chiswell was die "Binnen" zei. Ik verwachtte...'

'Blijf hier,' zei Strike.

Hij liep de kamer uit. Ze hoorde hem lopen, de trap op, gevolgd door zijn zware voetstappen op het plafond boven haar, maar ze wist dat er niemand was. Ze kon voelen dat het huis volkomen levenloos was, die flinterdunne bordkartonnen werkelijkheid.

En inderdaad, nog geen vijf minuten later kwam Strike hoofdschuddend terug. 'Niemand.'

Hij liep langs haar heen, door een deur die hem de zitkamer uit voerde, en toen Robin zijn voetstappen op een tegelvloer hoorde, wist ze dat daar de keuken moest zijn.

'Verlaten,' zei Strike toen hij terugkwam.

'Wat is er gisteravond gebeurd?' vroeg Robin. 'Iets merkwaardigs, zei je.'

Ze wilde het hebben over iets anders dan de afschuwelijke gestalte die het vertrek domineerde in al zijn groteske levenloosheid.

'Billy belde me. Hij zei dat er mensen waren die hem wilden vermoorden. Hij beweerde dat hij in een telefooncel op Trafalgar Square stond. Ik ben gaan kijken, maar hij was nergens te vinden.'

'O,' zei Robin.

Strike was dus niet met Charlotte meegegaan. Zelfs in deze extreme situatie was Robin blij met die vaststelling.

'What the...?' zei Strike zacht, en hij keek langs haar heen naar een hoek van de kamer.

Daar, in het donker, stond een zwaard tegen de muur geleund. Het zag eruit alsof het met kracht omgebogen was, alsof iemand erop had gestaan. Strike liep behoedzaam om het lijk heen om het te bekijken, maar toen hoorden ze de politieauto voor het huis stoppen. Hij kwam overeind.

'We vertellen uiteraard alles,' zei hij.

'Ja,' zei Robin.

'Behalve over de afluisterapparaatjes. Shit... die vinden ze straks in jouw kantoor...'

'Nee,' zei Robin. 'Ik heb ze gisteren mee naar huis genomen, voor het geval we daar weg zouden moeten vanwege *The Sun*.'

Voordat Strike zijn bewondering kon uiten voor haar scherpe, vooruitziende blik werd er hard op de voordeur gebonsd.

'Ach, het was leuk zolang het duurde, nietwaar?' zei Strike met een wrange glimlach terwijl hij naar de gang liep. 'Om even niet in de krant te staan.'

Deel 2

36

Wat er gebeurd is valt niet in de doofpot te stoppen – en het laat zich evenmin wegredeneren.

Henrik Ibsen, *Rosmersholm*

De zaak-Chiswell behield zijn uitzonderlijke karakter zelfs nu hun cliënt er niet meer was.

Terwijl het lijk werd omgeven door de gebruikelijke omslachtige procedures en formaliteiten werden Strike en Robin vanuit Ebury Street geëscorteerd naar Scotland Yard, waar ze apart van elkaar ondervraagd werden. Strike wist dat er al een tornado aan speculaties door de redactieruimtes van Londen moest razen na de dood van een minister, en inderdaad, toen ze zes uur later het gebouw van Scotland Yard uit kwamen, waren de kleurrijke details van Chiswells privéleven al overal op radio en televisie te horen en te zien, en het openen van de internetbrowser op hun telefoons onthulde korte berichten op alle nieuwssites terwijl een kluwen aan barokke theorieën zich verspreidde over de blogs en de sociale media, waarin een hele reeks cartooneske Chiswells omkwam door toedoen van drommen vage vijanden. In de taxi terug naar Denmark Street las Strike dat de corrupte kapitalist Chiswell was vermoord door de Russische maffia omdat hij had nagelaten rente af te dragen voor een of andere louche, illegale transactie, terwijl Chiswell-de-voorvechter-van-degelijke-Engelse-normen-en-waarden beslist was omgelegd door wraakzuchtige islamieten na zijn pogingen de opmars van de sharia een halt toe te roepen.

Strike ging alleen even naar zijn zolderflat om zijn spullen te pakken, en hij zocht zijn toevlucht in het huis van zijn oude vrienden Nick en Ilsa, respectievelijk gastro-enteroloog en juriste. Robin, die op aandringen van Strike rechtstreeks met de taxi naar haar eigen huis in Albury Street was gegaan, werd ontvangen met een dwingende omhelzing door Matthew, wiens flinterdunne zogenaamde medeleven ze erger vond dan openlijke woede.

Toen hij hoorde dat Robin de volgende dag terug moest naar Scotland Yard voor een tweede verhoor bleef er niets van zijn zelfbeheersing over. 'Dit had iedereen kunnen zien aankomen!'

'Goh, ik had de indruk dat het voor de meeste mensen nogal onverwacht kwam,' zei Robin. Ze had zojuist haar moeders vierde telefoontje van die dag weggedrukt.

'Niet dat Chiswell zelfmoord zou plegen, maar...'

'Je spreekt het uit als "Chizzel".'

'Ik bedoel dat jij in de problemen zou komen door dat stiekeme gedoe in het parlementsgebouw!'

'Wees maar niet bang, Matt, ik zal ervoor zorgen dat de politie weet dat jij daarop tegen was. We willen niet dat jouw promotiekansen gevaar lopen.'

Maar bij het tweede verhoor vroeg ze zich af of haar ondervrager wel van de politie was. De man met de vriendelijke stem in het donkergrijze pak liet niet blijken voor wie hij werkte. Robin vond deze heer veel intimiderender dan de politiemensen van gisteren, ook al waren die bij tijd en wijle erg dwingend geweest, op het agressieve af. Robin vertelde haar nieuwe ondervrager alles wat ze had gehoord in het Lagerhuis en liet alleen het merkwaardige gesprek tussen Della Winn en Aamir Mallik weg dat te horen was geweest op het tweede afluisterapparaatje. Aangezien die interactie had plaatsgevonden achter een gesloten deur, buiten de normale werktijden, kon ze die alleen gehoord hebben door de sprekers af te luisteren. Robin suste haar geweten door zichzelf voor te houden dat dit gesprek onmogelijk iets te maken kon hebben met Chiswells dood, maar ze werd achtervolgd door een nijpend schuldgevoel en een diepe angst toen ze het pand voor de tweede keer verliet. Na dit gesprek met de veiligheidsdienst werd ze zo in beslag genomen door haar eigen paranoia – althans, ze hoopte dat het dat was – dat ze Strike belde vanuit een telefooncel bij de metro in plaats van met haar mobiel.

'Ik ben net weer ondervraagd. Ik weet bijna zeker dat het MI5 was.'

'Dat zat eraan te komen,' zei Strike, en zijn nuchtere toon was een geruststelling. 'Ze moeten natrekken of jij wel echt bent wie je zegt te zijn. Is er niet iemand bij wie je terechtkunt, ergens anders dan thuis? Het verbaast me dat de pers ons nog niet heeft belaagd, maar dat kan niet lang meer duren.'

'Ik zou naar Masham kunnen gaan,' zei Robin, 'maar daar gaan ze me natuurlijk ook zoeken. Dat deden ze ook na het gedoe met de Ripper.'

In tegenstelling tot Strike had Robin geen eigen vriendenkring met mensen bij wie ze voor haar gevoel anoniem zou kunnen verdwijnen. Al haar vrienden waren ook die van Matthew, en ze twijfelde er niet aan dat zij net als haar echtgenoot bang zouden zijn om onderdak te bieden aan iemand voor wie de veiligheidsdienst belangstelling toonde. Omdat ze niet wist wat ze anders moest doen, ging ze maar terug naar Albury Street.

Maar de pers kwam haar niet lastigvallen, al hielden de kranten zich niet bepaald in met hun berichtgeving over Chiswell. De *Mail* had al een artikel van twee pagina's geplaatst over de rampspoed en schandalen die Jasper Chiswells leven hadden geplaagd. 'Ooit genoemd als mogelijke premier', 'de sexy Italiaanse Ornella Serafin, met wie hij de verhouding had die hem zijn eerste huwelijk kostte', 'de voluptueuze Kinvara Hanratty, dertig jaar jonger dan hij', 'luitenant Freddie Chiswell, oudste zoon, gesneuveld in de oorlog in Irak waarvan zijn vader zo'n onwankelbaar voorstander was', 'jongste kind Raphael, wiens dollemansrit onder invloed van drugs eindigde met de dood van een jonge moeder'.

In de kwaliteitskranten brachten vrienden en collega's hun eerbetoon: 'Een scherpe geest, een buitengewoon kundig minister, een van Thatchers pientere jonge volgelingen', 'met een wat tumultueus privéleven, maar verder waren er geen grenzen aan wat hij had kunnen bereiken', 'de publieke persona was heetgebakerd, zelfs kwetsend, maar de Jasper Chiswell die ik op Harrow kende was een geestige, intelligente jongen.'

De pers ging vijf dagen lang helemaal los, en toch waren de kranten merkwaardig genoeg terughoudend over de betrokkenheid van Strike en Robin bij de zaak, en er was nog geen woord geschreven over chantage.

Op de vrijdagochtend na de ontdekking van Chiswells lijk zat Strike zwijgend in het huis van Nick en Ilsa aan de keukentafel, waar het zonlicht achter hem door het raam naar binnen viel.

Zijn gastheer en gastvrouw waren naar hun werk. Nick en Ilsa, die al enkele jaren probeerden een kind te krijgen, hadden pasgeleden twee kittens in huis genomen. Nick had ze per se Ossie en Rickie had willen noemen, naar de spelers van de Spurs die hij als tiener had verafgood. De katjes, die nog maar sinds kort bij hun nieuwe baasjes op schoot durfden te zitten, waren niet blij geweest met de komst van de grote, onbekende Strike. Zodra ze merkten dat ze met hem alleen waren, hadden ze hun toevlucht gezocht boven op een van de keukenkastjes. En nu was hij zich bewust van de lichtgroene oogjes die kritisch van grote hoogte al zijn bewegingen volgden.

Niet dat hij nu zoveel bewoog. Sterker nog, het afgelopen half uur had hij grotendeels roerloos doorgebracht, gebogen over de foto's die Robin had genomen in Ebury Street, door Strike gemakshalve uitgeprint in Nicks studeerkamer. Uiteindelijk legde hij negen foto's apart en maakte van de rest een stapeltje, een beweging waardoor Ricky geschrokken een hoge rug opzette. Terwijl Strike de geselecteerde afbeeldingen bekeek, ging Ricky weer liggen en wachtte de volgende zet van de detective af, zwiepend met het puntje van zijn zwarte staartje.

De eerste foto was een close-up van de halfronde plek op de rug van Chiswells linkerhand.

Op de tweede en derde foto was vanuit verschillende hoeken het glas te zien dat voor Chiswell op de salontafel had gestaan. Tegen de wanden van het glas was een poederachtig residu zichtbaar, boven enkele centimeters sinaasappelsap.

De vierde, vijfde en zesde foto legde Strike naast elkaar. Op elk ervan was het lijk vanuit een andere invalshoek te zien, met steeds een reepje van de kamer eromheen. Strike keek nog een keer aandachtig naar de spookachtige contouren van het zwaard in de hoek en de donkere rechthoek boven de schoorsteenmantel waar een schilderij had gehangen, en daaronder, amper te zien tegen het donkere behang, twee koperen haken, bijna een meter uit elkaar.

Als je de zevende en de achtste foto naast elkaar legde, was de salontafel in zijn geheel te zien. Kinvara's afscheidsbrief lag op een stapeltje kranten en boeken; er was nog een strook van een andere brief te zien, ondertekend door 'Brenda Bailey'. Van de boeken kon Strike alleen een deel van een titel op een oude linnen band zien – CATUL – en het onderste stuk van een Penguin-pocket. Verder was de omgeslagen hoek van het versleten tapijt onder de tafel zichtbaar.

Op de negende en laatste foto was Chiswells broekzak te zien, die wijd openstond en waarin iets goudkleurigs glinsterde in de flits van Robins camera. Terwijl Strike nog peinzend naar het glimmende voorwerp zat te kijken, ging zijn mobiel. Het was zijn gastvrouw Ilsa.

'Hallo,' zei hij, en hij stond op en griste het pakje Benson & Hedges en de aansteker van de tafel naast hem. Met een uitbarsting van klauwtjes op hout schoten Ossie en Ricky weg over de bovenkant van de keukenkastjes, voor het geval Strike ze ergens mee zou bekogelen. Strike controleerde of ze ver genoeg weg waren om niet te kunnen ontsnappen, glipte toen naar buiten en deed snel de deur achter zich dicht. 'Nog nieuws?'

'Ja. Het lijkt erop dat je gelijk had.'

Strike ging op een smeedijzeren tuinstoel zitten en stak zijn sigaret op. 'Vertel.'

'Ik heb net koffiegedronken met mijn contactpersoon. Hij kan niet vrijuit praten, gezien de aard van de informatie, maar ik heb hem jouw theorie voorgelegd en hij zei: "Dat klinkt zéér plausibel."

Toen ik vroeg: "Collega-politicus?", vond hij dat ook aannemelijk, en op mijn suggestie dat de pers in dat geval in beroep zou gaan reageerde hij ook instemmend.'

Strike blies rook uit.

'Ik sta bij je in het krijt, Ilsa, dank je wel. Het goede nieuws is dat ik jullie nu niet langer tot last hoef te zijn.'

'Corm, we vinden het prima dat je bij ons logeert, dat weet je toch.'

'De katten moeten me niet.'

'Ze voelen dat je voor Arsenal bent, zegt Nick.'

'De comedywereld heeft een groot talent misgelopen toen jouw man ervoor koos om arts te worden. Ik kook vanavond en ik ruim alles op.'

Daarna belde Strike Robin. Ze nam vrijwel meteen op. 'Alles goed?'

'Ik weet waarom de pers ons niet belaagt. Della heeft een bikkelhard gerechtelijk bevel uitgevaardigd. De kranten mogen niet melden dat Chiswell ons heeft ingehuurd, voor het geval dat chantageverhaal dan zou uitlekken. Ilsa heeft haar contactpersoon bij het hooggerechtshof gesproken en hij bevestigde het.'

Het bleef even stil terwijl Robin die informatie verwerkte.

'Dus Della heeft een rechter ervan overtuigd dat Chiswell het chantageverhaal verzint?'

'Precies. Dat hij ons gebruikt om bruikbare informatie over zijn vijanden boven tafel te krijgen. Het verbaast me niet dat die rechter dat gelooft. De hele wereld beschouwt Della als een soort heilige.'

'Maar Izzy weet waarom ik daar was,' protesteerde Robin. 'De familie moet toch bevestigd hebben dat hij afgeperst werd.'

Strike tikte afwezig zijn as in Ilsa's plantenbak, waarin een struik rozemarijn stond. 'Zou je denken? Of zouden ze het in de doofpot willen stoppen nu hij dood is?'

Hij vatte haar stilzwijgen op als een schoorvoetende bevestiging.

'De pers gaat natuurlijk tegen dat verbod in beroep. Toch?'

'Dat proberen ze al, volgens Ilsa. Als ik redacteur van zo'n roddelkrant was zou ik ons laten schaduwen, dus ik denk dat we op onze hoede moeten zijn. Ik ga vanavond terug naar kantoor, maar ik vind dat jij thuis moet blijven.'

'Hoe lang?' vroeg Robin.

Hij hoorde haar gespannen toon en vroeg zich af of die volledig te wijten was aan de stress van deze kwestie.

'We kijken wel hoe het gaat. Robin, ze weten dat jij degene bent die in het parlementsgebouw rondloopt. Jij werd zelf het verhaal toen hij nog leefde en dat ben je natuurlijk helemáál nu ze weten wie je echt bent, en nu hij dood is.'

Ze zei niets.

'Hoe staat het ervoor met de financiën?'

Robin had erop gestaan de administratie bij te werken, een klus waar ze allebei een hekel aan hadden.

'We zouden er een stuk beter voor staan als Chiswell zijn rekening had betaald.'

'Ik probeer het via de familie.' Strike wreef in zijn ogen. 'Maar het voelt nogal smakeloos om al voor de begrafenis om geld te vragen.'

'Ik heb de foto's nog eens bekeken,' zei Robin. In hun dagelijkse contact sinds het aantreffen van het lijk waren hun gesprekken allemaal teruggekeerd naar de foto's van de dode Chiswell en de kamer waarin ze hem hadden aangetroffen.

'Ik ook. Is jou nog wat nieuws opgevallen?'

'Ja, twee koperen haakjes aan de muur. Ik denk dat het zwaard...'

'... onder het ontbrekende schilderij heeft gehangen?'

'Precies. Denk je dat het van Chiswell was, uit het leger?'

'Zou heel goed kunnen. Of van een voorouder.'

'Waarom zou het van de haken gehaald zijn? En hoe komt het zo verbogen?'

'Denk je dat Chiswell het van de muur getrokken heeft in een poging zich te verweren tegen zijn moordenaar?'

'Dat is de eerste keer dat je dat zegt,' zei Robin zacht. '"Moordenaar."'

Een wesp vloog laag over Strike heen, maar liet zich verjagen door zijn sigarettenrook. 'Ik maakte een grapje.'

'Echt?'

Strike strekte zijn benen en keek naar zijn voeten. Omdat hij toch binnen bleef, waar het warm was, had hij geen schoenen en sokken aangetrokken. Zijn blote voet, die zelden zonlicht zag, was bleek en harig. De prothese, gemaakt van koolstofvezel uit één stuk, zonder individuele tenen, glansde licht in de zon.

'Er zitten vreemde kanten aan de zaak,' zei Strike, wiebelend met zijn vijf tenen, 'maar we zijn nu een week verder en er is nog niemand gearresteerd. De politie moet toch alles gezien hebben wat wij ook gezien hebben.'

'Heeft Wardle niks gehoord? Vanessa heeft verlof genomen, haar vader is ziek, anders had ik het haar gevraagd.'

'Wardle zit tot over zijn oren in de terrorismebestrijding vanwege de Olympische Spelen. Al heeft hij nog wel een gaatje gevonden om zich rot te lachen op mijn voicemail omdat mijn opdrachtgever de pijp uit is gegaan.'

'Cormoran, heb jij de naam gezien die op dat buisje met pillen stond dat ik heb vertrapt?'

'Nee,' zei Strike. Dat was een van de foto's die hij niet apart had gelegd. 'Welke naam was dat?'

'Lachesis. Dat zag ik toen ik de foto uitvergrootte.'

'Wat is daarmee?'

'Toen Chiswell ons kantoor binnenkwam en een Latijns gedicht citeerde voor Aamir, met een opmerking over "een man met zijn gewoontes", toen noemde hij Lachesis. Dat was...'

'Een van de schikgodinnen.'

'Precies. Degene die "wist wanneer het leven afgelopen was, voor iedereen".'

Strike rookte even in stilte verder.

'Dat klinkt als een dreigement.'

'Ja.'

'Weet je echt niet meer van wie dat gedicht was?'

'Ik probeer het me... Wacht,' zei Robin plotseling. 'Hij noemde een nummer.'

'Catullus,' zei Strike, en hij veerde op in de ijzeren tuinstoel.

'Hoe weet je dat?'

'De gedichten van Catullus hebben een nummer, geen naam, er lag een oude bundel bij Chiswell op de salontafel. Catullus beschreef een heleboel interessante gewoontes: incest, sodomie, kinderverkrachting... misschien heeft hij bestialiteit overgeslagen. Er is een beroemd gedicht over een mus, maar dat beestje wordt niet besprongen.'

'Dat is wel erg toevallig, hè?' zei Robin, zonder in te gaan op zijn gevatte opmerking.

'Misschien moest Chiswell die pillen slikken en deden ze hem denken aan de schikgodinnen?'

'Leek hij jou het type dat vertrouwen heeft in homeopathie?'

'Nee,' gaf Strike toe, 'maar als je denkt dat de moordenaar een buisje lachesis heeft neergelegd als artistieke toevoeging...'

Hij hoorde in de verte een bel gaan.

'Er is iemand aan de deur,' zei Robin. 'Ik moet...'

'Kijk wie het is voordat je opendoet,' zei Strike. Hij had opeens een angstig voorgevoel.

Hij voetstappen klonken gedempt – door het tapijt, wist hij.

'O, god.'

'Wie is het?'

'Mitch Patterson.'

'Heeft hij je gezien?'

'Nee, ik ben boven.'

'Niet opendoen.'

'Nee.' Maar haar adem was hijgerig en onregelmatig.

'Gaat het wel?'

'Ja, hoor.' Haar stem klonk benepen.

'Wat...'

'Ik moet ophangen. Ik bel je straks.'

De verbinding werd verbroken.

Strike liet de mobiel zakken. Toen hij iets voelde gloeien in de vingers van zijn andere hand, drong het tot hem door dat de sigaret tot op de filter was opgebrand. Hij drukte de peuk uit op de terrastegels, gooide hem over de schutting in de tuin van de buren aan wie Nick en Ilsa een hekel hadden en stak onmiddellijk een nieuwe sigaret op, zijn gedachten nog bij Robin.

Hij maakte zich zorgen om haar. Het was natuurlijk te verwachten dat ze last had van angst en spanningen na het aantreffen van een lijk en na meerdere verhoren door de veiligheidsdienst, maar hij merkte aan de telefoon dat ze zich soms niet kon concentreren, en ze had een paar vragen twee of drie keer gesteld. Dan was er ook nog haar in zijn ogen ongezonde gretigheid om weer aan het werk te gaan.

Strike was van mening dat Robin het een tijdje rustig aan zou moeten doen, en daarom had hij haar niet verteld over een nieuwe invalshoek voor zijn onderzoek; hij wist zeker dat ze hem zou willen helpen als ze het hoorde.

Het punt was dat de zaak-Chiswell voor Strike niet was begonnen met het afpersingsverhaal van de inmiddels dode man, maar met het relaas van Billy Knight over een gewurgd kind dat begraven was in een roze dekentje. Na Billy's laatste hulpkreet had Strike vele malen geprobeerd het nummer te bereiken waarmee hij hem had gebeld. De vorige dag was er eindelijk opgenomen, door een nieuwsgierige voorbijganger die had bevestigd dat het ging om een telefooncel aan de rand van Trafalgar Square.

Strike. Die schoft die soldaat is geweest, met dat ene been. Billy is helemaal op hem gefixeerd. Denkt dat hij hem komt redden.

Het zou toch kunnen, hoe klein de kans ook was, dat Billy terugkeerde naar de plek waar hij voor het laatst hulp had gezocht? Strike had de vorige middag een paar uur rondgedoold op Trafalgar Square, in het volle besef dat de kans dat Billy daar zou opduiken zeer gering was, maar hij voelde de drang om iets te doen, hoe zinloos dat ook mocht zijn.

Strikes andere beslissing, die nog lastiger te rechtvaardigen was, omdat er geld in ging zitten dat zijn kantoor op dat moment niet kon missen, was om Barclays infiltratie bij Jimmy en Flick voort te zetten.

'Het is jouw geld,' had de Schot gezegd toen de detective hem instructies gaf. 'Maar waar moet ik precies naar op zoek?'

'Billy,' zei Strike. 'En bij afwezigheid van Billy: alles wat je vreemd voorkomt.'

Natuurlijk zou Robin bij het zien van de volgende lading facturen precies weten waar Barclay mee bezig was.

Opeens kreeg Strike het gevoel dat hij in de gaten gehouden werd. Ossie, de dapperste van Nick en Ilsa's kittens, zat met zijn lichte, jadegroene ogen door het raam naar hem te kijken. Zijn blik voelde afkeurend.

37

> Ik zal dit nooit volledig onder de knie hebben. Er zal altijd twijfel blijven bestaan – een vraag.
>
> Henrik Ibsen, *Rosmersholm*

Uit angst om het officiële publicatieverbod te schenden bleven de fotografen weg van Chiswells begrafenis in Woolstone. Nieuwsorganisaties beperkten zich tot de korte, feitelijke mededeling dat de dienst had plaatsgevonden. Strike, die had overwogen bloemen te sturen, had daarvan afgezien uit angst dat het gebaar zou worden opgevat als een smakeloze herinnering aan de onbetaalde factuur. Intussen was het politieonderzoek naar Chiswells dood tijdelijk gestaakt, in afwachting van nadere informatie.

En toen, al vrij snel, was niemand meer geïnteresseerd in Jasper Chiswell. Het was alsof het lijk dat een week lang had gedobberd op een golf van krantenartikelen, geroddel en geruchten nu wegzonk en verdween onder de verhalen over sporters, olympische voorbereidingen en voorspellingen; het land werd er welhaast unaniem door in beslag genomen, want of mensen nu voor of tegen het evenement waren, het was onmogelijk te negeren of te vermijden.

Robin belde Strike nog steeds dagelijks en drong erop aan dat hij haar weer aan het werk zette, maar Strike bleef weigeren. Niet alleen was Mitch Patterson nog twee keer opgedoken bij haar voor de deur, op de stoep tegenover Strikes kantoor stond ook al de hele week een onbekende jonge straatmuzikant, die een akkoordwissel miste zodra hij de detective zag en regelmatig halverwege een nummer ophield om zijn mobiel op te nemen. De pers leek niet vergeten te zijn dat de Olympische Spelen uiteindelijk een keer voorbijgingen, dat er nog altijd een smeuïg verhaal te vertellen was over de reden waarom Jasper Chiswell een privédetective in de arm had genomen.

Geen van Strikes contactpersonen bij de politie wist iets over het verloop van het onderzoek van hun collega's. Strike, die normaal gesproken zelfs onder de meest ongunstige omstandigheden kon slapen, merkte nu dat hij 's nachts ongekend rusteloos en waakzaam lag te luisteren naar het toenemende lawaai van Londen, de stad die nu wemelde van de bezoekers aan de Olympische Spelen. De laatste keer dat hij zo lang achter elkaar last had gehad van slapeloosheid was de eerste week geweest dat hij bij bewustzijn was nadat zijn been eraf was geblazen door een geïmproviseerde bom in Afghanistan. Destijds was hij uit zijn slaap gehouden door een kwellende jeuk, waaraan hij onmogelijk kon krabben omdat hij hem voelde aan zijn geamputeerde voet.

Strike had Lorelei niet meer gezien sinds de avond van de Paralympics-receptie. Nadat hij Charlotte op straat had achtergelaten was hij naar Trafalgar Square gegaan om Billy te zoeken, met als gevolg dat hij nog later dan verwacht bij Lorelei was aangekomen voor hun etentje. Moe, met een schrijnende stomp, gefrustreerd omdat hij Billy niet had kunnen vinden en van slag door de onverwachte ontmoeting met zijn ex, was hij veel te laat aangekomen in het Indiase restaurant, in de verwachting en misschien wel de hoop dat Lorelei al vertrokken zou zijn.

Maar ze had geduldig aan een tafeltje zitten wachten, en dat niet alleen, ze had hem onmiddellijk op het verkeerde been gezet met wat hij beschouwde als een strategische terugtrekking. In plaats van een gesprek te forceren over de toekomst van hun relatie had ze zich verontschuldigd voor haar – in haar woorden – dwaze liefdesverklaring in bed, waarvan ze wist dat ze hem ermee in verlegenheid had gebracht en waarvan ze oprecht spijt had.

Daarmee had ze Strike, die zijn halve liter bier vrijwel in één teug naar binnen klokte zodra hij aan tafel zat, zich voorbereidend op de onaangename taak haar uit te leggen dat hij geen serieuzere, vastere relatie met haar wilde, de mond gesnoerd. Haar bewering dat ze 'Ik hou van jou' had gezegd als een soort *cri de joie* had zijn ingestudeerde toespraak overbodig gemaakt, en aangezien ze er heel aantrekkelijk uitgezien had in het schemerverlichte restaurant, was het makkelijker en prettiger geweest om haar verklaring voor waar aan te nemen – beter dan een breuk te forceren die ze duidelijk geen van beiden wilden. In de week erna hadden ze elkaar een paar keer berichtjes gestuurd en elkaar gesproken, maar lang niet zo vaak als hij met Robin had gepraat. Lorelei had alle begrip gehad voor het feit dat hij zich voorlopig gedeisd moest houden, toen hij haar eenmaal had uitgelegd dat zijn overleden cliënt de minister was geweest die was gestikt met zijn hoofd in een plastic zak.

Lorelei had zelfs geen bezwaar gemaakt toen hij haar uitnodiging om samen de openingsceremonie van de Olympische Spelen te kijken afsloeg omdat hij al had afgesproken de avond door te brengen bij Lucy en Greg. Strikes zus wilde Jack nog steeds geen moment uit het oog verliezen en had daarom Strikes idee om dat weekend met zijn neefje naar het oorlogsmuseum te gaan afgewezen; in plaats daarvan had ze Strike uitgenodigd om te komen eten. Toen hij Lorelei uitlegde hoe het ervoor stond, merkte Strike dat ze hoopte dat hij haar zou vragen mee te gaan en zijn familie te ontmoeten. Hij zei naar waarheid dat hij liever alleen ging, om wat tijd door te brengen met zijn door hem verwaarloosde neefje, en Lorelei aanvaardde die uitleg goedmoedig, ze vroeg alleen of hij de volgende avond vrij was.

Strike betrapte zich erop, terwijl de taxi hem van metrostation Bromley South naar het huis van Lucy en Greg bracht, dat hij bleef piekeren over de situatie met Lorelei, omdat Lucy meestal een verslag eiste van zijn liefdesleven. Dat was een van de redenen dat hij dit soort bijeenkomsten meestal uit de weg ging. Lucy maakte zich zorgen omdat haar broer op bijna achtendertigjarige leeftijd nog altijd niet getrouwd was. Eén keer, bij een zeer gênante gelegenheid, was ze zelfs zo ver gegaan om voor een etentje een vrouw uit te nodigen van wie ze vermoedde dat Strike op haar zou vallen. Het enige wat hij ervan geleerd had, was hoe slecht zijn zus zijn smaak en wensen kende.

Terwijl de taxi hem dieper en dieper de buitenwijken van de middenklasse in voerde, werd Strike alsnog geconfronteerd met de ongemakkelijke waarheid: Loreleis bereidheid om te aanvaarden dat hun huidige verhouding volkomen vrijblijvend was kwam niet voort uit een wederzijdse behoefte aan ongebondenheid, maar uit wanhoop van haar kant om hem bij zich te houden, onder welke voorwaarden dan ook.

Terwijl hij door de voorruit naar de ruime huizen met dubbele garages en keurige gazonnetjes staarde, gingen zijn gedachten naar Robin, die hem dagelijks belde als haar man van huis was, en hij dacht aan Charlotte, zoals ze lichtjes zijn arm had beetgepakt bij het afdalen van de trap van Lancaster House, op haar enkellaarsjes met naaldhak. Het was de afgelopen tienenhalve maand makkelijk en aangenaam geweest om Lorelei in zijn leven te hebben: ze was liefdevol, stelde geen eisen, was erotisch begaafd en deed alsof ze niet verliefd op hem was. Hij zou de relatie kunnen aanhouden, zichzelf wijs kunnen maken dat hij, met die bekende holle woorden, 'wel zou zien hoe het liep' – of hij kon onder ogen zien dat hij het onvermijdelijke alleen maar had uitgesteld, en hoe langer hij het op zijn beloop liet, hoe pijnlijker deze puinhoop zou worden.

Deze bespiegelingen werkten niet bepaald opbeurend, en toen de taxi stopte voor het huis van zijn zus, met de magnolia in de voortuin en de vitrage die enthousiast bewoog, voelde hij een irrationele ergernis ten opzichte van zijn zus, alsof het allemaal haar schuld was.

Jack deed de voordeur open nog voordat Strike kon aanbellen. Gezien de toestand waarin hij de laatste keer dat Strike hem zag had verkeerd zag Jack er opmerkelijk goed uit, en de detective stond in tweestrijd tussen blijdschap om zijn herstel en ergernis omdat hij zijn neefje niet had mogen meenemen naar het museum in plaats van het hele eind naar Bromley te moeten reizen.

Maar Jacks vreugde om Strikes komst, zijn gretige vragen over alles wat Strike zich kon herinneren over hun tijd samen in het ziekenhuis, de periode waarin hij zelf roemloos buiten bewustzijn in bed had gelegen, was ontroerend, net als het feit dat Jack aan tafel per se naast zijn oom wilde zitten en de hele maaltijd lang het monopolie van zijn aandacht opeiste. Het was duidelijk dat ze in Jacks ogen een hechtere band hadden gekregen doordat ze allebei de beproeving van een spoedoperatie hadden doorstaan. Hij wilde zo veel details horen over Strikes amputatie dat Greg zijn bestek neerlegde en zijn bord van zich af schoof, met een gezicht alsof hij misselijk was. Strike had al eerder de indruk gekregen dat Jack, de middelste zoon, Gregs minst favoriete was. Hij schepte er een enigszins boosaardig genoegen in om Jacks nieuwsgierigheid te bevredigen, vooral omdat hij wist dat Greg, die normaal gesproken het gesprek afgekapt zou hebben, een ongekende zelfbeheersing aan de dag moest leggen omdat Jack nog herstellende was. Lucy straalde, zich totaal niet bewust van deze onderstromen; ze kon haar ogen niet van Strike en Jack afhouden. Ze stelde Strike niet één vraag over zijn privéleven. Het enige wat ze van hem leek te verlangen was dat hij aardig en geduldig deed tegen haar zoon.

Oom en neefje gingen als dikke vrienden van tafel. Jack koos een plekje naast Strike op de bank om de openingsceremonie van de Olympische Spelen te kijken, en hij babbelde onafgebroken terwijl ze wachtten op de live-uitzending, waarbij hij onder andere de hoop uitte dat er wapens, kanonnen en soldaten te zien zouden zijn.

Die onschuldige opmerking deed Strike denken aan Jasper Chiswell en zijn ergernis, zoals Robin had verteld, over het feit dat de militaire moed van Groot-Brittannië niet gevierd zou worden op dit grootste aller nationale podia. Opeens vroeg Strike zich af of Jimmy Knight nu ook ergens voor de televisie zat, klaar om sarcastisch te doen over wat hij had gehekeld als een kapitalistische kermis.

Greg bracht Strike een flesje Heineken.

'Het gaat beginnen!' zei Lucy enthousiast.

De live-uitzending begon met een aftelprocedure. Na een paar tellen weigerde een van de genummerde ballonnen te knappen. Laat het geen aanfluiting worden, dacht Strike, die opeens alles vergat in een opwelling van patriottische paranoia.

Maar de openingsceremonie was het tegenovergestelde van een aanfluiting gebleken, zo boeiend dat Strike bij Lucy was gebleven om het einde te kunnen zien, waardoor hij vrijwillig zijn laatste trein miste en het aanbod van het logeerbed en een ontbijt op zaterdag met het gezin aannam.

'Je detectivebureau doet het goed, hè?' vroeg Greg de volgende morgen bij de gebakken eieren met spek die Lucy had gemaakt.

'Niet slecht,' zei Strike.

Over het algemeen praatte hij liever niet over zaken met Greg, die op het verkeerde been gezet leek te zijn door Strikes succes. Zijn zwager had altijd de indruk gewekt dat hij zich ergerde aan Strikes militaire loopbaan, waarin hij diverse onderscheidingen had ontvangen. En nu, terwijl hij Gregs vragen moest beantwoorden over de structuur van zijn bureau, de rechten en plichten van zijn freelance werknemers, Robins bijzondere status als compagnon met een vast salaris, en de uitbreidingsmogelijkheden, bespeurde Strike – niet voor de eerste keer – Gregs nauwverholen hoop dat hij misschien iets over het hoofd had gezien, dat hij te veel soldaat was om zich staande te houden in de zakenwereld.

'Wat is nou het uiteindelijke doel?' vroeg Greg, terwijl Jack geduldig naast Strike zat, duidelijk in de hoop dat ze het nog over het leger zouden gaan hebben. 'Ik neem aan dat je de zaak zodanig wilt uitbreiden dat je zelf de straat niet meer op hoeft? Dat je de boel kunt aansturen vanaf je kantoor?'

'Nee,' zei Strike. 'Als ik een kantoorbaan wilde, was ik wel in het leger gebleven. Mijn doel is om genoeg mensen aan te nemen op wie ik kan bouwen, om de stroom opdrachten stabiel te houden en daarmee een goed belegde boterham te verdienen. Op de korte termijn wil ik genoeg geld op de bank hebben om de magere tijden door te komen.'

'Dat kan wel wat ambitieuzer,' zei Greg. 'Met alle gratis reclame die je hebt gekregen na die zaak van de Ripper...'

'Daar gaan we het nu niet over hebben,' zei Lucy op scherpe toon vanachter de pan met eieren, en na een blik op zijn zoon viel Greg stil, zodat Jack de kans kreeg weer deel te nemen aan het gesprek, met een vraag over een cursus aanvalstechnieken.

Lucy, die had genoten van ieder moment van het bezoek van haar broer, gloeide van plezier toen ze hem na het ontbijt omhelsde bij het afscheid.

'Laat maar weten wanneer ik Jack een keer kan meenemen,' zei Strike, en zijn neefje keek stralend naar hem op.

'Doe ik. Hartstikke bedankt, Stick. Ik zal nooit vergeten wat je...'

'Ik heb niks gedaan,' zei Strike, en hij gaf haar een duwtje in de rug. 'Hij heeft het allemaal zelf opgeknapt. Het is een taaie, hè, Jack? Bedankt voor de fijne avond, Lucy.'

Strike bedacht dat hij niet langer had moeten blijven. Terwijl hij voor het station de sigaret oprookte die hij had opgestoken om de tien minuten voordat de volgende trein naar Londen vertrok te doden, dacht hij even aan Greg, die tijdens het ontbijt was teruggevallen op die combinatie van spraakzaamheid en jovialiteit waarmee hij zijn zwager gewoonlijk tegemoet trad, terwijl Lucy's vragen over Robin toen hij zijn jas aantrok de eerste tekenen hadden vertoond van een bredere ondervraging over zijn relaties met vrouwen in het algemeen. Zijn gedachten waren net mismoedig teruggekeerd naar Lorelei toen zijn mobiel ging.

'Hallo?'

'Spreek ik met Cormoran?' vroeg een bekakte vrouwenstem die hij niet onmiddellijk herkende.

'Ja, met wie spreek ik?'

'Izzy Chiswell,' zei ze, en ze klonk alsof ze verkouden was.

'Izzy!' herhaalde Strike verbaasd. 'Eh... hoe gaat het met je?'

'Ach, het gaat wel. We eh... hebben je rekening ontvangen.'

'Juist.' Strike vroeg zich af of ze in discussie zou gaan over het totaalbedrag, dat aanzienlijk was.

'Ik wil je graag meteen betalen, als jij... Zou je misschien naar me toe kunnen komen? Vandaag nog, komt dat uit?'

Strike keek op zijn horloge. Voor het eerst in weken had hij niets anders te doen dan later die dag bij Lorelei eten, en het vooruitzicht van een dikke cheque was beslist welkom.

'Ja, dat moet wel lukken,' zei hij. 'Waar ben je nu, Izzy?'

Ze gaf hem haar adres in Chelsea.

'Ik ben er over een uurtje.'

'Perfect.' Ze klonk opgelucht. 'Dan zie ik je zo.'

38

O, die moordende twijfel!
Henrik Ibsen, *Rosmersholm*

Het was bijna middag toen Strike aankwam bij Izzy's huis aan Upper Cheyne Row in Chelsea, een rustig en duur rijtje voormalige paardenstallen die waren verbouwd tot woningen; anders dan in Ebury Street waren deze op smaakvolle wijze allemaal verschillend. Izzy's huisje was klein en witgeschilderd, met een koetslamp bij de voordeur, en toen Strike aanbelde deed ze binnen een paar tellen open.

In haar ruimvallende zwarte broek en een zwarte trui die te warm was voor deze zonnige dag deed Izzy hem denken aan de eerste keer dat hij haar vader ontmoette, die in juni een overjas had gedragen. Ze droeg een saffieren kruisje om de hals. Strike bedacht dat ze officieel in de rouw was, voor zover de hedendaagse kleding en gevoeligheden dat toelieten.

'Kom binnen, kom binnen,' zei ze nerveus, en ze deed zonder oogcontact te maken een stapje naar achteren, wuifde hem verder naar een huiskamer met open keuken met witte muren, banken met een kleurig dessin en een art-nouveauhaard waarvan de schouw werd geschraagd door gestroomlijnde vrouwenfiguren. De hoge ramen aan de achterkant keken uit op een binnenplaatsje, waar dure smeedijzeren tuinmeubels waren opgesteld tussen zorgvuldig in vorm gesnoeide struiken.

'Ga zitten,' zei Izzy, en ze wees naar een van de kleurrijke banken. 'Thee? Koffie?'

'Thee graag, lekker.'

Strike ging zitten, trok onopvallend een aantal ongemakkelijke kussens met kraaltjes onder zich vandaan en nam de kamer in zich op. Ondanks de vrolijke moderne stoffen overheerste een traditionelere Engelse smaak. Twee jachttaferelen hingen boven een tafeltje dat beladen was met foto's in zilveren lijstjes, waaronder een grote zwart-witte trouwfoto van Izzy's ouders, Jasper Chiswell in het uniform van de Queen's Own Hussars en Lady Patricia die haar tanden bloot lachte, een blonde bruid in een wolk van tule. Boven de schouw hing een grote aquarel van drie blonde peuters van wie Strike aannam dat het Izzy en haar broertje en zusje moesten voorstellen: de dode Freddie en de hem onbekende Fizzy.

Izzy was luidruchtig druk in de weer: ze liet theelepeltjes vallen en deed kastjes open en weer dicht zonder te vinden wat ze zocht. Na het afslaan van Strikes aanbod om haar te helpen legde ze uiteindelijk de korte afstand van het keukentje naar de salontafel af met een dienblad met daarop een theepot, porseleinen mokken en koekjes. Ze zette het blad neer.

'Heb je de openingsceremonie gezien?' vroeg ze beleefd, redderend met thee en een zeefje.

'Ja,' zei Strike. 'Mooi, hè?'

'Ik vond het begin wel goed,' zei Izzy, 'over de industriële revolutie, maar daarna werd het nogal... politiek correct. Ik vraag me af of ze in het buitenland snappen dat het steeds over de gezondheidszorg moest gaan, en ik moet zeggen dat die rapmuziek voor mij ook niet had gehoeven. Daar staan de melk en de suiker.'

'Dank je.'

Er viel een korte stilte, slechts onderbroken door het getinkel van zilver op porselein – het type luxueuze stilte dat in Londen alleen beschikbaar is voor mensen met veel geld. In Strikes zolderflat was het zelfs in de winter nooit helemaal stil: muziek, voetstappen en stemmen vulden in Soho voortdurend de straat onder zijn raam, en wanneer de voetgangers het gebied verlieten, denderde het verkeer door de nacht en rammelden zijn gammele ramen bij het minste zuchtje wind.

'O ja, je cheque.' Izzy sprong weer op om een envelop te gaan halen in de open keuken. 'Alsjeblieft.'

'Hartelijk dank.' Strike nam de envelop aan.

Izzy ging weer zitten, pakte een koekje, bedacht zich en legde het op een schoteltje. Strike nam een slokje van de thee, waarvan hij vermoedde dat die van zeer goede kwaliteit was, maar die hij onaangenaam naar droogbloemen vond smaken.

'Eh,' zei Izzy na een hele poos. 'Ik weet niet goed waar ik moet beginnen.'

Ze keek naar haar vingers, die niet gemanicuurd waren.

'Ik ben bang dat je me voor gek zult verklaren,' mompelde ze toen, en ze gluurde door haar lichte wimpers naar hem.

'Dat betwijfel ik.' Strike zette zijn thee neer en trok een gezicht waarvan hij hoopte dat het bemoedigend was.

'Heb je gehoord wat er is aangetroffen in paps' sinaasappelsap?'

'Nee.'

'Amitriptylinetabletten, tot poeder vermalen. Ik weet niet of je... Dat zijn antidepressiva. Volgens de politie is het een efficiënte, pijnloze manier om zelfmoord te plegen. Eigenlijk dubbelop... dubbel... de pillen en die plastic zak.'

Ze nam een grote slok van haar thee en morste.

'Het punt is,' zei ze toen op luide toon, in een plotselinge woordenstroom, 'dat ik echt zéker weet dat paps nooit zelfmoord gepleegd zou hebben, want dat verafschuwde hij, hij vond het iets voor lafaards, vreselijk voor de familie en iedereen die achterbleef. En wat ook gek is: er was nergens in huis een verpakking te vinden van die amitriptyline. Geen leeg doosje, geen doordrukstrips, niks. En natuurlijk zou op de doos Kinvara's naam gestaan hebben. Kinvara is degene die amitriptyline voorgeschreven kreeg. Ze gebruikt dat spul al meer dan een jaar.'

Izzy keek vluchtig naar Strike om te zien wat voor uitwerking haar woorden op hem hadden. Toen hij niets zei, ratelde ze verder. 'Paps en Kinvara hadden de avond ervoor ruzie gehad, op die receptie, vlak voordat ik met jou en Charlie kwam praten. Paps had ons net verteld dat hij Raff had gevraagd om de volgende morgen naar het huis in Ebury Street te komen. Kinvara was woest. Ze vroeg waarom en dat wilde paps haar niet vertellen, hij glimlachte alleen maar, wat haar ziedend maakte.'

'Waarom zou...?'

'Omdat ze de pest heeft aan ons allemaal,' zei Izzy, die Strikes vraag juist inschatte. Haar handen grepen in elkaar, de knokkels wit. 'Ze heeft altijd een hekel gehad aan alles en iedereen die met haar concurreerde om paps' aandacht of liefde, en vooral aan Raff, omdat hij sprekend op zijn moeder lijkt, en Kinvara is altijd onzeker geweest over Ornella, nog steeds een echte glamourvrouw, maar het staat Kinvara ook niet aan dat Raff een jongen is. Ze is altijd bang geweest dat hij Freddies plaats zou innemen en dat hij misschien weer zou worden opgenomen in het testament. Kinvara is met paps getrouwd vanwege zijn geld. Ze heeft nooit van hem gehouden.'

'Als je zegt "weer opgenomen"...'

'Paps heeft Raff onterfd na die gebeurtenis... toen hij met zijn auto... Daar zat Kinvara natuurlijk achter, zij stookte paps op om het contact met Raff helemaal te verbreken. Hoe dan ook, paps zei dus dat hij Raff voor de volgende dag had uitgenodigd en Kinvara viel stil. Een paar minuten later kondigde ze plotseling aan dat ze vertrok, en weg was ze. Ze beweert dat ze is teruggegaan naar Ebury Street en daar een afscheidsbrief heeft geschreven aan paps... maar jij bent daar geweest. Heb je die brief gezien?'

'Ja,' zei Strike.

'Ja, ze beweert dus dat ze een brief heeft geschreven, haar tas heeft gepakt en toen de trein terug naar Woolstone heeft genomen. Uit het verhoor van de politie maakten wij op dat ze denken dat paps zelfmoord heeft gepleegd omdat Kinvara bij hem was weggegaan, maar dat is te belachelijk voor woorden! Hun huwelijk was al tijdenlang heel slecht. Volgens mij had hij al maanden door hoe ze werkelijk is. Ze vertelde rare leugentjes en deed allerlei melodramatische dingen om paps belangstelling vast te houden. Ik kan je één ding zeggen: als paps had gedacht dat ze bij hem wegging, zou hij opgelucht hebben gereageerd, niet suïcidaal. Maar hij zou die brief natuurlijk helemaal niet serieus genomen hebben, hij zou meteen begrepen hebben dat het weer een spelletje van haar was. Kinvara heeft negen paarden en geen inkomen. Die moet Chiswell House uit gesléúrd worden, net als Tinky de Eerste, mijn opa's derde vrouw,' legde Izzy uit. 'De mannen van Chiswell vallen blijkbaar op vrouwen met grote borsten en paarden.'

Izzy, verhit onder haar sproeten, haalde diep adem en vervolgde: 'Ik denk dat Kinvara paps heeft vermoord. Ik kan het maar niet uit mijn hoofd zetten, kan me niet concentreren, ik denk nergens anders meer aan. Ze was ervan overtuigd dat er iets speelde tussen paps en Venetia. Ze had al argwaan vanaf het eerste moment dat ze Venetia zag, en toen *The Sun* begon te snuffelen, wist ze zeker dat haar wantrouwen terecht was. Waarschijnlijk dacht ze dat het eerherstel van Raff betekende dat paps klaar was voor een nieuw tijdperk, en ik denk dat ze haar antidepressiva heeft vermalen en het poeder in zijn sap heeft gedaan toen hij niet keek – hij begon de dag altijd met een glas sinaasappelsap, vaste prik – en toen hij slaperig was geworden en zich niet meer kon verzetten heeft ze die zak over zijn hoofd getrokken en pas daarná, nadat ze hem had vermoord, heeft ze die brief geschreven, op zo'n manier dat het leek alsof zij degene was die een echtscheiding wilde, en ik denk dat ze na afloop het huis uit is geslopen en is teruggegaan naar Woolstone, waar ze zogenaamd ook was toen paps stierf.'

Ademloos tastte Izzy naar het kruisje om haar hals, en ze speelde er nerveus mee terwijl ze op Strikes reactie wachtte, haar gezichtsuitdrukking gespannen en tegelijkertijd opstandig.

Strike, die in het leger meerdere keren met zelfmoord te maken had gehad, wist dat het verdriet van de achterblijvers bijzonder rauw kon zijn, een giftige wond die nog veel heviger etterde dan bij mensen van wie een familielid was omgekomen door vijandelijke kogels. Hij mocht dan zelf zijn twijfels hebben over de manier waarop Chiswell aan zijn einde was gekomen, hij was niet van plan die te delen met de gedesoriënteerde, rouwende vrouw die naast hem zat. Wat hem vooral trof aan Izzy's schimprede was de haat die ze kennelijk voelde voor Kinvara, en Strike vroeg zich af hoe Izzy aan de overtuiging kwam dat de tamelijk kinderlijke, pruilende vrouw met wie hij vijf minuten in een auto had gezeten in staat zou zijn een executie te plannen die zo zorgvuldig was uitgedacht.

'De politie,' zei hij uiteindelijk, 'zal wel naar Kinvara's motieven gekeken hebben, Izzy. In dit soort zaken is de wederhelft meestal de eerste die ze natrekken.'

'Maar ze slikken haar verhaal,' zei Izzy verhit. 'Dat merk ik gewoon.'

Dan is het waar, dacht Strike. Hij schatte het korps van Londen hoog in en geloofde niet dat ze zonder meer een echtgenote zouden geloven die eenvoudig toegang had tot de plaats waar de moord was gepleegd en die bovendien het middel gebruikte dat in het lichaam van de dode was aangetroffen.

'Wie wist er nog meer dat paps 's morgens sinaasappelsap dronk? Wie hadden er nog meer toegang tot amitriptyline en het helium?'

'Geeft ze toe dat ze helium heeft gekocht?' vroeg Strike.

'Nee,' zei Izzy, 'maar het is toch logisch dat ze dat ontkent? Ze hangt alleen maar het hysterische vrouwtje uit.' Izzy zette een hoog stemmetje op. '"Ik snap niet hoe dat spul daar is gekomen! Waarom laten jullie me niet met rust, ik ben net weduwe geworden!" Ik heb het ook al tegen de politie gezegd: ruim een jaar geleden is ze paps met een hamer te lijf gegaan.'

Strike verstarde met de beker weinig aanlokkelijke thee halverwege zijn mond. 'Wat?'

'Ze is paps te lijf gegaan met een hamer.' Izzy keek hem met haar lichtblauwe ogen strak aan, alsof ze zo begrip kon afdwingen. 'Ze hadden gigantische ruzie gehad, over... Nou ja, het doet er niet toe waarover, maar ze waren in de stallen... Dat was thuis, in Chiswell House dus, en Kinvara pakte een hamer die op een gereedschapskist lag en ramde paps ermee op zijn hoofd. Ze heeft verdomme mazzel gehad dat ze hem tóén niet heeft doodgeslagen. Het heeft zijn reukvermogen aangetast. Hij kon daarna niets meer ruiken en proeven, en hij werd boos om de kleinste dingen, maar hij stond erop het stil te houden. Heeft haar naar een of andere kliniek gestuurd en tegen iedereen gezegd dat ze ziek was, "zwaar oververmoeid". Maar het stalmeisje had alles gezien en zij vertelde ons wat er echt was gebeurd. Ze heeft de dokter moeten bellen omdat paps zo hevig bloedde. Het zou allemaal in de kranten terechtgekomen zijn als paps Kinvara niet had laten opnemen in een psychiatrische kliniek en als hij de pers niet zou hebben weggejaagd.'

Izzy pakte haar thee, maar haar hand trilde nu zo hevig dat ze het kopje weer moest neerzetten.

'Ze is anders dan mannen denken,' zei Izzy fel. 'Al die kerels trappen in haar kleinemeisjesact, zelfs Raff. "Ze heeft wél een baby verloren, Izzy." Maar als hij ook maar een kwart zou horen van wat Kinvara achter zijn rug over hem zegt, zou hij wel een toontje lager zingen. En hoe kan het dat de voordeur openstond?' veranderde Izzy opeens van onderwerp. 'Dat weet je toch? Zo is Venetia binnengekomen, of niet? Die deur sluit niet goed, je moet hem hard dichtgooien. Als paps alleen thuis was, zou hij de deur toch goed dichtgedaan hebben? Maar als Kinvara 's morgens weggeslopen is en ze wilde niet dat iemand haar hoorde, dan kon ze de deur natuurlijk alleen maar zachtjes achter zich dichttrekken, hè?

Ze is niet al te snugger. Ze heeft natuurlijk alle verpakkingen van die amitriptyline weggedaan omdat ze bang was dat ze anders verdacht zou worden. Ik weet dat de politie het raar vindt dat er niks van gevonden is, maar ik merk gewoon dat ze toch aan zelfmoord denken, en daarom wilde ik jou spreken, Cormoran,' besloot Izzy, en ze schoof naar het puntje van haar fauteuil. 'Ik wil je inhuren, ik wil een onderzoek instellen naar de dood van paps.'

Strike had geweten dat het verzoek zou komen, bijna vanaf het moment dat ze de thee had gebracht. Het vooruitzicht om betaald te worden voor het uitzoeken van een zaak die hem sowieso al bijna obsessief bezighield was natuurlijk verleidelijk. Maar klanten die alleen hun eigen theorie bevestigd wilden zien waren altijd lastig. Hij kon deze opdracht niet aanvaarden op Izzy's voorwaarden, al maakte zijn begrip voor haar verdriet dat hij zijn weigering wat vriendelijker wilde inkleden.

'De politie wil niet dat ik hun voor de voeten ga lopen, Izzy.'

'Ze hoeven niet te weten dat jij de dood van paps onderzoekt,' zei Izzy gretig. 'We doen gewoon alsof het jou te doen is om die zogenaamde insluiper die Kinvara beweert te zien in de tuin. Het is haar verdiende loon als we haar nu ineens wél serieus nemen.'

'Weet de rest van de familie dat je mij hebt laten komen?'

'Ja, hoor,' zei Izzy met dezelfde gretigheid. 'Fizzy vindt het een goed idee.'

'O ja? Verdenkt zij Kinvara ook?'

'Nou, nee.' Izzy klonk licht gefrustreerd. 'Maar ze is het honderd procent met me eens dat paps nooit zelfmoord zou plegen.'

'Wie denkt zij dan dat het gedaan heeft, als ze Kinvara niet verdenkt?'

'Nou...' Izzy leek moeite te hebben met die vraag. 'Fizzy heeft het idiote idee dat Jimmy Knight er iets mee te maken heeft, maar dat slaat natuurlijk nergens op. Jimmy zat toch vast toen paps stierf? Je hebt zelf gezien dat hij de avond ervoor werd afgevoerd door de politie. Fizzy wil daar niks van weten, ze is geobsedéérd door Jimmy! Ik heb nog aan haar gevraagd: "Hoe wist Jimmy Knight dan waar de amitriptyline en het helium lagen?", maar ze wil niet luisteren, ze blijft maar roepen dat Knight uit was op wraak...'

'Wraak waarvoor?'

'Wat zei je?' vroeg Izzy rusteloos, maar Strike wist dat ze hem goed verstaan had. 'O, dat doet er niet toe. Dat is verleden tijd.'

Izzy griste de theepot weg en beende ermee naar de keuken, waar ze hem bijvulde met kokend water.

'Fizzy doet onredelijk over Jimmy,' zei ze toen ze de theepot met een klap weer op de tafel zette. 'Ze kon hem al niet uitstaan toen we nog tieners waren.'

Ze schonk voor zichzelf een tweede kop thee in, met gloeiende wangen. Toen Strike niets zei, herhaalde ze nerveus: 'Die afpersingszaak kan niets met de dood van paps te maken hebben. Dat is verleden tijd.'

'Je hebt de politie er niets over verteld, hè?' vroeg Strike zacht.

Het bleef even stil. Izzy werd langzaam steeds roder. Ze nam een slokje van haar thee en zei toen: 'Nee.'

Toen zei ze, heel snel: 'Het spijt me, ik kan me voorstellen wat Venetia en jij daarvan vinden, maar wij vinden de nagedachtenis van paps nu het belangrijkst. We moeten er niet aan denken dat het allemaal in de pers komt, Cormoran. De enige manier waarop die afpersing iets met zijn dood te maken kan hebben, is als die hem tot zelfmoord gedreven zou hebben, en ik kan me gewoon niet voorstellen dat hij zich om die reden van het leven zou beroven. Of om welke reden dan ook.'

'Het zal Della wel weinig moeite gekost hebben om dat publicatieverbod toegewezen te krijgen,' zei Strike, 'als Chiswells eigen familie achter haar stond en beweerde dat hij niet werd gechanteerd.'

'Wij vinden het belangrijker hoe paps straks herinnerd wordt. De chantagekwestie... die ligt helemaal achter ons.'

'Maar Fizzy denkt nog steeds dat Jimmy iets te maken heeft met de dood van je vader.'

'Dat is niet... Dat is om een andere reden dan waar hij hem mee chanteerde,' zei Izzy vaag. 'Jimmy had iets met hem te verrekenen... Het is moeilijk uit te leggen... Fizzy doet gewoon raar als het om Jimmy gaat.'

'Wat vindt de rest van de familie ervan dat je mij wilt inhuren?'

'Hm... Raff ziet het niet zo zitten, maar het gaat hem niet aan. Ik zou degene zijn die jou betaalt.'

'Waarom ziet hij het niet zitten?'

'Omdat... Nou ja, omdat Raff door de politie uitgebreider is ondervraagd dan wij, vanwege... Luister nou, Raff doet er niet toe. Ik ben de klant, ik wil je inhuren. Haal gewoon het alibi van Kinvara onderuit, ik weet dat je het kunt.'

'Ik vrees,' zei Strike, 'dat ik de klus niet kan aannemen onder die voorwaarden, Izzy.'

'Waarom niet?'

'De klant bepaalt niet wat ik wel en niet mag uitzoeken. Als je niet de hele waarheid wilt, ben ik niet de juiste persoon.'

'Dat ben je wel. Ik weet dat je de beste bent, daarom had paps je aangetrokken – en daarom wil ik je nu ook inhuren.'

'Dan zul je mijn vragen moeten beantwoorden als ik iets wil weten, in plaats van mij te vertellen wat er wel en niet toe doet.'

Ze keek hem over de rand van haar theekopje woedend aan, en stootte toen tot zijn verbazing een broos lachje uit.

'Waarom ben ik eigenlijk nog verbaasd? Ik wist hoe je bent. Weet je nog dat je ruziemaakte met Jamie Maugham in Nam Long Le Shaker? Dat weet je toch nog wel? Je gaf geen strobreed toe, en op zeker moment had je de hele tafel tegen je. Waar ging dat ook alweer om, weet jij...?'

'De doodstraf,' zei Strike, even van zijn stuk gebracht. 'Ja, dat weet ik nog.'

In een flits was het alsof hij niet in Izzy's schone, lichte huismaker zat, tussen de overblijfselen van een rijk Engels verleden, maar in het louche, schemerige interieur van het Vietnamese restaurant in Chelsea waar hij twaalf jaar eerder tijdens een etentje in een hevige discussie verwikkeld was geraakt met een van Charlottes vrienden. In Strikes herinnering had Jamie Maugham een varkensachtig gezicht gehad. Hij had dat stuk onbenul, de man die Charlotte per se had willen meebrengen in plaats van Jamies oude vriend Jago Ross, op zijn nummer willen zetten.

'En Jamie werd héúl, heul boos op jou,' zei Izzy. 'Hij is namelijk nogal succesvol, en hij is lid van de Queen's Counsel.'

'Dan zou hij ook geleerd moeten hebben zich te beheersen tijdens zo'n ruzie,' zei Strike, en Izzy giechelde weer.

'Izzy,' zei hij toen, om terug te keren naar hun gespreksonderwerp. 'Als je het echt wilt...'

'Ik wil het echt.'

'... dan zul je antwoord moeten geven op mijn vragen.' Strike haalde een notitieboekje uit zijn zak.

Besluiteloos keek ze toe hoe hij een pen pakte.

'Ik ben discreet,' zei Strike. 'De afgelopen jaren hebben honderd families me hun geheimen verteld en niet één daarvan heb ik doorgebriefd. Niets wat niet ter zake doet als het gaat om de dood van je vader zal ooit worden verteld buiten mijn kantoor. Maar als je me niet vertrouwt...'

'Jawel,' zei Izzy wanhopig, en tot zijn lichte verbazing boog ze zich naar hem toe en raakte zijn knie aan. 'Echt waar, Cormoran, ik vertrouw je, maar... het is moeilijk... om over paps te praten...'

'Dat begrijp ik,' zei hij, de pen in de aanslag. 'Laten we daarom beginnen met de vraag waarom Raphael uitgebreider is verhoord dan jullie.'

Hij merkte dat ze geen antwoord wilde geven, maar na een korte aarzeling zei Izzy: 'Ik denk dat het deels komt doordat paps Raff heeft gebeld op de ochtend van zijn dood, heel vroeg. Dat was zijn laatste telefoontje.'

'Wat zei hij?'

'Niks belangrijks. Het kan niks met zijn dood te maken hebben gehad. Maar,' zei ze snel, alsof ze de indruk die haar laatste woorden gemaakt zouden kunnen hebben meteen wilde wegnemen, 'ik denk dat Raff vooràl niet wil dat ik jou inhuur omdat hij helemaal weg was van jouw Venetia toen ze bij ons op kantoor werkte, en nu voelt hij zich uiteraard nogal dwaas omdat hij zijn hart bij haar heeft uitgestort.'

'Dus hij zag haar wel zitten?'

'Ja, en daarom is het niet zo gek dat hij zich door iedereen in de maling genomen voelt.'

'Maar het blijft een feit...'

'Ik weet wat je wilt zeggen, maar...'

'... dat als jij wilt dat ik dit onderzoek doe, ik degene ben die bepaalt wat wel of niet belangrijk is, Izzy. Niet jij. Dus ik wil weten...' Hij telde op zijn vingers alle keren af dat ze had gezegd dat het er niet toe deed. '... waarover je vader Raphael heeft gebeld die morgen voor zijn dood, waarover je vader en Kinvara ruzie hadden toen ze hem met die hamer op het hoofd sloeg, en waarmee je vader gechanteerd werd.'

Het saffieren kruisje flitste duister bij het bewegen van Izzy's borstkas. Toen ze na een hele tijd het woord weer nam, sprak ze haperend.

'Het is niet aan mij jou te vertellen waar p-paps en Raff over gesproken hebben, die laatste k-keer. Dat is aan Raff.'

'Omdat het persoonlijk is?'

'Ja.' Ze was nu vuurrood. Hij vroeg zich af of ze de waarheid vertelde.

'Je zei dat je vader Raphael naar het huis in Ebury Street wilde laten komen op de dag van zijn dood. Belde hij om die afspraak te verzetten? Af te zeggen?'

'Om af te zeggen. Echt, je moet het aan Raff vragen.'

'Goed.' Strike maakte een aantekening. 'Waarom heeft je stiefmoeder je vader met een hamer op het hoofd geslagen?'

Izzy kreeg tranen in haar ogen. Toen trok ze met een snik een zakdoek uit haar mouw en drukte die tegen haar gezicht. 'I-ik wilde het je niet v-vertellen omdat ik niet w-wil dat je slecht over paps denkt nu hij... nu hij... Hij had namelijk iets gedaan w-wat...'

Haar brede schouders schokten door haar onromantische gesnotter. Strike, die dit vrijelijk geuite, luidruchtige leed aandoenlijker vond dan wanneer ze met een delicaat gebaar haar ogen zou betten, bleef in machteloos medeleven zitten terwijl ze zich hortend en stotend verontschuldigde.

'Het sp-spijt...'

'Welnee,' zei hij kortaf. 'Het is logisch dat je van streek bent.'

Maar ze leek zich diep te schamen omdat ze zich zo liet gaan, en terwijl ze hikkend tot bedaren kwam, bleef ze verhit 'sorry' zeggen. Uiteindelijk droogde ze ruw haar gezicht, alsof ze een raam zeemde en zei nog een laatste keer: 'Sorry, hoor.' Toen rechtte ze haar rug en zei, op een besliste toon die Strike alleen maar kon bewonderen, gezien de omstandigheden: 'Als je de zaak aanneemt... zodra we onze handtekeningen hebben gezet... zal ik je vertellen waarom Kinvara zo boos werd op paps dat ze hem met die hamer sloeg.'

'Ik neem aan,' zei Strike, 'dat hetzelfde geldt voor de reden dat Winn en Knight je vader afpersten.'

'Snap je dat dan niet?' De tranen welden weer op. 'Het is nu paps nagedachtenis. Ik wil niet dat dit de dingen worden die de mensen zich van hem herinneren. Help ons alsjeblieft, Corm. Alsjebliéft. Ik weet zeker dat het geen zelfmoord was. Echt niet.'

Hij liet de stilte voor zich werken. Toen, met een meelijwekkende blik in haar ogen, zei ze met haperende stem: 'Goed dan. Ik vertel je alles over die chantage, maar alleen als Fizz en Torks het ermee eens zijn.'

'Wie is Torks?'

'Torquil. De man van Fizzy. We hebben gezworen er met niemand over te praten, m-maar ik zal met hen overleggen en als ze het goedvinden, z-zal ik je alles vertellen.'

'Mag Raphael niet meebeslissen?'

'Hij heeft nooit iets geweten van die chantage. Hij zat in de gevangenis toen Jimmy papa benaderde, en bovendien is hij niet met ons opgegroeid, dus kan hij nooit... Raff wist van niks.'

'En Kinvara? Is zij op de hoogte?'

'Jazeker.' Izzy's boosaardige blik verhardde haar anders zo vriendelijke trekken. 'Maar zij wil zéker niet dat we jou erover vertellen. O nee, niet ter bescherming van paps,' zei ze, waarmee ze Strikes gezichtsuitdrukking juist inschatte. 'Om zichzelf te beschermen. Kinvara profiteerde er namelijk van. Het kon haar niet schelen wat paps uitvrat, als zij er maar beter van werd.'

39

> … vanzelfsprekend praat ik er zo weinig mogelijk over; het is beter om over dergelijke kwesties te zwijgen.
>
> Henrik Ibsen, *Rosmersholm*

Robin had een rotzaterdag, die volgde op een nog vervelender nacht.

Ze was om vier uur met een gilletje wakker geschrokken, met het gevoel nog steeds verstrikt te zijn in haar nachtmerrie. Daarin had ze met een hele zak afluisterapparaatjes door donkere straten lopen zeulen terwijl ze wist dat ze werd gevolgd door gemaskerde mannen. De oude steekwond op haar arm stond gapend open en haar belagers volgden het spoor van het bloed dat eruit spoot, en ze wist dat ze nooit de plek zou halen waar Strike wachtte op de zak met inhoud.

'Wat is er?' had Matt slaperig gevraagd.

'Niks,' antwoordde Robin, om vervolgens wakker te liggen tot zeven uur, toen ze van zichzelf uit bed mocht.

Er hing al twee dagen een sjofele blonde man rond in Albury Street. Hij nam amper de moeite om te verhullen dat hij hun huis observeerde. Robin had het erover gehad met Strike, die ervan overtuigd was dat het een journalist was en geen privédetective, misschien een beginneling, op pad gestuurd om haar in de gaten te houden omdat het uurtarief van Mitch Patterson een niet langer te verantwoorden uitgave zou zijn.

Matt en zij waren naar Albury Street verhuisd om te ontsnappen aan de plek waar de Shacklewell Ripper op de loer gelegen had. Het nieuwe huis zou een veilige plek moeten zijn, en toch was ook dit besmet door het contact met een onnatuurlijke dood. Halverwege de ochtend had Robin zich teruggetrokken in de badkamer, voordat Matthew zou merken dat ze weer hyperventileerde. Ze was op de badkamervloer gaan zitten en had haar toevlucht genomen tot cognitieve herstructurering, de techniek die ze in therapie had geleerd: het herkennen van de automatische gedachten aan een achtervolging, pijn en gevaar die bij bepaalde triggers onmiddellijk naar boven kwamen. *Het is gewoon een of andere idioot die voor* The Sun *werkt. Hij wil een verhaal, meer niet. Hij kan je niks doen. Je bent hier veilig.*

Toen Robin de badkamer had verlaten en beneden aankwam, was haar echtgenoot in de keuken een boterham aan het beleggen; hij sloeg met de kastdeurtjes en ramde de laden dicht. Hij bood niet aan ook voor haar wat te eten te maken.

'Wat moeten we tegen Tom en Sarah zeggen over die lul die hier door de ramen staat te gluren?'

'Waarom zouden we het daar met Tom en Sarah over hebben?' vroeg Robin niet-begrijpend.

'We gaan vanavond bij ze eten!'

'O nee,' kreunde Robin. 'Ik bedoel: o ja. Sorry, vergeten.'

'Wat doen we als die verdomde journalist ons volgt?'

'Negeren,' zei Robin. 'Wat kunnen we anders?'

Ze hoorde boven haar mobiel overgaan en liep de trap op, blij met een excuus om bij Matthew vandaan te zijn.

'Hoi,' zei Strike. 'Goed nieuws. Izzy heeft ons ingehuurd om de dood van Chiswell te onderzoeken. Of nee,' verbeterde hij zichzelf, 'ze wil eigenlijk dat we bewijzen dat Kinvara hem heeft vermoord, maar ik heb de opdracht weten te verbreden.'

'Wat goed!' fluisterde Robin, en ze deed zachtjes de slaapkamerdeur dicht en ging op het bed zitten.

'Ik dacht wel dat je er blij mee zou zijn. Wat we om te beginnen nodig hebben is iemand bij de politie die zich met het onderzoek bezighoudt, liefst van de forensische dienst. Ik heb net Wardle geprobeerd, maar die mag niet met ons praten. Ze hebben kennelijk geraden dat ik aan het rondsnuffelen ben. Toen heb ik Anstis gebeld, maar dat schiet niet op, die is fulltime op de Olympische Spelen gezet en kent niemand die aan deze zaak werkt. Dus wat ik je wilde vragen: is Vanessa al terug van dat verlof?'

'Ja!' zei Robin, plotseling enthousiast. Het was de eerste keer dat zij degene was die een nuttig contact kon aanleveren, en niet Strike. 'Maar nog beter: Vanessa's vriend werkt bij de forensische dienst. Oliver. Ik heb hem nooit ontmoet, maar...'

'Als Oliver met ons wil praten,' zou Strike, 'dan zou dat fantastisch zijn. Weet je wat, ik bel Shanker, kijken of hij iets voor me heeft wat we dan in ruil kunnen aanbieden. Ik bel je zo terug.'

Hij verbrak de verbinding. Hoewel Robin trek had, ging ze niet terug naar beneden. Ze strekte zich uit op het chique mahoniehouten bed dat ze als huwelijkscadeau van Matthews vader hadden gekregen. Het bed was zo onhandelbaar en zwaar dat er een extra ploeg verhuizers voor had moeten aanrukken, die de onderdelen zwetend en binnensmonds vloekend de trap op hadden gezeuld, om het hele geval in de slaapkamer weer in elkaar te zetten. Robins kaptafel daarentegen was oud en goedkoop, en zonder de laden zo licht als een sinaasappelkistje; er was maar één man voor nodig geweest om hem op te tillen en tussen de twee slaapkamerramen te plaatsen.

Tien minuten later ging haar mobiel weer.

'Dat was snel.'

'Ja, we hebben mazzel. Shanker heeft een rustdag. We hebben toevallig dezelfde belangen. Er is iemand van wie hij het helemaal niet erg zou vinden als de politie hem zou oppakken. Zeg maar tegen Vanessa dat we informatie hebben over Ian Nash.'

'Ian Nash?' herhaalde Robin, en ze ging rechtop zitten om pen en papier te pakken en de naam te noteren. 'Wie is...?'

'Gangster. Vanessa weet wel wie het is,' zei Strike.

'Wat heeft die informatie je gekost?' vroeg Robin. Hoe hecht de persoonlijke band tussen Strike en Shanker ook mocht zijn, op zijn eigen manier, Shankers zakelijke aanpak veranderde er niet door.

'De helft van het honorarium voor de eerste week,' zei Strike, 'maar dat is goed besteed als Oliver ons informatie levert. Hoe gaat het met je?'

'Wat?' zei Robin verbaasd. 'Goed. Hoezo?'

'Is het nooit bij je opgekomen dat ik als werkgever de plicht heb om jouw welzijn te waarborgen?'

'We zijn compagnons.'

'Jij bent bij mij in loondienst. Je zou me kunnen aanklagen wegens slechte werkomstandigheden.'

'Denk je niet,' zei Robin, met een blik op de onderarm waar het twintig centimeter lange litteken nog paars en gezwollen afstak tegen haar bleke huid, 'dat ik dat allang gedaan zou hebben als ik het van plan was? Maar als je aanbiedt om de wc op de gang op te knappen...'

'Ik wil alleen maar zeggen,' hield Strike vol, 'dat het heel normaal zou zijn als je iets zou hebben overgehouden aan het vinden van dat lijk. Zoiets is voor de meeste mensen geen pretje.'

'Het gaat prima met me,' loog Robin.

Het moet goed gaan, dacht ze nadat ze hadden opgehangen. Ik ben niet van plan nog een keer alles kwijt te raken.

40

Jouw uitgangspunt is namelijk heel ver verwijderd van dat van hem.

Henrik Ibsen, *Rosmersholm*

Woensdagmorgen stond Robin om zes uur op, nadat ze opnieuw in de logeerkamer had geslapen, en ze trok een spijkerbroek, T-shirt, sweater en gympen aan. In haar rugzak zat een donkere pruik die ze online had gekocht en die de vorige ochtend was bezorgd, onder de neus van de postende journalist. Ze sloop naar beneden, zachtjes om Matthew niet wakker te maken, want ze had haar plan niet met hem besproken. Ze wist maar al te goed dat hij het er niet mee eens zou zijn.

Er heerste een wankele vrede tussen hen, al was het etentje van die zaterdag met Tom en Sarah verschrikkelijk geweest, of eigenlijk dankzij het feit dat het etentje zo verschrikkelijk was geweest. Het was al ongunstig begonnen doordat de journalist bij hen in de straat hen inderdaad was gevolgd. Ze waren erin geslaagd hem af te schudden, wat grotendeels te danken was aan Robins surveillancecursus: ze hadden ongezien uit een volle metrocoupé kunnen stappen, vlak voordat de deuren dichtgingen, waarop Matthew zwaar geërgerd had geklaagd over dat 'kinderachtige trucje', dat beneden zijn waardigheid was. Maar zelfs Matthew kon Robin niet de schuld in de schoenen schuiven van het verdere verloop van de avond.

Wat was begonnen als een luchtige analyse aan tafel van het verliezen van hun cricketwedstrijd was plotseling omgeslagen in een grimmig, agressief gesprek. Tom had met zijn dronken hoofd opeens uitgehaald naar Matthew en gezegd dat hij niet half zo goed was als hij dacht, dat de rest van het team zich ergerde aan zijn arrogantie, dat hij trouwens ook niet populair was op kantoor, dat hij mensen tegen de haren in streek. Geschokt door die onverwachte aanval had Matthew geprobeerd te vragen wat hij dan verkeerd deed op het werk, maar Tom, die zo dronken was dat Robin vermoedde dat hij lang voor hun komst al aan de wijn begonnen was, had Matthews gekwetste ongeloof opgevat als een provocatie.

'Ga nou niet de fucking vermoorde onschuld uithangen!' brulde hij. 'Ik pik het niet langer! Mij een beetje kleineren en stangen.'

'Deed ik dat?' vroeg Matthew aangeslagen toen ze in het donker terugliepen naar de metro.

'Nee,' zei Robin eerlijk. 'Je hebt niks vervelends tegen hem gezegd.'

Het woord 'vanavond' voegde ze er alleen in gedachten aan toe. Het was een opluchting om naar huis te gaan met een gekwetste, hevig geschrokken Matthew in plaats van de man met wie ze gewoonlijk onder één dak woonde, en haar medeleven en steun hadden haar voor thuis een paar dagen wapenstilstand opgeleverd. Robin was niet van plan die in gevaar te brengen door Matthew te vertellen dat ze vanochtend de journalist ging afschudden die nog altijd op de loer lag. Ze kon het niet gebruiken dat die kerel haar zou volgen naar haar afspraak met de forensisch patholoog, zeker niet omdat Oliver volgens Vanessa heel moeilijk over te halen was geweest om Strike en Robin te ontvangen.

Zo stilletjes als ze kon klom ze uit het raam naar de binnenplaats achter het huis, en ze gebruikte een van de tuinstoelen om op de muur te klimmen die hun tuin scheidde van die van de achterburen, waar de gordijnen gelukkig dicht waren. Met een doffe, aardse plof belandde ze vanaf de muur op het gazon van de buren.

Het volgende onderdeel van haar ontsnapping was wat lastiger. Ze moest eerst een zware gietijzeren bank uit de buurtuin meer dan een meter verschuiven, tot hij loodrecht tegen het hek stond, en ze balanceerde op de rugleuning om over de gebeitste schutting te klimmen, die vervaarlijk helde toen ze in een bloembed aan de andere kant sprong, waarna ze haar evenwicht verloor en viel. Ze krabbelde op en rende over het verse gras naar het hek aan de andere kant, waar een poort in zat naar het parkeerterrein.

Tot Robins opluchting ging de schuif gemakkelijk open. Toen ze de poort achter zich dichtdeed, dacht ze berouwvol aan de voetafdrukken die ze zojuist had achtergelaten op de vochtige gazons. Als de buren vroeg wakker werden, zou het makkelijk genoeg te achterhalen zijn waar de insluiper vandaan kwam die hun tuin in was gekomen, hun meubilair had verplaatst en hun begonia's vertrapt.

Chiswells moordenaar, als er al sprake was van een moordenaar, had zijn of haar sporen heel wat vaardiger gewist.

Gehurkt achter een geparkeerde Škoda, op het verlaten parkeerterrein dat werd gebruikt door de garageloze straat, gebruikte Robin de buitenspiegel om de donkere pruik op te zetten die ze uit haar rugzak had gehaald, en daarna liep ze met grote passen door de straat die parallel liep aan Albury Street, om rechts af te slaan naar Deptford High Street.

Op een paar vrachtwagens na, die hun vroege bestellingen kwamen afleveren, en de eigenaar van een kranten- en tijdschriftenwinkel die het metalen rolluik voor zijn deur omhoogdeed, was er nauwelijks iemand te zien. Robin gluurde even over haar schouder en voelde in plaats van paniek een plotselinge vlaag van trots: ze werd niet gevolgd. Toch zette ze de pruik niet af voordat ze veilig in de metro zat, waarmee ze de man die stiekem over zijn Kindle naar haar zat te gluren behoorlijk verraste.

Strike had het Corner Café in Lambeth Road uitgekozen omdat het in de buurt lag van het forensisch lab waar Oliver Bargate werkte. Toen Robin er aankwam stond Strike buiten te roken. Zijn blik ging naar de moddervlekken op de knieën van haar spijkerbroek.

'Harde landing in een bloemperk,' legde ze uit toen ze binnen gehoorsafstand kwam. 'Die journalist staat nog steeds te posten in onze straat.'

'Heeft Matthew je een kontje gegeven?'

'Nee, ik heb een tuinbankje gebruikt.'

Strike drukte zijn peuk uit tegen de muur achter hem en liep met haar mee het eetcafé in, waar het aangenaam naar gebakken eieren met spek rook. Strike had de indruk dat Robin bleker en magerder was dan anders, maar ze gedroeg zich opgewekt toen ze koffie en twee broodjes bacon bestelde.

'Eén,' verbeterde Strike haar. 'Eén,' herhaalde hij spijtig tegen de man achter de toonbank. 'Ik moet afvallen,' zei hij tegen Robin toen ze aan een net vrijgekomen tafeltje gingen zitten. 'Beter voor mijn been.'

'Aha,' zei Robin. 'Op die manier.'

Terwijl hij met zijn mouw de kruimels van tafel veegde bedacht Strike, niet voor het eerst, dat Robin de enige vrouw was die hij kende die er geen belangstelling voor toonde om hem te verbeteren. Hij wist dat hij zich gerust zou kunnen bedenken en alsnog vijf broodjes bacon zou kunnen bestellen; ze zou hem de bestelling alleen maar grinnikend hebben overhandigd. Die gedachte maakte zijn genegenheid voor haar extra groot toen ze in haar modderige spijkerbroek bij hem kwam zitten.

'Alles goed?' vroeg hij terwijl hij watertandend toekeek hoe ze ketchup op haar broodje deed.

'Ja, hoor,' loog Robin. 'Prima. Maar over je been gesproken: hoe gaat het eigenlijk?'

'Beter dan laatst. Hoe ziet die kerel met wie we hebben afgesproken eruit?'

'Lang, zwart, een bril,' antwoordde Robin met een mond vol brood en bacon. Door haar ochtendlijke activiteiten in de tuin had ze meer honger dan ze in dagen had gehad.

'Is Vanessa weer aan het werk voor de Olympische Spelen?'

'Ja. Ze heeft Oliver omgepraat. Ik geloof dat hij ons eigenlijk niet wilde spreken, maar ze hoopt op promotie.'

'Dan helpt informatie over Ian Nash zeker,' zei Strike. 'Ik hoorde van Shanker dat...'

'Volgens mij is hij dat,' fluisterde Robin.

Strike draaide zich om en zag een slungelige, bezorgd kijkende zwarte man met een montuurloze bril in de deuropening staan. Hij had een aktetas bij zich. Strike stak een hand op ter begroeting en Robin schoof haar broodje en koffie opzij zodat Oliver tegenover Strike kon gaan zitten.

Robin wist niet goed wat ze had verwacht. Hij zag er goed uit, met zijn hoge haar en een kraakhelder wit overhemd, maar hij leek wantrouwend en afkeurend, eigenschappen die ze geen van beide associeerde met Vanessa. Maar Oliver drukte Strikes uitgestoken hand en wendde zich toen tot Robin.

'Dus jij bent Robin? We zijn elkaar steeds misgelopen.'

'Ja.' Robin gaf hem ook een hand. Door Olivers onberispelijke voorkomen voelde ze zich opgelaten met haar ongekamde haar en de modderige spijkerbroek. 'Leuk je eindelijk te ontmoeten. Het is hier zelfbediening, zal ik thee of koffie voor je halen?'

'Eh, koffie graag,' zei Oliver. 'Lekker.'

Toen Robin was opgestaan, richtte hij zich weer tot Strike. 'Vanessa zegt dat je informatie voor haar hebt.'

'Misschien wel,' zei Strike. 'Het ligt eraan wat jij voor ons hebt, Oliver.'

'Ik wil graag precies weten wat je te bieden hebt voordat we verdergaan.'

Strike pakte een envelop uit zijn binnenzak en hield die omhoog. 'Een kenteken en een met de hand getekende plattegrond.'

Blijkbaar zei dat Oliver iets. 'Mag ik vragen hoe je daaraan komt?'

'Je mag het vragen,' zei Strike opgewekt, 'maar die informatie is niet bij de deal inbegrepen. Eric Wardle kan je alleen vertellen dat mijn contactpersoon voor honderd procent betrouwbaar is.'

Er kwam een groep bouwvakkers binnen, luidkeels pratend.

'Dit blijft allemaal onder ons,' zei Strike zacht. 'Niemand krijgt ooit te horen dat je met ons hebt gesproken.'

Oliver zuchtte. Toen bukte hij, maakte zijn aktetas open en haalde er een groot notitieblok uit. Robin kwam terug met een grote beker koffie voor Oliver en ging weer aan het tafeltje zitten terwijl Strike klaarzat om aantekeningen te maken.

'Ik heb een van de jongens van het forensisch team gesproken,' zei Oliver, met een blik op de bouwvakkers die luidruchtig grapten en lachten aan de tafel naast hen, 'en Vanessa sprak laatst iemand die weet welke kant het onderzoek in grote lijnen op gaat.' Hij richtte zich tot Robin. 'Ze weten niet dat Vanessa een vriendin van jou is. Als uitlekt dat wij jullie geholpen hebben...'

'Van ons zullen ze het niet horen,' verzekerde Robin hem.

Oliver sloeg met een lichte frons zijn notitieblok open en bekeek de gegevens die hij daar in kleine, maar goed leesbare letters had genoteerd.

'De forensische details zijn tamelijk eenduidig. Ik weet niet hoe specifiek je het wilt heb...'

'Minimaal,' zei Strike. 'Alleen de hoogtepunten.'

'Chiswell had vijfhonderd milligram amitriptyline in zijn lichaam, opgelost in sinaasappelsap, op lege maag gedronken.'

'Dat is een aanzienlijke dosis, of niet?' vroeg Strike.

'Die zou op zichzelf al dodelijk kunnen zijn, zelfs zonder het helium, maar dan werkt het minder snel. Van de andere kant had hij ook een hartkwaal, die maakt hem ontvankelijker. Amitriptyline veroorzaakt bij een overdosis ritmestoornissen en een hartstilstand.'

'Populaire zelfmoordmethode?'

'Ja,' zei Oliver, 'maar niet altijd zo pijnloos als de mensen hopen. Het grootste deel van dat spul zat nog in zijn maag. Minimale sporen in de twaalfvingerige darm. De echte doodsoorzaak is verstikking, blijkt uit analyse van het long- en hersenweefsel. Waarschijnlijk was de amitriptyline een extra voorzorgsmaatregel.'

'Afdrukken op het glas en het sappak?'

Oliver sloeg een bladzijde om. 'Op het glas zaten vingerafdrukken van Chiswell. Het pak is gevonden in de pedaalemmer, leeg, ook met Chiswells afdrukken erop, en die van anderen. Niets verdachts. Je mag verwachten dat in de winkel meerdere mensen het in handen hebben gehad. De inhoud, het sap zelf, bevatte geen amitriptilyne. Dat spul is rechtstreeks het glas in gegaan.'

'En de heliumtank?'

'Daar stonden Chiswells vingerafdrukken op, en een paar andere. Niks verdachts, net als het sappak zal het bij aankoop door meerdere handen gegaan zijn.'

'Smaakt amitriptyline ergens naar?' vroeg Robin.

'Ja, het is bitter.'

'Zijn reukvermogen was aangetast,' hielp Strike Robin herinneren.

'Zou hij er slaperig van geworden zijn?' vroeg Robin aan Oliver.

'Waarschijnlijk wel, zeker als hij het niet gewend was, maar mensen kunnen soms onverwachte reacties vertonen. Hij kan er ook geagiteerd van geworden zijn.'

'Is ergens uit gebleken waar de pillen vermalen zijn?' vroeg Strike.

'In de keuken. Er zijn sporen van het poeder aangetroffen in de vijzel.'

'Vingerafdrukken?'

'Van hem.'

'Weet je of de homeopathische pillen ook getest zijn?' vroeg Robin.

'De wat?' zei Oliver.

'Er lag een buisje homeopathische pillen op de vloer. Ik trapte er per ongeluk op,' verklaarde Robin. 'Lachesis.'

'Daar weet ik niks van,' zei Oliver, en Robin voelde zich een beetje dwaas dat ze erover was begonnen.

'Hij had een plek op zijn hand.'

'Ja.' Oliver keek weer naar zijn aantekeningen. 'Krassen in het gezicht en een plekje op de rug van de hand.'

'Ook in het gezicht?' Robin verstarde met het broodje halverwege haar mond.

'Ja,' zei Oliver.

'Is daar een verklaring voor?' vroeg Strike.

'Je vraagt je af of die zak met dwang over zijn hoofd is getrokken.' Oliver stelde het vast, het was geen vraag. 'Dat wilde MI5 ook weten. Ze weten dat de verwondingen niet door hemzelf zijn toegebracht. Niets gevonden onder zijn nagels. Van de andere kant waren er geen blauwe plekken, wat op dwang zou duiden, er is niets in de kamer overhoopgegooid, geen tekenen van een worsteling...'

'Behalve het verbogen zwaard,' zei Strike.

'Ik vergeet steeds dat jullie daar geweest zijn,' zei Oliver. 'Dit was al bekend.'

'Iets te zien op het zwaard?'

'Het was kortgeleden schoongemaakt, maar Chiswells vingerafdrukken zaten op het heft.'

'Wat is het tijdstip van overlijden?'

'Tussen zes en zeven uur 's morgens.'

'Maar hij was volledig aangekleed,' zei Robin peinzend.

'Uit wat ik over hem heb gehoord, maak ik op dat hij het type man was dat letterlijk nog niet dood gevonden wilde worden in een pyjama,' zei Oliver droog.

'Dus de politie houdt het op zelfmoord?' vroeg Strike.

'Dit is niet officieel, maar ik denk dat ze het in het midden laten. Er zijn een paar tegenstrijdigheden die nog verklaard moeten worden. Jullie weten natuurlijk dat de voordeur openstond. De deur is krom. Hij sluit pas goed als je hem met kracht dichtduwt, maar soms stuitert hij weer open als je er te hard mee gooit. Hij kan dus per ongeluk opengestaan hebben. Misschien had Chiswell niet door dat hij de deur op een kier had laten staan, maar het kan ook zijn dat een moordenaar de truc om hem goed dicht te krijgen niet kende.'

'Jij weet toevallig niet hoeveel sleutels er van die deur waren?' vroeg Strike.

'Nee,' zei Oliver. 'Zoals je waarschijnlijk wel zult begrijpen, hebben Vanessa en ik gedaan alsof we niet meer dan terloopse belangstelling hadden bij het stellen van al die vragen.'

'Er is een minister dood,' zei Strike. 'Dan mag je toch best belangstelling hebben?'

'Eén ding weet ik wel,' zei Oliver. 'Hij had redenen genoeg om de hand aan zichzelf te slaan.'

'Zoals?' zei Strike, met zijn pen in de hand.

'Zijn vrouw ging bij hem weg.'

'Zegt men.' Strike noteerde iets.

'Ze hadden een baby verloren, zijn oudste zoon is gesneuveld in Irak, de familie zegt dat hij zich vreemd gedroeg, veel drinken en zo, en hij had ernstige geldproblemen.'

'O?' zei Strike. 'Hoe dat zo?'

'De crisis van 2008 heeft hem bijna de kop gekost,' zei Oliver. 'En dan was er nog... nou ja, de kwestie die jullie onderzochten.'

'Weet je waar de afpersers waren op het tijdstip van...'

Oliver maakte een snelle, stuiptrekkende beweging waardoor hij bijna zijn koffie omstootte. Hij boog zich naar Strike toe en fluisterde fel: 'Er is een publicatieverbod voor de pers, mocht je dat nog niet...'

'Ja, dat hebben we gehoord,' zei Strike.

'Nou, ik hecht toevallig aan mijn baan.'

'Oké,' zei Strike onverstoorbaar, maar hij dempte zijn stem. 'Ik zal de vraag anders formuleren. 'Zijn ze de gangen van Geraint Winn en Jimmy...'

'Ja,' zei Oliver kortaf. 'Allebei een alibi.'

'Wat voor alibi?'

'De eerste was in Bermondsey met...'

'Toch niet met Della?' flapte Robin eruit voor ze het wist. Het idee dat zijn blinde vrouw Geraints alibi zou zijn had voor haar iets onfatsoenlijks. Ze had de indruk gekregen, al was dat misschien naïef, dat Della niets te maken had met Geraints criminele activiteiten.

'Nee,' zei Oliver gespannen. 'En moet je per se namen noemen?'

'Wie dan?' vroeg Strike.

'Een medewerker. Hij beweert dat er een medewerker bij hem was en die bevestigt dat.'

'Waren er nog andere getuigen?'

'Dat weet ik niet,' antwoordde Oliver met enige frustratie. 'Ik neem aan van wel. Ze zijn tevreden met het alibi.'

'En Ji... de ander?'

'Die was in East Ham met zijn vriendin.'

'O ja?' Strike maakte een aantekening. 'Ik heb hem afgevoerd zien worden in een politiebusje op de avond voor Chiswells dood.'

'Hij is met een waarschuwing vrijgelaten. Maar,' zei Oliver snel, 'afpersers vermoorden over het algemeen hun slachtoffer toch niet?'

'Niet als ze geld van hen krijgen.' Strike zat nog te schrijven. 'Maar Knight kreeg niks.'

Oliver keek op zijn horloge.

'Nog een paar dingen,' zei Strike onaangedaan, zijn elleboog nog op de envelop geplant met daarin de informatie over Ian Nash. 'Weet Vanessa iets over een telefoontje van Chiswell naar zijn zoon op de ochtend van zijn dood?'

'Ja, daar heeft ze iets over gezegd.' Oliver bladerde terug in zijn notitieblok om het op te zoeken. 'Ja, hij heeft twee mensen gebeld, even na zes uur 's morgens. Eerst zijn vrouw en toen zijn zoon.'

Strike en Robin keken elkaar weer aan.

'We wisten van het telefoontje naar Raphael. Dus hij heeft zijn vrouw ook gebeld?'

'Ja, als eerste.'

Oliver leek hun reactie correct te interpreteren, want hij zei: 'De echtgenote gaat zeker vrijuit. Zij was de eerste die ze nagetrokken hebben – uiteraard pas toen ze ervan overtuigd waren dat het geen politieke moord was. Een van de buren heeft haar de avond ervoor het huis binnen zien gaan en kort erna weer naar buiten zien komen met een tas, twee uur voordat haar man thuiskwam. Ze is halverwege de straat in een taxi gestapt en naar Paddington gegaan. Op camera's is te zien dat ze de trein heeft genomen naar haar woonplaats – was het Oxfordshire? – en blijkbaar was er iemand thuis toen ze daar aankwam, iemand die kan bevestigen dat ze vóór middernacht binnen was en niet meer weggegaan is voordat de politie aan de deur kwam om te vertellen dat Chiswell dood was. Volop getuigen voor haar hele reis.'

'Wie was er daar in huis?'

'Dat weet ik niet.' Olivers blik ging naar de envelop die nog onder Strikes elleboog lag. 'En meer heb ik echt niet.'

Strike had alles gevraagd wat hij wilde vragen, en hij had zelfs informatie gekregen die hij niet had verwacht, waaronder de krassen op Chiswells gezicht, zijn financiële nood en het telefoontje naar Kinvara op de vroege morgen.

'Je hebt ons enorm geholpen,' zei hij tegen Oliver, en hij schoof de envelop over tafel. 'Ik stel het echt op prijs.'

Oliver leek opgelucht te zijn dat de ontmoeting voorbij was. Hij stond op en vertrok, na nog een vluchtige handdruk en een knikje naar Robin. Zodra Oliver uit het zicht verdwenen was, leunde Robin met een zucht achterover in haar stoel.

'Vanwaar dat sombere gezicht?' vroeg Strike voordat hij zijn mok thee leegdronk.

'Dit wordt de kortste opdracht ooit. Izzy wil dat we bewijzen dat Kinvara het heeft gedaan.'

'Ze wil de waarheid weten over de dood van haar vader,' zei Strike, maar hij grinnikte om Robins sceptische blik. 'Inderdaad, zij hoopt dat Kinvara hem heeft vermoord. Nou, we zullen eens kijken of we al die alibi's kunnen doorprikken, hè? Ik ga zaterdag naar Woolstone. Izzy heeft me uitgenodigd om naar Chiswell House te komen, zodat ik haar zus kan ontmoeten. Ga je mee? Ik rijd nu liever niet zelf, met mijn been.'

'Ja, natuurlijk,' zei Robin onmiddellijk.

Het idee om samen met Strike weg te zijn uit Londen, al was het maar voor een dag, was zo aanlokkelijk dat ze niet eens de moeite nam om zich af te vragen of Matthew en zij al iets gepland hadden. En in het licht van hun onverwachte verzoening zou hij vast niet moeilijk doen. Ze had tenslotte anderhalve week niet gewerkt. 'We kunnen met de Land Rover gaan. Die rijdt beter op landweggetjes dan jouw BMW.'

'Misschien heb je een afleidingsmanoeuvre nodig als die vent nog steeds staat te posten,' zei Strike.

'Ik denk dat ik hem met de auto makkelijker van me afschud dan lopend.'

'Ja, waarschijnlijk wel.'

Robin had ooit een cursus verhoogde rijvaardigheid gevolgd. Hoewel Strike dat nooit tegen haar had gezegd, was zij de enige door wie hij zich vrijwillig liet rijden.

'Hoe laat moeten we bij Chiswell House zijn?'

'Elf uur,' zei Strike, 'maar reken erop dat je een hele dag onderweg bent. Ik wil graag bij het oude huis van de familie Knight gaan kijken als we daar toch zijn.' Hij aarzelde. 'Ik weet niet of ik je dat heb verteld... maar ik heb Barclay laten doorgaan met die undercoverklus bij Jimmy en Flick.'

Hij zette zich schrap voor een geërgerde reactie omdat hij dat niet met haar had besproken, verontwaardiging omdat Barclay had doorgewerkt terwijl zij gedwongen thuiszat of, misschien wel het meest terecht van alles, de strenge vraag waar hij mee bezig was, gezien de financiële situatie waarin het bureau verkeerde. Maar ze zei alleen maar, eerder geamuseerd dan rancuneus: 'Je weet heel goed dat je me dat niet verteld had. Waarom heb je hem laten doorgaan?'

'Omdat ik vóél dat er meer aan de hand is met de gebroeders Knight.'

'Je zegt altijd dat je niet op je gevoel moet afgaan.'

'Ik heb nooit beweerd dat ik geen hypocriet ben. En hou je vast,' voegde Strike eraan toe toen ze opstonden van de tafel. 'Raphael is boos op je.'

'Waarom?'

'Volgens Izzy was hij voor je gevallen. Nu baalt hij omdat je detective blijkt te zijn en je daar undercover werkte.'

'O,' zei Robin. Een lichte blos verspreidde zich over haar gezicht. 'Ach, daar komt hij gauw genoeg overheen. Zo is hij wel.'

41

Ik vroeg me af wat ons vanaf het begin samengebracht heeft, wat ons zo sterk aan elkaar bindt.

Henrik Ibsen, *Rosmersholm*

Strike had heel wat uren van zijn leven besteed aan de vraag waarom een bepaalde vrouw in zijn nabijheid nukkig bleef zwijgen; wat hij in haar ogen verkeerd gedaan had. Het positiefste dat hij kon zeggen over het aanhoudende stilzwijgen van Lorelei die vrijdagavond was dat hij precies wist waarmee hij haar had beledigd, en hij was zelfs bereid om toe te geven dat haar ongenoegen tot op zekere hoogte terecht was.

Binnen vijf minuten na zijn aankomst in Loreleis flat in Camden had Izzy hem gebeld op zijn mobiel, deels om hem te vertellen over een brief die ze had ontvangen van Geraint Winn, maar vooral om te praten, wist hij. Ze was niet de eerste klant die meende door hem in te huren als detective ook recht te hebben op een combinatie van biechtvader en therapeut. Alles wees erop dat Izzy er eens goed voor was gaan zitten om haar vrijdagavond volledig te vullen met een gesprek met Strike, en de flirterigheid die hem duidelijk was geworden toen ze bij hun laatste ontmoeting zijn knie aanraakte werd aan de telefoon nog uitgesprokener.

De neiging om Strike in te schatten als potentiële minnaar was niet ongebruikelijk bij de soms kwetsbare en eenzame vrouwen met wie hij beroepsmatig te maken kreeg. Hij had nooit het bed gedeeld met een cliënte, al was hij soms wel in de verleiding gekomen. Zijn business was te belangrijk voor hem. Maar zelfs al zou hij Izzy aantrekkelijk hebben gevonden, dan nog had hij de relatie zorgvuldig professioneel gehouden, op het steriele af, want in zijn gedachten was ze voorgoed besmet door de associatie met Charlotte.

Ondanks zijn oprechte wens om het gesprek af te kappen – Lorelei had gekookt en zelf zag ze er verrukkelijk uit, in een saffierblauw zijden jurkje dat aan nachtkleding deed denken – vertoonde Izzy de hardnekkige kleefkracht van een kaardendistel. Het kostte Strike bijna drie kwartier om zich los te maken van zijn cliënt, die lang en hard lachte om zelfs zijn flauwste grapjes, zodat het Lorelei moeilijk kon ontgaan dat hij een vrouw aan de lijn had. Hij had zich nog maar net van Izzy kunnen losrukken en hij was bezig Lorelei uit te leggen dat ze een rouwende cliënte was, toen Barclay belde om hem bij te praten over Jimmy Knight. Het simpele feit dat hij het tweede telefoontje aannam, al duurde dat gesprek aanzienlijk korter, maakte zijn eerste vergrijp nog ernstiger.

Het was de eerste keer dat hij Lorelei weer zag nadat ze haar liefdesverklaring had ingetrokken. Haar gekwetste, beledigde houding tijdens het eten bevestigde zijn onwillige overtuiging dat ze helemaal niet op vrijblijvende voet met hem verder wilde; ze had zich vastgeklampt aan de hoop dat zolang ze hem maar niet onder druk zette, hij vanzelf tot het besef zou komen dat hij eigenlijk smoorverliefd op haar was. Het feit dat hij bijna een uur aan de telefoon had gezeten terwijl het eten langzaam stond te verpieteren in de oven had haar hoop op een volmaakte avond, en op het aanscherpen van hun relatie, de grond in geboord.

Als Lorelei slechts zijn oprechte excuses aanvaard zou hebben, had hij misschien nog zin gehad in seks. Maar toen ze om half drie 's nachts uiteindelijk in tranen uitbarstte, in een combinatie van zelfverwijt en rechtvaardiging van haar eigen gedrag, was hij te moe en te chagrijnig om op haar fysieke toenadering in te gaan, ook uit vrees dat die intimiteit in haar beleving een rol zou gaan spelen die hij er niet aan wilde toekennen.

Dit moet afgelopen zijn, dacht hij toen hij om zes uur opstond, met holle ogen en donkere kaken, zo stil mogelijk in de hoop dat ze niet wakker zou worden voordat hij haar flat uit was. Het ontbijt sloeg hij over, want Lorelei had de keukendeur vervangen door een geinig retrokralengordijn dat luid rammelde, en hij stond al op de trap naar de straat toen ze de donkere slaapkamer uit kwam, verfomfaaid van de slaap, treurig en begerenswaardig in een korte kimono.

'Was je niet eens van plan om even afscheid te nemen?'

Niet janken. Ga nou verdomme niet janken.

'Je lag zo vredig te slapen. Ik moet gaan, Robin haalt me op bij...'

'Aha,' zei Lorelei. 'Nee, je mag Robin vooral niet laten wachten.'

'Ik bel je nog.'

Hij meende een snik te horen toen hij de klink beetpakte, maar door luidruchtig de deur open te trekken, kon hij geloofwaardig doen alsof hij het niet had gehoord.

Doordat hij ruim op tijd vertrokken was, kon Strike nog een omweg maken langs McDonald's voor een Egg McMuffin en een grote koffie, die hij nuttigde aan een niet-schoongemaakt tafeltje, omringd door anderen die op zaterdag vroeg uit de veren waren. Een jongen met een steenpuist in zijn nek zat pal voor Strike *The Independent* te lezen. Hij kon over de schouder van de lezer nog net de woorden HUWELIJK MINISTER VAN SPORT TEN EINDE lezen voordat de bladzijde werd omgeslagen.

Strike pakte zijn telefoon en googelde 'huwelijk Winn'. De nieuwsberichten kwamen meteen tevoorschijn: 'Minister van Sport gaat scheiden'; '"Als vrienden uit elkaar"'; 'Della Winn maakt einde aan huwelijk'; 'Blinde Paralympics-minister beëindigt huwelijk'.

De verhalen in de grote kranten waren allemaal feitelijk en aan de korte kant, hier en daar opgevuld met details over Della's indrukwekkende carrière binnen en buiten de politiek. De juristen van de kranten waren nu natuurlijk uitermate voorzichtig als het om Winn ging, want het publicatieverbod gold nog steeds. Strike werkte zijn McMuffin in twee happen naar binnen, stak ruw een onaangestoken sigaret tussen zijn lippen en hinkte het restaurant uit. Op de stoep stak hij de sigaret op en bezocht met zijn telefoon de website van een bekende politieke blogger die altijd erg grof uit de hoek kwam.

Het korte stukje was slechts een paar uur eerder geschreven.

Welk creepy stel uit Westminster van wie beide echtelieden een voorkeur aan de dag leggen voor jeugdige werknemers gaat volgens de geruchten eindelijk uit elkaar? Hij kan straks niet langer beschikken over de aantrekkelijke politieke wannabe's op wie hij zo lang heeft kunnen jagen, maar zij heeft al een knappe jonge 'hulp' gevonden om de pijn van de scheiding te verzachten.

Nog geen drie kwartier later kwam Strike metrostation Barons Court uit en liep naar de ronde brievenbus voor de uitgang, waar hij op kon leunen. Daar, een eenzame gestalte onder de jugendstilletters en de open, in vlakken verdeelde geveldriehoek van het indrukwekkende station achter hem, haalde hij zijn telefoon weer tevoorschijn en las verder in het artikel over de scheiding van het echtpaar Winn. Ze waren ruim dertig jaar getrouwd. Het enige stel dat Strike kende dat zo lang bij elkaar was, waren zijn oom en tante in Cornwall die als surrogaatouders voor hem en zijn zusje hadden gediend in de regelmatig voorkomende perioden dat zijn moeder niet voor hen had willen of kunnen zorgen.

Een vertrouwd geronk en gerammel maakte dat Strike opkeek. De stokoude Land Rover die Robin had overgenomen van haar ouders kwam stapvoets zijn kant op gereden. De aanblik van Robins roodgouden hoofd achter het stuur overrompelde de vermoeide en tamelijk sombere Strike. Er ging een golf van onverwachte blijdschap door hem heen.

'Goedemorgen,' zei Robin. Ze vond dat Strike er slecht uitzag toen hij het portier opentrok en een weekendtas naar binnen schoof. 'Ach, rot op,' voegde ze eraan toe toen een bestuurder achter haar langdurig claxonneerde, geërgerd omdat het Strike veel tijd kostte om in te stappen.

'Sorry... last van mijn been. Te snel aangekleed.'

'Geeft niks. Van hetzelfde!' riep ze naar de bestuurder die hen nu inhaalde, gebarend en onhoorbaar vloekend.

Toen hij eindelijk op de passagiersstoel was neergeploft trok Strike met een klap het portier dicht, waarna Robin optrok.

'Was het nog lastig om thuis weg te komen?'

'Hoe bedoel...?'

'De journalist.'

'O,' zei ze. 'Nee, die is weg. Heeft het opgegeven.'

Strike vroeg zich af hoe moeilijk Matthew had gedaan over het feit dat Robin op zaterdag moest werken.

'Heb je het gehoord van de Winns?' vroeg hij haar.

'Nee, wat dan?'

'Ze zijn uit elkaar.'

'Niet!'

'Yep. Staat in alle kranten. Moet je horen.' Hij las het sarcastische stuk op de politieke website voor.

'Jezus,' zei Robin zacht.

'Ik heb gisteravond een paar interessante telefoontjes gekregen,' zei Strike toen ze naar de M4 raasden.

'Van wie?'

'Een van Izzy en het andere van Barclay. Izzy heeft gisteren een brief ontvangen van Geraint.'

'Echt?'

'Ja. De brief is al een paar dagen geleden naar Chiswell House gestuurd in plaats van naar haar flat in Londen, dus ze heeft hem pas opengemaakt toen ze terugging naar Woolstone. Ik heb haar gevraagd hem te scannen en naar mij te sturen. Zal ik hem voorlezen?'

'Graag,' zei Robin.

'"Mijn allerliefste Isabella."'

'Getver,' zei Robin met een lichte huivering.

'"Zoals je hopelijk zult begrijpen,"' vervolgde Strike, '"vonden Della en ik het niet gepast om meteen na de schokkende dood van je vader contact met je op te nemen. Dat doen we nu alsnog, in de geest van onze vriendschap en ons medeleven."'

'Als je dat er al bij moet zeggen...'

'"Della en ik waren het op politiek en persoonlijk gebied niet altijd met Jasper eens, maar ik hoop dat we nooit zullen vergeten dat hij er altijd was voor zijn gezin, en we zijn ons ervan bewust dat jouw persoonlijke verlies zeer zwaar is. Jij runde zijn kantoor voorkomend en efficiënt, en ons gangetje gaat erop achteruit zonder jou."'

'Hij negeerde Izzy altijd straal!' zei Robin.

'Dat zei Izzy gisteren ook aan de telefoon,' zei Strike. 'Let op, dadelijk word jij ook genoemd. "Ik vind het onvoorstelbaar dat jij je inliet met de vrijwel zeker illegale activiteiten van de jonge vrouw die zich Venetia noemde. Het leek ons wel zo fair om jou te laten weten dat we momenteel natrekken of ze gebruik heeft gemaakt van de mogelijkheid vertrouwelijke stukken in te zien tijdens de vele malen dat ze zonder toestemming dit kantoor heeft betreden."'

'Ik heb nooit naar iets anders dan het stopcontact gekeken,' zei Robin, 'en ik heb het kantoor niet "vele malen" betreden. Drie keer. Dat is hooguit "enkele malen".'

'"Zoals je weet is ook ons gezin geraakt door een tragisch geval van zelfdoding. We weten dat dit een buitengewoon moeilijke en pijnlijke tijd voor je is. Onze families lijken gedoemd elkaar in de meest duistere tijden tegen te komen. We denken aan jullie, onze allerbeste wensen", enzovoorts, enzovoorts.'

Strike klikte de brief weg op zijn telefoon.

'Dat is geen condoleance,' zei Robin.

'Nee, het is een dreigbrief. Als de Chiswells hun mond opendoen over iets wat jij hebt ontdekt over Geraint of de stichting, dan neemt hij ze te grazen, en flink ook, waarvoor hij jou zal gebruiken.'

Ze voegde in op de snelweg. 'Wanneer is die brief verstuurd, zei je?'

'Vijf, zes dagen geleden.' Strike keek het na.

'Toen klonk het niet alsof hij wist dat zijn huwelijk voorbij was, toch? Met dat gelul over "ons gangetje gaat erop achteruit zonder jou". Als Della bij hem weggaat, kan hij die baan toch op zijn buik schrijven?'

'Dat zou je wel zeggen. Hoe aantrekkelijk zou jij Aamir Mallik noemen?'

'Huh?' zei Robin verbaasd. 'O... de "jonge hulp"? Nou, hij ziet er best aardig uit, maar het is geen modellentype.'

'Hij moet het zijn. Van hoeveel andere jongemannen houdt ze het handje vast, wie noemt ze schat?'

'Ik kan me hem niet als haar minnaar voorstellen,' zei Robin.

'"Een man met jouw gewoontes",' citeerde Strike. 'Jammer dat je niet meer weet welk nummer dat gedicht had.'

'Is er ook een gedicht over mannen die het bed delen met een oudere vrouw?'

'Zijn bekendste werk gaat daarover. Catullus was verliefd op een oudere vrouw.'

'Aamir is niet verliefd. Je hebt die tape gehoord.'

'Hij klonk niet smoorverliefd, dat geef ik toe. Maar ik zou graag willen weten waar die dierengeluiden 's nachts in zijn huis vandaan komen. Waar de buren over klagen.'

Zijn been klopte en schrijnde. Hij bukte om aan de verbinding tussen de prothese en de stomp te voelen, in het besef dat de pijn deels werd veroorzaakt door de haast waarmee hij zijn prothese die ochtend in het donker had aangebracht.

'Vind je het erg als ik hem even...?'

'Ga je gang,' zei Robin.

Strike rolde zijn broekspijp op en maakte de prothese los. Sinds hij dat ding twee weken lang niet had kunnen dragen, vertoonde de huid aan het einde van zijn stomp de neiging om te protesteren tegen de terugkeer van die wrijving. Hij haalde een tube E45-crème uit zijn weekendtas en smeerde een flinke dot op de rood uitgeslagen huid.

'Dat had ik eerder moeten doen,' zei hij verontschuldigend.

Robin, die uit de aanwezigheid van de weekendtas opmaakte dat Strike bij Lorelei had geslapen, betrapte zich erop dat ze zich afvroeg of hij het zo goed naar zijn zin had gehad dat hij zijn been even was vergeten. Matthew en zij hadden sinds hun weekendje weg geen seks meer gehad.

'Ik laat hem even af,' zei Strike, en hij hees de prothese samen met de weekendtas op de achterbank van de Land Rover, waar, zo zag hij nu, alleen een geruite thermosfles en twee plastic bekers lagen. Dat was een teleurstelling. De vorige keren dat ze samen met de auto Londen uit gingen had er altijd een tas vol eten klaargelegen.

'Geen koekjes?'

'Ik dacht dat je wilde afvallen?'

'Wat je in de auto eet telt niet, dat kan iedere diëtist die ook maar een knip voor zijn neus waard is je vertellen.'

Robin grinnikte. '"Calorieën bestaan niet: het Cormoran Strike-dieet."'

'"*Hunger Strike*: onvrijwillige hongerstaking onderweg."'

'Had je maar moeten ontbijten,' zei Robin, en tot haar eigen ergernis vroeg ze zich voor de tweede keer af of hij het te druk had gehad met andere dingen.

'Ik heb ontbeten. En nu wil ik een koekje.'

'We kunnen wel ergens stoppen als je trek hebt,' zei Robin. 'In principe hebben we tijd genoeg.'

Terwijl Robin gas gaf en soepel een paar treuzelende auto's inhaalde, was Strike zich bewust van een behaaglijkheid en rust die niet helemaal toe te schrijven waren aan de verlichting die het afdoen van zijn prothese hem had geboden, en zelfs niet aan de ontsnapping uit Loreleis flat, met zijn kitscherige inrichting, en de bewoonster met haar gebroken hart. Het pure feit dat hij zijn onderbeen had afgedaan terwijl Robin reed, in plaats van met opeengeklemde kaken naast haar te zitten, was hoogst ongebruikelijk. Hij had er niet alleen hard voor moeten knokken om na de explosie die hem zijn been had gekost bij een ander in de auto te durven stappen, hij had ook een heimelijke maar diepgewortelde aversie tegen vrouwen achter het stuur, een vooroordeel dat hij grotendeels toeschreef aan eerdere, zenuwslopende ervaringen met al zijn vrouwelijke familieleden. Toch was het niet puur de prozaïsche waardering van haar rijvaardigheid waardoor zijn hart een sprongetje had gemaakt toen hij haar vanmorgen zag komen aanrijden. Nu hij hier zat, zijn blik op de weg gericht, schoot er een herinnering door hem heen, scherp van zowel genoegen als pijn; het was alsof zijn neusvleugels weer werden gevuld met de geur van witte rozen, zoals toen hij haar in zijn armen hield op de trap op de dag van haar huwelijk – alsof hij haar mond weer onder de zijne voelde in de warme bries van het parkeerterrein bij het ziekenhuis.

'Kun je mijn zonnebril even aangeven?' vroeg Robin. 'Hij zit in mijn tas daar.'

Strike gaf haar de bril. 'Wil je thee?'

'Straks,' zei Robin. 'Neem jij gerust.'

Hij pakte de thermosfles van de achterbank en schonk voor zichzelf een plastic beker vol. De thee was precies zoals hij hem lekker vond.

'Ik heb Izzy gisteravond gevraagd naar Chiswells testament.'

'Heeft hij veel nagelaten?' vroeg Robin, en ze dacht aan het sjofele interieur van het huis in Ebury Street.

'Veel minder dan je misschien zou verwachten.' Strike haalde het boekje tevoorschijn waarin hij alles had genoteerd wat Izzy hem had verteld. 'Oliver had gelijk. De Chiswells zitten financieel aan de grond – relatief gezien, natuurlijk,' voegde hij eraan toe. 'Blijkbaar heeft Chiswells vader het kapitaal grotendeels verkwanseld aan vrouwen en paarden. Chiswells scheiding van Lady Patricia was funest. Zij kwam uit een rijke familie en kon zich betere advocaten veroorloven. Izzy en haar zus komen niks tekort dankzij de familie van moederskant. Er is een trustfonds, vandaar die luxe flat van Izzy in Chelsea. Raphaels moeder heeft een vette alimentatie overgehouden aan de scheiding, blijkbaar heeft ze Chiswell daar flink mee uitgekleed. Daarna heeft hij het beetje geld dat hij nog had in risicovolle aandelen gestoken, op advies van zijn schoonzoon die daarin deed. "Torks" voelt zich daar schijnbaar nogal schuldig over. Izzy heeft liever niet dat we er vandaag over beginnen. De crisis van 2008 heeft Chiswell min of meer de das omgedaan. Hij heeft nog geprobeerd het successierecht te omzeilen. Kort na het verlies van bijna al zijn geld zijn er erfstukken uit de familie, plus Chiswell House zelf, overgedragen aan de oudste kleinzoon.'

'Pringle,' zei Robin.

'Wat?'

'Pringle. Zo noemen de ze oudste kleinzoon. Fizzy heeft drie kinderen,' legde Robin uit. 'Izzy had het constant over hen: Pringle, Flopsy en Pong.'

'Jezus,' mompelde Strike. 'Alsof je de Teletubbies ondervraagt.'

Robin moest lachen.

'En verder meende Chiswell de boel recht te trekken door de grond rondom Chiswell House te verkopen, plus een aantal spullen die weinig sentimentele waarde hadden. En er is een hypotheek afgesloten op het huis in Ebury Street.'

'Dus Kinvara woont met als haar paarden in het pand van haar stiefkleinzoon?' vroeg Robin, die ze schakelde om een vrachtwagen in te halen.

'Ja. Chiswell heeft bij zijn testament een brief nagelaten met zijn wensen, en hij wil graag dat Kinvara het recht krijgt daar levenslang te blijven wonen, of tot ze hertrouwt. Hoe oud is die Pringle?'

'Een jaar of tien, denk ik.'

'Het zal nog interessant worden om te zien of de familie Chiswells verzoek gaat inwilligen, aangezien een van hen denkt dat Kinvara hem heeft vermoord. Let wel, de vraag blijft of ze genoeg geld heeft om de boel daar draaiende te houden, dat heeft Izzy me gisteren duidelijk gemaakt. Izzy en haar zus erven ieder vijftigduizend pond en de kleinkinderen elk tienduizend, en daar is al nauwelijks genoeg geld voor. Kinvara krijgt dus alleen wat er overblijft als het huis in Ebury Street is verkocht, plus alle andere persoonlijke bezittingen, min het waardevolle spul dat al op naam van de kleinzoon was gezet. Het komt er eigenlijk op neer dat zij de zooi krijgt die het verkopen niet waard was, en verder alles wat hij haar tijdens hun huwelijk cadeau gedaan heeft.'

'En Raphael krijgt niets?'

'Ik zou maar geen medelijden met hem hebben. Volgens Izzy heeft zijn chique moeder er haar beroep van gemaakt om rijke kerels financieel uit te kleden. Hij erft straks een flat in Chelsea van haar. Maar al met al kun je dus moeilijk hard maken dat Chiswell vermoord zou zijn voor zijn geld,' zei Strike. 'Hoe heet die andere zus écht? Ik ben mooi niet van plan haar Fizzy te noemen.'

'Sophia,' antwoordde Robin geamuseerd.

'Nou, die kunnen we dus uitsluiten. Ik heb het nagetrokken, ze had een cursus paardrijden voor mindervaliden in Northumberland op de ochtend dat Chiswell stief. Raphael had niets te winnen bij zijn vaders dood en volgens Izzy wist hij dat, al moeten we het nog wel controleren. Izzy zelf was, in haar eigen woorden, "een tikkeltje aangeschoten" geraakt in Lancaster House en voelde zich de volgende dag wat slapjes. Haar buurvrouw kan bevestigen dat ze op het tijdstip van overlijden thee zat te drinken op de gezamenlijke binnenplaats achter hun flats. Dat vertelde ze me gisteravond terloops.'

'Dan blijft Kinvara over,' zei Robin.

'Juist. Maar als Chiswell haar niet eens genoeg vertrouwde om haar te vertellen dat hij een privédetective in de arm genomen had, is hij misschien ook niet eerlijk geweest over de financiën binnen de familie. Het zou kunnen dat ze dacht veel meer te erven, maar...'

'... zij heeft het beste alibi van de hele familie,' zei Robin.

'Precies.'

Ze hadden de duidelijk door mensenhanden aangelegde borders met laag struikgewas langs de snelweg bij Windsor en Maidenhead achter zich gelaten. Nu stonden er links en rechts oude bomen, die er al eerder waren geweest dan de weg en nog hadden meegemaakt dat hun metgezellen werden geveld om plaats te maken voor asfalt.

'Het telefoontje van Barclay was interessant,' vervolgde Strike, en hij sloeg een paar blaadjes in zijn notitieblokje om. 'Knight is niet te genieten sinds de dood van Chiswell, al vertelt hij Barclay niet waardoor dat komt. Woensdagavond moest Flick het ontgelden, blijkbaar: Knight zei tegen haar dat hij het met haar voormalige huisgenote eens was, dat hij Flick ook burgerlijk vond. Mag ik roken? Ik zal het raampje opendoen.'

De wind was verfrissend, al gingen zijn vermoeide ogen ervan tranen. Tussen de trekken door hield hij de brandende sigaret buiten de auto terwijl hij vervolgde: 'Dus Flick werd heel kwaad, zei: "ik heb die rotklus voor je opgeknapt," en merkte toen op dat zij er niks aan kon doen dat ze geen veertigduizend pond hadden, waarop Jimmy, ik citeer Barclay, "volledig uit zijn plaat ging". Flick stormde naar buiten, en donderdagmorgen stuurde Jimmy een bericht naar Barclay om te vertellen dat hij terugging naar de plek uit zijn jeugd, om zijn broer te bezoeken.'

'Zit Billy in Woolstone?' vroeg Robin verbaasd. Ze besefte dat ze de jongste van de gebroeders Knight bijna als een mythische persoon was gaan beschouwen.

'Misschien gebruikte Jimmy hem alleen maar als smoes. Wie weet wat hij echt van plan is... Hoe dan ook, Jimmy en Flick doken gisteravond weer op in de pub, vrolijk lachend. Volgens Barclay hebben ze het duidelijk goedgemaakt aan de telefoon, en in de twee dagen dat Jimmy weg was, heeft zij het voor elkaar gekregen een mooi, niet-burgerlijk baantje te scoren.'

'Goed gedaan, zeg,' zei Robin.

'Hoe zou jij het vinden om in een winkel te werken?'

'Dat heb ik als tiener gedaan,' zei Robin. 'Hoezo?'

'Flick werkt een paar uur per week in een sieradenwinkeltje in Camden. Ze vertelde Barclay dat het wordt gerund door een of andere maffe wicca-aanhangster. Minimumloon, en de eigenares is knettergek, dus ze kan niet makkelijk aan een extra verkoopster komen.'

'Ben je niet bang dat ze mij zouden herkennen?'

'De familie Knight heeft jou nooit in levenden lijve gezien. Als je een totaal ander kapsel neemt en weer die gekleurde lenzen draagt...' Hij nam een diepe trek van zijn sigaret. 'Ik heb het gevoel dat Flick veel te verbergen heeft. Hoe wist ze waarmee Chiswell af te persen viel? Zij is degene van wie Jimmy dat weet, vergeet dat niet, en dat is gek.'

'Wacht even,' zei Robin. 'Wat zeg je nou?'

'Ja, dat zei ze toen ik die twee volgde bij de protestmars,' zei Strike. 'Heb ik je dat niet verteld?'

'Nee.'

Zodra Robin het zei, herinnerde Strike zich dat hij na de mars een week lang bij Lorelei binnen had gezeten met zijn been omhoog, kwaad op Robin vanwege haar werkweigering, waardoor hij haar amper had gesproken. Daarna hadden ze elkaar gezien in het ziekenhuis, en toen was hij veel te afgeleid en bezorgd geweest om op zijn gebruikelijke methodische manier informatie aan haar door te geven.

'Sorry,' zei hij, 'dat was in de week na...'

'Ja,' kapte ze hem af. Ook zij dacht liever niet aan het weekend na de protestmars. 'Wat zei hij precies?'

'Dat hij zonder haar nooit geweten zou hebben wat Chiswell had uitgespookt.'

'Wat raar,' zei Robin, 'als je bedenkt dat hij degene is die min of meer náást Chiswell is opgegroeid.'

'Maar de kwestie waarmee ze hem chanteren is pas zes jaar geleden, toen was Jimmy het huis al uit,' bracht Strike haar in herinnering. 'Als je het mij vraagt, houdt Jimmy die Flick alleen maar aan omdat ze te veel weet. Hij durft het waarschijnlijk niet uit te maken, voor het geval ze dan gaat praten. Als jij niks bruikbaars uit haar loskrijgt, kun je doen alsof het werk in die oorbellenwinkel je toch niet bevalt en dan stap je op, maar als ik hoor hoe hun relatie er nu bij staat, denk ik dat Flick wel in de stemming is om haar hart te luchten bij een vreemde. En vergeet niet,' zei hij terwijl hij zijn peuk uit het raampje gooide en het weer dichtdeed, 'dat ze ook Jimmy's alibi is voor de ochtend van Chiswells dood.'

Opgewonden door het vooruitzicht weer undercover te gaan zei Robin: 'Dat was ik niet vergeten.'

Ze vroeg zich af hoe Matthew zou reageren als ze de zijkanten van haar hoofd kaal zou scheren of haar haar blauw zou verven. Hij had zich maar nauwelijks verzet toen ze meldde dat ze haar zaterdag zou doorbrengen met Strike. De lange dagen van effectief huisarrest en haar medeleven na de ruzie met Tom leken hem gunstig gestemd te hebben.

Even na half elf verlieten ze de snelweg en reden een landweg op die het dal in voerde waarin het gehucht Woolstone genesteld lag. Robin parkeerde naast een heg die dichtbegroeid was met bosrank, zodat Strike een plek had om zijn prothese weer te bevestigen. Toen ze haar zonnebril terug stopte in haar handtas zag ze dat er twee berichten waren van Matthew. Die waren twee uur geleden binnengekomen, maar waarschijnlijk waren de piepjes van haar mobiel overstemd door de motor van de Land Rover.

Het eerste bericht luidde: *De hele dag. En Tom?*

Het tweede, van tien minuten later: *Bericht was niet voor jou bedoeld, was voor werk.*

Robin las het net voor de tweede keer toen Strike zei: 'Shit.' Hij had zijn prothese bevestigd en staarde door het raam naar iets wat zij niet kon zien.

'Wat is er?'

'Kijk daar eens.' Strike wees naar de heuvel waar ze zojuist gereden hadden. Robin bukte om te kijken wat zijn aandacht had getrokken.

In de flank van de heuvel was een gigantische prehistorische figuur gegrift, in witte kalk. Het deed Robin denken aan een gestileerd luipaard, maar het besef van wat het moest voorstellen was al ingedaald toen Strike zei: '"Bij het paard. Hij heeft het kind gewurgd boven bij het paard."'

42

In een familie gaat altijd wel iets fout...
Henrik Ibsen, *Rosmersholm*

Een afgebladderd houten bordje wees de afslag naar Chiswell House aan. Links van de oprijlaan, die overwoekerd was en vol kuilen zat, was een dicht stukje bos, en rechts lag een langgerekt open veld dat met schrikdraad was opgedeeld in verschillende weilanden, waar diverse paarden stonden. Toen de Land Rover hobbelend en gierend naar het huis reed, dat nog uit het zicht lag, gingen twee van de grootste paarden ervandoor, geschrokken van het lawaai en de onbekende auto. Daarop volgde een kettingreactie: bijna al hun metgezellen galoppeerden ook weg, en het eerste stel bokte in volle vaart naar elkaar.

'Goh,' zei Robin met een blik op de paarden terwijl de Land Rover over de oneffen weg stuiterde, 'ze heeft de hengsten bij elkaar staan.'

'Dat is niet goed, toch?' vroeg Strike toen een van de inktzwarte harige beesten hapte en zijn achterbenen uithaalde naar een al even grote viervoeter die Strike bruin genoemd zou hebben, maar waarvan de kleur in paardentermen vast een andere naam had.

'Het is niet gebruikelijk.' Robin kromp ineen toen de achterste hoeven van de zwarte hengst zijn weidegenoot in de flank raakten.

Ze reden een bocht om en zagen de rechte, vaalgele bakstenen gevel van het neoklassieke huis. De grindvlakte ervoor zat net als de oprijlaan vol kuilen en onkruid, de ramen van het huis waren groezelig en naast de voordeur stond een verdwaalde bak met paardenbrokken. Er waren al drie auto's geparkeerd: een Audi Q3, een klassiek groene Range Rover en een oude, met modder bedekte Grand Vitara. Rechts van het huis waren paardenstallen en links was een groot croquetveld dat lang geleden was overgeleverd aan de madeliefjes. Erachter lag nog een dicht bos.

Toen Robin halt hield, kwamen er een dikke zwarte labrador en een ruwharige terriër de voordeur uit gestoven, allebei blaffend. De labrador leek vriendschap te willen sluiten, maar de Norfolk-terriër, die een snuit had als van een boosaardig aapje, kefte en gromde tot er een blonde man in een gestreept overhemd en een mosterdgele corduroy broek in de deuropening verscheen die brulde: 'EN NOU STIL, RATTENBURY!'

De hond ging geïntimideerd over op zacht gegrom, volledig op Strike gericht.

'Torquil D'Amery,' zei de blonde man lijzig, en hij liep met uitgestoken hand op Strike af. Hij had dikke wallen onder zijn fletsblauwe ogen en zijn glimmende roze gezicht zag eruit alsof hij nooit een scheermes nodig had. 'Let maar niet op de hond, dat beest is een ramp.'

'Cormoran Strike. Dit is...'

Robin had net haar hand uitgestoken toen Kinvara het huis uit stormde, in een oude rijbroek en een verwassen T-shirt, haar loshangende rode haar in pieken die alle kanten op wezen.

'Nou já, zeg! Weten jullie dan helemaal níks van paarden?' gilde ze tegen Strike en Robin. 'Moest je echt zo hard rijden op de oprijlaan?'

'Zet een cap op als je de wei in gaat, Kinvara!' riep Torquil haar na, maar ze beende al weg, zonder enig teken dat ze hem had gehoord. 'Jullie kunnen er niks aan doen,' verzekerde hij Strike en Robin, en hij sloeg geërgerd zijn ogen ten hemel. 'Als je niet hard genoeg doorrijdt op de oprit kom je vast te zitten in een van die kuilen, ha ha. Kom binnen. Ah, daar is Izzy.'

Izzy kwam naar buiten in een donkerblauw hemdjurkje, nog altijd met het saffieren kruisje om haar hals. Tot Robins lichte verbazing omhelsde ze Strike als een oude vriend die haar kwam condoleren.

'Hallo, Izzy,' zei hij, en hij deed een stapje terug om zich los te maken uit haar omhelzing. 'Robin ken je natuurlijk.'

'O, yah, ik moet er nu aan wennen je Robin te noemen,' zei Izzy met een glimlach en ze kuste haar op beide wangen. 'Neem me niet kwalijk als ik af en toe per ongeluk Venetia zeg – zo denk ik nu eenmaal aan je. Hebben jullie het gehoord van de Winns?' vroeg ze vrijwel in één adem.

Ze knikten.

'Akelig, ákelig mannetje,' zei Izzy. 'Ik ben superblij dat Della hem gedumpt heeft. Maar kom binnen... Waar is Kinvara?' vroeg ze aan haar zwager terwijl ze hun voorging naar binnen, waar het donker was na de zon van buiten.

'Die stomme paarden zijn weer op hol geslagen,' zei Torquil boven het hervatte gekef van de Norfolk-terriër uit. 'Nee, oprotten, Rattenbury, jij blijft buiten.'

Hij gooide met een klap de voordeur dicht, en de buitengesloten hond begon te janken en aan de deur te krabben. De labrador sjokte stilletjes achter Izzy aan, die hun voorging door een sjofele hal met een brede stenen trap naar een salon rechts daarvan.

Hoge ramen keken uit over het croquetveld en het bos. Toen ze binnenkwamen, renden er buiten drie witblonde kinderen druk gillend door het hoge gras, om vervolgens uit het zicht te verdwijnen. Ze hadden niets moderns over zich; met hun kleding en kapsels zouden ze zo weggelopen kunnen zijn uit de jaren veertig.

'De kinderen van Torquil en Fizzy,' zei Izzy liefdevol.

'Ik beken schuld,' reageerde Torquil trots. 'Mijn vrouw is boven, ik zal haar even gaan halen.'

Toen Robin zich afwendde van het raam rook ze een sterke, bedwelmende geur die haar een ongemakkelijk, gespannen gevoel gaf, tot ze de vaas met stargazer-lelies op een tafeltje achter de bank zag staan. Ze pasten bij de verschoten gordijnen, die ooit vuurrood geweest waren en nu een fletse, bleekroze tint hadden, en bij het rafelende stoffen behang, waar twee donkerder rode vlakken verrieden dat er ooit schilderijen hadden gehangen. Alles was armoedig en versleten. Boven de schoorsteenmantel hing een van de overgebleven schilderijen: een afbeelding van een stal met een bont bruinwit gevlekt paard dat met haar neus een spierwit, opgekruld veulentje in het stro beroerde.

Onder dat schilderij stond Raphael, zo stilletjes dat ze hem niet meteen hadden opgemerkt. Hij had zich opgesteld met zijn rug naar de lege haard, de handen in de zakken van zijn spijkerbroek, en hij leek Italiaanser dan ooit in dit typisch Engelse vertrek met de fletse geweven kussens, de stapel boeken over tuinieren op een bijzettafeltje en de chinoiserielampen waar aan alle kanten stukjes af waren.

'Hoi, Raff,' zei Robin.

'Hallo, Robin,' zei hij met een strak gezicht.

'Dit is Cormoran Strike, Raff,' zei Izzy. Raphael verroerde zich niet, dus liep Strike naar hem toe om een hand naar hem uit te steken, een gebaar dat Raphael met tegenzin beantwoordde, om meteen daarna zijn eigen hand weer in zijn broekzak te steken.

'Yah, ik had het net met Fizz over Winn,' zei Izzy, die het nieuws over de aanstaande scheiding kennelijk niet kon loslaten. 'We hopen dat hij in godsnaam zijn mond houdt, want nu paps er niet meer is, kan hij ongestraft over hem beweren wat hij maar wil, nietwaar?'

'Jij weet anders ook iets bruikbaars over Winn, mocht hij dat wagen,' hielp Strike haar herinneren.

Ze keek hem met een dankbare blik stralend aan. 'Natuurlijk, dat is waar ook, en dat alleen dankzij jou... en Venetia – Robin, bedoel ik,' voegde ze er achteloos aan toe.

'Torks, ik ben beneden!' schalde een vrouwenstem ergens net buiten het vertrek, en een vrouw die alleen maar Izzy's zus kon zijn kwam achteruit binnengelopen met een vol dienblad. Ze was ouder, had meer sproeten, een verweerd gezicht en zilveren plukken in haar blonde haar, en ze droeg een soortgelijk gestreept overhemd als haar man, maar zij combineerde het hare met parels. 'TORKS!' brulde ze naar het plafond, zo hard dat Robin ervan schrok. 'IK BEN HIER!'

Ze zette het dienblad met veel gerammel op het poefje met borduurwerk dat bij Raff voor de haard stond.

'Hoi, ik ben Fizzy. Waar is Kinvara gebleven?'

'Druk in de weer met de paarden.' Izzy liep om de bank heen en ging zitten. 'Een smoes om er niet bij te hoeven zijn, denk ik. Ga zitten, luitjes.'

Strike en Robin namen plaats op twee doorgezakte fauteuils die naast elkaar haaks op de bank stonden. Zo te voelen had de vering het tientallen jaren geleden al begeven. Robin voelde Raphaels blik op zich gericht.

'Ik hoorde van Izzy dat jij Charlie Campbell kent,' zei Fizzy tegen Strike terwijl ze voor iedereen thee inschonk.

'Klopt.'

'Bofkont,' zei Torquil, die net weer binnengekomen was.

Strike liet niet blijken dat hij het had gehoord.

'Heb je Jonty Peters ooit ontmoet?' vroeg Fizzy. 'Vriend van de familie Campbell? Had iets te maken met de politie... Nee, Badger, die zijn niet voor jou. Torks, wat deed Jonty Peters ook alweer?'

'Politierechter,' antwoordde Torquil prompt.

'Yah, natuurlijk,' zei Fizzy. 'Politierechter. Heb je Jonty ooit ontmoet, Cormoran?'

'Nee, ik ben bang van niet.'

'Hij was getrouwd met hoe-heet-ze, schat van een meid. Annabel. Deed veel goeds voor Save the Children, is vorig jaar benoemd tot Commander of the Order of the British Empire, helemaal verdiend. O, maar als je de Campbells kent, moet je Rory Moncrieff ook kennen.'

'Ik denk het niet,' zei Strike geduldig, en hij vroeg zich af hoe Fizzy zou reageren als hij haar vertelde dat de Campbells hem altijd zo ver mogelijk bij hun vrienden en familie uit de buurt gehouden hadden. Misschien zou ze zelfs dan nog gewoon doorgaan: *Ach, maar dan ben je Basil Plumley vast ooit tegen het lijf gelopen. Die konden ze wel schieten, yah, zwaar alcoholist, maar zijn vrouw heeft wel de Kilimanjaro beklommen voor de Dogs Trust...*

Torquil duwde de dikke labrador bij de koekjes vandaan. Het

beest sjokte naar een hoek en plofte neer om een dutje te gaan doen. Fizzy nam plaats tussen haar man en Izzy op de bank.

'Ik weet niet of Kinvara van plan is terug te komen,' zei Izzy. 'We kunnen net zo goed gewoon beginnen.'

Strike vroeg of de familie nog iets had gehoord over de voortgang van het politieonderzoek. Er viel een minuscule stilte, waarin het gegil van kinderen in de verte over het hoge gras galmde.

'We weten niet veel méér dan wat ik jou heb verteld,' zei Izzy, 'al hebben we volgens mij allemaal het gevoel... Ja, toch?' vroeg ze aan de rest van de familieleden. 'We hebben het gevoel dat de politie denkt dat het zelfmoord was. Van de andere kant vinden ze kennelijk dat ze dit tot op de bodem moeten...'

'Dat komt door zijn positie, Izz,' onderbrak Torquil haar. 'Hij was minister, natuurlijk zijn ze in zo'n geval grondiger dan wanneer de gewone man doodgaat. Wat je wel moet weten, Cormoran...' voegde hij er gewichtig aan toe, terwijl hij zijn aanzienlijke lijf verplaatste op de bank. 'Sorry, meiden, ik ga het gewoon zeggen. Persoonlijk denk ik óók dat het zelfmoord was. Ik begrijp natuurlijk dat die gedachte moeilijk te verdragen is, en jullie moeten niet denken dat ik niet blij ben dat jullie erbij gehaald zijn!' verzekerde hij Strike. 'Als dat de meiden geruststelt, prima. Maar, eh, de mannen in de familie – ja, toch, Raff? – geloven niet dat er meer achter zit dan dat, eh... mijn schoonvader het leven niet langer aankon. Die dingen gebeuren. Het zat niet helemaal goed bij hem daarboven. Toch, Raff?' herhaalde Torquil.

Raphael leek niet blij te zijn met dit impliciete bevel. Hij negeerde zijn zwager en sprak rechtstreeks tegen Strike.

'Mijn vader gedroeg zich vreemd de afgelopen weken. Ik begreep toen niet waarom. Niemand had me verteld dat hij werd afge...'

'Daar praten we nu niet over,' zei Torquil snel. 'Dat hebben we samen afgesproken.'

Izzy zei gespannen: 'Cormoran, ik weet dat jij wilde weten waarmee paps werd gechanteerd...'

'Jasper heeft geen enkele wet overtreden,' zei Torquil ferm, 'en daarmee uit. Ik geloof best dat je discreet bent,' zei hij tegen Strike, 'maar zulke dingen lekken uit, daar ontkom je niet aan. We willen niet weer de kranten op ons dak krijgen. Daar zijn we het toch over eens?' vroeg hij bars aan zijn vrouw.

'Op zich wel ja,' zei Fizzy, die in tweestrijd leek te staan. 'Nee, natuurlijk willen we niet dat het in de krant komt, maar Jimmy Knight had een goede reden om paps iets aan te doen, Torks, en ik vind het belangrijk dat Cormoran dat op z'n minst weet. Wist je dat hij deze week hier is geweest, in Woolstone?'

'Nee,' zei Torquil, 'dat wist ik niet.'

'Yah, mevrouw Ankill heeft hem gezien,' zei Fizzy. 'Hij vroeg haar of ze wist waar zijn broer was.'

'Die arme kleine Billy,' zei Izzy vaag. 'Hij was niet helemaal goed. Logisch ook, als je bent grootgebracht door Jack o'Kent. Paps was jaren geleden een keer de honden aan het uitlaten,' zei ze tegen Strike en Robin, 'en toen zag hij dat Jack de kleine Billy letterlijk hun hele tuin door schopte. Het jochie was naakt. Toen hij paps zag, hield Jack o'Kent er natuurlijk gauw mee op.'

Het idee dat dit incident gemeld had moeten worden bij de politie of de kinderbescherming leek niet bij Izzy opgekomen te zijn, of bij haar vader. Het was alsof Jack o'Kent en zijn zoon wilde boswezens waren, die zich helaas gedroegen zoals beesten zich nu eenmaal van nature gedroegen.

'Hoe minder er over Jack o'Kent wordt gepraat,' zei Torquil, 'hoe beter. En jij zegt dat Jimmy reden had om je vader iets aan te doen, Fizz, maar waar het hem eigenlijk om te doen was, is geld, en door je vader te vermoorden zou hij nooit...'

'Hij was kwaad op paps,' zei Fizzy vastberaden. 'Misschien heeft hij een rood waas voor zijn ogen gekregen toen hij besefte dat paps niet zou dokken. Hij terroriseerde als tiener al de hele boel,' zei ze tegen Strike. 'Is al vroeg naar extreemlinks getrokken. Vroeger zat hij in de pub met de broertjes Butcher en riep hij tegen iedereen dat de Tory's opgehangen en gevierendeeld moesten worden, en hij probeerde mensen de *Socialist Worker* te verkopen...'

Fizzy gluurde van opzij naar haar zus, die haar tamelijk hardnekkig negeerde, meende Strike.

'Altijd al een lastpost geweest,' zei Fizzy. 'Hij deed het goed bij de meisjes, maar verder...'

De deur van de salon ging open, en tot verbazing van de andere familieleden kwam Kinvara binnen, verhit en geagiteerd. Nadat hij zich met enige moeite uit de diepe fauteuil had gehesen, stak Strike haar een hand toe. 'Cormoran Strike, hoe maakt u het.'

Kinvara stond erbij alsof ze zijn vriendelijke gebaar het liefst genegeerd had, maar ze nam met een chagrijnig gezicht zijn uitgestoken hand aan. Torquil zette nog een stoel naast de poef en Fizzy schonk een extra kopje thee in.

'Alles goed met de paarden, Kinvara?' vroeg Torquil hartelijk.

'Nou, Mystic heeft weer een hap uit Romano genomen,' zei ze met een vuile blik op Robin, 'dus ik heb de veearts weer moeten bellen. Mystic raakt van streek als iemand te hard over de oprijlaan rijdt, verder gaat het uitstekend met hem.'

'Ik snap niet dat je de hengsten bij elkaar zet, Kinvara,' zei Fizzy.

'Het is een mythe dat dat niet zou mogen,' beet Kinvara haar toe. 'In het wild zijn groepen jonge hengsten heel normaal. Onderzoek in Zwitserland heeft aangetoond dat ze vredig naast elkaar kunnen leven als ze eenmaal zelf een onderlinge hiërarchie hebben vastgesteld.' Ze sprak op dogmatische, bijna fanatieke toon.

'We vertelden Cormoran net over Jimmy Knight,' zei Fizzy tegen Kinvara.

'Ik dacht dat je daar niet over wilde...?'

'Niet over de afpersing,' zei Torquil snel, 'maar over hoe verschrikkelijk hij vroeger was.'

'O,' zei Kinvara. 'Op die manier.'

'Uw stiefdochter is bang dat hij misschien iets te maken heeft met de dood van uw man,' zei Strike, gebrand op haar reactie.

'Dat weet ik,' zei Kinvara, ogenschijnlijk onverschillig, en met haar blik volgde ze Raphael, die net was weggelopen van de haard om een pakje Malboro Lights te pakken dat naast een lamp op tafel lag. 'Ik heb Jimmy Knight nooit gekend. De eerste keer dat ik hem zag was toen hij een jaar geleden aan de deur kwam en Jasper wilde spreken. Er ligt een asbak onder dat tijdschrift, Raphael.'

Haar stiefzoon stak een sigaret op en kwam teruggelopen met de asbak, die hij neerzette op een tafeltje naast Robin voordat hij weer voor de niet-brandende haard ging staan.

'Toen is het begonnen,' vervolgde Kinvara. 'De afpersing. Jasper was die avond niet thuis, dus heeft Jimmy met mij gepraat. Jasper was woest toen ik het hem bij thuiskomst vertelde.'

Strike wachtte af. Hij vermoedde dat hij niet de enige was die meende dat Kinvara wel eens de familiebelofte van omerta zou kunnen verbreken om eruit te flappen wat Jimmy had gezegd. Maar dat deed ze niet, en Strike haalde zijn notitieboekje tevoorschijn.

'Vindt u het erg als ik een paar vragen doorneem? Er zit vast niets bij wat de politie nog niet heeft gevraagd, maar ik wil een paar dingetjes opgehelderd hebben, als dat mag. Hoeveel sleutels zijn er van het huis in Ebury Street?'

'Drie voor zover *ík* weet,' zei Kinvara. Met de nadruk op 'ik' suggereerde ze dat de rest van de familie misschien wel sleutels voor haar achtergehouden had.

'En wie hadden die?' vroeg Strike.

'Nou, Jasper had zijn eigen sleutel,' antwoordde ze, 'en ik had er een en dan was er de reservesleutel die Jasper aan de schoonmaakster had gegeven.'

'Hoe heet zij?'

'Geen idee, Jasper heeft haar laten gaan, een paar weken voor... voor zijn dood.'

'Waarom heeft hij haar ontslagen?' vroeg Strike.

'Als u het dan zo nodig moet weten: we hebben de broekriem moeten aanhalen.'

'Werkte ze hier via een bureau?'

'O, nee. Jasper was ouderwets. Hij had een kaartje opgehangen in een buurtwinkel en zij kwam langs. Ik geloof dat ze Roemeens of Pools was of zoiets.'

'Hebt u haar gegevens?'

'Nee, Jasper heeft haar aangenomen en ontslagen. Ik heb haar nooit ontmoet.'

'Waar is haar sleutel gebleven?'

'Die lág in de keukenla in Ebury Street, maar na zijn dood kwamen we erachter dat Jasper hem had verplaatst naar zijn bureaula op het werk, en die zat op slot,' zei Kinvara. 'Ik heb de sleutel samen met al zijn persoonlijke spullen teruggekregen van het ministerie.'

'Dat lijkt me raar,' zei Strike. 'Weet niemand waarom hij dat heeft gedaan?'

De rest van de familie bleef neutraal kijken, maar Kinvara zei: 'Hij was altijd al met de beveiliging bezig, en de laatste tijd gedroeg hij zich paranoïde – behalve natuurlijk als het om de paarden ging. Alle sleutels van Ebury Street zijn van die speciale exemplaren die je niet kunt laten namaken.'

'Ze zijn moeilijk na te maken,' zei Strike, en hij maakte een aantekening, 'maar niet onmogelijk, als je de juiste mensen kent. Waar waren de andere twee sleutels op de ochtend van zijn overlijden?'

'Die van Jasper zat in zijn zak en de mijne was hier, in mijn handtas,' antwoordde Kinvara.

'De heliumtank,' ging Strike verder. 'Weet iemand wanneer die gekocht is?'

Die woorden werden ontvangen met een doodse stilte.

'Is er hier ooit een feestje geweest?' vroeg Strike. 'Misschien voor een van de kinderen?'

'Nee,' zei Fizzy. 'Ebury Street was voor paps alleen een werkplek. Ik kan me niet herinneren dat hij er ooit een feest heeft gegeven.'

'En u, mevrouw Chiswell,' vroeg Strike aan Kinvara. 'Kunt u zich misschien...?'

'Nee,' onderbrak ze hem. 'Dat heb ik al tegen de politie gezegd. Jasper moet hem zelf gekocht hebben, er is geen andere verklaring.'

'Is er geen factuur gevonden? Of een creditcardafschrift?'

'Hij zal wel contant betaald hebben,' zei Torquil behulpzaam.

'Wat ik ook graag zou ophelderen,' zei Strike, die een door hemzelf opgesteld lijstje afwerkte, 'is hoe het zit met de telefoontjes die de minister heeft gepleegd op de ochtend van zijn dood. Blijkbaar heeft hij u gebeld, mevrouw Chiswell, en jou, Raphael.'

Raphael knikte. Kinvara zei: 'Hij wilde weten of ik het meende, dat ik bij hem wegging, en ik zei ja. Het was geen lang gesprek. Ik wist niet... ik kende de ware identiteit van uw assistente niet. Ze dook ineens op uit het niets en Jasper reageerde raar toen ik hem vroeg hoe het zat, en ik... ik was erg van streek. Ik dacht dat er iets was tussen hen.'

'Verbaasde het u dat uw man tot de volgende ochtend wachtte om u te bellen over de brief die u had achtergelaten?' vroeg Strike.

'Hij zei dat hij hem niet had zien liggen toen hij binnenkwam.'

'Waar had u hem neergelegd?'

'Op zijn nachtkastje. Hij zal wel dronken zijn geweest toen hij thuiskwam. Hij drinkt – dronk – erg veel. Al sinds het begin van die afpersing.'

De buitengesloten Norfolk-terriër dook ineens op voor een van de hoge ramen en begon weer naar hen te blaffen.

'Rotbeest,' zei Torquil.

'Hij mist Jasper,' zei Kinvara. 'Het w-was Jaspers hond.'

Ze stond abrupt op en liep weg om een paar tissues uit de doos te grissen die op de stapel tuinboeken lag. Iedereen zat er ongemakkelijk bij. De hond bleef maar blaffen. De labrador werd wakker en blafte één keer terug, voordat een van de rennende kinderen weer verscheen op het gazon, die de Norfolk-terriër luidkeels riep om te komen spelen en een bal weggooide. Het beestje stoof erachteraan.

'Goed zo, Pringle!' riep Torquil.

In afwezigheid van geblaf werd de kamer gevuld door de snikjes van Kinvara en het geluid van de labrador die neerplofte om verder te slapen. Izzy, Fizzy en Torquil wisselden opgelaten blikken terwijl Raphael tamelijk stoïcijns voor zich uit staarde. Hoewel ze Kinvara niet erg mocht, vond Robin de dadeloosheid van de familie vreselijk gevoelloos.

'Waar komt dat schilderij vandaan?' vroeg Torquil zogenaamd geïnteresseerd terwijl hij naar het paardenschilderij boven Raphaels hoofd tuurde. 'Dat is nieuw, of niet?'

'Het is van Tinky geweest, geloof ik.' Fizzy keek er aandachtig naar. 'Ze heeft een hoop van die paardenrommel meegebracht uit Ierland.'

'Zie je dat veulen?' Torquil keek kritisch naar het schilderij. 'Weet je wat dat is, volgens mij? Het *lethal white*-syndroom. Wel eens van gehoord?' vroeg hij aan zijn vrouw en zijn schoonzus. 'Jij zult het wel kennen, Kinvara,' voegde hij eraan toe, duidelijk in de veronderstelling dat hij daarmee de weg vrijmaakte voor de terugkeer naar een beleefdheidsgesprekje. 'Spierwit veulen, lijkt gezond bij de geboorte, maar er is iets mis met het darmstelsel. Ze kunnen hun ontlasting niet kwijt, lethal whites. Het tragische is dat ze levend geboren worden, zodat ze merrie ze voedt en eraan gehecht raakt, en dan...'

'Torks,' zei Fizzy gespannen, maar het was al te laat.

Kinvara stoof de kamer uit. De deur viel met een klap dicht.

'Wat nou?' vroeg Torquil verbaasd. 'Wat heb ik...?'

'Baby,' fluisterde Fizzy.

'Ach, lieveheer,' zei hij. 'Glad vergeten.' Hij stond op en hees zijn mosterdgele ribbroek op, opgelaten en defensief. 'Ja, verdorie,' zei hij tegen niemand in het bijzonder, 'hoe moet ik nou weten dat ze dat zo opvat? Paarden op een schilderij!'

'Je weet hoe ze is,' zei Fizzy, 'met álles wat met baby's te maken kan hebben. Sorry,' voegde ze er tegen Strike en Robin aan toe, 'ze heeft een kind gekregen dat het niet haalde. Ligt erg gevoelig.'

Torquil liep naar het schilderij toe en keek met half dichtgeknepen ogen over Raphaels hoofd heen naar de tekst die op een klein plaatje stond dat in de lijst was bevestigd. '*Mare Mourning*,' las hij. 'Rouwende merrie. Zie je wel,' zei hij enigszins triomfantelijk. 'Dat veulen is dus dood.'

'Kinvara vindt het mooi,' zei Raphael onverwacht, 'omdat de merrie haar aan Lady doet denken.'

'Wie?' vroeg Torquil.

'De merrie die laminitis kreeg.'

'Wat is dat?' vroeg Strike.

'Hoefbevangenheid, een aandoening aan de hoeven,' legde Robin uit.

'O, rijd jij paard?' vroeg Fizzy gretig.

'Vroeger.'

'Laminitis is ernstig,' zei Fizzy tegen Strike. 'Paarden kunnen er kreupel van raken. Ze hebben veel zorg nodig en soms is er niets aan te doen, dan is het het beste...'

'Mijn stiefmoeder had die merrie wekenlang verzorgd,' zei Raphael tegen Strike. 'Ze stond midden in de nacht op en zo. Mijn vader wachtte tot...'

'Raff, dit staat echt overal los van,' zei Izzy.

'Hij wachtte,' volhardde Raphael, 'tot Kinvara op een dag de deur uit was, belde zonder haar in te lichten de veearts en liet het paard afmaken.'

'Lady leed enorm,' zei Izzy. 'Papa heeft me verteld hoe ze eraan toe was. Het zou puur egoïsme geweest zijn om haar in leven te houden.'

'Ja, nou ja,' zei Raphael, die zijn blik op het gazon achter de ramen gericht hield, 'als ik bij thuiskomst het kadaver had aangetroffen van een dier waar ik van hield, had ik misschien ook wel het eerste het beste voorwerp gepakt om hem daar een klap mee te geven.'

'Raff,' zei Izzy. 'Toe nou!'

'Jij wilde dit, Izzy,' zei hij met een grimmig genoegen. 'Je snapt toch wel dat meneer Strike en zijn knappe assistente straks ongetwijfeld Tegan zullen opsporen om met haar te gaan praten? Ze weten gauw genoeg tot wat voor shit pa in staat...'

'Raff!' zei Fizzy op scherpe toon.

'Kalm aan, ouwe reus,' zei Torquil, iets waarvan Robin behalve in boeken nooit had verwacht het iemand te horen zeggen. 'Deze hele toestand is uitermate vervelend, maar dit is nergens voor nodig.'

Raphael negeerde hen allemaal en richtte zich tot Strike. 'Uw volgende vraag was waarschijnlijk wat mijn vader tegen míj zei toen hij me die ochtend belde?'

'Inderdaad,' zei Strike.

'Hij eiste dat ik hierheen kwam.'

'Hierheen?' herhaalde Strike. 'Naar Woolstone?'

'Híérheen. Naar dit huis. Hij zei dat hij dacht dat Kinvara domme dingen zou doen. Hij praatte vaag. Een beetje raar. Alsof hij een zware kater had.'

'Hoe vatte jij "domme dingen" op?' vroeg Strike, met zijn pen boven het papier.

'Ze heeft wel vaker gedreigd zich van kant te maken,' zei Raff, 'dus dat, eigenlijk. Of misschien was hij bang dat ze de boel in de fik zou steken, het kleine beetje bezit dat hij nog had.' Hij gebaarde om zich heen in het sjofele vertrek. 'Zoals u ziet, was dat niet veel.'

'Heeft hij jou verteld dat ze bij hem wegging?'

'Ik kreeg wel de indruk dat het slecht ging tussen hen, maar zijn exacte woorden kan ik me niet herinneren. Hij sprak nogal onsamenhangend.'

'Heb je gehoor gegeven aan zijn verzoek?' vroeg Strike.

'Yep. Ik ben als een brave zoon in de auto gestapt en dat hele eind hierheen gereden, waar ik Kinvara springlevend aantrof in de keuken, tierend over Venetia – Robin, bedoel ik,' verbeterde hij zichzelf. 'Zoals u inmiddels wel begrepen zult hebben, dacht hij dat pa met haar neukte.'

'Raff!' Fizzy klonk hevig verontwaardigd.

'Moet dat nou?' zei Torquil. 'Dat taalgebruik?'

Iedereen meed angstvallig Robins blik. Ze wist dat ze rood was geworden.

'Is dat niet raar?' vroeg Strike. 'Je vader laat je helemaal naar Oxfordshire komen terwijl hij andere mensen, die veel dichterbij wonen, zou kunnen vragen zijn vrouw in de gaten te houden. Ik hoorde dat hier ook iemand overnachtte?'

Izzy gaf antwoord voordat Raphael de kans kreeg.

'Tegan, het stalmeisje, was inderdaad hier die nacht, omdat Kinvara de paarden niet zonder oppas alleen wilde laten,' zei ze, en ze voegde eraan toe, vooruitlopend op Strikes volgende vraag: 'Ik vrees dat niemand haar gegevens heeft, want Kinvara heeft meteen na de dood van paps ruzie met haar gekregen en toen is Tegan opgestapt. Ik weet niet waar ze nu werkt. Maar vergeet niet,' Izzy boog zich naar voren en sprak met een ernstig gezicht tegen Strike, 'dat Tegan waarschijnlijk in diepe slaap was op het moment dat Kinvara naar eigen zeggen terugkwam. Het is een groot huis. Kinvara kan op ieder moment hier binnengekomen zijn zonder dat Tegan het merkte.'

'Als Kinvara bij hem in Ebury Street was, waarom zou hij mij dan hierheen sturen om naar haar te gaan kijken?' vroeg Raphael geërgerd. 'En hoe verklaar je dan dat ze hier eerder was dan ik?'

Izzy zag eruit alsof ze daar graag weerwoord op had gegeven, maar geen goede reactie kon bedenken. Strike wist nu waarom Izzy had gezegd dat het 'er niet toe deed' waar Chiswell zijn zoon over had gebeld: het ondermijnde de verdenking van Kinvara als moordenares.

'Hoe heet Tegan van haar achternaam?' vroeg hij.

'Butcher,' zei Izzy.

'Familie van de gebroeders Butcher met wie Jimmy Knight vroeger optrok?' vroeg Strike.

Robin meende dat het drietal op de bank elkaars blikken meed. Toen gaf Fizzy antwoord. 'Toevallig wel, ja, maar...'

'Ik zou contact kunnen opnemen met de familie, misschien geven ze me Tegans nummer,' zei Izzy. 'Ja, dat ga ik doen, Cormoran, ik laat het je nog weten.'

Strike wendde zich weer tot Raphael. 'Ben je meteen van huis gegaan toen je vader je vroeg bij Kinvara te gaan kijken?'

'Nee, ik heb eerst wat gegeten en gedoucht. Ik had weinig zin om naar haar toe te gaan. Zij en ik zijn niet erg dol op elkaar. Ik kwam hier om een uur of negen aan.'

'Hoe lang ben je gebleven?'

'Nou, uiteindelijk urenlang,' zei Raphael zacht. 'Er kwamen een paar politiemensen langs om te vertellen dat pa dood was. Daarna kon ik moeilijk vertrekken, hè? Kinvara stortte bijna...'

De deur ging open en Kinvara kwam weer binnen. Ze ging met een strak gezicht in haar harde stoel zitten, met een pluk tissues in haar hand geklemd.

'Ik heb maar vijf minuten,' zei ze. 'De veearts belde net, hij is in de buurt, dus hij komt even naar Romana kijken. Ik moet zo gaan.'

'Mag ik ook iets vragen?' vroeg Robin aan Strike. 'Ik weet dat het misschien niks voorstelt,' zei ze tegen de andere aanwezigen, 'maar toen ik de minister vond, lag er een blauw buisje met homeopathische pilletjes op de vloer naast hem. Homeopathie leek me niet iets waar hij...'

'Wat voor pillen?' vroeg Kinvara tot Robins verbazing op scherpe toon.

'Lachesis.'

'In een blauw buisje?'

'Ja. Waren die van u?'

'Ja!'

'Had u ze in Ebury Street laten liggen?' vroeg Strike.

'Nee, ik was ze al weken kwijt... maar híér heb ik ze nooit gehad.' Ze fronste haar voorhoofd, meer voor zichzelf dan voor de aanwezigen. 'Ik had ze in Londen gekocht, omdat de apotheek in Woolstone ze niet had.'

Ze reconstrueerde zichtbaar de gebeurtenissen.

'Ik weet nog dat ik er een paar heb geproefd bij de apotheek voor de deur om te kijken of hij zou merken dat ik ze door zijn voer...'

'Pardon?' vroeg Robin, die zich afvroeg of ze het wel goed had verstaan.

'Het voer van Mystic,' zei Kinvara. 'Ze waren voor Mystic.'

'Je wilde een páárd homeopathische tabletten geven?' vroeg Torquil, op een toon waarmee hij iedereen uitnodigde dat net zo lachwekkend te vinden als hijzelf.

'Jasper vond dat ook belachelijk,' zei Kinvara vaag, nog helemaal in gedachten verzonken. 'Ja, ik heb het buisje geopend meteen nadat ik het had afgerekend, ik heb een paar pilletjes ingenomen en' – ze deed het gebaar voor – 'de rest in mijn jaszak gestopt, maar toen ik thuiskwam, zaten ze er niet meer in. Ik dacht dat ik ze op de een of andere manier had laten vallen.'

Toen slaakte ze een kreetje en werd rood. Ze leek te worstelen met een stil, onuitgesproken besef. Toen ze in de gaten kreeg dat iedereen nog naar haar zat te kijken, zei ze: 'Ik ben die dag met Jasper vanuit Londen naar huis gereisd. We hadden afgesproken op het station en hebben samen de trein genomen. Hij moet ze uit mijn jaszak gepakt hebben! Hij heeft ze gestolen, zodat ik ze niet aan Mystic kon geven!'

'Kinvara, doe niet zo ontzettend belachelijk!' zei Fizzy met een kort lachje.

Raphael drukte plotseling zijn sigaret uit in de porseleinen asbak bij Robins elleboog. Het leek hem moeite te kosten zijn commentaar voor zich te houden.

'Heb je nog meer van dat spul gekocht?' vroeg Robin aan Kinvara.

'Ja,' antwoordde Kinvara, die haast gedesoriënteerd leek te zijn van schrik, al vond Robin haar conclusie van wat er met de pillen gebeurd moest zijn erg vreemd. 'Maar die zaten in een ander potje. Het blauwe buisje had ik daarvóór gekocht.'

'Homeopathie werkt toch volgens het placebo-effect?' vroeg Torquil aan niemand in het bijzonder. 'Hoe kan een paard nou...?'

'Torks,' mompelde Fizzy met opeengeklemde kaken. 'Kop dicht.'

'Waarom zou uw man een buisje homeopathische pillen van u gestolen hebben?' vroeg Strike nieuwsgierig. 'Dat lijkt me...'

'Zinloos rancuneus?' vroeg Raphael, die met zijn armen over elkaar onder het schilderij van het dode veulen stond. 'Omdat je zo overtuigd bent van je eigen gelijk en van het ongelijk van de ander dat je vindt dat je haar ervan mag weerhouden iets te doen wat verder geen kwaad kan?'

'Raff,' zei Izzy onmiddellijk. 'Ik weet dat je van slag bent, maar...'

'Ik ben niet van slag, Izz,' zei Raphael. 'Het is juist bevrijdend om alle wandaden nog eens door te nemen die pa tijdens zijn leven...'

'Zo is het wel genoeg, jongen!' zei Torquil.

'Noem me geen "jongen".' Raphael schudde nog een sigaret uit het pakje. 'Oké? Ik laat me door jou verdomme geen "jongen" noemen.'

'Let u maar niet op Raff,' zei Torquil luidkeels tegen Strike. 'Hij is boos op wijlen mijn schoonvader vanwege het testament.'

'Ik wist al dat hij me onterfd had!' snauwde Raphael, en hij wees naar Kinvara. 'Daar heeft zíj voor gezorgd.'

'Daar had je vader echt geen zetje van mij voor nodig!' Kinvara zag nu vuurrood. 'Bovendien heb je geld zat, je moeder verwent je walgelijk.' Ze zichtte zich tot Robin. 'Zijn moeder is bij Jasper weggegaan voor een diamanthandelaar, nadat ze Jasper alles had afgenomen wat ze maar in haar klauwen kon krijgen.'

'Zou ik nog een paar vragen mogen stellen?' vroeg Strike luid, voordat Raphael, die nu zichtbaar ziedend was, het woord kon nemen.

'De veearts kan ieder moment hier zijn, voor Romano,' zei Kinvara. 'Ik moet terug naar de stallen.'

'Een paar vraagjes nog maar,' stelde Strike haar gerust. 'Hebt u ooit amitriptylinetabletten gemist? Ik geloof dat u die op recept gebruikt, nietwaar?'

'Dat heeft de politie al gevraagd. Het zou best kunnen,' zei Kinvara ergerlijk vaag, 'maar ik kan het niet met zekerheid zeggen. Ik dacht ooit dat ik een doosje kwijt was en toen ik het weer gevonden had, zaten er minder pillen in dan in mijn herinnering. En ik weet dat ik een doosje in Ebury Street wilde neerleggen voor het geval ik ze een keer zou vergeten als ik uit Londen kwam, maar toen de politie ernaar vroeg, wist ik niet meer of ik dat nou wel of niet had gedaan.'

'Dus u zou niet kunnen zweren dat u pillen miste?'

'Nee,' zei Kinvara. 'Misschien heeft Jasper er een aantal gestolen, maar ik zou het niet durven zweren.'

'Zijn er nog indringers in de tuin geweest na de dood van uw man?' vroeg Strike.

'Nee. Niemand.'

'Ik hoorde dat een vriend van uw man heeft geprobeerd hem te bellen in de vroege morgen van zijn dood, maar dat hij niet opnam. Weet u misschien wie die vriend was?'

'O... ja, dat was Henry Drummond,' zei Kinvara.

'En wie is...?'

'Dat is een kunsthandelaar, een heel oude vriend van paps,' onderbrak Izzy hem. 'Raphael heeft een poosje voor hem gewerkt – ja, toch, Raff? – tot hij paps kwam helpen in het Lagerhuis.'

'Ik zie niet in wat Henry hiermee te maken heeft,' zei Torquil met een boosaardig lachje.

'Dat was alles, geloof ik,' zei Strike, en hij sloeg zonder op de laatste opmerking in te gaan zijn notitieboekje dicht. 'Ik zou alleen nog graag willen weten of ú denkt dat de dood van uw man zelfmoord was, mevrouw Chiswell.'

De hand die de tissues omklemde werd samengebald. 'Het interesseert niemand wat ik denk.'

'Mij wel, dat verzeker ik u.'

Kinvara's ogen schoten van Raphael, die strak naar het gazon buiten staarde, naar Torquil. 'Als u mijn mening wilt: Jasper heeft iets heel stoms gedaan, vlak voor hij...'

'Kinvara,' zei Torquil op scherpe toon. 'Ik adviseer je...'

'Ik ben niet geïnteresseerd in jouw advies!' Kinvara draaide zich met een ruk naar hem om, haar ogen tot spleetjes geknepen. 'De financiële ondergang van deze familie is tenslotte ook aan jouw advies te danken!'

Fizzy wierp haar man langs Izzy heen een waarschuwende blik toe om hem ervan te weerhouden te reageren.

Kinvara richtte zich weer tot Strike. 'Mijn man heeft kort voor zijn dood iemand tegen de haren in gestreken, en ik had hem nog gewaarschuwd dat hij diegene niet kwaad moest maken.'

'Bedoelt u Geraint Winn?' vroeg Strike.

'Nee,' zei Kinvara, 'maar u bent warm. Ik mag er van Torquil niks over zeggen omdat zijn goede vriend Christopher erbij betrokken is...'

'Wel verdomme!' barstte Torquil uit. Hij stond op en hees opnieuw zijn mosterdgele ribbroek op, ogenschijnlijk hevig verbolgen. 'Mijn god, gaan we nu ook al complete buitenstaanders bij deze fantasie betrekken? Wat heeft Christopher hier goddomme mee te maken? Mijn schoonvader heeft de hand aan zichzelf geslagen!' zei hij luidkeels tegen Strike, waarna hij zijn woede richtte op zijn vrouw en zijn schoonzus. 'Ik heb deze flauwekul getolereerd voor jullie gemoedsrust, maar echt waar, als het deze kant op gaat...'

Izzy en Fizzy protesteerden samen, probeerden hem tot bedaren te brengen en tegelijkertijd hun eigen gedrag goed te praten, en te midden van alle drukte stond Kinvara op, wierp haar lange rode haar over haar schouders en liep naar de deur. Robin kreeg heel sterk de indruk dat ze deze handgranaat bewust in het gesprek had geworpen. Bij de deur bleef ze even staan, en de anderen keken haar kant op alsof ze hen had geroepen. Met haar heldere, hoge kinderstemmetje zei ze: 'Jullie komen allemaal hierheen en doen alsof dit huis van jullie is, alsof ik hier maar te gast ben, maar Jasper heeft gezegd dat ik hier mag blijven wonen zo lang als ik leef. Ik moet nu naar de dierenarts en als ik terugkom, wil ik graag dat jullie allemaal vertrokken zijn. Jullie zijn hier niet meer welkom.'

43

... ben ik bang dat het familiespook binnenkort van zich zal laten horen.

Henrik Ibsen, *Rosmersholm*

Robin vroeg of ze voor hun vertrek uit Chiswell House gebruik zou mogen maken van het toilet, en ze werd naar het einde van de gang gebracht door Fizzy, die nog steeds ziedend was op Kinvara.

'Hoe durft ze,' zei Fizzy in de gang. 'Hoe dúrft ze! Dit huis is van Pringle, niet van haar.' En in één adem voegde ze eraan toe: 'Let alsjebliéft niet op wat ze over Christopher zei, ze probeert gewoon Torks op de kast te jagen. Dat was walgelijk van haar, hij is woest.'

'Wie is die Christopher eigenlijk?' vroeg Robin.

'Nou... ik weet niet of ik het wel moet zeggen. Maar ach, als je... Hij kan hier natuurlijk niks mee te maken hebben. Het is pure wrok van Kinvara. Ze doelt op Sir Christopher Barrowclough-Burns. Een oude familievriend van Torks. Christopher is een hoge ambtenaar; hij was de mentor van die jongen van Mallik bij Buitenlandse Zaken.'

De wc was koud en ouderwets. Toen Robin de deur vergrendelde, hoorde ze Fizzy met grote passen teruglopen naar de salon, ongetwijfeld om de boze Torquil tot bedaren te brengen. Ze keek om zich heen. De stenen muren, waar de verf van afbladderde, waren kaal op een groot aantal donkere gaatjes na waar hier en daar nog een spijker uitstak. Robin nam aan dat Kinvara verantwoordelijk was voor het weghalen van de vele perspex lijsten, die nu tegen de muur tegenover de toiletpot gestapeld stonden. In de lijstjes zat een allegaartje aan familiefoto's, opgeplakt in rommelige collages.

Nadat ze haar handen had afgedroogd aan een klamme handdoek die naar honden rook, ging Robin op haar hurken zitten om de foto's te bekijken. Izzy en Fizzy waren als kind bijna niet uit elkaar te houden; ze zou niet kunnen zeggen wie van de twee een radslag maakte op het croquetveld en wie over de bok sprong in een gymzaaltje, wie er danste voor een kerstboom in de hal of wie van beiden de jonge Jasper Chiswell omhelsde tijdens een jachtpicknick, waar de mannen allemaal in tweed en waxjassen liepen.

Maar Freddie was onmiddellijk te herkennen, omdat hij in tegenstelling tot zijn zusjes zijn vaders naar voren gestoken onderlip had geërfd. In zijn kinderjaren was hij net zo witblond geweest als zijn neefjes en nichtjes, en hij was op veel foto's te zien, stralend voor de camera als peuter, met een strak gezicht als wat groter kind in een nieuw kostschooluniform, en triomfantelijk in een modderige rugbyoutfit.

Robin nam even de tijd om een groepsfoto te bekijken van een paar tieners, allemaal van top tot teen in witte schermkleding gestoken, de kniebroeken aan de zijkant afgezet met Britse vlaggetjes. Ze herkende Freddie, die in het midden van het groepje stond met een grote zilveren beker in zijn handen. Helemaal achteraan stond een ongelukkig kijkend meisje dat Robin onmiddellijk herkende als Rhiannon Winn, ouder en dunner dan op de foto's die haar vader Robin had laten zien, haar bangige, ineengedoken houding in sterk contrast met de trotse glimlach die alle anderen op het gezicht hadden.

Robin stopte bij de laatste lijst om de verschoten foto van een groot feest te bekijken.

Die was genomen in een tent, zo te zien vanaf een podium. Boven de hoofden van de vele gasten zweefden knalblauwe heliumballonnen in de vorm van het cijfer achttien. Een stuk of honderd tieners hadden duidelijk opdracht gekregen in de camera te kijken. Robin speurde aandachtig de menigte af en had Freddie al snel gevonden, omringd door een grote groep jongens en meisjes, die allemaal de armen om elkaars schouders geslagen hadden, stralend en in sommige gevallen gierend van de lach. Na een minuut of wat vond Robin het gezicht dat ze instinctief had gezocht: Rhiannon Winn, mager, bleek en met een strak gezicht naast de drankentafel. Vlak achter haar, half verborgen in de schaduwen, stonden een paar jongens die geen smoking droegen maar een spijkerbroek en T-shirt. Een van hen was donker en knap, met lang haar en een afbeelding van The Clash op zijn T-shirt.

Robin pakte haar mobiel en nam een foto van het schermteam en van de foto's van de achttiende verjaardag, waarna ze zorgvuldig de perspex lijsten terugzette zoals ze ze had aangetroffen, en ze verliet de wc.

Heel even dacht ze dat er niemand was in de stille gang. Toen zag ze dat Raphael met zijn armen over elkaar geslagen tegen het haltafeltje geleund stond.

'Nou, dag, hè?' zei Robin, en ze liep naar de voordeur.

'Wacht even.'

Ze bleef staan terwijl hij zich afzette van het tafeltje en haar kant op kwam. 'Ik was behoorlijk kwaad op jou, weet je dat?'

'Dat snap ik wel,' zei Robin zacht, 'maar ik deed waar je vader me voor had ingehuurd.'

Hij kwam dichterbij en bleef staan onder een oude glazen lantaarn die aan het plafond hing. De helft van de gloeilampen die erin hoorden te zitten ontbrak.

'Ik zou zeggen dat je er behoorlijk goed in bent, of niet? Andermans vertrouwen winnen?'

'Dat is mijn werk.'

'Je bent getrouwd,' zei hij met een blik op haar linkerhand.

'Ja,' zei ze.

'Met Tim?'

'Nee, er is geen Tim.'

'Je bent toch niet met hém getrouwd?' vroeg Raphael snel, en hij wees naar buiten.

'Nee, we werken alleen maar samen.'

'En dat is je echte accent,' zei Raphael. 'Yorkshire.'

'Ja,' zei ze. 'Klopt.'

Ze verwachtte dat hij iets beledigends zou zeggen. De olijfkleurige donkere ogen speurden haar gezicht af, en toen schudde hij licht het hoofd.

'Je stem bevalt me wel, maar ik vond "Venetia" mooier. Deed me denken aan zo'n gemaskerde orgie.'

Hij draaide zich om en liep weg, en Robin haastte zich naar buiten, de zon in, waar Strike waarschijnlijk al ongeduldig zat te wachten in de Land Rover.

Maar daarin vergiste ze zich. Hij stond nog bij de motorkap van de auto. Izzy stond heel dicht bij hem en praatte snel en op fluistertoon tegen hem. Toen ze Robins voetstappen achter zich op het grind hoorde, deed Izzy een stapje achteruit – enigszins schuldbewust en opgelaten, meende Robin.

'Heel leuk om je weer te zien,' zei Izzy, en ze kuste Robin op beide wangen, alsof dit zomaar een gezellig bezoekje was geweest. 'En jij belt me, hè?' voegde ze eraan toe tegen Strike.

'Ja, ik hou je op de hoogte,' antwoordde hij terwijl hij om de auto heen liep naar de passagierskant.

Strike noch Robin zei iets terwijl zij de auto keerde. Izzy zwaaide hen uit, een ietwat treurig figuurtje in haar te wijde hemdjurkje. Strike stak een hand naar haar op toen ze de bocht in de oprijlaan namen, waarna ze uit het zicht verdween.

Om de schrikachtige hengsten niet op te jagen reed Robin in een slakkengangetje. Toen hij naar links gluurde, zag Strike dat het gewonde paard uit de wei gehaald was, maar ondanks Robins beste bedoelingen ging de zwarte hengst er weer vandoor op het moment dat de luidruchtige oude auto langsreed.

'Wie zou nou ooit de eerste zijn geweest,' zei Strike toen hij het dier zag bokken en springen, 'om bij het zien van zo'n paard te zeggen: "Goh, ik zal eens op zijn rug gaan zitten"?'

'Er is een oud gezegde,' zei Robin, terwijl ze probeerde om om de ergste kuilen in de weg heen te rijden, 'dat luidt: "Het paard is je spiegel".' Ze zeggen wel eens dat honden op hun baasje lijken, maar ik denk dat dat eerder geldt voor paarden.'

'Dus dan zou Kinvara overgevoelig zijn en om zich heen trappen zodra er ook maar íéts gebeurt? Dat klopt wel, ja. Hier rechts. Ik wil even gaan kijken bij Steda Cottage.'

Een kleine twee minuten later zei hij: 'Hier. Hier erin.'

Het pad naar Steda Cottage was zo overwoekerd dat Robin er de eerste keer straal aan voorbijreed. Het huis lag diep verscholen in de bossen die grensden aan de tuin van Chiswell House, maar helaas kwam de Land Rover niet verder dan een meter of tien, waarna het pad niet langer begaanbaar was per auto. Robin zette de motor uit terwijl ze zich in stilte bezorgd afvroeg hoe Strike zich wilde verplaatsen over een nauwelijks zichtbaar pad van aarde en gevallen bladeren, overwoekerd met braamstruiken en brandnetels. Maar aangezien hij al uitstapte, volgde ze zijn voorbeeld, en ze gooide het portier met een klap achter zich dicht.

De grond was glad, het bladerdak van de bomen zo dicht dat het pad in diepe schaduwen was gehuld, bedompt en vochtig. Een doordringende groene, bittere geur vulde hun neusgaten, en overal om hen heen klonk het geritsel van vogels en kleine schepsels die hun leefgebied ruw verstoord zagen.

'Goh,' zei Strike terwijl ze zich een weg baanden door de struiken en het onkruid. 'Christopher Barrowclough-Burns. Dat is een nieuwe naam.'

'Nee, hoor,' zei Robin.

Strike keek grinnikend opzij naar haar en struikelde meteen over een boomwortel; hij slaagde erin overeind te blijven, maar wel ten koste van zijn zere knie. 'Shit... Ik vroeg me al af of jij het je nog zou herinneren.'

'"Christopher heeft niets beloofd over die foto's",' citeerde Robin prompt. 'Het is een hoge ambtenaar die Aamir Mallik heeft begeleid bij Buitenlandse Zaken. Fizzy vertelde het me net.'

'Dan zijn we terug bij "een man met jouw gewoontes", hè?'

Even zeiden ze geen van beiden iets, terwijl ze zich concentreerden op een extra verraderlijk deel van het pad, waar takken als zwepen zich gretig vastklampten aan kleding en huid. Robin zag bleek, met groene vlekken van het zonlicht dat werd gefilterd door het bladerdak boven hen.

'Heb je Raphael nog gezien nadat ik naar buiten was gegaan?'

'Eh... nou, toevallig,' zei Robin een beetje ongemakkelijk, 'kwam hij net de zitkamer uit toen ik daarnet van de wc kwam.'

'Ik dacht wel dat hij zijn kans zou grijpen om met je te praten,' zei Strike.

'Zo'n gesprek was het niet,' zei Robin, niet helemaal naar waarheid – ze dacht terug aan zijn opmerking over gemaskerde orgieën. 'Heeft Izzy nog iets interessants gefluisterd daarnet?' vroeg ze.

Geamuseerd door de steek onder water waarmee ze hem terugpakte vergat Strike even op het pad te letten, waardoor hij een modderige boomstronk miste. Hij struikelde voor de tweede keer, en deze keer bespaarde hij zichzelf een pijnlijke val door zich vast te grijpen aan een boom die was begroeid met een stekelige klimplant.

'Fuck!'

'Heb je je...?'

'Niks aan de hand,' zei hij. Kwaad op zichzelf keek hij naar de handpalm die nu vol doorns zat. Hij begon ze er met zijn tanden uit te trekken. Toen hij achter zich luid het knappen van hout hoorde, keek hij om, en hij zag Robin met een afgevallen tak in de hand staan, die ze doormidden had gebroken om er een ruwe wandelstok van te maken.

'Neem deze maar.'

'Ik hoef...' begon hij, maar toen hij haar strenge blik zag, gaf hij zich gewonnen. 'Bedankt.'

Ze liepen verder, en Strike merkte dat de stok handiger was dan hij wilde toegeven.

'Izzy probeerde me er alleen maar van te overtuigen dat Kinvara stiekem teruggegaan kan zijn naar Oxfordshire nadat ze Chiswell tussen zes en zeven 's morgens zou hebben omgelegd. Ik weet niet of ze beseft dat er meerdere getuigen zijn voor ieder deel van Kinvara's reis vanaf Ebury Street. Ik denk dat de politie het nog niet gedetailleerd met de familie heeft doorgenomen, maar als het muntje eenmaal valt en ze inzien dat Kinvara het niet zelf gedaan kan hebben, zal Izzy wel suggereren dat ze een huurmoordenaar heeft gebruikt. Wat vond jij van Raphaels uitbarstingen?'

'Nou,' zei Robin, die net om een bosje brandnetels heen navigeerde, 'ik kan hem niet kwalijk nemen dat hij zich ergerde aan Torquil.'

'Nee,' zei Strike instemmend. 'Ik denk dat ik ook gek zou worden van die "ouwe reus".'

'Raphael lijkt ontzettend kwaad te zijn op zijn vader, hè? Hij had ons echt niet hoeven vertellen dat Chiswell die merrie heeft laten afmaken. Het leek wel of hij er alles voor overhad om zijn vader af te schilderen als... als een...'

'Een behoorlijke eikel,' zei Strike. 'Hij dacht ook dat Chiswell die pillen had gejat om Kinvara dwars te zitten. Dat hele verhaal was trouwens verdomd merkwaardig. Waarom wilde je alles weten over die pillen?'

'Omdat het me niets voor Chiswell leek.'

'Goed aangepakt. Ik geloof dat verder niemand naar die pillen heeft gevraagd. En wat zegt onze psycholoog over de manier waarop Raphael zijn overleden vader naar beneden haalt?'

Robin glimlachte hoofdschuddend, zoals ze meestal deed wanneer Strike deze aanduiding gebruikte. Ze was voortijdig gestopt met haar studie psychologie, zoals hij goed wist.

'Ik meen het.' Strike trok een pijnlijk gezicht toen zijn kunstvoet uitgleed over een laag bladeren, en deze keer bleef hij overeind dankzij Robins stok. 'Gódver... Ga door. Wat vind je ervan dat hij Chiswell zo'n trap na geeft?'

'Volgens mij is hij gekwetst en woedend.' Robin woog haar woorden zorgvuldig. 'Het ging beter dan ooit tussen hem en zijn vader, maak ik op uit wat hij me in het Lagerhuis heeft verteld, maar nu Chiswell dood is, kan hij nooit meer echt op goede voet met hem komen te staan, hè? Hij blijft achter met de wetenschap dat hij onterfd is en heeft geen idee hoe Chiswell echt over hem dacht. Chiswell was nogal grillig als het om Raphael ging. Als hij dronken en somber was, leek hij op hem te steunen, maar verder deed hij behoorlijk bot tegen hem. Hoewel ik Chiswell eerlijk gezegd tegen niemand aardig heb zien doen, hooguit misschien...'

Ze zweeg abrupt.

'Nou?' vroeg Strike.

'Eigenlijk,' zei Robin, 'wilde ik zeggen dat hij best aardig was tegen mij, die dag dat ik van alles te weten kwam over The Level Playing Field.'

'Was dat die keer dat hij je een baan aanbood?'

'Ja, en hij zei dat hij misschien wel meer werk voor me had als ik Winn en Knight eenmaal had weggewerkt.'

'Echt?' vroeg Strike nieuwsgierig. 'Dat heb je me nooit verteld.'

'Niet? Nee, dat zal wel niet.'

En net als Strike dacht ze terug aan de week dat hij met zijn been omhoog bij Lorelei thuis had gezeten, gevolgd door de uren in het ziekenhuis bij Jack.

'Ik was naar zijn kantoor gegaan, zoals ik je wel heb verteld, en hij zat te bellen met een hotel over een geldclip die hij kwijt was. Die was van Freddie geweest. Nadat Chiswell had opgehangen vertelde ik hem over The Level Playing Field, en ik had hem nog nooit zo blij gezien als toen. "Ze brengen zichzelf een voor een ten val," zei hij.'

'Interessant,' zei Strike hijgend. De pijn in zijn been was ondraaglijk. 'Dus jij denkt dat Raphael het zwaar heeft vanwege het testament?'

Robin, die meende een sardonische ondertoon in zijn vraag te horen, antwoordde: 'Het gaat niet alleen om het geld...'

'Dat zeggen mensen altijd,' bromde hij. 'Het gaat wél om het geld, en ook weer niet. Want waar staat geld voor? Vrijheid, zekerheid, leuke dingen doen, een nieuwe kans... Ik denk dat er meer te halen valt bij Raphael,' zei Strike, 'en ik vind dat jij dat moet doen.'

'Wat zou hij ons nog meer kunnen vertellen?'

'Ik wil graag wat meer helderheid over Chiswells telefoontje naar Raphael vlak voordat die plastic zak over zijn hoofd getrokken werd,' zei Strike, hijgend van de pijn. 'Ik kan daar niks van maken, want zelfs al wist Chiswell dat hij op het punt stond een einde te maken aan zijn leven, dan nog waren er genoeg mensen die geschikter waren om Kinvara gezelschap te houden, beter dan een stiefzoon die ze niet mocht en die vele kilometers verderop in Londen zat. Het punt is dat het telefoontje nog onlogischer lijkt als er wél sprake is van moord. Er is iets,' zei Strike, 'waar we niet... Aha, goddank.'

Steda Cottage was in het zicht verschenen op een open plek vóór hen. De tuin, waar een kapot hek omheen stond, was nu bijna net zo overwoekerd als het omringende terrein. Het huis zelf was klein en log, van donkere steen, en duidelijk vervallen, met een gapend gat in het dak en barsten in vrijwel alle ramen.

'Ga daar even zitten,' raadde Robin Strike aan, en ze wees naar een grote boomstronk net buiten het hek. Hij had te veel pijn om tegen te stribbelen en deed wat hem was opgedragen terwijl Robin zich een weg baande naar de voordeur. Ze gaf er een duwtje tegen, maar de deur zat op slot. Wadend door het kniehoge gras tuurde ze door de smerige ramen, een voor een. In de verlaten kamers lag een dikke laag stof. Het enige teken dat erop wees dat hier ooit iemand had gewoond was te vinden in de keuken, waar een vieze mok met een foto van Johnny Cash erop eenzaam op het smoezelige aanrecht stond.

'Zo te zien woont hier al jaren niemand meer, en niets wijst op illegale kampeerders of zo,' liet ze Strike weten toen ze opdook aan de andere kant van het huisje.

Strike, die net een sigaret had opgestoken, gaf geen antwoord. Hij staarde naar een grote uitgraving in de bosgrond van zo'n zes meter doorsnee, omzoomd door bomen en begroeid met brandnetels, in elkaar gegroeide doornstruiken en torenhoog onkruid.

'Zou jij dit een boskuil noemen?' vroeg hij toen.

Robin tuurde naar de glooiende uitgraving op de open plek.

'Het lijkt meer op een "boskuil" dan alles waar we tot nu toe langs gekomen zijn,' zei ze.

'"Hij heeft dat kind gewurgd en toen hebben ze het begraven in de boskuil bij mijn vaders huis,"' citeerde Strike.

'Ik ga kijken,' zei Robin. 'Jij blijft hier.'

'Nee.' Strike stak een hand op om haar tegen te houden. 'Je vindt heus niks...'

Maar Robin liet zich al langs de steile rand van de kuil naar beneden glijden; de doorns haakten in haar spijkerbroek tijdens de afdaling.

Het was buitengewoon lastig om over de bodem van de kuil te lopen toen ze die eenmaal had bereikt. De brandnetels kwamen bijna tot haar middel, ze stak haar handen omhoog tegen krassen en prikken. Melkeppe en nagelkruid staken als witte en gele spikkels af tegen het donkergroen. De lange, doornige takken van wilde rozen krulden als prikkeldraad overal waar ze liep.

'Kijk uit,' zei Strike, die machteloos moest toekijken hoe ze daar worstelde en zich om de twee passen openhaalde of prikte.

'Gaat prima,' zei Robin, haar blik strak gericht op de grond onder de wilde begroeiing. Als hier iets begraven was, dan werd het al heel lang bedekt door planten, en in deze bodem graven zou een lastige klus worden. Dat zei ze tegen Strike terwijl ze zich bukte om te kijken wat er onder een dichte braamstruik te zien was.

'Ik vraag me ook af of Kinvara er blij mee zou zijn als we hier gingen graven,' zei Strike, en terwijl hij het zei, dacht hij terug aan Billy's woorden: *Ik mag daar van haar vast niet graven, maar u mag dat misschien wel.*

'Wacht.' Robin klonk gespannen.

Hoewel hij heel goed wist dat ze nooit iets gevonden kon hebben, verstrakte Strike. 'Wat is er?'

'Er ligt daar iets,' zei Robin, en ze bewoog haar hoofd van links naar rechts om beter in de dichte brandnetels te kunnen kijken die in het midden van de boskuil groeiden. 'O, god.'

'Wat is er?' herhaalde Strike. Hoewel hij een stuk hoger zat dan zij, kon hij niets onderscheiden in de brandnetels. 'Wat zie je dan?'

'Ik weet het niet... misschien verbeeld ik het me.' Ze aarzelde. 'Jij hebt zeker geen handschoenen bij je?'

'Nee, Robin, niet...'

Maar ze was al de brandnetels in gelopen, haar handen omhoog, en stampte de planten overal waar dat kon plat bij de basis. Strike zag haar bukken en iets uit de grond trekken. Ze kwam overeind en bleef roerloos staan, met haar roodgouden haar gebogen over dat wat ze had gevonden, wat het ook mocht zijn, totdat Strike ongeduldig vroeg: 'Wat heb je daar?'

Haar haar viel uit haar gezicht, dat bleek afstak tegen het moeras van donkergroen waarin ze stond, en ze hield een houten kruisje omhoog.

'Nee, daar blijven,' droeg ze hem op toen hij automatisch naar de rand van de boskuil kwam om haar eruit te helpen.

Ze zat al onder de krassen en brandnetelbulten, dus een paar extra erbij zou weinig uitmaken, bedacht ze, en ze zette wat meer kracht om zich uit de kuil te hijsen, met haar handen om de steile randen gevouwen tot ze dicht genoeg bij Strike was om zijn uitgestoken hand te pakken en hij haar de laatste meter omhoog kon trekken.

'Bedankt,' zei ze buiten adem.

'Zo te zien staat dat hier al jaren,' zei ze en ze veegde het zand van de onderkant van het kruis, die aangescherpt was om beter in het zand gestoken te kunnen worden. Het hout was nat en vlekkerig.

'Er heeft een tekst op gestaan,' zei Strike, die het kruis van haar overnam en naar het slijmerige hout tuurde.

'Waar dan?' vroeg Robin. Haar haar streek even langs zijn wang terwijl ze daar zo dicht bij elkaar stonden, starend naar de uiterst vage resten van wat viltstift leek te zijn, lang geleden weggespoeld door regen en dauw.

'Dat lijkt me een kinderhandschrift,' zei Robin zacht.

'Dit is een S,' zei Strike, 'en aan het eind... is dat een g of een y?'

'Ik weet het niet,' fluisterde Robin.

Zwijgend bleven ze naar het kruis staan kijken, tot in de verte het galmende geblaf van Rattenbury de Norfolk-terriër hun gepeins doorbrak.

'We zijn hier nog steeds op Kinvara's terrein,' zei Robin nerveus.

'Ja.' Strike hield het kruis in zijn hand en sjokte moeizaam terug in de richting vanwaaruit ze waren gekomen, met opeengeklemde kaken vanwege de pijn in zijn been. 'Laten we een pub opzoeken. Ik rammel.'

44

Maar er zijn zo veel soorten witte paarden op deze wereld, mevrouw Helseth...

Henrik Ibsen, *Rosmersholm*

'Maar op zich,' zei Robin toen ze naar het dorp reden, 'wil een in de grond gestoken kruis natuurlijk niet zeggen dat daar iets begraven ligt.'

'Klopt,' zei Strike, die tijdens het teruglopen naar de auto zijn adem voornamelijk nodig had gehad voor de vloeken die hij uitte terwijl hij struikelde en strompelde op de bosbodem. 'Maar het zet je toch aan het denken, hè?'

Robin zei niets. Haar handen op het stuur waren bedekt met bultjes van de brandnetels, die prikten en brandden.

De dorpsherberg waar ze vijf minuten later stopten was als een ansichtkaart van Engeland: een wit houten pand met glas-in-loodramen, een leien dak dat bedekt was met mos, en rode klimrozen rondom de deur. Een biertuin met parasols maakte het plaatje compleet. Robin parkeerde de Land Rover op het terreintje ertegenover.

'Dit wordt te gek,' mompelde Strike, die het kruisje op het dashboard had laten liggen en nu uitstapte terwijl hij naar de pub staarde.

'Wat dan?' vroeg Robin terwijl ze om de auto heen naar hem toe liep.

'Deze zaak heet The White Horse.'

'Vernoemd naar het witte paard daarginds op de heuvel,' zei Robin toen ze samen overstaken. 'Kijk maar op dat bord.'

Op een houten plaat die op een paal bevestigd was stond de vreemde kalkfiguur afgebeeld die ze daarstraks hadden gezien.

'De pub waar ik Jimmy Knight voor het eerst heb ontmoet heette ook The White Horse,' zei Strike.

'The White Horse,' zei Robin toen ze het trapje naar de biertuin op liepen, waarbij Strike meer dan ooit met zijn been trok, 'is een van de tien populairste pubnamen in Groot-Brittannië. Dat heb ik laatst ergens gelezen. Snel, die mensen gaan weg – ga aan hun tafeltje zitten, dan haal ik wat te drinken.'

Binnen, in de pub met het lage plafond, was het druk. Robin ging eerst naar de wc, waar ze haar jasje uittrok en om haar middel knoopte, en haar pijnlijke handen waste. Ze zou willen dat ze op de terugweg vanaf Steda Cottage ergens ridderzuring had kunnen plukken, maar haar aandacht was vooral uitgegaan naar Strike, die nog twee keer bijna gevallen was, ogenschijnlijk woedend op zichzelf, zodat hij al hompelend ieder aanbod van hulp chagrijnig had afgewezen, zwaar leunend op de wandelstok die Robin provisorisch had gemaakt van een tak.

Ze zag in de spiegel dat ze er verfomfaaid en vies bij liep in vergelijking met de mensen die ze zojuist in de bar had gezien, allemaal van middelbare leeftijd en in goeden doen. Maar aangezien ze haast had om terug te keren naar Strike en hun activiteiten van die ochtend met hem door te nemen, haalde ze alleen een borstel door haar haar, veegde een groene vlek uit haar hals en liep naar de bar om op haar beurt te wachten.

'Proost, Robin,' zei Strike dankbaar toen ze terugkwam met een halve liter Arkell's Wiltshire Gold, en hij schoof de menukaart over de tafel heen naar haar toe. 'Hm, lekker,' verzuchtte hij na een grote slok. 'En welke staat op nummer één?'

'Sorry?'

'De populairste pubnaam. Je zei dat The White Horse in de toptien stond.'

O, dat... The Red Lion of The Crown, ik weet niet meer welke van de twee.'

'Mijn echte buurtkroeg was The Victory,' mijmerde Strike.

Hij was al twee jaar niet meer in Cornwall geweest. Nu zag hij in gedachten de pub voor zich, een recht pand van plaatselijke witte stenen, en het trapje ernaast dat naar de baai voerde. Het was de pub waar het hem voor het eerst was gelukt alcohol te bestellen zonder zijn identiteitsbewijs te hoeven tonen, toen hij op zijn zestiende voor een paar weken was gedumpt bij zijn oom en tante terwijl zijn moeder weer een van haar regelmatig terugkerende heftige perioden doormaakte.

'Die van ons heet The Bay Horse,' zei Robin, en ook zij zag plotseling de pub voor zich op de plek die ze altijd als thuis zou blijven beschouwen, ook wit, in een zijstraat van het marktplein in Masham. Het was de pub waar ze met haar vriendinnen haar eindexamenuitslag had gevierd, dezelfde avond dat ze zo'n stomme ruzie had gekregen met Matthew en hij boos was opgestapt. Ze had geweigerd achter hem aan te gaan en was bij haar vriendinnen gebleven.

'*Bay* is toch bruin, bij een paard?' vroeg Strike, die halverwege zijn grote glas bier was en genoot van de zon, zijn zere been gestrekt voor hem. 'Waarom zeggen ze niet gewoon *brown*?'

'Er zijn wel bruine paarden die gewoon bruin genoemd worden, maar "bay" betekent iets anders: dan zijn de benen, de manen en de staart zwart.'

'Welke kleur had jouw pony? Angus heette hij toch?'

'Dat je dat onthouden hebt!' zei Robin verbaasd.

'Tja,' zei Strike, 'het is net als met de namen van pubs. Sommige dingen blijven je gewoon bij, toch?'

'Dat was een schimmel.'

'Wit dus. Het is toch allemaal gewoon jargon om het niet-paardrijdende plebs in verwarring te brengen?'

'Nee,' zei Robin lachend. 'Een schimmel heeft een zwarte huid onder de witte haren. Echt witte paarden...'

'... sterven jong,' zei Strike toen de barvrouw hun bestelling kwam opnemen. Nadat hij een hamburger had besteld stak hij nog een sigaret op, en op het moment dat de nicotine zijn hersenen bereikte, voelde hij een golf van iets wat veel op euforie leek. Bier, een warme augustusdag, een goedbetaalde klus, eten onderweg en Robin die tegenover hem zat, hun vriendschap hersteld, misschien niet helemaal zoals die was geweest voor haar huwelijksreis, maar het kwam toch dicht in de buurt – zo dicht als maar mogelijk was nu ze getrouwd was. Op dat moment, in de zonnige biertuin, ondanks de pijn in zijn been, zijn vermoeidheid en de puinhoop van zijn relatie met Lorelei waaraan hij nog niets had gedaan, voelde het leven simpel en hoopgevend.

'Groepsondervragingen zijn nooit een goed idee,' zei hij nadat hij de rook de andere kant op had geblazen, weg van Robins gezicht, 'maar er speelden een paar interessante dwarsstromen tussen de Chiswells, had jij ook niet die indruk? Ik ga nog even door met Izzy. Misschien laat ze wat meer los als de familie er niet bij is.'

Dat zal Izzy fijn vinden, dacht Robin, en ze pakte haar mobiel. 'Ik moet je iets laten zien. Kijk.'

Ze zocht naar de foto van Freddie Chiswells verjaardagsfeest.

'Zij daar,' zei ze, en ze wees naar een bleek, ongelukkig kijkend meisje, 'is Rhiannon Winn. Ze was op de achttiende verjaardag van Freddie Chiswell. Ze blijken' – ze scrolde terug naar de foto om het groepje tieners in witte schermpakken te laten zien – 'samen in het Britse schermteam gezeten te hebben.'

'Shit, natuurlijk.' Strike pakte de telefoon uit Robins hand. 'Dat zwaard. Het zwaard in Ebury Street. Dat moet van Freddie geweest zijn!'

'Natuurlijk!' echode Robin, en ze vroeg zich af waarom ze dat niet eerder had ingezien.

'Dit kan niet lang voor haar zelfmoord geweest zijn,' zei Strike, en hij keek wat aandachtiger naar de ongelukkig uitziende Rhiannon Winn op het feest. 'En... verdomd! Dat is Jimmy Knight, achter haar. Wat doet die nou op de achttiende verjaardag van zo'n kostschooljongen?'

'Gratis drank?' opperde Robin.

Strike snoof geamuseerd en gaf Robin haar telefoon terug. 'Soms is het meest voor de hand liggende antwoord het juiste. Reageerde Izzy nou daarstraks verlegen toen we ons afvroegen of Jimmy als tiener aantrekkelijk was, of verbeeld ik me dat maar?'

'Nee, dat viel mij ook op.'

'En niemand wil dat we met Jimmy's oude vrienden, de Butchers, gaan praten.'

'Omdat ze meer weten dan alleen waar hun zus nu werkt?'

Strike nam een slokje van zijn bier en dacht terug aan wat Chiswell hem bij hun eerste ontmoeting had verteld.

'Chiswell zei dat er andere mensen betrokken waren bij datgene waarvoor hij werd gechanteerd, wat dat ook mag zijn, maar dat zij heel veel te verliezen hadden als het bekend zou worden.'

Hij pakte zijn notitieblokje erbij en bekeek zijn eigen moeilijk te ontcijferen hanenpoten terwijl Robin genoot van het geroezemoes en de rust in de biertuin. Een loom zoemende bij deed haar denken aan het pad met de lavendel bij Le Manoir aux Quat'Saisons, waar Matthew en zij hun eerste trouwdag gevierd hadden. Ze kon haar huidige gemoedstoestand maar beter niet vergelijken met hoe ze zich toen had gevoeld.

'Misschien,' zei Strike, en hij tikte met zijn pen op het opengeslagen boekje, 'hebben de gebroeders Butcher uit Jimmy's naam de paarden met een mes bewerkt in de periode dat hij in Londen zat? Ik heb altijd de indruk gehad dat hij hier in de buurt vrienden heeft die zulke dingen voor hem willen doen. Maar we laten Izzy eerst het telefoonnummer van Tegan achterhalen voordat we ze benaderen. Ik wil de klant niet onnodig tegen de haren in strijken.'

'Nee. Ik vraag me af... denk je dat Jimmy ze heeft gesproken toen hij hier naar Billy kwam zoeken?'

'Dat zou heel goed kunnen.' Strike knikte boven zijn aantekeningen. 'Interessante vraag. Uit wat ze tijdens die mars tegen elkaar zeiden maakte ik op dat Jimmy en Flick wisten waar Billy op dat moment was. Ze wilden naar hem toe gaan toen mijn hamstring het begaf. Nu zijn ze hem weer kwijt... Ik zou er heel wat voor overhebben om Billy te vinden. Daar is het allemaal mee begonnen, en we zijn nog steeds...'

Hij onderbrak zichzelf toen het eten werd gebracht: een burger met blauwe kaas voor Strike en een kom chili voor Robin.

'We zijn nog steeds...?' spoorde Robin hem aan toen de barvrouw wegliep.

'... niets wijzer,' zei Strike. 'Over het kind dat hij zou hebben zien sterven. Ik wilde de Chiswells niet vragen naar Suki Lewis, of nog niet. Ik kan nu beter niet laten doorschemeren dat ik belangstelling heb voor iets anders dan Chiswells dood.'

Hij pakte zijn hamburger en nam een enorme hap terwijl hij nietsziend over de weg staarde. Na het verorberen van de halve burger pakte Strike zijn aantekeningen er weer bij.

'Wat we nog moeten doen.' Hij pakte zijn pen. 'Ik wil de schoonmaakster opsporen die Chiswell heeft ontslagen. Ze heeft een tijdje een sleutel gehad en ze kan ons misschien vertellen hoe en wanneer dat helium het huis binnengekomen is.

Hopelijk spoort Izzy Tegan Butcher voor ons op en kan die Tegan wat meer vertellen over Raphaels bezoek aan zijn vader op de ochtend voor diens dood, want ik geloof nog steeds niks van zijn verhaal.

We zullen Tegans broers voorlopig met rust laten, want de Chiswells willen duidelijk niet dat we met hen gaan praten, maar misschien ga ik wel proberen een afspraak te maken met Henri Drummond, de kunsthandelaar.'

'Waarom?' vroeg Robin.

'Het was een oude vriend van Chiswell, heeft hem een gunst verleend door Raphael in dienst te nemen. Ze moeten een tamelijk hechte band gehad hebben. Je weet nooit, misschien heeft Chiswell hem wel verteld waarmee hij werd gechanteerd. En hij heeft op de ochtend van zijn dood nog geprobeerd hem te bereiken. Ik zou graag weten waar dat voor was.

Dus om even op de zaken vooruit te lopen: jij probeert Flick uit te horen in die sieradenwinkel, Barclay kan doorgaan met zijn infiltratie bij Jimmy en Flick en dan neem ik Geraint Winn en Aamir Mallik voor mijn rekening.'

'Die laten heus niets aan je los,' zei Robin onmiddellijk. 'Nooit.'

'Wedden?'

'Tien pond op nee.'

'Ik betaal jou niet genoeg om met zulke bedragen te smijten,' zei Strike. 'We wedden om een biertje.'

Strike betaalde de rekening, en terwijl ze de weg weer overstaken naar de auto, wenste Robin stiekem dat ze nog ergens anders naartoe moesten, want het vooruitzicht terug te keren naar Albury Street stemde haar somber.

'We kunnen beter teruggaan via de M40,' zei Strike terwijl hij de kaart op zijn telefoon raadpleegde. 'Er is een ongeluk gebeurd op de M4.'

'Oké,' zei Robin.

Nu zouden ze langs Le Manoir aux Quat'Saisons komen. Terwijl ze achteruit het parkeervak uit reed, moest Robin plotseling denken aan Matthews eerdere berichten op haar telefoon. Het eerste was voor zijn werk bedoeld, had hij beweerd, maar ze kon zich niet herinneren dat hij ooit in het weekend contact had met de zaak. Een van zijn vaste klachten over háár baan was dat haar zaterdagen en zondagen erdoor beïnvloed werden, anders dan die van hem.

'Wat zei je?' Ze besefte dat Strike tegen haar praatte.

'Ik zei dat ze volgens mij ongeluk brengen,' herhaalde Strike terwijl ze bij de pub wegreden.

'Wie?'

'Witte paarden. Is er niet een spel waar witte paarden een voorbode zijn van de dood?'

'Dat weet ik niet.' Robin schakelde. 'Maar in Openbaringen rijdt de dood wel op een wit paard.'

'Een schimmel,' verbeterde Strike haar, en hij deed het raampje open om weer te kunnen roken.

'Betweter.'

'En dat uit de mond van de vrouw die een bruin paard niet gewoon "bruin" noemt.'

Hij pakte het met modder besmeurde houten kruis dat over het dashboard heen en weer schoof. Robin hield haar blik op de weg voor hen gericht, vastbesloten zich te concentreren op alles behalve het beeld dat zich zo levendig aan haar had opgedrongen toen ze het kruis ontdekte, bijna helemaal verscholen tussen de dikke, harige stelen van de brandnetels: een kind dat lag te rotten in de aarde, op de bodem van die donkere kuil in het bos, dood en vergeten door iedereen behalve een man van wie werd beweerd dat hij gek was.

45

Het is voor mij noodzaak afstand te doen van dat onjuiste en dubieuze standpunt.

Henrik Ibsen, *Rosmersholm*

Strike moest de voettocht door het bos bij Chiswell House de volgende morgen bekopen met hevige pijn. Hij zag er zo tegen op om zijn bed uit te komen, naar beneden te gaan en op zondag te werken dat hij zichzelf eraan moest herinneren dat hij, net als het personage Hyman Roth in een van zijn favoriete films, zelf voor dit werk had gekozen. Als de privédetectivebusiness soms meer dan gemiddelde eisen stelde, net als de maffia, dan moest hij naast de beloning ook bepaalde nevenomstandigheden aanvaarden.

Hij had er tenslotte zelf voor gekozen. Het leger had hem graag willen houden, zelfs met een half been minder. Er waren hem door vrienden van vrienden diverse banen aangeboden, van managementfuncties tot posities als lijfwacht of zakenpartner, maar de drang om te speuren, het recht te doen spreken en de morele orde in het universum te herstellen had zich niet laten onderdrukken, en hij vroeg zich af of die ooit zou doven. De administratie, de vaak recalcitrante klanten en het aannemen en ontslaan van ondergeschikten schonk hem geen intrinsieke bevrediging, maar hij accepteerde stoïcijns de lange dagen, de fysieke ontberingen en de incidentele risico's van het vak – zo nu en dan genoot hij er zelfs van. Dus nam hij een douche, bevestigde zijn prothese en daalde geeuwend af naar kantoor, terugdenkend aan de suggestie van zijn zwager dat het ultieme einddoel zou zijn om de hele dag aan een bureau te zitten terwijl anderen letterlijk het draafwerk deden.

Strikes gedachten dwaalden af naar Robin toen hij achter haar computer ging zitten. Hij had haar nooit gevraagd wat haar ultieme ambitie voor het bureau was, ervan uitgaande – misschien arrogant – dat die hetzelfde was als de zijne: genoeg banksaldo opbouwen om voor hen beiden een fatsoenlijk inkomen te genereren terwijl ze de interessantste klussen aannamen, zonder bang te hoeven zijn alles te verliezen zodra ze een opdrachtgever kwijtraakten. Maar misschien wachtte Robin wel tot hij een gesprek met haar aanging dat meer Gregs idee volgde? Hij probeerde zich haar reactie voor te stellen als hij haar uitnodigde plaats te nemen op de schetenbank, waar hij haar een powerpointpresentatie voorschotelde met zijn langetermijndoelstellingen en promotiesuggesties voor de bredere markt.

Nadat hij zichzelf aan het werk had gezet, gingen zijn gedachten aan Robin langzaam over in herinneringen aan Charlotte. Hij dacht eraan terug hoe het was geweest toen hij in de tijd dat ze nog samen waren op dagen als deze uren achter elkaar ongestoord in zijn eentje achter de computer had moeten doorbrengen. Soms was Charlotte de deur uit gegaan en had ze onnodig geheimzinnig gedaan over de vraag waar ze naartoe ging, of ze had redenen bedacht om hem te storen, of ruzie uitgelokt, waardoor hij urenlang geen kant op kon terwijl de kostbare uren wegsijpelden. En hij wist dat hij zichzelf er bewust aan herinnerde hoe lastig en uitputtend haar gedrag was geweest, omdat Charlotte al sinds hij haar had gezien in Lancaster House zijn afwezige gedachten in en uit sloop als een zwerfkat.

Iets minder dan acht uur en zeven bekers thee, drie plaspauzes, vier boterhammen met kaas, drie zakjes chips, een appel en tweeëntwintig sigaretten later had Strike alle onkosten van zijn freelancers vergoed, zich ervan verzekerd dat de boekhouder de benodigde bonnetjes kreeg, het bijgewerkte verslag over Dodgy Doc gelezen en meerdere Aamir Malliks nagetrokken in cyberspace, op zoek naar degene die hij wilde ondervragen. Om vijf uur had hij hem gevonden, maar de man op de foto was zo ver verwijderd van 'aantrekkelijk' – zoals Mallik werd beschreven in het sarcastische artikel online – dat het Strike beter leek om Robin de foto's toe te sturen die hij via Google Afbeeldingen had gevonden, zodat zij kon bevestigen dat dit de Mallik was die hij zocht.

Strike rekte zich uit, geeuwde en luisterde naar de drumsolo die een aspirant-koper weggaf in een van de winkels beneden in Denmark Street. Hij verheugde zich erop om weer naar boven te gaan en de hoogtepunten van de Olympische Spelen van die dag te bekijken, met onder andere de honderd meter van Usain Bolt, en hij wilde net zijn computer afsluiten toen een zachte *ping* hem attent maakte op een binnenkomend mailtje van Lorelei@VintageVamps.com, met als onderwerp eenvoudigweg 'Jij en ik'.

Strike wreef met de muizen van zijn handen over zijn ogen, alsof de aanblik van de nieuwe e-mail een tijdelijke gezichtsstoornis was geweest. Maar het stond er nog steeds, boven aan zijn inbox, toen hij opkeek en zijn ogen weer opendeed.

'O, shit,' mompelde hij. Toen besloot hij dat hij net zo goed meteen het ergste kon weten, en hij klikte het bericht aan.

De mail bestond uit bijna duizend woorden; hij kreeg de indruk dat de tekst zeer zorgvuldig was opgesteld. Het was een methodische ontleding van Strikes karakter, die las als de aantekeningen over een psychiatrisch geval dat misschien nog niet helemaal hopeloos was, maar wel dringend ingrijpen vereiste. Volgens Loreleis analyse was Cormoran Strike een fundamenteel beschadigd en dysfunctioneel schepsel dat zijn eigen geluk in de weg stond. Hij deed anderen pijn met de essentiële ontkenning van zijn emoties. Aangezien hij nooit een gezonde relatie had gehad, liep hij ervoor weg wanneer die hem in de schoot geworpen werd. Hij nam de mensen die om hem gaven voor lief en zou dat waarschijnlijk pas beseffen als hij helemaal aan de grond zat, alleen, gespeend van liefde en gekweld door spijt.

Deze voorspelling werd gevolgd door een beschrijving van het zelfonderzoek en de twijfels die voorafgegaan waren aan Loreleis besluit om Strike te mailen in plaats van hem gewoon te vertellen dat er een einde moest komen aan hun vrijblijvende relatie. Ze eindigde met de mededeling dat het haar fair leek om hem schriftelijk uit te leggen waarom zij, en impliciet alle andere vrouwen op aarde, hem onaanvaardbaar vond tenzij hij zou veranderen. Ze vroeg hem haar woorden te lezen en erover na te denken, en 'begrijp goed dat ik niet spreek uit boosheid, maar uit verdriet'. Vervolgens verzocht ze om een afspraak onder vier ogen, 'zodat we kunnen kijken of jij deze relatie wel wilt, graag genoeg om het op een andere manier opnieuw te proberen'.

Toen hij het einde van de mail had bereikt bleef Strike zitten waar hij zat, starend naar het scherm, niet omdat hij peinsde over een antwoord, maar omdat hij zich schrap zette voor de fysieke pijn die het opstaan hem zou bezorgen. Uiteindelijk hees hij zich in verticale positie, trok een pijnlijk gezicht toen zijn gewicht op de prothese rustte, sloot zijn computer af en deed de deur van het kantoor achter zich op slot.

Waarom kunnen we het niet gewoon per telefoon uitmaken? dacht hij toen hij zich met behulp van de leuning moeizaam de trap op hees. *De relatie is overduidelijk morsdood, of niet soms? Waarom moet er nog een lijkschouwing komen?*

In zijn zolderflat stak hij weer een sigaret op, en hij liet zich op een keukenstoel zakken en belde Robin, die vrijwel meteen opnam.

'Hoi,' zei ze zachtjes. 'Ogenblikje.'

Hij hoorde een deur dichtgaan, voetstappen, nog een deur.

'Heb je mijn mail ontvangen? Ik heb je net een paar foto's gestuurd.'

'Nee,' antwoordde Robin, nog steeds met gedempte stem. 'Foto's waarvan?'

'Ik geloof dat ik Mallik heb gevonden, hij woont in Battersea. Klein dikkerdje met één doorlopende wenkbrauw.'

'Dat is 'm niet. Hij is lang en slank en draagt een bril.'

'Dus ik heb een uur verspild,' zei Strike gefrustreerd. 'Heeft hij nooit laten vallen waar hij woont? Wat hij in het weekend doet? Misschien zijn National Insurance-nummer?'

'Nee, we spraken elkaar amper. Dat heb ik je al verteld.'

'Hoe gaat het met de vermomming?'

Robin had Strike al in een tekstbericht laten weten dat ze donderdag een sollicitatiegesprek had met de 'maffe wicca-aanhangster' van het sieradenwinkeltje in Camden.

'Best goed,' zei Robin. 'Ik heb geëxperimenteerd met...'

Er klonk een gedempte kreet op de achtergrond.

'Sorry, ik moet ophangen,' zei Robin haastig.

'Is er iets?'

'Nee, niks. Spreek je morgen.'

Ze verbrak de verbinding. Strike bleef zitten met de mobiel aan zijn oor. Hij nam aan dat hij op een ongelegen moment had gebeld, misschien zelfs tijdens een ruzie, en hij liet het toestel zakken, licht teleurgesteld omdat hun gesprekje voorbij was. Hij keek nog even naar de mobiel in zijn hand. Lorelei verwachtte natuurlijk dat hij zou bellen zodra hij haar e-mail had gelezen. Strike besloot dat hij geloofwaardig kon beweren die nog niet gezien te hebben, legde de telefoon weg en pakte de afstandsbediening.

46

... dat ik de hele toestand verstandiger had moeten aanpakken.

Henrik Ibsen, *Rosmersholm*

Vier dagen later stond Strike rond lunchtijd tegen de balie geleund van een piepkleine afhaalpizzeria, die zeer gunstig gelegen was om het pand er pal tegenover in de gaten te houden. Dat was een twee-onder-een-kapwoning waarvan de naam van het duo, Ivy Cottages, in steen gehouwen was boven beide voordeuren; die benaming leek Strike gepaster voor een nederiger onderkomen dan deze herenhuizen, die sierlijke boogramen en kroonlijsten hadden.

Terwijl Strike kauwde op een punt pizza voelde hij zijn telefoon trillen in zijn zak. Hij keek wie de beller was voor hij opnam, want hij had vandaag al een beladen gesprek gehad met Lorelei. Toen hij Robins naam zag, drukte hij op 'Beantwoorden'.

'Gelukt,' zei ze. Het klonk opgewonden. 'Net mijn gesprek gehad. Die vrouw is vreselijk, het verbaast me niks dat niemand voor haar wil werken. Het is een nulurencontract. Het komt erop neer dat ze mensen achter de hand wil houden voor de tijden dat ze zelf geen zin heeft om te werken.'

'Werkt Flick daar nog?'

'Ja, die lette op de winkel terwijl ik met de eigenares praatte. Ik mag morgen een dag op proef komen.'

'Ben je niet gevolgd?'

'Nee, ik denk dat die journalist het opgegeven heeft. Gisteren was hij er ook niet. Maar als hij me gezien zou hebben, had hij me vast niet herkend. Je zou mijn haar eens moeten zien.'

'Wat heb je ermee gedaan dan?'

'Poeder.'

'Huh?'

'Verfpoeder. Uitwasbaar. Mijn haar is nu zwart met blauw. En ik heb mijn ogen heel zwaar opgemaakt en een paar tijdelijke tatoeages genomen.'

'Stuur eens een selfie, ik kan wel wat vrolijkheid gebruiken.'

'Regel jij je eigen vrolijkheid maar. Hoe is het daar?'

'Drie keer niks. Mallik kwam vanmorgen samen met Della haar huis uit...'

'Wat, wónen ze samen?'

'Geen idee. Ze hebben een taxi genomen, met de geleidehond. Een uur geleden kwamen ze terug en ik sta nu te wachten hoe het verdergaat. Maar één ding is interessant: ik heb die Mallik eerder gezien. Ik herkende hem vanmorgen meteen.'

'Echt?'

'Ja, hij was op Jimmy's CORE-avond. Die keer dat ik er ook was, op zoek naar Billy.'

'Wat raar... Denk je dat hij optreedt als tussenpersoon voor Geraint?'

'Zou kunnen, maar ik snap niet waarom ze elkaar in dat geval niet gewoon konden bellen. Weet je, er is sowieso iets raars aan de hand met Mallik.'

'Hij is best oké,' zei Robin snel. 'Hij mocht mij niet, maar dat kwam voort uit wantrouwen. Het wil alleen maar zeggen dat hij scherper is dan de meesten daar.'

'Je ziet geen moordenaar in hem?'

'Doel je nou op wat Kinvara heeft gezegd?'

'"Mijn man heeft kort voor zijn dood iemand tegen de haren in gestreken, en ik had hem nog gewaarschuwd dat hij diegene niet kwaad moest maken,"' citeerde Strike.

'En waarom zou iemand bang moeten zijn om Aamir voor het

hoofd te stoten? Omdat hij bruin is? Ik had met hem te doen, eerlijk gezegd, je zult maar moeten werken voor...'

'Wacht even.' Strike liet zijn laatste punt pizza op het bord vallen.

De voordeur van Della's huis was weer opengegaan.

'Daar gaat-ie,' zei Strike toen Mallik in zijn eentje het huis uit kwam, de deur achter zich dichtdeed, met ferme pas het tuinpad af kwam en de weg op liep. 'Hij loopt nu heel wat lichter. Zo te zien is hij blij dat hij bij haar weg is...'

'Hoe is het eigenlijk met jouw been?'

'Nog erger geworden. Wacht, hij gaat linksaf... Robin, ik moet gaan, even de pas erin zetten.'

'Succes.'

'Joe.'

Strike stak Southwark Park Road over, zo snel als zijn been het toeliet, en liep Alma Grove in, een lange straat met platanen, op regelmatige afstand van elkaar geplant, en aan beide kanten negentiende-eeuwse herenhuizen. Tot Strikes verbazing bleef Mallik staan voor een huis aan de rechterkant met een turquoise deur en ging met een sleutel naar binnen. De afstand tussen zijn eigen woonruimte en die van Winn was hooguit vijf minuten lopen.

Het huis in Alma Grove was smal; Strike kon zich goed voorstellen dat harde geluiden door de muren heen zouden dringen. Hij gaf Mallik naar schatting voldoende tijd om zijn jasje en schoenen uit te trekken, en liep toen naar de turquoise deur en klopte aan.

Na een paar tellen wachten deed Aamir open. Zijn gezichtsuitdrukking veranderde van vriendelijk nieuwsgierig in hevig geschrokken. Aamir wist kennelijk precies wie Strike was.

'Aamir Mallik?'

De jongere man zei aanvankelijk niets, maar bleef verstard staan met één hand aan de deur, de andere tegen de muur van de gang geleund, en hij keek Strike strak aan, met zijn donkere ogen die verzonken leken door zijn dikke brillenglazen.

'Wat wilt u van me?'

'Ik wil met je praten,' antwoordde Strike.

'Waarom? Waarvoor?'

'Ik ben ingehuurd door de familie van Jasper Chiswell. Zij geloven niet dat hij zelfmoord heeft gepleegd.'

Aamir, ogenschijnlijk tijdelijk verlamd, verroerde zich niet en zei geen woord. Ten slotte deed hij een stapje terug. 'Goed, kom dan maar binnen.'

In Aamirs positie zou Strike hebben willen weten wat de detective wist of vermoedde, zodat hij niet 's nachts hoefde te liggen piekeren waarom de ander was langsgekomen. Hij ging naar binnen en veegde zijn voeten aan de deurmat.

Het huis was vanbinnen groter dan je vanbuiten zou denken. Aamir ging Strike voor door een deur aan de linkerkant naar een zitkamer. Die was overduidelijk ingericht naar de smaak van iemand die veel ouder was dan Aamir. Een hoogpolig vloerkleed met een patroon van roze en groene krullen, een aantal met chintz beklede stoelen, een houten salontafel met een kanten kleedje erover en een spiegel met sierlijst; allemaal tekenen van hoogbejaarde bewoners, terwijl er in de smeedijzeren haard een lelijk elektrisch kacheltje was geïnstalleerd. De kasten waren leeg, nergens stonden beeldjes of andere voorwerpen. Op de armleuning van een stoel lag een Stieg Larsson-paperback.

Aamir draaide zich om naar Strike, zijn handen in de zakken van zijn spijkerbroek. 'U bent Cormoran Strike,' zei hij.

'Dat klopt.'

'Uw compagnon gaf zich uit als Venetia, in het Lagerhuis.'

'Klopt ook.'

'Wat wilt u van me?' vroeg Aamir voor de tweede keer.

'Jou een paar vragen stellen.'

'Waarover?'

'Mag ik even gaan zitten?' vroeg Strike, en hij wachtte niet op toestemming. Hij zag Aamirs blik naar zijn been gaan en stak de prothese nadrukkelijk voor zich uit, zodat er een glimp van de metalen enkel zichtbaar werd boven zijn sok. Voor iemand die zo begaan was met Della en haar handicap zou dat genoeg moeten zijn om Strike niet te verzoeken weer te gaan staan. 'Zoals ik al zei: de familie denkt niet dat Jasper Chiswell zelfmoord heeft gepleegd.'

'Denkt u soms dat ik iets met zijn dood te maken heb?' vroeg Aamir, die probeerde het ongelovig te laten klinken, maar het kwam er hooguit angstig uit.

'Nee,' zei Strike, 'maar als je er een bekentenis uit wilt flappen, ga je gang. Dat scheelt mij een hoop werk.'

Aamir kon er niet om lachen.

'Het enige wat ik van je weet, Aamir,' zei Strike, 'is dat je Geraint Winn hebt geholpen om Chiswell te chanteren.'

'Niet waar,' zei Aamir onmiddellijk. Het was de automatische, slecht overdachte ontkenning van een man in paniek.

'Dus je was niet bezig belastende foto's in handen te krijgen die tegen Chiswell gebruikt konden worden?'

'Ik weet niet waar u het over hebt.'

'De pers probeert onder het publicatieverbod uit te komen dat jouw bazen hebben laten uitvaardigen. Als de chantage eenmaal openbaar wordt, zal jouw aandeel daarin niet lang verborgen blijven. Jij en je vriend Christopher...'

'Dat is mijn vriend niet!'

Aamirs felle reactie wekte Strikes belangstelling.

'Is dit huis van jou, Aamir?'

'Hè?'

'Het lijkt me gewoon nogal groot voor een jongen van vierentwintig, iemand die vast geen erg hoog salaris...'

'Het gaat u niks aan van wie dit huis...'

'Mij persoonlijk kan het niet schelen.' Strike boog zich naar hem toe. 'Maar de kranten wel. Die nemen aan dat je de eigenaren iets verschuldigd bent als je geen billijk bedrag aan huur betaalt. Daarmee wek je misschien de indruk dat je bij hen in het krijt staat, dat ze je in hun zak hebben. Bovendien zal de belasting het beschouwen als secundaire arbeidsvoorwaarde als het huis van je werkgevers is, en dan kan voor beide partijen proble...'

'Hoe hebt u mij weten te vinden?' vroeg Aamir boos.

'Nou, dat viel nog niet mee,' gaf Strike toe, en hij boog zich verder naar hem toe. 'Je bent online niet erg actief, hè? Maar uiteindelijk...' Hij haalde een opgevouwen vel papier uit zijn binnenzak en vouwde dat open. 'Uiteindelijk kwam ik op de Facebook-pagina van je zus terecht. Dat is toch je zus?'

Hij legde het vel papier met daarop het uitgeprinte Facebookbericht op de salontafel. Een wat mollige, knappe vrouw in hidjab keek hem stralend aan vanaf de slechte kopie van haar foto, omringd door vier jonge kinderen. Strike vatte Aamirs stilzwijgen op als instemming en zei: 'Ik ben een paar jaar teruggegaan op haar tijdlijn. Dat ben jij.' Hij legde een tweede uitgeprint vel op het eerste. Een jongere Aamir stond glimlachend in een academische toga, geflankeerd door zijn ouders. 'Je had politicologie als hoofdvak en economie als tweede vak. Indrukwekkend... Daarna ben je een trainingsprogramma in gegaan bij Buitenlandse Zaken,' vervolgde Strike, die een derde vel papier op de eerste twee legde. Daarop was een officiële, geposeerde foto te zien van een groepje chic geklede jonge mannen en vrouwen, allemaal zwart of van een andere etnische minderheid, die rondom een kalende man met een rood gezicht stonden. 'Dat ben jij,' zei Strike, 'met rijksambtenaar Sir Christopher Barrowclough-Burns, die destijds minderheden rekruteerde.'

Aamirs ogen vonkten.

'En dit ben jij ook.' Strike legde het laatste van zijn vier Facebook-prints neer. 'Nog maar een maand geleden, met je zus in de pizzazaak pal tegenover Della's huis. Toen ik dat zaakje eenmaal had gevonden en doorhad hoe dicht dat bij Winns huis was, leek het me wel de moeite waard om naar Bermondsey te komen en te kijken of ik je hier ergens zag.'

Aamir keek strak naar de foto van hemzelf met zijn zus. Zij had de selfie genomen. Southwark Park Road was duidelijk zichtbaar door het raam achter hen.

'Waar was je op 13 juli om zes uur 's ochtends?' vroeg Strike aan Aamir.

'Hier.'

'Is er iemand die dat kan bevestigen?'

'Ja. Geraint Winn.'

'Had hij hier geslapen?'

Aamir deed een paar passen naar voren, met geheven vuisten. Het was overduidelijk dat hij nooit had gebokst, maar toch zette Strike zich schrap. Aamir leek gespannen als een veer.

'Ik wil alleen maar zeggen,' zei Strike, die vredelievend zijn handen opstak, 'dat ik het een rare tijd vind, zes uur 's morgens, om Geraint Winn in je huis te ontvangen.'

Aamir liet langzaam zijn vuisten zakken en toen, alsof hij niet wist wat hij met zichzelf aan moest, schuifelde hij achteruit en ging op het puntje van de dichtstbijzijnde leunstoel zitten.

'Geraint kwam me vertellen dat Della gevallen was.'

'Had hij niet gewoon kunnen bellen?'

'Lijkt me wel, maar dat deed hij dus niet,' zei Aamir. 'Hij wilde dat ik zou proberen Della over te halen naar de spoedeisende hulp te gaan. Ze was van de laatste paar treden van de trap gegleden en haar pols werd dik. Ik ben erheen gegaan – ze wonen om de hoek – maar ze liet zich niet ompraten. Ze is koppig. Maar haar pols bleek verstuikt te zijn, niet gebroken. Het viel mee.'

'Dus jij bent Geraint Winns alibi voor het tijdstip van Jasper Chiswells dood?'

'Dat zal dan wel.'

'En hij het jouwe.'

'Waarom zou ik Jasper Chiswell dood willen hebben?' vroeg Aamir.

'Goede vraag.'

'Ik kende die man amper.'

'Echt?'

'Ja, echt.'

'Waarom kwam hij dan met een citaat van Catullus aan en begon hij over schikgodinnen? Waarom liet hij in een kamer vol mensen doorschemeren dat hij details kende over jouw privéleven?'

Er viel een lange stilte. Aamir knipperde nerveus met zijn ogen.

'Dat is niet gebeurd,' zei hij.

'O nee? Mijn compagnon...'

'Ze liegt. Chiswell wist niets van mijn privéleven. Niets.'

Strike hoorde bij de buren het doffe gebrom van een stofzuiger. Het klopte dus, de muren waren niet dik.

'Ik heb jou al eens eerder gezien,' zei Strike tegen Mallik, die nu angstiger keek dan ooit. 'Bij Jimmy Knights bijeenkomst in East Ham, een paar maanden geleden.'

'Ik weet niet waar u het over hebt,' zei Mallik. 'U verwart me met iemand anders.' Hij voegde er weinig overtuigend aan toe: 'Wie is Jimmy Knight?'

'Oké, Aamir,' zei Strike, 'als je het zo wilt spelen, heeft dit weinig zin. Mag ik even van het toilet gebruikmaken?'

'Wat?'

'Ik moet plassen. Daarna ben ik weg en laat ik je met rust.'

Mallik zou duidelijk liever weigeren, maar leek daar geen reden voor te kunnen bedenken. 'Goed, maar...'

Er leek hem iets te binnen te schieten. 'Wacht, ik moet even... Ik heb een paar sokken in een sopje in de wasbak staan. Ik ben zo terug.'

'Ja, ja.'

Aamir liep de kamer uit. Strike zocht een excuus om boven te snuffelen, te zoeken naar het wezen of de activiteit die zulke harde dierlijke geluiden veroorzaakt zou kunnen hebben dat de buren er last van hadden, maar Aamirs wegstervende voetstappen vertelden hem dat de wc op de benedenverdieping was, achter de keuken.

Een paar minuten later kwam Aamir terug. 'Deze kant op.'

Hij ging Strike voor door de gang, via een nietszeggende, kale keuken, en wees hem de badkamer.

Strike ging naar binnen, deed de deur op slot en voelde met zijn hand aan de bodem van de wasbak. Die was droog. De muren van de badkamer waren roze, dezelfde tint als het sanitair. Handgrepen naast het toilet en een stang van de vloer tot het plafond suggereerden dat dit in het recente verleden de woning van een fragiele invalide was geweest.

Wat had Aamir willen weghalen of verbergen voordat de detective zijn badkamer betrad? Strike trok het kastje open. Er stond weinig meer dan de basisbehoeften van een jongeman: scheerspullen, deodorant en aftershave.

Toen Strike het kastje weer dichtdeed, zag hij zijn eigen spiegelbeeld verschijnen, en over zijn schouder de achterkant van de deur, waar een dikke donkerblauwe badjas slordig was opgehangen, aan een van de mouwen in plaats van het daarvoor bedoelde lusje.

Strike spoelde de wc door om de illusie in stand te houden dat hij geen tijd had om rond te snuffelen, liep naar de badjas toe en voelde in de lege zakken. Terwijl hij dat deed, gleed de onhandig opgehangen jas van het haakje.

Strike deed een stap achteruit om beter te kunnen bekijken wat er zojuist onthuld was. Iemand had ruwweg een figuurtje met vier poten in de badkamerdeur gekrast, waardoor het hout en de verf vol splinters zaten. Strike draaide de koude kraan open voor het geval Aamir stond te luisteren en nam met zijn mobiel een foto van het plaatje, waarna hij de kraan weer dichtdraaide en de badjas terughing zoals hij hem had aangetroffen.

Aamir stond hem op te wachten in de keuken.

'Is het goed als ik die papieren weer meeneem?' vroeg Strike, en hij liep zonder het antwoord af te wachten naar de zitkamer en pakte de Facebook-pagina's.

'Waarom ben je eigenlijk weggegaan bij Buitenlandse Zaken?' vroeg hij terloops.

'Ik... vond het geen leuk werk.'

'Hoe ben je bij de familie Winn terechtgekomen?'

'We hadden elkaar ontmoet,' zei Aamir. 'Della bood me een baan aan en ik zei ja.'

Het kwam wel eens voor, heel zelden, dat Strike schroom voelde voor een vraag die hij desondanks móést stellen.

'Wat me opviel,' zei hij, terwijl hij het stapeltje prints omhooghield, 'is dat je tamelijk lang geen contact met je familie lijkt te hebben gehad na je vertrek bij Buitenlandse Zaken. Je staat niet meer op groepsfoto's, zelfs niet op die van je moeders zeventigste verjaardag. Je zus heeft lange tijd over je gezwegen.'

Aamir zei niets.

'Het leek wel of ze je verstoten hadden.'

'U kunt nu gaan,' zei Aamir, maar Strike verroerde zich niet.

'Toen je zus deze foto plaatste van jullie samen bij de pizzeria,' vervolgde Strike, die het vel papier weer openvouwde, 'waren de reacties...'

'Ik wil dat u vertrekt,' zei Aamir, luider nu.

'"Wat moet je met die schoft?" "Weet je vader dat je nog contact met hem hebt?"' las Strike hardop voor uit de berichten onder de foto van Aamir met zijn zus. '"Als mijn broer *liwat* zou..."'

Aamir vloog hem aan, probeerde woest zijn rechtervuist tegen Strikes slaap te rammen, alleen dook de detective weg. Maar Aamir, die eruitzag als een brave student, was vervuld van een blinde woede die van vrijwel iedereen een gevaarlijke tegenstander zou kunnen maken. Hij rukte het snoer van een schemerlamp uit het stopcontact en haalde zo fel uit met de lamp dat als Strike niet op tijd weggedoken zou zijn, de voet niet het scheidingswandje naar de zitkamer geramd zou hebben, maar zijn gezicht.

'Klaar nu!' brulde Strike toen Aamir de resten van de lamp op de grond gooide en weer op hem af vloog. Strike ontweek de maaiende vuisten, haakte zijn prothesevoet achter Aamirs been en vloerde hem. Binnensmonds vloekend omdat die actie zijn zere stomp geen goed had gedaan ging hij rechtop staan en zei hijgend: 'Nog één keer en ik hoek je verdomme écht neer.'

Aamir rolde buiten het bereik van Strike en kwam overeind. Zijn bril bungelde aan één oor. Hij nam hem met trillende handen af en bekeek het gebroken pootje. Zijn ogen waren plotseling gigantisch.

'Aamir, ik ben niet geïnteresseerd in jouw privéleven,' bracht Strike hijgend uit. 'Ik wil alleen weten wie je in bescher...'

'Eruit,' fluisterde Aamir.

'Want als de politie vaststelt dat het moord is, zal alles wat jij probeert te verbergen toch wel uitkomen. Moordonderzoek houdt geen rekening met privacy.'

'Erúít!'

'Goed. Zeg niet dat ik je niet gewaarschuwd heb.'

Bij de voordeur draaide Strike zich nog één keer om naar Aamir, die achter hem aan gelopen was door de gang en zich schrap zette toen Strike bleef staan.

'Wie heeft dat plaatje in de binnenkant van je badkamerdeur gekrast, Aamir?'

'Eruit!'

Strike wist dat het geen zin had om aan te dringen. Zodra hij de drempel over was, viel de deur met een klap achter hem dicht.

Een flink aantal huizen verderop leunde hij met een van pijn vertrokken gezicht tegen een boom, zijn gewicht op zijn gezonde been, en hij stuurde Robin de foto die hij zojuist had genomen, met de tekst:

Doet dit je ergens aan denken?

Hij stak een sigaret op en wachtte Robins reactie af, blij met het excuus om te blijven staan, want behalve de pijn in zijn stomp had hij ook nog een bonkende pijn aan zijn slaap. Bij het wegduiken voor de lamp was hij met zijn hoofd tegen de muur geklapt, en zijn rug deed zeer door de inspanning die het had gekost om de jongere man tegen de grond te gooien.

Strike keek om naar de turquoise deur. Als hij eerlijk was, moest hij toegeven dat hij nog ergens anders last van had: van zijn geweten. Hij had Malliks huis betreden met de bedoeling de jongeman voldoende schrik aan te jagen of hem te intimideren om hem de waarheid te laten vertellen over zijn relatie met Chiswell en de Winns. Hoewel een privédetective zich de eed 'ik zal geen schade doen' die artsen aflegden niet kon veroorloven, probeerde Strike over het algemeen de waarheid te achterhalen zonder zijn gastheer of -vrouw onnodig leed te berokkenen. Het voorlezen van de commentaren onder de Facebook-foto was een steek onder de gordel geweest. De uitbarsting van Aamir Mallik, een geniale, ongelukkige jongen die ongetwijfeld niet helemaal uit vrije wil was verbonden aan het echtpaar Winn, was de reactie van een wanhopig man geweest. Strike hoefde niet op de papieren in zijn zak te kijken om zich de foto voor de geest te halen van Mallik die trots bij het ministerie van Buitenlandse Zaken stond, aan het begin van een flitsende carrière met zijn topdiploma's en zijn mentor Sir Christopher Barrowclough-Burns aan zijn zij.

Zijn telefoon ging.

'Waar heb je die tekening in het hout in godsnaam gevonden?' vroeg Robin.

'Op de achterkant van Aamirs badkamerdeur, verstopt onder een badjas.'

'Dat meen je niet.'

'Toch wel. Wat zie jij erin?'

'Het witte paard op de heuvel boven Woolstone,' antwoordde Robin.

'Wat een opluchting,' zei Strike, terwijl hij zich met zijn ellebogen afzette tegen de boom die hem steun had geboden en de straat weer in strompelde. 'Ik was al bang dat ik verdomme begon te hallucineren.'

47

Ik wil proberen mijn nederige rol te vervullen in de strijd van het bestaan.

Henrik Ibsen, *Rosmersholm*

Robin kwam op vrijdagmorgen om half negen uit station Camden Town en liep naar het sieradenwinkeltje waar ze een dag op proef zou werken. Onderweg wierp ze steelse blikken in iedere etalageruit om haar uiterlijk te bekijken.

In de maanden na de rechtszaak rond de Shacklewell Ripper was ze bedreven geraakt in make-uptechnieken als het veranderen van de vorm van haar wenkbrauwen of het aanbrengen van een te dikke laag oranjerode lippenstift, waardoor ze er totaal anders uitzag, zeker in combinatie met een pruik en gekleurde contactlenzen, maar ze had zich nog nooit zo zwaar opgemaakt als vandaag. Haar ogen, nu met donkerbruine lenzen, waren dik aangezet met zwarte kohl, ze droeg zachtroze lippenstift en metallic grijze nagellak. Omdat ze maar gewoon twee gaatjes in haar oorlelletjes had, had ze een aantal goedkope clips gekocht om een wat avontuurlijker kijk op piercings te veinzen. Het korte zwarte jurkje dat ze tweedehands had gekocht bij de Oxfam-winkel in Deptford rook nog een beetje muf, ook al had ze het de vorige dag in de wasmachine gegooid, en ze droeg het met een dikke zwarte maillot en platte, hoge veterschoenen eronder, ondanks de warme ochtend. Ze hoopte dat ze in deze outfit leek op de andere goth- en emo-meiden die je veel zag in Camden, een gedeelte van Londen waar Robin zelden kwam en dat ze voornamelijk associeerde met Lorelei en haar vintagewinkel.

Voor haar nieuwe alter ego had ze de naam Bobbi Cunliffe bedacht. Als je undercover werkte, kon je het beste een naam aannemen waarmee je een persoonlijke associatie had, iets waar je instinctief op reageerde. Bobbi klonk als Robin, en er waren mensen die haar naam zo probeerden af te korten, met als meest opmerkelijke voorbeelden haar flirt van lang geleden, in haar tijd als uitzendkracht, en haar broer Martin wanneer hij haar wilde pesten. Cunliffe was Matthews achternaam.

Matthew was tot haar opluchting vroeg naar zijn werk vertrokken die dag omdat hij de boeken moest controleren van een kantoor in Barnet, zodat Robin haar fysieke metamorfose had kunnen voltooien zonder zijn minachtende opmerkingen en zijn ergernis omdat ze alweer undercover ging. Ze meende zelfs een zeker genoegen te scheppen in het gebruik van haar huwelijksnaam – het was de eerste keer dat ze zichzelf zo noemde – terwijl ze zich uitgaf voor een type waaraan Matthew instinctief een hekel zou hebben. Hoe ouder hij werd, hoe meer Matthew zich ergerde aan mensen die zich anders kleedden en anders leefden dan hij, of die er een andere mening op na hielden.

De sieradenwinkel van de wiccavrouw, Triquetta, lag weggestopt in Camden Market. Toen Robin om kwart voor negen voor de markthal aankwam, bleken de kooplui van Camden Lock Place al druk bezig te zijn, maar de sieradenwinkel was nog gesloten en verlaten. Na vijf minuten verscheen haar werkgeefster, enigszins hijgend. Het was een dikke vrouw van eind vijftig, schatte Robin, met ruim een centimeter grijze uitgroei in haar zwartgeverfde piekhaar en hetzelfde woeste eyelinergebruik als Bobbi Cunliffe, gekleed in een lange groenfluwelen jurk.

In het oppervlakkige sollicitatiegesprek dat had geleid tot deze proefdag had de winkeleigenares erg weinig vragen gesteld en in plaats daarvan uitgebreid verteld over man die haar na dertig jaar huwelijk had verlaten om in Thailand te gaan wonen; over de buren die de erfafscheiding aanvochten en over ondankbare werknemers die waren vertrokken bij Triquetta om elders te gaan werken. Haar duidelijk doorschemerende wens om anderen zo veel mogelijk werk te laten verrichten tegen een zo laag mogelijke betaling, in combinatie met haar rijkelijk geuite zelfmedelijden, riep bij Robin de vraag op waarom er überhaupt ooit iemand voor haar had willen werken.

'Je bent punctueel,' stelde ze vast toen ze binnen gehoorsafstand was. 'Mooi. Waar is die andere?'

'Dat weet ik niet,' antwoordde Robin.

'Hier zit ik dus niet op te wachten,' zei de eigenares een tikkeltje hysterisch. 'Uitgerekend op de dag dat ik naar Brians advocaat moet!'

Ze maakte de deur open en liet Robin binnen in het winkeltje, dat de omvang had van een flinke krantenkiosk, en toen ze haar armen omhoogstak om de jaloezieën open te doen, vermengden haar lichaamsgeur en een vleug patchoeli zich met de stoffige wierooklucht. Het daglicht viel bijna tastbaar de winkel binnen en maakte dat alles er nog gammeler en armoediger uitzag. Doffe zilveren kettingen en oorbellen hingen aan rekken aan de donkerpaarse muren, veel daarvan met een hangertje in de vorm van een pentagram, een vredesteken of een marihuanablad, terwijl glazen waterpijpen opgesteld stonden tussen tarotkaarten, zwarte kaarsen, essentiële oliën en ceremoniële dolken in de zwarte kast achter de toonbank.

'Er trekken nu miljóénen extra toeristen naar Camden,' zei de eigenares, die druk in de weer was achter in de zaak, 'en als ze niet komt op... Daar ben je,' zei ze toen Flick, met een nors gezicht, de zaak binnensloop. Flick droeg een geel met groen Hezbollah-shirt en een gescheurde spijkerbroek en had een grote leren koerierstas bij zich.

'De metro was te laat,' zei ze.

'Nou, ík was hier anders op tijd, en Bibi ook!'

'Bobbi,' verbeterde Robin haar, en ze zette bewust haar Yorkshire-accent wat dikker aan.

Deze keer wilde ze zich niet uitgeven voor Londenaar. Het was beter om niet te hoeven praten over scholen en plekken die Flick misschien zou kennen.

'Nou, het is echt belangrijk dat jullie geen moment je aandacht verliezen,' zei de eigenares, die bij 'geen mo-mént' drie keer met de ene hand in de andere sloeg. 'Goed, Bibi...'

'Bobbi.'

'Ja. Kom hier, dan laat ik je zien hoe de kassa werkt.'

Dat was voor Robin niet moeilijk, want ze had als tiener een zaterdagbaantje gehad in een kledingzaak in Harrogate. Het was maar goed dat ze geen uitgebreide instructies nodig had, want tien minuten nadat het winkeltje was opengegaan kwam de gestage stroom klanten op gang. Tot Robins lichte verbazing, omdat er in de hele winkel niets te vinden was dat zij zelf graag zou willen kopen, leken veel bezoekers van Camden hun dag niet compleet te achten zonder een paar tinnen oorbellen of een kaars met een pentagram erop, of een van de jutezakjes die in een mand naast de kassa lagen, elk gevuld met wat werd verkocht als geluksbedeltjes.

'Goed, ik moet gaan,' kondigde de eigenares om elf uur aan, toen Flick een lange Duitse vrouw aan het helpen was die twijfelde tussen twee pakjes tarotkaarten. 'Vergeet niet dat steeds een van jullie de boel goed in de gaten moet houden tegen diefstal. Mijn vriend Eddie houdt een oogje in het zeil,' zei ze, wijzend naar het kraampje met oude elpees dat voor de deur stond. 'Twintig minuten lunchpauze, ieder apart. En denk erom,' voegde ze er onheilspellend aan toe, 'Eddie houdt jullie in de gaten.'

Ze vertrok in een flits van fluweel en zweetlucht. De Duitse vrouw ging de deur uit met haar tarotkaarten en Flick sloeg met een klap de kassalade dicht. Het geluid galmde door de tijdelijk verlaten winkel.

'Die goeie ouwe Eddie,' zei ze vals. 'Het kan hem geen reet schelen. Al halen we hier de tent leeg, het maakt hem niks uit. Trut,' voegde Flick er ter verduidelijking nog even aan toe.

Robin lachte, en dat leek Flick goed te doen.

'Hoe heet je?' Robin legde haar Yorkshire-accent er dik bovenop.

'Flick,' antwoordde Flick. 'Jij bent Bobbi, toch?'

'Ja,' zei Robin.

Flick pakte haar mobiel uit haar koerierstas, die ze onder de toonbank had gepropt. Ze keek op haar telefoon, leek daar niet te zien wat ze had gehoopt te zien en borg hem weer op, uit het zicht.

'Je moet wel heel erg om werk verlegen gezeten hebben,' zei ze tegen Robin.

'Ik moest nemen wat ik krijgen kon,' zei Robin. 'Ik heb de zak gekregen.'

'O?'

'Fucking Amazon,' zei Robin.

'Vuile belastingontduikers.' Strick toonde nu wat meer belangstelling. 'Wat is er gebeurd?'

'Ik haalde mijn targets niet.'

Robin had haar verhaal rechtstreeks gekopieerd uit een recent nieuwsbericht over de arbeidsomstandigheden bij een van de pakhuizen van Amazon: de niet-aflatende druk om bepaalde aantallen te halen en elke dag duizenden producten in te pakken en te scannen onder de meedogenloze blikken van de opzichters. Flicks gezichtsuitdrukking hield het midden tussen medeleven en woede terwijl Robin haar relaas deed.

'Een schande!' zei ze toen ze uitgepraat was.

'Ja, en geen vakbond of niks, natuurlijk. Mijn pa was vroeger vakbondsleider in Yorkshire.'

'Die zal wel woest geweest zijn.'

'Hij is dood,' zei Robin zonder blikken of blozen. 'De longen. Mijnwerker.'

'O, shit. Sorry.' Flick bekeek Robin nu met respect en belangstelling.

'Maar jij was waarschijnlijk arbeidskracht in plaats van werknemer, of zoiets. Zo komen die schoften overal onderuit.'

'Wat is het verschil?'

'Minder officiële rechten,' zei Flick. 'Maar als ze loon hebben ingehouden, maak je wel een kans bij de rechter.'

'Ik weet niet of ik dat kan aantonen,' zei Robin. 'Hoe komt het dat jij dat allemaal weet?'

'Ik ben nogal actief in het vakbondsgebeuren,' zei Flick schouderophalend. Ze aarzelde. 'En mijn moeder is advocate, gespecialiseerd in arbeidsrecht.'

'O?' Robin stond zichzelf toe het beleefd verbaasd te laten klinken.

'Ja.' Flick pulkte aan haar nagels. 'Maar we kunnen niet goed met elkaar opschieten. Ik zie eigenlijk mijn hele familie niet meer. Ze moeten mijn partner niet. En mijn politieke opvattingen.'

Ze streek het Hezbollah-shirt glad en liet het Robin zien.

'Zijn je ouders Tory's?' vroeg Robin.

'Het scheelt weinig. Ze waren fan van die fucking Blair.'

Robin voelde haar telefoon trillen in de zak van haar tweedehandsjurk. 'Is hier ergens een plee?'

'Daarachter.' Flick wees naar een goed verstopte paars geschilderde deur die ook volhing met rekken met sieraden.

Achter de paarse deur trof Robin een hokje met een vies raam waar een barst in zat. Er stond een kluis naast een schots en scheef, krakkemikkig keukenblok met een waterkoker, wat schoonmaakproducten en een hard geworden vaatdoekje op het aanrecht. Er was geen ruimte om te zitten en zelfs amper om te staan, omdat er in een hoek een groezelige toiletpot was geïnstalleerd.

Robin sloot zich op in het hokje van spaanplaat, deed de wc-bril omlaag en las het lange bericht dat Barclay behalve naar haar ook naar Strike had gestuurd.

Billy is gevonden. Twee weken geleden van straat gehaald. Psychose gehad, gedwongen opname, kliniek in Noord-Londen, weet nog niet welke. Liet tegen de artsen niets los over familie, tot gisteren. Maatschappelijk werker heeft vanmorgen contact opgenomen met Jimmy. Die wil dat ik meega om Billy daar weg te halen. Bang voor wat Billy loslaat aan de dokters, hij zegt dat hij te veel praat. Verder is Jimmy een papiertje kwijt waar Billy's naam op stond, en hij schijt in zijn broek van angst. Vroeg mij of ik het had gezien. Handgeschreven, zegt hij, verder geen details, ik snap niet wat er zo belangrijk aan is. Jimmy denkt dat Flick het heeft gejat. Gaat weer slecht tussen die twee.

Terwijl Robin het bericht voor de tweede keer las, kwam er een reactie van Strike binnen.

Barclay, ga na wat de bezoektijden van die kliniek zijn, ik wil naar Billy toe. Robin, probeer Flicks tas te doorzoeken.

Bedankt, stuurde Robin geërgerd terug. *Daar zou ik zelf nooit op gekomen zijn.*

Ze stond op, spoelde de wc door en ging terug het winkeltje in, waar een meute in het zwart geklede goths als mismoedige kraaien de uitgestalde waar bekeken. Toen Robin zich langs Flick heen wurmde, zag ze dat haar koerierstas op een plank onder de toonbank lag. Toen de groep eindelijk vertrok, in het bezit van essentiële oliën en zwarte kaarsen, haalde Flick opnieuw haar telefoon tevoorschijn, keek op het schermpje en verzonk vervolgens in nors stilzwijgen.

Robins ervaring als uitzendkracht had haar geleerd dat er weinig was dat zo snel een band smeedde tussen vrouwen als de ontdekking dat ze niet de enige waren die problemen hadden met mannen. Ze haalde haar eigen telefoon tevoorschijn en zag een nieuw bericht van Strike.

Daarom verdien ik het grote geld. Ik ben het brein.

Robin onderdrukte een ongewenste glimlach en zei: 'Hij denkt zeker dat ik achterlijk ben.'

'Wat dan?'

'Mijn vriend. Nou ja, vriend...' zei Robin, en ze ramde de telefoon in haar zak. 'Zogenaamd weg bij zijn vrouw. Raad eens waar hij vannacht was? Een vriend van me heeft hem vanmorgen bij haar de deur uit zien gaan.' Ze slaakte een diepe zucht en leunde onderuitgezakt tegen de toonbank.

'Ja, mijn vriend valt op oude vrouwen en alles,' zei Flick, en ze pulkte weer aan haar nagels. Robin, die niet was vergeten dat Jimmy getrouwd was geweest met een vrouw die dertien jaar ouder was dan hij, hoopte op meer vertrouwelijkheden, maar voordat ze iets kon vragen, kwam er weer een groepje jonge vrouwen binnen, druk pratend in een taal die Robin niet herkende, al meende ze dat het Oost-Europees klonk. Ze dromden rond een mand vol veronderstelde geluksbedeltjes.

'*Dziękuję ci*,' zei Flick toen een van hen haar geld gaf, en de meisjes lachten en complimenteerden haar met haar uitspraak.

'Wat zei je nou net?' vroeg Robin toen het groepje weg was. 'Was dat Russisch?'

'Pools. Geleerd van de schoonmaakster van mijn ouders.' Flick zei snel, alsof ze zich versproken had: 'Ja, ik kon altijd beter opschieten met de schoonmakers dan met mijn ouders. Je kunt jezelf moeilijk socialist noemen als je een schoonmaker hebt, hè? Het moest niet mogen, mensen die in een huis wonen dat te groot voor ze is, er zou een verplichte herverdeling van grond en woonruimte moeten komen onder de mensen die het nodig hebben.'

'Helemaal waar,' zei Robin enthousiast, en Flick leek gerustgesteld te zijn dat Bobbi Cunliffe, de dochter van een dode mijnwerker die tevens vakbondsleider was geweest in Yorkshire, haar het beroep van haar ouders vergaf.

'Kopje thee?' bood ze aan.

'Aye, lekker,' zei Robin.

'Ken jij de Real Socialist Party?' vroeg Flick toen ze met twee bekers terugkwam uit het keukentje.

'Nee,' antwoordde Robin.

'Het is geen gewone politieke partij,' verzekerde Flick haar. 'We voeren campagne gericht op wijken, zoals je vroeger de Jarrowmars had, dat soort dingen. De ware geest van de Labour-beweging, niet die imperialistische Tory-light-schijtzooi van fucking "New Labour". Wij willen niet het aloude politieke spelletje spelen, we willen de spelregels veranderen ten gunste van de gewone werkende...'

Billy Braggs versie van de *Internationale* schalde door de winkel. Toen Flick in haar tas graaide, besefte Robin dat het Flicks ringtone was. Zodra Flick de naam op het schermpje zag, werd ze gespannen. 'Kun je het even alleen af hier?'

'Ja, hoor,' zei Robin.

Flick sloop naar achteren. Net voordat de deur dichtviel, hoorde Robin haar zeggen: 'Wat is er? Heb je hem gezien?'

Zodra de deur stevig dichtzat, haastte Robin zich naar de plek waar Flick had gestaan, bukte en stak haar hand onder de leren flap van de koerierstas. De inhoud leek wel een volle prullenbak. Haar vingers tastten langs diverse proppen papier, snoepverpakkingen, een kleverig hompje waarvan Robin vermoedde dat het wel eens uitgekauwde kauwgum zou kunnen zijn, meerdere pennen zonder dop en tubetjes make-up, een blikje met een plaatje van Che Guevara erop, een buil shag waarvan de inhoud zich deels had verspreid over de rest van de tas, Rizla-vloei, een paar losse tampons en een balletje stof waarvan Robin bang was dat het een gedragen slipje was. Het zou te veel tijd vergen om ieder verfrommeld papiertje glad te strijken, te lezen en weer te verfrommelen. De meeste zagen eruit als kladversies voor artikelen. Toen hoorde ze Flick door de dichte deur achter zich hard zeggen: 'Strike? *What the hell...?*'

Robin verstarde en spitste haar oren.

'... paranoïde... laat het los... zeg dat hij...'

'Mag ik wat vragen?' vroeg een vrouw die over de toonbank naar de wand erachter tuurde. Robin schok. De gezette klant, met grijs haar en een gebatikt T-shirt, wees naar een hoog schap. 'Zou ik die nogal aparte *athame* even mogen zien?'

Flicks stem klonk eerst luider en toen weer gedempt achter Robin. '... gedaan, of niet? ... onthouden... mij terugbetalen... Chiswells geld...'

'Hm,' zei de klant, die het mes zorgvuldig woog in haar hand. 'Hebt u ook iets groters?'

'Jij had het, ik niet!' riep Flick achter de deur.

'Eh...' Robin tuurde naar het schap. 'Ik geloof het niet. Deze is misschien iets groter...'

Ze stond net op haar tenen om het langere mes te pakken toen Flick zei: 'Rot maar op, Jimmy!'

'Alstublieft.' Robin reikte de klant het bijna twintig centimeter lange mes aan.

Met veel gerammel van vallende kettingen vloog de deur achter Robin open, tegen haar rug aan.

'Sorry,' zei Flick, en ze griste haar tas naar zich toe en propte de telefoon erin, zwaar ademend, met vonkende ogen.

'Ja, weet u wat het is, ik vind de drie maantjes op het kleinere mes zo mooi,' zei de heks op leeftijd, wijzend naar de versiering op het heft van de eerste dolk, onaangedaan door Flicks dramatische terugkeer, 'maar ik heb toch liever een langer mes.'

Flick verkeerde op die koortsachtige grens tussen woede en tranen waarvan Robin wist dat de kans op een indiscrete biecht het grootst was. In een wanhopige poging om van haar vermoeiende klant af te komen zei ze botweg, met Bobbi's zware Yorkshire-accent: 'Meer dan dit hebben we niet.'

De klant mopperde nog wat, woog de twee messen in haar handen en vertrok toen eindelijk zonder er een te kopen.

'Gaat het?' vroeg Robin onmiddellijk aan Flick.

'Nee. Ik moet roken nu.' Ze keek op haar horloge. 'Als ze terugkomt, zeg dan dat ik mijn lunchpauze nu neem, oké?'

Shit, dacht Robin toen Flick vertrok, met medeneming van haar tas en die veelbelovende gemoedstoestand.

Ruim een uur lang bemande Robin de winkel alleen, en ze kreeg steeds meer trek. Eddie van de platenkraam keek een paar keer vaag naar binnen, maar hij toonde weinig belangstelling voor haar activiteiten. In een korte rust tussen diverse klanten in glipte Robin even naar achteren om te kijken of er echt niets te eten lag. Nee dus.

Om tien voor één kwam Flick de winkel weer binnen met een donkere, knappe maar ruig uitziende man in een knalblauw T-shirt. Hij onderwierp Robin aan een doordringende, arrogante blik, de blik van een bepaald type rokkenjager: waardering en minachting vloeiden samen om aan te geven dat ze er misschien best goed uitzag, maar dat ze wat beter haar best zou moeten doen om zijn belangstelling te wekken. Het was een strategie die Robin succesvol toegepast had zien worden op andere jonge vrouwen, op kantoor. Bij haar werkte die nooit.

'Sorry dat ik zo lang wegbleef,' zei Flick tegen Robin. Haar rotbui leek niet helemaal verdwenen te zijn. 'Ik kwam Jimmy tegen. Jimmy, dit is Bobbi.'

'Alles goed?' Jimmy stak een hand naar haar uit.

Robin gaf hem een hand.

'Jouw beurt,' zei Flick tegen Robin. 'Ga maar wat eten.'

'O, ja. Bedankt.'

Jimmy en Flick bleven wachten terwijl Robin onder de toonbank kroop, zogenaamd om geld uit haar tas te pakken, maar ze zette haar telefoon op 'opnemen' en legde hem zorgvuldig achteraan op een donkere plank.

'Tot zo dan maar,' zei ze opgewekt, en ze liep de markt op.

48

Maar wat zeg jij ervan, Rebecca?

Henrik Ibsen, *Rosmersholm*

Een irritant zoemende wesp zigzagde Strikes kantoortje in en weer uit en vloog toen heen en weer tussen de twee ramen die openstonden om de met uitlaatgassen gevulde avondlucht binnen te laten. Barclay wapperde het insect weg met het foldertje van de afhaalchinees dat zojuist was meegekomen met de grote bestelling eten. Robin trok de deksels van de bakken en stalde ze uit op haar bureau. Verderop bij de waterkoker zocht Strike naar een derde vork.

Matthew had verrassend soepel gereageerd toen Robin hem drie kwartier eerder belde vanaf Charing Cross om door te geven dat ze een bespreking had met Strike en Barclay en waarschijnlijk laat thuis zou zijn.

'Prima,' had hij gezegd. 'Tom wil ergens Indiaas gaan eten. Ik zie je thuis wel.'

'Hoe was het vandaag?' vroeg Robin voordat hij kon ophangen. 'Op dat kantoor in...' Ze wist het niet meer.

'Barnet,' zei hij. 'Gamesontwikkelaar. Ja, ging wel. En jouw dag?'

'Niet slecht.'

Matthew was zo nadrukkelijk niet geïnteresseerd in de bijzonderheden over de klus voor Chiswell na hun vele ruzies daarover dat het weinig zin had om hem te vertellen waar ze was geweest, voor wie ze zich uitgaf en wat er die dag was gebeurd. Nadat ze afscheid hadden genomen liep Robin door de menigte slenterende toeristen en vrijdagmiddagborrelaars, en ze wist dat hun telefoongesprek voor de toevallige toehoorden zou klinken als een conversatie tussen twee mensen die slechts verbonden waren door nabijheid of door de omstandigheden en die niet bijzonder op elkaar gesteld waren.

'Biertje?' vroeg Strike nu, en hij hield een verpakking met vier blikken Tennent's omhoog.

'Ja, graag,' zei Robin.

Ze droeg nog het korte zwarte jurkje en de hoge veterschoenen, maar ze had haar met poeder gekleurde haar in een strakke paardenstaart gedaan, de dikke make-up van haar gezicht verwijderd en de donkere lenzen uitgedaan. Toen de avondzon even op Strikes gezicht viel, merkte ze dat hij er slecht uitzag. Hij had diepere rimpels dan anders rond zijn mond en voorhoofd; in de huid gegroefd, vermoedde ze, door de dagelijkse hevige pijn. Hij liep ook raar, gebruikte zijn bovenlichaam om te draaien en probeerde daarmee te verhullen dat hij mank liep toen hij terugkwam met haar bier.

'Wat heb jij vandaag gedaan?' vroeg ze aan Strike terwijl Barclay zijn bord volschepte.

'Geraint Winn gevolgd. Hij houdt zich schuil in een miezerige bed and breakfast op vijf minuten van de echtelijke woning. Ik ben hem gevolgd, eerst helemaal naar het hart van Londen en toen weer naar Bermondsey.'

'Wel riskant om hem te volgen,' zei Robin. 'Hij weet hoe je eruitziet.'

'Hij zou het nog niet gemerkt hebben als we met z'n drieën pal achter hem hadden gelopen. Hij is ook kilo's afgevallen sinds de vorige keer dat ik hem zag.'

'Wat deed hij vandaag?'

'Hij heeft vroeg gegeten in een zaakje vlak bij het Lagerhuis, het Cellarium. Geen ramen, het lijkt wel een grafkelder.'

'Klinkt gezellig,' zei Barclay, die op de nepleren bank ging zitten en aan zijn zoetzure varkensvlees begon.

'Hij is net een trieste postduif,' zei Strike, die de hele bak Singapore-noedels op zijn eigen bord kieperde. 'Keert terug naar de plek van zijn hoogtijdagen, tussen de toeristen. Daarna gingen we naar King's Cross.'

Robin wachtte even met het opscheppen van taugé.

'Daar heeft hij zich laten pijpen in een donker trappenhuis,' zei Strike op zakelijke toon.

'Getver,' mompelde Robin terwijl ze alsnog eten opschepte.

'Heb je het gezien, aye?' vroeg Barclay belangstellend.

'Van achteren. Ik had me net naar binnen gewerkt en ben achteruit weggelopen. Heb nog sorry gezegd, maar hij was te ver heen om me te herkennen. Daarna heeft hij sokken gekocht bij de supermarkt voordat hij terugging naar zijn bed and breakfast.'

'Er zijn ergere dagen,' zei Barclay, die zijn bord al halfleeg had. Toen hij Robin zag kijken, zei hij met volle mond: 'Ik moet van mijn vrouw om half negen thuis zijn.'

'Oké, Robin,' zei Strike en hij liet zich voorzichtig op zijn eigen bureaustoel zakken, die hij uit zijn kantoortje had gehaald. 'Wat hadden Jimmy en Flick elkaar te vertellen toen ze dachten dat niemand het hoorde?'

Hij sloeg een notitieblok open, pakte een pen uit een bakje op het bureau en hield zijn linkerhand vrij om Singapore-noedels naar binnen te schuiven. Barclay leunde naar voren op de bank, nog altijd verwoed kauwend. Robin legde haar mobiel met het scherm naar boven op het bureau en drukte op 'Play'.

Even was er niets anders te horen dan vage voetstappen; dat was Robin die de winkel van de wiccavrouw verliet om te gaan lunchen.

'Ik dacht dat je hier alleen was?' Jimmy's stem was zacht maar goed verstaanbaar.

'Ze draait een dag mee op proef,' zei Flick. 'Waar is Sam?'

'Die zie ik straks bij jou thuis, dat heb ik je toch gezegd. Oké, waar is je tas?'

'Jimmy, ik heb dat...'

'Misschien heb je het per ongeluk meegenomen.'

Nog meer voetstappen, geschraap over hout en leer, gerammel, een bons en geritsel.

'Wat een tyfusbende in die tas.'

'Ik heb het niet, hoe vaak moet ik dat nog zeggen? En je kunt niet zomaar mijn...'

'Het is menens. Het zat in mijn portemonnee. Waar is het gebleven?'

'Je hebt het gewoon ergens laten vallen.'

'Of iemand heeft het eruit gehaald.'

'Waarom zou ík dat doen?'

'Om iets achter de hand te houden.'

'Dat is verdomme nogal een...'

'Maar als je het tegen me wilt gebruiken, vergeet dan niet dat jij medeschuldig bent omdat je het hebt gejat. Schuldiger nog dan ik.'

'Ik was daar alleen maar voor jou, Jimmy!'

'O, wordt dát het verhaal? Niemand heeft je verdomme gedwongen. Jij bent hiermee begonnen, vergeet dat niet.'

'Ja, en daar heb ik nu spijt van!'

'Te laat. Ik wil dat papiertje terug en dat zou jij ook moeten willen. Het bewijst dat we zijn huis binnen konden.'

'Je bedoelt dat het bewijst dat hij met Bill... au!'

'Ach, rot op, dat deed helemaal geen pijn. Je beledigt vrouwen die echt mishandeld worden, door het slachtoffer uit te hangen. Maar ik ben bloedserieus. Als jij het hebt...'

'Ga nou niet dreigen.'

'Want dan hol je naar pappie en mammie? Wat zullen die zeggen als ze horen wat hun kleine meid heeft uitgevreten?'

Flicks snelle ademhaling ging over in gesnik.

'Je hebt geld van hem gejat en alles,' zei Jimmy.

'Jij lachte daar toen om, je zei dat het zijn verdiende loon was.'

'Probeer het daar in de rechtbank maar eens mee goed te praten. Als jij je hachje probeert te redden door mij erbij te lappen, heb ik er geen moeite mee om de fucking politie te vertellen dat jij hier vólop bij betrokken bent. Dus als dat papiertje ergens opduikt waar ik het niet wil zien...'

'Ik heb het niet, ik weet niet waar het is!'

'... dan ben je gewaarschuwd. Geef me je huissleutel.'

'Hè? Waarom?'

'Omdat ik nu meteen naar dat vieze hol ga dat jij een flat noemt, om de boel te doorzoeken samen met Sam.'

'Je gaat daar niet zonder mij...'

'Waarom niet? Ligt er soms weer een Indiase ober zijn roes uit te slapen?'

'Ik heb nooit...'

'Dat interesseert me geen reet,' zei Jimmy. 'Je neukt maar met wie je wilt. Geef hier die sleutel.'

Weer voetstappen, gerammel van sleutels. Het geluid van Jimmy die wegliep en daarna een waterval van gesnik, die pas ophield toen Robin op 'Pauze' drukte.

'Ze heeft gehuild tot de eigenares van de zaak binnenkwam,' zei Robin. 'En dat was vlak voordat ik terugkeerde. Daarna heeft ze de hele middag amper iets gezegd. Ik wilde met haar meelopen naar de metro, maar ze schudde me af. Hopelijk is ze morgen spraakzamer.'

'Hebben Jimmy en jij haar flat doorzocht?' vroeg Strike aan Barclay.

'Aye. Boeken, laden, onder haar matras. Niks.'

'En wat zochten jullie precies, volgens hem?'

'"Een handgeschreven stukje papier met Billy's naam erop," zei hij. "Het zat in mijn portemonnee en nou is het pleite." Had iets te maken met een drugsdeal, beweerde hij. Hij denkt dat ik zo'n sukkel ben die alles gelooft.'

Strike legde zijn pen neer, slikte een grote hap noedels door en zei: 'Ik weet niet hoe het met jullie zit, maar voor mij springt "het bewijs dat we zijn huis binnen konden" er vooral uit.'

'Daar weet ik misschien wel meer over,' zei Robin, die er tot dusver in was geslaagd haar opwinding te verbergen over wat ze op het punt stond te onthullen. 'Ik heb vandaag ontdekt dat Flick een paar woordjes Pools spreekt, en we weten dat ze geld heeft gestolen van een vorige werkgever. Zou zij niet...?'

'"Ik maak daar ook nog eens schoon",' zei Strike. 'Dat zei ze tegen Jimmy tijdens de protestmars, toen ik hen volgde! "Ik maak daar schoon en het is walgelijk"... Bloody hell, denk je dat zij...?'

'De Poolse schoonmaakster van Chiswell,' zei Robin, vastbesloten zich niet van haar triomf te laten beroven. 'Ja, dat denk ik.'

Barclay zat zich nog steeds vol te proppen met varkensvlees, maar zijn blik was gepast verrast.

'Godver, als dat waar is, verandert het de hele zaak,' zei Strike. 'Dan kon ze het huis binnen, daar rondsnuffelen, spullen mee naar binnen smokkelen...'

'Hoe wist ze dat hij een schoonmaakster zocht?' vroeg Barclay.

'Ze zal dat kaartje hebben zien hangen bij de kiosk.'

'Ze wonen hartstikke ver uit elkaar. Zij zit in Hackney.'

'Misschien had Jimmy het gezien toen hij rondhing in Ebury Street voor zijn afpersingsverhaal,' opperde Robin, maar Strike fronste zijn voorhoofd.

'Dan draai je het om. Als zij heeft ontdekt dat hij af te persen viel in de tijd ze daar in huis rondliep als schoonmaakster, moet ze er al gewerkt hebben voordat Jimmy hem geld probeerde af te troggelen.'

'Oké, misschien kwam de tip niet van Jimmy. Misschien hoorden ze toevallig dat hij een schoonmaakster zocht toen ze nog heel globaal op zoek waren naar informatie die ze tegen hem konden gebruiken.'

'Om hem aan de schandpaal te nagelen op de site van de Real Socialist Party?' zei Barclay. 'Daar bereiken ze toch mínstens vier of vijf man mee, ja.'

Strike snoof geamuseerd.

'Waar het om gaat,' zei hij, 'is dat Jimmy zich erg druk maakt om dat papiertje.'

Barclay prikte het laatste balletje zoetzuur varkensvlees aan zijn vork en stak het in zijn mond. 'Flick heeft het,' zei hij met volle mond. 'Gegarandeerd.'

'Hoe weet je dat zo zeker?' vroeg Robin.

'Ze wil iets achter de hand houden om hem mee te pakken.' Barclay zette zijn lege bord in de gootsteen. 'Hij houdt haar alleen maar aan omdat ze te veel weet. Hij zei laatst nog dat hij graag van haar af zou willen. Toen ik vroeg waarom hij haar niet gewoon dumpte, gaf hij geen antwoord,' zei hij met zijn zware Schotse accent.

'Misschien heeft ze het briefje verscheurd, als het hen in de problemen kan brengen?' opperde Robin.

'Dat denk ik niet,' zei Strike. 'Ze is de dochter van een advocaat, die vernietigt geen bewijsmateriaal. Dat papiertje kan waardevol zijn als er stront aan de knikker komt en als zij besluit mee te werken met de politie.'

Barclay ging weer op de bank zitten en pakte zijn bier.

'Hoe is het met Billy?' Robin begon eindelijk aan haar bijna koude eten.

'Dat arme kereltje,' zei Barclay. 'Vel over been. Aangehouden door de bewakers toen hij over een draaihekje wilde klimmen in de metro. Hij probeerde ze in elkaar te slaan maar eindigde in een gesloten inrichting. Volgens de artsen heeft hij achtervolgingswaan. Eerst dacht hij dat de overheid achter hem aan zat, dat de verpleging meewerkte aan een gigantisch complot tegen hem, maar nu hij zijn medicijnen weer inneemt is hij iets normaler.

Jimmy wilde hem ter plekke mee naar huis nemen, maar daar staken de artsen een stokje voor. Wat Jimmy vooral dwarszit,' zei Barclay, en hij nam even pauze om zijn blik Tennent's leeg te drinken, 'is dat Billy nog steeds geobsedeerd is door Strike. Hij blijft maar naar hem vragen. Volgens de artsen hoort het bij zijn wanen dat hij zich vastklampt aan een beroemde detective, zo van: dat is de enige die ik kan vertrouwen. Ik kon natuurlijk niet zeggen dat hij Strike heeft ontmoet, want Jimmy beweerde dat het allemaal een hoop gelul was.

De dokters willen niemand bij hem laten behalve familie, en Jimmy zien ze daar ook liever niet meer nadat hij Billy probeerde wijs te maken dat hij prima naar huis kon.'

Barclay kneep zijn bierblik fijn en keek op zijn horloge. 'Ik moet gaan, Strike.'

'Ja, oké. Fijn dat je kon blijven. Het leek me goed om een keer met z'n drieën bij te praten.'

'Graag gedaan.'

Barclay zwaaide nog een keer naar Robin en vertrok. Strike bukte om zijn eigen bier van de grond te pakken en kromp ineen van de pijn.

'Gaat het wel?' vroeg Robin, die nog wat kroepoek nam.

'Jawel.' Strike kwam overeind. 'Ik heb vandaag alleen weer veel gelopen, en die knokpartij van gisteren heeft ook niet erg geholpen.'

'Knokpartij?'

'Met Aamir Mallik.'

'Wat?!'

'Wees maar niet bang, ik heb hem geen pijn gedaan. Niet veel.'

'Je had me niet verteld dat jullie ruzie op een vechtpartij is uitgedraaid.'

'Dat wilde ik je persoonlijk vertellen, zodat ik kon zien wat een enorme schoft je me vindt,' zei Strike. 'Kun je niet een beetje meeleven met je eenbenige compagnon?'

'Je bent beroepsbokser geweest!' zei Robin. 'En Aamir weegt zelfs drijfnat nog geen zestig kilo!'

'Hij vloog me aan met een lamp.'

'Aamír?' Ze kon zich niet voorstellen dat de gereserveerde, overdreven nauwgezette jongeman die ze in het Lagerhuis had meegemaakt ooit fysiek geweld zou gebruiken.

'Ja. Ik bleef doorgaan over Chiswells opmerking over "een man met jouw gewoontes" en toen knapte er iets bij hem. Mocht het wat uitmaken: ik heb er een rotgevoel over,' zei Strike. 'Wacht even, ik moet pissen.'

Hij hees zich onhandig overeind uit de stoel en liep naar de wc op de overloop. Op het moment dat Robin de deur hoorde dichtgaan, ging Strikes mobiel, die aan de oplader lag op de dossierkast naast Robins bureau. Ze stond op om te kijken en zag in het gebarsten, met plakband bij elkaar gehouden schermpje de naam Lorelei staan. Robin vroeg zich af of ze moest opnemen, maar ze aarzelde te lang en de voicemail werd ingeschakeld. Net toen ze weer wilde gaan zitten, gaf een korte 'ping' aan dat er een bericht binnenkwam.

Als het je alleen te doen is om een warme maaltijd en seks zonder menselijke emoties, zijn er genoeg restaurants en bordelen.

Robin hoorde op de gang de wc-deur weer dichtvallen en krabbelde snel terug naar haar stoel. Strike kwam het kantoor in gehinkt, liet zich op zijn stoel zakken en pakte zijn bord met noedels.

'Je telefoon ging net. Ik heb niet opgenomen...'

'Geef eens aan.'

Dat deed ze. Hij las het bericht zonder dat zijn gezichtsuitdrukking veranderde, zette het toestel op stil en stopte het in zijn zak. 'Waar hadden we het over?'

'Dat je een rotgevoel had over die vechtpartij.'

'Helemaal niet,' zei Strike. 'Als ik me niet had verdedigd, zou ik hier nu zitten met een gezicht vol hechtingen.' Hij stak zijn vork in de noedels. 'Waar ik een rotgevoel over heb, is dat ik ben begonnen over zijn familie die hem doodverklaard heeft, op één zus na die nog met hem praat. Staat allemaal op Facebook. Toen ik zei dat zijn familie hem had verstoten, sloeg hij me bijna de hersens in met een schemerlamp.'

'Misschien zijn ze boos op hem omdat ze denken dat hij iets met Della heeft?' zei Robin terwijl Strike op een hap noedels kauwde.

Hij haalde met een 'wie weet'-blik zijn schouders op, slikte zijn eten door en vroeg: 'Was het al bij je opgekomen dat Aamir letterlijk de enige is in deze zaak die een motief heeft? Chiswell bedreigde hem, waarschijnlijk dreigde hij zijn geheimen bekend te maken. "Een man met jouw gewoontes." "Lachesis wist precies wanneer het voor iedereen afgelopen was."'

'Jij zegt toch altijd: "Het gaat niet om het motief, concentreer je op de vraag wie de gelegenheid had?"'

'Ja, ja,' zei Strike vermoeid. Hij schoof zijn bijna tot de laatste kruimel leeggegeten bord opzij, pakte zijn sigaretten en aansteker en ging wat rechter zitten. 'Oké, laten we ons concentreren op gelegenheid. Wie had er toegang tot het huis, de antidepressiva en het helium? Wie kende Chiswells gewoontes goed genoeg om er zeker van te zijn dat hij die morgen sinaasappelsap zou drinken?

Wie had een sleutel, of wie zou hij voldoende vertrouwd hebben om hem of haar zo vroeg op de ochtend binnen te laten?'

'Familie.'

'Juist,' zei Strike terwijl zijn aansteker een vlammetje produceerde. 'Maar we weten dat Kinvara, Fizzy, Izzy en Torquil het niet gedaan kunnen hebben, dus dan blijft Raphael over, met zijn verhaal dat hij die ochtend werd gesommeerd naar Woolstone te komen.'

'Denk je echt dat hij eerst zijn vader zou vermoorden, dan ijskoud naar Woolstone zou rijden en daar samen met Kinvara op de politie zou wachten?'

'Vergeet de psychologische kant, de vraag hoe waarschijnlijk het is, het gaat nu om de gelegenheid,' zei Strike, en hij blies een lange sliert rook uit. 'Ik heb nog niets gehoord om uit te sluiten dat Raphael die morgen om zes uur in Ebury Street was. Ik weet wat je wilt zeggen,' was hij haar voor, 'maar het zou niet de eerste keer zijn dat een moordenaar een telefoontje faket. Hij had zijn eigen mobiel kunnen bellen met die van Chiswell om de indruk te wekken dat zijn vader hem opdracht had gegeven naar Woolstone te gaan.'

'Dat betekent dat Chiswell geen pincode op zijn telefoon had, of dat Raphael die kende.'

'Goeie. Dat moeten we natrekken.'

Strike klikte met zijn balpen en maakte een aantekening. Terwijl hij dat deed, vroeg hij zich af of Robins echtgenoot, die ooit buiten haar weten haar belgeschiedenis had gewist, haar nieuwe ontgrendelingscode kende. Je kon vaak uit de kleine vertrouwensdingetjes opmaken hoe sterk een relatie was.

'Er is nog een ander logistiek probleem, mocht Raphael de moordenaar zijn,' zei Robin. 'Hij had geen sleutel, en als zijn vader hem heeft binnengelaten, zou dat betekenen dat Chiswell klaarwakker was terwijl Raphael in de keuken antidepressiva stond te verpulveren.'

'Ook een goeie,' zei Strike. 'Maar dat verpulveren van de pillen zal voor iedere verdachte verklaard moeten worden. Neem nu Flick. Als zij zich uitgaf voor de schoonmaakster, kende ze het huis in

Ebury Street waarschijnlijk beter dan de rest van de familie. Gelegenheid genoeg om te snuffelen, en ze heeft een tijdje een sleutel gehad. Die zijn niet zomaar bij te maken, maar laten we zeggen dat het haar is gelukt, dan kon ze dus het huis in wanneer ze maar wilde.

Ze sluipt in de kleine uurtjes naar binnen om met dat sap te knoeien, maar het vermalen van pillen met een vijzel is niet geruisloos...'

'Tenzij,' zei Robin, 'ze de pillen al vermalen heeft meegebracht, in een zakje of zo, en ze het poeder alleen even door de vijzel heeft gehaald om de indruk te wekken dat Chiswell het zelf had gedaan.'

'Oké, maar dan weten we nog steeds niet waarom er geen sporen van amitriptyline zijn gevonden in het lege sappak in de pedaalemmer. Raphael had zijn vader makkelijk een glas sap kunnen geven...'

'Alleen zaten er geen andere vingerafdrukken op dan die van Chiswell.'

'Maar zou Chiswell het niet raar vinden als hij 's morgens beneden een al ingeschonken glas sap aantrof? Zou jij een glas leegdrinken dat je niet zelf had ingeschonken en dat opeens op tafel stond in een huis waarvan je dacht dat er niemand was?'

Beneden in Denmark Street overstemde een groep jonge vrouwen het constante gezoef en gebrom van het verkeer; ze zongen 'Where Have You Been?' van Rihanna.

'*Where have you been? All my life, all my life...*'

'Misschien was het toch zelfmoord,' zei Robin.

'Met zo'n houding kunnen wij de kost niet verdienen,' zei Strike, en hij tikte de as van zijn sigaret op zijn bord. 'Kom op, wie hadden de gelegenheid om die dag binnen te komen in Ebury Street? Raphael, Flick...'

'En Jimmy,' zei Robin. 'Alles wat voor Flick geldt, geldt ook voor hem, want zij had hem alle informatie kunnen geven over Chiswells gewoontes en zijn huis, en hij kan ook haar gekopieerde sleutel gekregen hebben.'

'Juist. Dat zijn dus drie mensen van wie we weten dat ze die ochtend daar hadden kunnen zijn. Maar er was meer nodig dan simpelweg naar binnen gaan. De moordenaar moest ook weten welke antidepressiva Kinvara gebruikte, ervoor zorgen dat de heliumtank en die rubberen slang er waren, wat weer vraagt om nauw contact met de Chiswells, toegang tot de woning om alles naar binnen te brengen óf de inside-informatie dat het helium en het slangetje al in huis waren.'

'Voor zover we weten, was Raphael de laatste tijd niet in Ebury Street geweest, en had hij niet zo'n band met Kinvara dat hij wist welke pillen ze slikte, al kan zijn vader daar misschien iets over gezegd hebben,' zei Robin. 'Als we alleen naar de gelegenheid kijken, lijken de Winns en Aamir af te vallen... dus aangenomen dat zij inderdaad die schoonmaakster was, staan Jimmy en Flick bovenaan op onze lijst van verdachten.'

Strike zuchtte diep en sloot zijn ogen. 'Bekijk het ook maar,' mompelde hij, en hij streek met zijn hand over zijn gezicht. 'Ik kom toch steeds terug bij het motief.'

Hij deed zijn ogen weer open, drukte zijn sigaret uit op het bord waarvan hij had gegeten en stak meteen een nieuwe op.

'Het verbaast me niet dat MI5 belangstelling toont, want er valt voor de dader op het eerste oog niets te halen. Oliver had gelijk, afpersers vermoorden over het algemeen hun slachtoffer niet, eerder andersom. Haat is een pittoreske gedachte, maar moord uit blinde haat is een klap op het hoofd met een hamer of een lamp, niet een zorgvuldig geplande nepzelfmoord. Als het moord was, was het eerder een klinische executie, tot in de details gepland. Waarom? Wat schoot de moordenaar ermee op? En dan rijst bij mij ook de vraag: waarom tóén? Waarom is Chiswell uitgerekend op dat moment gestorven? Jimmy en Flick hadden er duidelijk baat bij dat Chiswell zou blijven leven tot ze bewijs konden leveren dat hem zou dwingen over de brug te komen met het geld dat zij van hem eisten. Hetzelfde geldt voor Raphael: hij was onterfd, maar de relatie met zijn vader toonde tekenen van verbetering. Hij had er belang bij dat zijn vader bleef leven.

Maar Chiswell had Aamir in bedekte termen gedreigd iets te onthullen, iets wat niet nader genoemd werd. Waarschijnlijk was het van seksuele aard, aangezien hij Catullus citeerde, en hij had sinds kort informatie in zijn bezit over die twijfelachtige liefdadigheidsinstelling van de Winns. We mogen niet vergeten dat Geraint Winn op zich geen afperser was: het was hem niet om geld te doen, hij wilde dat Chiswell oneervol ontslag zou nemen. Is het erg vergezocht om te vermoeden dat Winn of Mallik misschien is teruggevallen op een andere vorm van wraak toen ze doorkregen dat het oorspronkelijke plan mislukt was?'

Strike nam een diepe trek van zijn sigaret en vervolgde: 'We zien iets over het hoofd, Robin. De rode draad in dit alles.'

'Misschien is die er niet? Zo gaat dat in het leven. We hebben een groep mensen die allemaal hun eigen persoonlijke beproevingen en geheimen hadden. Sommigen van hen hadden een reden om Chiswell niet te mogen, om een hekel aan hem te hebben, maar dat wil niet zeggen dat het allemaal mooi op elkaar aansluit. Er zullen vast dingen zijn die hier geen rol spelen.'

'Er is nog steeds iets wat we niet weten.'

'Er is zo veel dat we niet...'

'Nee, iets belangrijks, iets... fundamenteels. Ik voel het. Het duikt telkens bijna op, maar net niet. Waarom zei Chiswell dat hij nog meer werk voor ons zou hebben als hij Winn en Knight eenmaal naar de ondergang had geholpen?'

'Geen idee,' zei Robin.

'"Ze brengen zichzelf een voor een ten val",' citeerde Strike. 'Over wie gaat dat?'

'Geraint Winn. Ik had hem net verteld dat er geld was verdwenen bij de stichting.'

'Chiswell was aan het bellen over een verloren geldclip, zei je. Een geldclip die van Freddie was geweest.'

'Klopt,' zei Robin.

'Freddie.' Strike krabde aan zijn kin.

Even was hij terug in de gezamenlijke tv-kamer van een Duits militair ziekenhuis, met in een hoek de televisie, het geluid gedempt, en op een laag tafeltje het tijdschrift *Army Times*. De jonge luitenant die getuige was geweest van Freddie Chiswells dood had daar in zijn eentje gezeten toen Strike hem aantrof, aan een rolstoel gekluisterd, de kogel van de taliban nog in zijn ruggengraat.

'... het konvooi hield halt, majoor Chiswell droeg me op uit te stappen en te kijken wat er aan de hand was. Ik zei dat ik verderop op de bergkam beweging zag. Hij vloekte en zei dat ik moest doen wat me werd opgedragen. Ik had nog geen meter afgelegd toen ik die kogel in mijn rug kreeg. Het laatste wat ik me herinner was dat hij vanuit de truck tegen me tekeerging. Toen knalde de scherpschutter de bovenkant van zijn schedel eraf.'

De luitenant had Strike om een sigaret gevraagd. Hij mocht niet roken, maar Strike had hem het halfvolle pakje gegeven dat hij op zak had.

'Chiswell was een gore klootzak,' had de jongeman in de rolstoel tegen hem gezegd.

Strike zag in zijn verbeelding de lange, blonde Freddie paraderen op een landweg, samen met Jimmy Knight en zijn vrienden, die eigenlijk beneden zijn stand waren. Hij zag Freddie voor zich in schermoutfit, op de loper, in de gaten gehouden door de onopvallende Rhiannon Winn, die toen misschien al rondliep met de gedachte aan zelfdoding.

De soldaten hadden de pest aan hem, zijn vader verafgoodde hem: zou Freddie datgene kunnen zijn wat Strike zocht, het element dat alles met elkaar verbond, de link tussen twee afpersers en het verhaal over een gewurgd kind? Maar de mogelijkheid leek al te verdwijnen terwijl hij die nader bekeek, en de diverse aanknopingspunten van het onderzoek vielen weer uiteen, hardnekkig ongerelateerd.

'Ik wil weten wat er te zien is op die foto's van Buitenlandse Zaken,' zei Strike hardop, zijn blik gericht op de paars kleurende hemel achter het kantoorraam. 'Ik wil weten wie het witte paard van Uffington in Aamir Malliks badkamerdeur heeft gekrast, en ik wil weten waarom er een kruis in de grond was gestoken precies op de plek waar volgens Billy een kind begraven zou liggen.'

'Nou,' zei Robin, die opstond om de troep van hun Chinese afhaalmaaltijd op te ruimen, 'niemand kan beweren dat je niet ambitieus bent.'

'Laat maar staan, dat doe ik wel. Je moet naar huis.'

Ik wil niet naar huis.

'Het is zo gebeurd. Wat ga je morgen doen?'

'Ik heb 's middags een afspraak met Chiswells vriend de kunsthandelaar, die Drummond.'

Nadat ze de borden en het bestek had afgespoeld pakte Robin haar handtas van het haakje waaraan ze hem had opgehangen en liep terug. Strike wimpelde steevast alle uitingen van bezorgdheid af, maar ze moest het zeggen.

'Niet lullig bedoeld, maar je ziet er belabberd uit. Is het misschien een idee om met je been omhoog te gaan zitten tot je weer de deur uit moet? Tot gauw.'

Ze was weg voordat Strike iets terug kon zeggen. Hij bleef in gedachten verzonken zitten tot hij uiteindelijk niet meer onder de pijnlijke tocht terug naar zijn zolderverdieping uit kon. Nadat hij zich weer uit zijn stoel had gehesen, deed hij de ramen dicht, knipte de lichten uit en sloot het kantoor af.

Op het moment dat hij zijn kunstvoet op de onderste tree van de trap had gezet om naar boven te gaan, ging de telefoon weer. Hij wist zonder te kijken dat het Lorelei was. Ze zou hem niet laten gaan zonder op z'n minst te proberen hem net zo te kwetsen als hij haar had gekwetst. Langzaam, voorzichtig, met zo weinig mogelijk gewicht op zijn prothese als praktisch haalbaar was, liep hij de trap op en ging naar bed.

49

> Rosmers van Rosmersholm – geestelijken, soldaten, mannen die hoge posities hebben vervuld in het land – gewetensvol en eervol, stuk voor stuk...
>
> Henrik Ibsen, *Rosmersholm*

Lorelei gaf het niet op. Ze wilde Strike onder vier ogen spreken, wilde weten waarom ze bijna een jaar van haar leven had gegeven aan een emotionele vampier – zoals zij het zag.

'Ik heb recht op een persoonlijk gesprek,' zei ze toen hij de volgende dag rond lunchtijd eindelijk de telefoon opnam. 'Ik wil je zien, dat is wel het minste wat je kunt doen.'

'En wat bereik je daarmee?' vroeg hij. 'Ik heb je mail gelezen, je bent heel duidelijk geweest. Ik heb vanaf het begin gezegd wat ik wel en niet wilde...'

'Kom nou niet aan met dat gelul van "Ik heb nooit gezegd dat ik een vaste relatie wilde". Wie belde je toen je niet kon lopen? Je liet maar al te graag toe dat ik je behandelde alsof ik je vrouw was toen je...'

'Goed, dan stellen we samen vast dat ik een lul ben,' zei Strike, die in zijn open keukentje zat, met zijn halve been gestrekt voor zich op een stoel. Hij droeg alleen een boxershort, maar dadelijk zou hij zijn prothese weer om moeten doen en zich aankleden, netjes genoeg om niet uit de toon te vallen in de galerie van Henry Drummond. 'Laten we elkaar gewoon het beste wensen en...'

'Nee,' zei ze, 'zo makkelijk kom je niet van me af. Ik was gelukkig. Het ging prima tussen ons tot...'

'Het is nooit mijn bedoeling geweest jou ongelukkig te maken. Ik mag je graag...'

'Ja, je mág me graag,' zei ze op schelle toon. 'Een jaar samen en dan mág je me graag.'

'Wat wil je nou?' Hij verloor eindelijk zijn geduld. 'Dat ik met je naar het fucking altaar strompel zonder te voelen wat ik daarbij zou moeten voelen, zonder het te willen, terwijl ik het liefst zou maken dat ik wegkwam? Jij wilt me iets laten zeggen wat ik niet wil zeggen. Ik wilde niemand kwetsen...'

'Maar dat heb je wel gedaan! Je hebt me wel degelijk gekwetst! En nu wil je opstappen alsof er niks gebeurd is!'

'Terwijl jij liever een scène maakt in een restaurant?'

'Ik wil alleen maar,' zei ze, en ze huilde nu, 'dat ik niet het gevoel heb dat ik een willekeurig iemand voor je ben. Ik wil een herinnering aan het einde die maakt dat ik me niet inwisselbaar en goedkoop voel.'

'Dat ben je voor mij nooit geweest. Zo zie ik je nu ook niet,' zei hij met gesloten ogen, terwijl hij wenste dat hij nooit naar de andere kant van de kamer was gelopen op Wardles verjaardagsfeest. 'Eerlijk gezegd ben je juist te...'

'Ga nou niet zeggen dat ik te goed voor je ben,' zei ze. 'Gun ons allebei nog een klein beetje waardigheid.'

Ze hing op. Strikes overheersende emotie was opluchting.

Geen enkel ander onderzoek had Strike zo trouw steeds weer teruggevoerd naar hetzelfde stukje Londen. Een paar uur later braakte de taxi hem uit op het licht hellende trottoir van St James's Street, met vóór hem de rode bakstenen van St James's Palace en rechts Pratt's aan Park Place. Nadat hij de chauffeur had betaald liep hij naar Drummond's Gallery, aan de linkerkant van de straat tussen een wijnhandel en een hoedenwinkel. Hoewel het hem was gelukt zijn prothese aan te brengen, liep Strike met behulp van een inklapbare wandelstok, die Robin voor hem had gekocht in een andere periode dat zijn been hem bijna te veel pijn had bezorgd om zijn gewicht te dragen.

Zelfs al had het het einde betekend van een relatie waaraan hij wilde ontsnappen, toch had Loreleis telefoontje zijn sporen nagelaten. Hij wist diep in zijn hart dat een deel van haar beschuldigingen terecht was – strikt genomen misschien niet, maar voor zijn gevoel wel. Hij mocht Lorelei dan van het begin af aan duidelijk gemaakt hebben dat hij niet op zoek was naar een serieuze of vaste relatie, hij had maar al te goed geweten dat ze dat had opgevat als 'momenteel' en niet als 'nooit', en die indruk had hij nooit bijgesteld, omdat hij behoefte had aan afleiding en een verweer tegen de gevoelens die hem kwelden sinds Robins bruiloft.

Maar zijn vermogen om zijn emoties af te schermen, iets waarover Charlotte altijd had geklaagd en waaraan Lorelei een lange paragraaf had gewijd van de mail waarin ze zijn persoonlijkheid ontleedde, had hem nog nooit in de steek gelaten. Toen hij twee minuten te vroeg voor zijn afspraak met Henry Drummond bij de galerie aankwam, kostte het hem geen moeite zijn aandacht te richten op de vragen die hij van plan was te stellen aan deze oude vriend van wijlen Jasper Chiswell.

Voor de zwartmarmeren gevel van de galerie zag hij zichzelf weerspiegeld in het raam, en hij trok zijn das recht. Hij had zijn beste Italiaanse pak aangetrokken. Achter zijn spiegelbeeld stond, smaakvol uitgelicht, één enkel schilderij op een ezel achter het brandschone glas. Het was een afbeelding van in Strikes ogen onrealistische paarden, met giraffeachtige halzen en starende ogen, die werden bereden door achttiende-eeuwse jockeys.

Achter de zware voordeur was de galerie koel en stil, met een vloer van glimmend geboend wit marmer. Strike liep voorzichtig met zijn stok tussen de sport- en natuurschilderijen door, die discreet uitgelicht werden aan de witte wanden, allemaal in zwaar vergulde lijsten, tot er uit een zijdeur een goedverzorgde jonge blondine in een nauwsluitend zwart jurkje binnenkwam.

'O, goedemiddag,' zei ze, en ze liep zonder zijn naam te vragen weg naar het achterste gedeelte van de galerie, waarbij haar naaldhakken blikkerig op de tegels tikten. 'Henry! Meneer Strike is er!'

Er ging een verborgen deur open en daar was Drummond: een merkwaardig uitziende man, wiens ascetische gelaatstrekken, met een spitse neus en zwarte wenkbrauwen, werden omsloten door dikke vetrollen rond de kin en de hals, alsof een puritein was opgeslokt door het lichaam van een joviale landjonker. Met zijn brede bakkebaarden en donkergrijze driedelige pak had hij een tijdloos, onweerlegbaar upper-classvoorkomen.

'Hoe maakt u het?' vroeg hij, en hij gaf Strike een warme, droge handdruk. 'Loopt u mee naar mijn kantoor.'

'Henry, mevrouw Ross belde net,' zei de blondine toen Strike de discrete deur door liep naar een keurig opgeruimd kamertje met wanden vol boeken en mahoniehouten lambrisering. 'Ze wil graag voor sluitingstijd de Munnings zien. Ik heb al gezegd dat die gereserveerd is, maar ze wil toch...'

'Sein me even in als ze er is,' zei Drummond. 'En kunnen wij thee krijgen, Lucinda? Of liever koffie?' vroeg hij aan Strike.

'Heel graag thee, dank u wel.'

'Neemt u plaats,' zei Drummond.

Strike ging zitten, dankbaar voor de grote, stevige leren stoel. Het antieke bureau tussen hen in was leeg op een dienblad met geschept schrijfpapier, een vulpen en een briefopener van ivoor met zilver na.

'Goed,' zei Henry Drummond gewichtig, 'dus u neemt die uiterst kwalijke kwestie op u namens de familie?'

'Inderdaad. Hebt u er bezwaar tegen als ik aantekeningen maak?'

'Ga uw gang.'

Strike pakte zijn notitieboekje en een pen. Drummond draaide langzaam van links naar rechts in zijn bureaustoel.

'Een vreselijke schok,' zei hij zacht. 'Uiteraard werd er meteen gedacht aan een dader van buitenaf. Een minister, net nu de ogen van de hele wereld gericht zijn op Londen door de Olympische Spelen, et cetera...'

'U dacht niet dat hij zelfmoord gepleegd kon hebben?' vroeg Strike.

Drummond zuchtte diep. 'Ik heb hem vijfenveertig jaar gekend. Zijn leven is niet gevrijwaard gebleven van akelige spelingen van het lot. Maar om na alles wat hij heeft doorstaan – de scheiding van Patricia, Freddies dood, zijn ontslag bij de regering, dat afgrijselijke auto-ongeluk van Raphael – er uitgerekend nu een einde aan te maken, terwijl hij minister van Cultuur was, terwijl alles weer op de rit leek te zijn... Want de Conservatieve Partij was zijn leven, moet u weten,' zei Drummond. 'O ja, de politiek zat hem in het bloed. Hij vond het vreselijk dat hij moest stoppen, was dolblij om terug te zijn, en de promotie tot minister... Vroeger zeiden we natuurlijk voor de grap dat hij premier zou worden, maar die droom was vanzelfsprekend voorbij. Jasper zei altijd: "Om bij de Tory's te scoren moet je een schoft zijn, of een potsenmaker," en dat was hij geen van beide, zei hij erbij.'

'Dus u zou zeggen dat zijn gemoedstoestand positief was rond de tijd van zijn overlijden?'

'Nou... Ach nee, dat zou ik ook weer niet willen beweren. Er waren spanningen, zorgen... maar zelfmoord? Beslist niet.'

'Wanneer hebt u hem voor het laatst gezien?'

'De laatste keer dat we elkaar spraken was hier, in de galerie,' zei Drummond. 'Ik kan u de datum nog precies vertellen: vrijdag 22 juni.'

Dat was de dag dat Strike Chiswell voor het eerst had ontmoet, wist hij nog. Hij herinnerde zich dat de minister na hun lunch bij Pratt's naar Drummonds galerie was gelopen.

'En hoe kwam hij die dag op u over?'

'Buitengewoon kwaad,' zei Drummond, 'maar dat kon niet anders, in aanmerking genomen wat hij hier aantrof.'

Drummond pakte de briefopener en draaide die voorzichtig rond in zijn dikke vingers.

'Zijn zoon, Raphael, was net voor de tweede keer betrapt, eh...'

Drummond haperde even. '*In flagranti*,' zei hij toen, 'met de andere jonge persoon die ik destijds in dienst had, op het toilet hier achter me.'

Hij wees naar een discrete zwarte deur.

'Ik had hen daar al eens betrapt, een maand of wat eerder. Destijds had ik Jasper er niet over verteld, ik vond dat hij wel genoeg op zijn bord had.'

'In welk opzicht?'

Drummond betastte het ivoren sierbeslag, schraapte zijn keel en zei: 'Jaspers huwelijk is niet... was niet... Ik wil maar zeggen: aan Kinvara had hij zijn handen vol. Lastige vrouw. Ze zeurde Jasper destijds aan het hoofd om een van haar merries te laten dekken door Totilas.'

Toen Strike hem niet-begrijpend aankeek, verduidelijkte Drummond: 'Topdressuurhengst. Het zaad doet bijna tienduizend pond.'

'Jezus,' zei Strike.

'Zegt u dat wel,' zei Drummond. 'En als Kinvara haar zin niet krijgt... Het is niet te zeggen of het een kwestie van temperament is of iets wat dieper zit. Misschien is ze echt labiel? Hoe dan ook, Jasper had het zwaar met haar.

Hij zat toen ook net met die vreselijke toestand van Raphaels, eh... ongeluk, die arme jonge moeder die daarbij de dood vond, en dan de pers en noem maar op, zijn zoon in de gevangenis... Als vriend wilde ik het niet nog erger maken.

De eerste keer dat het gebeurde heb ik tegen Raphael gezegd dat ik Jasper niet zou inlichten, maar ik heb hem wel meteen een laatste waarschuwing gegeven: als hij nog één keer over de schreef ging, zou ik hem op straat zetten, oude vriend van zijn vader of niet. Ik moest ook aan Francesca denken. Dat is mijn petekind, achttien jaar, tot over haar oren verliefd op hem. Ik wilde haar ouders niet hoeven inlichten.

Dus toen ik die twee weer bezig hoorde, had ik geen andere keus. Ik dacht dat ik Raphael gerust een uurtje de leiding kon geven omdat Francesca die dag niet werkte, maar ze was natuurlijk speciaal voor hem naar binnen geslopen op haar vrije dag.

Toen Jasper hier aankwam, stond ik net op de wc-deur te bonzen. Ik kon onmogelijk voor hem verbergen wat er aan de hand was. Raphael probeerde me tegen te houden bij de deur terwijl Francesca door het raampje naar buiten klom. Ze durfde me niet onder ogen te komen. Ik heb haar ouders gebeld en alles verteld. Ze is nooit meer hier geweest. Raphael Chiswell,' zei Drummond met een zucht, 'die deugt niet. Freddie, de overleden zoon – en toevallig ook mijn petekind – was honderdduizend keer... Ach ja.' Hij draaide de briefopener keer op keer rond in zijn vingers. 'Je mag het niet zeggen, ik weet het.'

De deur van het kantoortje ging open en de jonge blondine in het zwarte jurkje kwam binnen met een dienblad met thee. Strike maakte automatisch een vergelijking met de thee die hij bij hem op kantoor serveerde. Hier werden twee zilveren kannen voor hem neergezet, een met heet water, en tere porseleinen kop-en-schotels en een suikerpot compleet met tangetje.

'Mevrouw Ross is er, Henry.'

'Zeg maar dat ik de komende twintig minuten geen tijd heb. Vraag haar of ze wil wachten, als dat uitkomt.'

'Ik mag dus aannemen,' zei Strike toen Lucinda weg was, 'dat er die dag niet veel tijd was voor een gesprek?'

'Nou, nee,' zei Drummond ongelukkig. 'Jasper kwam kijken hoe Raphael zijn werk deed, in de veronderstelling dat het allemaal fantastisch ging, en om dan midden in zo'n tafereel... Hij stond uiteraard geheel aan mijn kant, toen hij eenmaal doorhad wat er speelde. Hij was zelfs degene die het joch wegduwde om de deur open te maken. Toen kreeg zijn gezicht een akelige kleur. Hij had hartproblemen, moet u weten, al jaren. Hij liet zich plotseling op de toiletpot zakken. Ik maakte me zorgen, maar hij wilde niet dat ik Kinvara belde...

Raphael had nog wel het fatsoen om zich te schamen. Probeerde zijn pa te helpen. Jasper stuurde hem weg, ik moest de deur dichtdoen, hem met rust laten...'

Drummond, die nu nors klonk, brak zijn verhaal af en schonk voor zichzelf en voor Strike thee in. Hij had het zichtbaar moeilijk. Toen hij drie klontjes suiker in zijn eigen kopje deed, trilde het lepeltje rammelend.

'Excuseer. Het was de laatste keer dat ik Jasper zag. Hij kwam de wc uit, asgrauw, roerloos, en hij gaf me een hand, verontschuldigde zich, zei dat hij zijn oudste vriend... mij... teleurgesteld had.'

Drummond hoestte, slikte iets weg en leek moeite te hebben met het vervolg van zijn verhaal. 'Jasper kon er niets aan doen. Raphael heeft dat soort gedrag geleerd van de moeder, en die zou ik in het gunstigste geval een dure... Ach, nou ja. Eigenlijk zijn Jaspers problemen begonnen toen hij Ornella leerde kennen. Was hij maar bij Patricia gebleven. Afijn, ik heb Jasper daarna dus nooit meer gezien. Ik heb me er met moeite toe gezet om Raphael een hand te geven op de uitvaart, als u de waarheid wilt weten.'

Drummond nam een slokje thee en Strike proefde de zijne. Veel te slap.

'Het klinkt allemaal erg onaangenaam,' zei de detective.

'Zegt u dat wel,' verzuchtte Drummond.

'U hebt Izzy gesproken. Heeft zij u verteld dat Jasper Chiswell gechanteerd werd?'

'Ze heeft er wel iets over gezegd.' Drummond keek snel of de deur goed dicht was. 'Hij had er tegen mij met geen woord over gerept. Izzy zei dat het een van de gebroeders Knight was. Ik herinner me wel een gezin dat zo heette, bij hen op het terrein. De vader was toch klusjesman? Wat het echtpaar Winn betreft... ik geloof niet dat ze Jasper erg mochten, of omgekeerd. Een raar stel.'

'De dochter van de Winns, Rhiannon, was schermster,' zei Strike. 'Ze heeft met Freddie Chiswell in het Britse juniorenteam gezeten.'

'O ja, Freddie was verdomd goed.'

'Rhiannon was op het feest voor Freddies achttiende verjaardag, maar ze was een paar jaar jonger dan hij. Toen ze een einde maakte aan haar leven, was ze pas zestien.'

'Zo akelig,' zei Drummond.

'U weet daar verder niets van?'

'Wat zou ik moeten weten?' vroeg Drummond, en er verscheen een rimpeltje tussen zijn donkere ogen.

'Was u niet op die verjaardag?'

'Jawel, toevallig wel. Ik was immers haar peetoom.'

'Kunt u zich Rhiannon niet herinneren?'

'Goeie hemel, ik kan toch niet al die namen onthouden? Er waren daar meer dan honderd jongelui. Jasper had een tent in de tuin staan en Patricia organiseerde een vossenjacht.'

'O ja?' vroeg Strike. Op zijn eigen achttiende verjaardag, in een verlopen kroeg in Shoreditch, was geen sprake geweest van een vossenjacht.

'Gewoon op eigen terrein, hoor. Freddie wilde altijd winnen. Een glas champagne bij iedere post, het was een jolige boel, zo kwam de stemming er meteen in. Ik bemande post drie, bij de open plek die de kinderen "de boskuil" noemden.'

'Die uitgraving bij het huisje van de familie Knight?' vroeg Strike terloops. 'Die stond laatst vol brandnetels.'

'We hadden de aanwijzing niet ín de kuil verstopt, maar onder de deurmat van Jack o'Kent. Hem konden we de champagne niet toevertrouwen, hij had een drankprobleem. Ik zat aan de rand van die kuil in een tuinstoel naar de deelnemers te kijken, en iedereen die onder de mat keek kreeg een glas champagne. En weg waren ze weer.'

'Een glaasje fris voor de minderjarigen?' vroeg Strike.

Licht geërgerd om deze onfeestelijke instelling zei Drummond: 'Niemand hóéfde champagne te drinken. Het was zijn achttiende verjaardag.'

'Dus Jasper Chiswell heeft tegen u nooit iets gezegd wat niet in de pers terecht mocht komen?' keerde Strike terug naar de rode draad van het verhaal.

'Beslist niet.'

'Toen hij me vroeg materiaal op te sporen om zijn afpersers mee terug te pakken, zei hij dat zijn eigen "overtreding" er een van zes jaar geleden was. Hij impliceerde daarbij dat het toen niet illegaal was, maar nu wel.'

'Ik heb geen idee wat hij bedoeld kan hebben. Jasper hield zich altijd keurig aan de regels. De hele familie, hoeksteen van de samenleving, trouw naar de kerk, altijd veel gedaan voor de buurt...'

Er volgde een litanie aan chiswelliaanse liefdadigheid die een paar minuten aanhield, maar waar Strike geen moment in trapte. Hij was ervan overtuigd dat Drummond probeerde hem af te leiden, omdat hij precies wist wat Chiswell had uitgespookt. De man werd bijna lyrisch toen hij uitweidde over de aangeboren goedheid van Jasper, en van de hele familie, met uitzondering, zoals altijd, van losbol Raphael.

'... en altijd even vrijgevig,' besloot Drummond. 'Een busje voor de padvinders, het lekke dak gerepareerd, zelfs toen de familie financieel... Ach ja,' zei hij weer, enigszins opgelaten.

'De illegale daad waarvoor hij werd afgeperst,' probeerde Strike nog een keer, maar Drummond viel hem in de rede.

'Er is geen sprake van een illegale daad.' Hij riep zichzelf tot de orde. 'U zei net zelf dat Jasper dat heeft gezegd. Er is geen wet overtreden.'

Strike besloot dat het weinig zin had om Drummond door te zagen over de chantage, en toen hij een blaadje van zijn notitieblok omsloeg, meende hij te zien dat de ander zich ontspande.

'U hebt Chiswell gebeld op de ochtend van zijn dood,' zei Strike.

'Klopt.'

'Was dat de eerste keer dat u hem sprak na het ontslaan van Raphael?'

'Nee, dat niet. Een paar weken daarvoor had er nog een gesprek plaatsgevonden. Mijn echtgenote wilde Jasper en Kinvara uitnodigen om bij ons te komen eten. Ik belde hem op het ministerie, om de kou uit de lucht te halen, zeg maar, na die kwestie met Raphael. Het was geen lang gesprek, maar wel amicaal. Hij kon die bewuste avond niet, zei hij. Hij vertelde me toen ook... Nou ja, eerlijk gezegd zei hij dat hij betwijfelde hoe lang Kinvara en hij nog samen zouden zijn, omdat hun huwelijk in zwaar weer verkeerde. Hij klonk vermoeid, uitgeput... ongelukkig.'

'U had verder geen contact meer met hem tot de dertiende?'

'En zelfs toen niet,' bracht Drummond hem in herinnering. 'Ik heb Jasper wel gebeld, maar er werd niet opgenomen. Izzy zegt...' Hij viel stil. 'Ze zegt dat hij toen waarschijnlijk al dood was.'

'Het was vroeg op de dag voor een telefoontje.'

'Ik... ik had informatie die ik hem meende te moeten doorgeven.'

'Wat voor informatie?'

'Dat is persoonlijk.'

Strike wachtte af. Drummond nam een slokje thee.

'Het heeft te maken met de financiële situatie van de familie, die, zoals u vast wel weet, nogal belabberd was in de tijd dat Jasper stierf.'

'Ja.'

'Hij had grond verkocht en een nieuwe hypotheek genomen op het onroerend goed in Londen, en alle waardevolle schilderijen via mij van de hand gedaan. Op het laatst was hij op de bodem van de put beland en probeerde hij me de restjes van de oude Tinky te verkopen. Het was nogal... gênant, eerlijk gezegd.'

'Hoezo?'

'Ik handel in oude meesters,' zei Drummond. 'Ik koop geen schilderijen van gevlekte paarden, geschilderd door onbekende Australische volkskunstenaars. Als gebaar voor Jasper, toch een oude vriend, heb ik een deel ervan laten taxeren door mijn vaste mannetje bij Christie's. Het enige wat iets waard was, was een schilderij van een *piebald* met veulen...'

'Ik geloof dat ik dat heb gezien,' zei Strike.

'Maar het bedrag stelde niks voor,' zei Drummond. 'Peanuts.'

'Hoeveel, even grofweg?'

'Vijf- tot achtduizend, hooguit,' zei Drummond geringschattend.

'Veel mensen zullen dat niet "peanuts" noemen.'

'Beste vriend,' zei Henry Drummond, 'van dat bedrag had hij nog niet eens een tiende van het dak van Chiswell House kunnen laten repareren.'

'Maar hij overwoog wel om het te verkopen?'

'Samen met een stuk of vijf andere werken.'

'Ik kreeg de indruk dat mevrouw Chiswell nogal aan dat schilderij gehecht was.'

'Ik geloof niet dat hij op het laatst erg veel belang hechtte aan de wensen van zijn vrouw... Ach hemel,' verzuchtte Drummond, 'dit is allemaal erg moeilijk. Ik wil er niet voor verantwoordelijk zijn dat de familie iets te horen krijgt waarvan ik weet dat het alleen maar verdriet en boosheid zal oproepen. Ze hebben het al zwaar genoeg.'

Hij tikte met een nagel tegen zijn tanden.

'Ik verzeker u,' zei hij toen, 'dat de reden van mijn telefoontje volledig losstaat van Jaspers dood.'

Toch leek hij in tweestrijd te staan.

'U moet met Raphael gaan praten,' zei hij toen, en het was duidelijk dat hij zijn woorden zorgvuldig koos. 'Want ik denk... Het zou kunnen... Ik mag Raphael niet,' meldde hij, alsof dat nog niet overduidelijk was, 'maar ik vind eerlijk gezegd dat hij zich eerzaam heeft opgesteld op de ochtend dat zijn vader stierf. Ik zie tenminste niet in wat hij er voor baat bij zou hebben om het te vertellen, en ik denk dat hij erover zwijgt om dezelfde reden als ik. Als lid van de familie is hij in een betere positie dan ik om te beslissen wat we hiermee moeten. Gaat u met Raphael praten.'

Strike had de indruk dat Henry Drummond liever zou hebben dat Raphael degene was die zich impopulair maakte bij de familie.

Er werd op de deur van het kantoortje geklopt. Blonde Lucinda stak haar hoofd naar binnen.

'Mevrouw Ross voelt zich niet zo lekker, Henry. Ze gaat nu weg, maar ze wil je nog even gedag zeggen.'

'Ja, oké,' zei Drummond, en hij stond op. 'Ik geloof niet dat ik u verder nog van dienst kan zijn, meneer Strike.'

'Ik ben u heel dankbaar voor uw tijd,' zei Strike, die ook overeind kwam, al was het moeizaam, en hij pakte zijn wandelstok weer. 'Mag ik u nog één ding vragen?'

'Jazeker.' Drummond wachtte af.

'Zegt het zinnetje "Hij zette het paard erop" u iets?'

Drummond leek er oprecht niets van te begrijpen. 'Wie heeft het paard... waarop?'

'U weet niet wat het zou kunnen betekenen?'

'Ik heb werkelijk geen flauw idee. Het spijt me vreselijk, maar zoals u hebt gehoord, wacht er een klant op me.'

Strike had geen andere keus dan achter Drummond aan de galerie in te lopen.

Midden in de verder verlaten ruimte stond Lucinda bezorgd over een donkerharige, hoogzwangere vrouw gebogen die op een hoge kruk een glaasje water dronk.

Zodra hij Charlotte herkende, wist Strike dat deze tweede ontmoeting geen toeval kon zijn.

50

... dat je me voor het leven hebt getekend.
Henrik Ibsen, *Rosmersholm*

'Corm,' zei ze zwakjes, en ze staarde hem aan over de rand van haar glas. Ze zag bleek, maar Strike, die haar ervoor aanzag er alles aan te doen om de situatie naar haar hand te zetten, desnoods niet eten of witte foundation op haar gezicht smeren, knikte alleen maar.

'O, kennen jullie elkaar?' vroeg Drummond verbaasd.

'Ik moet gaan,' mompelde Charlotte, en ze kwam overeind terwijl Lucinda bezorgd bleef redderen. 'Ik ben al laat, ik heb met mijn zus afgesproken.'

'Weet u zeker dat het wel gaat?' vroeg Lucinda.

Charlotte glimlachte bibberig naar Strike. 'Zou jij een eindje met me mee willen lopen? Het is maar één straat verderop.'

Drummond en Lucinda keken naar Strike, duidelijk dolblij dat ze de verantwoordelijkheid voor deze rijke vrouw met haar goede connecties op hem konden afschuiven.

'Ik weet niet of ik daar wel de juiste persoon voor ben,' zei Strike met een knikje naar zijn stok.

Hij voelde de verbazing van Drummond en Lucinda.

'Ik zal je op tijd waarschuwen als ik denk dat de bevalling begint,' zei Charlotte. 'Alsjeblieft?'

Hij had nee kunnen zeggen. Hij had kunnen vragen: 'Waarom laat je je zus niet hierheen komen?' Een weigering, zoals ze maar al te goed wist, zou hem tot een ongemanierde botterik maken in de ogen van mensen die hij misschien nog een keer moest spreken.

'Goed dan,' zei hij. Zijn toon was op het randje van bruusk.

'Heel hartelijk dank, Lucinda,' zei Charlotte terwijl ze naast de stoel ging staan.

Ze droeg een beige zijden trenchcoat over een zwart T-shirt, een positiejeans en sneakers. Al haar kleding, zelfs casual zoals nu, was van uitstekende kwaliteit. Ze was altijd een voorstander geweest van monochrome, eenvoudige of klassieke ontwerpen, waarin haar opmerkelijke schoonheid extra goed uitkwam.

Strike hield de deur voor haar open, en haar bleke gezicht deed hem denken aan de keer dat Robin na een lange rit spierwit en klam in de auto had gezeten nadat ze uiterst bedreven een potentieel rampzalige botsing op zwart ijs had weten te voorkomen.

'Bedankt,' zei hij tegen Henry Drummond.

'Graag gedaan,' zei de kunsthandelaar formeel.

'Het restaurant is niet ver.' Charlotte wees heuvelopwaarts toen de deur van de galerie dichtviel.

Ze liepen zij aan zij; waarschijnlijk zouden voorbijgangers ervan uitgaan dat hij verantwoordelijk was voor haar bolle buik. Hij rook haar parfum, waarvan hij wist dat het Shalimar was. Dat gebruikte ze al vanaf haar negentiende, en hij had het een paar keer voor haar gekocht. Ook nu dacht hij terug aan die keer dat ze hier hadden gelopen op weg naar de ruzie met haar vader in een Italiaans restaurant, al die jaren geleden.

'Je denkt dat ik dit zo geregeld heb.'

Strike zei niets. Hij had geen zin om verstrikt te raken in onenigheid of herinneringen. Ze waren twee straten verder toen hij vroeg: 'Waar moet je zijn?'

'Jermyn Street. Franco's.'

Zodra ze de naam noemde, wist hij dat het dezelfde zaak was waar ze al die jaren eerder Charlottes vader hadden getroffen. De ruzie die was gevolgd was kort maar buitengewoon hatelijk geweest, aangezien iedereen in Charlottes aristocratische familie wel een kiem van onbeteugelde boosaardigheid in zich had, maar na afloop waren Strike en zij naar haar flat gegaan en hadden ze de liefde bedreven met een intensiteit en een urgentie waarvan hij nu zou willen dat hij ze uit zijn geheugen kon schrappen; de herinnering aan haar gehuil nog terwijl ze haar hoogtepunt bereikte, de hete tranen die op zijn gezicht belandden toen ze het uitschreeuwde van genot.

'Au. Wacht,' zei ze nu op scherpe toon.

Hij draaide zich haar kant op. Ze hield met beide handen haar buik vast en deinsde fronsend achteruit in een portiekje.

'Ga even zitten,' zei hij. Het kostte hem moeite om zelfs suggesties te doen om haar te helpen. 'Op dat trapje daar.'

'Nee.' Ze ademde diep in en uit. 'Breng me nou maar naar Franco's, dan kun je gaan.'

Ze liepen door.

De gastheer van het restaurant was een en al bezorgdheid. Het was overduidelijk dat Charlotte zich niet goed voelde.

'Is mijn zus hier?' vroeg ze.

'Nog niet,' antwoordde de man gespannen, en net als Henry Drummond en Lucinda zag hij in Strike iemand met wie hij de verantwoordelijkheid kon delen voor dit angstaanjagende probleem waar hij niet om had gevraagd.

Nog geen minuut later zat Strike op Amelia's plaats aan het tweepersoonstafeltje bij het raam. De ober bracht een fles water terwijl Charlotte nog steeds diep in- en uitademde. De gastheer zette een mandje brood tussen hen in en zei onzeker dat Charlotte zich misschien beter zou voelen als ze iets at, maar hij voegde er tegen Strike zachtjes aan toe dat hij ieder moment een ambulance kon bellen, mocht dat wenselijk zijn.

Toen werden ze eindelijk met rust gelaten. Strike bleef zwijgen. Hij was van plan te vertrekken zodra ze niet meer zo lijkbleek zag, of wanneer haar zus arriveerde. Overal om hen heen zaten welgestelde gasten wijn te drinken en pasta te eten tussen het smaakvolle hout, leer en glas en de zwart-witte prenten op het geometrische rood met witte behang.

'Jij denkt dat ik dit zo geregeld heb,' mompelde Charlotte nogmaals.

Strike zei niets. Hij keek uit naar Charlottes zus, die hij in geen jaren had gezien en die ongetwijfeld ontzet zou reageren als ze hen daar samen zag zitten. Misschien zou er opnieuw ruzie komen, waarin met fel gefluister, verborgen voor hun mederestaurantgasten, verse laster zou worden uitgestort over zijn persoonlijkheid, zijn achtergrond en zijn motieven voor het vergezellen van zijn rijke, zwangere, getrouwde ex naar haar eetafspraak.

Charlotte pakte een soepstengel en nam er een hap van, haar blik op hem gericht. 'Ik wist echt niet dat je daar vandaag zou zijn, Corm.'

Hij geloofde haar geen moment. De ontmoeting bij Lancaster House was toeval geweest: hij had haar schrik gezien toen hun blikken elkaar kruisten, maar dit was té toevallig. Als hij niet had geweten dat het onmogelijk was, zou hij zelfs vermoed hebben dat ze wist dat hij het die ochtend had uitgemaakt met zijn vriendin.

'Je gelooft me niet.'

'Dat doet er niet toe,' zei hij, nog altijd de straat afspeurend naar Amelia.

'Ik wist niet wat ik hoorde toen Lucinda zei dat jij daar ook was.'

Gelul. Alsof ze jou zou vertellen wie er in dat kantoortje zat. Jij wist het al.

'Dit gebeurt steeds vaker,' zei ze volhardend. 'Harde buiken noemen ze dat. Ik vind het verschrikkelijk, zwanger zijn.'

Hij wist dat hij zijn eerste gedachte niet goed verborgen had gehouden toen ze zich naar hem toe boog en zachtjes zei: 'Ik weet wat je denkt. Ik heb ons kind niet laten weghalen. Echt niet.'

'Hou op, Charlotte.' Hij had het gevoel dat de grond onder zijn voeten begon te scheuren en verschuiven.

'Ik heb het verlo...'

'Ik doe dit niet nog een keer,' zei hij op waarschuwende toon. 'We gaan niet de data van twee jaar geleden natrekken. Het interesseert me niet.'

'Ik had een test gedaan bij mijn moeder...'

'Ik zeg net dat het me niet interesseert.'

Hij wilde daar weg, maar ze zag nu nog bleker, en haar lip trilde terwijl ze hem strak aankeek, met die akelig vertrouwde groene ogen met de roodbruine spikkels, nu gevuld met tranen. De bolle buik leek nog steeds geen deel van haar uit te maken. Het zou hem niet eens heel erg verbaasd hebben als ze haar T-shirt omhoog had gedaan en hem een kussen had getoond.

'Ik wou dat ze van jou waren.'

'Godver, Charlotte...'

'Als ze van jou waren, zou ik heel blij zijn.'

'Schei toch uit. Jij wilde net zomin kinderen als ik.'

De tranen liepen nu over haar wangen. Ze veegde ze weg, en haar vingers trilden heviger dan ooit. Een man aan het tafeltje naast hen deed alsof hij niet zat te kijken. Charlotte, die zich altijd hyperbewust was van het effect dat ze had op de mensen om haar heen, wierp de luistervink een blik toe die maakte dat hij zich snel weer op zijn tortellini richtte, waarna ze een stuk brood afbrak en dat in haar mond stopte, om er al huilend op te kauwen. Ten slotte nam ze een grote slok water om het brood weg te spoelen, wees toen naar haar buik en zei: 'Ik heb met ze te doen. Dat is alles wat ik voel: medelijden. Ik heb met ze te doen omdat ik hun moeder ben en Jago hun vader. Wat een start in het leven. In het begin dacht ik na over manieren om dood te gaan zonder dat zij ook zouden omkomen.'

'Doe eens niet zo fucking egoïstisch,' zei Strike ruw. 'Ze hebben jou nodig, of niet soms?'

'Ik wil niet dat iemand me nodig heeft, dat heb ik nooit gewild. Ik wil vrij zijn.'

'Vrij om jezelf van kant te maken?'

'Ja. Of vrij om te proberen jou weer van me te laten houden.'

Hij boog zich naar haar toe. 'Je bent getrouwd. Je krijgt kinderen van hem. Tussen ons is het voorbij, afgelopen.'

Ook zij boog zich naar voren, haar betraande gezicht het mooiste dat hij ooit had gezien. Hij rook de Shalimar op haar huid.

'Ik heb altijd meer van jou gehouden dan van wie ook ter wereld,' zei ze, spierwit en adembenemend. 'Je weet dat dat waar is. Ik hield meer van jou dan van iedereen in mijn familie, ik zal meer van jou houden dan van mijn kinderen, tot op mijn sterfbed. Ik denk aan jou als Jago en ik...'

'Als je zo doorgaat, ben ik weg.'

Ze leunde weer naar achteren in haar stoel en staarde hem aan alsof hij een aanstormende trein was en zij vastgebonden op de rails lag.

'Je weet dat het waar is,' zei ze schor. 'Dat weet je.'

'Charlotte...'

'Ik weet wat je nu gaat zeggen,' zei ze. 'Dat ik een leugenaar ben. Dat bén ik ook. Ik lieg veel, maar niet over de belangrijke dingen. Nooit over de belangrijke dingen, Bluey.'

'Noem me niet zo.'

'Jij hield niet genoeg van me...'

'Waag het godverdomme niet om mij de schuld te geven,' zei hij, ondanks zichzelf. Niemand anders had deze uitwerking op hem, nog niet bij benadering. 'Dat het uitging... kwam puur door jou.'

'Jij wilde geen compromis over...'

'O, ik heb genoeg compromissen gesloten. Ik ben bij je ingetrokken, zoals je wilde...'

'Je wilde de baan niet die papa...'

'Ik had al een baan. Ik had mijn detectivebureau.'

'Dat zag ik verkeerd, besef ik nu. Je hebt fantastische dingen bereikt met je bureau... Ik heb alles over je gelezen, alles bijgehouden. Jago heeft laatst mijn zoekgeschiedenis...'

'Je had je sporen moeten wissen. Bij mij was je een stuk voorzichtiger, toen je stiekem met hem neukte terwijl wij nog samen waren.'

'Ik deed het niet met Jago toen ik met jou was.'

'Twee weken nadat het uitging was je met hem verloofd.'

'Het ging snel omdat ik dat wilde,' zei ze fel. 'Jij zei dat ik loog over de baby en ik was gekwetst, woest. Jij en ik zouden getrouwd zijn als jij niet...'

'De menukaart,' zei een ober die plotseling naast hen opdook. Strike wuifde de hem aangeboden kaart weg. 'Ik ga zo.'

'Neem een menukaart voor Amelia,' droeg Charlotte hem op, en

Strike trok de ober de kaart uit handen en legde die met een klap voor zich op tafel.

'We hebben vandaag enkele gerechten buiten de kaart,' zei de ober.

'Zien wij eruit alsof we gerechten buiten de kaart willen?' beet Strike hem toe. De ober bleef nog even staan, verstard van verbijstering, en liep toen weg, zigzaggend tussen de drukbezette tafeltjes door, zijn achteraanzicht beledigd.

'Al dat romantische gelul.' Strike boog zich naar Charlotte toe. 'Jij wilde dingen die ik je niet kon geven. Je haatte het om in armoede te leven, elke dag opnieuw.'

'Ik heb me als een verwend kreng gedragen. Dat weet ik. Na mijn huwelijk met Jago heb ik alles gekregen waar ik recht op meende te hebben en nu wil ik goddomme dood.'

'Het gaat verder dan vakanties en sieraden, Charlotte. Je wilde me breken.'

Haar gezicht verstarde, zoals vaak gebeurde voor de ergste uitbarstingen, de echt wrede scènes.

'Ik mocht niets anders meer willen of wensen dan jou. Dat zou bewijzen dat ik écht van je hield: als ik het leger opgaf, mijn bureau, Dave Polworth, alles wat me maakte tot wie ik ben.'

'Ik heb jou nooit willen breken, nooit. Wat een gemene...'

'Je wilde me verpletteren, zo ben jij. Alles moet stuk, want als je het niet kapotmaakt, bloedt het misschien wel dood. Jij moet de touwtjes in handen hebben. Als je het vermoordt, hoef je het niet langzaam te zien sterven.'

'Kijk me recht in de ogen en zeg dat je van iemand anders hebt gehouden na mij.'

'Nee, dat heb ik godverdomme niet. Hartelijk dank daarvoor.'

'We hebben samen fantastische dingen meege...'

'Wat dan? Help me even herinneren.'

'Die nacht op Benji's boot in Little France.'

'Toen je dertig werd? Die ene fucking kerst in Cornwall? Nou, nou, dat was inderdaad fantástisch.'

Haar hand gleed naar haar buik. Strike meende iets te zien bewegen door het dunne zwarte T-shirt heen, en weer kwam het hem voor alsof er iets niet-menselijks, iets buitenaards onder haar huid zat.

'Zestien jaar, met tussenpozen, heb ik je het beste van mezelf gegeven, en het was nooit genoeg,' zei hij. 'Er komt een moment dat je niet langer probeert iemand te redden die jou in haar ondergang wil meeslepen.'

'Alsjeblieft, zeg,' zei ze, en plotseling verdween de kwetsbare en wanhopige Charlotte en kwam er een veel hardere vrouw voor in de plaats, gewiekst en met een kille blik. 'Jij wilde me niet redden, Bluey, je wilde het raadsel oplossen. Dat is heel wat anders.'

Hij was blij met de terugkeer van deze tweede Charlotte, die in alle opzichten net zo vertrouwd was als de fragiele versie, maar die hij met heel wat minder gewetensbezwaar kon kwetsen.

'Je ziet me nu weer staan omdat ik beroemd ben en jij met een eikel getrouwd bent.'

Dat incasseerde ze zonder met haar ogen te knipperen, al werd haar gezicht wat roder. Charlotte had altijd van ruzie gehouden.

'Wat ben je toch voorspelbaar. Ik wist dat je zou zeggen dat ik alleen maar teruggekomen ben omdat je beroemd bent.'

'Je hebt nu eenmaal de neiging om op te duiken als er drama te vinden is, Charlotte,' zei Strike. 'Ik kan me herinneren dat je de vorige keer opdook nadat mijn halve been eraf was geknald.'

'Schoft,' zei ze met een koel lachje. 'Dus volgens jou heb ik dáárom toen maandenlang voor je gezorgd?'

Zijn mobiel ging. Robin.

'Hoi,' zei hij, afgewend van Charlotte om naar buiten te kijken. 'Hoe gaat het?'

'Ik wou alleen even zeggen dat ik vanavond niet kan,' zei Robin met een zwaar aangezet Yorkshire-accent. 'Ik ga stappen met een vriendin. Lekker feesten.'

'Luistert Flick mee?' vroeg Strike.

'Dan bel je toch lekker je vrouw, als je eenzaam bent?' zei Robin.

'Doe ik,' zei Strike, geamuseerd ondanks Charlottes kille blik vanaf de andere kant van het tafeltje. 'Moet ik even tegen je schreeuwen? Om het geloofwaardig te maken?'

'Nee, rot zelf op!' riep Robin, en ze hing op.

'Wie was dat?' Charlotte kneep haar ogen tot spleetjes.

'Ik moet gaan.' Strike stak de mobiel in zijn zak en wilde de wandelstok pakken die onder de tafel was gevallen tijdens zijn geruzie met Charlotte. Toen ze doorkreeg wat hij zocht, leunde ze opzij en pakte de stok beet voordat hij erbij kon.

'Waar is de wandelstok die ik je heb gegeven?' vroeg ze. 'Die antieke?'

'Die heb jij gehouden,' bracht hij haar in herinnering.

'Van wie heb je deze gekregen? Van Robin?'

Hoewel Charlotte in haar paranoïde buien vaak zomaar wat riep, gokte ze zo nu en dan verrassend goed.

'Toevallig wel, ja,' zei Strike, maar hij had er meteen spijt van. Nu speelde hij Charlottes spelletje mee, en ze veranderde onmiddellijk in een derde, zeldzame Charlotte, kil noch kwetsbaar, maar eerlijk op het roekeloze af.

'Het enige wat me op de been heeft gehouden tijdens deze hele zwangerschap is de gedachte dat ik weg kan als ze eenmaal geboren zijn.'

'Je laat je kinderen in de steek zodra ze de baarmoeder uit zijn?'

'Ik zit er nog drie maanden aan vast. Iedereen kijkt zo uit naar het jongetje dat ze me amper uit het oog verliezen. Na de bevalling wordt het anders. Dan kan ik weg. Jij weet net zo goed als ik dat ik een waardeloze moeder zou zijn. Ze zijn beter af bij de familie Ross. Jago's moeder staat te trappelen om mijn plek in te nemen.'

Strike hield zijn hand op voor de wandelstok. Ze aarzelde even en gaf hem die toen.

Hij stond op. 'Doe Amelia de groeten van me.'

'Ze komt niet, ik heb gelogen. Ik wist dat je bij Henry zou zijn, ik was gisteren met hem bij een particuliere bezichtiging. Hij zei dat je hem kwam ondervragen.'

'Vaarwel, Charlotte.'

'Is het niet fijn dat je nu gewaarschuwd bent dat ik je terug wil?'

'Maar ik wil jou niet.' Hij keek op haar neer.

'Mij hou je niet voor de gek, Bluey.'

Strike liep het restaurant uit, moeizaam met zijn been trekkend, langs de starende obers die allemaal leken te weten hoe bot hij een van hun collega's had behandeld. Toen hij de deur met een klap achter zich dicht liet vallen, voelde het alsof hij op de hielen gezeten werd, alsof Charlotte een succubus achter hem had geprojecteerd die hem zou achtervolgen tot ze elkaar weer zagen.

51

Kunt u misschien een paar idealen missen?
Henrik Ibsen, *Rosmersholm*

'Je denkt dat het zo hoort, maar je bent gewoon gehersenspoeld,' zei de anarchist. 'Je moet wennen aan het idee van een wereld zonder leiders. Geen enkel individu zou méér macht moeten hebben dan andere individuen.'

'Oké,' zei Robin. 'Dus jij hebt nóóit gestemd?' Ze zette haar accent dik aan.

The Duke of Wellington in Hackney zat deze zaterdagavond bomvol, maar buiten, waar de hemel steeds donkerder kleurde, was het nog warm en een stuk of tien vrienden en CORE-kameraden van Flick hingen tevreden rond op het trottoir voor Balls Pond Road, om wat te drinken voordat ze naar het feestje bij Flick thuis zouden gaan. Veel van hen hadden een plastic tas met goedkope wijn en bier bij zich.

De anarchist schudde lachend het hoofd. Hij was lang en mager, met blonde dreadlocks en een heleboel piercings; Robin meende hem gezien te hebben in de mensenmassa op de avond van de Paralympics-receptie. Hij had haar al de zompige brok cannabis laten zien die hij had meegebracht ter algemene verhoging van de feestvreugde. Robin, wier ervaring met drugs beperkt bleef tot een paar trekken van een hasjpijp lang geleden, tijdens haar voortijdig afgebroken studie aan de universiteit, had interesse geveinsd voor zijn verhaal.

'Wat ben je toch naïef!' zei hij nu. 'Stemmen maakt deel uit van de grote democratische zwendel! Een zinloos ritueel, bedacht om de massa wijs te maken dat ze iets te zeggen hebben! Het is niet meer dan een deal tussen de rooie en de blauwe Tory's voor gedeelde macht!'

'Maar wat dán, als stemmen niet de oplossing is?' vroeg Robin, met een glas bier in de hand waaruit ze amper had gedronken.

'We moeten de wijken oproepen tot verzet en massale protesten,' zei de anarchist.

'Wie organiseert dat dan?'

'De mensen zelf. Fuck, jij bent echt gehersenspoeld,' zei de anarchist, die zijn botte opmerking verzachtte met een grijnslachje, want de ongekunsteldheid van Bobbi Cunliffe, deze socialiste uit Yorkshire, beviel hem wel. 'Jij denkt dat we leiders nodig hebben, maar de mensen kunnen het zelf, als hun eenmaal de ogen geopend zijn.'

'En wie moet ze de ogen openen?'

'Activisten.' Hij sloeg zichzelf op de borst. 'Lui die het niet doen voor het geld of de macht, die anderen mondiger willen maken, maar zonder dat ze de baas worden. Want zelfs vakbonden... Niet lullig bedoeld,' voegde hij eraan toe, omdat hij wist dat Bobbi Cunliffes vader vakbondsleider was geweest, 'vakbonden hebben dezelfde structuur, de leiders gaan managers na-apen...'

'Gaat-ie, Bobbi?' vroeg Flick, die zich door de menigte had gewurmd en naast haar kwam staan. 'We gaan zo, dit was het laatste rondje. Wat maak je haar wijs, Alf?' vroeg ze licht ongerust.

Na een lange zaterdag in het sieradenwinkeltje en de uitwisseling van vele (in Robins geval geheel verzonnen) vertrouwelijkheden over hun liefdesleven was Flick zo gecharmeerd van Bobbi Cunliffe dat ze zelf ook een beetje met een Yorkshire-accent was gaan praten. Tegen het einde van de middag had ze haar uitgenodigd voor twee gelegenheden: ten eerste het feest van die avond en ten tweede, in afwachting van de goedkeuring van haar vriendin Hayley, een bed in de kamer die ze tot voor kort had gedeeld met hun huisgenote Laura. Robin had beide uitnodigingen aangenomen, en na haar telefoontje naar Strike had ze ingestemd met Flicks voorstel om, in afwezigheid van de wiccavrouw, de winkel eerder te sluiten.

'Hij zegt net dat mijn pa eigenlijk geen haar beter was dan de kapitalisten,' zei Robin.

'Rot op, Alf,' zei Flick.

De anarchist protesteerde lachend.

Hun groep verspreidde zich over het wegdek toen ze door het donker naar Flicks flat liepen. Ondanks zijn zichtbare verlangen om Robin te blijven onderrichten over de beginselen van een leiderloze wereld was de anarchist van Robins zijde verdreven door Flick zelf, die het over Jimmy wilde hebben. Tien meter voor hen voerde een vlezige man met een baard en o-benen, de marxist die aan Robin was voorgesteld als Digby, in zijn eentje de tocht naar het feest aan.

'Ik betwijfel of Jimmy komt,' zei Flick tegen Robin, die de indruk kreeg dat ze zich wilde wapenen tegen een teleurstelling. 'Hij heeft een rotbui. Maakt zich zorgen om zijn broer.'

'Wat dan?'

'Die heeft een of andere schizoïde-nog-wat-stoornis.' Robin was ervan overtuigd dat Flick de juiste term kende, maar dat het haar gepaster leek, geconfronteerd met een echt lid van de arbeidersklasse, om een gebrek aan educatie te veinzen. Flick had zich die middag laten ontvallen dat ze aan een universitaire opleiding begonnen was, leek daar spijt van te hebben en was sindsdien nog wat platter gaan praten. 'Weet ik veel, hij heeft iets van waanbeelden.'

'Zoals?'

'Denkt dat de overheid tegen hem samenspant en zo,' zei Flick met een lachje.

'Bloody hell.'

'Ja, hij zit in een kliniek. Heeft Jimmy een hoop problemen bezorgd,' zei Flick. Ze stak een zelfgedraaid shagje op. 'Heb je ooit gehoord van Cormoran Strike?'

Ze sprak de naam uit alsof het een ernstige aandoening was.

'Wie?'

'Privédetective. Heeft in alle kranten gestaan. Herinner je je dat model nog dat uit het raam gevallen was? Lula Landry?'

'Vaag,' zei Robin.

Flick keek even over haar schouder of anarchist Alf buiten gehoorsafstand was. 'Billy is naar hem toe gegaan.'

'What the fuck. Waarom?'

'Billy is gek, let nou eens op,' zei Flick, weer met een lachje. 'Hij denkt jaren geleden iets gezien te hebben...'

'Wat dan?' vroeg Robin, sneller dan haar bedoeling was.

'Een moord.'

'Jezus.'

'Het is natuurlijk niet waar,' zei Flick. 'Gelul. Ik bedoel, hij heeft wel iets gezien, maar er zijn echt geen dooien gevallen. Jimmy was erbij, hij weet hoe het zit. Maar afijn, Billy gaat dus naar die lul toe, die detective, en nu komen we niet meer van hem af.'

'Hoezo niet?'

'Hij hep Jimmy in elkaar geslagen.'

'De detective?'

'Ja. Was hem gevolgd naar een protestmars en sloeg hem verrot. En Jimmy werd gearresteerd!'

'Bloody hell,' zei Bobbi Cunliffe nog een keer.

'Gestoord, hè? Oud-soldaat. Voor koningin en vaderland en dat soort shit. Jimmy en ik waren daar om een minister van de Conservatieve Partij aan te pakken...'

'O?'

'Ja, ik kan je er niet veel over vertellen, maar het was iets heftigs, alleen heeft Billy alles verkloot. Hij heeft die Strike op pad gestuurd, en we denken dat hij de overheid...'

Ze brak haar zin plotseling af en volgde met haar blik een passerend autootje.

'Ik dacht even dat dat Jimmy's auto was, maar die is van de weg gehaald.'

Haar stemming daalde weer. Op de rustige momenten in de winkel die dag had Flick Robin verteld over het verloop van haar relatie met Jimmy, een verhaal dat met alle eindeloze ruzies, tijdelijke bestanden en onderhandelingen ook over heroverd grondgebied had kunnen gaan. Ze leken het nooit eens te zijn geworden over de aard van hun relatie, en iedere afspraak was geëindigd met ruzie en bedrog.

'Volgens mij ben je beter af zonder hem,' zei Robin, die de hele dag voorzichtig had geprobeerd Flick los te weken van de loyaliteit die ze duidelijk voelde voor die trouweloze Jimmy, in de hoop haar vertrouwelijke informatie te ontfutselen.

'Was het maar zo makkelijk,' zei Flick met het niet erg goed gelukte Yorkshire-accent dat ze tegen het einde van de dag had aangenomen. 'Ik hoef heus niet met hem te tróúwen of zo.' Ze moest lachen om het idee alleen al. 'Hij mag de koffer in duiken met wie hij wil, en ik ook. Dat hebben we afgesproken en ik vind het prima.'

Ze had Robin in de winkel al uitgelegd dat ze zichzelf beschouwde als genderqueer en panseksueel, terwijl monogamie welbeschouwd een middel was voor patriarchale onderdrukking, een tekst waarvan Robin vermoedde dat die afkomstig was van Jimmy. Ze vervolgden een tijdje zwijgend hun weg. In de diepere duisternis liepen ze een tunnel in, op het moment dat Flick iets feller zei: 'Ik heb heus wel mijn eigen pleziertjes gehad.'

'Goed om te horen,' zei Robin.

'Jimmy zou niet blij zijn als hij wist wat ik allemaal heb uitgespookt.'

De marxist met de o-benen die vooropliep keek om bij die woorden, en Robin zag in het schijnsel van een lantaarnpaal zijn voldane lachje naar Flick, wier woorden hij duidelijk had opgevangen. Flick zelf, die bezig was de sleutels van haar voordeur tussen de troep in haar koerierstas uit te vissen, leek het niet te merken.

'Daar is het.' Flick wees naar drie verlichte ramen boven een sportwinkeltje. 'Hayley is er al. Shit, ik hoop dat ze niet vergeten is mijn laptop te verstoppen.'

De flat was toegankelijk via een achteringang, door een koud, smal trappenhuis. Onder aan de trap konden ze de aanhoudende bas van 'Niggas in Paris' al horen, en eenmaal boven op de galerij bleek de gammele, dunne deur al open te staan en stond er een groep mensen buiten tegen de muren geleund een enorme joint door te geven.

'*What's fifty grand to a muh-fucka like me*,' rapte Jay-z in de schemerig verlichte flat.

Het tiental nieuwkomers trof binnen een flink aantal gasten. Het was verbijsterend hoeveel mensen er bleken te passen in de kleine flat, die leek te bestaan uit slechts twee slaapkamers, een minuscule douchecel en een keukentje zo groot als een bezemkast.

'We gebruiken Hayleys kamer om te dansen, dat is de grootste. Daar kun jij straks wonen,' riep Flick in Robins oor toen ze zich een weg baanden door de donkere ruimte.

In de kamer, die alleen werd verlicht door twee snoeren met kerstlampjes en de felle rechthoeken licht uit de telefoons van degenen die hun berichten en sociale media bekeken, hing al de zware lucht van cannabis. Overal stonden mensen. Vier jonge vrouwen en een man slaagden erin in het midden te dansen. Robins ogen raakten langzaam gewend aan het donker, en ze zag het geraamte van een stapelbed, waar op het bovenste matras een paar mensen een joint zaten te roken. Ze kon nog net een lgbt-regenboogvlag onderscheiden en een portret van Tara Thornton uit *True Blood* aan de muur achter hen.

Jimmy en Barclay hadden deze flat al uitgekamd op zoek naar het velletje papier dat Flick van Chiswell had gestolen en ze hadden het niet gevonden, bracht Robin zichzelf in herinnering terwijl ze door het donker tuurde en naar mogelijke verstopplaatsen zocht. Ze vroeg zich af of Flick het briefje misschien permanent bij zich droeg, maar daar zou Jimmy vast ook aan gedacht hebben, en ondanks Flicks gezworen panseksualiteit meende Robin dat Jimmy geschikter was dan zij om Flick over te halen zich uit te kleden. Intussen kon de duisternis Robin wel eens van pas komen om haar hand onder matrassen en kleden te schuiven, maar het was zo druk op het feest dat ze bang was dat iemand haar merkwaardige gedrag zou opmerken.

'... Hayley zoeken,' brulde Flick in Robins oor terwijl ze haar een blikje bier in de hand drukte, en ze schuifelden terug naar Flicks eigen kamer, die nog kleiner leek dan hij was doordat iedere centimeter van de muren bedekt was met politieke flyers en posters; het oranje van CORE en het zwart en rood van de Real Socialist Party overheersten. Boven het matras dat op de vloer lag was een gigantische Palestijnse vlag aan de muur bevestigd.

Er waren al vijf mensen in de kamer, die werd verlicht door één eenzame lamp. Twee jonge vrouwen, de een zwart, de ander wit, lagen verstrengeld op het matras terwijl de kleine, dikke Digby met zijn baard een plek had gekozen op de vloer, waar hij tegen hen zat te praten. Twee tienerjongens stonden onhandig tegen de muur geleund en hielden heimelijk de meisjes op het bed in de gaten, hun hoofden dicht bij elkaar terwijl ze een joint draaiden.

'Hayley, dit is Bobbi,' zei Flick. 'Ze heeft interesse in Laura's helft van de kamer.'

De meisjes op het bed keken allebei op. De lange met het kaalgeschoren hoofd, slaperige ogen en spierwit geblondeerd haar gaf antwoord. 'Ik heb al gezegd dat Shanice hier kan komen wonen,' zei ze. Ze klonk stoned. Het tengere zwarte meisje in haar armen kuste haar in de hals.

'O,' zei Flick ontzet tegen Robin. 'Shit. Sorry.'

'Kun jij toch niks aan doen,' zei Robin met geveinsde dapperheid ondanks haar zogenaamde teleurstelling.

'Flick,' riep iemand op de gang. 'Jimmy is beneden.'

'O, fuck,' zei Flick opgewonden; Robin zag hoe de blijdschap haar gezicht deed oplichten. 'Wacht hier,' zei ze tegen Robin, en ze wrong zich tussen de lijven op de gang door.

'*Bougie girl, grab her hand*,' rapte Kanye West in de andere kamer.

Robin deed alsof ze geïnteresseerd was in het gesprek tussen de meisjes op het bed en Digby, en ze liet zich langs de muur op de laminaatvloer zakken, waar ze van haar bier nipte terwijl ze heimelijk Flicks slaapkamer in zich opnam. Die was duidelijk opgeruimd voor het feest. Er was geen kledingkast, alleen een rek met jassen en een enkele jurk, terwijl T-shirts en truien halfslachtig opgevouwen in een donkere hoek lagen. Op een ladekast, waar ook make-up rondslingerde, zaten een paar Beanie Babies, en in een andere hoek stonden diverse houten protestborden. Jimmy en Barclay moesten deze kamer al grondig doorzocht hebben. Robin vroeg zich af of ze eraan gedacht hadden achter alle flyers aan de muur te kijken. Maar al hadden ze dat niet gedaan, ze kon ze nu moeilijk gaan losmaken. Helaas.

'Joh, het is heel simpel,' zei Digby tegen de meisjes op het bed. 'Jullie zijn het toch met me eens dat het kapitalisme deels afhankelijk is van onderbetaalde vrouwenarbeid, hè? Dus als het feminisme effect wil hebben, móét het ook marxistisch zijn, het een impliceert het ander.'

'Het patriarchaat is meer dan alleen kapitalisme,' zei Shanice.

Robin zag vanuit haar ooghoeken dat Jimmy zich door de drukke, smalle gang wurmde, met zijn arm om Flicks nek geslagen. Die laatste leek gelukkiger te zijn dan ze de hele avond was geweest.

'Vrouwenonderdrukking is onlosmakelijk verbonden met het onvermogen van vrouwen om deel te nemen aan de arbeidsmarkt,' verkondigde Digby.

Hayley, met haar lodderogen, maakte zich los van Shanice en stak in een zwijgend verzoek haar hand uit naar de in het zwart gestoken tieners. Ze gaven haar over Robins hoofd heen hun joint door.

'Sorry van de kamer,' zei Hayley vaag tegen Robin nadat ze een lange hijs had genomen. 'Klote om iets te vinden in Londen, hè?'

'Superklote,' antwoordde Robin.

'... wil jij het feminisme onderbrengen bij het grotere geheel van het marxisme.'

'Het is geen kwestie van onderbrengen!' zei Digby met een ongelovig lachje.

Hayley probeerde Shanice de joint te geven, maar die wuifde hem in haar felheid weg. 'Waar blijven jullie met je marxisme in onze strijd tegen het idee van het hetero-normatieve gezin?' vroeg ze op strenge toon aan Digby.

'Bravo,' zei Hayley vaag, en ze kroop dichter tegen Shanice aan en gaf de joint van de tieners aan Robin, die hem meteen teruggaf aan de jongens. Hoeveel belangstelling ze ook hadden gehad voor de lesbiennes, ze verlieten snel de kamer voordat iemand anders hun karige drugsvoorraadje zou gaan ronddelen.

'Hé, die had ik vroeger ook,' zei Robin hardop toen ze overeind kwam, maar niemand luisterde naar haar. Digby greep zijn kans om onder Robins zwarte rokje te gluren toen ze van dichtbij langsliep naar de ladekast. In het steeds fellere gekrakeel over feminisme en marxisme pakte Robin, zogenaamd vaag geïnteresseerd uit nostalgische overwegingen, een voor een de Beanie Babies van Flick op en betastte door het dunne pluche heen de plastic korreltjesvulling. De poppetjes voelden geen van alle alsof ze opengemaakt en weer dichtgenaaid waren om een velletje papier te verstoppen.

Met een enigszins hopeloos gevoel liep ze terug naar de donkere gang, waar de mensen opeengepakt stonden tot op de galerij.

Een meisje bonsde op de deur van de badkamer. 'Hou eens op met neuken, ik moet pissen!' riep ze, tot vermaak van verschillende mensen om haar heen.

Dit heeft geen zin.

Robin glipte het keukentje in, dat nauwelijks groter was dan twee telefooncellen en waar een stelletje zich afgezonderd had, het meisje met haar benen over die van de man, die zijn hand onder haar rokje had terwijl de tieners in het zwart op zoek waren naar iets eetbaars. Zogenaamd om iets te drinken te pakken zocht Robin tussen de lege blikjes en flessen, en ze gluurde in de door de tieners opengetrokken kastjes terwijl ze zich afvroeg of een aangebroken cornflakespak een goede verstopplek zou zijn.

Net toen Robin wilde vertrekken dook Alf de anarchist op in de deuropening, nu een stuk stoneder dan daarstraks in de pub.

'Daar is ze,' zei hij luidkeels, en hij probeerde zijn blik scherp te stellen op Robin. 'De dochter van de vakbondsleider.'

'Klopt,' zei Robin, terwijl D'banj '*Oliver, Oliver, Oliver Twist*' zong in de tweede slaapkamer. Ze probeerde onder Alfs arm door te duiken, maar hij liet hem zakken om haar tegen te houden. De goedkope laminaatvloer trilde onder de stampende voeten van de hardnekkige dansers in Hayleys room.

'Lekker ding ben je,' zei Alf. 'Mag ik dat zeggen? Ik bedoel het fucking feministisch.'

Hij lachte.

'Bedankt.' Robin slaagde in haar tweede poging om hem te ontwijken en terug te keren naar de krappe gang, waar het wanhopige meisje nog steeds op de badkamerdeur bonsde. Alf pakte Robins arm beet en zei iets onverstaanbaars in haar oor. Toen hij weer rechtop ging staan, had het kleurpoeder uit Robins haar een zwarte plek achtergelaten op het puntje van zijn bezwete neus.

'Wat zei je?' vroeg Robin.

'Ik vroeg,' brulde hij, 'of je zin hebt om op een rustig plekje verder te praten.'

Maar toen zag Alf iemand die achter haar stond. 'Alles goed, Jimmy?'

Knight stond in de gang. Hij glimlachte naar Robin, al rokend tegen de muur geleund met een blikje bier in de hand. Hij was tien jaar ouder dan de meeste andere aanwezigen, en sommige meisjes wierpen schuinse blikken op de man in zijn strakke zwarte T-shirt en jeans.

'Wacht jij ook op de plee?' vroeg hij aan Robin.

'Ja,' antwoordde ze, omdat het de makkelijkste manier was om zich los te maken van zowel Jimmy als Alf de anarchist, mocht dat nodig zijn. Door de open deur van Hayleys kamer zag ze Flick dansen, nu zichtbaar blij met het leven, lachend om iets wat tegen haar werd gezegd.

'Ik hoorde van Flick dat je pa vakbondsman was,' zei Jimmy tegen Robin. 'Mijnwerker, toch?'

'Ja,' zei Robin.

'Ja, GODVER!' zei het meisje dat op de badkamerdeur had staan bonzen. Ze hopste nog even in hoge nood op de plaats en baande zich toen een weg naar buiten, de flat uit.

'Links staan vuilnisbakken!' riep een van de andere meisjes haar na.

Jimmy boog zich dichter naar Robin toe, zodat ze hem beter kon verstaan boven de bonkende bassen uit. Zijn blik was begripvol, voor zover ze het kon beoordelen, vriendelijk zelfs.

'Maar hij is dood, toch?' vroeg hij aan Robin. 'Je pa. De longen, zei Flick?'

'Ja.'

'Wat erg,' zei Jimmy zacht. 'Ik heb zelf ook zoiets meegemaakt.'

'Echt?' vroeg Robin.

'Ja, mijn moeder. Ook de longen.'

'Door de werkplek?'

'Asbest,' zei Jimmy, en hij nam na een kort knikje een trek van zijn sigaret. 'Zou nu niet meer gebeuren, ze hebben de wet veranderd. Ik was twaalf. Mijn broertje was twee, hij kan zich haar niet eens herinneren. Toen zij er niet meer was heeft mijn pa zich doodgedronken.'

'Wat heftig,' zei Robin oprecht. 'Erg voor je.'

Jimmy blies de rook de andere kant op en trok een grimas. 'Gelijke zielen,' zei hij toen, en hij tikte zijn blikje bier tegen het hare. 'Veteranen van de klassenoorlog.'

Alf de anarchist liep weg, een beetje slingerend, en verdween in de donkere kamer met de kerstlichtjes.

'Heeft jouw familie ooit smartengeld gekregen?' vroeg Jimmy.

'Wel geprobeerd,' zei Robin. 'Mijn moeder is er nog steeds mee bezig.'

'Veel succes.' Jimmy hief zijn blik en nam een slok. 'Ik wens haar véél succes.'

Hij bonsde op de badkamerdeur. 'Schiet verdomme een beetje op, er staan hier mensen te wachten,' riep hij.

'Misschien is er iemand ziek geworden?' opperde Robin.

'Nee, het is gewoon een vluggertje.'

Digby kwam met een misnoegd gezicht Flicks slaapkamer uit. 'Ik ben een instrument van de patriarchale onderdrukking,' verkondigde hij luidkeels.

Niemand lachte. Digby krabde aan zijn buik onder zijn T-shirt, waarvan Robin nu zag dat er een afbeelding van Groucho Marx op stond, en hij wankelde de kamer in waar Flick stond te dansen.

'Domme sukkel,' mompelde Jimmy tegen Robin. 'Antroposofische opvoeding. Kan er niet tegen dat hij nooit meer een plaatje of stempel van de juf krijgt.'

Robin lachte, maar Jimmy lachte niet mee. Hij hield haar blik net iets te lang vast, tot de badkamerdeur op een kier openging en een mollig jong meisje met een rood gezicht naar buiten gluurde. Achter haar zag Robin een man met een vlassige grijze baard zijn mao-pet opzetten.

'Larry, ouwe viespeuk,' zei Jimmy, en hij grijnsde toen het meisje met het rode gezicht langs Robin glipte en verdween in de donkere kamer die Digby net binnen was gegaan.

'Goedenavond, Jimmy,' zei de oudere Trotski-aanhanger met een gemaakt lachje, en ook hij verliet de badkamer, onder luid gejoel van enkele jongere mannen op de gang.

'Ga jij maar,' zei Jimmy tegen Robin. Hij hield de deur voor haar open en liet niemand toe haar te passeren.

'Bedankt,' zei ze voordat ze de badkamer in glipte.

Het felle tl-licht was verblindend na de donkere flat. In de badkamer was amper ruimte om te staan en Robin had nog nooit zo'n klein douchehokje gezien, met een groezelig doorzichtig gordijn dat half van de haken getrokken was, naast een kleine toiletpot waar een prop nat papier en een peuk in dreven. In de prullenbak glinsterde een gebruikt condoom.

Boven de wasbak hingen drie gammele plankjes die uitpuilden van de halflege flesjes toiletartikelen en andere rommel, zo dicht op elkaar geperst dat alles dreigde in te storten zodra je iets aanraakte.

Robin kreeg opeens een idee, en ze boog zich dichter naar de planken toe. Ze dacht terug aan de manier waarop ze gebruik had gemaakt van de teergevoelige onwetendheid van mannen als het om menstruatie ging: omdat ze vaak alles uit de weg gingen wat daarmee te maken had, had Robin de afluisterapparaatjes verstopt in een doos Tampax. Ze liet haar blik snel over de halflege flessen huismerkshampoo, een oude bus Vim, een vieze spons, een paar goedkope spuitbusjes deodorant en een aantal veelvuldig gebruikte tandenborstels in een gebarsten mok gaan. Heel voorzichtig, omdat alles zo dicht op elkaar stond, schoof Robin een doosje van de plank waar nog één verpakte tampon in bleek te zitten. Toen ze het doosje terug wilde zetten, zag ze de punt van een vormeloos bundeltje dat in plastic gewikkeld was, verstopt achter de Vim en een fles douchegel met fruitgeur.

Met een plotselinge vlaag van opwinding stak ze haar hand uit en wriemelde het witte kunststof pakje los, voorzichtig om niet alles om te stoten.

Er werd op de deur gebonsd.

'Ik sta verdomme op knappen!' riep een nieuw meisje.

'Zo klaar!' riep Robin terug.

Twee dikke maandverbanden waren opgerold met de onromantische verpakking er nog omheen ('voor zeer zware vloed'), iets wat een jonge vrouw niet gauw zou stelen, zeker niet als ze schaars gekleed was. Robin trok ze eruit. Aan het eerste verband was niets vreemds te zien. Maar het tweede maakte een ritselend geluid toen Robin het boog. Met stijgende opwinding draaide ze het rolletje een slag, en ze zag dat het was opengesneden, waarschijnlijk met een scheermesje. Ze friemelde haar vingers in de laag watten binnenin en voelde een dik, dubbelgeklapt vel papier, dat ze eruit haalde en openvouwde.

Het was hetzelfde schrijfpapier als waarop Kinvara haar afscheidsbrief had geschreven, met bovenaan de naam Chiswell in reliëf aangebracht en daaronder, als een druppel bloed, een rood-wit roosje. Er waren enkele losse woorden en zinnen neergekrabbeld in het opvallende, kriebelige handschrift dat Robin zo vaak had gezien in Chiswells kantoor, en in het midden van de bladzijde was een woord meerdere keren omcirkeld.

251 EBURY STREET
LONDON
SW1W

Blanc de Blanc
Suzuki ✓
Moeder?

Odi et amo, quare id faciam, fortasse requiris? Nescio, sed fieri sentio et excrucior.

Met ingehouden adem van opwinding haalde Robin haar mobiel tevoorschijn, nam diverse foto's van het briefje, vouwde het toen weer op, stopte het terug in het maandverband en legde het pakje terug waar ze het had gevonden. Ze probeerde de wc door te spoelen, maar die was verstopt, en het enige wat ze bereikte was dat het water onheilspellend omhoogkwam in de pot en weigerde te zakken, de sigarettenpeuk dansend tussen het kolkende wc-papier.

'Sorry,' zei Robin toen ze de deur opendeed. 'De wc is verstopt.'

'Whatever,' zei het ongeduldige dronken meisje dat voor de deur stond. 'Ik pies wel in de wasbak.' Ze wurmde zich langs Robin heen en sloeg de deur dicht.

Jimmy stond nog op de gang.

'Ik ga er maar eens vandoor,' zei Robin met haar Bobbi-accent tegen hem. 'Ik kwam eigenlijk alleen voor die kamer, maar iemand anders was me voor.'

'Jammer,' zei Jimmy luchtig, en hij viste een verse sigaret uit het pakje. 'Je had gelijk, Flick, zij is nog écht.' Hij trok Flick naar zich toe, drukte haar aan zijn zij en kuste haar op haar kruin.

'Ja, hè?' Flick glimlachte oprecht hartelijk en sloeg haar arm om Jimmy's middel. 'Ga de volgende keer mee naar de mars, Bobbi.'

'Misschien doe ik dat wel,' zei Bobbi Cunliffe, de dochter van de vakbondsleider, en ze nam afscheid, baande zich een weg door de gang en naar buiten, de koude trap op.

Zelfs de aanblik van een van de in het zwart geklede tieners die uitgebreid stond te braken op de stoep bij de voordeur kon Robins jubelstemming niet bederven. Ze kon niet wachten en stuurde Strike meteen de foto van Jasper Chiswells briefje terwijl ze haastig naar de bushalte liep.

52

Ik kan u verzekeren dat u volledig op het verkeerde spoor zat, juffrouw West.

Henrik Ibsen, *Rosmersholm*

Strike was in slaap gevallen, met al zijn kleren aan en de prothese niet verwijderd, boven op zijn beddengoed in zijn zolderkamertje. De kartonnen map met daarin het dossier van Chiswell lag op zijn borst en trilde zachtjes mee op zijn gesnurk terwijl hij droomde dat hij hand in hand met Charlotte door een verder verlaten Chiswell House liep, dat ze samen hadden gekocht. Ze was lang, slank en mooi, en niet meer zwanger. Ze liet een spoor van Shalimar en zwarte chiffon na, maar hun wederzijdse geluk ging in rook op in de klamme kilte van de armoedige kamers waar ze doorheen liepen. Wat kon de aanleiding zijn geweest van die roekeloze, wereldvreemde beslissing om een tochtig huis te kopen waar het behang losliet en de elektriciteitskabels los aan de plafonds bungelden?

Strike schrok wakker van het luide gezoem van een binnenkomend tekstbericht. In een fractie van een seconde stelde hij vast dat hij op zijn zolderverdieping was, alleen, niet als eigenaar van Chiswell House en evenmin als minnaar van Charlotte Ross, waarna hij naar de telefoon graaide waar hij half op lag, in de vaste overtuiging dat hij op het schermpje een bericht van Charlotte zou aantreffen.

Hij had het bij het verkeerde eind: toen hij groggy naar het toestel tuurde, zag hij daar niet alleen Robins naam staan, hij zag ook dat het één uur 's nachts was. Hij was even vergeten dat ze op een feestje bij Flick was geweest en ging haastig rechtop zitten, waardoor de dossiermap die op zijn borst had gelegen soepel weggleed en de losse vellen papier zich verspreidden over de houten vloer terwijl Strike met zijn slaperige ogen naar de foto tuurde die Robin hem had gestuurd.

'Krijg nou tieten.'

Zonder zich iets aan te trekken van de papierrommel aan zijn voeten belde hij haar terug.

'Hoi,' zei Robin op jubelende toon, boven het onmiskenbare geluid van een Londense nachtbus uit: het gerammel en gebrul van de motor, het knarsen van de remmen, het snerpende geluid van de bel en het onontkoombare dronken gelach van wat zo te horen een hele troep jonge vrouwen was.

'Hoe heb je dat in gódsnaam voor elkaar gekregen?'

'Ik ben een vrouw,' zei Robin. Hij kon haar horen glimlachen. 'Ik weet waar wij dingen verstoppen als we echt niet willen dat ze gevonden worden. Ik had eigenlijk gedacht dat jij zou slapen.'

'Waar zit je? In een bus? Stap uit en neem een taxi. Die brengen we de Chiswells in rekening als je een bon meebrengt.'

'Dat hoeft toch...'

'Doe verdomme wat ik je zeg!' zei Strike, agressiever dan de bedoeling was, want hoewel ze net een mooie stunt had uitgehaald, was ze een jaar eerder wel neergestoken toen ze in haar eentje in het donker over straat liep.

'Oké, oké, ik neem een taxi,' zei Robin. 'Heb je Chiswells briefje gelezen?'

'Ik kijk er nu naar.' Strike zette de telefoon op de speaker, zodat hij naar Chiswells briefje kon kijken terwijl hij met Robin praatte. 'Ik hoop dat je het hebt laten liggen waar het lag?'

'Ja. Dat leek me het beste.'

'Absoluut. Maar waar...?'

'In een maandverband.'

'Jezus,' zei Strike uit het veld geslagen. 'Het zou nooit bij me opkomen om...'

'Bij Jimmy en Barclay dus ook niet,' zei Robin zelfvoldaan. 'Kun jij lezen wat er onderaan staat? In het Latijn?'

Strike tuurde naar het schermpje en vertaalde: '"Ik haat en ik heb lief. Waarom doe ik het, zou je kunnen vragen? Ik weet het niet. Ik voel het gewoon, en het kwelt me..." Dat is weer Catullus. Een beroemd citaat.'

'Heb jij Latijn gehad op de universiteit?'

'Nee.'

'Maar hoe...?'

'Lang verhaal,' zei Strike.

Eigenlijk was het verhaal over de reden dat hij Latijn kon lezen niet lang, het was alleen (voor de meeste mensen) niet uit te leggen. Hij had geen zin om het midden in de nacht te vertellen, en hij wilde ook niet uitleggen dat Charlotte Catullus had bestudeerd aan Oxford.

'"Ik haat en ik heb lief,"' herhaalde Robin. 'Waarom zou Chiswell dat hebben opgeschreven?'

'Omdat hij het zo voelde?' suggereerde Strike.

Hij had een droge mond, had te veel gerookt voordat hij in slaap viel. Hij stond op, stijf en stram, met pijn in zijn lijf, en liep zorgvuldig om de gevallen vellen papier heen naar de wasbak in het andere vertrek, met de telefoon in de hand.

'Voor Kinvara?' vroeg Robin weifelend.

'Heb je ooit een andere vrouw in zijn buurt gezien?'

'Nee. Al hoeft hij het natuurlijk niet over een vrouw te hebben.'

'Dat is waar,' gaf Strike toe. 'Het wemelt in Catullus van de mannenliefde. Misschien hield Chiswell er daarom zo van.'

Hij vulde een beker met kraanwater, dronk hem in één teug leeg, hing toen een theezakje in de beker en zette de waterkoker aan terwijl hij in het donker naar het verlichte schermpje van zijn telefoon bleef turen.

'"Moeder" doorgestreept,' mompelde hij.

'Chiswells moeder is al tweeëntwintig jaar dood,' zei Robin. 'Dat heb ik net opgezocht.'

'Hm,' zei Strike. '"Bill" omcirkeld.'

'Bill, niet Billy,' zei Robin. 'Maar als Jimmy en Flick dachten dat hij doelde op Jimmy's broer, dan moet die dus soms ook Bill genoemd worden.'

'Tenzij hij met *bill* een rekening bedoelt,' zei Strike. En dan Suzuki... Blanc de... Wacht eens, Jimmy Knight heeft een oude Suzuki Alto.'

'Die is van de weg gehaald, volgens Flick.'

'Ja, Barclay zei dat hij niet door de keuring is gekomen.'

'Toen we bij de Chiswells langsgingen, stond er een Grand Vitara voor de deur. Die moet van een van hen zijn.'

'Goed opgemerkt,' zei Strike.

Hij deed het grote licht aan en liep naar de tafel bij het raam, waar hij zijn notitieboekje en pen had neergelegd.

'Volgens mij,' zei Robin peinzend, 'heb ik dat "Blanc de Blanc" pas nog ergens gezien.'

'Ja? Heb je champagne gedronken?' vroeg Strike, die was gaan zitten om nieuwe aantekeningen te maken.

'Nee, maar... ik denk wel dat ik het op een wijnetiket gezien moet hebben, toch? Blanc de blancs, wat wil dat zeggen? Wit van witte?'

'Ja.'

Bijna een minuut lang zeiden ze geen van beiden iets terwijl ze naar de aantekening keken. 'Ik zou het liever niet zeggen, Robin,' zei Strike na een hele tijd, 'maar het interessantst is hier nog wel dat Flick die brief had. Het lijkt op een takenlijstje. Ik zie hier niks wat tegen iemand gebruikt zou kunnen worden, geen aanzet tot chantage of moord.'

'"Moeder", doorgestreept,' zei Robin nog een keer, alsof ze vastbesloten was een bijzondere betekenis uit de cryptische aantekening te persen. 'De moeder van Jimmy Knight is gestorven aan asbestose. Dat heeft hij me daarstraks verteld op het feest van Flick.'

Strike tikte zachtjes met de achterkant van zijn pen op zijn notitieboekje terwijl hij nadacht, en Robin stelde hardop de vraag waar hij ook mee worstelde.

'We moeten dit aan de politie melden, hè?'

'Ja,' verzuchtte Strike, en hij wreef in zijn ogen. 'Dit is bewijs dat hij toegang had tot het huis in Ebury Street. Helaas betekent dat ook dat jij moet stoppen bij de sieradenwinkel. Als de politie haar badkamer gaat doorzoeken, heeft Flick gauw genoeg door van wie die tip komt.'

'*Bugger*,' zei Robin, 'ik had echt het gevoel dat ik iets bereikte met haar.'

'Ja,' zei Strike instemmend. 'Jammer dat we geen officiële rol spelen in het onderzoek. Ik zou er heel wat voor overhebben om met Flick in een verhoorkamer te zitten... Die verdomde zaak,' zei hij geeuwend. 'Ik heb de hele avond het dossier doorgenomen. Het is met deze brief net als met de rest: hij roept alleen maar meer vragen op.'

'Wacht even,' zei Robin en hij hoorde achtergrondgeluiden. 'Sorry, Cormoran, ik ga hier uitstappen, ik zie een taxistandplaats.'

'Oké. Heel goed gedaan vanavond. Ik bel je morgen – of eigenlijk straks.'

Toen ze had opgehangen, legde Strike zijn sigaret in de asbak, liep terug naar zijn slaapkamer om de gevallen aantekeningen van de vloer te rapen en nam ze mee naar de keuken. Hij liet het vers gekookte water voor wat het was en pakte een biertje uit de koelkast. Toen hij met het dossier aan tafel zat, schoof hij bijna gedachteloos het raam naast hem een paar centimeter omhoog om frisse lucht binnen te laten terwijl hij rookte.

Bij de militaire politie had hij geleerd om verhoren en bevindingen in te delen in drie brede categorieën: mensen, locaties en voorwerpen, een degelijk, ouderwets principe dat Strike nu had toegepast op het dossier van Chiswell voordat hij op zijn bed in slaap viel. Nu spreidde hij de inhoud van de map uit op de keukentafel en ging weer aan de slag, terwijl een koude bries vol uitlaatgassen over de foto's en papieren streek, zodat de hoeken trilden.

'Mensen,' mompelde Strike.

Voordat hij in slaap viel had hij een lijst gemaakt van mensen die bij hem de meeste belangstelling wekten in verband met Chiswells dood. Nu zag hij dat hij onbewust een volgorde had aangebracht in de mate waarin ze betrokken waren bij de afpersing van de dode.

Jimmy Knight stond bovenaan, gevolgd door Geraint Winn, en daarna kwamen degenen die Strike beschouwde als hun respectieve handlangers: Flick Purdue en Aamir Mallik. De volgende was Kinvara, die wist dat Chiswell werd gechanteerd en waarom; dan Della Winn, wier publicatieverbod de chantage uit de pers had gehouden, maar van wie Strike niet wist in hoeverre ze betrokken was bij de hele zaak; en Raphael, die volgens alle betrokkenen niet had geweten dat zijn vader werd afgeperst, en ook niet waarvoor. Onder aan de lijst stond Billy Knight, wiens enige bekende link met de chantage de bloedband tussen hemzelf en de hoofdafperser was.

Waarom, vroeg Strike zich af, had hij de namen in die specifieke volgorde genoteerd? Er was geen bewezen verband tussen Chiswells dood en de chantage, tenzij de dreiging dat zijn onbekende misdrijf openbaar gemaakt zou worden Chiswell inderdaad tot zelfmoord had gedreven.

Op dat moment drong het tot Strike door dat er een andere hiërarchie ontstond wanneer hij de lijst ondersteboven hield. In dat geval stond Billy bovenaan, een man met een zoektocht zonder verdere belangen – hij was niet uit op geld of de ondergang van een ander, hij wilde alleen de waarheid en gerechtigheid. In die omgekeerde volgorde stond Raphael op de tweede plaats, met zijn vreemde en in Strikes ogen ongeloofwaardige verhaal dat hij op de ochtend van zijn vaders dood naar zijn stiefmoeder toe gestuurd zou zijn, een leugen waarvan Henry Drummond met tegenzin had toegegeven dat Raphael er een eerzaam motief voor had, een motief dat Strike nog onbekend was. Della steeg naar de derde plaats, een alom bewonderde vrouw van onbesproken gedrag, wier ware mening over en gevoelens jegens haar echtgenoot, die een ander chanteerde, ondoorgrondelijk bleven.

Andersom gelezen kwam het Strike voor dat de relatie van iedere verdachte tot de dode primitiever werd, een soort transactie, totdat de lijst eindigde bij Jimmy Knight en zijn brute eis van veertigduizend pond.

Strike bleef over de lijst met namen gebogen zitten alsof hij misschien plotseling iets zou zien opduiken uit zijn eigen hanenpoten, zoals je een 3D-afbeelding die is verborgen in felgekleurde stippen ook pas ziet als je je blik niet langer scherpstelt. Maar het enige wat bij hem opkwam was het feit dat er een ongebruikelijk aantal tweetallen betrokken was bij Chiswells dood: stellen – Geraint en Della; Jimmy en Flick – broers en zussen – Izzy en Fizzy; Jimmy en Billy; het duo van afpersers – Jimmy en Geraint – en de ondergroep van iedere afperser met zijn handlanger: Flick en Aamir. Dan bleven er twee mensen over die een duo vormden door het feit dat ze losstonden van deze verder hechte familie: de weduwe Kinvara en daarnaast Raphael, de teleurstellende zoon, de buitenstaander.

Strike tikte al peinzend onbewust met zijn pen op het notitieboekje. Tweetallen. De hele zaak was begonnen met een tweetal misdaden: Chiswells chantage en Billy's bewering dat er een kind vermoord was. Strike zocht al vanaf het begin naar een verband tussen die twee, omdat hij niet kon geloven dat ze helemaal los van elkaar zouden staan, al leek de enige link op het eerste gezicht de bloedband tussen de gebroeders Knight te zijn.

Hij sloeg een blaadje om en bekeek de aantekeningen waar hij *Locaties* boven had geschreven.

Nadat hij een paar minuten zijn eigen gekrabbel over de toegang tot het huis in Ebury Street had bestudeerd en de plaatsen, in diverse gevallen onbekend, waar de verdachten zich hadden bevonden op het tijdstip van Chiswells overlijden, maakte hij een aantekening om zichzelf eraan te herinneren dat hij nog steeds geen contactgegevens van Izzy had ontvangen van Tegan Butcher, het stalmeisje dat kon bevestigen dat Kinvara thuis was geweest, in Woolstone, toen Chiswell in Londen stikte met een plastic zak om zijn hoofd.

Hij sloeg weer een blaadje om, naar *Voorwerpen*, en nu legde hij zijn pen neer om Robins foto's uit te spreiden, zodat ze een collage vormden van de plaats van overlijden. Hij tuurde naar de flits van goud in de zak van de dode en toen naar het verbogen zwaard, half verscholen in een donkere hoek van de kamer.

Het kwam Strike voor dat de zaak die hij onderzocht wemelde van de voorwerpen die waren aangetroffen op verrassende plekken: het zwaard in de hoek, de lachesistabletten op de vloer, het houten kruis dat ze hadden aangetroffen in de brandnetels op de bodem van de boskuil, de heliumtank en de rubberen slangetjes in een huis waar nooit een kinderfeestje was gegeven. Maar zijn vermoeide geest kon er geen antwoorden of patronen in ontdekken.

Tot slot dronk Strike zijn laatste slok bier op, mikte het lege blik dwars door de kamer heen in de vuilnisbak in de keuken, sloeg een lege bladzijde op in zijn notitieboekje en begon aan een takenlijstje voor de zondag waarvan al twee uren verstreken waren.

1. Wardle bellen
Brief doorsturen die is gevonden in Flicks flat.
Update politieonderzoek, indien mogelijk.
2. Izzy bellen
Gestolen brief laten zien.
Vragen: Is Freddies geldclip ooit gevonden?
Gegevens Tegan?
Telefoonnr nodig van Raphael.
En nr, indien mog., van Della Winn.
3. Barclay bellen
Update geven.
Jimmy en Flick weer laten volgen.
Wanneer gaat Jimmy bij Billy op bezoek?
4. Kliniek bellen
Proberen gesprek met Billy te regelen als Jimmy er niet is.
5. Robin bellen
Gesprek met Raphael plannen
6. Della bellen
Proberen gesprek te plannen

Hij dacht nog even na en maakte toen de lijst af:

7. Theezakjes / bier / brood kopen

Nadat hij het dossier van Chiswell had opgeruimd, de overvolle asbak had leeggekieperd in de vuilnisbak en het raam wat verder had opengezet om meer frisse, koude lucht binnen te laten, ging Strike nog een keer plassen, poetste zijn tanden, deed de lichten uit en liep terug naar zijn slaapkamer, waar het leeslampje nog brandde.

Nu zijn afweer was aangetast door het bier en de vermoeidheid, drongen de herinneringen die hij had willen begraven onder een berg werk zich weer op in zijn hoofd. Terwijl hij zich uitkleedde en zijn prothese afdeed, betrapte hij zich erop dat hij in gedachten terugkeerde naar ieder woord dat Charlotte tegen hem had gezegd aan dat tweepersoonstafeltje bij Franco's, en hij herinnerde zich haar groene ogen, de geur van Shalimar die hem had bereikt boven de knoflookdampen in het restaurant uit, en haar slanke witte vingers die speelden met het brood.

Hij kroop tussen de koude lakens en bleef met zijn handen achter zijn hoofd in het donker voor zich uit liggen staren. Hij zou willen dat hij onverschillig op haar reageerde, maar in werkelijkheid genoot zijn ego van het idee dat ze had gelezen over alle zaken waarmee hij naam had gemaakt, en dat ze aan hem dacht als ze met haar man in bed lag. Maar nu stroopten de rede en de ervaring hun mouwen op, klaar om een professionele nabespreking te verrichten op het herinnerde gesprek, om methodisch de onmiskenbare tekenen op te diepen van Charlottes eeuwige wil om te choqueren, en van haar kennelijk onstilbare honger naar conflicten.

Het verlaten van haar echtgenoot-met-adellijke-titel en haar pasgeboren kinderen voor een beroemde detective met één been zou voor haar beslist de kroon zijn op een lange loopbaan van ontwrichting. Met haar bijna pathologische afkeer van routine, verantwoordelijkheid of verplichting had ze altijd iedere mogelijkheid van vastigheid gesaboteerd nog voordat ze te maken kreeg met de dreiging van verveling of een compromis. Strike wist dat omdat hij haar beter kende dan wie dan ook, en het was hem duidelijk dat hun laatste breuk had plaatsgevonden precies op het moment dat echte offers en moeilijke keuzes onontkoombaar waren geweest.

Maar hij wist ook – en die wetenschap was als een niet uit te roeien bacterie in een wond die daardoor nooit zou genezen – dat ze van hem hield zoals niemand anders ooit van hem zou houden.

Natuurlijk hadden de sceptische vriendinnen en echtgenotes van zijn vrienden, die Charlotte geen van allen mochten, keer op keer tegen hem gezegd: 'Dat is geen liefde, wat zij met je doet,' en: 'Ik wil niet vervelend doen, Strike, maar hoe weet je dat ze niet precies hetzelfde heeft gezegd tegen alle anderen die ze heeft gehad?' Dergelijke vrouwen beschouwden zijn overtuiging dat Charlotte van hem hield als een waanbeeld of egoïsme. Zij waren er niet bij geweest op die momenten van totale gelukzaligheid en wederzijds begrip, momenten die nog altijd tot de beste in Strikes leven behoorden. Zij hadden geen grappen uitgewisseld die geen mens op aarde begreep behalve Charlotte en hijzelf, zij hadden niet die aantrekkingskracht gevoeld die hen zestien jaar lang steeds weer naar elkaar had teruggedreven.

Ze was na haar vertrek rechtstreeks in de armen gelopen van de man van wie ze vermoedde dat ze Strike er het hardst mee zou treffen, en het was inderdaad pijnlijk voor hem geweest, omdat Ross zijn absolute tegenpool was, een man die al iets met Charlotte had gehad voordat Strike haar ooit had ontmoet. Toch was Strike ervan overtuigd dat haar vlucht in Ross' armen een kwestie van zelfopoffering was geweest, puur om een spectaculair effect te bereiken, de Charlotte-versie van *sati*.

Difficile est longum deponere amorem,
Difficile est, verum hoc qua lubet efficias.

Het is zwaar om abrupt een oude liefde af te stoten,
Zwaar, maar op de een of andere manier móét je het doen.

Strike deed het licht uit, sloot zijn ogen en liet zich opnieuw wegvoeren door ongemakkelijke dromen over het lege huis waar rechthoeken niet-verschoten behang getuigden van alle weggehaalde waardevolle bezittingen, maar deze keer liep hij daar alleen, met het vreemde gevoel dat hij werd bekeken door onzichtbare ogen.

53

En toen, uiteindelijk, het diepgevoelde leed van haar overwinning...

Henrik Ibsen, *Rosmersholm*

Het was bijna twee uur 's nachts toen Robin thuiskwam. Terwijl ze door de keuken sloop om een boterham te maken, zag ze op de kalender dat Matthew die ochtend zou gaan voetballen. Dus toen ze twintig minuten later naast hem in bed kroop, zette ze de wekker van haar telefoon op acht uur voordat ze het toestel aan de oplader legde. Ze wilde, als onderdeel van haar poging de sfeer vriendschappelijk te houden, nog wat tijd met hem doorbrengen voordat hij vertrok.

Hij leek het te waarderen dat ze de moeite had genomen samen met hem te ontbijten, maar toen ze vroeg of hij het leuk vond als ze meeging om hem aan te moedigen, of misschien na afloop samen te gaan lunchen, sloeg hij beide voorstellen af.

'Ik moet vanmiddag de administratie doen, ik wil niet drinken bij de lunch. Ik kom meteen naar huis,' zei hij, dus wenste Robin, stiekem dolblij omdat ze zo moe was, hem veel plezier en gaf hem een kus bij het afscheid.

Ze probeerde er niet bij stil te staan wat een rust het haar gaf dat Matthew de deur uit was, en hield zich bezig met de was en andere noodzakelijke klusjes, tot de telefoon ging toen ze kort na het middaguur hun bed aan het verschonen was. Het was Strike.

'Hoi,' zei Robin, die maar al te graag haar taak in de steek liet. 'Is er nieuws?'

'Genoeg. Kun je het een en ander noteren?'

'Ja.' Robin pakte snel een notitieblokje en een pen van haar kaptafel en ging op het afgehaalde matras zitten.

'Ik heb een paar mensen gebeld. Om te beginnen Wardle. Was erg onder de indruk van de manier waarop jij dat briefje te pakken hebt gekregen...'

Robin glimlachte naar haar spiegelbeeld.

'... al waarschuwde hij me wel dat de politie er niet blij mee zal zijn dat wij, in zijn woorden, "dwars door een lopend onderzoek heen banjeren". Ik heb hem gevraagd niet te vertellen hoe hij aan de tip over dat briefje is gekomen, maar ze zullen heus wel één en één bij elkaar optellen, aangezien Wardle en ik vrienden zijn. Maar goed, daar ontkom je niet aan. Het interessante is dat de politie nog met dezelfde vragen zit over de plek waar Chiswell is gestorven als wij, en dat Chiswells financiën worden nagetrokken.'

'Op zoek naar transacties die wijzen op chantage?'

'Ja, maar ze hebben niets gevonden, want Chiswell heeft niks betaald. Nu komt het interessante: vorig jaar heeft Chiswell veertigduizend pond aan contanten ontvangen, een bedrag waarvoor geen verklaring is gevonden. Hij heeft daar een aparte rekening voor geopend, maar vervolgens lijkt hij het te hebben besteed aan reparaties aan het huis en andere zaken.'

'Hij heeft veertigduizend pond ontvángen?'

'Yep. En Kinvara en de rest van de familie beweren van niets te weten. Ze zeggen dat ze niet weten waar het geld vandaan komt of waarom Chiswell er een aparte rekening voor heeft geopend.'

'Hetzelfde bedrag waar Jimmy om vroeg voordat hij zijn eis bijstelde,' zei Robin. 'Dat is raar.'

'Behoorlijk. Dus toen heb ik Izzy gebeld.'

'Je bent druk bezig geweest.'

'Je hebt nog niet eens de helft gehoord. Izzy zegt niet te weten waar die veertigduizend vandaan komt, maar ik weet niet of ik haar wel geloof. Daarna heb ik haar gevraagd naar het briefje dat Flick had gestolen. Ze reageerde vol afschuw op het bericht dat Flick zich misschien heeft uitgegeven voor haar vaders schoonmaakster. Schrok er erg van. Ik denk dat ze voor het eerst de mogelijkheid overweegt dat Kinvara onschuldig is.'

'Ik neem aan dat ze die zogenaamde Poolse nooit heeft ontmoet?'

'Klopt.'

'Wat zei ze van het briefje?'

'Het leek haar ook een takenlijstje. Ze neemt aan dat "Suzuki" verwijst naar de Grand Vitara, die van Chiswell was. Dat "moeder" zei haar niets. Het enige interessante dat zij me wist te bieden had te maken met "Blanc de Blanc". Chiswell was allergisch voor champagne. Hij werd er schijnbaar vuurrood van en ging hyperventileren. Wat daar gek aan is, is dat er een grote Moët & Chandon-doos in de keuken stond toen ik daar keek op de ochtend van Chiswells dood.'

'Dat heb je me niet verteld.'

'We hadden net het lijk van een minister gevonden. Een lege doos leek op dat moment relatief oninteressant, en het was niet bij me opgekomen dat die relevant zou kunnen zijn, totdat ik vandaag Izzy sprak.'

'Zaten er flessen in?'

'Hij was leeg, voor zover ik het kon zien, en volgens de familie ontving Chiswell daar nooit gasten. Als hij zelf geen champagne dronk, wat deed die doos daar dan?'

'Je denkt toch niet...'

'Jawel, dat denk ik wel,' zei Strike. 'Ik denk dat het helium en die rubberen slangetjes in deze doos het huis binnengekomen zijn.'

'Goh.' Robin ging op het onopgemaakte bed liggen en keek naar het plafond.

'Slim verstopt. De moordenaar kan de doos als geschenk gestuurd hebben, nietwaar, in de wetenschap dat de kans dat Chiswell hem zou openmaken uiterst klein was?'

'Toch wel een gok,' zei Robin. 'Wie zegt dat hij hem niet toch zou openmaken? Of weer aan iemand anders cadeau zou doen?'

'We moeten uitzoeken wanneer die doos bezorgd is,' zei Strike.

'Intussen is er weer een klein raadsel opgelost. De geldclip van Freddie is gevonden.'

'Waar?'

'In Chiswells zak. Dat was het goud dat glinsterde op die foto die jij hebt genomen.'

'O,' zei Robin verbaasd. 'Dus hij heeft hem voor zijn dood nog teruggevonden?'

'Nou ja, hij kan hem moeilijk ná zijn dood gevonden hebben.'

'Ha ha,' zei Robin sarcastisch. 'Er is heus wel een andere mogelijkheid, hoor.'

'Dat de moordenaar die clip in de zak van het lijk heeft gestopt? Toevallig dat je dat zegt. Izzy was erg verbaasd, naar eigen zeggen, toen die clip opdook, want ze neemt aan dat haar vader het haar wel verteld zou hebben als hij hem had gevonden. Blijkbaar heeft hij een enorme ophef gemaakt over die verloren clip.'

'Klopt,' zei Robin. 'Ik heb hem er aan de telefoon over tekeer horen gaan. Ik neem aan dat er vingerafdrukken zijn genomen?'

'Ja. Niets verdachts. Alleen van hem, maar dat wil op dit moment niks zeggen. Als er een moordenaar is geweest, zal die vast handschoenen hebben gedragen. Ik heb Izzy ook gevraagd naar het verbogen zwaard, en we hadden het bij het rechte eind. Het was Freddies oude schermsabel. Niemand weet hoe dat ding verbogen is geraakt, maar de enige vingerafdrukken die erop zaten waren van Chiswell. Ik neem aan dat hij het in een dronken bui van de muur heeft gepakt en er later per ongeluk op is gaan staan, maar ook hier geldt dat een moordenaar het ook vastgepakt kan hebben met handschoenen aan.'

Robin zuchtte. Haar vreugde om het vinden van het briefje leek voorbarig te zijn geweest. 'Dus nog geen echte aanwijzingen?'

'Ho, wacht even,' temperde Strike haar teleurstelling. 'Ik werk naar een hoogtepunt toe. Izzy is erin geslaagd het nieuwe telefoonnummer te achterhalen van het stalmeisje dat Kinvara's alibi kan bevestigen, Tegan Butcher. Ik wil dat jij haar belt, jij komt minder intimiderend op haar over dan ik.'

Robin noteerde het telefoonnummer dat Strike oplas.

'En als je Tegan hebt gesproken, wil ik dat je Raphael belt.' Strike gaf haar het tweede nummer dat hij van Izzy had gekregen. 'Ik wil eens en voor altijd duidelijk hebben wat hij nou eigenlijk deed op de ochtend van zijn vaders dood.'

'Doe ik.' Robin was blij dat ze iets concreets te doen had.

'Ik heb Barclay weer op Jimmy en Flick gezet,' zei Strike. 'En zelf ga ik...'

Hij liet expres een theatrale pauze vallen, en Robin moest lachen. 'En zelf ga je...?'

'Ik ga Billy Knight en Della Winn ondervragen.'

'Wat?' vroeg Robin verbaasd. 'Hoe kom je die kliniek binnen? En zíj zal nooit...'

'Daar vergis je je in,' zei Strike. 'Izzy heeft Della's nummer voor me boven water gehaald uit Chiswells gegevens. Ik heb haar net gebeld. Ik moet toegeven dat ik had verwacht dat ze zou zeggen dat ik kon oprotten...'

'Maar dan in iets verhevener bewoordingen, als ik Della een beetje ken,' zei Robin.

'... en aanvankelijk klonk ze alsof ze dat inderdaad wilde zeggen,' gaf Strike toe, 'maar Aamir is verdwenen.'

'Wat?' riep Robin uit.

'Rustig maar. "Verdwenen" is hoe Della het noemt. In werkelijkheid heeft hij eergisteren ontslag genomen en zijn huis leeggehaald, wat hem toch nauwelijks tot vermiste persoon maakt. Hij neemt niet op als ze belt. Daarvan geeft ze mij de schuld, omdat – ook dit zijn haar woorden – ik hem "zo lekker heb aangepakt" toen ik hem ging ondervragen. Ze zegt dat hij erg kwetsbaar is en dat het mijn schuld is als hij zichzelf iets aandoet. Dus...'

'Dus heb je haar aangeboden hem op te sporen als je haar in ruil daarvoor wat vragen mocht stellen?'

'In één keer raak,' zei Strike. 'Ze greep het aanbod met beide handen aan. Zegt dat hij van mij wel aanneemt dat hij geen problemen krijgt, en dat eventuele onverkwikkelijke verhalen die ik over hem gehoord zou kunnen hebben onder ons blijven.'

'Ik hoop maar dat hem niks is overkomen,' zei Robin bezorgd.

'Hij mocht mij écht niet, maar dat bewijst alleen maar dat hij slimmer is dan de rest daar. Wanneer heb je met Della afgesproken?'

'Vanavond om zeven uur, bij haar thuis in Bermondsey. En morgenmiddag ga ik, als alles volgens plan verloopt, met Billy praten. Ik heb het Barclay gevraagd en Jimmy heeft geen plannen om hem te bezoeken, dus heb ik de kliniek gebeld. Billy's psychiater zou me terugbellen voor een bevestiging.'

'Denk je dat je hem mag ondervragen?'

'Onder toezicht wel, denk ik. Ze willen zien hoe helder hij is als hij mij te spreken krijgt. Hij slikt zijn medicijnen weer en het gaat een stuk beter, maar hij vertelt nog steeds het verhaal over het gewurgde kind. Als het psychiatrische team het goedvindt, ga ik morgen bij hem op bezoek op de besloten afdeling.'

'Goh, mooi. Het is fijn dat er weer van alles loopt. We zaten echt wel te springen om een doorbraak – al gaat het om een sterfgeval waarvoor we niet betaald worden om het te onderzoeken,' verzuchtte ze.

'Misschien is er in Billy's verhaal helemaal geen sprake van een sterfgeval,' zei Strike, 'maar als we het niet uitzoeken, zal het me altijd blijven dwarszitten. Ik laat je weten hoe het gesprek met Della gaat.'

Robin wenste hem succes, zei gedag en beëindigde het gesprek, maar ze bleef op het afgehaalde bed liggen. Na een paar seconden zei ze hardop: 'Blanc de blancs.'

Ook nu weer had ze het gevoel dat een weggestopte herinnering loskwam, een die een vlaag somberheid met zich meebracht. Waar had ze die woorden gezien, op een moment dat ze zich rot voelde?

'Blanc de blancs,' herhaalde ze, en ze stond op van het bed. 'Blanc de... au!'

Ze was met haar blote voet op iets kleins en heel scherps gaan staan. Ze bukte om het op te rapen: het was een diamanten oorknopje zonder achterkant.

Eerst staarde ze er alleen maar naar, haar hartslag onveranderd. De oorbel was niet van haar. Zij had geen diamanten knopjes. Ze vroeg zich af waarom ze er vannacht niet op was getrapt, toen ze in de kleine uurtjes naast een slapende Matthew in bed stapte. Misschien was ze er met haar blote voet net naast gaan staan, of wat waarschijnlijker was: de oorbel had in bed gelegen en was er pas uit gevallen toen zij het onderlaken wegtrok.

Er waren natuurlijk heel veel diamanten oorknopjes op de wereld. Toch bleef het een feit dat het paar dat het kortst geleden Robins aandacht had getrokken toebehoorde aan Sarah Shadlock. Sarah had ze gedragen toen Robin en Matthew laatst bij hen gegeten hadden, die keer dat Tom Matthew zo onverwacht fel en ogenschijnlijk onterecht had aangevallen.

Robin bleef voor haar gevoel heel lang, al was het in werkelijkheid nauwelijks meer dan een minuut, zitten kijken naar de diamant in haar hand. Toen legde ze de oorbel zorgvuldig op haar nachtkastje, pakte haar mobiel, schakelde bij 'Instellingen' haar nummervermelding uit en belde Toms mobiel.

Hij nam na op nadat de telefoon een paar keer was overgegaan, en hij klonk chagrijnig. Op de achtergrond vroeg een presentator zich hardop af hoe de sluitingsceremonie van de Olympische Spelen zou zijn.

'Yah, hallo?'

Robin hing op. Tom was niet naar voetbal. Ze bleef daar zitten, roerloos, met de telefoon in haar hand, op het zware echtelijke bed dat zo moeilijk de smalle trap van dit mooie huurhuis op te krijgen was geweest, en Robin nam in gedachten de duidelijke tekenen door die zij, de detective, zo halsstarrig had genegeerd.

'Wat ben ik stom geweest,' zei Robin zachtjes tegen de verlaten, zonovergoten kamer. 'Zo ongelooflijk stom.'

54

> Je milde, rechtschapen karakter, je verfijnde geest en je rotsvaste eergevoel zijn bij iedereen bekend en worden alom op prijs gesteld...
>
> Henrik Ibsen, *Rosmersholm*

Hoewel de zon nog scheen op de vroege avond lag Della's voortuin in de schaduw, wat zorgde voor een vreedzame, melancholieke sfeer die contrasteerde met de drukke, stoffige weg die achter de hekken liep. Toen Strike aanbelde, zag hij twee grote hondendrollen op het verder onberispelijke gazon liggen, en hij vroeg zich af door wie Della werd geholpen bij dat soort alledaagse taken nu haar huwelijk voorbij was.

De deur ging open en daar stond de minister van Sport, met haar ondoorzichtige zwarte bril. Ze droeg wat Strikes bejaarde tante in Cornwall een duster zou noemen, een ochtendjas van paarse fleece tot op de knie, hoog dichtgeknoopt, wat haar vaag het aanzien van een geestelijke gaf. De geleidehond stond achter haar en keek met donkere, treurige ogen naar Strike op.

'Hallo, ik ben het, Cormoran Strike,' zei de detective zonder zich te verroeren. Aangezien ze hem niet kon zien en ook niet in staat was enige vorm van identificatie na te trekken, kon ze alleen op grond van zijn stem bepalen of ze hem tot haar huis zou toelaten. 'We hebben elkaar gisteren aan de telefoon gesproken en u vroeg me langs te komen.'

'Ja,' zei ze zonder te glimlachen. 'Kom maar binnen dan.'

Ze deed een stapje terug om hem erdoor te laten, met één hand op de halsband van de labrador. Strike betrad de woning en veegde zijn voeten. Er klonk muziek, luide strijkers en blaasinstrumenten, soms overstemd door paukenslagen, afkomstig uit een ruimte waarvan Strike aannam dat het de zitkamer was. Strike, die was grootgebracht door een moeder die voornamelijk naar metalbands luisterde, wist erg weinig van klassieke muziek, maar dit stuk had een dreigende, onheilspellende sfeer die hem niet aanstond. De hal was donker, omdat het licht niet aan was, en verder nietszeggend, met donkerbruine vloerbedekking met een patroontje – praktisch, maar ook tamelijk lelijk.

'Ik heb koffiegezet,' zei Della. 'U zult alleen het blad voor me moeten meenemen naar de huiskamer, als u het niet erg vindt.'

'Geen probleem.'

Hij liep achter de labrador aan, die Della op de voet volgde, licht kwispelend. De symfonie werd luider toen ze langs de zitkamer kwamen, waarvan Della in het voorbijgaan even de deurstijl aanraakte, tastend naar vertrouwde oriëntatiepunten.

'Is dat Beethoven?' vroeg Strike om maar iets te zeggen.

'Brahms. Symfonie nummer I, in C-mineur.'

De keuken had overal afgeronde hoeken. Op de knoppen van de oven, zag Strike, waren cijfers in reliëf geplakt. Er hing een prikbord van kurk met daarop een lijst telefoonnummers waar VOOR NOODGEVALLEN bij stond, waarschijnlijk voor de schoonmaker of huishoudelijke hulp. Terwijl Della naar het aanrecht aan de andere kant liep, haalde Strike zijn mobiel uit zijn zak en nam een foto van het nummer van Geraint Winn. Della's uitgestoken hand bereikte de rand van de diepe keramische gootsteen en ze schuifelde naar opzij, waar een dienblad klaarstond met een beker en een cafetière met vers gezette koffie. Ernaast stonden twee flessen wijn. Della tastte ernaar, pakte ze op, draaide zich om naar Strike en hield de flessen voor hem op, nog altijd zonder te glimlachen.

'Welke is welke?' vroeg ze.

'Châteauneuf-du-Pape 2010 in uw linkerhand,' zei Strike, 'en Château Musar 2006 rechts.'

'Ik neem een glas Châteauneuf-du-Pape, als u de fles voor me wilt openmaken en een glas voor me wilt inschenken. Ik ben ervan uitgegaan dat u geen alcohol wilde, maar ga gerust uw gang.'

'Dank u wel.' Strike pakte de kurkentrekker die ze naast het dienblad had gelegd. 'Ik hou het bij koffie.'

Zwijgend liep ze naar de zitkamer en hij volgde haar met het dienblad. Bij het betreden van de kamer rook hij een zware rozengeur, en even moest hij aan Robin denken. Terwijl Della met haar vingertoppen het meubilair beroerde en op de tast naar een fauteuil met brede houten armleuningen liep, zag Strike, in vazen verspreid door de hele kamer, vier grote boeketten staan, die de algehele kleurloosheid doorbraken met hun levendige kleuren rood, geel en roze.

Della positioneerde zich door de achterkant van haar benen tegen de stoel te drukken. Ze ging kaarsrecht zitten en draaide haar gezicht naar Strike toe, die het dienblad op tafel zette.

'Kunt u mijn glas hier op de leuning zetten?' Ze gaf een klopje op de armleuning en hij zette het glas neer. De blonde labrador, die naast Della's stoel was neergeploft, keek met slaperige ogen toe.

De violen in de symfonie laaiden op en zakten weer weg terwijl Strike ging zitten. Van het beige vloerkleed tot het meubilair, dat volledig leek te bestaan uit ontwerpen uit de jaren zeventig, was alles uitgevoerd in bruintinten. Eén wand was voor de helft bedekt met een inbouwkast waar minstens duizend cd's in stonden, schatte hij. Op een tafel achter in de kamer lag een stapeltje manuscripten in braille. Op de schoorsteenmantel stond een grote ingelijste foto van een tienermeisje. Strike besefte opeens dat de moeder van Rhiannon Winn niet eens de bitterzoete troost had dagelijks naar haar dochter te kunnen kijken, en hij betrapte zich op een ongemakkelijke vlaag van compassie.

'Mooie bloemen,' zei hij.

'Ja. Ik was een paar dagen geleden jarig.'

'Aha. Nog vele jaren.'

'Komt u uit de West Country?'

'Deels. Cornwall.'

'Dat hoor ik aan uw klinkers.'

Ze wachtte terwijl hij de cafetière ter hand nam en koffie voor zichzelf inschonk. Toen de geluiden daarvan waren afgenomen, zei ze: 'Zoals ik door de telefoon al zei, maak ik me zorgen om Aamir. Hij is vast nog in Londen, want hij kent geen andere stad. Niet bij zijn familie,' voegde ze eraan toe, en Strike meende een spoortje minachting te horen. 'Ik ben buitengewoon ongerust om hem.'

Ze tastte voorzichtig naar het glas wijn dat naast haar stond en nam een slokje.

'Als u hem ervan verzekerd hebt dat hij niet in de problemen zit en dat u verder zult zwijgen over alles wat Chiswell u over hem heeft verteld, moet u hem zeggen dat hij me moet bellen. Dringend.'

De violen krasten en jankten; het klonk voor Strikes ongeschoolde oren als een valse aankondiging van onheil. De geleidehond krabde zich, haar poot sloeg tegen het kleed. Strike haalde zijn notitieboekje tevoorschijn.

'Hebt u de namen of contactgegevens van vrienden naar wie Mallik toe gegaan zou kunnen zijn?'

'Nee,' zei Della. 'Ik geloof niet dat hij veel vrienden heeft. Hij heeft laatst wel iets gezegd over iemand van de universiteit, maar ik herinner me geen naam. Ik betwijfel of het meer dan een vage kennis was.'

De gedachte aan die kennis leek haar een ongemakkelijk gevoel te bezorgen.

'Hij heeft aan de London School of Economics gestudeerd, dus dat is een deel van de stad dat hij goed kent.'

'Aamir heeft goed contact met een van zijn zussen, nietwaar?'

'O, nee,' zei Della onmiddellijk. 'Nee, ze hebben hem allemaal verstoten. Echt, hij heeft niemand, alleen mij, en dat maakt deze situatie zo gevaarlijk.'

'Die zus heeft nog niet zo lang geleden een foto van hen samen op Facebook gezet. Ze waren in de pizzazaak tegenover uw huis.'

Della's gezicht verried niet alleen verbazing, maar ook ongenoegen. 'Aamir zei al dat u online had lopen snuffelen. Welke zus was dat?'

'Dat zou ik moeten na...'

'Maar ik betwijfel of hij naar haar toe zou gaan,' onderbrak Della hem. 'Na de manier waarop de hele familie hem heeft behandeld. Maar hij zóú contact met haar opgenomen kunnen hebben. Misschien kunt u nagaan wat ze weet.'

'Zal ik doen. Hebt u verder nog ideeën waar hij zou kunnen zitten?'

'Hij heeft echt niemand,' zei ze. 'Dat baart me juist zorgen. Hij is kwetsbaar. Ik móét hem vinden.'

'Ik zal zeker mijn best doen,' beloofde Strike. 'Goed, u zei aan de telefoon dat u enkele vragen zou beantwoorden.'

Haar gezichtsuitdrukking werd wat grimmiger. 'Ik betwijfel of ik u iets nuttigs kan vertellen, maar ga uw gang.'

'Kunnen we beginnen bij Jasper Chiswell, en de relatie die u en uw man met hem hadden?'

Ze slaagde erin hem met de uitdrukking op haar gezicht duidelijk te maken dat ze de vraag impertinent en ook enigszins belachelijk vond. Met een kil lachje en opgetrokken wenkbrauwen antwoordde ze: 'Jasper en ik hadden uiteraard een professionele relatie.'

'En hoe was die?' Strike deed suiker in zijn koffie, roerde erin en nam een slokje.

'Nou,' zei Della, 'aangezien Jasper u had ingehuurd om informatie over ons in te winnen die onze relatie kon schaden, denk ik dat u het antwoord op die vraag wel weet.'

'U houdt vol dat uw man Chiswell niet chanteerde?'

'Ja, natuurlijk.'

Strike wist dat aandringen op dit punt, terwijl Della met haar publicatieverbod voor de pers al had aangetoond hoe ver ze zou gaan om zich te verdedigen, haar alleen maar verder van hem af zou drijven. Een tijdelijke aftocht leek wenselijk.

'En de rest van de familie Chiswell? Hebt u ooit met hen te maken gehad?'

'Sommigen van hen,' zei ze, enigszins op haar hoede.

'Wat vond u van hen?'

'Ik ken ze amper. Geraint zegt dat Izzy hard werkte.'

'Chiswells overleden zoon heeft in het Britse juniorenschermteam gezeten met uw dochter, meen ik?'

Haar gezichtsspieren leken zich samen te trekken. Het deed hem denken aan een anemoon die dichtklapte wanneer er een vijand in de buurt was. 'Ja,' zei ze.

'Mocht u Freddie graag?'

'Ik geloof niet dat ik hem ooit heb gesproken. Geraint was degene die Rhiannon naar al die toernooien bracht. Hij kende het team.'

De schaduwstelen van de rozen het dichtst bij het raam strekten zich als tralies uit over het kleed. De symfonie van Brahms denderde stormachtig voort op de achtergrond. Della's donkere brillenglazen droegen bij aan een gevoel van ondoorgrondelijke dreiging, en hoewel Strike er beslist niet door geïntimideerd werd, moest hij denken aan de blinde orakels en zieners die eeuwenoude mythes bevolkten, en het bovennatuurlijke aura dat de validen aan deze specifieke handicap toeschreven.

'Waarom wilde Jasper Chiswell zo dringend informatie over u vinden die u zou kunnen schaden, denkt u?'

'Hij mocht me niet,' zei Della eenvoudig. 'We waren het zeer vaak oneens. Hij kwam van een achtergrond waar men alles wat afwijkt van de eigen conventies en normen verdacht vindt, onnatuurlijk en zelfs gevaarlijk. Hij was een rijke, blanke conservatieve man, meneer Strike, en hij was van mening dat de wandelgangen uitsluitend gevuld dienen te worden door rijke, blanke, conservatieve mannen. Hij streefde ernaar om in elk opzicht een status quo te herstellen die hij kende van zijn jeugd. Bij het nastreven van dat doel was hij vaak gewetenloos en beslist hypocriet.'

'In welk opzicht?'

'Vraagt u dat maar aan zijn vrouw.'

'U kent Kinvara, nietwaar?'

'"Kennen" zou ik het niet noemen. Ik heb enige tijd geleden een ontmoeting met haar gehad die zeker interessant was in het licht van Chiswells publieke uitspraken over het heilige huwelijk.'

Strike had de indruk dat Della, onder haar verheven taalgebruik en ondanks haar oprechte bezorgdheid om Aamir, genoegen putte uit dit soort opmerkingen.

'Wat is er gebeurd dan?'

'Kinvara dook een keer tegen de avond onverwacht op bij het ministerie, maar Jasper was al naar Oxfordshire vertrokken. Ze was in alle staten. Ik hoorde buiten commotie en probeerde te achterhalen wat er aan de hand was. In het tussenkantoor aan de gang was het zo muisstil dat ik wist dat ze allemaal meeluisterden. Ze was erg emotioneel, eiste door haar man ontvangen te worden. Aanvankelijk dacht ik dat ze vreselijk nieuws had gekregen en misschien behoefte had aan Jasper voor troost en steun. Dus nam ik haar mee naar mijn kantoor.

Zodra we daar alleen waren, stortte ze helemaal in. Ze was bijna niet te verstaan, maar uit het beetje dat ik ervan begreep,' zei Della, 'maakte ik op dat ze had ontdekt dat er een andere vrouw in het spel was.'

'Heeft ze ook gezegd wie?'

'Ik geloof van niet. Misschien wel, maar ze was... Het was nogal verontrustend,' zei Della ernstig. 'Het leek eerder alsof ze een dierbare had verloren dan dat haar huwelijk spaak liep. "Ik was gewoon een onderdeel van het spel dat hij speelde", "Hij heeft nooit van me gehouden" en dat soort dingen.'

'Welk spel bedoelde ze volgens u?'

'Het politieke spel, denk ik. Ze was vernederd, zei ze, en had te horen gekregen, zij het in andere woorden, dat ze niet langer nuttig voor hem was...

Jasper Chiswell was een zeer ambitieus man, moet u weten. Hij was al eens zijn positie kwijtgeraakt door ontrouw. Ik kan me zo voorstellen dat hij vrij zakelijk op zoek was naar een nieuwe vrouw die zijn imago zou kunnen oppoetsen. Geen Italiaanse nachtvlinders meer nu hij weer het kabinet in wilde. Hij dacht waarschijnlijk dat Kinvara het leuk zou doen bij de conservatieven. Van goede komaf. Een paardenvrouwtje.

Later hoorde ik dat Jasper haar niet lang daarna heeft laten opnemen in een psychiatrische kliniek. Zo gaan families als de Chiswells om met te veel emoties, neem ik aan.' Della nam nog een slokje wijn. 'Toch is ze bij hem gebleven. Zo gaat dat natuurlijk, ook als mensen schandalig slecht behandeld worden. Hij praatte in mijn buurt over haar alsof ze een onvolwaardig, behoeftig kind was. Ik weet nog dat hij een keer zei dat Kinvara's moeder op haar kwam "oppassen" met haar verjaardag omdat hij die dag in het parlement moest zijn voor een stemronde. Hij had natuurlijk iemand kunnen machtigen, een andere Labour-minister. Hij probéérde het niet eens.

Voor vrouwen zoals Kinvara Chiswell, wier gevoel van eigenwaarde volledig afhankelijk is van de status en het succes van hun huwelijk, is het natuurlijk een ramp als alles misloopt. Ik denk dat al die paarden van haar een soort uitlaatklep waren, een surrogaat, en... O ja, dat herinner ik me nu pas,' zei Della. 'Het állerlaatste wat ze die dag tegen me zei was dat ze ook nog eens, naast al het andere, naar huis moest om een geliefde merrie te laten inslapen.'

Della tastte naar de brede, zachte kop van Gwynn, die naast haar stoel lag. 'Ik had erg met haar te doen. Dieren hebben mij altijd enorm opgebeurd. De troost die ze bieden is soms bijna niet in woorden uit te drukken.'

Aan de hand die de hond streelde droeg ze nog een trouwring, zag Strike, en een zware amethist waarvan de kleur bij haar duster paste. Iemand, waarschijnlijk Geraint, moest haar verteld hebben dat het dezelfde tint was, en opnieuw voelde Strike een onwelkome steek van medelijden.

'Heeft Kinvara u verteld hoe of wanneer ze te weten gekomen was dat haar man vreemdging?'

'Nee. Nee, ze liet zich simpelweg gaan en uitte op bijna onverstaanbare wijze haar woede en verdriet, als een klein kind. Ze bleef maar zeggen: "Ik hield van hem en hij heeft nooit van mij gehouden, het was allemaal een leugen." Ik had nog nooit zo'n rauwe explosie van diep verdriet meegemaakt, zelfs niet op een begrafenis of aan iemands sterfbed. Daarna heb ik haar nooit meer gesproken, alleen zo nu en dan begroet. Ze deed alsof ze zich niet herinnerde wat er tussen ons was voorgevallen.'

Della nam nog een slok wijn.

'Kunnen we het nog even over Mallik hebben?' vroeg Strike.

'Ja, natuurlijk,' zei ze onmiddellijk.

'De ochtend van Jasper Chiswells dood, de dertiende, was u toen hier thuis?'

Het bleef een hele poos stil.

'Waarom vraagt u dat?' Della's toon was veranderd.

'Omdat ik graag een verhaal wil bevestigen dat ik heb gehoord.'

'U bedoelt dat Aamir die morgen hier bij mij was?'

'Precies.'

'Jawel, dat is waar. Ik was van de trap gevallen en had mijn pols verstuikt. Ik belde Aamir en hij kwam hierheen. Hij wilde dat ik naar de spoedeisende hulp zou gaan, maar dat was niet nodig. Ik kon nog al mijn vingers bewegen. Ik had alleen hulp nodig bij het klaarmaken van het ontbijt en zo.'

'Hebt ú Mallik gebeld?'

'Hoezo? Wat zegt hij dan?'

'Hij beweert dat uw man hem persoonlijk is gaan halen bij hem thuis.'

'O ja,' zei Della toen. 'Ach, natuurlijk, dat was ik vergeten.'

'Echt waar?' vroeg Strike vriendelijk. 'Of wilt u zijn verhaal bevestigen?'

'Ik was het vergeten,' zei Della ferm. 'Ik heb hem niet gebeld maar hem laten komen. Via Geraint.'

'Maar als Geraint hier was toen u viel, had hij u toch zelf kunnen helpen met het ontbijt?'

'Ik denk dat Geraint graag wilde dat Aamir me zou overhalen naar het ziekenhuis te gaan.'

'Juist. Dus het was Geraints idee om Aamir te halen, niet het uwe?'

'Dat weet ik niet meer,' zei ze, maar vervolgens sprak ze zichzelf tegen: 'Ik had een flinke smak gemaakt. Geraint heeft een slechte rug. Hij wilde natuurlijk helpen en ik dacht aan Aamir, en toen begonnen ze samen te zeuren dat ik naar de spoedeisende hulp moest, maar dat was nergens voor nodig. Gewoon een verstuikinkje.'

Het begon te schemeren achter de vitrage. Della's zwarte brillenglazen reflecteerden het neonrood van de ondergaande zon boven de daken. 'Ik maak me buitengewoon veel zorgen om Aamir,' zei ze nogmaals, en haar toon was gespannen.

'Nog een paar vragen, dan ben ik klaar,' zei Strike. 'Jasper Chiswell liet in een kamer vol mensen doorschemeren dat hij informatie had over Mallik die zijn reputatie zou kunnen schaden. Wat kunt u me daarover vertellen?'

'Ja, het is door dat gesprek gekomen,' zei Della zacht, 'dat Aamir voor het eerst overwoog om ontslag te nemen. Daarna voelde ik steeds meer afstand tussen ons. En toen hebt ú voor de laatste druppel gezorgd, nietwaar? U bent naar zijn huis gegaan om hem nog erger te tergen.'

'Dat was geen tergen, mevrouw Winn.'

'*Liwat*, meneer Strike, hebt u in al die tijd dat u in het Midden-Oosten hebt gezeten niet geleerd wat dat betekent?'

'Jawel, ik weet wat het is,' zei Strike nuchter. 'Sodomie. Chiswell leek Aamir te dreigen bekend te maken...'

'Aamir zou er geen last van hebben gehad als de waarheid bekendgemaakt werd, dat verzeker ik u!' zei Della fel. 'Niet dat het er ook maar iets toe doet, maar hij is toevallig niet homoseksueel!'

De symfonie van Brahms vervolgde haar in Strikes oren sombere en bij vlagen sinistere koers, met blazers en violen die om het hardst de zenuwen belaagden.

'Wilt u de waarheid horen?' vroeg Della luidkeels. 'Aamir had er bezwaar tegen om betast en lastiggevallen te worden door een hooggeplaatste ambtenaar, iemand wiens ongepaste benadering van de jongemannen die in zijn kantoor moeten zijn een publiek geheim is, een lachertje zelfs! En wanneer een moslim die niet op een privéschool heeft gezeten zich niet langer kan beheersen en hij een hoge ambtenaar een klap geeft, wie van de twee wordt er dan besmeurd en gestigmatiseerd, denkt u? Wie van hen wordt het mikpunt van vernederende geruchten en wordt gedwongen op te stappen?'

'Ik doe een gokje,' zei Strike. 'Waarschijnlijk níét Sir Christopher Barrowclough-Burns.'

'Hoe weet u over wie ik het heb?' vroeg Della op scherpe toon.

'Heeft hij nog steeds die positie?' vroeg Strike zonder op haar vraag in te gaan.

'Natuurlijk! Iedereen weet van zijn zogenaamd onschuldige gedrag, maar niemand durft het aan te kaarten. Ik probeer Barrowclough-Burns al jaren aan te pakken. Toen ik hoorde dat Aamir onder schimmige omstandigheden het minderheidsprogramma had verlaten, heb ik er werk van gemaakt hem op te sporen. Hij was er belabberd aan toe toen ik voor het eerst contact met hem opnam, belabberd. Nog afgezien van het ontsporen van wat ongetwijfeld een mooie carrière geweest zou zijn, was er ook nog eens een kwaadaardige nicht die de roddels had opgevangen en het gerucht verspreidde dat Aamir ontslagen zou zijn wegens homoseksuele handelingen op het werk.

Nu is Aamirs vader niet het type dat positief staat tegenover een zoon die gay is. Aamir verzette zich al langer tegen de druk van zijn ouders om te trouwen met een meisje dat zij geschikt achtten. Er volgde een vreselijke ruzie en de breuk was compleet. Deze pientere jongeman was alles kwijt: zijn familie, zijn onderdak en zijn baan, in een paar weken tijd.'

'En toen kwam u?'

'Geraint en ik hadden om de hoek een pand dat leegstond. Onze beider moeders hebben daar gewoond. Geraint en ik hebben geen van beiden broers of zussen. Het was te lastig geworden om de zorg voor onze moeders te regelen vanuit Londen, dus hebben we hen vanuit Wales hierheen gehaald en samen in één huis ondergebracht, hier om de hoek. Geraints moeder is twee jaar geleden gestorven, de mijne dit jaar, dus het huis stond leeg. We hadden de huur niet nodig. Het leek alleen maar logisch om Aamir daar te laten wonen.'

'En dat deed u slechts uit belangeloze vriendelijkheid?' vroeg Strike. 'U dacht er niet aan hoe nuttig hij voor u zou kunnen zijn als u hem een baan en een huis gaf?'

'Wat bedoelt u met "nuttig"? Het is een zeer intelligente jongeman, ieder ministerie zou...'

'Uw man zette Aamir onder druk om belastende informatie over

Jasper Chiswell achterover te drukken bij Buitenlandse Zaken, mevrouw Winn. Foto's. Hij zette Aamir onder druk om foto's los te krijgen bij Sir Christopher.'

Della wilde haar glas wijn pakken, miste de steel met een fors aantal centimeters en sloeg met haar knokkels het glas om. Strike dook naar voren en probeerde het op te vangen, maar hij was te laat; een spoor van wijn, als een zweepslag, beschreef een parabool in de lucht en spatte op het beige tapijt, waarna het glas er met een doffe plof naast belandde. Gwynn stond op, liep met lichte belangstelling naar de groter wordende plek en snuffelde eraan.

'Hoe erg is het?' vroeg Della op dringende toon, en ze kneep hard in de armleuningen van de stoel, haar gezicht op de vloer gericht.

'Tamelijk erg,' zei Strike.

'Zout... strooit u er alstublieft zout op. In het keukenkastje rechts van het fornuis!'

Toen Strike bij het betreden van de keuken het licht aandeed, werd zijn aandacht voor het eerst getrokken door iets wat hem daarstraks niet was opgevallen: een envelop die op een kastje aan de rechterkant was geplakt, zo hoog dat Della er niet bij kon. Nadat hij het zout uit de kast had gepakt liep hij erheen om te kijken wat erop geschreven was. Eén woord: *Geraint*.

'Rechts van het fornuis!' riep Della licht wanhopig vanuit de zitkamer.

'O, rechts!' riep Strike terug, en hij trok de envelop los en maakte hem open.

In de envelop zat een factuur van 'Gebr. Kennedy, timmerbedrijf' voor het vervangen van een badkamerdeur. Strike likte aan zijn vinger, maakte de plakstrip van de envelop vochtig, sloot hem zo goed en zo kwaad als het ging weer en hing hem terug op het kastje.

'Sorry,' zei hij tegen Della toen hij terugkwam. 'Het stond voor mijn neus, ik keek ernaast.'

Hij draaide de dop van de kartonnen koker en strooide rijkelijk zout over de paarse vlek. De symfonie van Brahms naderde haar einde toen Strike overeind kwam. Hij had zo zijn twijfels over het resultaat van het huismiddeltje.

'Is het gelukt?' doorbrak Della fluisterend de stilte.

'Ja,' antwoordde Strike, die de wijn in het witte zout zag trekken, dat daardoor vaalgrijs werd. 'Maar ik denk dat u toch een tapijtreiniger nodig zult hebben.'

'Ach hemel... dat tapijt is pas dit jaar gelegd.'

Ze leek zwaar aangedaan, maar Strike betwijfelde of dat volledig te wijten was aan de gemorste wijn. Toen hij terugliep naar de bank en het zout naast de koffie zette, begon de muziek weer, deze keer een Hongaarse aria die niet rustgevender was dan de symfonie, maar merkwaardig manisch.

'Wilt u nieuwe wijn?' vroeg hij.

'Ja... ja, ik denk het wel.'

Hij schonk een nieuw glas in en gaf haar dat rechtstreeks in de hand. Ze nam een slokje en zei zwakjes: 'Hoe kon u dat weten, meneer Strike, wat u daarnet zei?'

'Daar geef ik liever geen antwoord op, maar ik verzeker u dat het waar is.'

Della hield haar glas nu met beide handen vast en zei: 'U móét Aamir voor me opsporen. Als hij denkt dat ík Geraint opdracht heb gegeven hem naar Barrowclough-Burns te sturen om hem om een gunst te vragen, dan is het geen wonder dat hij...'

Haar zelfbeheersing verdween zichtbaar. Ze probeerde de wijn op de armleuning te zetten en moest daar met haar andere hand naar tasten voordat het lukte. Al die tijd schudde ze ongelovig het hoofd.

'Geen wonder dat hij...?' vroeg Strike zachtjes.

'Dat hij me ervan beschuldigde... hem te verstikken... te overheersen... Natuurlijk, dit verklaart alles. We hadden zo'n hechte band... u zou het niet begrijpen... het is moeilijk uit te leggen... maar het was opmerkelijk, hoe snel wij... We waren bijna familie. Soms is er meteen een klik, een band die met andere mensen in vele jaren niet te smeden is.

Maar de afgelopen weken is dat helemaal veranderd, ik voelde het. Het begon toen Chiswell die opmerking had gemaakt waar iedereen bij was. Aamir werd afstandelijk. Het was alsof hij me niet meer vertrouwde. Ik had het kunnen weten... Ach hemel, ik had het moeten weten. U moet hem vinden, u moet...'

Misschien, dacht Strike, was de hevigheid van haar brandende behoefte seksueel van aard, en misschien speelde op de achtergrond onbewust de waardering voor Aamirs jeugdige mannelijkheid een rol. Maar terwijl Rhiannon Winn naar hen keek vanuit haar goedkope vergulde lijstje, met een glimlach die haar grote, angstige ogen niet bereikte, haar tanden glinsterend door een zware beugel, leek het Strike een stuk waarschijnlijker dat Della iets had wat bij Charlotte schitterde door afwezigheid: een gloeiend, gefrustreerd moederinstinct, in Della's geval doorspekt met een niet te onderdrukken spijt.

'Ook dit nog,' fluisterde ze. 'Dit er ook nog bij. Wat heeft hij eigenlijk níét verwoest?'

'U hebt het over...'

'Mijn echtgenoot,' zei Della toonloos. 'Wie anders? Mijn stichting – onze stichting... Maar dat weet u natuurlijk al? U bent degene die Chiswell heeft verteld over de verdwenen vijfentwintigduizend pond, of niet soms? En over de leugens, die domme leugens die Geraint heeft opgehangen? David Beckham. Mo Farah... al die onmogelijke beloften?

'Mijn compagnon heeft het ontdekt.'

'Niemand zal me geloven,' zei Della afwezig, 'maar ik wist van niets. Ik ben niet bij de laatste vier bestuursvergaderingen geweest – te druk met de voorbereiding voor de Paralympics. Geraint heeft me pas de waarheid verteld nadat Chiswell had gedreigd met de pers. Zelfs toen nog beweerde hij dat het een fout was van de accountant, maar hij heeft me gezworen dat die andere dingen niet waar waren. Gezworen op het graf van zijn moeder.'

Ze draaide haar trouwring rond om haar vinger, ogenschijnlijk afwezig. 'Die verduivelde compagnon van u heeft zeker ook Elspeth Lacey-Curtis opgespoord?'

'Ik ben bang van wel,' loog Strike, die inschatte dat een gokje nu wenselijk was. 'Heeft Geraint dat ook ontkend?'

'Als hij ook maar iets had gezegd waar die meisjes zich ongemakkelijk onder voelden, zou hij dat betreuren, zei hij, maar hij beweerde bij hoog en bij laag dat er verder niets gebeurd is, dat hij zijn handen thuis heeft gehouden. Alleen wat gewaagde grapjes. Maar in het huidige klimaat,' brieste Della, 'hoort een man drie keer na te denken over de grapjes die hij maakt tegen een meisje van vijftien!'

Strike boog zich naar voren en pakte Della's wijn, die opnieuw dreigde te vallen.

'Wat doet u?'

'Ik zet uw glas op tafel.'

'O,' zei Della. 'Dank u wel.' Met zichtbare moeite om zich te beheersen vervolgde ze: 'Geraint vertegenwoordigde míj bij die gelegenheid, en als het allemaal uitkomt, zal het in de pers gaan zoals het altijd gaat: dan is het allemaal mijn schuld! Want de wandaden van mannen zijn uiteindelijk altijd onze fout, nietwaar, meneer Strike? De eindverantwoordelijkheid ligt áltijd bij de vrouw, zij had het een halt moeten toeroepen, zij had moeten handelen, zij had het moeten weten. Jullie tekortkomingen zijn eigenlijk ónze tekortkomingen, nietwaar? Want de eigenlijke rol van de vrouw is die van verzorgster, en er is niets ergers op deze aarde dan een slechte moeder.'

Zwaar ademend drukte ze haar trillende vingers tegen haar slapen. Achter de vitrage kroop de diepblauwe avond als een sluier langzaam over het opzichtige rood van de zonsondergang, en naarmate het binnen donkerder werd, vervaagden Rhiannon Winns trekken langzaam steeds verder. Nog even en alleen haar glimlach zou zichtbaar zijn, gedomineerd door die lelijke beugel.

'Geeft u me mijn wijn terug, alstublieft.'

Strike deed wat hem werd opgedragen. Della dronk het glas vrijwel in één teug leeg en hield het stevig vast terwijl ze op bittere toon zei: 'Er zijn genoeg mensen die de gekste dingen denken over een blinde vrouw. Het was natuurlijk erger toen ik jonger was. Dan hebben ze een voyeuristische belangstelling voor je privéleven. Het was het eerste waar sommige mannen aan dachten. Misschien hebt u dat ook ervaren, met één been?'

Strike merkte dat hij het niet vervelend vond dat Della botweg over zijn handicap begon.

'Ja, dat ken ik wel,' gaf hij toe. 'Een oud-klasgenoot. Ik had hem jaren niet gezien. Ik was voor het eerst sinds die bom weer in Cornwall. Na vijf halve liters bier vroeg hij op welk punt ik vrouwen waarschuwde dat mijn been zou meekomen als ik mijn broek uittrok. Hij dacht dat hij leuk was.'

Della glimlachte zwakjes. 'Sommige mensen snappen niet dat wij degenen zijn die de grapjes moeten maken, hè? Maar voor u als man is dat vast anders. De meeste mensen lijken het natuurlijk te vinden dat een gezonde vrouw voor een invalide man zorgt. Daar heeft Geraint jarenlang tegen moeten opboksen... De mensen namen aan dat er iets niet helemaal goed was aan hem, omdat hij had gekozen voor een gehandicapte vrouw. Ik heb misschien geprobeerd dat te compenseren. Ik wilde hem een rol bieden... status... maar achteraf gezien zou het beter zijn geweest, voor ons allebei, als hij iets had gedaan wat losstaat van mij.'

Strike kreeg de indruk dat ze een beetje dronken was. Misschien had ze niet gegeten. Hij voelde een ongepast verlangen om haar koelkast na te kijken. Nu hij hier met deze imposante en kwetsbare vrouw zat, was het makkelijk voor te stellen dat Aamir zo met haar verstrengeld was geraakt, zowel professioneel als privé, zonder dat het zijn bedoeling was geweest.

'De mensen gaan ervan uit dat ik met Geraint getrouwd ben omdat niemand anders me wilde hebben, maar daarin vergissen ze zich.' Della ging wat rechter in haar stoel zitten. 'Op school was er een jongen op wie ik verliefd was, en die heeft me op mijn negentiende ten huwelijk gevraagd. Ik kon wel degelijk kiezen, en ik koos voor Geraint. Niet als verzorger of omdat, zoals sommige journalisten hebben gesuggereerd, mijn grenzeloze ambitie een echtgenoot noodzakelijk maakte... maar omdat ik van hem hield.'

Strike dacht terug aan de dag dat hij Della's man was gevolgd naar dat trappenhuis in King's Cross, en aan de smakeloze dingen die Robin hem had verteld over Geraints gedrag op zijn werk, en toch kwam niets van wat Della hem zojuist had verteld hem ongeloofwaardig voor. Het leven had hem geleerd dat je een sterke, alomvattende liefde kon voelen voor mensen die dat ogenschijnlijk niet waard waren, een omstandigheid die eigenlijk voor iedereen een troost zou moeten zijn.

'Bent u getrouwd, meneer Strike?'

'Nee,' zei hij.

'Ik ben van mening dat het huwelijk vrijwel altijd een moeilijk te bevatten begrip is, zelfs voor de echtelieden zelf. Voor mij was er deze... deze puinhoop voor nodig om te beseffen dat ik zo niet kan doorgaan. Ik weet niet precies wanneer mijn liefde voor hem is geëindigd, maar op zeker moment na de dood van Rhiannon is die ons...' Haar stem brak. 'Is de liefde ons ontglipt.'

Ze slikte moeizaam. 'Wilt u nog een glas wijn voor me inschenken?'

Dat deed hij. Het was nu aardedonker in de kamer. Er klonk weer andere muziek, deze keer een melancholisch vioolconcert; eindelijk iets wat naar Strikes mening paste bij hun gesprek. Della had hem aanvankelijk niet willen spreken, maar leek nu niet te willen dat er een einde aan hun gesprek kwam.

'Waarom had uw man zo'n intense hekel aan Jasper Chiswell?' vroeg Strike zacht. 'Omdat Chiswells politieke opvattingen botsten met die van u, of...?'

'Nee, nee,' zei Della Winn vermoeid. 'Omdat Geraint iemand anders dan zichzelf de schuld moet geven van alle pech die hem overkomt.'

Strike wachtte af, maar ze nam alleen een nieuwe slok wijn en zei niets.

'Wat bedoelt u precies...?'

'Laat maar,' zei ze luid. 'Het doet er niet toe.'

Maar even later, na alweer een grote slok wijn, zei ze: 'Rhiannon wilde helemaal niet schermen. Ze wilde net als de meeste kleine meisjes een pony, maar wij – Geraint en ik – komen niet uit een wereld waar mensen pony's bezitten. We hadden geen benul van wat men met een paard aan moet. Achteraf gezien denk ik dat dat wel op te lossen was geweest, maar we hadden het beiden razend druk en het leek me onpraktisch, dus is ze gaan schermen, en ze was er verdraaid goed in ook...

Heb ik voldoende vragen beantwoord, meneer Strike?' vroeg ze toen, enigszins met dubbele tong. 'Gaat u Aamir voor me opsporen?'

'Ik doe mijn best,' beloofde Strike. 'Kunt u me zijn nummer geven? En dat van u, zodat ik u op de hoogte kan houden?'

Ze somde beide nummers uit het hoofd op, en hij noteerde ze, sloeg zijn boekje dicht en kwam overeind. 'U hebt me goed geholpen, mevrouw Winn. Dank u wel.'

'Dat klinkt verontrustend,' zei ze met een lichte frons tussen de wenkbrauwen. 'Ik weet niet of ik u wel wilde helpen.'

'Redt u het...'

'Uitstekend,' zei Della, overdreven duidelijk articulerend. 'U belt me als u Aamir hebt gevonden?'

'Als u voor die tijd niets van me hoort, bel ik u over een week. Eh, komt er vanavond iemand, of...?'

'Ik zie dat u niet zo'n harde bent als uw reputatie doet vermoeden,' zei Della. 'Maakt u zich om mij geen zorgen. De buurvrouw komt dadelijk Gwynn uitlaten. Ze controleert ook of het gas uit is en dergelijke.'

'In dat geval: blijft u zitten. Fijne avond nog.'

De bijna witte hond hief snuffelend haar kop toen Strike naar de deur liep. Hij liet Della achter in het donker, een beetje dronken, met geen ander gezelschap dan de foto van haar dode dochter die ze nooit had gezien.

Toen hij de deur achter zich dichtdeed, kon Strike zich niet herinneren ooit zo'n vreemde mengeling van bewondering, medeleven en wantrouwen gevoeld te hebben.

55

> … laten we op z'n minst strijden met eerzame wapens, aangezien we kennelijk moeten strijden.
>
> Henrik Ibsen, *Rosmersholm*

Matthew, die alleen de ochtend weg zou blijven, was nog steeds niet thuis. Hij had twee berichtjes gestuurd, één om drie uur die middag:

Tom heeft werkproblemen, wil praten. Ben met hem in de kroeg (ik drink cola). Zo snel mogelijk terug.

Het volgende kwam om zeven uur:

Sorry, echt! Hij is bezopen, kan hem niet alleen laten. Ik regel een taxi voor hem en kom naar huis. Hopelijk heb je nog niet gegeten.

Robin belde, nog steeds met de nummervermelding uitgeschakeld, Toms mobiel. Hij nam meteen op. Op de achtergrond waren geen kroeggeluiden te horen.

'Ja?' zei Tom kregelig, en zo te horen nuchter. 'Met wie spreek ik?'

Robin hing op.

Er stonden twee ingepakte tassen in de gang. Ze had Vanessa al gebeld om te vragen of ze een paar nachten bij haar op de bank mocht slapen, tot ze nieuwe woonruimte had gevonden. Ze had verwacht dat Vanessa verbaasder zou reageren, maar tegelijkertijd was ze blij dat ze geen medelijden hoefde af te weren.

Robin wachtte in de huiskamer terwijl buiten voor het raam de avond viel, en ze vroeg zich af of ze zelfs maar iets vermoed zou hebben als ze de oorbel niet had gevonden. De laatste tijd was ze eenvoudigweg dankbaar geweest voor momenten zonder Matthew, wanneer ze zich kon ontspannen en niets hoefde te verbergen, of het nu haar werk voor de zaak-Chiswell was of de paniekaanvallen die ze in stilte moest doorstaan op de badkamervloer, zonder ophef te maken.

In de stijlvolle fauteuil van hun afwezige verhuurder voelde Robin zich alsof ze zich in een herinnering bevond. Hoe vaak was je je er immers nog terwijl het gebeurde van bewust dat je een uur doormaakte dat je leven voorgoed zou veranderen? Ze zou zich deze kamer nog lang heugen, en nu keek ze om zich heen met als doel zich alles in te prenten, en tevens in een poging om het verdriet te negeren, de schaamte en de pijn die in haar binnenste schrijnden en staken.

Even na negen uur hoorde ze, met een golf van misselijkheid, Matthews sleutel in het slot, gevolgd door de deur die openging.

'Sorry,' riep hij nog voordat hij de deur had dichtgedaan. 'Die idioot ook, ik moest de taxichauffeur met veel moeite...'

Robin hoorde een kreetje van verbazing toen hij de tassen zag staan. Ze kon nu veilig het nummer intoetsen dat al klaarstond op haar telefoon. Matthew kwam verbaasd de kamer in gelopen en hoorde haar nog net een taxi bestellen. Ze hing op. Ze keken elkaar aan.

'Waar zijn die tassen voor?'

'Ik ga weg.'

Er viel een lange stilte. Matthew leek het niet te begrijpen. 'Hoe bedoel je?'

'Ik weet niet hoe ik het duidelijker zou moeten zeggen, Matt.'

'Weg bij mij?'

'Inderdaad.'

'Waarom?'

'Omdat je met Sarah naar bed gaat,' zei Robin.

Ze keek toe hoe Matthew zocht naar woorden die hem zouden kunnen redden, maar de seconden tikten voorbij en het was te laat voor een ongelovige reactie, voor verbijsterde onschuld, voor gemeend onbegrip.

'Wat?' zei hij na een hele tijd, met een geforceerd lachje.

'Niet doen,' zei Robin. 'Het heeft geen zin. Het is voorbij.'

Hij bleef in de deuropening van de huiskamer staan, en ze vond dat hij er moe uitzag. Afgetobd zelfs.

'Ik wilde een briefje neerleggen,' zei Robin, 'maar dat voelde te melodramatisch. Bovendien zijn er praktische zaken die we moeten bespreken.'

Ze meende hem te zien denken: hoe heb ik mezelf verraden? Wie heeft het je verteld?

'Luister,' zei hij dringend, en hij liet zijn sporttas naast zich neervallen (ongetwijfeld gevuld met schone, gestreken sportkleding). 'Ik weet dat het niet lekker liep tussen ons, tussen jou en mij, maar ik wil jou, Robin. Gooi dat alsjeblieft niet weg.'

Hij kwam haar kant op gelopen, hurkte neer naast haar stoel en probeerde haar hand te pakken. Ze trok hem terug, oprecht verbijsterd. 'Je gaat met Sarah naar bed,' herhaalde ze.

Hij stond op, liep naar de bank, ging zitten, sloeg zijn handen voor zijn gezicht en zei zwakjes: 'Het spijt me. Het spijt me. Het ging zo beroerd tussen ons...'

'... dat je met de verloofde van je vriend het bed in moest duiken?' Hij keek op, plotseling paniekerig. 'Heb je Tom gesproken? Weet hij het?'

Ineens kon ze zijn nabijheid niet langer verdragen en ze liep naar het raam, vervuld van een minachting die ze nooit eerder had gevoeld. 'Maak je je zelfs nu nog zorgen om je promotiekansen, Matthew?'

'Nee, fuck, je begrijpt het niet,' zei hij. 'Het is voorbij tussen mij en Sarah.'

'Je meent het.'

'Echt! Fuck... dit is zo fucking ironisch... We hebben de hele dag gepraat. We zijn het erover eens dat het zo niet kan doorgaan, niet na... Jij en Tom... We zijn er net mee gestopt, een uur geleden.'

'Goh,' zei Robin met een lachje, en het was alsof ze van een afstand naar zichzelf keek. 'Is dat even ironisch!'

Haar mobiel ging. Als in een droom nam ze op.

'Robin?' zei Strike. 'Update. Ik ben bij Della Winn geweest.'

'Hoe ging het?' vroeg ze, en ze probeerde het stabiel en opgewekt te laten klinken, vastbesloten het gesprek niet af te kappen. Haar werk was nu haar hele leven en Matthew zou haar daar niet langer in dwarsbomen. Ze keerde haar briesende echtgenoot de rug toe en keek de donkere straat met de kinderkopjes in.

'Heel interessant, in twee opzichten,' zei Strike. 'Ten eerste heeft ze zich versproken. Ik denk niet dat Geraint bij Aamir was op de ochtend van Chiswells dood.'

'Dat is zeker interessant,' zei Robin, en ze dwong zichzelf om zich te concentreren, zich bewust van Matthews blik.

'Ik heb zijn nummer en dat heb ik gebeld, maar hij neemt niet op. Ik dacht meteen maar even te gaan kijken of hij nog in die bed and breakfast verderop in de straat zat, ik was toch in de buurt, maar volgens de eigenaar is hij daar weer vertrokken.'

'Jammer. Wat was er nog meer interessant?' vroeg Robin.

'Is dat Strike?' vroeg Matthew luidkeels achter haar. Ze negeerde hem.

'Wat was dat?' vroeg Strike.

'Niks. Vertel verder.'

'Het tweede interessante is dat Della vorig jaar Kinvara heeft gesproken, die toen hysterisch was omdat ze dacht dat Chiswell...'

Robins mobiel werd ruw uit haar hand getrokken. Ze draaide zich met een ruk om. Matthew verbrak met een priemende vinger de verbinding.

'Hoe dúrf je?' brulde Robin, en ze stak haar hand uit. 'Geef terug!'

'Wij proberen ons fucking huwelijk te redden en jij neemt op als hij belt?'

'Ik probeer dit huwelijk helemaal niet te redden! *Geef mijn telefoon terug!*'

Hij aarzelde even en wierp haar toen het toestel toe, om vervolgens een hevig verontwaardigd gezicht te trekken omdat ze Strike koeltjes terugbelde.

'Sorry, Cormoran, de verbinding werd verbroken,' zei ze onder Matthews woeste blik.

'Is alles goed daar, Robin?'

'Ja, hoor. Wat zei je over Chiswell?'

'Dat hij een verhouding had.'

'Een verhouding!' Robin keek Matthew aan. 'Met wie?'

'God mag het weten. Heb jij Raphael nog te pakken gekregen? We weten dat hij niet echt de noodzaak voelt om de nagedachtenis van zijn vader te beschermen. Misschien vertelt hij het ons wel.'

'Ik heb een bericht voor hem ingesproken. En voor Tegan. Ze hebben geen van beiden teruggebeld.'

'Oké. Nou, hou me op de hoogte. Dit alles werpt een interessant licht op die klap met de hamer, vind je niet?'

'Nou en of,' zei Robin.

'Ik ben bij de metro. Gaat het echt wel goed daar?'

'Ja, natuurlijk,' zei Robin, op een toon waarvan ze hoopte dat die alleen maar doodgewoon ongeduldig klonk. 'Spreek je gauw weer.'

Ze hing op.

'"Spreek je gauw weer."' Matthew imiteerde haar met het hoge, iele stemmetje dat hij altijd opzette als hij een vrouw nadeed. '"Ik spreek je nog, Cormoran. Ik laat mijn huwelijk in de steek zodat ik voortaan meteen kan komen opdraven bij elke kik die je geeft, Cormoran. Ik vind het niet erg om voor het minimumloon te werken, Cormoran, als ik maar je slaafje mag zijn".'

'Rot op, Matt,' zei Robin kalm. 'Rot op naar Sarah. De oorbel die ze in ons bed heeft achtergelaten ligt trouwens op mijn nachtkastje.'

'Robin,' zei hij, plotseling ernstig. 'We kunnen hierdoorheen komen. Als we van elkaar houden, komen we hierdoorheen.'

'Dat is het probleem, Matt,' zei Robin. 'Ik hou niet meer van je.'

Ze had altijd gedacht dat het donker worden van ogen voortkwam uit literaire vrijheid, maar ze zag zijn lichte ogen echt zwart worden doordat zijn pupillen zich verwijdden van de schok.

'Vuile bitch,' zei hij zacht.

Ze voelde een laffe impuls om te liegen, om terug te krabbelen na die stellige verklaring, uit zelfbescherming, maar iets sterkers hield stand: de behoefde om de onverbloemde waarheid te vertellen nadat ze zo lang tegen hem en zichzelf had gelogen.

'Nee,' zei ze. 'Ik hou niet meer van je. We hadden tijdens de huwelijksreis uit elkaar moeten gaan. Ik ben bij je gebleven omdat je ziek was. Ik had medelijden met je. Nee,' verbeterde ze zichzelf, vastbesloten dit goed te doen, 'eigenlijk hadden we nooit op huwelijksreis moeten gaan. Ik had weg moeten lopen van de bruiloft zodra ik wist dat je die telefoontjes van Strike had gewist.'

Ze wilde op haar horloge kijken of de taxi al bijna kwam, maar ze durfde haar blik niet af te wenden van haar echtgenoot. Zijn gezichtsuitdrukking deed haar denken aan een slang die onder een rotsblok vandaan gluurt.

'Hoe denk je dat jouw leven eruitziet in de ogen van anderen?' vroeg hij zachtjes.

'Hoe bedoel je?'

'Je bent gekapt met de universiteit. Nu kap je met ons huwelijk. Je bent zelfs gekapt met je therapie. Je bent een fucking nono. Het enige waar je niet voortijdig mee gekapt bent is die stomme baan van je, die bijna je dood was geworden, en zelfs daar ben je ontslagen. Hij heeft je alleen maar teruggenomen omdat hij je wil neuken. En waarschijnlijk kan hij niemand anders zo goedkoop krijgen.'

Ze voelde zich alsof hij haar een stomp in haar maag had gegeven. Haar stem klonk zwak. 'Bedankt, Matt,' zei ze terwijl ze naar de deur liep. 'Bedankt dat je het me zo makkelijk maakt.'

Maar hij dook langs haar heen en blokkeerde haar de doorgang. 'Het was een uitzendbaantje. Hij schonk je aandacht, dus maakte je jezelf wijs dat dat dé carrière voor je was, al is het verdomme het laatste wat je zou moeten doen, met jouw achtergrond...'

Ze vocht nu tegen de tranen, maar wilde er per se niet aan toegeven. 'Ik wilde al jaren bij de politie.'

'Dat is helemaal niet waar! Wanneer heb jij ooit...?'

'Ik had ook een leven vóór jou!' schreeuwde Robin. 'Ik woonde thuis en heb daar dingen gezegd die jij nooit te horen hebt gekregen! Ik heb het jou nooit verteld, Matthew, omdat ik wist dat je me zou uitlachen, net als mijn broers, de eikels! Ik ben psychologie gaan studeren in de hoop dat ik daarmee forensisch...'

'Dat heb je nooit gezegd, je wilt het achteraf gewoon...'

'Ik heb het niet gezegd omdat ik wist dat je met hoongelach zou reageren.'

'Gelul.'

'Het is geen gelul!' schreeuwde ze. 'Ik zeg de waarheid, dit is de waarheid en jij bewijst alleen maar dat ik gelijk had: je gelooft me niet! Jij was blij toen ik stopte met mijn studie...'

'Waar slaat dat nou weer op?'

'"Je hoeft niet meteen weer te beginnen, er is geen haast..."'

'O, nou neem je me verdomme nog kwalijk dat ik begripvol was!'

'Je vond het fijn dat ik de hele dag thuiszat, waarom geef je dat niet gewoon toe? Jij bij Sarah Shadlock op de universiteit en ik thuis in Masham. Zo had je er geen last van dat ik betere cijfers haalde voor mijn examens dan jij, dat ik de studie van mijn eerste keuze...'

'O!' Hij lachte vreugdeloos. 'O jee, je hebt je examens beter gemaakt dan ik? Ja, daar lig ik echt wakker van, hoor.'

'Als ik niet verkracht was, waren wij jaren geleden al uit elkaar gegaan!'

'Heb je dat bij de therapie geleerd? Leugens vertellen over het verleden om je eigen bullshit goed te praten?'

'Ik heb geleerd de waarheid te zeggen!' brulde Robin, nu tegen het gewelddadige aan. 'En dan nog eens wat: ik vond je al niet meer leuk vóór de verkrachting! Je had nooit belangstelling voor wat ik deed, voor mijn studie, mijn nieuwe vrienden. Je wilde alleen maar weten of er mannen waren die me probeerden te versieren. Maar nadat het gebeurd was, was je zo lief, zo aardig... Je voelde als de veiligste man op aarde, de enige die ik kon vertrouwen. Daarom ben ik gebleven. Zonder die verkrachting zouden we hier nu niet zitten.'

Ze hoorden allebei de auto voor de deur stoppen. Robin probeerde langs Matthew heen de gang in te glippen, maar hij hield haar weer tegen.

'Hier blijven. Zo makkelijk kom je er niet van af. Je bent bij me gebleven omdat ik véílig was? Rot op. Je hield van me.'

'Dat dacht ik toen,' zei Robin, 'maar nu niet meer. Opzij, ik ga weg.'

Ze probeerde langs hem heen te stappen, maar weer liet hij haar er niet door.

'Nee,' zei hij, en nu deed hij een stap naar voren om haar terug de keuken in te duwen. 'Je blijft hier. We praten dit uit.'

De taxichauffeur belde aan.

'Ik kom eraan!' riep Robin, maar Matthew beet haar toe: 'Deze keer loop je niet weg. Je blijft hier en lost deze puinhoop op.'

'Af!' schreeuwde Robin, alsof ze het tegen een hond had. Ze bleef staan, weigerde zich nog verder de keuken in te laten duwen, ook al was hij zo dichtbij dat ze zijn adem kon voelen op haar gezicht, en plotseling moest ze denken aan Geraint Winn. De afkeer overweldigde haar.

'Ga weg! Nu meteen!'

En als een hond deed Matthew een stapje achteruit. Hij reageerde niet op het bevel, maar op iets wat doorklonk in haar stem. Hij was kwaad, maar ook bang.

'Goed,' zei Robin. Ze wist dat ze ieder moment een paniekaanval kon krijgen, maar ze gaf er niet aan toe. Iedere seconde dat ze niet instortte gaf haar kracht, en ze hield stand. 'Ik ga weg. Als je me probeert tegen te houden, vecht ik terug. Ik heb wel grotere, gemenere kerels van me af geslagen, Matthew. Jij hebt verdomme niet eens een mes.'

Ze zag zijn ogen zwarter worden dan ooit, en plotseling herinnerde ze zich hoe haar broer Martin Matthew een stomp in het gezicht had gegeven op de bruiloft. Wat er ook gebeuren zou, nam ze zich voor in een vlaag van duistere opwinding, zij zou het beter doen dan Martin. Ze zou verdomme Matts neus breken als het nodig was.

'Toe nou,' zei hij, plotseling met hangende schouders. 'Robin...'

'Je zult me iets moeten aandoen als je me wilt tegenhouden, maar ik waarschuw je, in dat geval geef ik je aan wegens mishandeling. Dat zal niet goed vallen op kantoor, hè?'

Ze hield nog een paar tellen zijn blik vast en liep toen op hem af, haar vuisten al gebald in afwachting van het moment dat hij haar zou tegenhouden of beetpakken, maar hij ging opzij.

'Robin,' zei hij schor. 'Wacht. Serieus, wacht nou. Je zei dat we nog dingen te bespreken hadden...'

'Dat doen de advocaten wel.' Ze pakte de klink en trok de voordeur open.

De koele avondlucht op haar huid voelde als een zegen.

Er zat een gezette vrouw achter het stuur van de Vauxhall Corsa. Toen ze Robins bagage zag, stapte ze uit om te helpen die in de achterbak te hijsen. Matthew was meegelopen en stond nu in de deuropening. Toen Robin in de taxi wilde stappen en hij haar riep, begonnen haar tranen eindelijk te stromen, maar ze gooide het portier dicht zonder naar hem te kijken.

'Rijdt u alstublieft meteen weg,' zei ze met verstikte stem tegen de chauffeur, want Matthew kwam het trapje af en bukte om iets tegen haar te zeggen door het raampje.

'Fuck, ik hou nog steeds van je!'

De taxi reed over de kinderkopjes van Albury Street, langs de gevels van de mooie scheepsbouwershuizen waar ze zich nooit thuisgevoeld had. Aan het einde van de straat wist ze dat als ze zou omkijken, Matthew daar zou staan om de wegrijdende auto na te kijken. Haar blik kruiste die van de chauffeur in de achteruitkijkspiegel.

'Sorry,' zei Robin onzinnig, en toen, verward door haar eigen verontschuldiging: 'Ik... ik heb zojuist mijn man verlaten.'

'O?' zei de chauffeur, en ze zette de richtingaanwijzer aan. 'Ik heb er al twee verlaten. Oefening baart kunst.'

Robin probeerde te lachen, maar het geluid dat haar keel uit kwam was een luide, natte hik, en toen de taxi de eenzame stenen zwaan hoog tegen de gevel van de pub op de hoek naderde, begon ze pas echt te huilen.

'Hier,' zei de bestuurster vriendelijk, en ze gaf haar een pakje papieren zakdoekjes.

'Dank u wel,' zei Robin snikkend. Ze haalde een tissue uit het pakje en drukte die tegen haar vermoeide, brandende ogen tot het witte papier drijfnat was, en besmeurd met de laatste vegen dikke zwarte oogmake-up die ze had gedragen als Bobbi Cunliffe. Om de medelijdende blik van de bestuurster in de binnenspiegel te ontwijken keek ze omlaag, naar haar schoot. De papieren zakdoekjes waren van een onbekend Amerikaans merk: Dr. Blanc.

In één keer verscheen de herinnering in beeld die Robin steeds was ontglipt, alsof die had gewacht op dit geheugensteuntje. Nu wist ze weer precies waar ze de woorden 'Blanc de Blanc' had gezien, maar het had niets te maken met de wijndoos en alles met haar instortende huwelijk, een pad omzoomd met lavendel en een Japanse watertuin, en de laatste keer dat ze ooit 'Ik hou van jou' had gezegd – tevens de eerste keer dat ze wist dat ze het niet meende.

56

> Ik kan niet... ik weiger door het leven te gaan met een lijk op mijn rug.
>
> Henrik Ibsen, *Rosmersholm*

Toen Strike de volgende middag Henleys Corner naderde op North Circular Road, zag hij met een gemompelde vloek dat het verkeer muurvast stond. Het kruispunt, een beruchte filelocatie, was eerder dat jaar verbeterd, zei men. Terwijl hij aansloot bij het stilstaande verkeer draaide Strike zijn raampje open, stak een sigaret op en wierp een blik op zijn dashboardklokje, met het vertrouwde gevoel van onmacht waarmee autorijden in Londen zo vaak gepaard ging. Hij had er nog over gedacht of het misschien verstandiger zou zijn de metro te nemen, maar de psychiatrische kliniek lag ruim anderhalve kilometer van het dichtstbijzijnde station en de BMW was iets minder belastend voor zijn nog altijd pijnlijke been. Nu vreesde hij dat hij te laat zou komen voor het gesprek dat hij beslist niet wilde missen, ten eerste omdat hij het team dat hem toestond Billy Knight te spreken niet tegen de haren in wilde strijken en ten tweede omdat hij niet wist wanneer zich nog eens een kans zou voordoen om de jongste van de twee broers te spreken zonder bang te hoeven zijn dat de oudste ineens binnen zou komen. Barclay had hem die morgen verzekerd dat Jimmy van plan was die dag een polemiek te schrijven voor de website van de Real Socialist Party, iets over de wereldwijde invloed van Rothschild, en om Barclays nieuwe rookwaar te proberen.

Met een woeste frons, zijn vingers tikkend op het stuur, keerde Strike terug naar een vraag die al sinds de vorige avond aan hem knaagde: was het halverwege afgekapte gesprek met Robin inderdaad het werk geweest van Matthew, die de telefoon uit haar handen had gegrist? Robins verzekering dat er niets aan de hand was, had hem niet bepaald overtuigend in de oren geklonken.

Hij had overwogen, terwijl hij voor zichzelf witte bonen in tomatensaus opwarmde op zijn eenpitsfornuisje – hij probeerde nog steeds af te vallen – om Robin terug te bellen. Terwijl hij met lange tanden zijn vleesloze maaltijd naar binnen werkte voor de tv, eigenlijk om de hoogtepunten van de sluitingsceremonie van de Olympische Spelen te bekijken, hadden de Spice Girls die rondreden op het dak van Londense taxi's zijn aandacht maar moeilijk kunnen vasthouden. *Ik ben van mening dat het huwelijk vrijwel altijd een moeilijk te bevatten begrip is, zelfs voor de echtelieden zelf*, had Della Winn gezegd. Misschien lagen Robin en Matthew nu wel weer samen in bed. Een telefoon uit haar hand trekken, was dat erger dan haar belgeschiedenis wissen? Toen hij dat laatste had gedaan, was ze ook bij hem gebleven. Waar lag voor haar de grens?

En Matthew was ongetwijfeld te zuinig op zijn reputatie en zijn vooruitzichten om de beschaafde normen te laten varen. Een van Strikes laatste gedachten voordat hij die nacht in slaap was gevallen was het besef dat Robin succesvol de Shacklewell Ripper van zich af geslagen had. Misschien een nare overpeinzing, maar wel een die hem in zekere mate geruststelde.

De detective was zich er maar al te zeer van bewust dat het huwelijk van zijn compagnon zijn laatste zorg zou moeten zijn, gezien het feit dat hij tot dusverre geen concrete informatie had voor de cliënte die op dat moment drie van zijn fulltime medewerkers betaalde om de dood van haar vader te onderzoeken. Toch bleven Strikes gedachten nu, terwijl het verkeer eindelijk weer op gang kwam, draaien om Robin en Matthew, tot hij eindelijk een bord zag met de naam van de psychiatrische kliniek, waarna hij zich met moeite concentreerde op de naderende ondervraging.

Anders dan het gigantische rechthoekige prisma van beton en

zwart glas waar Jack een paar weken eerder had gelegen, was het ziekenhuis waar Strike twintig minuten later zijn auto parkeerde in het trotse bezit van knopvormige torentjes en Byzantijnse ramen met ijzeren tralies ervoor. Strike vond het gebouw eruitzien als het bastaardkind van een peperkoekpaleis en een griezelgevangenis. Een steenhouwer in de victoriaanse tijd had het woord SANATORIUM in de uitermate groezelige boog van rode baksteen boven de dubbele toegangsdeuren gebeiteld.

Strike, die al vijf minuten te laat was, zwaaide het portier aan de bestuurderskant open, stapte uit zonder de moeite te nemen zijn gympen te verruilen voor netter schoeisel, sloot de BMW af en haastte zich hinkend de vuile trap op naar de ingang.

Binnen trof hij een kille gang aan met hoge, gebroken witte plafonds, kerkachtige ramen en een algemeen vermoeden van verval dat maar nauwelijks op afstand werd gehouden door een walm van ontsmettingsmiddel. Toen hij de afdeling zag waarvan hij per telefoon het nummer had doorgekregen, liep hij de gang aan zijn linkerhand in.

Het zonlicht dat door de getraliede ramen naar binnen viel maakte strepen op de gelig witte muren, die bedekt waren met scheef hangende kunstwerken, deels gemaakt door oud-patiënten. Toen Strike langs een reeks collages liep waarop met vilt, glinsterfolie en wol boerderijtaferelen waren afgebeeld, kwam er een graatmagere tiener met een verpleegster de wc uit gelopen. Ze leken Strike geen van beiden op te merken. De doffe ogen van het meisje leken naar binnen gekeerd te zijn, gericht op een strijd die ze ergens ver van de echte wereld voerde.

Tot Strikes lichte verbazing bevonden de klapdeuren naar de gesloten afdeling zich aan het einde van de gang op de begane grond. Door een vage associatie met een klokkentoren en Rochesters eerste vrouw had hij zich de afdeling voorgesteld op een hogere etage, misschien verstopt in een van de torentjes. De werkelijkheid was zeer prozaïsch: een grote groene deurbel aan de muur, waar Strike op drukte, en een mannelijke verpleegkundige met knalrood haar die door een ruitje tuurde en zich toen omdraaide naar iemand achter hem. De deur ging open en Strike werd binnengelaten.

Op de afdeling waren vier bedden en een zithoek, waar twee patiënten in normale kleding zaten te dammen: een oudere, ogenschijnlijk tandeloze man en een bleke jongen met een dikke laag verband om zijn nek. Bij een balie vlak achter de deur stond een groepje mensen: een ziekenbroeder, twee verpleegsters en twee artsen, nam Strike aan: een man en een vrouw. Ze staarden hem allemaal aan toen hij binnenkwam. Een van de verpleegsters stootte de andere aan.

'Meneer Strike,' zei de mannelijke arts, die klein was en iets weg had van een vos. Hij had een sterk Manchesters accent. 'Hoe maakt u het? Colin Hepworth, wij hebben elkaar gesproken aan de telefoon. Dit is mijn collega Kamila Muhammad.'

Strike gaf de vrouw een hand. Haar donkerblauwe broekpak deed hem denken aan een politie-uniform.

'Wij zullen allebei aanwezig zijn bij uw gesprek met Billy,' zei ze. 'Hij is even naar het toilet. Hij verheugt zich er erg op u weer te zien. Het leek ons handig om een van onze spreekkamers te gebruiken. Deze kant op.'

Ze leidde hem om de balie heen, nog steeds gretig bekeken door de verpleegsters, naar een kamertje waar vier stoelen en een bureau stonden, allemaal stevig aan de vloer verankerd. De muren waren lichtroze en kaal.

'Ideaal,' zei Strike. Het vertrek leek precies op talloze andere verhoorkamers die hij had gebruikt bij de militaire politie. Ook daar was vaak een derde partij aanwezig geweest, meestal een advocaat.

'Even voordat we beginnen,' zei Kamila Muhammad, die de deur dichttrok achter Strike en haar collega, zodat de verpleegsters hun gesprek niet konden horen. 'Ik weet niet in hoeverre u op de hoogte bent van Billy's aandoening?'

'Volgens zijn broer lijdt hij aan een schizoïde persoonlijkheidsstoornis.'

'Dat is juist,' zei ze. 'Hij nam zijn medicatie niet meer in en kreeg een zware psychose, en zo te horen was dat in de periode dat hij bij u is geweest.'

'Ja, hij leek toen behoorlijk in de war. Hij zag er ook uit alsof hij op straat geslapen had.'

'Dat had hij waarschijnlijk ook. Volgens zijn broer was hij toen ongeveer een week zoek. We denken niet dat Billy nu nog psychotisch is,' zei ze, 'maar hij is nog erg gesloten, dus het is moeilijk in te schatten in hoeverre hij in de realiteit leeft. Het is soms lastig om iemands mentale toestand in te schatten als er sprake is van paranoïde symptomen en waanbeelden.'

'We hopen dat u ons kunt helpen feiten en fictie van elkaar te scheiden,' zei de man uit Manchester. 'Al vanaf zijn gedwongen opname was u een terugkerend thema in de gesprekken met hem. Met u wil hij graag praten, maar niet met ons. Hij heeft ook aangegeven bang te zijn voor de gevolgen als hij iemand in vertrouwen neemt, en ook daarvan is het moeilijk in te schatten of die angst hoort bij zijn ziektebeeld of dat er, eh... echt iemand is voor wie hij terecht bang is. Want, eh...'

Hij aarzelde, alsof hij naar de juiste woorden zocht.

Strike zei: 'Ik kan me voorstellen dat zijn broer mensen angst zou kunnen inboezemen,' en de psychiater leek opgelucht te zijn dat hij begrepen werd zonder zijn beroepsgeheim te hoeven schenden.

'U kent zijn broer?'

'Ik heb hem ontmoet. Komt hij vaak op bezoek?'

'Hij is een paar keer hier geweest, maar vaak is Billy gespannen en van streek nadat hij hem heeft gezien. Als hij ook zo reageert op het gesprek met u...' zei de man uit Manchester.

'Begrepen,' zei Strike.

'Wel gek om u hier te zien,' zei Colin met een grijnslachje. 'Wij dachten dat zijn fixatie voor u deel uitmaakte van zijn psychose. Een obsessie voor een beroemd iemand komt vaak voor bij dit soort stoornissen... Eerlijk gezegd,' biechtte hij op, 'waren Kamila en ik het er een paar dagen geleden nog over eens dat zijn fixatie voor u vervroegd ontslag onmogelijk maakte. Nog een geluk dat u belde.'

'Ja,' zei Strike droog. 'Wat een geluk.'

De roodharige verpleegkundige klopte op de deur en stak zijn hoofd om de deur. 'Billy is klaar voor het gesprek met meneer Strike.'

'Fijn,' zei de vrouwelijke psychiater. 'Eddie, kunnen we hier thee krijgen? Thee?' vroeg ze over haar schouder aan Strike. Hij knikte. Ze hield de deur open. 'Kom binnen, Billy.'

En daar stond hij: Billy Knight, in een grijs sweatshirt en een grijze joggingbroek, zijn voeten in ziekenhuissloffen gestoken. Hij had nog altijd donkere wallen onder zijn diepliggende ogen, en ergens na zijn vorige ontmoeting met Strike had hij zijn hoofd kaalgeschoren. Eén vinger en de duim van zijn linkerhand zaten in het verband. Strike zag ondanks het joggingpak dat iemand voor hem had meegebracht, waarschijnlijk Jimmy, dat Billy broodmager was, maar hoewel zijn nagels tot bloedens toe afgekloven waren en hij een gemene zweer in zijn mondhoek had, hing er niet langer een dierlijke stank om hem heen. Hij schuifelde de spreekkamer in, staarde Strike aan en stak toen een knokige hand uit, die Strike schudde.

Billy richtte zich tot de artsen. 'Blijven jullie hier?'

'Ja,' zei Colin, 'maar wees maar niet bang, we houden onze mond. Je mag zeggen wat je wilt tegen meneer Strike.'

Kamila wees naar twee stoelen die tegen de wand stonden, en Strike en Billy gingen tegenover elkaar zitten, met het bureau tussen hen in. Strike had graag een minder formele meubelopstelling gehad, maar zijn ervaring bij de Special Investigation Branch had hem geleerd dat een degelijke barrière tussen ondervrager en ondervraagde vaak nuttig was, en dat gold ongetwijfeld ook op een gesloten psychiatrische inrichting.

'Ik heb naar je gezocht sinds je bij me langs bent geweest,' zei Strike. 'Ik maakte me zorgen om je.'

'Ja,' zei Billy. 'Sorry.'

'Weet je nog wat je tegen me zei in mijn kantoor?'

Billy raakte, afwezig, zo leek het, zijn neus en zijn borstbeen aan, maar het was slechts een schim van de tic die hij had vertoond in Denmark Street; het leek bijna alsof hij zichzelf eraan wilde herinneren hoe hij zich toen had gevoeld.

'Ja,' antwoordde hij met een vreugdeloos lachje. 'Ik heb u verteld over het kindje bij het paard. Dat ik gewurgd heb zien worden.'

'Denk je nog steeds dat je er getuige van bent geweest dat er een kind gewurgd werd?' vroeg Strike.

Billy bracht een wijsvinger naar zijn mond, beet op de nagel en knikte. 'Ja.' Hij trok de vinger terug. 'Ik heb het gezien. Jimmy zegt dat ik het me verbeeld, omdat ik... u weet wel. U kent Jimmy, toch? U hebt hem opgezocht in de White Horse?'

Strike knikte.

'Hij was fucking woest. White Horse,' zei Billy met een onverwacht lachje. 'Dat is grappig. Shit, dat is grappig. Daar heb ik nooit eerder bij stilgestaan.'

'Je zei dat je een kind hebt zien vermoorden "daarboven bij het paard". Welk paard bedoelde je daarmee?'

'Het witte paard van Uffington,' antwoordde Billy. 'Grote tekening in kalk op de heuvel, vlak bij het huis waar ik als kind woonde. Ziet er niet uit als een paard, eerder als een draak. Het ligt ook op Dragon Hill. Ik heb nooit begrepen waarom ze het een paard noemen.'

'Kun je me precies vertellen wat je daar hebt gezien?'

Net als bij het graatmagere meisje dat Strike daarnet had gezien kreeg hij de indruk dat Billy naar binnen staarde, dat de werkelijkheid van de buitenwereld voor hem tijdelijk niet meer bestond. Na een poos zei Billy zacht: 'Ik was een kind, heel klein nog. Ik denk dat ze me iets hadden toegediend. Ik was ziek en misselijk, alsof ik droomde, traag en groggy. En ik moest steeds woorden nazeggen en zo, en ik kon niet goed praten en dat vonden ze grappig. Ik viel onderweg in het gras. Een van hen heeft me een stukje gedragen. Ik wilde slapen.'

'Denk je dat ze je drugs gegeven hadden?'

'Ja,' zei Billy dof. 'Hasj, denk ik, dat had Jimmy meestal wel. Ik denk dat hij me had meegenomen met de anderen die heuvel op zodat mijn vader er niet achter zou komen wat ze hadden gedaan.'

'Wie zijn "de anderen"?'

'Dat weet ik niet,' zei Billy eenvoudig. 'Grote mensen. Jimmy is tien jaar ouder dan ik. Hij moest van mijn vader altijd op mij passen als die met zijn drankmaatjes op stap ging. Dit groepje kwam 's nachts bij ons thuis aan en ik werd wakker. Een van hen gaf me een bakje yoghurt. Er was nog een klein kind. Een meisje. En we stapten met z'n allen in een auto... Ik wilde niet. Ik voelde me beroerd. Ik huilde, maar Jimmy sloeg me keihard.

En toen gingen we in het donker naar het paard. Dat kleine meisje en ik waren de enige kinderen. Ze brulde,' zei Billy, en de huid leek zich nog strakker om zijn magere, ingevallen gezicht te spannen terwijl hij het zei. 'Ze huilde om haar moeder en toen zei híj: "Je moeder is er niet meer, die kan je niet horen."'

'Wie zei dat?' vroeg Strike.

'Hij,' fluisterde Billy. 'Degene die haar gewurgd heeft.'

De deur ging open en een nieuwe verpleegster kwam de thee brengen. 'Alstublieft,' zei ze opgewekt, haar ogen gretig op Strike gericht. De mannelijke psychiater keek haar licht fronsend aan, en ze trok zich terug en deed de deur weer achter zich dicht.

'Niemand geloofde me ooit,' zei Billy, en Strike hoorde de onderliggende smeekbede. 'Ik heb geprobeerd me er meer van te herinneren, ik wou dat ik meer wist. Als ik er vaak aan denk, kan ik me er misschien meer van herinneren.

Hij wurgde haar om haar stil te krijgen. Ik denk niet dat het zijn bedoeling was dat het zo ver kwam. Ze raakten allemaal in paniek. Ik weet nog dat iemand schreeuwde: "Je hebt haar vermoord!"... of hem,' zei Billy zacht. 'Jimmy zei later dat het een jongetje was, maar dat wil hij nu niet toegeven. Hij zegt dat ik het allemaal verzin. "Waarom zou ik zeggen dat het een fucking jongen was als het allemaal nooit is gebeurd, je bent knettergek." Maar het was een meisje,' zei Billy koppig. 'Ik weet niet waarom hij dat probeerde te ontkennen. Ze spraken haar ook aan met een meisjesnaam. Ik weet niet meer hoe ze heette, maar het was een meisje.

Ik heb haar zien vallen. Dood. Slap op de grond. Het was donker. En toen raakten ze in paniek.

Ik kan me niets herinneren van de terugweg, de heuvel af, ik weet niks meer, alleen nog het begraven, in de boskuil bij het huis van mijn vader.'

'Diezelfde nacht?' vroeg Strike.

'Ik denk het. Ik denk het wel,' zei Billy nerveus. 'Want ik weet nog dat ik uit mijn slaapkamerraam keek en het was nog donker en ze droegen het de boskuil in, mijn vader en *hij*.'

'Wie is "hij"?'

'De man die haar heeft vermoord. Ik denk dat hij het was. Groot en fors. Wit haar. En ze begroeven een bundeltje, in een roze dekentje gewikkeld, en gooiden het gat dicht.'

'Heb je er bij je vader naar gevraagd?'

'Nee,' zei Billy. 'Er werden geen vragen gesteld aan mijn vader over wat hij deed voor die familie.'

'Voor welke familie?'

Billy fronste zijn voorhoofd, ogenschijnlijk in oprechte verwarring.

'Voor jouw familie, bedoel je dat?'

'Nee. De familie waar hij voor werkte. De Chiswells.'

Strike kreeg de indruk dat dit de eerste keer was dat de naam van de dode minister werd genoemd in het bijzijn van de twee psychiaters. Hij zag de pennen haperen.

'Wat had dat begraven bundeltje met hen te maken?'

Billy leek in verwarring gebracht. Hij deed zijn mond open om iets te zeggen, bedacht zich ogenschijnlijk, keek fronsend naar de roze muren en begon toen weer op zijn nagel te bijten. Na een hele tijd zei hij: 'Ik weet niet waarom ik dat zei.'

Het voelde niet als een leugen of een ontkenning. Billy leek oprecht verbaasd te zijn over de woorden die uit zijn mond waren gerold.

'Kun je je niet herinneren iets te hebben gehoord, of gezien, waardoor je de indruk kreeg dat ze dat kind begroeven voor de Chiswells?'

'Nee,' zei Billy fronsend. 'Ik... ik dacht toen gewoon... toen ik het zei... dat hij het deed als vriendendienst voor... Alsof ik later iets had gehoord...'

Hij schudde het hoofd. 'Doe maar alsof ik dat niet heb gezegd. Ik snap het zelf niet.'

Mensen, locaties en voorwerpen, dacht Strike, en hij haalde zijn notitieblok tevoorschijn en sloeg het open.

'Wat kun je je nog herinneren,' vroeg Strike, 'behalve Jimmy en het dode meisje, van het groepje dat die avond naar het paard ging? Hoeveel mensen waren het, zou je zeggen?'

Billy dacht diep na. 'Ik weet het niet. Een stuk of... acht? Misschien tien?'

'Allemaal mannen?'

'Nee. Er waren ook vrouwen bij.'

Strike zag over Billy's schouder heen dat de vrouwelijke psychiater haar wenkbrauwen optrok.

'Kun je je nog iets anders herinneren van het groepje? Ik weet dat je nog jong was,' zei Strike, om Billy's tegenwerping voor te zijn, 'en ik weet ook dat je misschien iets toegediend had gekregen waardoor je gedesoriënteerd was, maar is er nog iets wat je me nog niet hebt verteld? Iets wat ze deden? Of wat ze aanhadden? Misschien iemands haar of huidskleur? Wat dan ook?'

Er viel een lange stilte, toen deed Billy even zijn ogen dicht en schudde één keer het hoofd, als een hevige ontkenning van een suggestie die alleen hij kon horen.

'Ze was donker. Het meisje. Net als...' Hij wees met een nauwelijks waarneembaar hoofdknikje naar de vrouwelijke arts achter hem.

'Aziatisch?' vroeg Strike.

'Zou kunnen,' zei Billy. 'Ja. Zwart haar.'

'Wie heeft jou die heuvel op gedragen?'

'Jimmy en de andere mannen, om beurten.'

'En zei niemand iets over de reden waarom ze in het donker naar boven gingen?'

'Ik denk dat ze naar het oog wilden,' zei Billy.

'Het oog van het paard?'

'Ja.'

'Waarom?'

'Ik weet niet.' Billy wreef nerveus met zijn handen over zijn kaalgeschoren hoofd. 'Er gaan verhalen over het oog, hè? Hij heeft haar gewurgd in het oog, dat weet ik wel. Dat kan ik me herinneren. Ze plaste in haar broek toen ze doodging. Ik zag het op de witte kalk spetteren.'

'En je weet niks meer van de man die het heeft gedaan?'

Maar Billy's gezicht was zwaar betrokken. Hij zat voorovergebogen te huilen, met droge snikken, en schudde zijn hoofd. De mannelijke arts kwam half overeind uit zijn stoel. Billy leek het te voelen, want hij vermande zich.

'Het gaat alweer,' zei hij. 'Ik wil het hem vertellen. Ik moet weten of het echt is. Mijn leven lang... Ik kan er niet meer tegen, ik moet het weten. Laat hem maar vragen stellen, ik weet dat dat moet. Laat hem maar,' zei Billy. 'Ik kan het wel aan.'

De psychiater ging langzaam weer zitten.

'Vergeet je thee niet, Billy.'

'Ja,' zei Billy. Hij knipperde de tranen weg en veegde zijn neus af met de achterkant van zijn mouw. 'Goed.' Hij klemde de mok tussen de hand die in het verband zat en zijn goede hand en nam een slokje.

'Wil je doorgaan?' vroeg Strike.

'Ja,' zei Billy zacht. 'Doe maar.'

'Kun jij je herinneren of er ooit iemand iets heeft gezegd over een meisje dat Suki Lewis heet, Billy?'

Strike had 'Nee' verwacht. Hij had de bladzijde al omgeslagen naar de lijst met vragen onder het kopje *Locaties* toen Billy zei: 'Ja.'

'Wat?'

'De Butcher-broers kenden haar,' zei Billy. 'Vrienden van Jimmy, van vroeger. Ze deden wel eens klusjes bij het huis van de Chiswells, samen met mijn vader. In de tuin, of ze hielpen met de paarden.'

'En zij kenden Suki Lewis?'

'Ja. Ze is weggelopen, hè?' zei Billy. 'Dat was op het nieuws. De jongens van Butcher vonden het spannend, want ze hadden haar foto op televisie gezien en ze kenden haar familie. Haar moeder was gek. Ja, dat meisje zat in een tehuis en toen is ze weggelopen, naar Aberdeen.'

'Aberdeen?'

'Ja. Dat zeiden de jongens van Butcher.'

'Ze was twaalf.'

'Ze had daar familie. Daar mocht ze logeren.'

'O ja?' vroeg Strike. Hij vroeg zich af of Aberdeen ondenkbaar ver weg was geweest in de ogen van de gebroeders Butcher in Oxfordshire, en of ze eerder geneigd waren geweest het verhaal te geloven omdat het voor hen niet te controleren was en daarom, vreemd genoeg, geloofwaardiger.

'We hebben het toch over de broers van Tegan, hè?' vroeg Strike.

'Je kunt wel zien dat hij goed is,' zei Billy naïef over Strikes schouder tegen de mannelijke psychiater. 'Zie je dat? Zie je hoeveel hij weet? Ja,' zei hij toen tegen Strike. 'Dat is het kleine zusje. Ze waren net als wij, werkten ook voor de Chiswells. Er was daar vroeger een hoop te doen, maar ze hebben een groot deel van de grond verkocht. Ze hebben nu niet meer zo veel mensen nodig.'

Hij nam nog een slok van zijn thee, de beker in beide handen geklemd.

'Billy,' zei Strike, 'weet je waar je hebt gezeten nadat je bij mij op kantoor was geweest?'

De tic was onmiddellijk terug. Billy's rechterhand liet de warme beker los en ging nerveus van zijn neus naar zijn borst, snel achter elkaar.

'Ik was... Jimmy wil niet dat ik daarover praat.' Hij zette de beker onhandig op het bureautje. 'Dat mag niet van hem.'

'Ik denk dat het belangrijker is dat je de vragen van meneer Strike beantwoordt dan dat je je druk maakt om je broer,' zei de mannelijke arts, die achter Strike zat. 'Weet je, Billy, je hoeft Jimmy hier niet te ontvangen als je dat niet wilt. We kunnen hem vragen je de tijd te geven om tot rust te komen.'

'Kwam Jimmy op bezoek op de plek waar je laatst zat?' vroeg Strike.

Billy beet op zijn lip.

'Ja,' zei hij na een stilte, 'en hij zei dat ik daar moest blijven, anders zou ik weer alles voor hem verpesten. Ik dacht dat er explosieven op de deur zaten,' zei hij met een nerveus lachje. 'Dat ik opgeblazen zou worden als ik probeerde weg te gaan. Dat zal wel niet waar zijn, hè?' Hij leek op Strikes gezicht te zoeken naar een aanwijzing. 'Ik heb soms rare ideeën als het slecht met me gaat.'

'Kun je je nog herinneren hoe je bent weggekomen van de plek waar je werd vastgehouden?'

'Ik dacht dat ze de explosieven hadden uitgeschakeld,' zei Billy. 'Die jongen zei dat ik moest maken dat ik wegkwam.'

'Welke jongen was dat?'

'Degene die daar de baas was en die mij moest vasthouden.'

'Weet je nog wat je hebt gedaan terwijl je werd vastgehouden? Hoe bracht je daar je tijd door?'

Billy schudde het hoofd.

'Heb je misschien,' zei Strike, 'iets in het hout gekrast?'

Billy blik was een en al verwondering. Toen begon hij te lachen. 'U weet alles,' zei hij, en hij stak zijn verbonden linkerhand omhoog. 'Het mes schoot uit. Recht in mijn vel.'

De mannelijke psychiater voegde er behulpzaam aan toe: 'Billy had tetanus toen hij hier kwam. Een behoorlijk grote snee met een lelijke infectie aan die hand.'

'Wat heb je in de deur gekerfd, Billy?'

'Dat heb ik echt gedaan, hè? Heb ik echt dat witte paard in de deur gekerfd? Want naderhand wist ik niet meer of ik het echt had gedaan.'

'Ja, het was echt,' zei Strike. 'Ik heb die deur gezien. Dat had je mooi gedaan.'

'Ja,' Billy. 'Dat komt... Vroeger deed ik dat. Houtsnijwerk. Voor mijn vader.'

'Waar kerfde je dan een paard in?'

'Hangertjes,' luidde Billy's verrassende antwoord. 'Op houten rondjes met een leren koordje erdoor. Voor de toeristen. Ze werden verkocht in een winkel in Wantage.'

'Billy,' zei Strike, 'weet je nog hoe je in die badkamer terechtgekomen bent? Ging je er zelf naartoe of ben je er door iemand mee naartoe genomen?'

Billy liet zijn blik weer zoekend langs de roze wanden gaan, met een diepe denkrimpel tussen zijn ogen. 'Ik zocht een man. Winner... nee...'

'Winn? Geraint Winn?'

'Ja,' zei Billy, en hij nam Strike met grote verbazing op. 'U weet álles. Hoe weet u dat allemaal?'

'Ik heb naar je gezocht,' zei Strike. 'Waarom was je op zoek naar Winn?'

'Ik had Jimmy over hem horen praten.' Billy beet weer op zijn nagel. 'Jimmy zei dat Winn me zou helpen alles te weten te komen over het kind dat vermoord is.'

'Winn zou jou helpen informatie te vinden over het gewurgde kind?'

'Ja,' zei Billy nerveus. 'Ik dacht dat u een van de mensen was die me wilden opsluiten, nadat ik bij u was geweest. Dat u me in de val wilde lokken en... Zo ben ik als het slecht met me gaat,' zei hij hulpeloos. 'Dus ging ik maar naar Winner – Winn. Jimmy had zijn telefoonnummer en adres opgeschreven, dus ging ik Winn zoeken en toen werd ik betrapt.'

'Betrapt?'

'Door... door die bruine jongen,' mompelde Billy, en hij gluurde even naar de vrouwelijke psychiater. 'Ik was bang voor hem, ik dacht dat hij een terrorist was en dat hij me wilde vermoorden, maar toen zei hij dat hij voor de regering werkte, dus ik dacht dat de regering me wilde opsluiten in zijn huis en dat er explosieven waren aangesloten op de ramen en deuren... maar ik denk niet dat dat echt zo was. Dat lag aan mij. Hij wilde me vast niet eens in zijn badkamer hebben. Misschien wilde hij al die tijd wel van me af,' zei Billy met een treurig lachje. 'En ik wilde niet vertrekken, want ik dacht dat ik dan opgeblazen zou worden.'

Zijn rechterhand kroop afwezig naar zijn neus en borst.

'Ik geloof dat ik u nog een keer heb gebeld, maar u nam niet op.'

'Dat klopt. Je hebt mijn antwoordapparaat ingesproken.'

'Echt? Ja... ik dacht dat u me zou helpen daar weg te komen...

het spijt me,' zei Billy, en hij wreef in zijn ogen. 'Als ik zo ben, weet ik niet wat ik doe.'

'Maar weet je zeker dat je een kind gewurgd hebt zien worden, Billy?' vroeg Strike zacht.

'O, ja,' zei Billy somber, en hij keek nu op. 'Ja, dat gaat nooit weg. Ik weet zeker dat ik het heb gezien.'

'Heb je ooit geprobeerd te graven op de plek waar je...?'

'Nee, zeg. Graven bij het huis van mijn vader? Nee, dat durfde ik niet,' zei Billy zwakjes. 'Ik wilde het niet meer zien. Nadat ze haar hadden begraven, hebben ze de boel laten dichtgroeien. Brandnetels en onkruid. Ik heb dromen gehad, ongelooflijk... Dat ze in het donker uit de boskuil klom, helemaal verrot, en probeerde door mijn slaapkamerraam binnen te komen.'

De pennen van de psychiaters krasten over hun papier.

Strike ging door naar de categorie *Voorwerpen* in zijn notitieboekje. Er waren nog maar twee vragen over.

'Heb jij ooit een kruis in de grond gestoken op de plek waar je ze het lijk hebt zien begraven, Billy?'

'Nee.' Billy keek angstig bij het idee alleen al. 'Ik kwam nooit in de buurt van de boskuil als het niet hoefde, dat wilde ik niet.'

'Laatste vraag,' zei Strike. 'Billy, deed jouw vader iets ongewoons voor de Chiswells? Ik weet dat hij klusjesman was, maar kun je verder nog iets bedenken...?'

'Wat bedoelt u?' vroeg Billy. Hij leek opeens angstiger dan hij het hele gesprek was geweest.

'Ik weet het niet,' zei Strike voorzichtig, en hij peilde Billy's reactie. 'Ik vroeg me gewoon af...'

'Jimmy heeft me hiervoor gewaarschuwd. Hij zei dat u loopt te snuffelen in papa's leven. U kunt het ons niet kwalijk nemen, wij konden er niks aan doen, we waren kinderen!'

'Ik neem je helemaal niks kwalijk,' zei Strike, maar er klonk al geritsel van kleding: Billy en de twee psychiaters waren opgestaan. De vrouw hield haar hand boven een discreet geplaatste knop bij de deur waarvan Strike wist dat het een alarm moest zijn.

'Was dit allemaal opgezet om mij uit te horen? Probeert u Jimmy en mij problemen te bezorgen?'

'Nee.' Ook Strike hees zich overeind. 'Ik ben hier omdat ik geloof dat jij hebt gezien dat er een kind gewurgd werd, Billy.'

Billy bracht geagiteerd en wantrouwend zijn niet-verbonden hand twee keer snel achter elkaar van zijn neus naar zijn borst. 'Waarom vraagt u dan wat papa deed?' fluisterde hij. 'Zo is ze niet omgekomen, dat had er niks mee te maken! Fuck, Jimmy slaat me verrot,' zei hij, en zijn stem brak. 'Hij zegt dat u hem wilt pakken voor wat papa heeft gedaan.'

'Er wordt niemand verrot geslagen,' zei de mannelijke psychiater op besliste toon. 'De tijd is om, lijkt me,' zei hij ferm tegen Strike, en hij duwde de deur open. 'Ga maar, Billy.'

Maar Billy verroerde zich niet. Hij mocht dan van huid en haar ouder zijn geworden, zijn gezicht verried nog altijd de angst en hopeloosheid van een klein kind zonder moeder dat zijn verstand had verloren door toedoen van de mannen die hem hadden moeten beschermen. Strike, die gedurende zijn eigen onstuimige, instabiele jeugd talloze ontwortelde en genegeerde kinderen had meegemaakt, herkende in Billy's naar binnen gekeerde blik de laatste smeekbede aan de volwassen wereld om te doen wat grote mensen hoorden te doen: de orde herstellen in deze chaos, de wreedheid verdrijven met het gezonde verstand. Strike voelde een merkwaardige verwantschap met deze uitgemergelde, kaalgeschoren psychiatrische patiënt, omdat hij diens dringende behoefte aan orde kende van zichzelf. In zijn geval had die gevoerd naar de officiële kant van het bureau, maar het enige verschil tussen hen beiden was misschien wel het feit dat Strikes moeder lang genoeg had geleefd, en genoeg van hem had gehouden, om te voorkomen dat hij brak wanneer het leven hem de vreselijkste dingen voor de voeten wierp.

'Ik ga voor je uitzoeken wat er is gebeurd met het kind dat jij gewurgd hebt zien worden, Billy. Beloofd.'

De psychiater keek verbaasd, zelfs afkeurend. Het hoorde in hun beroep niet, wist Strike, om stellige beweringen te doen of oplossingen te garanderen. Hij stopte zijn notitieboekje weer in zijn zak, kwam achter het bureau vandaan en stak een hand uit. Na een lange overweging leek de vijandigheid uit Billy weg te sijpelen. Hij schuifelde terug naar Strike toe, pakte zijn uitgestoken hand en hield die te lang vast terwijl zijn ogen zich vulden met tranen.

Fluisterend, zodat de artsen hem niet konden horen, zei hij: 'Ik vond het verschrikkelijk om het paard erop te zetten, meneer Strike. Dat vond ik verschrikkelijk.'

57

Heb je daar de moed en de wilskracht voor, Rebecca?
Henrik Ibsen, *Rosmersholm*

Vanessa's tweekamerflat besloeg de begane grond van een rijtjeshuis niet ver van het Wembley-stadion. Voordat ze die morgen naar haar werk vertrok, had ze Robin een sleutel gegeven, en ze was zo aardig geweest haar te verzekeren dat ze goed begreep dat Robin niet binnen een paar dagen woonruimte gevonden zou hebben, en dat ze het prima vond als ze zou blijven tot ze iets anders had.

Ze hadden de vorige avond samen tot laat zitten drinken. Vanessa had Robin alles verteld over haar ex-verloofde die vreemdgegaan was. Het was een verhaal vol verrassende plotwendingen dat Vanessa nooit eerder had verteld, met onder andere het openen van twee nep-Facebook-pagina's als lokaas voor haar ex en zijn minnares, wat er na drie maanden geduld in had geresulteerd dat Vanessa van hen beiden naaktfoto's had ontvangen. Robin had gelachen, onder de indruk maar ook geschokt, toen Vanessa het tafereel naspeelde waarin ze haar ex de foto's overhandigde, verstopt in een valentijnskaart, aan een tweepersoonstafeltje in hun favoriete restaurant.

'Jij bent veel te lief, meid,' zei Vanessa met een stalen blik boven haar pinot grigio. 'Ik zou op z'n allerminst die schijtoorbel van haar gehouden hebben en er een hangertje van laten maken.'

Nu was Vanessa naar haar werk. Een logeerdekbed lag keurig opgevouwen op het uiteinde van de bank waar Robin zat, met haar laptop opengeklapt voor zich. Ze had de hele middag gespeurd naar kamers die te huur werden aangeboden, want meer dan een kamer kon ze zich niet veroorloven van het salaris dat Strike haar betaalde. Ze moest steeds denken aan het stapelbed bij Flick in de flat terwijl ze de advertenties doornam die in haar prijscategorie vielen, onder andere voor kale kamertjes met meerdere bedden erin die aan barakken deden denken, of met foto's die thuis leken te horen bij artikelen over hamsterende kluizenaars die dood aangetroffen waren door hun buren. Robins lach van gisteravond leek nu ver weg. Ze negeerde de pijnlijke brok in haar dichtgesnoerde keel die maar niet wilde wijken, hoeveel kopjes thee ze ook dronk.

Matthew had die dag twee keer geprobeerd haar te bereiken. Ze had niet opgenomen en hij had geen bericht ingesproken. Binnenkort zou ze een echtscheidingsadvocaat moeten zoeken, maar haar eerste prioriteit was het vinden van woonruimte terwijl ze het gebruikelijke aantal uren in de zaak-Chiswell stak, want als Strike het gevoel kreeg dat ze niet genoeg bijdroeg, zou ze het enige deel van haar leven in de waagschaal stellen dat op dit moment nog iets voor haar betekende.

Je bent gekapt met de universiteit. Nu kap je met ons huwelijk. Je bent zelfs gekapt met je therapie. Je bent een fucking nono.

De foto's van akelige kamertjes in onbekende flats werden telkens wazig voor haar ogen als ze zich Matthew en Sarah voorstelde in het mahoniehouten bed dat ze van haar schoonvader hadden gekregen, en steeds wanneer dat gebeurde leken haar ingewanden van lood te zijn en dreigde haar zelfbeheersing te verdwijnen. Ze wilde Matthew bellen en tegen hem schreeuwen, maar dat deed ze niet, want ze weigerde te worden wat hij van haar wilde maken: een onredelijke vrouw die zich niet kon inhouden, een *fucking nono*.

Bovendien had ze nieuws voor Strike, nieuws dat ze hem graag wilde vertellen zodra hij klaar was met zijn gesprek met Billy. Raphael Chiswell had die morgen om elf uur zijn mobiel opgenomen, en na een aanvankelijk koele reactie had hij ingestemd met een ontmoeting, maar alleen op een door hem uitgekozen plek. Een uur later was ze gebeld door Tegan Butcher, die zich makkelijk had laten overhalen tot een afspraak. Ze leek hooguit teleurgesteld te zijn dat ze niet de beroemde Strike te spreken kreeg, maar slechts zijn compagnon.

Robin noteerde de gegevens van een kamer in Putney (*bij hospita in huis, vegetariër, moet van katten houden*), keek op de klok en besloot zich om te kleden, in de enige jurk die ze had meegenomen uit Albury Street en die nu gestreken en wel aan Vanessa's keukendeur hing. Het zou haar meer dan een uur kosten om vanuit Wembley bij het restaurant aan Old Bromley Road te komen waar ze Raphael zou treffen, en ze was bang dat ze meer tijd dan gewoonlijk nodig zou hebben om zich toonbaar te maken.

Het gezicht dat haar aanstaarde in Vanessa's badkamerspiegel was bleek, met dikke ogen van het slaapgebrek. Robin was net bezig de schaduwen weg te werken met concealer toen haar telefoon ging.

'Hoi, Cormoran,' zei ze, en ze zette het toestel op de speakers. 'Ben je bij Billy geweest?'

Zijn verslag van het gesprek met Billy duurde tien minuten, waarin Robin zich opmaakte, haar haar borstelde en de jurk aantrok.

'Weet je,' rondde Strike af, 'ik begin me af te vragen of we niet moeten doen wat Billy in eerste instantie al wilde dat we zouden doen: graven.'

'Hm,' zei Robin, en toen: 'Wacht even. Bedoel je... letterlijk?'

'Misschien komt het wel zover, ja.'

Voor het eerst die dag werden Robins eigen zorgen volledig overschaduwd door iets anders, iets monsterlijks. Het lijk van Jasper Chiswell was het eerste lijk dat ze had gezien buiten de geruststellende, steriele context van ziekenhuis en begrafenisonderneming. Zelfs de herinnering aan het in plastic verpakte knollenhoofd met dat donkere gat waar de mond had gezeten verbleekte bij het vooruitzicht van aarde en wormen, een bijna vergaan dekentje en de rottende beenderen van een kind.

'Cormoran, als jij echt denkt dat er een kind begraven ligt in die kuil, moeten we dat de politie vertellen.'

'Dat zou ik misschien doen als ik dacht dat Billy's psychiaters hem geloofden, maar dat is niet zo. Ik heb na het gesprek met Billy lang met ze gepraat. Ze kunnen niet met honderd procent zekerheid zeggen dat het níét gebeurd is, het wurgen van dat kind – het is immers onmogelijk om een ontkenning aan te tonen – maar ze geloven het niet.'

'Denken ze dat hij het verzint?'

'Niet in de gebruikelijke zin van het woord. Ze vermoeden dat het een waanbeeld is, of in het gunstigste geval een verkeerde interpretatie van iets wat hij als heel jong kind heeft gezien. Misschien zelfs wel op tv. Dat zou overeenkomen met al zijn symptomen. Mij lijkt het ook onwaarschijnlijk dat er iets begraven is daar in die kuil, maar het zou beter zijn om het zeker te weten. Zeg, hoe was jouw dag eigenlijk? Nog nieuws?'

'Wat?' herhaalde Robin als verdoofd. 'O... ja. Ik ga om zeven uur wat drinken met Raphael.'

'Uitstekend,' zei Strike. 'Waar?'

'Iets met Nam... Nam Long Le Shaker?'

'In Chelsea? Daar ben ik ooit geweest, lang geleden. Niet de leukste avond van mijn leven.'

'En Tegan Butcher heeft teruggebeld. Ze is nogal een fan van jou, zo te horen.'

'Net wat we nodig hebben, weer een getuige die niet helemaal goed bij haar hoofd is.'

'Smakeloos.' Robin probeerde te lachen. 'Hoe dan ook, ze woont bij haar moeder in Woolstone en werkt in een bar op de paardenrenbaan in Newbury. Zegt dat ze niet in het dorp wil afspreken omdat haar moeder niet wil dat ze zich met ons inlaat, dus vroeg ze zich af of wij misschien naar Newbury kunnen komen.'

'Hoe ver is dat van Woolstone?'

'Een kilometer of dertig?'

'Oké,' zei Strike. 'Zullen we dan met de Land Rover naar Newbury gaan om Tegan te ondervragen en daarna meteen maar langsgaan bij die boskuil, gewoon om even te kijken?'

'Eh... ja, oké,' zei Robin, die probeerde te bedenken hoe ze dat zou gaan doen, de Land Rover ophalen in Albury Street. Ze had hem achtergelaten, omdat je in Vanessa's straat een parkeervergunning nodig had.

'We kijken wanneer Tegan kan, maar deze week zou het beste zijn. Hoe eerder, hoe liever.'

'Goed.' Robin dacht aan de aarzelende plannen die ze had gemaakt om de komende dagen kamers te gaan bezichtigen.

'Is er iets, Robin?'

'Nee, hoor.'

'Bel je me als je Raphael hebt gesproken?'

'Doe ik.' Robin was blij het gesprek te kunnen beëindigen. 'Ik spreek je binnenkort weer.'

58

... ben ik van mening dat er twee verschillende soorten verlangen naast elkaar kunnen bestaan in één persoon.
Henrik Ibsen, *Rosmersholm*

Nam Long Le Shaker had de uitstraling van een decadente bar uit de koloniale tijd. Met de schaarse verlichting, grote groene planten en diverse schilderijen en posters van mooie vrouwen was de inrichting een mengeling van Vietnamees en Europees. Toen Robin om vijf over zeven het restaurant binnenkwam, trof ze Raphael tegen de bar geleund aan. Hij droeg een donker pak en een wit overhemd zonder stropdas, had zijn glas al halfleeg en stond te praten met de langharige schoonheid die voor een glinsterende wand met flessen achter de bar stond.

'Hoi,' zei Robin.

'Hallo,' antwoordde hij een tikkeltje koeltjes, en toen zei hij: 'Je ogen zijn anders. Hadden ze bij Chiswell House ook deze kleur?'

'Blauw?' Robin liet de jas van zich af glijden die ze had gedragen omdat ze ondanks de warme avond koude rillingen had. 'Ja.'

'Dat heb ik dan niet gezien, waarschijnlijk doordat de helft van die verdomde gloeilampen kapot was. Wat wil je drinken?'

Robin aarzelde. Ze zou eigenlijk niet moeten drinken als ze iemand ging ondervragen, maar ze snakte naar alcohol. Voordat ze een besluit kon nemen, zei Raphael op enigszins scherpe toon: 'Undercover geweest vandaag, hè?'

'Waarom vraag je dat?'

'Je hebt je trouwring weer niet om.'

'Had jij op kantoor ook al zulke goede ogen?' vroeg Robin.

Hij grinnikte, waardoor ze weer wist wat ze zo leuk aan hem had gevonden, tegen wil en dank.

'Ik had door dat je bril nep was, weet je nog?' zei hij. 'Ik dacht toen dat je serieus genomen wilde worden, omdat je te mooi bent voor de politiek. Dus deze,' hij wees naar zijn donkerbruine ogen, 'mogen dan goed zijn, hierbinnen,' hij tikte tegen zijn hoofd, 'ben ik minder scherp.'

'Doe maar een rode wijn,' zei Robin glimlachend. 'En ik betaal, vanzelfsprekend.'

'Als de rekening dan toch naar meneer Strike gaat, laten we dan hier eten,' zei Raphael onmiddellijk. 'Ik rammel en ik ben blut.'

'Echt?' Na een dag advertenties uitpluizen voor een kamer die ze van haar salaris kon betalen was ze niet in de stemming om opnieuw de definitie van 'blut' van de familie Chiswell aan te horen.

'Ja, echt, al geloof jij daar misschien niks van,' zei Raphael met een wat zuur lachje, zodat Robin vermoedde dat hij haar gedachte had geraden. 'Serieus, zullen we wat te eten bestellen?'

'Prima,' zei Robin, die de hele dag amper voedsel had aangeraakt.

Raphael pakte zijn flesje bier van de bar en ging haar voor door het restaurant naar een tweepersoonstafeltje aan de wand. Het was nog zo vroeg dat ze de enige eters waren.

'Mijn moeder kwam hier altijd in de jaren zeventig,' zei Raphael. 'Het was een bekende zaak omdat de eigenaar graag tegen die rijke, beroemde lui zei dat ze konden ophoepelen als ze niet netjes gekleed waren, en dat vonden ze allemaal prachtig.'

'Echt?' zei Robin. Ze was mijlenver weg met haar gedachten. Ze besefte ineens dat ze nooit meer met Matthew uit eten zou gaan, met z'n tweetjes zoals ze hier nu met Raphael zat. Ze dacht aan de allerlaatste keer, bij Le Manoir aux Quat'Saisons. Waar had hij aan gedacht terwijl hij zwijgend zat te eten? Hij was in ieder geval woest geweest omdat ze voor Strike bleef werken, maar misschien had hij ook wel in gedachten de pluspunten van Sarah gewogen, met haar goedbetaalde baan bij Christie's, haar eindeloze bron van verhalen over de rijkdom van andere mensen en haar ongetwijfeld zelfverzekerde prestaties in bed, waar een van de diamanten oorbellen die ze van haar verloofde had gekregen achter Robins kussen was blijven haken.

'Zeg, als je zo sip kijkt omdat je met mij moet eten, gaan we gewoon weer aan de bar zitten, hoor,' zei Raphael.

'Hè?' Robin schrok verbaasd op uit haar gedachten. 'O! Nee, het ligt niet aan jou.'

Een ober kwam haar wijn brengen. Ze nam een grote slok.

'Sorry,' zei ze. 'Ik dacht aan mijn man. Ik ben gisteravond bij hem weggegaan.'

Terwijl ze toekeek hoe Raphael verstarde met het bierflesje aan zijn mond, wist Robin dat ze een onzichtbare grens had overschreden. In al die tijd dat ze voor het detectivebureau werkte, had ze nooit de waarheid over haar privéleven ingezet om iemands vertrouwen te winnen; nooit persoonlijke zaken vermengd met professionele om iemand aan haar kant te krijgen. Ze wist dat ze door Matthews ontrouw te gebruiken als middel om Raphael te manipuleren iets deed wat haar echtgenoot walgelijk en weerzinwekkend zou vinden. Hun huwelijk moest onschendbaar zijn, een wereld die volledig gescheiden was van wat hij beschouwde als haar ordinaire flutbaan.

'Serieus?' vroeg Raphael.

'Ja. Maar ik verwacht niet dat je me gelooft, na al die onzinverhalen die ik je als Venetia heb verteld. Maar goed.' Ze pakte haar aantekenboekje uit haar tas. 'Je vond het dus goed als ik je wat vragen zou stellen?'

'Eh... ja.' Hij wist ogenschijnlijk niet of hij geamuseerd of geschrokken moest reageren. 'Is dit echt? Is je huwelijk gisteren stukgelopen?'

'Ja. Waarom kijk je zo geschokt?'

'Ik weet niet,' zei Raphael. 'Je leek me gewoon zo'n... braaf meisje.' Zijn blik gleed over haar gezicht. 'Dat maakt je juist aantrekkelijk.'

'Kan ik gewoon mijn vragen stellen?' vroeg Robin, vastbesloten zich niet van haar stuk te laten brengen.

Raphael nam een slok bier en zei: 'Altijd met je werk bezig. Dan ga je je als man afvragen wat ervoor nodig is om jou af te leiden.'

'Serieus...'

'Ja, ja, je vragen. Maar laten we eerst bestellen. Heb je zin in dimsum?'

'Ik vind alles best.' Robin sloeg het aantekenboekje open.

Het bestellen van eten leek Raphael op te beuren. 'Drink eens door,' zei hij.

'Ik zou eigenlijk niet moeten drinken,' zei Robin, die haar wijn na de eerste slok niet meer had aangeraakt. 'Oké, ik wilde het over Ebury Street hebben.'

'Zeg het maar.'

'Je hebt gehoord wat Kinvara zei over de sleutels. Ik vroeg me af of...'

'Of ik er ooit een heb gehad?' vulde Raphael al even onverstoorbaar aan. 'Raad eens hoe vaak ik in dat huis ben geweest.'

Robin wachtte af.

'Eén keer. Als kind kwam ik er nooit. Toen ik uit de... je weet wel kwam, nodigde mijn vader, die me daar niet één keer had opgezocht, me uit om naar Chiswell House te komen. Dus ik ging erheen. Kamde mijn haar, trok een pak aan, reisde het hele eind naar dat stomme gat – en hij kwam niet opdagen. Er moest nog gestemd worden in het Lagerhuis of een soortgelijke lulsmoes. Moet je je voorstellen hoe blij Kinvara was dat ik een avondje daar was, in dat deprimerende klotehuis waar ik al sinds mijn kindertijd nachtmerries over heb. Welkom thuis, Raff.

De volgende morgen nam ik de eerste trein terug naar Londen. De week erop hoorde ik weer niks van pa, tot hij me opnieuw sommeerde te komen, deze keer naar Ebury Street. Ik heb overwogen om niet te gaan. Waarom ging ik tóch?'

'Ik weet het niet,' zei Robin. 'Waarom ging je toch?'

Hij keek haar strak aan. 'Je kunt iemand haten en toch fucking hopen dat hij iets om je geeft, en dan haat je jezelf weer omdat het je zelfs maar boeit.'

'Ja,' zei Robin zacht. 'Ja, natuurlijk.'

'Dus ik braaf naar Ebury Street, in de hoop op een... Nee, niet op een onderonsje met mijn vader, je hebt hem ontmoet. Maar misschien toch iets van menselijke emotie, weet ik veel. Hij deed open en zei: "Daar ben je dan" en hij duwde me de huiskamer in, en daar zat Henry Drummond. Op dat moment besefte ik dat het een sollicitatiegesprek zou worden. Drummond zei dat hij me zou aannemen. Pa blafte dat ik het niet mocht verkloten en zette me weer op straat. De eerste en de laatste keer dat ik daar in dat huis was,' zei Raphael, 'dus ik kan niet zeggen dat ik er dierbare herinneringen aan heb.' Hij zweeg om even stil te staan bij zijn eigen woorden en lachte kort. 'En natuurlijk heeft mijn vader zichzelf daar van kant gemaakt. Dat zou ik bijna vergeten.'

'Geen sleutel,' zei Robin, en ze maakte een aantekening.

'Nee, dat waren nog een paar dingen die ik die dag niet kreeg: een eigen sleutel en de uitnodiging om langs te komen wanneer ik maar wilde.'

'Ik moet je iets vragen wat in jouw ogen misschien een beetje gewaagd is,' zei Robin voorzichtig.

'Dat klinkt interessant,' zei Raphael, en hij boog zich naar haar toe.

'Heb jij ooit vermoed dat je vader een verhouding had?'

'Wat?' Hij deinsde bijna komisch achteruit. 'Nee, maar... wát?'

'Het afgelopen jaar of zo? Tijdens zijn huwelijk met Kinvara?

Hij reageerde ongelovig. 'Hoe kom je dáár nou bij?'

'Kinvara deed toch altijd heel bezitterig, wilde per se weten waar je vader was en zo?'

'Ja.' Raphael grijnsde breed. 'Maar je weet hoe dat kwam. Dat kwam door jóú.'

'Ik heb gehoord dat ze een keer door het lint is gegaan voordat ik daar kwam werken. Ze heeft toen tegen iemand gezegd dat je vader haar bedroog. Dat was in de tijd dat haar merrie is afgemaakt en ze...'

'... pa met een hamer heeft geslagen?' Hij fronste zijn voorhoofd. 'O. Ik dacht dat dat vanwege die merrie was. Tja, pa was wel een vrouwenliefhebber in zijn jongere jaren. Hé, misschien was dat het, die avond dat ik naar Chiswell House ben gegaan en hij in Londen bleef? Kinvara verwachtte hem duidelijk terug en ze was woest toen hij op het laatste moment terugkrabbelde.'

'Zou kunnen.' Robin maakte een aantekening. 'Weet je de datum nog?'

'Eh, toevallig wel, ja. De dag dat je de gevangenis uit komt vergeet je niet gauw. Ik ben vorig jaar op woensdag 16 februari vrijgekomen en pa vroeg me de zaterdag erop om naar Chiswell House te komen, dus... de negentiende.'

Robin noteerde het. 'Heb je nooit iets gehoord of gezien wat wees op een andere vrouw?'

'Kom op, jij was erbij in het Lagerhuis. Je weet hoe weinig ik met hem te maken had. Denk je dat hij mij zou vertellen dat hij vreemdging?'

'Hij zei ook tegen je dat hij de geest van Jack o'Kent had zien spoken op het terrein.'

'Dat is wat anders. Toen was hij dronken... en in een morbide bui. Raar. Hij hield maar niet op over de straf van God. Ik weet niet, misschien had hij het toen over een verhouding. Misschien had hij eindelijk een geweten gekregen, na drie echtgenotes.'

'Met jouw moeder was hij toch niet getrouwd?'

Raphael kneep zijn ogen tot spleetjes. 'Sorry. Ik vergat even dat ik de bastaardzoon ben.'

'Ach, doe niet zo flauw,' zei Robin op milde toon. 'Je weet best dat ik dat niet...'

'Ja, sorry,' mompelde hij. 'Ik ben overgevoelig. Dat krijg je als je wordt onterfd door een van je ouders.'

Robin dacht aan Strikes motto over erfenissen: *Het gaat om het geld, maar ook weer niet*, en in een griezelige echo van haar gedachten zei Raphael: 'Het gaat niet om het geld, al zou ik dat heel goed kunnen gebruiken. Ik ben werkloos, en ik denk niet dat die ouwe Henry Drummond een aanbevelingsbrief voor me zal schrijven, jij wel? En nu mijn moeder zich blijvend in Italië wil vestigen, heeft ze het over het verkopen van de flat in Londen, dus dan ben ik ook nog dakloos. Zover komt het dus nog,' zei hij op bittere toon. 'Straks ben ik verdomme Kinvara's stalknecht. Niemand anders wil voor haar werken en niemand anders neemt mij in dienst... Maar het gaat niet alleen om het geld. Als iemand je niet in zijn testament opneemt... Ik word gewoon buitengesloten. De laatste wensen van een dode voor zijn familie en ik word niet één keer genoemd. Nu krijg ik van fucking Torquil het advies om met mijn moeder op te rotten naar Siena en "opnieuw te beginnen". Eikel,' zei Raphael met een gevaarlijke blik.

'Woont je moeder daar? In Siena?'

'Ja. Ze heeft het aangelegd met een Italiaanse graaf, en neem maar van mij aan dat die niet zit te wachten op een zoon van negenentwintig die bij hen intrekt. Hij lijkt met haar te willen trouwen en zij begint zich zorgen te maken om haar oude dag, vandaar het idee om de flat hier te lozen. Ze is nu iets te ver over de uiterste houdbaarheidsdatum om nog een keer de truc uit te halen waarmee ze destijds mijn vader probeerde te strikken.'

'Hoe bedoel...'

'Ze is expres zwanger geraakt. Kijk niet zo geschokt. Mijn moeder vindt het niet nodig mij af te schermen voor de harde realiteit van het leven. Ze heeft het me jaren geleden al verteld. Ik was een gokje dat niet gewerkt heeft. Ze dacht dat hij wel met haar zou trouwen als ze in verwachting was, maar zoals jij me zojuist al terechtwees...'

'Sorry daarvoor. Echt. Het was ongevoelig van me, en dom.'

Ze verwachtte dat Raphael zou zeggen dat ze kon doodvallen, maar hij zei zacht: 'Zie je wel, je bent echt lief. Het was niet allemaal toneel, hè, op kantoor?'

'Ik weet niet. Misschien niet, nee.'

Ze voelde dat hij zijn benen verplaatste onder de tafel en schoof heel voorzichtig weer naar achteren.

'Wat is je man voor iemand?' vroeg Raphael.

'Ik weet niet hoe ik hem moet beschrijven.'

'Werkt hij echt bij Christie's?'

'Nee. Hij is accountant.'

'Jezus,' zei Raphael vol afschuw. 'Val je op dat soort types?'

'Hij was nog geen accountant toen ik hem leerde kennen. Kunnen we het nog een keer hebben over je vaders telefoontje op de ochtend van zijn dood?'

'Als je wilt,' zei Raphael. 'Maar ik heb het veel liever over jou.'

'Als jij me nou eerst vertelt wat er die morgen is gebeurd, dan mag je me daarna vragen wat je maar wilt,' zei Robin.

Er trok een glimlach over Raphaels gezicht. Hij nam een slok bier en zei: 'Pa belde me. Zei dat hij dacht dat Kinvara domme dingen zou doen en droeg me op om meteen naar Woolstone te gaan om haar tegen te houden. Ik heb nog gevraagd waarom ík dat zo nodig moest doen.'

'Dat heb je er in Chiswell House niet bij gezegd.' Robin keek op van haar aantekeningen.

'Natuurlijk niet, omdat de anderen erbij waren. Pa zei dat hij het Izzy niet wilde vragen. Hij deed nogal bot over haar aan de telefoon... Het was eigenlijk een ondankbare lul,' zei Raphael. 'Ze werkte zich kapot voor hem en je hebt gezien hoe hij haar behandelde.'

'Wat bedoel je met bot?'

'Hij was bang dat ze tegen Kinvara tekeer zou gaan, dat ze haar van streek zou maken en het alleen maar erger zou maken, zoiets. De pot verwijt de fucking ketel, maar goed. Terwijl de waarheid is...' zei Raphael, 'dat hij mij beschouwde als een soort opperdienaar en Izzy echt als familie. Dat ik mijn handen vuil moest maken was prima, en het gaf niet als zijn vrouw op míj pissig werd omdat ik zomaar binnen kwam denderen om te voorkomen...'

'Om wat te voorkomen?'

'Ha, het eten,' zei Raphael.

Nadat ze de dimsum voor hen op tafel had gezet, trok de serveerster zich terug.

'Wat moest je voorkomen?' vroeg Robin. 'Dat Kinvara bij je vader wegging? Zichzelf iets aandeed?'

'Heerlijk, dit.' Raphael bekeek een garnaal met een deegjasje.

'Ze heeft een brief achtergelaten,' drong Robin aan, 'waarin stond dat ze wegging. Heeft je vader jou gestuurd om haar om te praten? Was hij bang dat Izzy haar eerder zou aansporen op te stappen?'

'Denk je nou echt dat ik Kinvara zou kunnen overhalen om met hem getrouwd te blijven? Dat ze mij nooit meer zou hoeven zien zou voor haar juist reden te meer zijn om te vertrekken.'

'Waarom stuurde je vader jou dan?'

'Dat zeg ik net. Hij was bang dat ze domme dingen zou doen.'

'Raff,' zei Robin, 'je kunt niet de onnozelaar blijven uithangen.'

Hij viel uit zijn rol. 'Jezus, wat klinkt je Yorkshire-accent lekker als je je druk maakt. Zeg nog eens wat?'

'Nee. Volgens de politie zit er een luchtje aan jouw verhaal over die ochtend,' zei Robin. 'En volgens ons ook.'

Dat leek hem te ontnuchteren. 'Hoe weet jij wat de politie denkt?'

'We hebben contacten binnen het korps,' zei Robin. 'Raff, je wekt bij iedereen de indruk dat je vader wilde voorkomen dat Kinvara zichzelf iets zou aandoen, maar niemand gelooft dat. Het stalmeisje was daar ook. Tegan. Zij had Kinvara net zo goed kunnen tegenhouden.'

Raphael kauwde even op zijn eten en leek na te denken.

'Goed dan,' verzuchtte hij. 'Goed, ik zal het je zeggen. Je weet dat mijn vader alles wat meer dan een paar honderd pond zou opbrengen had verkocht of aan Peregrine had gegeven?'

'Aan wie?'

'Oké dan, aan Pringle,' zei Raphael geërgerd. 'Ik gebruik die belachelijke bijnamen liever niet.'

'Hij heeft niet alles van waarde verkocht,' zei Robin.

'Hoezo niet?'

'Het schilderij van de merrie met veulen is vijf tot acht...'

Robins mobiel ging. Ze hoorde aan de ringtone dat het Matthew was.

'Moet je niet opnemen?'

'Nee.'

Ze wachtte tot het gerinkel ophield en pakte toen haar telefoon uit haar tas.

'Matt,' zei Raphael, die de naam ondersteboven moest lezen. 'Dat is de accountant, hè?'

'Ja.' Robin zette de telefoon op stil, maar het toestel begon onmiddellijk te trillen in haar hand. Matthew weer.

'Blokkeer hem,' opperde Raphael.

'Ja,' zei Robin, 'goed idee.'

Het enige wat nu belangrijk voor haar was, was ervoor zorgen dat Raphael bleef meewerken. Hij leek het leuk te vinden om toe te kijken hoe ze Matthew blokkeerde. Ze stopte de mobiel weer in haar tas en zei: 'Over die schilderijen.'

'Je weet dat pa alles van waarde heeft weggedaan via Drummond?'

'Sommige mensen vinden vijfduizend pond voor een schilderij ook veel geld.' Robin kon het niet laten.

'Mij best, linkse tante,' zei Raphael plotseling op agressieve toon. 'Blijf jij maar sneren dat mensen zoals ik de waarde van geld niet kennen...'

'Sorry,' zei Robin snel, kwaad op zichzelf. 'Echt, het spijt me. Het komt gewoon... Ik heb vanmorgen naar een kamer gezocht. Vijfduizend pond zou op dit moment mijn leven veranderen.'

'O.' Raphael fronste zijn wenkbrauwen. 'Ik... Oké. Eerlijk gezegd zou ik nu zelf ook dolblij zijn met vijfduizend pond, maar ik had het over serieus waardevol spul, van tienduizenden of zelfs honderdduizenden ponden, stukken die mijn vader in de familie had willen houden. Die had hij al aan de kleine Pringle had gegeven om de successierechten te omzeilen. Er was een Chinese kast, lakwerk, en een ivoren naaidoos en nog wat andere dingen, maar ook die halsketting.'

'Welke...?'

'Een groot, lelijk geval met diamanten,' zei hij, en met de hand zonder de vork met de garnaal erin gebaarde hij een dikke ketting. 'Belangrijke "stenen". Dat ding is al iets van vijf generaties in de familie, en het was de gewoonte om hem door te geven aan de oudste dochter als ze eenentwintig werd, maar de vader van mijn vader, die nogal een playboy was, zoals je misschien hebt gehoord...'

'Is dat degene die is getrouwd met Tinky de verpleegster?'

'Dat was zijn derde of vierde vrouw.' Raphael knikte. 'Dat vergeet ik steeds. Hoe dan ook, hij kreeg alleen zonen, dus liet hij al zijn vrouwen dat ding op hun beurt dragen en heeft het uiteindelijk nagelaten aan mijn vader, die de nieuwe traditie in ere hield. Zijn echtgenotes droegen de ketting – zelfs mijn moeder mocht meedoen – en hij vergat het gedeelte over het doorgeven aan dochters die eenentwintig werden. Pringle heeft het ding niet gekregen en het komt ook niet voor in zijn testament.'

'Wacht even. Bedoel je dat die ketting nu...?'

'Pa belde me die ochtend om te zeggen dat ik dat stomme ding te pakken moest zien te krijgen. Simpel klusje, iets wat iedereen graag zou doen,' zei hij sarcastisch. 'Binnendringen bij de stiefmoeder die mijn bloed wel kan drinken, uitzoeken waar ze een kostbare ketting bewaart en die dan onder haar neus vandaan jatten.'

'Dus jij denkt dat je vader echt dacht dat ze bij hem wegging, en dat hij bang was dat ze die ketting zou meenemen?'

'Waarschijnlijk wel, ja.'

'Hoe klonk hij aan de telefoon?'

'Dat heb ik je al verteld. Groggy. Ik dacht dat hij een kater had. Toen ik later hoorde dat hij zelfmoord had gepleegd...' Raphael haperde. 'Nou ja.'

'Ja?'

'Eerlijk gezegd kon ik het maar niet uit mijn hoofd zetten dat het laatste wat mijn vader bij leven tegen me wilde zeggen was: "Zorg jij ervoor dat je zus die diamanten krijgt." Echt woorden om voor altijd te koesteren, nietwaar?'

Robin, die niet wist wat ze daarop moest zeggen, nam nog een slok wijn en vroeg toen zacht: 'Weten Izzy en Fizzy dat die halsketting nu van Kinvara is?'

Raphaels mond krulde om in een onaangenaam lachje. 'Ze weten dat hij wettelijk gezien van haar is, maar dat is het grappige van alles: ze denken dat zij hem wel aan hen zal geven. Na alles wat ze over haar hebben gezegd, nadat ze haar jarenlang een golddigger hebben genoemd en haar bij iedere gelegenheid hebben neergesabeld, kunnen ze zich niet voorstellen dat ze die ketting niet zonder slag of stoot aan Fizzy of Flopsy – godver, nee, Florence – zal geven, want,' hij zette een bekakt hoog stemmetje op, "*darling*, zelfs TDT zou hem nooit zomaar inpikken, hij hoort in de familie, ze snapt héús wel dat ze hem niet kan verkopen". Die twee hebben een torenhoge dunk van zichzelf. Ze denken dat er sprake is van een soort natuurwet die luidt dat de Chiswells krijgen wat ze willen en de mindere wezens zich alleen maar braaf aan de regels houden.'

'Hoe wist Henry Drummond dat jij Kinvara wilde overhalen die ketting terug te geven? Hij heeft tegen Cormoran gezegd dat je met een nobel doel naar Chiswell House ging.'

Raphael snoof. 'Nu is de aap echt uit de mouw, hè? Ja, Kinvara had kennelijk een briefje voor Henry achtergelaten op de dag voor mijn vaders dood, waarin ze vroeg of hij die ketting kon taxeren.'

'Belde hij daarom die morgen naar je vader?'

'Precies. Om hem te waarschuwen.'

'Waarom heb je dit allemaal niet aan de politie verteld?'

'Als de anderen erachter komen dat ze dat ding wil verkopen, ontploft de zaak. Dan komt er een gigantische ruzie, de familie haalt er advocaten bij en ze verwachten dat ik samen met hen Kinvara de grond in zal trappen, terwijl ik zelf word behandeld als een tweederangsburger, als een fucking koerier. Ik mocht al die oude schilderijen naar Drummond in Londen brengen en aanhoren wat pa ervoor kreeg, terwijl ik daar zelf nooit een penny van zou zien. Ik laat me niet betrekken bij een groot schandaal over die ketting, ik speel dat spelletje niet mee. Ik had tegen pa moeten zeggen dat hij het mooi zelf mocht uitzoeken, toen hij me belde die dag,' zei Raphael. 'Maar hij klonk niet goed en ik had met hem te doen, denk ik, wat alleen maar bewijst dat ze gelijk hebben: ik ben geen echte Chiswell.'

Hij was buiten adem. Er zaten nu nog twee andere stellen in het restaurant. Robin keek via de spiegel hoe een welverzorgde blondine geïnteresseerd omkeek naar Raphael voordat ze ging zitten met haar blozende, te dikke gezelschap.

'Oké, waarom ben je bij Matthew weggegaan?' vroeg Raphael.

'Hij ging vreemd.' Robin had de fut niet om te liegen.

'Met wie?'

Ze kreeg de indruk dat hij een soort machtsevenwicht wilde herstellen. Hoeveel woede en minachting hij ook had getoond in de uitbarsting over zijn familie, ze had ook de pijn in zijn stem gehoord.

'Met een vriendin van de universiteit,' antwoordde ze.

'Hoe ben je erachter gekomen?'

'Een diamanten oorbel, in ons bed.'

'Serieus?'

'Serieus.' Robin voelde een plotselinge golf van somberheid en vermoeidheid bij het idee dat ze straks helemaal terug naar Wembley zou moeten om op die harde bank te slapen. Ze had haar ouders ook nog niet gebeld om hun te vertellen wat er was gebeurd.

'Onder normale omstandigheden,' zei Raphael, 'zou ik proberen je te versieren. Nou ja, niet nu meteen. Ik zou het een paar weken de tijd geven... Maar het punt is: als ik naar je kijk,' hij wees eerst naar haar en toen naar een denkbeeldige gestalte achter haar, 'dan zie ik steeds je eenbenige baas over je schouder meekijken.'

'Is er een speciale reden waarom je daar "eenbenig" bij moet vermelden?'

Raphael grinnikte. 'Je neemt hem in bescherming.'

'Nee, ik...'

'Geeft niet. Izzy valt ook op hem.'

'Ik val helemaal...'

'En ook nog in de verdediging.'

'Jezus, man!' zei Robin half lachend.

Raphael grijnsde mee. 'Ik neem nog een biertje. Drink die wijn eens op.' Hij wees naar haar glas, dat nog voor twee derde gevuld was.

Toen hij een nieuw flesje bier had bemachtigd, zei hij met een boosaardige grijns: 'Izzy houdt van ruig, dat is altijd al zo geweest. Zag je die gespannen blik van Fizzy naar Izzy toen de naam Jimmy Knight viel?'

'Inderdaad, ja,' zei Robin. 'Waar had dat mee te maken?'

'Freddies achttiende verjaardag,' zei Raphael met een voldane grijns. 'Jimmy was onuitgenodigd opgedoken met een stel vrienden en Izzy is door hem... Hoe zeg ik dat netjes? Ze heeft iets verlóren in zijn gezelschap.'

'O,' zei Robin verbijsterd.

'Ze was stomdronken. Het verhaal wordt doorgegeven als familielegende. Ik was er niet bij, ik was te jong.

'En Fizzy is zo onder de indruk van het idee dat haar zus het heeft gedaan met de zoon van de timmerman dat ze denkt dat hij een bovenmenselijk, demonisch sexappeal heeft. Dáárom denkt ze dat Kinvara min of meer partij voor hem koos toen hij opdook en om geld vroeg.'

'Wat?' vroeg Robin scherp, en ze pakte haar notitieboekje er weer bij, dat dichtgevallen was.

'Niet te enthousiast,' zei Raphael. 'Ik weet nog steeds niet waar hij pa mee chanteerde, dat heb ik nooit geweten. Ik hoor niet echt bij de familie, hè, dus ik ben niet helemaal te vertrouwen. Kinvara heeft het je verteld bij Chiswell House, weet je dat niet meer? Ze was alleen thuis, de eerste keer dat Jimmy opdook. Pa zat weer in Londen. Uit wat ik ervan begrepen heb, heeft ze voor Jimmy gepleit toen mijn vader en zij de kwestie voor het eerst bespraken. Fizzy denkt dat dat komt door Jimmy's sexappeal. Heeft hij dat, vind jij dat ook?'

'Voor sommige mensen waarschijnlijk wel,' zei Robin onverschillig terwijl ze aantekeningen maakte. 'Dus Kinvara vond dat je vader Jimmy dat geld moest geven?'

'Ik heb begrepen,' zei Raphael, 'dat Jimmy het in het begin niet inkleedde als chantage. Zij vond dat Jimmy terecht aanspraak maakte op een betaling en ze pleitte ervoor hem een bedrag te geven.'

'Wanneer was dat, weet je dat?'

'Geen flauw idee,' zei Raphael hoofdschuddend. 'Ik denk dat ik toen in de gevangenis zat. Ik had wel belangrijkere zaken aan mijn hoofd. Raad eens,' zei hij toen voor de tweede keer, 'hoe vaak ze me hebben gevraagd hoe het was in de gevangenis?'

'Dat weet ik niet,' zei Robin behoedzaam.

'Fizzy niet één keer. Mijn vader ook niet...'

'Je zei dat Izzy op bezoek was geweest.'

'Ja,' gaf hij toe, en hij proostte even op zijn zus met het bierflesje. 'Ja, inderdaad, de schat. Die goeie ouwe Torks maakte een paar grappen over niet bukken in de douche. Ik zei toen,' zei Raphael met een wrede lach, 'dat hij daar natuurlijk alles van wist, met zijn goede vriend Christopher die op kantoor graag zijn hand tussen de benen van jongemannen laat glijden. Het schijnt menens te zijn als een harige gedetineerde het probeert, maar een onschuldig spelletje voor dat soort kostschooljongens.'

Hij gluurde even naar Robin.

'Ik neem aan dat je weet waarom pa die arme Aamir het leven zuur maakte?'

Ze knikte.

'Hetgeen Kinvara zag als een motief voor moord.' Raphael rolde met zijn ogen. 'Projectie, pure projectie. Daar doen ze allemaal aan. Kinvara denkt dat Aamir pa heeft vermoord omdat pa gemeen tegen hem had gedaan in een kantoor vol andere mensen. Nou, dan had je moeten horen wat hij tegen het einde allemaal tegen Kinvara heeft gezegd.

Fizzy denkt dat Aamir het misschien gedaan heeft omdat hij kwaad was over geld. Ze is verdomme zélf kwaad over het familiekapitaal dat is verdwenen, maar dat kan ze niet met zo veel woorden zeggen, want haar man is min of meer de reden dat dat geld op is.

Izzy denkt dat Kinvara pa vermoord moet hebben omdat ze zich niet geliefd voelde; aan de kant geschoven, inwisselbaar. Pa heeft Izzy nooit bedankt, terwijl ze verdomd veel voor hem heeft gedaan, en het kon hem geen moer schelen toen ze zei dat ze bij hem wegging. Zie je het patroon?

Ze hebben geen van allen het lef om te zeggen dat ze pa soms allemaal wel hadden willen vermoorden, niet nu hij dood is, dus projecteren ze het allemaal op iemand anders. En dáárom,' zei Raphael, 'hoor je niemand over Geraint Winn. Hij wordt dubbel beschermd, omdat de heilige Freddie een rol speelt bij Winns grote wrok. Ze kunnen er niet omheen dat hij een echt motief had, maar daar mogen we niks over zeggen.'

'Ga door,' zei Robin, met de pen in de aanslag. 'Zeg jij er dan wél wat over.'

'Nee, laat maar. Ik had er niet...'

'Volgens mij zeg je nooit iets per ongeluk, Raphael. Kom op.'

Hij moest lachen. 'Ik probeer niet langer mensen te naaien die dat niet verdienen. Dat hoort allemaal bij het grote verlossingsproject.'

'Wie verdient het niet?'

'Francesca, het meisje dat ik in de galerie heb ge... je weet wel. Van haar heb ik het gehoord. En zij had het weer van haar oudere zus Verity.'

'Verity,' herhaalde Robin.

Door het slaapgebrek wilde het haar niet te binnen schieten waar ze die naam eerder had gehoord. Hij leek natuurlijk op 'Venetia'... en toen wist ze het weer.

'Wacht,' zei ze, fronsend in een poging zich te concentreren. 'Er zat een Verity in het schermteam bij Freddie en Rhiannon Winn.'

'In één keer goed.'

'Jullie kennen elkaar ook allemaal,' zei Robin vermoeid, waarbij ze zonder het te weten Strikes gedachten verwoordde, en ze begon weer te schrijven.

'Ja, dat zijn de geneugten van een chique kostschool,' zei Raphael. 'Als je geld hebt, kom je overal weer dezelfde driehonderd mensen tegen... Ja, toen ik voor het eerst in de galerie van Drummond kwam, stond Francesca te popelen om me te vertellen dat haar grote zus ooit verkering had gehad met Freddie. Waarschijnlijk waren zij en ik daarom in haar ogen voorbestemd om iets met elkaar te beginnen.

Toen ze doorkreeg dat ik Freddie nogal een eikel vond,' zei Raphael, 'gooide ze het over een andere boeg en vertelde me een rotverhaal. Blijkbaar had Freddie op zijn achttiende verjaardag samen met Verity en een paar anderen besloten Rhiannon te straffen omdat ze het lef had gehad Verity's plaats in te nemen in het schermteam. In hun ogen was ze... ik weet het niet, een beetje ordinair? Te Welsh misschien? Dus gooiden ze sterkedrank in haar glas fris. Gewoon voor de lol. Van die geintjes die ze op kostschool uithaalden, weet je wel.

Maar Rhiannon reageerde niet al te best op wodka – of misschien juist wel, in hun ogen. Hoe dan ook, ze slaagden erin een paar leuke foto's van haar te nemen, die ze aan elkaar doorgaven. Internet stond toen nog in de kinderschoenen. Tegenwoordig zouden zulke foto's in de eerste vierentwintig uur door een half miljoen mensen bekeken worden, maar Rhiannon kreeg alleen maar het complete schermteam en de wellustige blikken van bijna al Freddies vrienden te verduren. Afijn,' zei Raphael, 'een maand of wat later maakte Rhiannon zich van kant.'

'Goeie god,' zei Robin zachtjes.

'Ja. Nadat Franny me dat verhaal had verteld, vroeg ik Izzy ernaar. Ze raakte helemaal van streek, zei dat ik het aan niemand mocht vertellen, nooit – maar ze ontkende het niet. Ik kreeg een hoop kreten te horen in de trant van "Niemand pleegt zelfmoord vanwege een flauw grapje op een feestje" en ze zei dat ik zo niet over Freddie mocht praten, dat het mijn vaders hart zou breken...

Maar ja, de doden hebben geen hart meer dat kan breken, toch? En persoonlijk vind ik het hoog tijd worden dat dat heilige vuur van Freddie eens wordt gedoofd. Als hij niet Chiswell had geheten, zou die schoft in een opvoedingsgesticht gezeten hebben. Maar nu zeg jij natuurlijk: hoor wie het zegt, wat heb je zélf uitgespookt?'

'Nee,' zei Robin op milde toon. 'Dat zeg ik niet.'

Zijn strijdlustige uitdrukking verdween. Hij keek op zijn horloge. 'Ik moet gaan. Ik moet om negen uur ergens zijn.'

Robin stak een hand op om de rekening te vragen. Toen ze zich weer omdraaide naar Raphael, zag ze zijn ogen geroutineerd over de twee andere vrouwen in het restaurant gaan, en in de spiegel kon ze zien hoe de blondine zijn blik probeerde vast te houden.

'Ga maar.' Ze gaf de creditcard aan de serveerster. 'Ik zou niet willen dat je door mij te laat komt.'

'Nee, ik loop met je mee naar buiten.'

Terwijl ze de creditcard opborg in haar tas pakte hij haar jas en hield die voor haar op.

'Dank je wel.'

'Graag gedaan.'

Buiten op het trottoir hield hij een taxi aan. 'Neem jij deze maar, ik heb zin om een eindje te lopen. Het hoofd leegmaken. Het voelt alsof ik een vervelende therapiesessie achter de rug heb.'

'Nee, dat hoeft niet.' Ze wilde Strike niet opzadelen met de kosten van een taxi helemaal naar Wembley. 'Ik neem de metro. Fijne avond nog.'

'Fijne avond, Venetia.'

Raphael stapte in de taxi, en toen die wegreed trok Robin haar jas steviger om zich heen en liep de andere kant op. Het was een chaotisch gesprek geweest, maar ze had veel meer uit Raphael losgekregen dan ze had verwacht. Ze pakte haar mobiel weer en belde Strike.

59

Wij tweeën gaan met elkaar...
Henrik Ibsen, *Rosmersholm*

Toen hij zag dat Robin hem belde, stopte Strike zijn notitieboekje, dat hij net tevoorschijn had gehaald in de Tottenham, weg en goot het restant van zijn halveliterglas bier in één teug naar binnen voordat hij met zijn telefoon de straat op liep.

De puinhoop waarin de wegwerkzaamheden het einde van Tottenham Court Road hadden veranderd – de met brokstukken gevulde geul op de plek waar ooit de weg had gelopen, de verplaatsbare plastic dranghekken, de loopplanken die ervoor moesten zorgen dat tienduizenden mensen het drukke kruispunt konden blijven passeren – waren hem nu zo vertrouwd dat hij ze nauwelijks nog zag. Hij was niet naar buiten gegaan voor het uitzicht, maar voor een sigaret, en hij rookte er twee terwijl Robin alles herhaalde wat Raphael haar had verteld.

Na het afronden van het telefoontje stopte Strike zijn mobiel weer in zijn zak, stak afwezig een derde sigaret op met het brandende puntje van de tweede en bleef staan, diep in gedachten verzonken over alles wat ze had gezegd, waardoor de voorbijgangers langs hem heen moesten laveren.

Een paar dingen die Robin hem had verteld kwamen de detective interessant voor. Nadat hij zijn derde sigaret had opgerookt knipte hij de peuk de afgrond van de opengebroken weg in, keerde terug naar de pub en bestelde een tweede pint bier. Zijn tafeltje was ingenomen door een groep studenten, dus liep hij door naar achteren, waar hoge barkrukken stonden onder de koepel van gekleurd glas, het licht dat erdoorheen viel gedimd door de avond. Hier haalde Strike zijn notitieblokje weer tevoorschijn en bestudeerde opnieuw de lijst met namen waarover hij zich in de kleine uurtjes van die zondag het hoofd gebroken had, toen hij afleiding zocht van Charlotte. Nadat hij er opnieuw een poos naar had zitten staren, als iemand die wist dat er iets in moest schuilgaan, sloeg hij een paar blaadjes om en las de aantekeningen nog eens door die hij had gemaakt tijdens zijn gesprek met Della.

Groot, krom en roerloos, op zijn ogen na, die over de krabbels gingen die hij had genoteerd in het huis van de blinde vrouw, verjoeg Strike zonder het te weten een paar timide rugzaktoeristen die hadden willen vragen of ze misschien bij hem aan het tafeltje mochten komen zitten om hun zere, door blaren geteisterde voeten wat rust te gunnen. Uit angst voor de consequenties van het verbreken van zijn bijna tastbare concentratie trokken ze zich terug nog voordat hij hen had opgemerkt.

Strike richtte zich weer op de lijst met namen. Echtparen, geliefden, zakenpartners, broers en zussen.

Tweetallen.

Hij bladerde verder terug, naar de aantekeningen die hij had gemaakt tijdens zijn gesprek met Oliver, die de bevindingen van de technische recherche met hen had doorgenomen. Het was een moord in twee delen: amitriptyline en helium, elk op zich potentieel dodelijk, maar toch samen gebruikt.

Tweetallen.

Twee slachtoffers, met twintig jaar ertussen, een gewurgd kind en een verstikte minister, het eerste begraven op het terrein van de tweede.

Tweetallen.

Strike sloeg peinzend een lege bladzijde op en maakte voor zichzelf een nieuwe aantekening.

Francesca – verhaal natrekken

60

> ... zul je me echt moeten uitleggen waarom je deze zaak – deze mogelijkheid – zo ter harte neemt.
>
> Henrik Ibsen, *Rosmersholm*

De volgende morgen verscheen er in alle kranten een zorgvuldig opgestelde officiële verklaring over Jasper Chiswell. Samen met de rest van het Britse volk las Strike bij zijn ontbijt dat de autoriteiten hadden vastgesteld dat de voortijdige dood van de minister van Cultuur niet het werk was van een buitenlandse of terroristische organisatie, maar dat men verder nog niet tot een conclusie was gekomen.

Het nieuws dat er geen nieuws was kon online nauwelijks op enige belangstelling rekenen. De brievenbussen in de wijken van de olympische winnaars werden nog steeds goud geschilderd en het publiek genoot na van de triomfen op de Spelen, en al het niet-opgebruikte enthousiasme over alles wat met sport te maken had werd nu gericht op de naderende Paralympics. Chiswells dood was in het collectieve geheugen opgeslagen als de enigszins onverklaarbare zelfmoord van een rijke Tory.

Strike, die graag wilde weten of deze officiële verklaring betekende dat het onderzoek door de politie van Londen binnenkort gesloten zou worden, belde Wardle om te vragen in hoeverre hij op de hoogte was.

Helaas wist de politieman net zo weinig als Strike zelf. Wardle meldde nog, niet zonder een zekere ergernis, dat hij in geen drie weken een vrije dag had gehad, dat het politiewerk in de hoofdstad, die gebukt ging onder de druk van miljoenen extra bezoekers, een complexe, lastige taak was die Strike onmogelijk kon bevatten, en dat hij geen tijd had om namens hem informatie los te peuteren over zaken die er niets mee te maken hadden.

'Begrijp ik,' zei Strike onaangedaan. 'Ik vraag het maar. Doe April de groeten van me.'

'O ja,' zei Wardle voordat Strike kon ophangen. 'Ik moest je van haar vragen waar jij mee bezig bent, met Lorelei.'

'Ik zal je niet langer ophouden, Wardle, het land heeft je nodig,' zei Strike, en hij hoorde de politieman nog net zuinig lachen voordat hij ophing.

Bij gebrek aan informatie van zijn contactpersonen bij de politie, en zonder de officiële status die hij nodig had om zelf verhoren te kunnen afnemen, liep Strike tijdelijk vast op een cruciaal punt in de zaak, een frustrerende situatie die hem maar al te vertrouwd was, maar dat maakte het er niet aangenamer op.

Een paar telefoontjes na het ontbijt leverden hem de informatie op dat Francesca Pulham, Raphaels voormalige collega en minnares bij de galerie van Drummond, nog steeds studeerde in Florence, waar ze naartoe was gestuurd om te ontkomen aan zijn schadelijke invloed. Francesca's ouders waren op vakantie in Sri Lanka. De huishoudster van de Pulhams, de enige persoon die Strike kon bereiken die in contact stond met de familie, weigerde ronduit om hem hun telefoonnummers te geven. Uit haar reactie maakte hij op dat de Pulhams wel eens het type mensen konden zijn die met een advocaat kwamen aanzetten bij de gedachte alleen al dat ze werden opgebeld door een privédetective.

Nadat hij alle mogelijkheden had uitgeput om het gezin Pulham op hun vakantie te bereiken liet Strike een beleefd verzoek voor een ondervraging achter op de voicemail van Geraint Winn, de vierde keer die week, maar de dag verstreek zonder dat Winn terugbelde. Strike kon het hem niet kwalijk nemen. Hij betwijfelde of hij zelf erg behulpzaam zou zijn als hij in Winns schoenen stond.

Strike had Robin nog niet verteld dat hij een nieuwe theorie had over de zaak. Zij was druk bezig in Harley Street met het schaduwen van Dodgy Doc, maar die woensdag belde ze naar kantoor met het welkome nieuws dat ze een afspraak met Tegan Butcher had geregeld voor die zaterdag op de renbaan van Newbury.

'Uitstekend!' zei Strike, opgebeurd door het vooruitzicht van actie, en hij beende zijn eigen kantoortje uit om op Robins computer Google Maps te raadplegen. 'Oké, ik denk dat we er een overnachting aan vast moeten plakken. Eerst dat gesprek met Tegan en dan zodra het donker wordt naar Steda Cottage.'

'Cormoran, wil je dit echt gaan doen?' vroeg Robin. 'Wou je serieus gaan graven in die boskuil?'

Strike bekeek de B-wegen op het scherm. 'Ik verwacht heus niet dat daar iets ligt. Eigenlijk ben ik daar sinds gisteren zelfs zeker van.'

'Wat is er gisteren gebeurd dan?'

'Er schoot me iets te binnen. Ik vertel het je wel als ik je zie. Luister, ik heb Billy beloofd voor hem de waarheid over dat gewurgde kind te achterhalen. Graven is de enige manier om het zeker te weten, denk je ook niet? Maar als je het eng vindt, mag jij in de auto blijven zitten.'

'En wat doen we met Kinvara? Het is op haar terrein.'

'Het is ook weer niet zo dat we iets belangrijks omspitten. Het is allemaal braakliggend terrein. Ik vraag Barclay om daarheen te komen als het donker is. Zelf kan ik niet echt graven. Vindt Matthew het wel goed als je zaterdag niet thuis slaapt?'

'Ja, prima.' Ze zei het met een vreemde intonatie, waardoor Strike het vermoeden kreeg dat Matthew het helemaal niet prima zou vinden.

'En zou jij kunnen rijden, in de Land Rover?'

'Eh... kunnen we misschien met de BMW gaan?'

'Daarmee rijd ik liever niet door de struiken en kuilen daar. Is er iets met de...?'

'Nee,' onderbrak Robin hem. 'Goed, dan nemen we de Land Rover.'

'Fijn. Hoe gaat het met Dodgy?'

'Hij is in zijn spreekkamer. Nog nieuws over Aamir?'

'Andy probeert de zus op te sporen met wie hij nog goed contact heeft.'

'En wat ga jij doen?'

'Ik zat net de site van de Real Socialist Party te lezen.'

'Waarom?'

'Jimmy laat vrij veel los in zijn blogs. Plekken waar hij is geweest en dingen die hij heeft gezien. Kun jij tot vrijdag Dodgy blijven volgen?'

'Eigenlijk,' zei Robin, 'wilde ik vragen of ik een paar dagen vrij zou kunnen krijgen. Privéomstandigheden.'

'Oké,' zei Strike, van zijn stuk gebracht.

'Ik heb een paar afspraken die ik... die ik liever niet wil missen,' zei Robin.

Het kwam Strike niet goed uit dat hij Dodgy Doc zelf zou moeten schaduwen, deels vanwege de aanhoudende pijn in zijn been, maar voornamelijk omdat hij popelde om zijn theorie over de zaak-Chiswell na te trekken. Bovendien was het erg kort dag om twee dagen vrij te vragen. Van de andere kant had Robin zich zojuist bereid verklaard haar weekend op te offeren om een potentieel vruchteloze tocht naar de boskuil te ondernemen.

'Ja, oké. Er is toch niks?'

'Nee, hoor. Ik laat het je weten als er iets interessants gebeurt bij Dodgy. En ik denk dat we zaterdag rond elf uur uit Londen moeten vertrekken.'

'Weer vanaf Barons Court?'

'Zou je ook naar het metrostation van Wembley kunnen komen? Dat is makkelijker, ik slaap vrijdagnacht daar in de buurt.'

Ook dat kwam hem slecht uit: het was voor Strike twee keer zo ver reizen en hij moest overstappen.

'Ja, oké,' zei hij nog een keer.

Nadat Robin had opgehangen bleef hij nog een poos in haar stoel zitten peinzen over hun gesprek.

Ze had nadrukkelijk gezwegen over de aard van de afspraken die zo belangrijk waren dat ze ze niet wilde missen. Hij herinnerde zich hoe kwaad Matthew op de achtergrond had geklonken wanneer Strike Robin aan de telefoon had, vanwege hun veeleisende, instabiele en bij vlagen gevaarlijke werk. Ze had twee keer allesbehalve enthousiast geklonken over het vooruitzicht om in de keiharde grond op de bodem van de boskuil te moeten graven, en nu wilde ze liever met de BMW dan met de Land Rover, die reed als een tank.

Hij was zijn vermoeden van een paar maanden geleden alweer bijna vergeten: dat Robin probeerde zwanger te worden. Voor zijn geestesoog verscheen het beeld van Charlottes bolle buik aan het tafeltje in het restaurant. Robin was niet het type dat haar kind in de steek zou kunnen laten zodra het de baarmoeder uit was. Als Robin zwanger was...

Hoe logisch en methodisch zijn gedachten normaal gesproken ook waren, en hoewel hij besefte dat hij zijn theorieën baseerde op karige gegevens, toch riep Strikes fantasie al beelden op van Matthew, de aanstaande vader, die meeluisterde hoe Robin gespannen verzoekjes voor vrije dagen indiende vanwege scans en medische controles, kwaad gebarend dat het tijd werd dat ze ermee stopte, dat ze het rustig aan ging doen en beter voor zichzelf zou zorgen.

Strike richtte zijn aandacht weer op Jimmy Knights blog, maar het kostte hem meer tijd dan anders om zijn zorgelijke hoofd tot gehoorzaamheid te dwingen.

61

O, je kunt het me gerust vertellen. Jij en ik zijn zulke dikke vrienden.

Henrik Ibsen, *Rosmersholm*

Medereizigers in de metro liepen die zaterdagmorgen met een net wat grotere boog dan nodig was om Strike heen; ze lieten zelfs ruimte over voor zijn plunjezak. Hij had zich altijd gemakkelijk een weg kunnen banen door de drukte, met zijn grote, forse lijf en zijn boksersprofiel, maar nu liep hij zo te mompelen en te vloeken terwijl hij zich moeizaam de trap van station Wembley op hees – de liften werkten niet – dat voorbijgangers wel uitkeken om hun ellebogen te gebruiken of hem anderszins te hinderen.

De voornaamste reden van Strikes slechte bui was Mitch Patterson, die hij die morgen vanuit het raam van zijn kantoor in een portiek had zien staan, in spijkerbroek en een hoody die totaal niet bij zijn leeftijd en houding pasten. Verbaasd en kwaad door de terugkeer van de privédetective had Strike, die het pand niet anders dan door de voordeur kon verlaten, een taxi gebeld en de chauffeur opdracht gegeven aan het einde van de straat op hem te wachten, en Strike was pas vertrokken toen de taxi klaarstond. Pattersons gezicht toen Strike 'Morgen, Mitch' tegen hem zei zou hij vermakelijk gevonden hebben als hij niet zo beledigd was geweest door het idee dat Patterson kennelijk dacht dat hij hem persoonlijk kon schaduwen voor zijn eigen bureau.

Strike was de hele weg naar Warren Street, waar hij de taxichauffeur had gevraagd hem af te zetten, hyperalert geweest, bang dat het posten van Patterson voor zijn deur een afleidingsmanoeuvre was, zodat een tweede, minder opvallende medewerker hem kon volgen. Zelfs nu nog, hijgend boven aan de trap van het metrostation, draaide hij zich om om te kijken of er iemand liep die snel wegdook, omkeerde of zijn gezicht verborg. Dat was niet het geval. Uiteindelijk concludeerde Strike dat Patterson in zijn eentje te werk ging – waarschijnlijk was hij ten prooi gevallen aan het personeelstekort dat Strike maar al te goed kende. Het feit dat Patterson ervoor had gekozen hem zelf te schaduwen in plaats van de klus te laten schieten deed Strike vermoeden dat iemand hem er heel dik voor betaalde.

Hij hees zijn tas wat hoger over zijn schouder en liep naar de uitgang.

Nadat hij zich tijdens zijn ongemakkelijke reis naar Wembley het hoofd had gebroken over die vraag, kon Strike drie redenen bedenken waarom Patterson weer was opgedoken. De eerste was dat de pers lucht had gekregen van een interessante nieuwe ontwikkeling in het politieonderzoek naar de dood van Chiswell, en dat dat ertoe had geleid dat Patterson opnieuw was ingehuurd door een van de kranten, met de opdracht uit te zoeken waar Strike zich mee bezighield en hoeveel hij wist.

De tweede mogelijkheid was dat Patterson werd betaald om Strike te stalken, in de hoop hem te belemmeren in zijn werk of zijn bureau te hinderen. Dat suggereerde dat Pattersons opdrachtgever iemand was naar wie Strike op dat moment onderzoek deed. In dat geval was het logisch dat Patterson hem zélf volgde, want zijn aanwezigheid had immers als doel om Strike uit zijn evenwicht te brengen door te laten merken dat hij in de gaten gehouden werd.

De derde mogelijke reden voor Pattersons hernieuwde belangstelling voor Strike vond hij de verontrustendste, omdat hij het gevoel had dat dit de meest waarschijnlijke reden was. Hij wist nu dat hij bij Franco's was gezien met Charlotte. Zijn informant was Izzy, die hij had gebeld in de hoop wat meer details toe te voegen aan de theorie waarover hij nog niemand had verteld.

'Wat heb ik gehoord? Je bent uit eten geweest met Charlotte!' had ze spontaan uitgeroepen, nog voordat hij een vraag had kunnen stellen.

'Ik heb niet met haar gegeten. Ik ben twintig minuten bij haar gebleven omdat ze zich niet goed voelde en daarna ben ik opgestapt.'

'O, sorry,' zei Izzy gedwee, geschrokken van zijn toon. 'Het was niet mijn bedoeling... Roddy Fforbes zat bij Franco's en hij zag jullie samen.'

Als Roddy Fforbes, wie dat ook mocht zijn, in Londen het verhaal verspreidde dat Strike uit eten ging met zijn hoogzwangere, getrouwde ex-verloofde terwijl haar man in New York zat, dan zou dat beslist interessant zijn voor de roddelbladen, want de wilde, mooie en aristocratische Charlotte was nieuws. Haar naam verlevendigde de rubrieken al sinds haar zestiende, en haar uiteenlopende fratsen – weglopen van school, opnames in ontwennings- en psychiatrische klinieken – waren allemaal uitgebreid gedocumenteerd. Het was zelfs mogelijk dat Patterson was ingehuurd door Jago Ross, die daar in ieder geval geld genoeg voor had. Als het neveneffect van het natrekken van de gangen van zijn echtgenote de ondergang van Strikes detectivebureau was, zou Ross dat ongetwijfeld als een bonus beschouwen.

Robin, die vlak bij het metrostation zat te wachten in de Land Rover, zag Strike naar buiten komen met zijn plunjezak over zijn schouder, en het viel haar op dat hij er chagrijniger uitzag dan ze hem ooit had gezien. Hij stak een sigaret op, speurde de straat af tot zijn blik op de Land Rover viel, aan het einde van een rij geparkeerde auto's, en hinkte toen met een strak gezicht naar haar toe. Robin, die zelf ook in een gevaarlijk slechte bui was, kon er alleen maar van uitgaan dat hij kwaad was vanwege de lange rit naar Wembley met die ogenschijnlijk zware tas en zijn zere been.

Ze was al wakker sinds vier uur die nacht, toen ze verkrampt en ongelukkig bij Vanessa op de harde bank had liggen piekeren over de toekomst, en over de ruzie die ze met haar moeder had gehad aan de telefoon. Matthew had haar ouders in Masham gebeld in een poging haar te bereiken, en Linda was niet alleen vreselijk ongerust geweest, maar ook woest omdat Robin haar niet meteen had verteld wat er aan de hand was.

'Waar slaap je nu? Bij Strike?'

'Natuurlijk slaap ik niet bij Strike, waarom zou ik in godsnaam...'

'Waar dan?'

'Bij iemand anders.'

'Wie dan? Waarom heb je het ons niet verteld? Ik kom naar Londen, ik kom naar je toe!'

'Alsjeblieft, niet doen,' had Robin met opeengeklemde kaken gezegd.

Het schuldgevoel over de bruiloft, waarmee Matthew en zij haar ouders zo op kosten hadden gejaagd, en over de schaamte die haar vader en moeder zouden ondergaan als ze hun vrienden moesten vertellen dat haar huwelijk voorbij was, amper een jaar nadat het was gesloten, drukte zwaar op Robin, maar ze moest er niet aan denken dat Linda nu aan haar hoofd zou komen zeuren en zou proberen haar om te praten; dat ze haar zou behandelen als een kwetsbaar, beschadigd hoopje mens. Het laatste waar ze nu op zat te wachten was haar moeder die haar voorstelde terug te komen naar Yorkshire, om zich weer op te sluiten in de slaapkamer die getuige was geweest van de vreselijkste tijd van haar leven.

Nadat ze twee dagen achter elkaar propvolle huizen had bezichtigd, had Robin borg betaald voor een kamer, een klein hok in Kilburn in een pand met vijf huisgenoten waar ze over een week in kon. Telkens wanneer ze eraan dacht, kreeg ze een knoop in haar maag van ellende. Zij zou met haar bijna achtentwintig jaar de oudste bewoner zijn.

Ze probeerde Strike gunstig te stemmen door uit te stappen en haar hulp aan te bieden met het inladen van de plunjezak, maar hij gromde dat hij het zelf wel kon. Toen het canvas op de metalen bodem van de Land Rover terechtkwam, hoorde ze luid gekletter van metalen gereedschap, en er trok een nerveuze kramp door haar maag.

Strike, die Robin vluchtig had bekeken, zag zijn ergste vermoedens versterkt worden. Bleek, met donkere wallen onder haar ogen, slaagde ze erin er tegelijkertijd pafferig en uitgemergeld uit te zien, en ze leek afgevallen te zijn in de paar dagen dat hij haar niet had gezien. De vrouw van zijn oude legerkameraad Graham Hardacre had in de eerste fase van haar zwangerschap opgenomen moeten worden in het ziekenhuis omdat ze maar bleef braken. Misschien had een van Robins belangrijke afspraken daar ook mee te maken gehad.

'Gaat het?' vroeg hij op barse toon aan Robin terwijl hij zijn gordel vastmaakte.

'Prima,' antwoordde ze, voor haar gevoel voor de duizendste keer. Ze nam aan dat hij zo kortaf deed vanwege zijn ergernis over de lange reis met de metro.

Ze reden zonder te praten Londen uit. Uiteindelijk, toen ze bij de M40 kwamen, zei Strike. 'Patterson is terug. Hij stond vanmorgen te posten voor het kantoor.'

'Dat meen je niet!'

'Stond er bij jouw huis iemand?'

'Niet dat ik weet,' zei Robin na een bijna onmerkbare aarzeling. Misschien had Matthew daarom geprobeerd haar te bereiken in Masham.

'Had je geen moeite om weg te komen vanmorgen?'

'Nee,' zei Robin geheel naar waarheid.

In de dagen die waren verstreken na haar vertrek had ze zich voorgesteld dat ze Strike zou vertellen dat haar huwelijk voorbij was, maar ze had nog niet de juiste bewoordingen kunnen vinden die ze met de nodige kalmte zou kunnen overbrengen. Dat frustreerde haar – het zou makkelijk moeten zijn, hield ze zichzelf voor. Hij was de vriend en collega die er voor haar was geweest toen ze de bruiloft die eerste keer had afgeblazen, en die op de hoogte was van Matthews vorige overspel met Sarah. Ze zou het hem terloops in een gesprek moeten kunnen vertellen, zoals ze het Raphael had verteld.

Het probleem was dat bij de zeldzame gelegenheden dat Strike en zij onthullingen over hun liefdesleven hadden uitgewisseld, steeds een van hen dronken was geweest. Verder was er tussen hen altijd een diepe terughoudendheid over dat soort zaken geweest, ondanks Matthews paranoïde overtuiging dat ze zich op het werk voornamelijk bezighielden met flirten.

Maar er speelde meer mee. Strike was de man die ze had omhelsd op de trap tijdens haar huwelijksreceptie, de man met wie ze in haar fantasie was weggelopen bij haar echtgenoot nog vóór het huwelijk geconsummeerd kon worden, de man voor wie ze diepe groeven in het witte zand had gelopen toen ze tijdens haar huwelijksreis avond aan avond in haar eentje over het strand liep en zich afvroeg of ze verliefd op hem was. Ze was bang zich te verraden, te verraden wat ze had gedacht en gevoeld, omdat ze ervan overtuigd was dat als hij er ook maar het geringste vermoeden van zou krijgen dat hij zo'n ontregelende factor was geweest in zowel het begin als het einde van haar huwelijk, hun werkrelatie daar beslist door aangetast zou worden, net zo zeker als het haar positie binnen het bureau zou beïnvloeden als hij ooit te weten zou komen dat ze paniekaanvallen had.

Nee, ze moest de schijn ophouden precies zo te zijn als hij: gereserveerd en stoïcijns, iemand die een trauma incasseerde en daarna gewoon verder strompelde, bereid om alles te aanvaarden wat het leven haar voor de voeten wierp, zelfs als dat op de bodem van de boskuil lag; ze mocht er niet voor terugdeinzen.

'Wat wil Patterson, denk je?' vroeg ze.

'De tijd zal het leren. Zijn je afspraken goed verlopen?'

'Ja,' antwoordde Robin, en om niet te hoeven denken aan haar piepkleine huurkamertje, aan het studentenstel dat haar had rondgeleid en zijdelingse blikken had geworpen op die merkwaardig volwassen vrouw die bij hen in huis kwam wonen, zei ze: 'Er zitten koekjes in de tas op de achterbank. Geen thee, sorry, maar we kunnen ergens stoppen als je wilt.'

De thermosfles lag nog in Albury Street, dat was een van de dingen die ze was vergeten mee te nemen toen ze stiekem spullen was gaan halen terwijl Matthew naar zijn werk was.

'Fijn,' zei Strike, maar met weinig enthousiasme. Hij vroeg zich af of de terugkeer van de koekjes, nadat hij had gezegd op dieet te zijn, misschien een volgend bewijs was van de zwangerschap van zijn compagnon.

Robins telefoon ging in haar zak. Ze deed alsof ze het niet hoorde. Er was die ochtend al twee keer gebeld met een onbekend nummer en ze was bang dat het Matthew was, die had gemerkt dat hij geblokkeerd was en daarom een ander toestel had geleend.

'Moet je niet opnemen?' Strike keek naar haar bleke, vastberaden profiel.

'Eh, nee, niet achter het stuur.'

'Ik kan het wel doen, als je wilt.'

'Nee,' zei ze net iets te snel.

De mobiel hield op met rinkelen, maar begon vrijwel meteen weer. Robin, die er nu meer dan ooit van overtuigd was dat het Matthew was, viste het toestel uit haar zak en zei: 'Ik denk dat ik weet wie het is en dat is iemand die ik nu niet wil spreken. Kun jij de telefoon op stil zetten zodra er is opgehangen?'

Strike nam het toestel van haar over.

'Het is een doorschakeling vanaf kantoor. Ik zet hem op de speaker,' zei Strike behulpzaam, bij gebrek aan bluetooth in de Land Rover, die niet eens fatsoenlijke verwarming had. Hij hield de telefoon bij haar mond, zodat ze zich verstaanbaar kon maken boven het gegrom en gerammel van de tochtige auto uit.

'Met Robin. Met wie spreek ik?'

'Robin? Bedoel je niet Venétia?' klonk een stem met een Welsh accent.

'Bent u dat, meneer Winn?' Robin hield haar blik op de weg gericht terwijl Strike de mobiel voor haar vasthield.

'Ja, vals kreng, ik ben het.'

Robin en Strike wisselden een geschrokken blik. Er was niets over van de slijmerige, wellustige Winn die haar zo graag voor zich had willen winnen.

'Je hebt nu wat je zocht, hè? Alsmaar over die gang paraderen en ongewenst overal je tieten in steken. "O, meneer Winn..."' Hij imiteerde haar zoals Matthew dat deed, met een hoog, imbeciel stemmetje. '"O, help me, meneer Winn, moet ik nou de liefdadigheid in of de politiek? Wacht, dan buig ik me nog wat dieper over het bureau, meneer Winn." Hoeveel mannen heb je op die manier al in de val gelokt, hoe ver ga je om...?'

'Had u me iets te vertellen, meneer Winn?' vroeg Robin luid, om hem te overstemmen. 'Want als u alleen maar belt om me te beledigen...'

'Ja, ik heb jou heel wat te vertellen. Héél wat, verdomme,' schreeuwde Winn. 'Je zult ervoor boeten, Ellacott, voor wat je mij hebt aangedaan, je zult de schade die je mij en mijn vrouw hebt berokkend vergoeden, zo makkelijk kom je er niet van af, je hebt de wet overtreden hier op kantoor en ik sleep je voor de rechter, begrepen?' Hij was nu bijna hysterisch. 'We zullen eens zien of je de rechter kunt verleiden! Met je laag uitgesneden truitje en je "O, ik heb het zo héét gekregen..."'

Het was alsof een wit licht Robin bekroop aan de randen van haar gezichtsveld, waardoor de weg die voor hen lag een soort tunnel werd.

'NEE!' brulde ze, en ze liet het stuur even los, om er vervolgens met beide handen op te rammen. Haar armen trilden. Het was de 'nee' die ze Matthew had gegeven, een 'nee' met zo'n enorme felheid en kracht dat ze er Geraint Winn op precies dezelfde manier het zwijgen mee oplegde.

'Niemand heeft u gedwongen mijn haar te strelen, op mijn rug te kloppen en naar mijn borsten te gluren, meneer Winn, dat was niet wat ík wilde, al geeft het u vast een kick om te denken dat ik...'

'Robin!' zei Strike, maar hij had net zo goed het zo veelste kraakje in het stokoude chassis van de auto kunnen zijn, en ook Geraints plotselinge vraag 'Wie is daar bij je? Was dat Strike?' negeerde ze.

'U bent een engerd, meneer Winn, een enge díéf die ook nog eens heeft gestolen van een liefdadigheidsinstelling en ik ben niet alleen blij dat ik informatie over u heb verzameld, ik zal ook met veel plezier de hele wereld laten weten dat u pal naast de foto's van uw dode dochter probeert in de bloesjes van jonge vrouwen te...'

'Hoe durf je!' Winn hapte naar adem. 'Ken jij dan echt geen grenzen? Hoe durf je over Rhiannon te beginnen. Het zal allemaal aan het licht komen, de familie van Samuel Murape...'

'Val dood met je wrok en je rancune, vuile, perverse dief die je d'r...'

'Als u verder nog iets te melden hebt, meneer Winn, stel ik voor dat u dat schriftelijk doet,' riep Strike in de telefoon terwijl Robin, die amper wist wat ze deed, Winn op de achtergrond beledigingen naar het hoofd bleef slingeren.

Strike beëindigde het één vinger het gesprek en pakte het stuur beet toen Robin dat weer met beide handen losliet om te gebaren.

'Godverdomme!' zei Strike. 'Stoppen! Zet die auto stil!'

Ze deed automatisch wat haar werd opgedragen. De adrenaline desoriënteerde haar alsof het alcohol was, en toen de Land Rover schokkerig tot stilstand kwam, wierp ze haar gordel af en stapte uit in de harde berm, waar de auto's langs haar heen raasden. Ze wist amper wat ze deed, liep strompelend bij de Land Rover vandaan terwijl de tranen van woede over haar wangen stroomden, in een poging te ontkomen aan de paniek die nu aan haar knaagde, want ze had zojuist onomkeerbaar de banden verbroken met een man die ze misschien nog zouden moeten spreken, een man die al eerder over wraak had gesproken, en die misschien zelfs Patterson betaalde om...

'Robin!'

Nu zou Strike haar ook een nono vinden, dacht ze, een beschadigde stakker die nooit aan dit werk had moeten beginnen, iemand die op de vlucht sloeg zodra het moeilijk werd. Die gedachte maakte dat ze zich met een ruk omdraaide naar Strike, die over de berm naar haar toe gehobbeld kwam, en ze veegde ruw met haar mouw over haar gezicht en zei, voordat hij haar de les kon lezen: 'Ik weet dat ik me niet zo had mogen laten gaan, ik weet dat ik het verkloot heb, het spijt me.' Maar zijn antwoord werd overstemd door de bonzende hartslag in haar oren, en de paniek overspoelde haar, alsof die had gewacht tot ze bleef stilstaan. Ze werd duizelig en kon haar gedachten niet meer op een rijtje krijgen, en ze zakte in elkaar in de berm, waar het droge, stekelige gras door haar spijkerbroek heen prikte. Met gesloten ogen, de handen voor het gezicht geslagen, probeerde ze haar ademhaling onder controle te krijgen terwijl het verkeer voorbijraasde.

Ze wist niet of er één minuut was verstreken of tien, maar uiteindelijk vertraagde haar hartslag, kon ze haar gedachten weer ordenen en ebde de paniek weg, om plaats te maken voor diepe schaamte. Nadat ze zo lang zorgvuldig de schijn had opgehouden dat ze het wel redde, had ze het alsnog verpest.

Een vleug sigarettenrook bereikte haar. Toen ze haar ogen opendeed, zag ze rechts van haar Strikes gestrekte benen. Hij was naast haar komen zitten.

'Hoe lang heb je al paniekaanvallen?' vroeg hij op neutrale toon.

Het had geen zin meer om de schijn op te houden. 'Ongeveer een jaar,' mompelde ze.

'Heb je wel hulp gezocht?'

'Ja, ik heb een tijdje therapie gehad. Nu doe ik CGT-oefeningen.'

'Maar dóé je die ook?' vroeg Strike op milde toon. 'Want ik heb vorige week vegetarische bacon gekocht, maar die maakt me niet gezonder door in de koelkast te liggen verpieteren.'

Robin begon te lachen en merkte dat ze niet meer kon ophouden. Er drupten nog meer tranen uit haar ogen. Strike keek toe, niet onvriendelijk, terwijl hij zijn sigaret rookte.

'Ik had ze wel wat vaker kunnen doen,' gaf Robin uiteindelijk toe, en ze veegde haar gezicht weer droog.

'Is er nog meer dat je me moet vertellen, nu we toch bezig zijn?' vroeg Strike.

Hij vond dat hij nu maar meteen het ergste moest weten, voordat hij haar advies zou geven over haar mentale toestand, maar Robin leek verbaasd te zijn.

'Nog andere gezondheidskwesties die je werk zouden kunnen beïnvloeden?' drong hij aan.

'Zoals?'

Strike vroeg zich af of hij met rechtstreekse vragen niet een of andere arbeidswet zou overtreden. 'Ik dacht zo,' zei hij toen, 'dat je misschien, eh... zwanger zou kunnen zijn.'

Robin begon weer te lachen. 'O god, dat is grappig.'

'Ja?'

'Nee,' zei ze hoofdschuddend. 'Nee, ik ben niet zwanger.'

Nu zag Strike dat ze haar trouw- en verlovingsring niet droeg. Hij was er zo aan gewend geraakt dat die ontbraken als ze zich uitgaf voor Venetia Hall en Robbi Cunliffe, dat het niet bij hem opgekomen was dat de afwezigheid ervan een speciale betekenis zou kunnen hebben. Toch wilde hij er niet rechtstreeks naar vragen, om redenen die niets te maken hadden met wat voor arbeidswet dan ook.

'Matthew en ik zijn uit elkaar.' Robin keek fronsend naar het voorbijrijdende verkeer om niet weer te gaan huilen. 'Sinds vorige week.'

'O,' zei Strike. 'Shit, wat vervelend.'

Maar zijn bezorgde gezicht was volledig in tegenspraak met zijn gevoelens. Zijn sombere bui verdween zo abrupt dat je het zou kunnen vergelijken met iemand die in één klap nuchter was na anderhalve liter bier. De geur van rubber en stof en dor gras deed hem denken aan het parkeerterrein waar hij haar per ongeluk had gekust, en hij nam nog een trek van zijn sigaret terwijl hij zijn best deed om zijn ware gevoelens van zijn gezicht te weren.

'Ik weet dat ik al die dingen niet had mogen zeggen tegen Geraint Winn,' zei Robin, en daar waren de tranen weer. 'Ik had niet over Rhiannon moeten beginnen. Ik kon me niet meer inhouden... Het komt door de mannen! Die verdomde kerels die iedereen beoordelen vanuit hun eigen invalshoek!'

'Wat is er met Matt...?'

'Hij is met Sarah Shadlock naar bed geweest,' zei Robin fel. 'De verloofde van zijn beste vriend. Ze heeft een oorbel achtergelaten in ons bed en ik... O, bugger.'

Het was kansloos. Ze sloeg haar handen weer voor haar gezicht en begon, met het gevoel dat ze toch niets meer te verliezen had, nu pas echt te huilen, omdat ze zo ontzettend was afgegaan in Strikes ogen, en het enige stukje van haar leven dat ze had willen behouden was toch al aangetast. Wat zou Matthew verrukt zijn als hij kon zien hoe ze instortte langs de snelweg, waarmee ze bewees wat hij steeds had beweerd: dat ze niet geschikt was voor het werk waar ze zo van hield, voorgoed beperkt door haar verleden, omdat ze – twee keer zelfs – op het verkeerde moment op de verkeerde plek was geweest, met de verkeerde mannen.

Er drukte een zware last op haar schouders. Strike had een arm om haar heen geslagen. Dat was een troost en tegelijkertijd onheilspellend, want hij had het nooit eerder gedaan en ze wist zeker dat hij haar dadelijk zou vertellen dat ze niet in staat was om te werken, dat ze de ophanden zijnde ondervraging zouden afzeggen om terug te keren naar Londen.

'Waar slaap je dan?'

'Bij Vanessa op de bank.' Robin probeerde verwoed haar stromende tranen en druipneus te stelpen; de knieën van haar jeans waren nat van het snot en de tranen. 'Maar ik heb al woonruimte gevonden.'

'Waar?'

'Kilburn, een kamer bij een paar mensen in huis.'

'Bloody hell, Robin,' zei Strike. 'Waarom heb je het me niet verteld? Nick en Ilsa hebben een goede logeerkamer, zij zouden het heerlijk vinden als je...'

'Ik kan niet van jouw vrienden profiteren,' zei Robin met verstikte stem.

'Dat is geen profiteren.' Strike stak ruw de sigaret tussen zijn lippen en begon met zijn vrije hand in zijn zakken te zoeken. 'Ze mogen je graag en je zou daar een paar weken kunnen logeren tot... Aha, ik wist wel dat ik er een had. Hij is alleen verkreukeld, ik heb hem niet gebruikt... Tenminste, ik dacht van niet.'

Robin nam het zakdoekje van hem aan en snoot zo hard haar neus dat er niets van het dunne papier overbleef.

'Luister even,' begon Strike, maar Robin kapte hem onmiddellijk af: 'Zeg nou niet dat ik een tijdje vrij moet nemen. Alsjeblieft. Het gaat best, ik kan gewoon werken, ik had vóór vandaag al een eeuwigheid geen paniekaanval meer gehad, ik...'

'Je luistert niet.'

'Oké, sorry,' mompelde ze, met het doorweekte zakdoekje in haar vuist geklemd. 'Zeg het maar.'

'Nadat ik was opgeblazen door die bom, kon ik niet in een auto zitten zonder dat er gebeurde wat jou net ook gebeurde. Ik raakte in paniek, het koude zweet brak me uit en ik stikte bijna. Ik heb er een hele tijd alles aan gedaan om niet bij iemand anders in de auto te hoeven zitten. En daar heb ik nog steeds moeite mee, eerlijk gezegd.'

'Dat wist ik niet,' zei Robin. 'Je laat het niet merken.'

'Ja, nou ja, jij bent de beste chauffeur die ik ken. Je zou me moeten zien als mijn zus achter het stuur zit. Waar het om gaat, Robin... O, shit.'

Er was een auto van de verkeerspolitie gestopt achter de leeg achtergelaten Land Rover, en de agenten leken niet te begrijpen waarom de inzittenden daarvan vijftig meter verderop in de berm zaten, ogenschijnlijk zonder zich te bekommeren om het lot van hun slecht geparkeerde voertuig.

'U zit niet echt om hulp te springen?' vroeg de gezette van de twee sarcastisch. Hij had de zwierige houding van iemand die zichzelf reuzegrappig vindt.

Strike haalde zijn arm van Robins schouders en ze kwamen allebei overeind, in Strikes geval onhandig.

'Wagenziek,' zei Strike toonloos tegen de agent. 'Kijk maar uit, dadelijk kotst ze over u heen.'

Ze liepen terug naar de auto. De collega van de eerste agent tuurde naar de keuringssticker van de stokoude Land Rover. 'Die zie je niet vaak meer op de weg,' zei hij.

'Hij heeft me nog nooit in de steek gelaten,' zei Robin.

'Weet je zeker dat je kunt rijden?' mompelde Strike toen ze het contactsleuteltje omdraaide. 'We zouden kunnen doen alsof je nog misselijk bent.'

'Het gaat prima.'

En deze keer was het waar. Hij had haar de beste chauffeur genoemd die hij kende, en het was misschien niet veel, maar daarmee had hij haar een deel van haar zelfrespect teruggegeven, en ze voegde naadloos in op de snelweg.

Er viel een lange stilte. Strike besloot dat verdere discussie over Robins mentale gezondheid zou moeten wachten tot ze niet meer achter het stuur zat.

'Winn noemde een naam aan het einde van het telefoontje,' zei hij peinzend, en hij haalde zijn notitieblokje tevoorschijn. 'Heb je die gehoord?'

'Nee,' mompelde Robin beschaamd.

'Samuel nog wat.' Strike maakte een aantekening. 'Murdoch? Matlock?'

'Ik heb het niet gehoord.'

'Niet zo somber,' zei Strike opbeurend. 'Als je niet zo tegen hem tekeergegaan was, had hij die naam er vast niet uit geflapt. Niet dat ik je adviseer om in de toekomst de mensen die je ondervraagt dieven en viespeuken te noemen...'

Hij draaide zich om in zijn stoel en reikte naar de plastic zak op de achterbank. 'Koekje?'

62

… wil ik jouw nederlaag niet zien, Rebecca.
Henrik Ibsen, *Rosmersholm*

Het parkeerterrein van de renbaan van Newbury stond al bomvol toen ze daar aankwamen. Veel mensen die naar de tent voor de kaartverkoop liepen droegen gemakkelijke kleding, zoals Strike en Robin met hun jeans en jasje, maar er waren ook bezoekers in zijden flodderjurken, nette pakken, gewatteerde bodywarmers, tweed hoedjes en corduroy broeken in mosterd- en bruintinten die Robin deden denken aan Torquil.

Ze gingen in de rij staan voor kaartjes, beiden in gedachten verzonken. Robin was bang voor wat er komen zou als ze eenmaal bij de Crafty Filly waren, waar Tegan Butcher werkte. Ze was ervan overtuigd dat Strike nog niet alles had gezegd wat hij wilde zeggen over haar geestelijke toestand, en ze vreesde dat hij de mededeling dat hij haar weer achter een bureau wilde zetten slechts uitstelde.

In werkelijkheid was Strike tijdelijk met zijn gedachten elders. De witte hekken waren net te zien achter de kleine tent waar de mensen in de rij stonden om kaartjes te kopen, en de overvloed aan tweed en corduroy deed hem denken aan de laatste keer dat hij op een renbaan was geweest. Hij had geen bijzondere belangstelling voor paardenrennen. De enige constante vaderfiguur in zijn leven, oom Ted, was voetbal- en zeilliefhebber geweest, en waar enkele vrienden van Strike in het leger graag op paarden hadden gewed, had hij nooit begrepen wat daar leuk aan was.

Maar drie jaar geleden had hij de Epsom Derby bijgewoond met Charlotte en twee van haar lievelingsbroers. Charlotte kwam net als Strike uit een gebroken, verstoord gezin. In een van haar onvoorspelbare vlagen van enthousiasme had ze erop gestaan de uitnodiging van Valentine en Sacha aan te nemen, ondanks Strikes gebrek aan belangstelling voor paardenrennen en zijn niet erg hartelijke gevoelens voor beide mannen, die hem beschouwden als een onverklaarbaar vreemde factor in het leven van hun zus.

Hij was destijds blut geweest, nadat hij met weinig middelen zijn detectivebureau had opgericht en ook nog eens op de hielen werd gezeten door advocaten die terugbetaling eisten van het bescheiden bedrag dat hij had geleend van zijn biologische vader, nadat iedere bank hem had afgewezen wegens te groot risico. Toch was Charlotte ontploft van woede toen hij, na het nipte verlies van vijf pond op de favoriet, Fame and Glory, die tweede was geworden, had geweigerd nog een keer in te zetten. Deze keer had ze hem niet puriteins, schijnheilig, proleterig of gierig genoemd, zoals ze eerder had gedaan wanneer hij weigerde mee te doen met de roekeloze en opzichtige geldsmijterij van haar familie en vrienden. Aangespoord door haar broers had ze ervoor gekozen zelf steeds hogere bedragen in te zetten, om uiteindelijk tweeënhalfduizend pond te winnen. Ze had erop gestaan dat ze naar de champagnetent gingen, waar ze vele blikken had getrokken met haar schoonheid en pit.

Nu, terwijl hij met Robin de brede strook asfalt betrad die achter de hoge tribunes parallel liep aan de renbaan zelf, langs koffiebarretjes, ciderkraampjes, ijskarren, de kleedkamers van de jockeys en de bar voor de eigenaren en trainers, dacht Strike aan Charlotte, aan gokjes die goed uitvielen of juist niet, tot Robin hem terughaalde naar het heden. 'Ik denk dat het daar is.'

Ze wees naar een uithangbord op de zijkant van een lage bakstenen bar, waarop het hoofd van een donker, knipogend merrieveulen met trens prijkte. Het terras voor de bar zat al bijna vol. Champagneflûtes tinkelden boven het geroezemoes en gelach uit. De Crafty Filly keek uit over de paddock waar dadelijk de paarden getoond zouden worden en waar al een flinke drom mensen stond te wachten.

'Pak snel die hoge tafel,' zei Strike tegen Robin. 'Dan haal ik wat te drinken en ga tegen Tegan zeggen dat we er zijn.'

Hij verdween naar binnen zonder haar te vragen wat ze wilde bestellen.

Robin nam plaats aan een van de hoge tafels met metalen krukken waarvan ze wist dat Strike er graag op zat, omdat het met zijn geamputeerde been makkelijker was op een hoge kruk plaats te nemen dan op een laag rieten stoeltje. Het hele terras was opgesteld onder een afdak van polyurethaan, om de gasten te beschermen tegen regen die er niet was. De lucht was vandaag strakblauw en het was warm, met een licht briesje dat de blaadjes van de strak in vorm gesnoeide struiken bij de ingang van de bar nauwelijks in beweging bracht. Het zou straks een heldere nacht zijn, als ze gingen graven in de boskuil bij Steda Cottage, dacht Robin, aangenomen dat Strike de hele expeditie niet zou afblazen omdat hij haar te labiel en emotioneel achtte om mee te gaan.

Die gedachte verkilde haar nog erger vanbinnen, en ze stortte zich op het lezen van de geprinte lijst met paardennamen die ze hadden gekregen bij hun kartonnen entreekaartjes – tot er ineens een flesje Moët & Chandon voor haar neus werd neergezet. Strike ging zitten met een groot glas bier in de hand.

'Doom Bar op de tap,' zei hij opgewekt, en hij hief proostend zijn glas naar haar voordat hij een slokje nam. Robin keek niet-begrijpend naar het kleine flesje champagne, dat haar deed denken aan badschuim.

'Waar is dat voor?'

'Om het te vieren,' antwoordde Strike nadat hij een grote slok bier had genomen. 'Ik weet dat ik het niet mag zeggen,' vervolgde hij, en hij tastte in zijn zakken op zoek naar sigaretten, 'maar je bent beter af zonder hem. Met de verloofde van zijn beste vriend, in het echtelijke bed? Hij verdient alles wat hij nu op zijn bord krijgt.'

'Ik kan niet drinken, ik moet nog rijden.'

'Die fles heeft me vijfentwintig pond gekost, dus neem in ieder geval voor de vorm een slok.'

'Vijfentwintig pond voor zo'n flesje?' Robin maakte gebruik van het moment dat Strike zijn sigaret opstak om nog een keer ongemerkt haar tranen weg te vegen.

'Ik heb een vraag,' zei Strike, en hij wapperde met zijn lucifer om het vlammetje te doven. 'Denk jij wel eens na over hoe het verder moet met het bureau?'

'Hoe bedoel je?' vroeg Robin met een geschrokken gezicht.

'Mijn zwager heeft me laatst onderworpen aan een derdegraadsverhoor, op de openingsavond van de Olympische Spelen. Hij dramde maar door, vond dat ik op zeker moment niet meer zelf de straat op zou moeten gaan.'

'Maar dat zou je toch niet willen, of... Wacht even,' zei Robin paniekerig. 'Probeer je me duidelijk te maken dat ik weer voor receptioniste moet gaan spelen?'

'Nee.' Strike blies zijn rook bij haar vandaan. 'Ik was gewoon benieuwd of jij wel eens over de toekomst nadenkt.'

'Wil je dat ik opstap?' Ze klonk nu nog gealarmeerder. 'Dat ik iets anders ga...?'

'Bloody hell, Ellacott, nee! Ik vraag of je nadenkt over de toekomst, meer niet.'

Hij keek toe hoe Robin het flesje champagne ontkurkte.

'Ja, natuurlijk wel,' zei ze onzeker. 'Ik hoop dat we het banksaldo wat kunnen opkrikken, zodat we niet steeds van klus naar klus hoeven leven, maar het werk zelf,' haar stem werd onvast, 'vind ik heerlijk, dat weet je. Ik zou niks anders willen. Dit werk, er beter in worden en... en dan van ons bureau het beste in Londen maken, denk ik.'

Strike tikte grinnikend zijn bierglas tegen haar champagneflesje. 'Onthoud bij wat ik nu ga zeggen goed dat we allebei hetzelfde willen, oké? En drink nou maar op, Tegan kan pas over drie kwartier pauze nemen en we hebben nog heel wat tijd te doden voordat we vanavond naar die boskuil gaan.'

Strike keek toe hoe ze een slokje champagne nam voordat hij

verderging. 'Net doen of er niks aan de hand is terwijl dat wel zo is maakt je niet sterk.'

'Nou, dat zie je verkeerd,' sprak Robin hem tegen. De champagne bruiste op haar tong en leek haar moed te geven nog voordat de alcohol haar hersenen bereikte. 'Soms gaat het goed doordat je doet alsof het goed gaat. Soms moet je je sterk houden en de wereld tegemoet treden, dan wordt het na een poos vanzelf écht in plaats van toneelspel. Als ik had gewacht tot ik eraan toe was van mijn kamer af te komen na... je weet wel,' zei ze, 'dan zat ik daar nu nog. Ik moest daar weg voordat ik er klaar voor was. En bovendien,' ze keek hem strak aan, haar ogen gezwollen en bloeddoorlopen, 'werk ik al twee jaar voor je, en ik zie jou ook doorploeteren, wat er ook gebeurt, terwijl jij net zo goed weet als ik dat de dokter gezegd zou hebben dat je met je been omhoog moet gaan zitten en rust moet nemen.'

'En wat heb ik daarmee bereikt?' vroeg Strike in alle redelijkheid. 'Een week invalide op de bank, mijn hamstring smeekt om genade elke keer dat ik meer dan vijftig meter loop. Als je een vergelijking wilt trekken, prima. Ik heb gelijnd, mijn oefeningen gedaan...'

'En de vegetarische bacon die lag te rotten in de koelkast?'

'Rotten? Dat spul is net onverslijtbaar rubber, dat overleeft mij nog. Luister.' Hij weigerde zich van de wijs te laten brengen. 'Het zou een godswonder zijn als jij geen last zou hebben van wat er vorig jaar is gebeurd.' Hij zocht met zijn ogen het uiteinde van het paarse litteken op haar onderarm, dat onder de manchet van haar blouse uit piepte. 'Niets uit je verleden verhindert jou om dit werk te doen, maar als je deze baan wilt volhouden, moet je goed voor jezelf zorgen. Als het beter is om een tijdje vrij te nemen...'

'Dat is wel het laatste wat ik wil.'

'Het gaat er niet om wat je wilt, het gaat erom waar je behoefte aan hebt.'

'Zal ik je eens iets geks vertellen?' zei Robin. Of het nu kwam door de slok champagne of door iets anders, ze was opeens verrassend opgewekt en dat maakte haar spraakzaam. 'Je zou toch denken dat ik de afgelopen week volop paniekaanvallen had gehad? Ik moest een kamer zoeken, heb in allerlei flats gekeken, heel Londen doorkruist. Er doken steeds mensen onverwacht achter me op – dan gaat het vaak mis,' legde ze uit. 'Mensen die achter me staan zonder dat ik ze heb zien aankomen.'

'Ik denk niet dat we Freud nodig hebben om dat te verklaren.'

'Maar het ging prima,' zei Robin. 'Ik denk dat het komt doordat ik niet hoefde...'

Ze zweeg abrupt, maar Strike dacht dat hij wel wist hoe de zin had moeten eindigen. Hij waagde een gokje en zei: 'Dit werk is bijna niet te doen als het thuis niet lekker loopt. Ik weet er alles van.'

Opgelucht dat hij haar begreep dronk Robin nog wat van de champagne en zei toen snel: 'Ik denk dat het erger werd doordat ik steeds moest verbergen wat er aan de hand was, doordat ik mijn oefeningen stiekem moest doen, want bij het minste of geringste teken dat ik niet honderd procent oké was zou Matthew weer tegen me hebben lopen schreeuwen dat ik met dit werk moest stoppen. Ik dacht dat hij het was die vanmorgen belde, daarom wilde ik niet opnemen. En toen Winn zo tegen me begon... Nou ja, toen was het alsof ik wél had opgenomen. Ik laat me door Winn niet vertellen dat ik niets anders ben dan een wandelend stel tieten, een dom gansje dat niet doorheeft dat ze verder niks te bieden heeft.'

Dat zegt Matthew tegen je, hè? dacht Strike, en hij bedacht meteen een paar corrigerende maatregelen waar Matthew volgens hem baat bij zou hebben. Langzaam en zorgvuldig zei hij: 'Het feit dat jij een vrouw bent... Ik maak me wel degelijk meer zorgen om jou als je in je eentje voor een klus op pad bent dan ik zou doen wanneer je een vent was. Luister nou even,' zei hij ferm toen ze paniekerig haar mond opendeed. 'We moeten eerlijk tegen elkaar zijn, anders gaat het gruwelijk mis. Luister nou gewoon even naar me, oké? Je bent aan twee moordenaars ontkomen door het gebruik van je verstand en door goed te onthouden wat je geleerd hebt. Ik durf te wedden dat dat bloody Matthew niet gelukt zou zijn. Maar ik wil niet dat er een derde keer komt, Robin, want dan heb je misschien minder geluk.'

'Dus je wilt wél dat ik weer bureauwerk ga doen.'

'Mag ik even uitpraten?' vroeg hij streng. 'Ik wil je niet kwijt, je bent de beste kracht die ik heb. Voor elke zaak waaraan we sinds jouw komst hebben gewerkt, heb je bewijsmateriaal boven tafel gekregen dat ik zelf nooit gevonden zou hebben, en je mengde je onder mensen die met mij nooit gepraat zouden hebben. Dat we hebben bereikt wat we hebben bereikt is grotendeels aan jou te danken. Maar als je het moet opnemen tegen een gewelddadige man, zullen jouw kansen altijd kleiner zijn, en ik heb ook mijn verantwoordelijkheid. Ik ben de baas, ik ben degene die jij voor de rechter kunt slepen als...'

'Ben je nou serieus bang dat ik je voor de rechter sleep?'

'Nee, Robin,' zei hij op barse toon, 'ik ben verdomme bang dat jij wordt omgelegd en dat ik dat de rest van mijn leven op mijn fucking geweten heb.'

Hij nam nog een slok Doom Bar en zei toen: 'Ik moet zeker weten dat je mentaal oké bent als ik je de straat op stuur. Ik wil van jou de keiharde garantie dat je iets doet aan die paniekaanvallen, want jij bent niet de enige die met de gevolgen moet leven als je er niet tegen opgewassen bent.'

'Mij best,' mompelde Robin, en toen Strike zijn wenkbrauwen optrok, zei ze: 'Ik meen het. Ik zal doen wat ik moet doen. Echt.'

Het werd nog drukker rond de paddock. Schijnbaar konden de paarden voor de volgende race ieder moment getoond worden.

'Hoe gaat het met Lorelei?' vroeg Robin. 'Ik vind haar leuk.'

'Dan ben ik bang dat ik nog meer slecht nieuws voor je heb, want Matthew en jij zijn niet de enigen die dit weekend uit elkaar gegaan zijn.'

'O, shit. Sorry,' zei Robin, en ze verhulde haar gêne door nog een slok champagne te nemen.

'Voor iemand die het niet hoefde drink je dat spul behoorlijk rap op,' zei Strike geamuseerd.

'Dat had ik je nog niet verteld, hè?' zei Robin toen haar plotseling iets te binnen schoot, en ze hield het groene flesje omhoog. 'Ik weet waar ik Blanc de Blanc eerder had gezien, en dat was niet op een fles. Maar we hebben er niks aan voor het onderzoek.'

'Wat dan?'

'Er is een suite bij Le Manoir aux Quat'Saisons die zo heet,' zei Robin. 'Je weet wel, Raymond Blanc, de chef-kok die het hotel is begonnen? Woordspeling. Blanc de Blanc, zonder s.'

'Had je daar jullie jubileumweekendje?'

'Ja. Maar we zaten niet in Blanc de Blanc. Een suite was te duur,' zei Robin. 'Ik herinner me nu ineens dat we langs het bordje liepen. Maar inderdaad... daar hebben we ons papieren huwelijk gevierd. Papier,' zei ze met een zucht, 'en sommige mensen halen platina.'

Zeven donkere volbloeden verschenen nu een voor een in de paddock, de jockeys in hun glimmende outfit als aapjes op de ruggen, de schrikachtige dieren, met hun zijdezachte flanken en trotse pas, aan de hand meegevoerd door stalmeisjes en -jongens. Strike en Robin behoorden tot de weinige mensen die niet reikhalzend probeerden er iets van op te vangen. Voordat ze de tijd kreeg om te twijfelen sneed Robin het onderwerp aan dat ze zo graag wilde bespreken.

'Zag ik jou nou met Charlotte praten op de Paralympics-receptie?'

'Ja,' zei Strike. Hij keek even naar haar.

Robin had al vaker gemerkt dat hij moeiteloos haar gedachten leek te kunnen lezen.

'Dat Lorelei en ik uit elkaar zijn heeft niks met Charlotte te maken. Ze is nu getrouwd.'

'Dat waren Matthew en ik ook,' zei Robin, en ze nam nog een slok champagne. 'Dat heeft Sarah Shadlock nergens van weerhouden.'

'Ik ben Sarah Shadlock niet.'

'Gelukkig niet. Als jij zo verdomd irritant was zou ik niet voor je werken.'

'Misschien kun je dat op je volgende werkgeversevaluatieformulier zetten. "Niet zo verdomd irritant als de vrouw die het met mijn man heeft gedaan." Dan laat ik dat inlijsten.'

Robin moest lachen.

'Weet je, ik heb zelf ook iets bedacht over dat Blanc de Blanc,' zei Strike. 'Ik heb het takenlijstje van Chiswell nog eens bekeken, geprobeerd bepaalde mogelijkheden uit te sluiten om een theorie na te trekken.'

'Wat voor theorie?' vroeg Robin op scherpe toon, en het viel Strike op dat ze zelfs na een half flesje champagne, haar in duigen gevallen huwelijk en het vooruitzicht van een kamertje in Kilburn nog evenveel belangstelling voor de zaak had als altijd. 'Weet je nog dat ik je vertelde dat er iets groots, iets fundamenteels moest spelen in de zaak-Chiswell? Iets wat we nog niet opgemerkt hadden?'

'Ja,' zei Robin. '"Het duikt telkens bijna op, maar net niet," zei je.'

'Goed onthouden. Maar een paar dingen die Raphael me...'

'Zo, daar ben ik dan. Ik heb pauze,' klonk een vrouwenstem achter hen.

63

> Het is een puur persoonlijke kwestie, en het is beslist nergens voor nodig om het over het hele platteland rond te bazuinen.
>
> Henrik Ibsen, *Rosmersholm*

Tegan Butcher, klein en gedrongen, bezaaid met sproeten, droeg haar donkere haar in een strak knotje. Zelfs in haar nette baruniform, dat bestond uit een grijze das en een zwarte blouse waarop een wit paardje met jockey geborduurd was, had ze de uitstraling van iemand die liever op modderige rubberlaarzen zou lopen. Ze had een beker koffie met veel melk meegenomen uit de bar om op te drinken terwijl ze haar ondervroegen.

'O, heel fijn, bedankt,' zei ze toen Strike een extra stoel voor haar ging halen, duidelijk dankbaar dat de beroemde detective dat voor haar wilde doen.

'Graag gedaan,' zei Strike. 'Dit is mijn compagnon Robin Ellacott.'

'Ja, jij bent toch degene die contact met me heeft opgenomen?' vroeg ze terwijl ze op de barkruk ging zitten; omdat ze zo klein van stuk was, viel de klim haar nogal zwaar. Ze leek zich te verheugen op het gesprek en het tegelijkertijd eng te vinden.

'Ik weet dat je weinig tijd hebt,' zei Strike, 'dus laten we meteen beginnen, als je het niet erg vindt, Tegan.'

'Nee. Ik bedoel ja. Goed. Begin maar.'

'Hoe lang heb je voor Jasper en Kinvara Chiswell gewerkt?'

'Eerst parttime toen ik nog op school zat, dus als ik dat meetel... tweeënhalf jaar. Ja.'

'Hoe beviel het om voor hen te werken?'

'Best aardig,' zei Tegan behoedzaam.

'Wat vond je van de minister?'

'Best aardig,' zei Tegan weer. Toen ze leek te beseffen dat dat geen echte beschrijving was, voegde ze eraan toe: 'Mijn familie kent hem al jaren. Mijn broers hebben jarenlang klusjes gedaan bij Chiswell House, als het zo uitkwam.'

'Ja?' Strike maakte aantekeningen. 'Wat deden je broers dan?'

'Hekken repareren, een beetje tuinieren, maar de grond is nu grotendeels verkocht,' zei Tegan. 'De tuin is helemaal verwilderd.'

Ze pakte haar koffie, nam een slokje en zei gespannen: 'Mijn moeder zou flippen als ze wist dat ik met jullie heb afgesproken. Ze zegt dat ik me erbuiten moet houden.'

'Waarom?'

'"Spreken is zilver, zwijgen is goud," zegt ze altijd. En "wat ze weinig zien, is het meest gewild". Dat zei ze altijd als ik naar de boerendisco wilde.'

Robin lachte. Tegan grinnikte, trots dat ze haar aan het lachen had gemaakt.

'Hoe vond je mevrouw Chiswell als werkgeefster?' vroeg Strike.

'Best aardig,' zei Tegan nog een keer.

'Mevrouw Chiswell had graag dat er iemand in huis sliep als zij een nachtje weg was, klopt dat? Om op de paarden te letten?'

'Ja,' zei Tegan, en toen voegde ze er voor het eerst ongevraagd iets aan toe. 'Ze is paranoïde.'

'Maar een van haar paarden is toch gestoken?'

'Zo zou je het kunnen noemen, maar het was eerder een schrammetje. Romano had 's nachts zijn dek afgegooid. Dat deed hij heel vaak. Bloedirritant.'

'Dus je weet niets van indringers in de tuin?' vroeg Strike met zijn pen boven het notitieblokje.

'Nou...' zei Tegan traag, 'ze heeft er wel wat over gezégd, maar...'

Haar blik ging naar Strikes Benson & Hedges, die naast zijn bierglas lagen. 'Mag ik een sigaret?' waagde ze het toen te vragen.

'Ga je gang.' Strike pakte een aansteker en schoof die naar haar toe.

Tegan stak een sigaret op, nam een diepe trek en zei: 'Volgens mij is er nooit iemand in de tuin geweest. Dat denkt mevrouw Chiswell maar. Ze is...' Tegan zocht naar het juiste woord. 'Als ze een paard was, zou je haar schichtig noemen. Ik heb nooit iemand gehoord als ik daar 's nachts sliep.'

'Jij sliep toch ook daar in huis in de nacht voordat Jasper Chiswell dood werd aangetroffen in Londen?'

'Ja.'

'Weet je nog hoe laat mevrouw Chiswell terugkwam?'

'Om een uur of elf. Ik schrok me kapot,' zei Tegan. Nu de zenuwen zakten, bleek ze een behoorlijke kletskous te zijn. 'Want ze zou in Londen blijven. Ze viel meteen tegen me uit toen ze binnenkwam, want ik had een peuk gerookt voor de tv – ze houdt niet van roken – en een paar glazen wijn gedronken uit de fles in de koelkast. Ze had nota bene bij vertrek gezegd dat ik mocht doen alsof ik thuis was, maar zo is ze, de regels veranderen waar je bij staat. Wat het ene moment nog prima is, mag de volgende minuut niet meer. Je moest op eieren lopen bij haar, dat deed ik constant.

Maar ze was al in een rotbui toen ze aankwam. Dat kon ik horen aan de manier waarop ze door de gang stampte. De sigaret en de wijn waren gewoon een excuus om me uit te kafferen. Zo is ze.'

'Maar je bent dus toch blijven slapen?'

'Ja. Ze zei dat ik te dronken was om auto te rijden, wat gelul was, ik was niet dronken, en toen stuurde ze me naar buiten om bij de paarden te gaan kijken, want zij moest nog iemand bellen.'

'Heb je haar horen telefoneren?'

Tegan ging verzitten op de te hoge kruk en liet de elleboog van haar arm-met-sigaret in haar vrije hand rusten, haar ogen half dichtgeknepen tegen de rook, een pose die haar kennelijk gepast leek voor een gesprek met een sluwe privédetective. 'Ik weet niet of ik het wel moet zeggen.'

'Als ik nou eens een naam noem, dan kun je knikken als het de juiste is. Goed?'

'Doe maar dan,' zei Tegan met het wantrouwen en de nieuwsgierigheid van iemand aan wie zojuist een goocheltruc is beloofd.

'Henry Drummond,' zei Strike. 'Ze sprak een bericht voor hem in over de taxatie van een halsketting?'

Tegan knikte, ongewild onder de indruk. 'Ja,' zei ze. 'Dat klopt.'

'Dus jij ging buiten bij de paarden kijken...?'

'Ja, en toen ik terugkwam zei mevrouw Chiswell dat ik toch moest blijven slapen, omdat ze me 's morgens al vroeg weer nodig had. Dus dat heb ik gedaan.'

'En waar sliep ze zelf?' vroeg Robin.

'Eh... boven,' antwoordde Tegan met een verbaasd lachje. 'Natuurlijk. In haar slaapkamer.'

'Weet je zeker dat ze daar de hele nacht is geweest?' vroeg Robin.

'Ja,' zei Tegan, opnieuw met een lachje. 'Haar kamer lag naast de mijne. Het zijn de enige twee met ramen die uitkijken op de stallen. Ik hoorde haar naar bed gaan.'

'Weet je zeker dat ze 's nachts niet het huis uit is gegaan? Dat ze de auto niet heeft gepakt?' vroeg Strike.

'Nee, dat zou ik gehoord hebben. Het terrein rondom het huis zit vol gaten en kuilen, je kunt daar niet stilletjes vertrekken. Trouwens, de volgende morgen kwam ik haar tegen op de overloop, toen ze in haar nachthemd naar de badkamer liep.'

'Hoe laat was dat?'

'Een uur of half acht. We hebben samen ontbeten in de keuken.'

'Was ze nog boos op je?'

'Ze deed een beetje kattig,' gaf Tegan toe.

'Je hebt toevallig niet gehoord of er nog iemand heeft gebeld rond de tijd van het ontbijt?'

Tegan antwoordde met openlijke bewondering: 'Meneer Chiswell, bedoelt u? Ja. Ze liep de keuken uit om op te nemen. Ik hoorde alleen: "Nee, deze keer meen ik het, Jasper." Zo te horen hadden ze ruzie. Dat heb ik ook aan de politie verteld. Ik dacht dat ze ruzie gekregen hadden in Londen en dat ze daarom eerder naar huis gekomen was.

Ik ging naar buiten om de stallen uit te mesten, en ze kwam achter me aan om een dressuurproef te rijden op Brandy, dat is een van de merries, en toen,' zei Tegan met een lichte aarzeling, 'kwam híj. Die Raphael. De zoon.'

'En wat gebeurde er toen?' vroeg Strike.

Tegan aarzelde.

'Ze maakten ruzie, hè?' zei Strike, zich ervan bewust dat Tegans pauze bijna om was.

'Ja.' Tegan glimlachte in oprechte verwondering. 'U weet gewoon álles!'

'Weet je waar ze ruzie over hadden?'

'Hetzelfde als waarover ze de avond ervoor die vent belde.'

'Over de ketting? Wilde mevrouw Chiswell die verkopen?'

'Ja.'

'Waar was jij toen ze ruziemaakten?'

'Ik mestte de stallen uit. Hij stapte uit zijn auto en beende naar de buitenbak...'

Toen Robin Strikes niet-begrijpende blik zag, mompelde ze: 'Dat is een soort omheinde paardrijbaan.'

'Aha.'

'Ja,' zei Tegan. 'Daar was ze aan het rijden, op Brandy. Eerst stonden ze gewoon te praten en kon ik niet horen wat ze zeiden, maar toen begonnen ze echt te schreeuwen, en ze stapte af en riep dat ik Brandy moest aftuigen – het zadel en hoofdstel afdoen,' voegde ze er behulpzaam aan toe voor Strike, voor het geval hij dat niet begrepen had, 'en ze beenden naar binnen en ik kon ze nog tegen elkaar tekeer horen gaan toen ze wegliepen.

Ze heeft hem nooit gemogen,' zei Tegan toen. 'Raphael. Vond hem verwend. Zat altijd op hem te vitten. Persoonlijk vond ik hem wel oké.' Haar geveinsde onverschilligheid werd tegengesproken door de toegenomen blos op haar wangen.

'Herinner je je nog wat ze tegen elkaar zeiden?'

'Gedeeltelijk,' zei Tegan. 'Hij zei dat ze hem niet mocht verkopen, dat hij van zijn vader was of zo, en daarop zei zij dat hij zich met zijn eigen zaken moest bemoeien.'

'En toen?'

'Toen gingen ze naar binnen. Ik ging door met uitmesten, en even later...' Tegan haperde. 'Even later zag ik een politieauto de oprijlaan op komen en... ja, het was afschuwelijk. Die politievrouw vroeg me om binnen te gaan helpen. Ik ben naar de keuken gegaan en mevrouw Chiswell zag zo bleek als een vaatdoek en ze draaide helemaal door. Ik moest aanwijzen waar de theezakjes stonden. Ik heb thee voor haar gezet en hij – Raphael – zette haar in een stoel. Hij was heel aardig voor haar,' zei Tegan, 'als je bedenkt dat ze hem even daarvoor nog helemaal verrot gescholden had.'

Strike keek op zijn horloge. 'Ik weet dat je niet veel tijd meer hebt. Een paar dingen nog.'

'Goed.'

'Ruim een jaar geleden is er iets gebeurd,' zei Strike. 'Toen heeft mevrouw Chiswell meneer Chiswell aangevallen met een hamer.'

'O, god, ja,' zei Tegan. 'Ja... ze ging helemaal door het lint. Dat was kort nadat Lady was afgemaakt, begin van de zomer. Lady was de lievelingsmerrie van mevrouw Chiswell en toen mevrouw Chiswell thuiskwam was het al gebeurd. Ze had erbij willen zijn en ze werd helemaal gek toen ze terugkwam en de wagen van de veearts zag staan.'

'Hoe lang wist ze al dat die merrie afgemaakt moest worden?' vroeg Robin.

'De laatste twee, drie dagen wisten we het eigenlijk allemaal wel,' zei Tegan treurig. 'Maar het was zo'n fijn paard, en we bleven hopen dat ze het wel zou redden. De veearts had uren gewacht tot mevrouw Chiswell thuiskwam, maar we zagen Lady lijden en hij had niet de hele dag de tijd, dus...'

Tegan maakte een hopeloos gebaar.

'Heb je enig idee waarom ze die dag naar Londen was gegaan, als ze wist dat Lady dood zou gaan?' vroeg Strike.

Tegan schudde het hoofd.

'Kun je eens met ons doornemen wat er precies gebeurde toen ze haar man te lijf ging? Zei ze eerst nog iets?'

'Nee,' antwoordde Tegan. 'Ze kwam aan, zag wat er was gebeurd, rende op meneer Chiswell af, pakte die hamer en haalde gewoon uit. Overal bloed. Het was afschuwelijk,' zei Tegan, duidelijk gemeend. 'Verschrikkelijk.'

'Wat deed ze nadat ze hem had geslagen?' vroeg Robin.

'Ze stond daar maar. Haar gezichtsuitdrukking... ze leek wel een dúível of zo,' zei Tegan onverwacht. 'Ik dacht dat hij dood was, dat ze hem had vermoord.

Ze hebben haar toen een paar weken opgesloten. In een of andere kliniek. Ik moest de paarden alleen doen...

We waren er allemaal kapot van, van Lady. Ik hield van dat beest en ik dacht dat ze het wel zou halen, maar ze had het opgegeven, ging liggen en wilde niet meer eten. Ik kan het mevrouw Chiswell niet kwalijk nemen dat ze van streek was, maar... ze had hem wel dood kunnen slaan. Overal bloed,' zei ze nog een keer. 'Ik wilde daar weg. Heb het mijn moeder verteld. Ik was die avond bang voor mevrouw Chiswell.'

'Waarom ben je toch gebleven?' vroeg Strike.

'Dat weet ik eigenlijk niet... Mevrouw Chiswell wilde dat ik bleef, en ik hield van de paarden. Toen kwam ze uit die kliniek, helemaal depressief, en ik had met haar te doen, denk ik. Ik trof haar steeds huilend aan in Lady's lege stal.'

'Was Lady ook de merrie die mevrouw Chiswell wilde laten... heet dat dekken?' vroeg Strike aan Robin.

'Ja, dekken.'

'... die ze wilde laten dekken door een beroemde hengst?'

'Totilas?' zei Tegan, en ze rolde bijna onmerkbaar met haar ogen. 'Nee, ze wilde fokken met Brandy, maar daar wilde meneer Chiswell niets van weten. Totilas! Dat kost een kapitaal.'

'Dat heb ik gehoord. Heeft ze het toevallig niet over een andere hengst gehad? Er is er ook een die Blanc de Blancs heet. Ik weet niet of dat...'

'Nooit van gehoord,' zei Tegan. 'Nee, het móést Totilas worden, dat was de beste, ze was er helemaal op gefixeerd. Zo is mevrouw Chiswell. Als zij eenmaal iets in haar kop heeft, laat ze het niet meer los. Ze zou een prachtig grand-prixpaard gaan fokken en... jullie weten dat ze een kind verloren heeft, hè?'

Strike en Robin knikten.

'Mijn moeder had medelijden met haar, ze dacht dat die wens om een veulen te krijgen een soort... nou ja, een soort surrogaat was. Volgens mijn moeder had het allemaal met de baby te maken, die stemmingswisselingen van mevrouw Chiswell.

Zo was ze op een dag, een paar weken nadat ze uit de kliniek was gekomen, helemaal manisch. Ik denk door de medicatie die ze daar had gekregen. Ze was gewoon high. Liep te zingen in de tuin. Toen ik tegen haar zei: "Wat bent u vrolijk, mevrouw c," moest ze lachen en ze zei: "Ik ben Jasper aan het bepraten en volgens mij is het bijna zover. Ik denk dat ik toch Totilas mag gebruiken." Totale onzin. Ik vroeg hem ernaar en hij reageerde heel chagrijnig, "mocht ze willen," zei hij, hij kon zich al die paarden van haar al amper veroorloven.'

'Zou hij haar misschien verrast kunnen hebben,' zei Strike, 'door een andere dekhengst aan te bieden? Een goedkopere?'

'Dan zou ze alleen maar boos geworden zijn. Het was Totilas of niks.' Ze drukte de sigaret uit die ze van Strike had gekregen, keek op haar horloge en zei spijtig: 'Ik heb nog maar een paar minuten.'

'Nog twee dingen, dan zijn we klaar,' zei Strike. 'Ik heb gehoord dat jouw familie jaren geleden een meisje heeft gekend dat Suki Lewis heet. Ze was weggelopen uit een tehuis...'

'U weet echt álles!' riep Tegan verrukt uit. 'Hoe wist u dat nou?'

'Billy Knight heeft het me verteld. Weet jij toevallig wat er met Suki is gebeurd?'

'Ja, ze is naar Aberdeen vertrokken. Ze zat bij onze Dan in de klas. Haar moeder was een ramp: drank en drugs en alles. Op een gegeven moment ging die moeder pas echt aan de boemel en zo kwam Suki in dat tehuis terecht. Ze is weggelopen om haar vader te gaan zoeken. Hij werkte op een olieplatform.'

'En jij denkt dat ze haar vader heeft gevonden?' vroeg Strike.

Tegan haalde met een triomfantelijk gezicht haar mobiel uit haar achterzak. Met een paar klikken toonde ze Strike de Facebook-pagina van een stralende brunette die poseerde met een troep vriendinnen voor een zwembad op Ibiza. Strike herkende ondanks de zongebruinde huid, de gebleekte tanden en de valse wimpers nog vaag het magere meisje met de vooruitstekende tanden van de oude foto. De naam in het profiel was Susanna McNeil.

'Ziet u wel?' zei Tegan tevreden. 'Haar vader heeft haar in huis genomen bij zijn nieuwe gezin. Ze heette eigenlijk Susanna, maar haar moeder noemde haar Suki. Mijn moeder is bevriend met een tante van Susanna. Die zegt dat het heel goed met haar gaat.'

'En je weet zeker dat zij het is?' vroeg Strike.

'Ja, natuurlijk. We zijn allemaal blij voor haar. Het was een leuke meid.' Ze keek weer op haar horloge. 'Sorry, maar mijn pauze is om. Ik moet gaan.'

'Nog één vraag,' zei Strike. 'Hoe goed kenden je broers de familie Knight?'

'Vrij goed. De jongens zaten niet bij elkaar in de klas, maar ze werkten wel samen op Chiswell House.'

'Wat doen je broers nu, Tegan?'

'Paul is bedrijfsleider op een boerderij in de buurt van Aylesbury en Dan legt tuinen aan in Londen. Waarom schrijft u dat op?' vroeg ze, voor het eerst gealarmeerd door de aanblik van Strikes pen die over het notitieboekje bewoog. 'U mag niet tegen mijn broers zeggen dat ik u heb gesproken! Ze worden woest als ze denken dat ik iets heb verteld over wat er bij het huis is gebeurd!'

'O ja? Wat is daar dan gebeurd?' vroeg Strike.

Tegan keek onzeker van hem naar Robin en terug. 'U weet het al, hè?'

En toen Strike noch Robin reageerde, zei ze: 'Moet u horen, Dan en Paul hebben alleen geholpen met het vervoer. Inladen en zo. En het was toen legaal!'

'Wat was legaal?' vroeg Strike.

'Ik wéét dat u het al weet,' zei Tegan, half bezorgd, half geamuseerd. 'Iemand heeft zijn mond voorbijgepraat, hè? Was het Jimmy

Knight? Hij was nog niet zo lang geleden terug, liep overal te snuffelen, wilde Dan spreken. Ach, iedereen wist het, in de buurt. Het was zogenaamd geheim, maar we wisten allemaal wat Jack deed.'

'Wat deed Jack dan?' vroeg Strike.

'Nou ja... hij maakte de galgen.'

Strike verwerkte die informatie zonder met zijn ogen te knipperen. Robin betwijfelde of ze zelf haar gezicht in de plooi wist te houden.

'Maar dat wist u al,' zei Tegan. 'Ja, toch?'

'Ja,' zei Strike om haar gerust te stellen. 'Dat wisten we al.'

'Dacht ik wel,' zei Tegan opgelucht, en ze liet zich onelegant van haar kruk glijden. 'Maar als u Dan ziet, niets zeggen, hoor. Hij is net als mijn moeder: "Spreken is zilver, zwijgen is goud." Niet dat we er in die tijd iets verkeerds in zagen, trouwens. Dit land zou ook beter af zijn met de doodstraf, als je het mij vraagt.'

'Bedankt voor je tijd, Tegan,' zei Strike.

Ze bloosde licht toen ze eerst hem en daarna Robin een hand gaf. 'Graag gedaan,' zei ze. Ze wilde nu niet meer weg. 'Blijven jullie voor de race? Brown Panther loopt in de twee-dertig.'

'Misschien wel,' zei Strike, 'we hebben nog wat tijd te doden voor onze volgende afspraak.'

'Ik heb tien pond ingezet op Brown Panther,' vertrouwde Tegan hem toe. 'Nou... tot ziens dan maar.'

Ze was pas een paar passen verder toen ze zich met een ruk omdraaide en terugliep naar Strike, haar gezicht nu nog roder.

'Mag ik een selfie met u nemen?'

'Eh...' zei Strike, en hij meed angstvallig Robins blik. 'Liever niet, als je het niet erg vindt.'

'Mag ik dan uw handtekening?'

Nadat hij had besloten dat dit het minste van twee kwaden was, zette Strike zijn handtekening op een servetje.

'Dank u wel.'

Met haar servetje in de hand vertrok Tegan eindelijk echt. Strike wachtte tot ze in de bar verdwenen was voordat hij zich tot Robin wendde. Die was al druk met haar telefoon in de weer.

'Zes jaar geleden,' las ze van het schermpje van haar mobiel, 'is er een EU-verbod uitgevaardigd op het exporteren door lidstaten van martelwerktuigen. Tot die tijd was het volkomen legaal om galgen uit te voeren die in het Verenigd Koninkrijk vervaardigd waren.'

64

Praat met me, dan kan ik je tenminste begrijpen.
Henrik Ibsen, *Rosmersholm*

'"Ik heb gehandeld binnen de wet en in overeenstemming met mijn geweten,"' citeerde Strike Chiswells aforistische uitspraak laatst bij Pratt's. 'Dus dat klopt. Hij heeft er nooit omheen gedraaid dat hij vóór ophanging is, toch? Ik neem aan dat hij het hout leverde, afkomstig van zijn terrein.'

'En de ruimte waar Jack o'Kent die galgen kon maken. Daarom waarschuwde hij de kleine Raff vroeger natuurlijk om niet de schuur in te gaan.'

'En waarschijnlijk deelden ze de winst.'

'Wacht even.' Robin dacht terug aan de woorden waarmee Flick de minister in de auto had nageroepen op de avond van de Paralympics-receptie. '"Hij zette het fucking paard erop." Cormoran, denk je...?'

'Ja, dat denk ik,' zei Strike; zijn gedachtegang liep gelijk met de hare. 'Het laatste wat Billy tegen me zei in die kliniek was: "Ik vond het verschrikkelijk om het paard erop te zetten." Zelfs tijdens een psychose kon Billy nog perfect het witte paard van Uffington in hout kerven. Jack o'Kent liet zijn zonen dat paardje op allerlei prullaria voor toeristen aanbrengen, én op de galgen voor de export... Mooi familiebedrijfje had hij met zijn zonen, hè?'

Strike tikte met zijn bierglas tegen haar champagneflesje en dronk zijn laatste slok Doom Bar op.

'Proost, op onze eerste echte doorbraak. Als Jack o'Kent van de galgen een soort streekproduct maakte, zijn ze dus naar hem te herleiden. Ja, toch? En niet alleen naar hem, ook naar het Dal van het Witte Paard, en naar Chiswell. Het past allemaal in elkaar, Robin. Weet je nog, dat protestbord van Jimmy met die berg dode zwarte kinderen erop? Chiswell en Jack o'Kent sleten de galgen in het buitenland, waarschijnlijk het Midden-Oosten of Afrika. Maar Chiswell kan niet geweten hebben dat er een paardje in gegraveerd was. Jezus, nee, dat wist hij zéker niet,' zei Strike, terugdenkend aan Chiswells woorden bij Pratt's. 'Want toen hij me vertelde dat er foto's van waren, zei hij: "Voor zover mij bekend is zijn er geen onderscheidende kenmerken."'

'Weet je nog dat Jimmy zei dat hij geld tegoed had?' Robin ging nu op in haar eigen redenatie. 'En dat Raff vertelde dat Kinvara eerst vond dat hij recht had op dat geld? Hoe groot is de kans dat Jack o'Kent nog een aantal galgen had klaarstaan voor de verkoop toen hij stierf...'

'... en dat Chiswell die heeft verkocht zonder de moeite te nemen Jacks zonen op te sporen en ze hun deel te betalen? Slim van je,' zei Strike met een knikje. 'Dus voor Jimmy is dit hele verhaal begonnen toen hij het wettelijke deel van zijn vaders nalatenschap opeiste. En toen Chiswell ontkende dat hij hem iets verschuldigd was, is hij overgegaan op chantage.'

'Maar er viel toch eigenlijk niet veel te chanteren?' zei Robin. 'Denk je echt dat dit Chiswell kiezers gekost zou hebben? Het was immers niet verboden toen hij ze verkocht en hij was openlijk voor de doodstraf, dus niemand had hem een hypocriet kunnen noemen. Het halve land vindt dat de dood door ophanging weer zou moeten worden ingevoerd. Ik vraag me af of het soort mensen dat op Chiswell stemt hier iets verkeerds in zou zien.'

'Alweer een goed punt,' zei Strike. 'En Chiswell zou zich er waarschijnlijk wel uit gekletst hebben. Hij heeft wel ergere schandalen overleefd: een zwangere minnares, echtscheiding, een onwettig kind, Raphaels auto-ongeluk onder invloed van drugs en de daaropvolgende gevangenisstraf... Maar er waren "onbedoelde gevolgen", weet je nog?' vroeg Strike nadenkend. 'Wat stond er op die foto's bij Buitenlandse Zaken die Winn per se in handen wilde krijgen? En wie is die Samuel over wie Winn het daarstraks aan de telefoon had?'

Strike haalde zijn notitieboekje tevoorschijn en schreef in zijn moeilijk te ontcijferen kriebelhandschrift een paar zinnen op.

'We hebben nu in ieder geval een bevestiging van Raffs verhaal,' zei Robin. 'Over die halsketting.'

Strike bromde iets, nog altijd schrijvend. Toen hij klaar was, zei hij: 'Ja, dat was nuttig, voor zover we er iets mee kunnen.'

'Hoe bedoel je, "voor zover we er iets mee kunnen"?'

'Dat hij halsoverkop naar Oxfordshire afreisde om te voorkomen dat Kinvara ervandoor zou gaan met een waardevolle ketting is een beter verhaal dan dat hij haar ervan had moeten weerhouden zich van kant te maken,' zei Strike, 'maar ik denk niet dat we alles te horen hebben gekregen.'

'Hoezo niet?'

'Zelfde bezwaar als eerst. Waarom zou Chiswell Raphael sturen als afgezant terwijl zijn vrouw de pest aan hem had? Ik zie niet in dat Raphael haar beter had kunnen overhalen dan Izzy.'

'Heb je iets tegen Raphael of zo?'

Strike trok zijn wenkbrauwen op. 'Ik heb geen persoonlijke gevoelens voor hem, niet positief en niet negatief. Jij wel?'

'Natuurlijk niet,' antwoordde Robin iets te snel. 'Wat was nou eigenlijk de theorie waar je het over had voordat Tegan erbij kwam zitten?'

'O ja,' zei Strike. 'Nou ja, het stelt misschien niks voor, maar een paar dingen die Raphael tegen jou heeft gezegd hebben me aan het denken gezet.'

'Welke dingen?'

Strike vertelde het haar.

'Ik zie niet in wat daar zo opmerkelijk aan is.'

'Op zichzelf misschien niet, maar probeer het eens te combineren met wat Della mij heeft verteld.'

'Welk gedeelte daarvan?'

Maar zelfs toen Strike haar eraan herinnerde wat Della had gezegd, werd het Robin niet duidelijk. 'Ik zie het verband niet.'

Strike stond grinnikend op. 'Denk er maar eens even over na. Ik ga Izzy bellen en haar vertellen dat Tegan uit de school geklapt heeft over de galgen.'

Hij liep weg en verdween in de drukte op zoek naar een rustig plekje waar hij kon bellen, en Robin, alleen achtergebleven, liet de lauw geworden champagne rondwalsen in het miniflesje terwijl ze nadacht over Strikes woorden. Haar uitgeputte pogingen om de losse brokjes informatie aan elkaar te koppelen leverden niets samenhangends op, en na een paar minuten gaf ze het op en genoot ze alleen nog maar van de warme bries die haar haar van haar schouders tilde.

Ondanks de vermoeidheid, haar in duigen gevallen huwelijk en de levensechte angst voor het graven in de boskuil later die avond was het aangenaam om daar te zitten, de geur van de renbaan op te snuiven, de milde lucht van turf, leer en paarden, met zo nu en dan een vleugje parfum van de vrouwen die vanuit de bar naar de tribune liepen, en een rokerige zweem van de wildburgers die in een nabijgelegen foodtruck werden bereid. Voor het eerst in een week besefte Robin dat ze honger had.

Ze pakte de kurk van het champagneflesje en draaide die rond in haar vingers, terugdenkend aan een andere kurk, die ze had bewaard na het feest voor haar eenentwintigste verjaardag, waarvoor Matthew vanaf de universiteit terug naar huis was gekomen samen met een stel nieuwe vrienden, onder wie Sarah. Achteraf wist ze dat haar ouders het grote feest toen ze eenentwintig werd hadden willen geven als compensatie voor het afstudeerfeest dat ze allemaal hadden verwacht.

Strike bleef lang weg. Misschien gooide Izzy alle details eruit nu ze wisten waar de chantage in grote lijnen om had gedraaid, of misschien, dacht Robin, wilde ze hem gewoon zo lang mogelijk aan de telefoon houden.

Maar Izzy is zijn type niet.

Ze schrok een beetje van die gedachte, en ze voelde zich enigszins schuldig omdat ze die de ruimte had gegeven, en dat werd nog versterkt toen de gedachte werd verdrongen door een andere.

Al zijn vriendinnen waren mooi. Izzy is dat niet.

Strike trok opvallend knappe vrouwen aan, voor iemand die eruitzag als een grote, logge beer en die ook nog eens 'schaamhaar' op zijn hoofd had, zoals ze hem het zelf ooit had horen noemen.

Ik zie er vast niet uit, was Robins volgende, ongerijmde gedachte. Haar gezicht was al gezwollen en lijkbleek geweest toen ze die ochtend in de Land Rover stapte, en sindsdien had ze nog meer gehuild. Ze zat al half te dubben of ze nog tijd had om een wc op te zoeken en haar haar te borstelen, toen ze zag dat Strike terug kwam lopen, met in elke hand een wildburger en een wedstrookje tussen zijn tanden geklemd.

'Izzy neemt niet op,' zei hij met opeengeklemde kaken. 'Bericht ingesproken. Hier, pak een burger, we gaan die kant op. Ik heb net tien pond ingezet op Brown Panther.'

'Ik wist niet dat jij aan gokken deed,' zei Robin.

'Ik heb er niks mee,' zei Strike, die het strookje tussen zijn tanden vandaan trok en in zijn zak stopte, 'maar ik voel dat dit mijn geluksdag is. Kom, dan gaan we naar de race kijken.'

Toen Strike even niet oplette stak Robin ongemerkt de champagnekurk in haar zak.

'Brown Panther,' zei Strike met zijn mond vol hamburger toen ze naar de baan liepen. 'Gewoon bruin, niet "bay" dus. Maar hij heeft wel zwarte manen, dus eigenlijk...'

'Eigenlijk is het een bay, ja,' zei Robin. 'Moet je niet klagen dat hij helemaal geen panter is?'

'Ik probeer gewoon de logica te volgen. De hengst die ik online heb gevonden, Blanc de Blancs, was kastanjebruin, niet wit.'

'Geen schimmel, bedoel je.'

'Rot op,' mompelde Strike half geamuseerd, half geërgerd.

65

Ik vraag me af hoeveel mensen er zijn die dat zouden doen – wie zouden het durven?

Henrik Ibsen, *Rosmersholm*

Brown Panther werd tweede. Ze gaven Strikes winst uit in de eet- en koffietenten, om de uren te doden tot het donker werd en ze naar Woolstone zouden rijden om te gaan graven in de boskuil. De paniek fladderde in Robins borst zodra ze dacht aan het gereedschap dat achter in de Land Rover lag en aan de donkere kuil vol brandnetels, maar Strike leidde haar af, al dan niet bewust, door hardnekkig te weigeren haar uit te leggen wat de samenhang was tussen de verklaring van Della Winn en die van Raphael Chiswell, of welke conclusies hij eruit had getrokken.

'Goed nadenken,' zei hij steeds. 'Gewoon goed nadenken.'

Maar Robin was doodop, en het was makkelijker om hem bij de vele kopjes koffie en sandwiches aan zijn kop te zeuren om uitleg. Al die tijd genoot ze van dit ongewone uitstapje, weg van hun dagelijkse werk, want Strike en zij waren nooit eerder urenlang samen geweest zonder dat er sprake was van een crisis.

Maar naarmate de zon dichter naar de horizon zakte, moest Robin steeds meer denken aan de boskuil, en telkens wanneer haar gedachten die kant op gingen maakte haar maag een kleine achterwaartse salto. Toen het Strike opviel dat ze er steeds langer het zwijgen toe deed en in gedachten verzonken leek, stelde hij opnieuw voor dat Robin in de Land Rover zou blijven zitten terwijl hij met Barclay ging graven.

'Nee,' zei Robin gespannen. 'Ik ben niet meegegaan om in de auto te zitten.'

De rit naar Woolstone duurde drie kwartier. De westelijke hemel verloor in rap tempo alle kleur toen ze voor de tweede keer afdaalden in het Dal van het Witte Paard, en tegen de tijd dat ze hun bestemming hadden bereikt stonden er enkele zwakke sterren aan de grauwe lucht. Robin stuurde de Land Rover het overwoekerde pad naar Steda Cottage op, en de auto reed hotsend en botsend door de diepe groeven tussen woeste doorns en takken door de diepere duisternis in, die werd veroorzaakt door het dichte bladerdak erboven.

'Rijd zo ver door als je kunt,' instrueerde Strike haar, en hij keek op zijn mobiel hoe laat het was. 'Barclay moet zijn auto achter de onze parkeren. Hij had er al moeten zijn, ik heb negen uur gezegd.'

Robin parkeerde de auto, zette de motor af en keek naar het dichte stukje bos tussen de zandweg en Chiswell House. Ze mochten dan niet gezien worden, ze bevonden zich nog altijd op privéterrein. Maar haar vrees om betrapt te worden was niets vergeleken met de echte angst voor wat er onder de doornstruiken en brandnetels op de bodem van die donkere uitgraving bij Steda Cottage zou kunnen liggen, dus keerde ze terug naar het onderwerp dat ze al de hele middag ter afleiding had gebruikt.

'Dat heb ik je toch gezegd?' zei Strike voor de zoveelste keer. 'Goed nadenken. Over de lachesispillen. Jij bent degene die meende dat ze een rol speelden. Denk aan alle rare dingen die Chiswell deed: Aamir kwellen waar iedereen bij was, zijn uitspraak dat Lachesis "precies wist wanneer het voor iedereen afgelopen was" en zijn opmerking tegen jou dat ze zichzelf een voor een ten val brachten; het zoeken naar Freddies geldclip, die in zijn zak bleek te zitten.'

'Ik heb het allemaal overwogen en ik zie nog steeds niet in...'

'Het helium en dat slangetje die het huis zijn binnengekomen in een champagnedoos. Iemand wist dat hij geen champagne dronk, dat hij er allergisch voor was. Vraag je af hoe Flick ervan op de hoogte was dat Jimmy Chiswell in de tang had. Denk aan Flicks ruzie met haar huisgenote Laura...'

'Wat heeft dát er nou weer mee te maken?'

'Denk na!' luidde Strikes irritante antwoord. 'Er is geen amitriptyline aangetroffen in het lege sappak bij Chiswell in de pedaalemmer. Denk aan Kinvara die obsessief wilde weten waar Chiswell uithing. Raad maar eens wat die kleine Francesca van Drummonds galerie me te vertellen heeft als ik haar ooit te spreken krijg. Denk aan het telefoontje naar Chiswells kantoor over mensen die "in hun broek pissen als ze doodgaan" – wat op zich niet doorslaggevend is, dat geef ik toe, maar het is wel verdomd suggestief als je er even wat langer over nadenkt...'

'Je jaagt me gewoon op de kast,' zei Robin ongelovig. 'Hoort dat allemaal bij die theorie van je? En is het dan nog steeds een logisch geheel?'

'Ja,' zei Strike zelfvoldaan, 'en het verklaart ook hoe Winn en Aamir wisten dat er foto's moesten zijn bij Buitenlandse Zaken, waarschijnlijk van de galgen van Jack o'Kent die in gebruik waren, terwijl Aamir daar al maanden niet meer werkte en Winn voor zover we weten nog nooit een voet op...'

Strikes mobiel ging. Hij keek op het schermpje.

'Dat is Izzy. Ik neem hem buiten wel, ik wil roken.'

Hij stapte uit de auto. Robin hoorde hem nog 'Hoi' zeggen voordat hij het portier dichtgooide. De gedachten raasden door haar hoofd terwijl ze op hem zat te wachten. Of Strike had echt een ingeving gehad, of hij nam haar in de zeik, en ze neigde licht naar het laatste, want de brokjes informatie die hij zojuist had opgesomd leken totaal niets met elkaar te maken te hebben.

Vijf minuten later schoof Strike weer op de passagiersstoel. 'Tegan had moeten zeggen dat Kinvara die nacht het huis uit is geslopen om Chiswell te vermoorden, in plaats van Kinvara's alibi te bevestigen en uit de school te klappen over de galgen van Chiswell.'

'Heeft Izzy het toegegeven?'

'Ze had niet veel keus, hè? Maar ze vond het maar niks. Bleef erop hameren dat de export van galgen destijds legaal was. Ik heb haar voorgelegd dat haar vader op illegale wijze Jimmy en Billy hun geld heeft onthouden, en je had gelijk. Er waren twee galgen klaar om verkocht te worden toen Jack o'Kent stierf en niemand heeft dat zijn zoons verteld. Dat vond ze nog vervelender om toe te geven.'

'Denk je dat ze bang is dat ze een claim zullen indienen bij Chiswells erfgenamen?'

'Het lijkt me niet erg goed voor Jimmy's reputatie in zijn kringen, geld aannemen dat afkomstig is van het ophangen van mensen in de derde wereld,' zei Strike, 'maar je weet nooit.'

Op de weg raasde een auto voorbij, en Strike keek hoopvol om. 'Ik dacht dat dat Barclay zou zijn...' Hij wierp weer een blik op zijn horloge. 'Misschien heeft hij de afslag gemist.'

'Cormoran,' zei Robin, veel minder geïnteresseerd in Izzy's stemming of de vraag waar Barclay bleef dan in de theorie die Strike voor haar achterhield. 'Heb jij seriéús een verklaring in gedachten voor alles wat je me daarnet hebt verteld?'

'Ja.' Strike krabde aan zijn kin. 'Ja, echt. Het punt is dat het ons wel dichter bij de dader brengt, maar ik mag doodvallen als ik snap waaróm diegene het heeft gedaan, tenzij het een kwestie van blinde haat was. Maar dit voelt niet als een vurige crime passionnel, of wel? Dit was geen klap met een hamer op iemands hoofd, maar een zorgvuldig geplande executie.'

'En waar blijft jouw motto "gelegenheid gaat voor motief"?

'Ik heb me geconcentreerd op de gelegenheid. Zo ben ik tot mijn theorie gekomen.'

'Wil je niet eens zeggen of het een hij of een zij is?'

'Een goede mentor zou je nooit beroven van het tevreden gevoel dat je straks hebt als je dit zelf oplost. Zijn er nog koekjes?'

'Nee.'

'Gelukkig maar dat ik deze heb.' Strike haalde een Twix uit zijn zak tevoorschijn, trok de verpakking eraf en gaf haar de helft, die ze aannam met zo'n boos gezicht dat hij moest lachen.

Ze spraken geen van beiden tot ze uitgekauwd waren. Toen zei Strike, veel nuchterder dan tot dan toe: 'Vanavond is belangrijk. Als er niets begraven ligt in een roze dekentje op de bodem van die kuil, is het hele Billy-verhaal van de baan. Dan heeft hij zich het wurgen van dat kind ingebeeld, wij hebben hem gerustgesteld en ik kan proberen mijn theorie over Chiswells dood te bewijzen, niet gehinderd door enige afleiding en de vraag hoe een dood kind in dit verhaal past en wie haar heeft vermoord.'

'Of hem,' hielp Robin Strike herinneren. 'Je zei dat Billy twijfelde.'

En terwijl ze het zei, toonde haar niet te stuiten fantasie haar een skeletje gewikkeld in de rottende resten van een deken. Zouden ze nog kunnen zien of het lijkje van een jongen of een meisje was? Zou er een haarspeldje of een schoenveter bij liggen, knopen, een lange pluk haar?

Laat er alsjeblieft niets liggen, dacht ze. Goeie god, laat er niets liggen.

Maar ze vroeg hardop: 'En wat als er inderdaad iets... iemand... begraven ligt op de bodem?'

'Dan klopt mijn theorie niet, want ik zie niet in wat het wurgen van een kind in Oxfordshire te maken zou kunnen hebben met alles wat ik daarnet heb opgesomd.'

'Dat hoeft ook niet,' zei Robin redelijk. 'Je kunt nog steeds gelijk hebben over de moordenaar van Chiswell, misschien staat dit er helemaal los...'

'Nee,' zei Strike hoofdschuddend. 'Dat is te toevallig. Als er iets begraven ligt in die kuil, heeft dat te maken met al het andere. De ene broer is als kind getuige van een moord terwijl de andere twintig jaar later een man afperst die wordt vermoord, en dat terwijl het kind begraven ligt op Chiswells grond... Als er echt een kind begraven ligt in die boskuil, dan past dat ergens in het verhaal. Maar ik durf te wedden dat we niks vinden. Als ik serieus dacht dat daar een lijkje lag, zou ik geprobeerd hebben de klus te laten klaren door de politie. Nu doe ik het voor Billy. Ik heb het hem beloofd.'

Ze zagen het pad langzaam uit het zicht verdwijnen in het donker. Strike keek zo nu en op zijn mobiel.

'Waar blijft Barclay verd...? Aha!'

Er waren koplampen verschenen op het pad achter hen. Barclay kwam aangereden in een oude Golf, remde en deed de lichten uit. Robin zag in haar buitenspiegel zijn silhouet uit de auto stappen en overgaan in de echte Barclay van vlees en bloed toen hij bij Strikes raampje verscheen, met net zo'n plunjezak als die van de detective.

'Goedenavond,' zei hij laconiek. 'Mooie avond om een graf te roven.'

'Je bent laat,' zei Strike.

'Aye, weet ik. Ik werd net gebeld door Flick. Ik dacht dat jij wel zou willen horen wat ze te zeggen had.'

'Stap in,' zei Strike. 'Dan kun je het ons vertellen onder het wachten. We geven het nog tien minuten tot het echt donker is.'

Barclay ging op de achterbank van de Land Rover zitten en trok het portier dicht. Strike en Robin draaiden zich om in hun stoelen om met hem te praten.

'Dus ze belt me grienend op...'

'Normale woorden, graag.'

'Huilend dan. Ze scheet in haar broek van angst. De politie was vandaag langs geweest.'

'Dat werd verdomme tijd,' zei Strike. 'En?'

'Ze hebben de badkamer doorzocht en dat briefje van Chiswell gevonden. Ze is al verhoord.'

'Wat was haar verklaring, hoe kwam ze aan dat briefje?'

'Heeft ze mij niet gezegd. Ze wilde alleen weten waar Jimmy is. Ze was in alle staten. Riep steeds: "Zeg tegen Jimmy dat ze het hebben, hij weet wel wat ik bedoel."'

'Waar is Jimmy, weet je dat ook?'

'Geen idee,' zei Barclay met zijn Schotse tongval. 'Ik heb hem zaterdag nog gezien en toen heeft hij niks gezegd over zijn plannen, maar hij vertelde wel dat Flick pissig op hem was omdat hij haar had gevraagd om het telefoonnummer van Bobbi Cunliffe. Hij zag haar wel zitten, de kleine Bobbi.' Barclay keek grinnikend naar Robin. 'Flick zei dat ze het nummer niet had en wilde weten waarom hij zo geïnteresseerd was. Jimmy deed alsof hij Bobbi alleen maar had willen strikken voor een bijeenkomst van de Real Socialist Party, maar Flick is natuurlijk niet achterlijk.'

'Denk je dat ze doorheeft dat ik degene ben die de politie heeft getipt?' vroeg Robin.

'Nog niet,' zei Barclay. 'Ze is in paniek.'

'Oké.' Strike tuurde naar het kleine stukje hemel dat ze konden zien door het gebladerte boven hun hoofden. 'Ik denk dat we maar moeten beginnen. Pak die zak eens, Barclay, daar heb ik gereedschap en handschoenen in zitten.'

'Hoe wou jij gaan graven met die poot van je?' vroeg Barclay sceptisch.

'Jij kunt het niet in je eentje,' zei Strike, 'dan zijn we hier morgen nog bezig.'

'Ik ga ook graven,' zei Robin ferm. Ze voelde zich moediger na Strikes verzekering dat de kans dat ze iets zouden vinden daar in die kuil uiterst klein was. 'Geef me die laarzen eens aan, Sam.'

Strike had al een zaklamp en zijn wandelstok uit de plunjezak getrokken.

'Laat mij die maar dragen,' bood Barclay aan, en ze hoorden het zware gereedschap verschuiven toen hij Strikes plunjezak naast de zijne over zijn schouder hees.

Gedrieën liepen ze het pad op, het tempo van Robin en Barclay aangepast aan dat van Strike. Die schuifelde voorzichtig voort, met de lichtbundel van zijn zaklamp op de grond gericht en regelmatig gebruikmakend van de stok, om erop te leunen en om obstakels opzij te schuiven. Hun voetstappen werden gedempt door de zachte ondergrond, maar de stille avond versterkte het gerammel en gekletter van het gereedschap dat Barclay meezeulde, en het geritsel van minuscule, ongeziene beestjes die op de vlucht sloegen voor de reuzen die hun leefgebied waren binnengedrongen. Ergens dichter bij Chiswell House klonk geblaf. Robin dacht aan de Norfolk-terriër en hoopte dat die niet losliep.

Toen ze bij de open plek aankwamen, zag Robin dat de nacht het gammele huisje had veranderd in een heksenhol. Het was makkelijk om je voor te stellen dat er allerlei duistere figuren op de loer lagen achter de gebarsten ramen. Robin hield zichzelf voor dat de situatie al griezelig genoeg was zonder dat zij zich nog meer gruwelen inbeeldde, en ze wendde zich af van het huisje. Barclay liet de plunjezakken met een zacht *oef* aan de rand van de boskuil op de grond vallen en maakte ze allebei open. Bij het licht van de zaklamp zag Robin een heel arsenaal aan gereedschap: een pikhouweel, een grote haak, twee breekijzers, een soort hooivork, een kleine bijl en drie spades, waarvan één met een spits steekgedeelte. Er zaten ook diverse paren dikke tuinhandschoenen in de plunjezak.

'Aye, dat moet genoeg zijn.' Barclay kneep zijn ogen tot spleetjes en keek naar de donkere glooiing die voor hen lag. 'We zullen eerst de begroeiing moeten weghalen voordat we de grond kunnen omspitten.'

'Juist.' Robin pakte een paar handschoenen.

'Weet je het zeker, ouwe?' vroeg Barclay aan Strike, die ook handschoenen had gepakt.

'Ik kan verdorie heus wel brandnetels uit de grond trekken,' zei Strike geërgerd.

'Neem jij die bijl mee, Robin,' zei Barclay, die zelf het pikhouweel en een spade pakte. 'We moeten een deel van die struiken omhakken.'

Met z'n drieën lieten ze zich strompelend en struikelend van de steile helling de kuil in glijden en gingen aan het werk. Bijna een uur lang kapten ze pezige takken door en trokken brandnetels uit, waarbij ze zo nu en dan van gereedschap wisselden of terug naar boven klommen om een ander werktuig te halen.

Ondanks de toenemende koelte van de avond begon Robin algauw te zweten, en ze trok steeds meer laagjes uit naarmate ze langer aan het werk was. Strike daarentegen gebruikte een groot deel van zijn energie met het ophouden van de schijn dat het voortdurende bukken en draaien op die gladde, oneffen ondergrond geen pijn deed aan zijn stomp. De duisternis verborg zijn gekwelde blikken, en hij hield angstvallig zijn gezicht in de plooi zodra Barclay of Robin de zaklamp zijn kant op richtte om te kijken of het al opschoot.

De fysieke inspanning hielp Robin bij het verdrijven van de angst voor wat zich rondom hun voeten schuilhield. Misschien ging het zo als je in het leger zat, dacht ze: zwaar werk en de camaraderie van collega's die je hielpen je te concentreren op iets anders dan wat je misschien te wachten stond. De twee oud-soldaten hadden zich methodisch over hun taak gebogen en klaagden niet, op zo nu en dan een vloek na wanneer een hardnekkige wortel of tak weer een kledingstuk of reep huid openhaalde.

'Tijd om te graven,' zei Barclay uiteindelijk, toen de bodem van de kuil zo ver was vrijgemaakt van begroeiing als voor hen haalbaar was. 'Jij moet eruit, Strike.'

'Ik begin, dan kan Robin het straks overnemen,' zei Strike. En tegen haar voegde hij eraan toe: 'Neem jij maar even pauze. Hou de zaklamp voor ons vast en geef me die spade aan.'

Haar jeugd met drie broers had Robin waardevolle lessen geleerd over het mannelijke ego, en ze wist dat verzet soms zinloos was. Hoewel ze ervan overtuigd was dat Strikes bevel werd ingegeven door trots in plaats van gezond verstand, gehoorzaamde ze hem toch, en ze klom de steile helling op, ging op de rand zitten, hield de bundel van de zaklamp stil terwijl ze aan het werk waren en gaf zo nu en dan gereedschap aan waarmee ze stenen konden weghalen en de buitengewoon harde stukken grond te lijf gingen.

Het ging traag. Barclay groef drie keer zo snel als Strike, die het duidelijk zwaar had, zag Robin, vooral met het diep in de grond steken van de scherpe spade, omdat hij niet op zijn prothese kon vertrouwen als het aankwam op het dragen van zijn volledige gewicht op de ongelijke grond; de pijn was ondraaglijk wanneer hij het onwillige metaal de grond in dreef. Ze stelde haar ingrijpen minuut na minuut uit, tot er een gemompeld 'Fuck' aan Strikes mond ontsnapte en hij met een grimas van de pijn voorovervoog.

'Zal ik het overnemen?' stelde ze voor.

'Zal wel moeten,' bromde hij ondankbaar.

Hij hees zich de kuil uit, waarbij hij probeerde zo weinig mogelijk op de stomp te leunen, nam de zaklamp aan van Robin toen ze afdaalde en hield die stil voor de andere twee terwijl ze aan het werk waren. Het uiteinde van zijn stomp klopte en was inmiddels, vermoedde hij, rauw van het schuren.

Barclay had een korte geul van een kleine meter diep gegraven voordat hij zijn eerste pauze nam, en hij klauterde de kuil uit om een fles water uit zijn plunjezak te pakken. Terwijl hij dronk en Robin even uitrustte, op het handvat van haar spade geleund, hoorden ze weer geblaf. Barclay tuurde naar het niet zichtbare Chiswell House.

'Wat voor honden heeft ze daar?' vroeg hij.

'Een oude labrador en een terriër, zo'n vals keffertje,' zei Strike.

'Ik heb er een hard hoofd in wat er gebeurt als ze die loslaat.' Barclay veegde met zijn arm langs zijn mond. 'De terriër rent hier dwars door de struiken heen. Die beesten hebben fucking goeie oren.'

'Dan hopen we maar dat ze ze niet loslaat,' zei Strike, maar hij voegde eraan toe: 'Even pauze, Robin,' en hij knipte de zaklamp uit.

Ook Robin klom de kuil uit, en ze nam een verse fles water aan van Barclay. Nu ze niet meer bezig was met graven, kreeg ze kippenvel op de onbedekte delen van haar huid. Het gefladder en geritsel van allerlei beestjes in het gras en de bomen leek opvallend luid in het donker. De hond bleef blaffen, en Robin meende in de verte een vrouw te horen roepen.

'Hoorden jullie dat?'

'Aye. Volgens mij zei ze dat dat beest z'n kop moet houden,' zei Barclay.

Ze wachtten af. De terriër hield eindelijk op met blaffen.

'Geef hem nog een paar minuten,' zei Strike. 'Wacht tot hij slaapt.'

Ze wachtten, de fluistering van elk blaadje versterkt in de duisternis, waarna Robin en Barclay zich weer in de kuil lieten zakken en het graafwerk hervatten.

Robins spieren smeekten nu om genade, en ze kreeg blaren onder de handschoenen. Hoe dieper ze groeven, hoe zwaarder het werd, want de aarde was compact en zat vol stenen. Barclays kant van de geul was aanzienlijk dieper dan die van Robin.

'Laat mij nog even,' zei Strike.

'Nee,' snauwde ze, te moe om anders dan bot te reageren. 'Je been gaat er helemaal aan zo.'

'Ze heeft gelijk, jongen,' zei Barclay hijgend. 'Geef mij nog eens wat water, ik verga van de dorst.'

Een uur later stond Barclay tot zijn middel in de aarde en bloedden Robins handpalmen onder de te grote handschoenen, die hele lappen huid loshaalden toen ze probeerde met de botte kant van het houweel een zware kei uit de bodem te wrikken. 'En... nou... lós... ellendeling.'

'Zal ik even helpen?' bood Strike aan, klaar om zich weer in de kuil te laten zakken.

'Daar blijven,' zei ze kwaad. 'Ik kan je straks niet naar de auto dragen, na dit zware werk.'

Er ontsnapte haar een laatste, onwillekeurige zucht toen ze erin slaagde de kei te kantelen. Een paar wriemelende insectjes die zich aan de onderkant hadden gehecht kropen weg uit de lichtbundel. Strike richtte de lamp weer op Barclay.

'Cormoran,' zei Robin op scherpe toon.

'Wat is er?'

'Licht me eens bij.'

Iets in haar toon maakte dat Barclay ophield met graven. In plaats van de lichtbundel weer op haar te richten negeerde Strike haar waarschuwing van daarnet en liet zich in de kuil zakken, op de omgespitte aarde. De zwaaiende zaklamp verblindde Robin even.

'Wat heb je gezien?'

'Schijn hier eens op,' zei ze. 'Op die steen.'

Barclay kwam naar hen toe geklauterd, zijn spijkerbroek van de onderkant van de pijpen tot aan de zakken bedekt met aarde.

Strike deed wat Robin hem had gevraagd. Met z'n drieën tuurden ze naar de kei vol aangekoekte rommel. Daar, in de modder, zat een strook van iets wat duidelijk niet plantaardig was, maar van wol, flets maar wel onmiskenbaar roze.

Als één man draaiden ze zich om en keken naar de deuk in de grond op de plek waar de kei had gelegen, en Strike richtte de zaklamp in het gat.

'O, shit,' zei Robin ademloos, en ze sloeg zonder erbij na te denken twee modderige tuinhandschoenen voor haar gezicht. Het licht bescheen een tiental centimeters vuile stof die in het felle schijnsel ook roze bleek te zijn.

'Geef hier.' Strike rukte het pikhouweel uit haar hand.

'Nee!'

Maar hij duwde haar nog net niet opzij. Aan de rand van de lichtbundel zag ze zijn gezicht, grimmig, woest, alsof het roze dekentje hem onrechtvaardig had behandeld, alsof het een persoonlijke belediging betrof. 'Barclay, neem jij deze.' Hij duwde zijn ingehuurde medewerker het pikhouweel in handen. 'Haal dat ding zo ver mogelijk los. Probeer niet in de stof te steken. Robin, jij begint aan de andere kant. Gebruik de hooivork. En kijk uit voor mijn handen,' voegde hij er tegen Barclay aan toe. Hij klemde de zaklamp in zijn mond zodat hij hen kon bijlichten, liet zich op zijn knieën in het zand zakken en schoof met zijn handen de aarde opzij.

'Stil eens.' Robin verstarde.

Het dolle gekef van de terriër in de nachtlucht bereikte hen opnieuw.

'Ik slaakte een gil toen ik die steen omdraaide, hè?' fluisterde Robin. 'Ik heb hem weer wakker gemaakt.'

'Dat doet er nu niet toe,' zei Strike, die met zijn vingers het dekentje verder blootlegde. 'Graven.'

'Maar dadelijk...'

'Dat zien we dan wel weer. Graven!'

Robin gebruikte de hooivork. Barclay verruilde na een paar minuten het houweel voor een schop. Langzaam werd het roze dekentje zichtbaar, de inhoud nog te diep begraven om het omhoog te kunnen halen.

'Dat is geen volwassene,' zei Barclay met een blik op de modderige lap stof.

En intussen kefte in de verte de terriër, in de richting van Chiswell House.

'We moeten de politie bellen, Strike,' zei Barclay toen hij even stopte om het zweet en de modder uit zijn ogen te wrijven. 'Verstoren we hier niet een plaats delict?'

Strike gaf geen antwoord. Robin voelde zich enigszins beroerd toen ze zag hoe hij met zijn vingers het ding betastte dat onder de vuile deken schuilging.

'Ga naar mijn plunjezak,' droeg hij haar op. 'Daar zit een mes in, een stanleymes. Snel.'

De terriër kefte nog steeds verwoed. Het klonk nu luider, meende Robin. Ze klom omhoog aan de steile kant van de kuil, tastte in het donker in de krochten van de plunjezak tot ze het mes gevonden had en liet zich weer naar beneden glijden, naar Strike.

'Cormoran, ik ben het met Sam eens,' fluisterde ze. 'We moeten dit overlaten aan de...'

'Geef dat mes eens.' Hij stak zijn hand uit. 'Kom, snel, ik voel het al. Dit is de schedel. Schiet op!'

Tegen haar instinct in gaf ze hem het mes aan. Er klonk een geluid van scheurende stof.

'Wat doe je?' Ze hapte naar adem terwijl ze toekeek hoe Strike iets uit de grond wrikte.

'Fuck, Strike,' zei Barclay kwaad. 'Ruk je nou zomaar...'

Met een afschuwelijk gekraak gaf de aarde iets groots en wits prijs. Robin slaakte een kreetje, deed een stap achteruit, viel tegen de wand van de kuil en belandde op haar achterste.

'Fuck,' zei Barclay nog een keer.

Strike verplaatste de zaklamp naar zijn vrije hand en scheen ermee op het voorwerp dat hij zojuist uit de aarde had gesjord. Robin en Barclay zagen tot hun verbijstering de uitgebleekte, deels verbrijzelde schedel van een paard.

66

Blijf hier niet zitten piekeren en peinzen over onoplosbare raadsels.

Henrik Ibsen, *Rosmersholm*

Jarenlang beschermd door het dekentje glom de schedel nu flets in het licht van de zaklamp, merkwaardig reptielachtig door de lange neus en de scherpe onderkaak. Er waren nog wat stompe kiezen te zien. Afgezien van de ogen zaten er nog enkele gaten in de schedel, één in de kaak en één aan de zijkant van de kop, met scheurtjes en splinters in het bot eromheen.

'Kogelgaten,' zei Strike, en hij draaide de schedel langzaam rond in zijn handen. Een derde deuk toonde de plek waar een andere kogel het paardenhoofd had getroffen, maar niet door het bot was gedrongen.

Robin wist dat ze zich nog veel akeliger gevoeld zou hebben als de schedel afkomstig was geweest van een mens, maar ze was evengoed van slag door het geluid dat het bot had gemaakt toen het loskwam uit de aarde, en door de onverwachte aanblik van die fragiele huls van wat ooit had geleefd, geademd, nu kaalgevreten door bacteriën en insecten.

'Veeartsen euthanaseren paarden met één schot door het voorhoofd,' zei ze. 'Ze doorzeven ze niet met kogels.'

'Een buks,' zei Barclay op gezaghebbende toon, en hij kwam dichterbij gekropen om de schedel nader te bekijken. 'Iemand heeft in het wilde weg lopen schieten.'

'Het was geen erg groot paard, hè? Een veulen?' vroeg Strike aan Robin.

'Zou kunnen, maar het lijkt me eerder een pony, of zo'n minipaardje.'

Hij draaide de schedel langzaam rond in zijn handen en ze keken er met z'n drieën naar bij het licht van de zaklamp. Het had hun zo veel pijn en moeite gekost om hem uit te graven, dat hij geheimen leek te bevatten die verder reikten dan louter het bestaan van de schedel.

'Dus Billy heeft inderdaad gezien dat er iets begraven werd,' zei Strike.

'Maar het was geen kind. Je hoeft je theorie niet te herzien,' zei Robin.

'Theorie?' herhaalde Barclay. Hij werd genegeerd.

'Ik weet het niet, Robin.' Strikes gezicht was spookachtig in het schijnsel van de zaklamp. 'Als hij die begrafenis niet heeft verzonnen, betwijfel ik of hij...'

'Shit,' zei Barclay. 'Ze heeft die fucking honden losgelaten.'

Het gekef van de terriër en de zwaardere, bassende blaf van de labrador, niet langer gedempt door muren, klonk helder in de avondlucht. Strike liet de schedel zonder verdere plichtplegingen vallen. 'Barclay, pak alle spullen en maak dat je wegkomt. Wij houden de honden tegen.'

'Maar wat...'

'Laat maar, geen tijd om het dicht te gooien.' Strike klauterde de kuil al uit zonder acht te slaan op de folterende pijn in zijn stomp. 'Kom Robin, jij gaat met mij mee.'

'Stel dat ze de politie heeft gebeld,' zei Robin, die als eerste de kuil uit was en zich omdraaide om Strike omhoog te hijsen.

'We kletsen ons er wel uit,' zei hij hijgend. 'Kom, ik wil die honden tegenhouden voordat ze bij Sam zijn.'

Het bos was dichtbegroeid. Strike had zijn wandelstok achtergelaten. Robin pakte hem bij de arm terwijl hij zo snel als hij kon verder strompelde, kreunend van de pijn bij iedere keer dat hij van zijn stomp vroeg zijn gewicht te dragen. Robin zag door de bomen heen een minuscuul lichtpuntje. Iemand was het huis uit gekomen met een zaklamp.

Opeens schoot de Norfolk-terriër het struikgewas uit, woest blaffend.

'Brave hond. Ja, je hebt ons gevonden!' zei Robin hijgend.

Het beest negeerde haar vriendelijke ontvangst en stortte zich op haar, probeerde haar te bijten. Ze gaf hem een schop met haar rubberlaars en hield hem op afstand terwijl de geluiden van de zwaardere labrador die op hen af gedenderd kwam hen bereikten.

'Kutbeestje,' zei Strike, en hij deed zijn best om zich de terriër van het lijf te houden, die grommend om hen heen draaide. Maar binnen een paar tellen kreeg de hond lucht van Barclay: hij draaide zijn kop om naar de boskuil en stoof er weer vandoor voordat ze hem konden tegenhouden, wild keffend.

'Shit,' zei Robin.

'Gewoon doorlopen,' zei Strike, al schrijnde zijn stomp en vroeg hij zich af hoe lang het uiteinde hem nog zou dragen.

Ze waren pas een paar stappen verder toen de dikke labrador hen bereikte.

'Brave hond. Brááf,' zei Robin vleiend en de labrador, minder enthousiast over de achtervolging, liet toe dat ze hem stevig bij zijn halsband pakte. 'Kom, ga jij maar met ons mee,' zei Robin, en ze sleepte de hond half mee, met Strike nog aan haar arm, naar het overwoekerde croquetveld waar ze nu een dansende zaklamp steeds dichterbij zagen komen in het donker.

Een schelle stem riep: 'Badger! Rattenbury! Wie is dat? Wie is daar?'

Het silhouet achter de lamp was dat van een vrouw, groot en log.

'Niks aan de hand, mevrouw Chiswell,' riep Robin. 'Wij zijn het maar!'

'Wie zijn "wij"? Wie ben jij?'

'Laat mij maar,' mompelde Strike tegen Robin, en hij riep: 'Mevrouw Chiswell, wij zijn het, Cormoran Strike en Robin Ellacott.'

'Wat doen jullie hier?' riep ze in de steeds kleiner wordende ruimte tussen hen in.

'We hebben Tegan Butler ondervraagd in het dorp, mevrouw Chiswell,' riep Strike terwijl Robin en de tegenstribbelende labrador moeizaam door het hoge gras liepen. 'We kwamen op de terugweg hierlangs en we zagen twee mensen uw terrein betreden.'

'Welke mensen? Waar?'

'Ze zijn daarginds het bos in gegaan,' zei Strike. Ergens diep tussen de bomen blafte de Norfolk-terriër nog steeds als een bezetene. 'We hebben uw nummer niet, anders hadden we even gebeld om u te waarschuwen.'

Ze zagen dat Kinvara, nu op nog geen twee meter afstand, een dikke, gewatteerde jas droeg over een kort nachthemdje van zwarte zijde, haar blote benen in rubberlaarzen gestoken. Ze was een en al argwaan, schrik en ongeloof, maar werd gerustgesteld door Strike.

'Ik vond dat we iets moesten doen, aangezien wij de enige getuigen waren,' bracht hij hijgend uit terwijl hij met een enigszins pijnlijk gezicht op haar af hobbelde, met de hulp van Robin, de heldin die zichzelf wegcijferde.

'Excuses voor ons voorkomen,' zei hij toen hij bij haar was. 'Het is een modderboel in het bos en ik ben een paar keer gevallen.'

Er trok een koude bries over het donkere gras. Kinvara staarde hem perplex aan, wantrouwend, en draaide toen haar gezicht in de richting van het onophoudelijke geblaf van de terriër. 'RATTENBURY!' brulde ze. 'RATTENBURY!'

Toen wendde ze zich weer tot Strike. 'Hoe zagen ze eruit?'

'Mannen,' verzon Strike. 'Jong en fit, te oordelen naar hun manier van lopen. We wisten dat u al eerder problemen hebt gehad met ongewenste...'

'Ja, ja, dat klopt.' Kinvara klonk bang. Ze leek nu pas te zien hoe Strike eraan toe was, zoals hij zwaar steunde op Robin, zijn gezicht vertrokken van de pijn.

'Ga dan maar mee naar binnen.'

'Heel graag,' zei Strike dankbaar. 'Dat is aardig van u.'

Kinvara rukte de halsband van de labrador uit Robins hand en brulde nog een keer 'RATTENBURY!', maar de in de verte blaffende terriër reageerde niet, dus sleurde ze de labrador, die nu tekenen van rebellie begon te vertonen, terug naar het huis, gevolgd door Robin en Strike.

'Dadelijk belt ze de politie,' mompelde Robin tegen Strike.

'Dat zien we dan wel weer.'

Een kamerhoog raam in de zitkamer stond open. Blijkbaar was Kinvara achter haar blaffende honden aan gegaan via de kortste weg naar het bos.

'We zitten onder de modder,' waarschuwde Robin haar toen ze knerpend over het grindpad rondom het huis liepen.

'Laat alleen je laarzen maar buiten staan,' zei Kinvara, die de zitkamer in liep zonder de moeite te nemen haar eigen laarzen uit te trekken. 'Ik wil hier toch ander tapijt laten leggen.'

Robin trok haar rubberlaarzen uit, liep achter Strike aan naar binnen en deed het raam dicht.

Het koude, armetierige vertrek werd verlicht door één enkele lamp.

'Twee mannen?' herhaalde Kinvara, nu weer tegen Strike. 'Waar hebt u ze precies het bos in zien gaan?'

'Ze klommen over de muur langs de weg.'

'Denkt u dat ze weten dat u ze hebt gezien?'

'Jazeker,' zei Strike. 'We zijn gestopt, maar ze renden het bos in. Maar misschien zijn ze er wel vandoor gegaan toen we ze volgden, denk je ook niet?' vroeg hij aan Robin.

'Ja,' zei Robin, 'we dachten dat we ze terug naar de weg hoorden rennen toen u de honden buitenliet.'

'Rattenbury zit nog achter iemand aan, al kan dat natuurlijk ook een vos zijn. Hij wordt helemaal gek als er vossen in het bos zitten,' zei Kinvara.

Strikes aandacht was getrokken door een verandering in de kamer sinds de laatste keer dat hij die had gezien. Er was een nieuwe rechthoek van donkerder rood behang zichtbaar boven de schoorsteenmantel, op de plek waar het schilderij van de merrie met veulen had gehangen.

'Wat is er met uw schilderij gebeurd?' vroeg hij.

Kinvara volgde zijn blik om te kijken waar Strike op doelde. Ze antwoordde, misschien net een paar tellen te laat: 'Dat heb ik verkocht.'

'Ach,' zei Strike. 'Ik dacht dat u er erg aan gehecht was?'

'Niet na die opmerking van Torquil van laatst. Sindsdien vond ik het niet meer prettig dat het daar hing.'

'Aha.'

Het hardnekkige geblaf van Rattenbury weergalmde nog steeds vanuit het bos. Strike was ervan overtuigd dat het beest Barclay had gevonden, die moeizaam terugliep naar zijn auto met twee plunjezakken vol gereedschap. Nu Kinvara zijn halsband had losgelaten, stootte de dikke labrador één zware blaf uit en sjokte naar het hoge raam, waar hij jankend aan het glas begon te krabben.

'De politie komt nooit op tijd, zelfs al zou ik ze bellen,' zei Kinvara, half bezorgd, half boos. 'Ik ben nooit dringend genoeg. Ze denken dat ik het allemaal verzin, van die indringers.

Ik ga even bij de paarden kijken,' zei ze toen; het besluit was genomen. Maar in plaats van opnieuw het raam te gebruiken, beende ze de kamer uit naar de gang en van daaruit zo te horen naar een ander vertrek.

'Ik hoop niet dat die hond Barclay te pakken heeft,' fluisterde Robin.

'Je kunt beter hopen dat hij hem niet met een schop de hersens heeft ingeslagen,' mompelde Strike.

De deur ging weer open. Kinvara was terug, en tot Robins consternatie had ze een revolver in de hand.

'Geef die maar aan mij.' Strike hobbelde naar haar toe en pakte tot haar schrik de revolver uit haar vuist. Hij bekeek het wapen. 'Harrington & Richardson 7-shot? Een illegaal wapen, mevrouw Chiswell.'

'Hij is van Jasper geweest,' zei ze alsof dat een speciale vergunning behelsde. 'En ik wil hem...'

'Ik ga met u mee bij de paarden kijken,' zei Strike streng, 'dan blijft Robin hier om op het huis te passen.'

Kinvara had misschien willen protesteren, maar Strike deed het schuifraam al open. De labrador rook zijn kans en sjokte weer de donkere tuin in, waarna zijn zware geblaf over het terrein galmde.

'Hè, verdorie! U had hem niet buiten mogen laten. Badger!' riep Kinvara. Ze draaide zich met een ruk om naar Robin, zei: 'Je blijft in deze kamer!' en liep toen achter de labrador aan de tuin in, gevolgd door een manke Strike met de revolver. Ze verdwenen allebei in het donker. Robin bleef staan op de plek waar ze haar hadden achtergelaten, geschrokken van Kinvara's strenge bevel.

Het open schuifraam liet volop avondlucht binnen in het toch al koude vertrek. Robin liep naar de mand naast de haard, die een verleidelijke hoeveelheid kranten, aanmaakhoutjes, houtblokken en lucifers bevatte, maar ze kon moeilijk zomaar de haard aansteken in Kinvara's afwezigheid. De zitkamer was in alle opzichten zo shabby als in haar herinnering, de wanden nu ontdaan van alles behalve vier prenten van landschappen in Oxfordshire. Buiten op het terrein blaften de honden nog steeds, maar binnen was het enige geluid – dat Robin niet had gehoord bij haar vorige bezoek, vanwege het drukke gepraat en gekibbel van de familie – het luide getik van een oude staande klok in de hoek.

Robin begon spierpijn in haar hele lijf te voelen na het urenlange graven, en haar opengehaalde handen zaten vol blaren en schrijnden. Ze was net op de doorgezakte bank gaan zitten, met haar armen om zich heen geslagen voor wat warmte, toen ze boven gekraak hoorde, gevolgd door iets wat verdacht veel op een voetstap leek.

Robin keek strak naar het plafond. Ze had het zich vast verbeeld. Oude huizen maakten vreemde geluiden, die soms afkomstig leken te zijn van mensen wanneer je ze niet kende. De radiatoren van haar ouders bromden 's nachts, en hun oude deuren kreunden door de centrale verwarming. Het stelde niets voor.

Toen klonk er een tweede kraak, op minstens een meter van de eerste.

Terwijl ze opstond van de bank keek Robin om zich heen op zoek naar iets wat ze als wapen zou kunnen gebruiken. Op een tafeltje naast de bank stond een lelijke bronzen kikker. Net toen haar vingers zich om het koude, pokdalige oppervlak sloten, hoorde ze boven voor de derde keer gekraak. Als ze het zich niet verbeeldde, hadden de voetstappen zich dwars door de kamer boven haar hoofd verplaatst.

Bijna een minuut lang bleef Robin stokstijf staan, met gespitste oren. Ze wist wat Strike zou zeggen: daar blijven. Toen hoorde ze weer heel vaag iets bewegen boven. Er sloop iemand rond, ze wist het zeker.

Zo stilletjes mogelijk, op haar sokken, schuifelde ze om de deur van de zitkamer heen zonder die aan te raken, voor het geval hij kraakte, en ze sloop naar het midden van de flagstonevloer in de hal, waar de lantaarn aan het plafond een vlekkerig licht verspreidde. Onder de lantaarn bleef ze staan en spitste opnieuw haar oren, terwijl haar hart bonsde bij de gedachte aan een onbekende die daar boven haar hoofd stond te luisteren, ook doodstil, afwachtend. Met de bronzen kikker nog in haar rechterhand liep ze naar de trap. Boven was de overloop in duisternis gehuld. Het geblaf van de honden echode ergens diep in het bos.

Robin was halverwege de trap toen ze boven weer een geluidje meende te horen: een schuifelende voet op tapijt, gevolgd door het zachte zoeven van een deur die dichtging.

Ze wist dat het zinloos zou zijn om 'Wie is daar?' te roepen. Als degene die zich voor haar schuilhield bereid was zich te vertonen, zou hij of zij nooit Kinvara in haar eentje de deur uit hebben laten gaan om te kijken waarnaar de honden blaften.

Boven aan de trap gekomen zag Robin een langgerekte reep licht als een spookvinger over de donkere vloer liggen, afkomstig uit de enige kamer waar licht brandde. Haar nek en hoofdhuid tintelden toen ze erheen sloop, bang dat de onbekende op de loer lag in een van de drie donkere kamers waar ze langs liep en waarvan de deuren openstonden. Ze keek voortdurend over haar schouder, duwde toen met haar vingertoppen de deur van de verlichte slaapkamer open, hief de bronzen kikker en ging naar binnen.

Dit was duidelijk Kinvara's slaapkamer: rommelig, heel vol en nu verlaten. Er brandde één lamp, op het nachtkastje het dichtst bij de deur. Het bed was niet opgemaakt en zag eruit alsof iemand haastig was vertrokken; het roomwitte donzen dekbed lag verkreukeld op de vloer. De muren hingen vol met schilderijen van paarden, allemaal, zelfs voor Robins ongeschoolde oog, van aanzienlijk mindere kwaliteit dan het verdwenen exemplaar in de zitkamer. De kledingkast stond open, maar alleen een kabouter zou zich verstopt kunnen hebben tussen de kleding die er slordig in gepropt was.

Robin liep terug naar de donkere overloop. Ze kneep wat harder in de bronzen kikker en oriënteerde zich. De geluiden die ze had gehoord waren afkomstig geweest uit een kamer pal boven haar, wat betekende dat het waarschijnlijk die met de dichte deur was waar ze nu voor stond.

Toen ze haar hand uitstak naar de deurknop, werd het angstaanjagende gevoel dat ze door onzichtbare ogen in de gaten werd gehouden nog sterker. Ze duwde de deur open en tastte zonder naar binnen te gaan langs de muur in de kamer tot ze de schakelaar had gevonden.

Het felle licht onthulde een koud, kaal vertrek met alleen een koperen bed en een ladekast. De zware gordijnen aan de ouderwetse koperen ringen waren gesloten, zodat je niet naar buiten kon kijken. Op het tweepersoonsbed lag het schilderij *Mare Mourning*, van de bruin met witte merrie die voor eeuwig snuffelde aan het spierwitte veulen dat opgekruld in het stro lag.

Robin graaide met haar presse-papiervrije hand in haar jaszak, viste haar mobiel eruit en nam meerdere foto's van het schilderij dat op de beddensprei lag. Het leek daar haastig neergelegd te zijn.

Plotseling kreeg ze het gevoel dat er achter haar iets bewoog. Ze draaide zich met een ruk om en probeerde de felle omtrekken van de vergulde lijst weg te knipperen die door de flits van de camera in haar netvlies gebrand waren. Toen hoorde ze de stemmen van Strike en Kinvara luider worden in de tuin, en ze wist dat ze terugliepen naar de zitkamer.

Robin deed het licht in de logeerkamer uit en holde zo stil als ze kon de overloop over en de trap af. Bang dat ze niet op tijd in de zitkamer zou zijn om hen daar te begroeten schoot ze snel de wc beneden in, trok door en kwam bij de zitkamer aan op het moment dat haar gastvrouw de tuin uit kwam.

67

... had ik een goede reden om zo jaloers een verhullende sluier over onze overeenkomst te trekken.

Henrik Ibsen, *Rosmersholm*

De Norfolk-terriër stribbelde tegen in Kinvara's armen, zijn pootjes modderig. Zodra hij Robin zag begon Rattenbury opnieuw in alle hevigheid te keffen en probeerde zich los te wurmen.

'Sorry, ik moest heel nodig,' zei Robin hijgend, de bronzen kikker verstopt achter haar rug. De oude stortbak bevestigde haar verhaal met luid gerammel en spoelgeluiden, die door de met flagstones betegelde hal galmden. 'Gelukt?' riep Robin naar Strike, die achter Kinvara aan de kamer in kwam door het schuifraam.

'Niks te zien,' zei Strike, nu met een holle blik van de pijn. Nadat hij had gewacht tot de hijgende labrador met een sprongetje de kamer was binnengekomen deed hij het raam dicht, met de revolver in zijn andere hand. 'Maar er zijn beslist mensen geweest daarbuiten. De honden wisten het, ik denk alleen dat de indringers er weer vandoor zijn. Wat een toeval, hè, dat wij net langsreden toen ze over die muur klommen?'

'Verdorie, hou je kóp, Rattenbury!' schreeuwde Kinvara.

Ze zette de terriër neer, en toen hij weigerde op te houden met blaffen naar Robin dreigde ze met geheven hand, waarop het beest zich jankend bij de labrador voegde, die in een hoek lag.

'Alles goed met de paarden?' vroeg Robin, en ze schuifelde naar het tafeltje waar ze de bronzen presse-papier had gepakt.

'Een van de staldeuren was niet goed vergrendeld,' zei Strike, die een pijnlijk gezicht trok toen hij bukte om aan zijn knie te voelen. 'Maar mevrouw Chiswell denkt dat ze hem misschien zo heeft achtergelaten. Mag ik even gaan zitten, mevrouw Chiswell?'

'Ik... eh, goed, doe maar,' zei Kinvara ongastvrij.

Ze liep naar een tafeltje met flessen in een hoek van de kamer, maakte een fles Famous Grouse open en schonk een flinke maat whisky voor zichzelf in. Zodra ze met haar rug naar hen toe stond, schoof Robin stiekem de presse-papier terug op het tafeltje. Ze probeerde Strikes blik te vangen, maar hij had zich zacht kreunend op de bank laten zakken en richtte zich nu tot Kinvara.

'Ik zou het niet afslaan als u me een glaasje aanbood,' zei hij schaamteloos, en hij trok weer een pijnlijk gezicht toen hij zijn linkerknie masseerde. 'Ik geloof dat ik deze er even af moet doen, vindt u dat erg?'

'Nou, eh... nee. Wat wit u drinken dan?'

'Ook een scotch, graag.' Strike legde de revolver op het tafeltje naast de bronzen kikker, rolde zijn broekspijp op en gaf Robin met zijn blik te kennen dat ze ook moest gaan zitten.

Terwijl Kinvara nog een flinke scheut whisky in een glas schonk, begin Strike zijn prothese los te maken. Kinvara draaide zich om om hem zijn glas te geven en keek huiverend maar gefascineerd toe hoe Strike het kunstbeen verwijderde, om haar blik af te wenden op het punt dat de prothese loskwam van de vuurrode stomp. Strike zette hem zwaar ademend tegen het voetenbankje en liet zijn broekspijp weer over zijn geamputeerde been zakken.

'Ik dank u hartelijk,' zei hij toen hij de whisky van haar aanpakte, en hij nam een slok.

Kinvara kon geen kant op, opgescheept met een man die niet kon lopen en die ze in theorie dankbaar zou moeten zijn, en voor wie ze zojuist whisky had ingeschonken, dus ging ze maar zitten, met een ijzig gezicht.

'Mevrouw Chiswell,' zei Strike, 'ik wilde u binnenkort bellen voor de bevestiging van een paar dingen die Tegan ons heeft verteld.

Dat zouden we ook nu kunnen afhandelen, dan hebt u het maar gehad.'

Met een lichte huivering keek Kinvara naar de niet-brandende haard, en Robin zei behulpzaam: 'Zal ik misschien...?'

'Nee,' snauwde Kinvara. 'Dat doe ik zelf wel.'

Ze liep naar de hoge mand naast de haard en pakte er een oude krant uit. Terwijl Kinvara een driehoek bouwde van hout en aanmaakblokjes op een paar proppen krantenpapier, wist Robin Strikes blik te vangen.

Er is iemand boven, mimede ze, maar ze wist niet of hij haar wel begrepen had. Hij trok alleen vragend zijn wenkbrauwen op en wendde zich weer tot Kinvara.

Een van de aanmaakblokjes vatte vlam. Het vuur laaide op rond het hoopje papier en de houtjes in de haard. Kinvara pakte haar glas en liep terug naar de drankentafel, waar ze het bijvulde met scotch, om vervolgens, met haar jas steviger om zich heen getrokken, terug te lopen naar de mand met haardhout, waar ze een groot blok uitkoos en dat op het aanwakkerende vuur gooide voordat ze zich weer op de bank liet vallen.

'Zeg het maar,' zei ze nors tegen Strike. 'Wat wilt u weten?'

'Zoals ik al zei, hebben wij Tegan Butcher vandaag gesproken.'

'En?'

'En we weten nu waarmee Jimmy Knight en Geraint Winn uw man chanteerden.'

Kinvara toonde geen verbazing. 'Ik heb tegen die domme meiden gezegd dat jullie er toch wel achter zouden komen,' zei ze schouderophalend. 'Tegen Izzy en Fizzy. Iedereen hier wist wat Jack o'Kent in die schuur deed. Natuurlijk moest iemand zijn mond voorbijpraten.' Ze nam een grote slok whisky. 'Ik neem aan dat u nu alles weet? Van de galgen? Die jongen in Zimbabwe?'

'Samuel, bedoelt u?' gokte Strike.

'Precies. Samuel Mu... Mudrap of zoiets.'

Het vuur laaide plotseling hoog op, met vlammen tot boven het houtblok, wat resulteerde in een regen van vonken.

'Jasper was al bang dat het een van zijn galgen was zodra we hoorden dat die jongen was opgehangen. U kent het hele verhaal toch? Dat er twee galgen waren? Maar slechts één daarvan is bij de overheid terechtgekomen. Die andere is verdwenen, de vrachtwagen werd gekaapt of zoiets. Zo is dat ding ergens *in the middle of nowhere* terechtgekomen.

De foto's schijnen nogal gruwelijk te zijn. Buitenlandse Zaken denkt aan een persoonsverwisseling. Jasper snapte niet hoe ze hem op het spoor gekomen zijn, maar Jimmy zei dat hij kon bewijzen dat het Jaspers galg was.

Ik wíst wel dat jullie erachter zouden komen,' zei Kinvara met een zekere verbitterde voldoening. 'Tegan is een akelige roddeltante.'

'Even voor de duidelijkheid,' zei Strike. 'Toen Jimmy Knight hier voor het eerst aan de deur kwam, vroeg hij geld voor hun aandeel – dat van Billy en hem – voor de twee galgen die zijn vader nog voor zijn dood had gemaakt en hier heeft achtergelaten?'

'Juist.' Kinvara nipte van haar whisky. 'Ze waren samen tachtigduizend pond waard. Hij wilde er veertig.'

'Maar ik neem aan,' zei Strike, die zich herinnerde dat Chiswell had verteld dat Jimmy was teruggekomen, een week na zijn eerste poging om het geld los te peuteren, 'dat uw man heeft gezegd dat hij maar voor één galg betaald gekregen had, omdat de andere ergens onderweg gestolen was?'

'Ja,' zei Kinvara schouderophalend. 'Dus toen wilde Jimmy twintigduizend pond, maar we hadden dat geld al opgemaakt.'

'Wat vond u van Jimmy's verzoek, die eerste keer dat hij om geld kwam vragen?' vroeg Strike.

Robin wist niet zeker of Kinvara bloosde of dat haar rode kleur werd veroorzaakt door de whisky.

'Nou, eerlijk gezegd begreep ik wel waarom hij aanspraak dacht te maken op dat geld. De helft van de opbrengt van die galgen behoorde de jongens van Knight toe. Zo ging het toen Jack o'Kent nog leefde, maar Jasper was van mening dat Jimmy geen geld kon verwachten voor de gestolen galg, en aangezien hij dat ding in zíjn schuur had bewaard en hij alle kosten voor transport et cetera had betaald... En hij zei dat Jimmy hem toch niet voor de rechter kon slepen, nog niet al zou hij dat willen. Hij mocht Jimmy niet.'

'Nee. Die twee zullen er wel totaal verschillende politieke opvattingen op na gehouden hebben,' zei Strike.

Kinvara onderdrukte een sarcastische grijns. 'Het was wel wat persoonlijker. Hebt u het verhaal van Jimmy en Izzy niet gehoord? Ach, Tegan is misschien te jong om dat te kennen. En het was maar één keer, hoor,' voegde ze eraan toe; blijkbaar had ze de indruk dat Strike geschokt was. 'Maar dat was voor Jasper meer dan genoeg. Een man als Jimmy Knight die zijn teerbeminde dochter ontmaagd had... Maar Jasper had Jimmy dat geld sowieso niet kunnen geven. Het was op. Eerst heeft hij het gestort, zodat we niet meer rood stonden, en later is het dak ervan gerepareerd. Ik heb nooit geweten,' voegde ze eraan toe, alsof ze onuitgesproken kritiek bespeurde, 'totdat Jimmy het me die avond uitlegde, hoe de afspraken tussen Jasper en Jack o'Kent vroeger waren. Jasper had altijd gezegd dat hij die galgen gewoon mocht verkopen en ik geloofde hem. Natúúrlijk geloofde ik hem, hij was mijn man.'

Ze stond op om weer naar de dranktafel te lopen, en de dikke labrador, op zoek naar een warm plekje, waggelde om het voetenbankje heen en plofte neer voor het inmiddels hoog opgelaaide vuur. De Norfolk-terrier gromde naar Strike en Robin, tot Kinvara geërgerd zei: 'Kóp dicht, Rattenbury.'

'Ik wilde nog een paar dingen vragen,' zei Strike. 'Ten eerste: had uw man een toegangscode op zijn telefoon?'

'Natuurlijk,' zei Kinvara. 'Hij was erg op beveiliging gericht.'

'Dus die code gaf hij niet aan erg veel mensen?'

'Zelfs niet aan mij,' antwoordde Kinvara. 'Waarom vraagt u dat?'

Strike ging er niet op in en zei: 'Uw stiefzoon heeft ons inmiddels een andere reden gegeven voor zijn komst hierheen op de ochtend dat uw man is gestorven.'

'O ja? Wat beweert hij deze keer?'

'Dat hij wilde voorkomen dat u een halsketting zou verkopen die al vele generaties...'

'Goh, heeft hij het toegegeven?' onderbrak ze hem, en ze draaide zich naar hem om met een vers glas whisky in de hand. Met haar rode wangen en haar lange rode haar, in de war door de nachtelijke buitenlucht, had ze nu iets ongeremds over zich. Ze vergat haar jas dicht te houden toen ze terugliep naar de bank, en het zwarte nachthemdje toonde een decolleté zo diep als een ravijn. Ze plofte weer neer. 'Ja, hij moest mij het plan met die ketting uit het hoofd praten, terwijl ik er, tussen twee haakjes, álle recht op heb. Die ketting is van mij, ik heb hem geërfd. Als Jasper niet wilde dat ik hem kreeg, had hij zijn testament maar moeten aanpassen, hè?'

Robin dacht terug aan Kinvara's tranen de laatste keer dat ze in deze kamer hadden gezeten, en ze herinnerde zich dat ze enorm met haar te doen had gehad, al had Kinvara zich in andere opzichten niet erg aardig getoond. Nu gedroeg ze zich niet bepaald als een rouwende weduwe, maar misschien, dacht Robin, kwam het door de drank, en de recente schrik door de indringers op haar terrein.

'Dus u bevestigt Raphaels verhaal dat hij hierheen is gereden om te voorkomen dat u er met die halsketting vandoor zou gaan?'

'Gelooft u hem niet?'

'Niet echt,' zei Strike. 'Nee.'

'Waarom niet?'

'Het is ongeloofwaardig,' zei Strike. 'Ik kan me niet voorstellen dat uw man die ochtend, in zijn toestand, nog bezig was met de vraag wat hij precies in zijn testament had laten opnemen.'

'Hij was anders helder genoeg om mij te bellen en op hoge toon te vragen naar de ware reden dat ik bij hem wegging,' zei Kinvara.

'Hebt u toen gezegd dat u de ketting ging verkopen?'

'Niet met zo veel woorden. Ik zei dat ik zou vertrekken zodra ik een plek had gevonden voor mezelf en de paarden. Hij zal zich wel afgevraagd hebben hoe ik dat wilde betalen, min of meer zonder eigen geld, en misschien dacht hij toen aan die ketting.'

'Dus Raphael is hierheen gekomen uit simpele loyaliteit ten opzichte van zijn vader, die hem geen penny zou nalaten?'

Kinvara keek Strike over haar whiskyglas lange tijd doordringend aan. Toen zei ze tegen Robin: 'Gooi nog eens een blok op het vuur.'

Ondanks het uitblijven van 'alsjeblieft' deed Robin wat haar werd gevraagd. De Norfolk-terriër, die nu bij de slapende labrador op het kleedje voor de haard lag, gromde tegen haar tot ze weer ging zitten.

'Goed,' zei Kinvara, alsof ze tot een besluit was gekomen. 'Goed, ik zal het vertellen. Het maakt nu toch niet meer uit, lijkt me. Uiteindelijk komen die rotmeiden er wel achter en dat is Raphaels verdiende loon.

Hij kwam inderdaad hierheen om mij over te halen de ketting niet te verkopen, maar dat deed hij niet voor Jasper, Fizzy of Flopsy. Ik neem aan,' zei ze op agressieve toon tegen Robin, 'dat jij alle bijnamen in de familie kent? Je zult er wel flink om gegiecheld hebben toen je samenwerkte met Izzy.'

'Eh...'

'Je hoeft de schijn niet op te houden,' zei Kinvara op tamelijk valse toon, 'ik weet dat je ze hebt gehoord. Mij noemen ze toch "Tinky Twee" of zoiets? En Izzy, Fizzy en Torquil noemen Raphael "Ranzig". Wist je dat?'

'Nee,' zei Robin.

Kinvara keek haar nog steeds woedend aan.

'Schattig allemaal, hè? En Raphaels moeder staat bij het hele stel bekend als "de Orka", omdat ze altijd zwart-witte kleding draagt. Afijn... toen de Orka besefte dat Jasper niet met haar zou trouwen,' zei Kinvara, die nu vuurrood zag, 'weet je wat ze toen heeft gedaan?'

Robin schudde het hoofd.

'Ze is met die halsketting, dat beroemde familiestuk, naar de man gegaan die haar vólgende minnaar zou worden, en die diamanthandelaar was. Hij heeft er op haar verzoek de waardevolste steen uit gewrikt en die vervangen door zirkoon. Door mensenhanden gemaakte nepdiamanten,' verhelderde ze, voor het geval Strike en Robin het niet hadden begrepen. 'Jasper had dat nooit gemerkt, en ik al helemaal niet. Ik neem aan dat Ornella zich rot gelachen heeft telkens wanneer ik gefotografeerd werd met die ketting om, in de veronderstelling dat ik met voor een ton aan stenen om mijn hals rondliep.

Afijn, toen mijn lieve stiefzoontje er lucht van kreeg dat ik zijn vader zou verlaten, en toen hij hoorde dat ik een stuk grond wilde kopen voor de paarden, was hij bang dat ik de ketting zou laten taxeren. Dus kwam hij als de bliksem hierheen, want het laatste wat hij wilde was dat de familie erachter zou komen wat zijn moeder had geflikt. Dan zou hij natuurlijk nóóit meer in een goed blaadje komen bij zijn vader.'

'Waarom hebt u hier niemand over verteld?' vroeg Strike.

'Omdat Raphael me die morgen heeft beloofd dat als ik niet aan zijn vader zou vertellen wat de Orka had gedaan, hij zou proberen zijn moeder over te halen om de echte stenen terug te geven. Of in ieder geval het geld dat ze waard waren.'

'En probeert u nog steeds de echte stenen terug te krijgen?'

Kinvara kneep haar ogen tot spleetjes en keek Strike over de rand van haar glas boosaardig aan. 'Ik heb er na de dood van Jasper nog niks aan gedaan, maar dat wil niet zeggen dat ik dat niet alsnog zal doen. Waarom zou ik die vuile Orka ervandoor laten gaan met iets waar ík recht op heb? Het staat in het testament: alles in het huis dat niet uit-ruk... druk... uit-druk-kelijk wordt uitgesloten,' zei ze met dubbele tong, zorgvuldig articulerend, 'is van mij.' Ze doorboorde Strike met haar blik. 'En? Klinkt dat meer als iets wat Raphael zou doen? Hierheen komen om zijn lieve mama in bescherming te nemen?'

'Ja,' zei Strike. 'Eerlijk gezegd wel. Bedankt voor uw eerlijkheid.'

Kinvara keek nadrukkelijk op de staande klok, die nu drie uur 's nachts aangaf, maar Strike weigerde de hint te vatten.

'Mevrouw Chiswell, er is nog één ding dat ik u wil vragen, en ik ben bang dat het nogal persoonlijk is.'

'Wat dan?' vroeg ze stuurs.

'Ik heb laatst mevrouw Winn gesproken, Della Winn, u weet wel, de...'

'Della-Winn-de-minister-van-Sport,' zei Kinvara, precies zoals haar man dat had gedaan die eerste keer dat Strike hem ontmoette. 'Ja, ik weet wie dat is. Raar mens.'

'In welk opzicht?'

Kinvara bewoog ongeduldig haar schouders, alsof het antwoord voor de hand lag. 'Laat maar. Wat zei ze?'

'Dat ze u een jaar geleden ooit heeft gesproken toen u behoorlijk van de kaart was, en zij had begrepen dat dat kwam doordat uw man had opgebiecht een ander te hebben.'

Kinvara deed haar mond open en sloot hem weer. Zo bleef ze een paar tellen zitten, toen schudde ze het hoofd alsof ze het leeg wilde maken en zei: 'Ik... ik dacht dat hij vreemdging, maar dat was niet zo. Ik had het helemaal mis.'

'Volgens mevrouw Winn had hij nogal wrede dingen tegen u gezegd.'

'Ik weet niet meer wat ik haar heb verteld. Het ging toen niet goed met me. Ik was overdreven emotioneel en zag het allemaal verkeerd.'

'Neemt u me niet kwalijk,' zei Strike, 'maar op mij als buitenstaander kwam uw huwelijk...'

'Wat hebt u toch een akelige baan,' zei Kinvara op schelle toon. 'Wat een vreselijk, ránzig werk doet u. Jawel, ons huwelijk was slecht. Nou en? Denkt u nou echt, nu hij dood is, nu hij nota bene de hand aan zichzélf heeft geslagen, dat ik dat allemaal wil oprakelen voor jullie tweeën, een stel wildvreemden die mijn domme stiefdochters erbij gehaald hebben, en dat ik alles nog eens tien keer erger wil maken?'

'Dus u bent van mening veranderd? U denkt dat uw man toch zelfmoord heeft geplaagd? Want de vorige keer dat we hier waren, suggereerde u dat Aamir Mallik...'

'Ik weet niet wat ik toen gezegd heb!' riep ze hysterisch. 'Begrijpen jullie dan niet hoe het voor mij is sinds de zelfmoord van Jasper, met de politie en de familie en met júllie? Ik had niet verwacht dat dit zou gebeuren, ik had geen idee, het leek niet echt... Jasper leefde de laatste maanden onder enorme druk, hij dronk te veel, was vreselijk opvliegend... die chantage, de angst dat het allemaal zou uitkomen. Ja, ik denk dat het zelfmoord was en ik moet ermee leven dat ik hem heb verlaten die morgen, en dat dat voor hem waarschijnlijk de laatste druppel is geweest!'

De Norfolk-terriër begon weer woest te keffen. De labrador schrok wakker en blafte mee.

'Gaan jullie alsjeblieft weg!' riep Kinvara, en ze stond op van de bank. 'Ik heb nooit gewild dat jullie je hiermee bemoeiden! Ga weg, ja?'

'Jazeker,' zei Strike beleefd, en hij zette het lege glas weg. 'Mag ik nog wel mijn been er weer aan zetten?'

Robin was al gaan staan. Strike bevestigde zijn kunstbeen terwijl Kinvara toekeek, zwaar ademend, met haar glas in de hand. Toen Strike eindelijk zover was dat hij kon gaan staan, viel hij bij de eerste poging terug op de bank. Met Robins hulp lukte het hem uiteindelijk om op de been te blijven.

'Tot ziens, mevrouw Chiswell.'

Kinvara enige antwoord was ruw naar het schuifraam te benen en het weer open te rukken, waarbij ze tegen de honden, die weer enthousiast opgesprongen waren, schreeuwde dat ze binnen moesten blijven.

Haar ongenode gasten stonden nog niet op het grind of Kinvara ramde het raam achter hen dicht. Toen Robin haar rubberlaarzen weer aantrok, hoorden ze het schelle gekras van de koperen gordijnringen. Kinvara deed de gordijnen dicht en riep de honden bij zich terwijl ze de kamer uit liep.

'Ik weet niet of ik de auto haal, Robin,' zei Strike, die het angstvallig vermeed om op zijn prothese te steunen. 'Achteraf gezien was dat graven misschien... misschien niet zo verstandig.'

Robin pakte zwijgend zijn arm en legde die over haar schouders. Hij verzette zich niet. Samen liepen ze langzaam over het gras.

'Begreep je wat ik naar je mimede?' vroeg Robin.

'Dat er iemand boven was? Ja.' De gruwelijke pijn was van zijn gezicht te lezen telkens wanneer hij zijn kunstvoet neerzette.

'Ben je dan niet...'

'Het verbaast me n...' Hij zweeg abrupt en bleef staan, nog steeds op haar leunend. 'Je bent toch niet naar boven gegaan?'

'Jawel,' zei Robin.

'Fuck! Hoe kun je dat nou...'

'Ik hoorde voetstappen.'

'En hoe had het moeten aflopen als je besprongen was?'

'Ik had een wapen meegenomen en het is niet gebeurd... en als ik niet naar boven was gegaan, zou ik dit niet gezien hebben.'

Robin haalde haar mobiel tevoorschijn, zocht de foto van het schilderij op het bed op en gaf hem het toestel. 'Jij hebt Kinvara's gezicht niet gezien toen ze die lege plek op de muur zag. Cormoran, ze merkte pas dat dat schilderij weg was toen jij ernaar vroeg. Degene die boven zat probeerde het te verstoppen terwijl zij naar buiten was.'

Strike staarde voor haar gevoel een eeuwigheid naar de foto op de telefoon, met zijn zware arm om haar schouders geslagen. Toen vroeg hij: 'Is dat een piebald?'

'Serieus?' zei Robin vol ongeloof. 'Ga je nu over paardenkleuren beginnen?'

'Geef gewoon antwoord.'

'Nee, een piebald is zwart-wit, niet bruin met...'

'We moeten naar de politie,' zei Strike. 'De kans op een nieuwe moord is zojuist exponentieel gestegen.'

'Dat meen je niet.'

'En of ik het meen. Help me naar de auto, dan vertel ik je alles... maar tot die tijd geen vragen stellen, ik ga kapot van de pijn in mijn fucking been.'

68

Ik heb nu bloed geproefd...

Henrik Ibsen, *Rosmersholm*

Drie dagen later ontvingen Strike en Robin een unieke uitnodiging. Als dank voor het feit dat ze ervoor gekozen hadden de politie deze keer niet te slim af te zijn maar ze juist te helpen, door met informatie te komen over Flicks gestolen briefje en *Mare Mourning*, verwelkomde de Londense politie de detectives in het hart van het onderzoek: New Scotland Yard. Robin en Strike, die het gewend waren om door de politie te worden beschouwd als een bron van overlast of een stelletje uitslovers, waren verbaasd maar dankbaar voor de onverwachte dooi in de relatie.

Toen ze aankwamen, verliet de lange blonde Schot die het team leidde even de verhoorkamer om hun de hand te schudden. Strike en Robin wisten dat de politie twee verdachten had opgehaald voor verhoor, al was er nog niemand in staat van beschuldiging gesteld.

'Ze is de hele ochtend al hysterisch en ontkent glashard,' vertelde hoofdinspecteur Judy McMurran hun. 'Maar ze slaat nog wel door voordat de dag om is.'

'Zouden ze misschien een kijkje mogen nemen, Judy?' vroeg haar ondergeschikte, George Layborn, de rechercheur die Strike en Robin bij de ingang had opgewacht en hen naar boven had gebracht. Het was een dik mannetje dat Robin deed denken aan de verkeersagent die had gedacht dat hij de leukste thuis was toen ze laatst een paniekaanval had gehad langs de weg.

'Ja, toe maar,' zei hoofdinspecteur McMurran glimlachend.

Layborn ging Strike en Robin voor, een hoek om en door de eerste deur aan hun rechterhand een krap en donker kamertje in, waarvan één wand voor de helft bestond uit een doorkijkspiegel naar de verhoorkamer.

Robin, die dergelijke ruimtes alleen kende van de film en tv, was zwaar onder de indruk. Kinvara Chiswell zat aan één kant van het bureau, naast een advocaat met een zuinig mondje in een krijtstreeppak. Kinvara, lijkbleek, onopgemaakt, in een lichtgrijze blouse die zo gekreukt was dat ze er wel eens in geslapen kon hebben, huilde in een papieren zakdoekje. Tegenover haar zat een andere rechercheur, in een veel goedkoper pak dan de advocaat. Zijn gezicht stond onbewogen.

Terwijl ze toekeken kwam de hoofdinspecteur de verhoorkamer weer binnen en nam plaats op de vrije stoel naast haar collega. Na lange tijd, zo leek het, al was het waarschijnlijk niet meer dan een minuut, nam McMurran het woord. 'Hebt u nog steeds niets te zeggen over uw nacht in het hotel, mevrouw Chiswell?'

'Dit is een nachtmerrie,' fluisterde Kinvara. 'Ik kan gewoon niet geloven dat het echt gebeurt. Dat ik hier echt zit.'

Ze had dikke, rode ogen en leek geen wimpers te hebben nu ze al haar mascara weg had gehuild.

'Jasper heeft zelfmoord gepleegd!' zei ze bibberig. 'Hij was depressief! Dat kan iedereen u vertellen. Die chantage vrat aan hem. Hebt u al met Buitenlandse Zaken gepraat? Het idee alleen al dat er misschien foto's zijn van die jongen die is opgehangen... Snapt u dan niet hoe bang Jasper was? Als dat was uitgelekt...' Haar stem brak. 'Waar zijn jullie bewijzen tegen mij?' vroeg ze toen kwaad. 'Nou? Waar dan?'

Haar advocaat kuchte even.

'We keren even terug,' zei McMurran, 'naar dat hotel. Waarom heeft uw man daarheen gebeld, denkt u? Hij wilde zich ervan verzekeren...'

'Het is geen misdaad om naar een hotel te gaan!' zei Kinvara hysterisch, en ze richtte zich tot haar advocaat. 'Dit is belachelijk, Charles, hoe kunnen ze mij als verdachte beschouwen alleen omdat ik naar een...'

'Mevrouw Chiswell zal al uw vragen over haar verjaardag beantwoorden,' zei de advocaat tegen McMurran, en Robin vond het opmerkelijk optimistisch klinken. 'Maar daarmee...'

De deur van de observatiekamer vloog open, tegen Strike aan.

'Geen punt, we zijn al weg,' zei Layborn tegen zijn collega. 'Kom mee, mensen, dan gaan we naar de recherchekamer. Ik moet jullie nog veel meer laten zien.'

Bij de tweede bocht in de gang zagen ze Eric Wardle hun kant op komen lopen. 'Dat ik dit nog mag meemaken,' zei hij grinnikend terwijl hij Strike een hand gaf. 'Officieel uitgenodigd door de politie.'

'Blijf je hier, Wardle?' vroeg Layborn, die het jammer leek te vinden dat hij de gasten op wie hij zo graag indruk wilde maken zou moeten delen met een collega.

'Waarom ook niet,' zei Wardle. 'Eens kijken waarbij ik de afgelopen weken heb geholpen.'

'Dat zal wel zwaar voor je zijn geweest,' zei Strike terwijl ze achter Layborn aan naar de recherchekamer liepen. 'Al het bewijsmateriaal doorgeven dat wij boven tafel hadden gekregen.'

Wardle gniffelde.

Robin, gewend aan het krappe en enigszins verzakte kantoortje in Denmark Street, keek gefascineerd om zich heen in de ruimte die Scotland Yard gebruikte voor het onderzoek naar opvallende en verdachte sterfgevallen. Op een whiteboard aan de muur stond een tijdlijn voor de moord. Aan de tegenovergelegen wand hing een fotocollage van de plaats waar de dode was gevonden en van het lijk; op foto's in de laatste categorie was Chiswell te zien zonder het plastic om zijn hoofd, met een akelige close-up van zijn gesmoorde gezicht, een vuurrode kras over één wang en de troebele ogen halfopen, de huid vlekkerig donkerpaars.

Toen Layborn haar belangstelling opmerkte liet hij haar het toxicologierapport zien, en de telefoongegevens die de politie had gebruikt als bewijs tegen de verdachten. Vervolgens maakte hij de grote kast open waar het fysieke bewijsmateriaal was opgeslagen, in doorzichtige, gelabelde zakjes, onder andere met het vertrapte buisje van de lachesistabletten, een groezelig pak waar sinaasappelsap in had gezeten en Kinvara's afscheidsbrief aan haar man. Toen Robin de brief zag die Flick had gestolen, en een afdruk van de foto van *Mare Mourning* op het logeerbed, die beide een centrale rol speelden in het politieonderzoek, wist Robin, gloeide ze van trots.

'Juist,' zei rechercheur Layborn, en hij deed de kast dicht en liep naar een computer toe. 'Tijd om mevrouw in actie te zien.'

Hij stopte een schijfje in het dichtstbijzijnde apparaat en wenkte Strike, Robin en Wardle.

Het drukke plein voor metrostation Paddington verscheen in beeld, met schokkerige zwart-witfiguurtjes die alle kanten op liepen. Tijd en datum waren weergegeven in de linkerbovenhoek.

'Dat is ze.' Layborn drukte op 'Pauze' en wees met een mollig vingertje een vrouw aan. 'Zie je?'

Het beeld was wazig, maar de vrouw was te herkennen als Kinvara. Een man met een baard staarde op hetzelfde beeld naar haar, waarschijnlijk omdat haar jas openhing, zodat de nauwsluitende zwarte jurk zichtbaar was die ze had gedragen naar de Paralympicsreceptie. Layborn drukte weer op 'Play'.

'Kijk, een schenking aan een dakloze...'

Kinvara gaf iets aan een man met een berg dekens en lappen die bedelend een beker ophield in een portiek.

'Let op,' zei Layborn overbodig. 'Ze gaat recht op de stationsmedewerker af, stelt een zinloze vraag, laat hem haar kaartje zien... let op... naar het perron, dan blijft ze staan om iemand anders een vraag te stellen, zodat toch vooral een heleboel mensen zich haar zullen herinneren, mocht ze niet goed in beeld zijn... en hoppa: de trein in.'

Het beeld knipperde even en veranderde toen. Een trein reed het station van Swindon binnen. Kinvara stapte uit en sprak een vrouw aan.

'Zie je dat?' zei Lindon. 'Ze zorgt ervoor dat de mensen haar onthouden, voor de zekerheid. En...'

Het beeld veranderde opnieuw. Ze zagen nu het parkeerterrein bij station Swindon.

'Daar is ze,' zei Layborn. 'De auto staat vlak bij de camera, komt dat even mooi uit. Ze stapt in en rijdt weg. Gaat naar huis, staat erop dat het stalmeisje blijft slapen, slaapt zelf in de kamer naast haar, gaat de volgende morgen paardrijden in het zicht van dat meisje... Waterdicht alibi.

Natuurlijk waren wij, net als jullie, al tot de conclusie gekomen dat de moord, als het moord was, door twee mensen gepleegd moest zijn.'

'Vanwege het sinaasappelsap?' vroeg Robin.

'Dat vooral,' antwoordde Layborn. 'Als Chiswell...' (hij sprak de naam uit zoals die werd gespeld) '... de amitriptyline ongemerkt heeft binnengekregen, dan ligt het voor de hand dat hij zelf sap heeft ingeschonken, uit een pak dat in de koelkast stond en waarmee geknoeid was, maar dat spul is niet aangetroffen in het pak dat we hebben gevonden en alleen *zíjn* vingerafdrukken zaten erop.'

'Het was makkelijk zat om zijn afdrukken na zijn dood aan te brengen op kleine voorwerpen,' zei Strike. 'Gewoon even zijn hand erop drukken.'

'Precies.' Layborn beende naar de wand met foto's en wees op een close-up van de vijzel. 'Dus kwamen we hier weer uit. De positie van Chiswells vingerafdrukken en die van het achtergebleven poeder in het glas wezen erop dat het in scène gezet was, wat betekent dat er uren eerder al geknoeid kan zijn met het sap, door iemand die een sleutel had, iemand die wist welke antidepressiva de echtgenote gebruikte, die wist dat Chiswells reuk en smaak waren aangetast en dat hij 's morgens altijd sinaasappelsap dronk. De dader hoefde alleen nog maar door een handlanger een schoon sappak met zijn dode handafdruk erop in de pedaalemmer te laten gooien en het pak met de amitriptylineresten te laten meenemen.

En wie is er nou in een betere positie om dat te doen dan mevrouw zelf?' vroeg Layborn retorisch. 'Maar zij bleek dus een waterdicht alibi te hebben voor het tijdstip van overlijden: ze was minstens honderd kilometer verderop toen hij dat sap met antidepressiva dronk. Om maar te zwijgen van haar brief, om het verhaal keurig rond te maken: de echtgenoot die al dreigt bankroet te gaan en gechanteerd wordt beseft dat zijn vrouw hem gaat verlaten en dat is de druppel, dus hij slaat de hand aan zichzelf.

Maar,' zei Layborn, wijzend op de uitvergrote foto van Chiswells dode gezicht, ontdaan van de plastic zak, zodat er een diepe rode kras op de wang zichtbaar was, 'dát daar stond ons niet aan. Dat kwam ons vanaf het begin al verdacht voor. Een overdosis amitriptyline kan behalve slaperigheid ook grote onrust veroorzaken. Die plek leek erop te wijzen dat iemand anders de zak over zijn hoofd getrokken heeft.

Dan was er nog de voordeur die openstond. De laatste die naar binnen en naar buiten is gegaan wist niet dat er een trucje was om hem goed te sluiten, dus leek het er niet op dat Chiswell zelf als laatste naar binnen gegaan was. Bovendien was de verpakking van de pillen nergens te bekennen – dat was van het begin af aan verdacht. Waarom zou Jasper Chiswell de verpakking weggooien?' vroeg Layborn. 'Toch een paar slordigheidsfoutjes.'

'Het was bijna gelukt,' zei Strike. 'Als Chiswell in slaap was gevallen door de amitriptyline, zoals de bedoeling was, en als de dader ook aan de kleinste details had gedacht – de deur goed dichtdoen, het doosje van de pillen *in situ* laten liggen...'

'Maar dat heeft de dader dus niet gedaan,' zei Layborn, 'en zij is niet pienter genoeg om zich hieruit te praten.'

'"Ik kan gewoon niet geloven dat dit echt gebeurt",' citeerde Strike. 'Ze is wel consequent. Zaterdagnacht zei ze tegen ons: "Ik had niet verwacht dat dit zou gebeuren" en "Het leek niet echt...".'

'Laat haar dat maar tegen de rechter zeggen,' zei Wardle zacht.

'Ja, wat had je nou verwacht, schat, toen je een berg pillen vermaalde en in zijn sinaasappelsap gooide?' zei Layborn. 'Je bent hartstikke schuldig.'

'Onvoorstelbaar hoe mensen zichzelf kunnen voorliegen als ze meeliften op een sterkere persoonlijkheid,' zei Strike. 'Ik wil wedden om tien pond dat als McMurran haar uiteindelijk aan de praat krijgt, Kinvara zal zeggen dat ze eerst hoopte dat Chiswell zelfmoord zou plegen, ze vervolgens heeft geprobeerd hem zover te krijgen dat hij de hand aan zichzelf sloeg, en ze uiteindelijk op een punt kwam waar ze eigenlijk nog maar weinig verschil zag: proberen hem tot zelfmoord te drijven of zelf die pillen in zijn sap doen. Ik hoor dat ze nog steeds probeert de galgen op te voeren als reden dat hij zich van kant gemaakt zou hebben.'

'Dat hebben jullie goed gedaan, dat verhaal van die galgen ontrafelen,' gaf Layborn toe. 'Op dat punt liepen wij een beetje achter, maar het verklaarde verdomd veel. Wat ik nu ga zeggen is hoogst vertrouwelijk,' voegde hij eraan toe, en hij pakte een bruine envelop van een nabijgelegen bureau en schudde er een grote foto uit. 'Deze hebben we vanmorgen gekregen van Buitenlandse Zaken. Zoals je ziet...'

Robin, die erheen was gelopen om te kijken, had daar bijna spijt van. Wat voegde het toe om het lijk te zien van een jongen, zo te zien nog een tiener, de ogen uitgepikt door aasetende vogels terwijl hij in een straat vol troep en afval aan een galg bungelde. De jongen had blote voeten. Robin vermoedde dat zijn sneakers gestolen waren.

'De vrachtwagen met de tweede galg is gekaapt. De bestelling is nooit bij de overheid aangekomen en Chiswell heeft er niet voor betaald gekregen. De foto doet vermoeden dat het ding uiteindelijk door rebellen is gebruikt voor wederrechtelijke executies. Die arme knul, Samuel Murape, was op het verkeerde moment op de verkeerde plek. Brits student, een jaartje reizen, op familiebezoek. Het is niet heel erg duidelijk,' zei Layborn, 'maar kijk, daar net achter zijn voet...'

'Ja, dat zou een merktekentje van het witte paard kunnen zijn,' zei Strike.

Robins mobiel, die ze op stil had gezet, trilde in haar zak. Ze wachtte op een belangrijk telefoontje, maar het was maar een tekstbericht van een onbekend nummer.

Ik weet dat je mijn nummer hebt geblokkeerd, maar ik moet je spreken. Er is iets dringends gebeurd en het is net zo goed in jouw belang als in het mijne dat we dat oplossen. Matt.

'Niks bijzonders,' zei Robin tegen Strike, en ze stopte de telefoon weer in haar zak.

Het was het derde bericht dat Matthew die dag had gestuurd.

Iets dringends, m'n reet.

Waarschijnlijk was Tom erachter gekomen dat zijn verloofde het deed met zijn goede vriend. Misschien dreigde hij Robin te bellen of langs te gaan op het bureau in Denmark Street, om uit te vissen hoeveel ze wist. Als Matthew dacht dat dat voor Robin 'iets dringends' was, terwijl zij op dat moment naast een grote hoeveelheid foto's stond van een gedrogeerde en door verstikking om het leven gebrachte minister, dan vergiste hij zich. Met moeite concentreerde ze zich weer op het gesprek in de recherchekamer.

'... kwestie met de halsketting,' zei Layborn tegen Strike. 'Veel overtuigender dan het verhaal dat hij bij ons ophing. Dat geleuter dat hij moest voorkomen dat ze zichzelf iets zou aandoen.'

'Het is aan Robin te danken dat hij zijn verhaal heeft bijgesteld, niet aan mij,' zei Strike.

'Aha. Nou, goed gedaan, hoor,' zei Layborn tegen Robin, een tikkeltje neerbuigend. 'Ik vond het maar een gladjanus toen ik zijn oorspronkelijke verklaring opnam. Brutaal en verwaand. Net uit de gevangenis, ook nog. Totaal geen wroeging over het doodrijden van die arme vrouw.'

'Schiet het een beetje op met Francesca?' vroeg Strike. 'Dat meisje van de galerie?'

'We hebben haar vader te pakken gekregen in Sri Lanka en hij is er niet blij mee. Hij werkt zelfs nogal tegen,' zei Layborn. 'Probeert tijd te winnen om een advocaat voor haar te regelen. Verdomd onhandig dat de hele familie in het buitenland zit. Ik heb hem flink moeten aanpakken aan de telefoon. Ik begrijp best dat hij liever niet heeft dat het allemaal voor de rechter komt, maar dan heeft hij pech.

Het zegt wel weer genoeg over de instelling van de upper class, hè, dit soort zaken? Ze hebben één regel...'

'Nu we het er toch over hebben,' zei Strike. 'Ik neem aan dat je Aamir Mallik hebt gesproken?'

'Ja, we troffen hem precies aan waar hij volgens jouw mannetje – Hutchins, was het toch? – moest zijn. Bij die zus. Hij heeft een nieuwe baan...'

'O, dat vind ik fijn,' flapte Robin er onbewust uit.

'... en hij was niet bepaald blij dat wij ineens opdoken, maar uiteindelijk is hij heel open en behulpzaam geweest. Zei dat hij die psychisch gekwelde jongen – Billy, toch? – op straat aantrof en dat de jongen zijn baas wilde spreken; hij riep van alles over een kind dat gewurgd zou zijn en begraven zou liggen op Chiswells terrein. Hij heeft hem mee naar huis genomen met de bedoeling hem naar het ziekenhuis te brengen, maar eerst vroeg hij Geraint Winn om advies. Winn was woest. Zei dat hij in geen geval een ambulance mocht bellen.'

'O ja?' Strike fronste zijn voorhoofd.

'Uit Malliks verhaal maken we op dat Winn bang was dat zijn geloofwaardigheid in het gedrang zou komen als hij geassocieerd zou worden met Billy's verhaal. Hij wilde niet dat zo'n psychotische zwerver de boel zou vertroebelen. Ging over de rooie tegen Mallik omdat die hem had meegenomen naar het huis dat van de Winns was, dreigde hem op straat te gooien. Het probleem was...'

'Dat Billy niet meer wegging,' zei Strike.

'Precies. Mallik zegt dat Billy duidelijk psychisch niet in orde was, dat hij dacht dat hij tegen zijn wil werd vastgehouden. Hij lag de hele tijd ineengedoken in de badkamer. Afijn.' Layborn haalde diep adem. 'Mallik was het zat om steeds de familie Winn te moeten beschermen. Hij heeft bevestigd dat Winn niet bij hem was op de ochtend van Chiswells dood. Winn zei later tegen Mallik, toen hij de druk opvoerde om voor hem te liegen, dat hij om zes uur die ochtend een dringend telefoontje had gekregen en daarom al vroeg de echtelijke woning had verlaten.'

'En jullie hebben dat telefoontje nagetrokken?' vroeg Strike.

Layborn pakte de uitgeprinte telefoongegevens, bladerde ze door en gaf Strike een paar gemarkeerde pagina's.

'Kijk. Wegwerptoestellen. We hebben tot nu toe drie verschillende nummers. Waarschijnlijk zijn er nog meer geweest. Eén keer gebruikt en daarna nooit meer, niet te achterhalen, behalve die ene die we in de computer hebben staan. Een planning van maanden.

Een van die toestellen is gebruikt om die morgen contact op te nemen met Winn, en twee andere om bij verschillende gelegenheden in de weken ervoor Kinvara Chiswell te bellen. Zij weet zogenaamd niet meer wie haar heeft gebeld, maar beide keren – daar, zie je wel? – heeft ze meer dan een uur met de beller gesproken.'

'Wat voert Winn aan ter verdediging?'

'Zo gesloten als een oester,' zei Layborn. 'Maar daar werken we aan, wees maar niet bang. Er zijn pornosterren die op minder manieren genaaid zijn dan Geraint W – sorry, meid,' zei hij grinnikend tegen Robin, die de verontschuldiging beledigender vond dan alles wat Layborn daarvóór had gezegd. 'Maar je snapt wat ik bedoel. Hij kan ons nu net zo goed alles vertellen. Hij is sowieso zwaar de... Nou ja,' zei hij, en hij haperde opnieuw. 'Wat ik interessant vind,' hervatte hij zijn relaas, 'is hoeveel zijn vrouw wist. Raar mens.'

'In welk opzicht?'

'Ach, je weet wel. Ik denk dat ze het hier een beetje op gooit.' Layborn gebaarde vaag naar zijn ogen. 'Ik kan me bijna niet voorstellen dat ze niet wist waar hij mee bezig was.'

'Over mensen gesproken die niet weten wat hun wederhelft uitspookt,' zei Strike, en hij meende een krijgshaftige glinstering in Robins ogen te zien, 'hoe staat het erbij met onze vriendin Flick?'

'Ha, we boeken veel vooruitgang,' zei Layborn. 'In haar geval waren de ouders wel behulpzaam. Ze zijn allebei advocaat en dringen er bij haar op aan dat ze meewerkt. Ze heeft toegegeven dat ze Chiswells schoonmaakster was en dat ze dat briefje heeft gestolen, en de bon van die doos champagne, vlak voordat Chiswell liet weten dat hij haar niet meer kon betalen. Ze heeft hem verstopt in een keukenkastje, zegt ze.'

'Wie heeft de champagne bezorgd?'

'Dat weet ze niet meer. We achterhalen het wel. Een koerier, ook weer geboekt met zo'n wegwerptelefoon. Het zou me niet moeten verbazen.'

'En de creditcard?'

'Dat hebben jullie ook goed gezien,' gaf Layborn toe. 'Wij wisten niet dat er een creditcard vermist werd. We hebben vanmorgen de gegevens van de bank ontvangen. Nog dezelfde dag dat Flicks huisgenote merkte dat haar card weg was, is er een doos champagne mee betaald en heeft iemand voor honderd dollar spullen besteld bij Amazon, allemaal op een adres in Maida Vale. Er was niemand thuis om de bestelling aan te nemen, dus is het pakket teruggegaan naar het depot, en daar 's middags opgehaald door iemand die het afhaalbewijs bij zich had. We proberen personeelsleden op te sporen die de afhaler herkennen en we weten nog steeds niet wat er is gekocht bij Amazon, maar ik zet mijn geld in op helium, een rubberslang en latexhandschoenen. Dit is allemaal maanden van tevoren gepland. Máánden.'

'En dat?' Strike wees naar de kopie van het briefje in Chiswells handschrift, dat in een plastic bewijszak op tafel lag. 'Heeft ze jullie al verteld waarom ze het heeft gejat?'

'Ze zegt dat ze "Bill" zag staan en dacht dat het over de broer van haar vriend ging. Ironisch eigenlijk,' zei Layborn. 'Als ze dat briefje niet had gestolen, zouden we het niet zo snel gesnopen hebben, hè?'

Robin vond dat 'we' nogal gewaagd, want Strike was degene die het 'gesnopen' had; degene die het belang van Chiswells briefje had ingezien, op de terugrit van Chiswell House naar Londen.

'Ook hier gaat de meeste eer naar Robin,' zei Strike. 'Zij heeft het gevonden, zij zag "Blanc de Blanc" en de Grand Vitara. Ik heb de stukjes pas in elkaar gepast toen ze me op een presenteerblaadje werden aangereikt.'

'Nou, wij zaten jullie op de hielen, hoor,' zei Layborn, die afwezig aan zijn buik krabde. 'We hadden het vast ook wel uitgevogeld.'

Robins mobiel trilde weer in haar zak. Deze keer werd er gebeld.

'Ik moet even opnemen. Kan ik ergens...?'

'Hierdoor,' zei Layborn behulpzaam, en hij hield een deur voor haar open.

Het was een hok waar het kopieerapparaat stond, met een raampje waar luxaflex voor hing. Robin deed de deur dicht en nam op. 'Hallo, Sarah.'

'Hallo,' zei Sarah Shadlock. Ze klonk totaal anders dan de Sarah die Robin nu bijna negen jaar kende, de zelfverzekerde en bombastische blondine van wie Robin al in hun tienerjaren had aangevoeld dat ze hoopte dat er iets mis zou gaan in Matthews langeafstandsrelatie met zijn vriendin. In de loop der jaren was ze er altijd geweest, giechelend om Matthews grappen, met een vluchtige hand op zijn arm terwijl ze beladen vragen stelde over Robins relatie met Strike. Sarah had verschillende mannen gehad en had uiteindelijk genoegen genomen met die arme, saaie Tom, met zijn goedbetaalde baan en zijn kalende kruin; Tom die de diamanten om haar vinger en in haar oren had betaald, maar die haar verlangen naar Matthew Cunliffe nooit had weten te blussen.

Vandaag was er niets over van haar gesnoef.

'Ik heb het aan twee experts gevraagd,' zei ze, en het klonk kwetsbaar en angstig, 'maar ze kunnen het niet met zekerheid zeggen, vanaf een foto op een telefoon...'

'Vanzelfsprekend,' zei Robin koeltjes. 'Ik zei in mijn bericht toch al dat ik geen bindende uitspraak verwacht? We vragen geen onfeilbare identificatie of taxatie. We willen alleen weten of iemand serieus gedacht zou kunnen hebben...'

'Ja, dat zeker,' zei Sarah. 'Een van onze experts is er nogal opgewonden over, eerlijk gezegd. In een oud aantekeningenboek is sprake van een schilderij van een merrie met een dood veulen, maar dat is nooit gevonden.'

'Wat voor aantekeningenboek?'

'O, sorry,' zei Sarah. Robin had haar nog nooit zo gedwee meegemaakt, zo bang. 'Stubbs.'

'En als het echt een Stubbs is?' Robin keek door het raam naar de Feathers, een pub waar ze wel eens wat had gedronken met Strike.

'Nou, dit is uiteraard volkomen speculatief... maar als het echt is, áls dit het werk is dat hij heeft geschilderd in 1760, dan kan het veel waard zijn.'

'Geef me eens een ruwe schatting.'

'Zijn schilderij *Gimcrack* is verkocht voor...'

'Tweeëntwintig miljoen,' zei Robin, plotseling licht in het hoofd. 'Ja. Dat vertelde je op onze housewarming.'

Sarah reageerde er niet op. Misschien schrok ze terug door het noemen van dat feestje, waar ze lelies had meegenomen naar het huis van haar minnaar.

'Dus als *Mare Mourning* een echte Stubbs is...'

'Dan zou het op een veiling waarschijnlijk meer opbrengen dan *Gimcrack*. Het is een uniek stuk. Stubbs was anatoom, net zozeer wetenschapper als kunstenaar. Als dit een afbeelding is van een veulen met het lethal white-syndroom, is dat misschien wel het eerste waarvan het bestaan bekend is. Het zou records kunnen breken.'

Robin mobiel trilde in haar hand. Er was weer een tekstbericht binnengekomen.

'Je hebt me goed geholpen, Sarah. Bedankt. Je houdt dit onder ons?'

'Ja, natuurlijk,' zei Sarah, en ze voegde er snel aan toe: 'Robin, luister...'

'Nee.' Robin deed haar best om kalm te blijven. 'Ik ben aan het werk.'

'Het is voorbij tussen ons. Matt is er kapot van...'

'Dag, Sarah.'

Robin hing op en las het bericht dat zojuist was binnengekomen.

Kom na het werk naar me toe of ik leg een verklaring af voor de pers.

Hoe graag ze ook wilde terugkeren naar het groepje in het aangrenzende vertrek om de sensationele informatie over te brengen die ze zojuist had ontvangen, Robin bleef staan waar ze stond, even uit het veld geslagen door het bericht, en typte toen terug:

Verklaring waarover?

Zijn antwoord kwam binnen een paar tellen, vol boze tikfouten.

> *The Mail belde vannmorgen nar mijn werk om te vragen wat ik ervan vond dat mijn vrouw nu hokt met Strike uit Cornwall. En vanmiddag The Sun. Je zult wel weten dat hij je belazert maar misschien interesseert het jje geen reet. Ik wens niet op mijn werk gebeld te worden door de krant. Kom naar me toe of ik legeen verklaring af om van ze afte zijn.*

Robin las het bericht net voor de tweede keer door toen er weer een binnenkwam, deze keer met bijlage.

HET MERKWAARDIGE GEVAL VAN
CHARLOTTE CAMPBELL EN CORMORAN STRIKE

> *Charlotte Campbell, die de roddelrubrieken al vult sinds ze wegliep van haar eerste particuliere school, leidt haar leven in de spotlights. De meeste mensen zouden een discreet plekje uitkiezen voor een consult met een privédetective, maar de zwangere mevrouw Campbell – nu getrouwd met Jago Ross – koos voor een tafeltje aan het raam in een van de drukste restaurants in de West End.*
>
> *Werd er gesproken over detectivezaken tijdens dit intieme onderonsje, of was de aard van het gesprek persoonlijker? De kleurrijke Strike, onwettige zoon van rockster Jonny Rokeby en tevens oorlogsheld en hedendaagse Sherlock Holmes, is toevallig ook Campbells voormalige geliefde.*
>
> *Campbells man, die zakenman is, zal het raadsel – zaken of privé? – ongetwijfeld graag willen oplossen als hij terugkeert uit New York.*

Een heleboel onaangename gevoelens streden om voorrang in Robins binnenste – de dominantste waren paniek, boosheid en diepe schaamte bij de gedachte dat Matthew de pers zou toespreken en daarbij uit rancune de mogelijkheid zou openlaten dat Strike en zij het bed deelden.

Ze probeerde het nummer te bellen, maar kreeg meteen de voicemail. Twee tellen later kwam er nog een fel bericht binnen.

> *IK ZIT BIJ EEN KLANT DIT WIL IK NIET BESPREKEN WAAR HIJ BIJ IS KOM NU MAAR GEWOON STRAKS*

Robin werd nu kwaad, en ze stuurde terug:

> *En ik zit bij New Scotland Yard, je zoekt maar een rustig plekje op.*

Ze stelde zich Matthews beleefde glimlach voor onder toeziend oog van zijn klant, en zijn gladde 'Het is de zaak, ogenblikje' terwijl hij zijn woeste berichtjes intikte.

> *Wij moeten van alles regelen en jij weigert als een klein kind om iets af te spreken. Je komt met me praten of ik bel om acht uur de krant. Het valt me trouwens op dat je niet ontkent dat je het met hem doet.*

Robin was nu woest, maar voelde zich in een hoek gedreven, dus ze typte terug:

> *Jij je zin, waar spreken we af?*

Hij stuurde de gegevens van een barretje in Little Venice. Nog hevig aangedaan duwde Robin de deur naar de recherchekamer open. Het groepje stond nu over een monitor gebogen waarop een pagina van Jimmy Knights blog te zien was, en Strike las hardop voor: '... "met andere woorden, één fles wijn bij Le Manoir aux Quat'Saisons kan meer kosten dan wat een bijstandsmoeder voor een week te besteden heeft aan eten, kleding en onderdak voor haar hele gezin." En dat,' zei Strike, 'vond ik een merkwaardig specifieke restaurantkeuze voor iemand die schande wil spreken van de Tory's en hun uitgavepatroon. Dáárdoor kreeg ik de indruk dat hij daar nog niet zo lang geleden geweest moest zijn. Toen vertelde Robin me dat een van de suites daar Blanc de Blanc heet, maar ik heb de link toch niet snel genoeg gelegd. Dat duurde nog een paar uur.'

'Dus het is ook nog eens een vuile hypocriet?' zei Wardle, die met zijn armen over elkaar geslagen achter Strike stond.

'Heb je in Woolstone gekeken?' vroeg Strike.

'Dat hol in Charlemont Road, Woolstone, overal,' zei Layborne. 'Maar maak je geen zorgen, we hebben contact met een van zijn vriendinnetjes in Dulwich. Wordt nu nagetrokken. Met een beetje geluk zit hij vanavond vast.'

Layborn zag Robin staan, met haar telefoon in de hand.

'Ik weet dat jullie er al naar laten kijken,' zei ze tegen Layborn, 'maar ik heb een contactpersoon bij Christie's. Ik had haar een foto van *Mare Mourning* gestuurd en ze belde me net. Volgens een van hun experts zóú het een Stubbs kunnen zijn.'

'Zelfs ik heb wel eens van Stubbs gehoord,' zei Layborn.

'Wat zou het eventueel waard zijn?' vroeg Wardle.

'Volgens mijn contactpersoon meer dan tweeëntwintig miljoen.'

Wardle floot. Layborn zei: 'Fuck.'

'Het maakt niet uit wat het waard is,' bracht Strike hun in herinnering. 'Waar het om gaat is of iemand de potentiële waarde heeft gezien.'

'Tweeëntwintig miljoen,' zei Wardle, 'is een fucking goed motief.'

'Cormoran,' zei Robin, die haar jas van de rugleuning van de stoel pakte waar ze hem had opgehangen. 'Kan ik je even op de gang spreken? Ik moet weg, sorry,' zei ze tegen de anderen.

'Is alles oké?' vroeg Strike toen ze samen de gang op liepen en Robin de deur achter het groepje politiemensen had dichtgedaan.

'Ja,' zei Robin. 'Of eigenlijk niet.' Ze gaf hem de telefoon. 'Misschien moet je dit even lezen.'

Strike scrolde fronsend langs de uitwisseling tussen Robin en Matthew, inclusief het knipsel uit de *Evening Standard*.

'Ga je naar hem toe?'

'Ik moet wel. Dit is natuurlijk de reden dat Mitch Patterson weer loopt te snuffelen. Als Matthew het vuur aanwakkert bij de pers, en daar is hij zeer goed toe in staat... Ze zijn nu al zo opgewonden over jou en...'

'Dat verhaal over Charlotte en mij is onzin,' zei hij op barse toon. 'We hebben daar twintig minuten gezeten, ze had me overgehaald. Nu probeert hij jóú over te halen om...'

'Dat weet ik,' ze Robin, 'maar vroeg of laat zal ik toch met hem moeten gaan praten. Bijna al mijn spullen liggen nog in Albury Street. We hebben een gezamenlijke bankrekening.'

'Zal ik meegaan?'

Robin was geroerd. 'Dank je, maar ik denk niet dat dat zou helpen.'

'Bel je me dan na afloop? Laat me weten hoe het is gegaan.'

'Doe ik,' beloofde ze.

Ze liep in haar eentje naar de liften. Ze zag niet eens wie haar in tegenovergestelde richting passeerde, tot er iemand zei: 'Bobbi?'

Robin draaide zich om. Daar stond Flick Purdue, teruggekeerd van de wc met een politievrouw die haar schijnbaar had geëscorteerd. Net als Kinvara had Flick haar make-up eraf gehuild. Ze leek klein en gekrompen, in een witte blouse waarvan Robin vermoedde dat ze die van haar ouders had moeten dragen, in plaats van haar gebruikelijke Hezbollah-shirt.

'Ik heet Robin. Hoe gaat het met je, Flick?'

Flick leek zich te verzetten tegen gedachten die te monsterlijk waren om hardop uit te spreken.

'Ik hoop dat je meewerkt,' zei Robin. 'Je vertelt toch wel alles?'

Ze meende een minuscuul knikje te zien, een instinctief verzet, de laatste resten loyaliteit die nog niet gedoofd waren, zelfs niet nu Flick in de nesten zat.

'Doe dat nou,' zei Robin zacht. 'Hij zou jou ook vermoord hebben, Flick. Je wist te veel.'

69

Ik heb alle mogelijke gebeurtenissen voorzien – lang geleden al.

Henrik Ibsen, *Rosmersholm*

Na een metrorit van twintig minuten kwam Robin het station uit in Warwick Avenue, een deel van Londen dat ze amper kende. Ze was altijd wel licht nieuwsgierig geweest naar Little Venice, Klein Venetië, omdat ze haar bijzondere doopnaam Venetia dankte aan het feit dat ze was verwekt in het echte Venetië. Ongetwijfeld zou ze deze wijk vanaf nu associëren met Matthew en het bittere, gespannen gesprek dat haar wachtte, verderop bij het kanaal.

Ze liep een straat door die Clifton Villas heette en waar platanen hun doorzichtig jadegroene blaadjes spreidden vóór de rechte, roomwitte huizen, waarvan de muren een gouden gloed kregen in de avondzon. Door de stille schoonheid van deze milde zomeravond werd Robin plotseling overmand door een enorme melancholie, omdat het haar deed denken aan precies zo'n avond in Yorkshire, tien jaar eerder, toen ze haastig de straat door was gelopen vanaf haar ouderlijk huis, net zeventien jaar en wiebelend op haar hoge hakken, hopeloos opgewonden bij het vooruitzicht van haar eerste afspraakje met Matthew Cunliffe, die pas zijn rijbewijs had gehaald en haar een avondje mee op stap zou nemen naar Harrogate.

En nu liep ze weer naar hem toe, om hun beider levens voorgoed van elkaar los te maken. Robin kon het niet uitstaan dat ze zich treurig voelde, dat ze nu, op een moment waarop ze zich veel beter zou kunnen concentreren op zijn ontrouw en zijn onaardige gedrag, herinneringen had aan de leuke momenten samen, die hadden geleid tot hun liefde.

Ze sloeg links af, stak de straat over en liep verder, nu in de kille schaduw van het huizenblok dat grensde aan de rechterkant van Bromfield Road, parallel aan het kanaal, en ze zag aan het einde van de straat een politieauto voorbijrazen. Die aanblik gaf haar kracht. Het voelde als een vriendschappelijke begroeting vanuit het bestaan waarvan ze nu wist dat het haar échte leven was, gestuurd om haar eraan te herinneren waarvoor ze was voorbestemd, en hoe slecht dat te verenigen was met een huwelijk met Matthew Cunliffe.

In de muur zat een zwarte, dubbele houten poort die volgens Matthews tekstbericht toegang bood tot de bar aan het kanaal, maar toen Robin de poort open wilde duwen, bleek die op slot te zitten. Ze speurde de weg af, maar Matthew was nergens te bekennen, dus stak ze haar hand in haar tas om haar mobiel te pakken, die op stil stond maar al bleek te trillen. Er werd gebeld. Toen ze het toestel uit haar tas had gehaald, ging de elektronische poort open. Ze liep naar binnen met de telefoon aan haar oor. 'Hoi, ik ben net...'

Strike schreeuwde in haar oor: 'Maak dat je wegkomt, het is Matthew niet!'

Toen gebeurden er verschillende dingen tegelijk.

De telefoon werd uit haar hand gerukt. In die ene bevroren seconde stelde Robin vast dat er geen bar te zien was, alleen een rommelig stukje oever onder een brug, omzoomd door hoog struikgewas, en in het water onder haar lag een donkere woonboot met de naam Odile, log en slecht onderhouden. Toen werd ze door een vuist geraakt in haar maagstreek en ze klapte dubbel, de lucht uit haar longen geslagen. Voorovergebogen hoorde ze de plons van haar telefoon die in het kanaal werd gegooid, waarna iemand haar ruw bij de haren en bij haar broeksband greep en haar meesleurde naar de boot, terwijl ze nog steeds niet genoeg lucht in haar longen had om te schreeuwen. Door de openstaande deur van de schuit viel ze tegen een smal houten tafeltje en belandde op de vloer.

De deur sloeg met een klap dicht. Ze hoorde het schrapende geluid van een slot.

'Zitten,' zei een mannenstem.

Robin, nog steeds buiten adem, hees zich op een houten bankje aan de tafel, bekleed met een dun kussen, en draaide zich om – waarna ze in de loop van een revolver bleek te kijken.

Raphael liet zich op de stoel tegenover haar zakken.

'Wie belde je net?' vroeg hij op dwingende toon, en ze bedacht dat hij door de fysieke inspanning om haar de boot op te trekken en door zijn angst dat ze een geluid zou maken dat ze beller zou kunnen horen, geen tijd of kans had gehad om op het schermpje van haar mobiel te kijken.

'Mijn man,' loog Robin fluisterend.

Haar hoofdhuid brandde op de plek waar hij aan haar haar had getrokken. De pijn in haar middenrif was zo hevig dat ze zich afvroeg of hij een van haar ribben had gebroken. Nog steeds moeizaam naar adem happend leek Robin even, een paar gedesoriënteerde seconden lang, haar hachelijke situatie in miniatuur voor zich te zien, van veraf, omvat in een trillende tijdbubbel. Ze zag voor zich hoe Raphael haar verzwaarde lijk 's nachts in het donkere water zou gooien en hoe Matthew, die haar naar dat kanaal gelokt leek te hebben, verhoord en misschien wel in staat van beschuldiging gesteld zou worden. Ze zag de bedroefde gezichten van haar ouders en haar broers op de begrafenis in Masham voor zich, en in haar verbeelding zag ze Strike achter in de kerk staan, zoals bij haar bruiloft, woest omdat nu was gebeurd waar hij het bangst voor was geweest: ze was dood door haar eigen miskleun.

Maar naarmate iedere ademteug haar longen verder vulde, loste de illusie dat ze van een afstand toekeek verder op. Ze was echt daar, op dat moment, op die krakkemikkige boot, waarvan ze de muffe lucht inademde; ze zat in de val tussen de houten wanden, met die verwijde pupil van de revolver die haar aanstaarde, en daarboven Raphaels ogen.

Haar angst was een reële, gegronde aanwezigheid daar in de boot, maar die moest los van haar staan, want hij kon haar niet helpen en zou haar alleen maar hinderen. Ze moest rustig blijven, zich concentreren. Ze koos ervoor te zwijgen. Als zij weigerde de stilte te vullen, zou dat haar een deel van de macht teruggeven die hij haar zojuist had ontnomen. Dat was de truc van de therapeut: laat de pauze voortduren, laat de meest kwetsbare persoon de stilte vullen.

'Je bent erg cool,' zei Raphael uiteindelijk. 'Ik dacht dat je misschien hysterisch zou gaan gillen. Daarom moest ik je die stomp verkopen. Anders zou ik het niet gedaan hebben. Voor wat het waard is: ik vind je leuk, Venetia.'

Ze wist dat hij probeerde de rol op zich te nemen van de man voor wiens charmes ze tegen haar wil was gevallen in het Lagerhuis. Hij dacht kennelijk dat die oude combinatie van berouw en medelijden zou maken dat ze hem vergaf, dat ze zich milder zou opstellen, zelfs met haar schrijnende hoofdhuid, haar gekneusde ribben en het wapen pal voor haar gezicht. Ze zei niets. Zijn vage, smekende glimlach verdween en hij zei botweg: 'Ik weet niet hoeveel de politie weet. Als ik me er nog steeds uit kan kletsen, dan vrees ik dat het met jou,' hij hief het wapen een fractie, zodat het recht op Robins voorhoofd was gericht (en ze dacht aan de veearts en die ene gerichte kogel die het paard in de boskuil ontzegd was), 'gedaan is. Ik demp het schot met een kussen en gooi je overboord zodra het donker is. Maar als ze alles al weten, dan maak ik er hier ter plekke een einde aan, want ik ga nooit meer terug naar de gevangenis. Dus je snapt wel dat het in je eigen belang is om eerlijk te zijn, hè? Slechts één van ons komt deze boot nog af.'

Toen ze niets terugzei, zei hij fel: 'Geef antwoord!'

'Ja,' zei ze. 'Dat snap ik.'

'Goed,' zei hij zacht. 'Was je daarstraks echt bij Scotland Yard?'

'Ja.'

'Is Kinvara daar ook?'

'Ja.'

'Gearresteerd?'

'Ik denk het wel. Ze zit met haar advocaat in een verhoorkamer.'

'Waarvoor is ze opgepakt?'

'Ze denken dat jullie een verhouding hebben. Dat jij overal achter zat.'

'Wat is "overal"?'

'Achter de afpersing,' zei Robin, 'en de moord.'

Hij bewoog het wapen zo dat het tegen haar voorhoofd drukte. Robin voelde het kille metalen cirkeltje op haar huid.

'Dat lijkt me nogal gelul. Hoezo zouden wij een verhouding hebben? Ze haatte me. We zijn nooit langer dan twee minuten samen geweest zonder anderen erbij.'

'Wel waar,' zei Robin. 'Je vader vroeg je om naar Chiswell House te komen toen je net uit de gevangenis was. Hij werd die avond opgehouden in Londen. Toen zijn jullie alleen geweest. We denken dat het daarmee begonnen is.'

'Bewijs?'

'Geen bewijs, maar jij kunt volgens mij iedereen verleiden als je er je...'

'Probeer me niet te vleien, dat werkt niet. Maar serieus, "we denken dat het daarmee begonnen is", is dat alles wat je hebt?'

'Nee, er waren meer tekenen dat er iets speelde.'

'Geef me die tekenen. Allemaal.'

'Ik zou ze me beter kunnen herinneren,' zei Robin met vaste stem, 'als je geen vuurwapen tegen mijn hoofd hield.'

Hij trok het terug, maar hield het wel op haar gezicht gericht toen hij zei: 'Ga door. Opschieten.'

Een deel van Robin wilde toegeven aan de wens van haar lichaam om te verdwijnen, om haar mee te voeren naar die heerlijke staat van bewusteloosheid. Haar handen waren gevoelloos, haar spieren slap als was. De plek waar Raphael de revolver in haar huid had gedrukt was gevoelloos, met een gloeiend wit cirkeltje als derde oog. Hij had het licht in de boot niet aangedaan. Ze stonden tegenover elkaar in de toenemende duisternis; tegen de tijd dat hij zou schieten, zou ze hem misschien niet goed meer kunnen zien...

Concentreer je, zei een helder stemmetje dwars door de paniek heen. *Concentreer je. Hoe langer je hem aan de praat houdt, hoe meer tijd ze hebben om je te vinden. Strike weet dat je in de val gelokt bent.*

Plotseling herinnerde ze zich de politieauto die met hoge snelheid was langsgeraasd aan het einde van Blomfield Road, en ze vroeg zich af of ze rondjes hadden gereden om haar te zoeken omdat ze wisten dat Raphael haar naar deze buurt had gelokt, of er al agenten naar haar uitkeken. Het nepadres lag een eindje verderop bij de oever en was te bereiken, zoals Raphael in zijn tekstbericht had gezegd, via de zwarte poort. Zou Strike inschatten dat Raphael gewapend was?

Ze haalde diep adem. 'Kinvara is afgelopen zomer ingestort bij Della Winn op kantoor en heeft toen gezegd dat ze van iemand had gehoord dat er nooit van haar gehouden was, dat ze was gebruikt als onderdeel van een vuil spelletje.'

Ze moest langzaam praten. Niet overhaasten. Elke seconde kon nu tellen, elke seconde dat Raphael aan haar lippen hing was er een waarin haar redding misschien nabij was.

'Della nam aan dat het om je vader ging, maar we hebben het nagetrokken en Della kan zich niet herinneren dat Kinvara daadwerkelijk zijn naam heeft genoemd. Wij denken dat jij Kinvara hebt verleid om wraak te nemen op je vader, dat je de verhouding een paar maanden hebt laten voortduren, maar toen ze je ging claimen en bezitterig werd, heb je haar gedumpt.'

'Allemaal vermoedens,' zei Raphael ruw, 'en dus gelul. Wat nog meer?'

'Wat had Kinvara in de stad te zoeken op de dag dat haar geliefde merrie afgemaakt zou worden?'

'Misschien kon ze het niet aanzien dat dat paard werd doodgeschoten. Misschien wilde ze niet inzien hoe ziek het beest was.'

'Of,' zei Robin, 'misschien was ze wantrouwend over wat jij uitspookte met Francesca in de galerie van Drummond.'

'Geen bewijs. Volgende.'

'Ze heeft een soort zenuwinzinking gehad toen ze terugkwam in Oxfordshire. Ze is je vader te lijf gegaan en is daarna opgenomen in een kliniek.'

'Ze rouwde nog om haar doodgeboren kind, was overdreven gehecht aan de paarden en gewoon depressief,' somde Raphael op. 'Izzy en Fizzy zullen elkaar verdringen om te verklaren hoe labiel ze is. Verder nog wat?'

'Tegan vertelde dat Kinvara op een dag weer manisch gelukkig was, en toen ze vroeg hoe dat kwam, loog ze daarover. Ze zei dat je vader had ingestemd met de dekking van haar andere merrie door Totilas. Wij denken dat de ware reden was dat jij je relatie met haar weer had opgepakt, en dat de timing daarvan geen toeval was. Je had net de laatste lading schilderijen naar Drummonds galerie gebracht om ze te laten taxeren.'

Raphaels gezicht verslapte plotseling, alsof zijn essentiële wezen hem tijdelijk had verlaten. De revolver trilde in zijn hand en de haartjes op Robins armen gingen overeind staan, alsof er een briesje overheen streek. Ze wachtte tot Raphael iets zou zeggen, maar dat deed hij niet. Even later vervolgde ze: 'We denken dat jij *Mare Mourning* bij het inladen voor het eerst van dichtbij zag en besefte dat het wel eens een Stubbs zou kunnen zijn. Je besloot een ander schilderij van een merrie met veulen te laten taxeren.'

'Bewijs?'

'Henry Drummond heeft een foto gezien die ik heb genomen van *Mare Mourning* op het logeerbed in Chiswell House. Hij is bereid te getuigen dat dat werk niet bij de schilderijen zat die hij voor je vader heeft getaxeerd. Het schilderij dat hij op vijf- tot achtduizend pond schatte, was er een van John Frederick Herring, van een zwart-witte merrie met veulen. Drummond is verder bereid te getuigen dat jij voldoende verstand hebt van kunst om vast te stellen dat *Mare Mourning* een werk van Stubbs zou kunnen zijn.'

Raphaels gezicht was niet langer een star masker. Zijn bijna zwarte irissen bewogen een fractie van links naar rechts, alsof hij iets las wat alleen hij kon zien.

'Dan heb ik misschien per ongeluk het schilderij van Frederick Herring meegenomen in plaats...'

Er klonk een politiesirene, enkele straten verderop. Raphael draaide zijn hoofd. Het gierende geluid stopte na een paar tellen net zo abrupt als dat het was begonnen.

Hij draaide zich weer naar Robin toe. De sirene leek hem weinig zorgen te baren nu het geluid was opgehouden. Maar hij dacht natuurlijk ook dat ze Matthew aan de telefoon had gehad toen hij haar de boot op sleurde.

'Ja,' pakte hij de draad van zijn gedachten weer op. 'Dat ga ik zeggen. Ik heb per ongeluk het schilderij van de piebald laten taxeren, ik had *Mare Mourning* helemaal niet gezien en had geen idee dat het een Stubbs zou kunnen zijn.'

'Je kon de piebald niet per ongeluk meenemen,' zei Robin zacht. 'Die hing niet in Chiswell House en de familie is bereid dat te bevestigen.'

'De familie,' zei Raphael, 'ziet niet eens wat er onder hun fucking neus gebeurt. Er hangt al bijna twintig jaar een Stubbs in een vochtige logeerkamer en niemand had dat in de gaten, en weet je waarom? Omdat het zulke vuile arrogante snobs zijn... *Mare Mourning* was van de oude Tinky. Ze had het geërfd van een geschifte bankroete baronet, de oude Ierse alcoholist met wie ze was getrouwd vóór mijn grootvader. Ze had geen idee wat het waard was. Ze heeft het gehouden omdat er paarden op stonden en ze was gek op paarden.

Toen haar eerste man doodging, is ze naar Engeland overgewipt om hier dezelfde truc uit te halen: ze werd de dure privéverpleegster van mijn grootvader, en later zijn nog duurdere echtgenote. Ze is gestorven zonder testament en al haar rommel – het wás voornamelijk rommel – is bij de familie Chiswell terechtgekomen. Het Herring-schilderij had makkelijk van haar kunnen zijn, en niemand keek ernaar om, het was weggestopt in een smerig hoekje van dat verschrikkelijke huis.'

'En als de politie het piebald-schilderij nou eens opspoort?'

'Dat gebeurt niet. Het is van mijn moeder. Ik ga het vernietigen. Als de politie mij ernaar vraagt, zeg ik dat mijn vader het wilde jatten toen hij wist dat het achtduizend pond waard was. "Ik denk dat hij het op de particuliere markt heeft verkocht, meneer de agent."'

'Kinvara kent het nieuwe verhaal niet. Zij kan je niet steunen.'

'En daar komen haar bekende labiliteit en de onvrede over mijn vader mij goed van pas. Izzy en Fizzy zullen om het hardst roepen dat ze nooit veel aandacht voor hem had, omdat ze niet van hem hield en het haar alleen maar om het geld te doen was. Gerede twijfel, meer heb ik niet nodig.'

'Wat gebeurt er als de politie Kinvara vertelt dat jij de relatie alleen maar hebt hervat omdat je besefte dat ze wel eens schatrijk zou kunnen worden?'

Raphael blies sissend lucht uit.

'Ja,' zei hij zacht, 'als ze dat Kinvara kunnen laten geloven, ben ik de lul, hè? Maar voorlopig gelooft Kinvara nog dat haar Raffie stapelgek op haar is, en er is héél wat voor nodig om haar ervan te overtuigen van het tegendeel, want dan zou haar hele wereld instorten. Ik heb het er bij haar in geramd: als ze niets van onze verhouding weten, kunnen ze ons niets maken. Ik liet het haar nog net niet braaf opdreunen onder het neuken. En ik heb haar ook gewaarschuwd dat de politie ons tegen elkaar zou opzetten als een van ons verdacht werd. Ik heb haar heel goed afgericht en gezegd: bij twijfel ga je gewoon heel hard janken, dan zeg je dat niemand jou ooit iets heeft verteld en je doet alsof je er niks van begrijpt.'

'Ze heeft al één domme leugen opgehangen om jou te beschermen,' zei Robin, 'en dat weet de politie.'

'Wat voor leugen?'

'Over die halsketting, in de nacht van zaterdag op zondag. Heeft ze je dat niet verteld? Misschien besefte ze dat je dan boos zou worden.'

'Wat heeft ze gezegd?'

'Strike zei dat hij de nieuwe verklaring voor jouw bezoek aan Chiswell House op de ochtend van je vaders dood niet geloofde...'

'Hoezo geloofde hij die niet?' vroeg Raphael, en Robin zag dat zijn paniek zich vermengde met pure ijdelheid.

'Ik vond het wel overtuigend,' verzekerde ze hem. 'Slim om een verhaal op te hangen waar je per se aan vast leek te willen houden.

Mensen geloven eerder iets waarvan ze denken dat ze het zelf hebben ont...'

Raphael hief de revolver tot die weer vlak bij haar voorhoofd was, en al raakte de koude metalen ring haar huid nog niet, ze voelde hem weer.

'Wat voor leugen heeft Kinvara verteld?'

'Ze beweerde dat jij daarheen kwam om haar te vertellen dat je moeder de diamanten uit die ketting heeft laten vervangen door nepstenen.'

Raphael reageerde vol afschuw. 'Waarom zegt ze zoiets, verdomme?'

'Ik denk omdat ze was geschrokken toen Strike en ik ineens opdoken terwijl jij je boven schuilhield. Strike zei dat hij het verhaal van die ketting niet geloofde, dus raakte ze in paniek en verzon een nieuwe versie. Het punt is alleen dat dit verhaal wél na te trekken is.'

'Dom kutwijf,' zei Raphael zacht, met een venijn waarvan Robins nekhaartjes overeind gingen staan. 'Wat een domme, domme kut... waarom heeft ze zich niet aan ons verhaal gehouden? En... Nee, wacht,' zei hij toen, en het klonk alsof hij plotseling een welkom verband legde. Tot Robins consternatie en tevens opluchting trok hij de revolver terug van de plek waar die bijna haar voorhoofd had geraakt en begon zachtjes te lachen. 'Dus dáárom had ze zondagmiddag die ketting verstopt. Ze hing een of ander lulverhaal op, zei dat ze niet wilde dat Izzy of Fizzy het huis in zou sluipen om hem te jatten... Goh, ze is wel dom, maar niet hopeloos. Als niemand die stenen controleert, zitten we goed. En ze moeten sowieso eerst het stallenblok ontmantelen om hem te vinden,' zei hij. En toen, alsof hij in zichzelf praatte: 'Oké. Oké, ik geloof dat dat allemaal wel op te lossen is. Was dat alles, Venetia? Heb je verder niks?'

'Jawel,' zei Robin. 'Flick Purdue.'

'Ik weet niet wie dat is.'

'Dat weet je wel. Je hebt haar een paar maanden geleden versierd en haar de waarheid verteld over die galgen, omdat je wist dat zij de informatie zou doorspelen aan Jimmy.'

'Wat een druk baasje ben ik toch, hè?' zei Raphael luchtig. 'Nou en? Flick gaat heus niet toegeven dat ze heeft liggen neuken met de zoon van een Tory-minister, zeker niet als Jimmy het te horen zou kunnen krijgen. Ze is net zo bezeten van hem als Kinvara van mij.'

'Dat is waar, ze wilde het niet toegeven, maar iemand heeft jou de volgende morgen haar flat uit zien sluipen. Ze probeerde ons wijs te maken je een Indiase ober was.'

Robin meende een snelle blik van verbazing en ongenoegen te zien. Raphaels *amour propre* was gekwetst bij de gedachte dat hij zo beschreven kon worden.

'Oké,' zei hij na een korte stilte. 'Oké, eens kijken... stel dat het écht een ober was die Flick heeft geneukt, maar dat ze zo vals is om te beweren dat ik het was, vanwege die idiote klassenstrijd van haar en de wrok die haar vriendje koestert tegen mijn familie.'

'Je hebt de creditcard van haar huisgenote gejat uit haar tas in de keuken.'

Ze kon aan het verstrakken van zijn mond zien dat hij dit niet had verwacht. Hij had er ongetwijfeld op gerekend dat, gezien Flicks levensstijl, de verdenking zou vallen op iedereen die ooit in haar piepkleine, bomvolle flat was geweest, en misschien vooral op Jimmy.

'Bewijs?' vroeg hij weer.

'Flick kan de datum geven dat je in haar flat bent geweest, en als Laura verklaart dat haar creditcard vanaf die nacht vermist werd...'

'Maar je hebt geen harde bewijzen dat ik daar...'

'Hoe kon Flick dan op de hoogte zijn van de galgen? We weten dat zij Jimmy erover heeft verteld, niet andersom.'

'Ik kan het toch niet geweest zijn? Ik ben de enige in de familie die er nooit iets van geweten heeft.'

'Je wist alles. Kinvara kende het hele verhaal van je vader en zij heeft het aan jou verteld.'

'Nee,' zei Raphael. 'Je krijgt straks te horen dat Flick op de hoogte was van die galgen via de broertjes Butcher. Ik weet uit betrouwbare bron dat een van hen tegenwoordig in Londen woont. Ja, ik geloof dat ik geruchten heb gehoord dat een van hen seks heeft gehad met de vriendin van hun maat Jimmy. En neem maar van mij aan dat die twee van Butcher het niet goed doen in de rechtbank, dat stelletje onbetrouwbare pummels dat in galgen handelt op een manier die het daglicht niet kan verdragen. Ik kom heel wat geloofwaardiger en fatsoenlijker over dan Flick en de Butchers, mocht dit tot een rechtszaak komen, neem dat maar van me aan.'

'De politie heeft telefoongegevens,' hield Robin vol. 'Ze weten dat er anoniem is gebeld naar Geraint Winn, rond de tijd dat Flick het verhaal van de galgen te horen had gekregen. Wij denken dat je Winn anoniem hebt getipt over Samuel Murape. Je wist dat Winn wrok koesterde tegen de Chiswells. Kinvara heeft je daar alles over verteld.'

'"Ik weet niets van dat telefoontje, Edelachtbare,"' zei Raphael, '"en het spijt me heel erg dat wijlen mijn broertje zich zo schofterig heeft gedragen tegen Rhiannon Winn, maar daar heb ik verder niets mee te maken."'

'We denken dat dat dreigtelefoontje naar Izzy's kantoor, op de eerste dag dat jij daar werkte, van jóú afkomstig was. Het telefoontje over mensen die in hun broek pissen als ze doodgaan,' zei Robin, 'en we denken ook dat het jouw idee was dat Kinvara deed alsof ze steeds indringers hoorde op het terrein. Alles was erop gericht zo veel mogelijk getuigen te vergaren voor het feit dat je vader reden had om zich gespannen en paranoïde te gedragen, en dat hij zou kunnen bezwijken onder de extreme druk...'

'Hij stond echt onder extreme druk. Hij werd wel degelijk gechanteerd door Jimmy Knight. Dat zijn geen leugens, dat zijn feiten, en die zullen een behoorlijke sensatie veroorzaken in de rechtbank, vooral als het verhaal over Samuel Murape eenmaal bekend wordt.'

'Alleen heb je een paar heel domme, vermijdbare fouten gemaakt.'

Hij ging wat rechter zitten en boog zich naar voren, waarbij zijn elleboog een centimeter of tien verschoof, zodat de mond van het wapen groter werd. Zijn ogen, die eerst twee vage vlekken in de schaduw waren geweest, werden weer scherp zichtbaar, onyxzwart met wit. Robin vroeg zich af hoe ze hem ooit knap had kunnen vinden.

'Wat voor fouten?'

Terwijl hij het zei, zag Robin vanuit haar ooghoeken een blauw flitslicht over de brug glijden, net zichtbaar door het raam rechts van haar, aan Raphaels zicht onttrokken door de zijkant van de boot. Het licht verdween en de brug werd weer opgeslokt door de diepe duisternis.

'Om te beginnen,' zei Robin voorzichtig, 'was het een fout om Kinvara te blijven zien in de aanloop naar de moord. Zij deed toch steeds alsof ze niet meer wist waar ze met je vader had afgesproken? Alleen maar voor een paar minuten met jou, om je te kunnen zien en je in de gaten te houden.'

'Dat is geen bewijs.'

'Kinvara is op haar verjaardag gevolgd naar Le Manoir aux Quat'Saisons.'

Hij kneep zijn ogen tot spleetjes. 'Door wie?'

'Door Jimmy Knight. Flick heeft het bevestigd. Jimmy dacht dat je vader daar was met Kinvara en wilde hem er publiekelijk op aanspreken dat hij hem zijn geld niet gaf. Maar je vader was er natuurlijk niet, dus is Jimmy naar huis gegaan en heeft hij een boze blog geschreven over Tory's die geld over de balk smijten, waarin hij Le Manoir aux Quat'Saisons bij naam noemde.'

'Nou, tenzij hij me Kinvara's hotelsuite binnen heeft zien gaan,' zei Raphael, 'wat niet zo is, want ik heb fucking goed opgelet dat niemand me zag, is ook dat allemaal speculatie.'

'Goed,' zei Robin, 'en hoe zit het met de twéédе keer dat je seks had op de wc van de galerie? Dat was niet met Francesca, dat was met Kinvara.'

'Bewijs dat maar eens.'

'Kinvara was die dag in de stad om lachesistabletten te kopen, en ze deed alsof ze kwaad was omdat je vader nog steeds met jou omging, omdat ze dus zogenaamd een hekel aan je had. Ze belde je vader om zich ervan te verzekeren dat hij ergens anders zou lunchen. Strike hoorde dat gesprek toevallig. Wat jij en Kinvara niet in de gaten hadden, was dat je vader nog geen honderd meter verwijderd was van de plek waar jullie seks hadden.

Toen je vader zich toegang verschafte tot die wc, vond hij een buisje lachesispillen op de vloer. Dáárom kreeg hij bijna een hartaanval. Hij wist dat Kinvara daarvoor naar de stad gegaan was. Hij wist wie er zojuist seks met jou had gehad op die wc.'

Raphaels glimlach was nu eerder een grimas.

'Ja, dat was echt stom. De dag dat hij bij ons op kantoor begon over Lachesis – "die weet precies wanneer het voor iedereen afgelopen is" – probeerde hij mij, zo besefte ik later, de stuipen op het lijf te jagen. Toch? Ik had toen geen flauw idee waar hij het over had. Maar toen jij en die kreupele baas van je in Chiswell House over de pillen begonnen, snapte Kinvara het ineens: ze waren uit haar zak gevallen terwijl wij aan het neuken waren. Tot die tijd wisten we niet hoe hij erachter gekomen was... Pas toen ik hoorde dat hij naar Le Manoir had gebeld over Freddies geldclip begreep ik dat hij door moest hebben dat er iets speelde. Toen nodigde hij me uit om naar Ebury Street te komen, en ik wist dat hij me ermee zou confronteren – en dat we het moesten doen, dat we hem moesten vermoorden.'

Robin kreeg het ijskoud door de volkomen zakelijke manier waarop hij over de vadermoord sprak. Alsof hij het over het behangen van een kamer had.

'Waarschijnlijk was hij van plan de pillen tevoorschijn te halen tijdens zijn grote "Ik weet dat je het met mijn vrouw doet"-toespraak... Waarom heb ik ze zelf niet op de vloer zien liggen? Ik heb de hele kamer nog nagekeken naderhand, maar ze zullen wel uit zijn zak gerold zijn of zo. Het is lastiger dan je denkt,' zei Raphael, 'om de boel op te ruimen rondom het lijk van iemand die je zelf hebt omgelegd. Het verbaasde me eerlijk gezegd hoeveel het me deed.'

Ze had zijn narcisme nog nooit zo duidelijk gehoord. Hij had uitsluitend belangstelling en sympathie voor zichzelf. Zijn dode vader betekende niets voor hem.

'De politie heeft intussen verklaringen afgenomen van Francesca en haar ouders,' zei Robin. 'Zij ontkent stellig die tweede keer met jou op de wc te zijn geweest. Haar ouders geloofden dat eerst niet, maar...'

'Ze geloofden haar niet omdat ze nog dommer is dan die fucking Kinvara.'

'De politie pluist de opnames uit van de beveiligingscamera's van alle winkels waar ze geweest zegt te zijn terwijl jij met Kinvara op die wc bezig was.'

'Oké,' zei Raphael. 'In het allerergste geval, als ze kunnen aantonen dat ze niet bij mij was, zal ik misschien moeten opbiechten dat ik die dag met een ándere jongedame op de wc was, maar dat ik als een echte heer haar reputatie probeerde te beschermen.'

'Denk je nou echt dat je iemand kunt vinden die bereid is voor jou te liegen, voor de rechter, in een moordzaak?' vroeg Robin ongelovig.

'De eigenares van deze woonboot is gek op me,' zei Raphael zacht. 'We hadden iets met elkaar voordat ik de bak in ging. Ze kwam me opzoeken en alles. Nu zit ze in een ontwenningskliniek. Dat wijf is knettergek, dol op drama. Ze denkt dat ze kunstenares is. Drinkt te veel en is bloedirritant, maar ze neukt als een konijn. Ze heeft de reservesleutel van deze boot nooit teruggevraagd, en in die la daarginds ligt de sleutel van het huis van haar lieve moedertje...'

'Dat is toch niet toevallig het huis waar je het helium, het slangetje en de handschoenen naartoe hebt laten sturen?' vroeg Robin.

Raphael knipperde met zijn ogen. Dat had hij niet zien aankomen.

'Je had een adres nodig dat niet met jou in verband gebracht zou worden. Je zorgde ervoor dat de spullen werden afgeleverd terwijl de eigenaren niet thuis waren, naar hun werk bijvoorbeeld, en vervolgens ging je naar binnen, nam het afhaalbericht mee...'

'En haalde het pakket af, vermomd, om het per koerier naar het huis van mijn lieve pappie te laten brengen, ja.'

'Waar Flick het aannam en Kinvara het voor je vader verborgen hield tot het tijd was om hem te vermoorden?'

'Klopt,' zei Raphael. 'In de gevangenis doe je veel nuttige tips op. Valse identiteitsbewijzen, leegstaande panden, loze adressen, daar kun je alle kanten mee op. Als jij eenmaal dood bent' – Robins hoofdhuid trok samen – 'zal niemand me nog in verband brengen met een van die adressen.'

'De eigenares van dit schip...'

'Gaat tegen iedereen zeggen dat ze seks met mij had op de wc bij Drummond, weet je nog? Ze staat aan mijn kant, Venetia,' zei hij zacht. 'Dus het ziet er niet goed voor je uit, hè?'

'Je hebt nog meer fouten gemaakt.' Robin had een droge mond.

'Zoals?'

'Je hebt tegen Flick gezegd dat je vader een schoonmaakster nodig had.'

'Ja, omdat zij en Jimmy dan hartstikke verdacht overkomen, als de politie weet dat zij zich het huis van mijn vader binnen heeft gewerkt. Daar zal de jury in de rechtbank zich op concentreren, niet op de vraag hoe ze wist dat hij een schoonmaakster zocht. Ik heb het je al gezegd, in hun ogen is Flick straks niet meer dan een smoezelige sloerie die nog een appeltje met hem te schillen had. De zoveelste leugen, meer niet.'

'Maar ze heeft een briefje van je vader gestolen, dat hij had geschreven toen hij Kinvara's verhaal wilde natrekken bij Le Manoir aux Quat'Saisons. Ik heb het in de badkamer gevonden. Ze had gelogen, had hem wijsgemaakt dat ze met haar moeder naar het hotel ging. Normaal gesproken geven ze daar geen informatie over gasten, maar dit was een minister en hij was daar al eerder geweest, dus we gaan ervan uit dat hij hen wel zover heeft gekregen dat ze bevestigden dat zijn auto er stond, en ze zeiden dat ze het jammer vonden dat haar moeder niet had kunnen komen. Hij noteerde in welke suite Kinvara zat, dat was hij zogenaamd vergeten, en probeerde de rekening in handen te krijgen, om te kijken of daar iets op stond wat erop wees dat er twee personen waren. Ontbijt, diner... zoiets. Als de openbare aanklager in de rechtbank met dat briefje aankomt...'

'Heb jíj dat briefje gevonden?' vroeg Raphael.

Robins maag draaide om. Het was niet haar bedoeling geweest om Raphael nog een reden te geven om haar dood te schieten.

'Ik wist dat ik je onderschat had na ons etentje bij Nam Long Le Shaker,' zei Raphael. Het was geen compliment. Hij kneep zijn ogen tot spleetjes en sperde vol afkeer zijn neusgaten open. 'Je zat er helemaal doorheen, maar toch bleef je van die fucking lastige vragen stellen. En jij en die baas van je zijn betere maatjes met de politie dan ik had verwacht. En zelfs toen ik de *Mail* een tip had gegeven...'

'Dus dat was jij!' Robin vroeg zich af waarom ze dat niet eerder had ingezien. 'Jij hebt de pers en Mitch Patterson weer op ons afgestuurd...'

'Ik heb gezegd dat je je man had verlaten voor Strike, maar dat hij het ook nog steeds met zijn ex deed. Die roddel had ik van Izzy. Ik vond dat jullie twee een beetje afgeremd moesten worden, want jullie bleven maar mijn alibi in twijfel trekken... Maar als ik je straks heb doodgeschoten,' – er trok een ijskoude rilling door Robins lijf – 'dan heeft je baas het natuurlijk te druk met het beantwoorden van de vragen van de pers over jouw lijk dat is komen bovendrijven in het kanaal, hè? Zo vang ik twee vliegen in één klap.'

'Maar ook al ben ik dood,' zei Robin, die er alles aan deed om haar stem niet onvast te laten klinken, 'dan is er nog dat briefje van je vader en de verklaring van het hotel...'

'Oké, misschien maakte hij zich zorgen om wat Kinvara uitspookte in Le Manoir,' zei Raphael ruw. 'Wat zeg ik je nou net? Niemand heeft me daar gezien. Die domme trut vroeg wel om twee glazen bij de champagne, maar ze had ook iemand anders bij zich kunnen hebben.'

'Je krijgt de kans niet om samen met haar een nieuw verhaal te verzinnen,' zei Robin, en haar mond was nu droger dan ooit; haar tong plakte aan haar gehemelte terwijl ze haar best deed kalm en zelfverzekerd over te komen. 'Ze zit in bewaring, ze is niet zo slim als jij, en jullie hebben nog meer fouten gemaakt,' zei Robin snel. 'Stomme fouten, omdat je het plan snel moest uitvoeren toen je eenmaal besefte dat je vader je doorhad.'

'Zoals?'

'Zoals het weghalen van de verpakking van de amitriptyline door Kinvara nadat ze dat poeder in het sinaasappelsap had gedaan. En Kinvara was vergeten jou te vertellen welk trucje je moest toepassen om de voordeur goed te sluiten. En verder...' Robin was zich ervan bewust dat ze haar allerlaatste troefkaart uitspeelde, 'had ze jou op Paddington niet de voordeursleutel moeten toewerpen.'

In de woordeloze ruimte die zich tussen hen uitstrekte meende Robin voetstappen te horen, vlakbij. Ze durfde niet uit het raam te kijken voor het geval ze daarmee de aandacht zou trekken van Raphael, die zo verafschuwd leek te zijn door haar laatste woorden dat hem verder alles ontging.

'Mij de voordeursleutel toewerpen?' herhaalde hij met breekbare bravoure. 'Waar héb je het over?'

'De sleutels van Ebury Street zijn vrijwel onmogelijk te kopiëren. Jullie hadden er samen maar één tot je beschikking, die van haar, omdat je vader jullie allebei wantrouwde tegen de tijd dat hij stierf, en hij had ervoor gezorgd dat jij geen sleutel in handen kon krijgen.

Zij had de sleutel nodig om het huis binnen te gaan en dat spul in het sap te doen, en jij had hem nodig om hem daar de volgende morgen in alle vroegte die zak over het hoofd te trekken. Dus had je op het laatste moment een plan in elkaar gezet: zij zou jou de sleutel geven op een afgesproken plek op Paddington, waar jij vermomd als dakloze zou zitten.

Jullie zijn gefilmd door de beveiligingscamera's. De beelden worden op dit moment door de politie uitvergroot en scherper gemaakt. Ze denken dat je in de haast spullen hebt gekocht bij een tweedehandszaak, wat misschien weer een nuttige getuige zou kunnen opleveren. De politie bekijkt de beelden zorgvuldig, om na te gaan wat je vanaf Paddington hebt gedaan.'

Bijna een minuut lang deed Raphael er het zwijgen toe. Zijn ogen gingen nauwelijks waarneembaar van links naar rechts, alsof hij zocht naar een uitweg, een ontsnappingsmogelijkheid.

'Dat is... jammer,' zei hij ten slotte. 'Ik had niet gedacht dat ik op die plek in beeld was.'

Robin meende zijn hoop te zien wegglijden. Heel zachtjes vervolgde ze: 'Kinvara kwam geheel volgens plan thuis aan in Oxfordshire, belde Drummond en sprak het bericht in dat ze de halsketting wilde laten taxeren, om dat hele reserveverhaal te ondersteunen.

De volgende morgen in alle vroegte is er met een andere wegwerptelefoon gebeld naar Geraint Winn en Jimmy Knight. Beiden zijn hun huis uit gelokt, waarschijnlijk met de belofte van informatie over Chiswell. Door jou, je wilde je ervan verzekeren dat ze in beeld zouden komen, mocht er een vermoeden van moord ontstaan.'

'Geen bewijs,' mompelde Raphael automatisch, maar zijn ogen schoten nog steeds alle kanten op, op zoek naar onzichtbare reddingsboeien.

'Je bent heel vroeg die morgen met de sleutel het huis binnengegaan, waar je je vader half in coma verwachtte aan te treffen na dat glas sap, maar...'

'Eerst was hij inderdaad bewusteloos,' zei Raphael. Zijn blik was nu glazig, en Robin wist dat hij terugdacht aan de gebeurtenissen, dat hij ze in gedachten opnieuw beleefde. 'Hij lag voor pampus op de bank, helemaal groggy. Ik liep langs hem heen naar de keuken, maakte mijn doos met speelgoed open...'

Een fractie van een seconde zag Robin het strak in plastic gewikkelde hoofd weer voor zich, het grijze haar tegen het gezicht gedrukt zodat alleen het gapende zwarte gat van de mond onzichtbaar was. Dat had Raphael gedaan; Raphael, die nu een revolver op haar gezicht gericht hield.

'... maar op het moment dat ik aan kom lopen, wordt die ouwe schoft wakker, ziet me het slangetje aansluiten op de heliumtank en komt goddomme weer helemaal tot leven. Hij krabbelt overeind, grijpt Freddies zwaard van de muur en probeert tegen me te vechten, maar ik kon het zwaard afpakken. Het raakte wel verbogen. Ik duwde hem op die stoel – hij stribbelde nog steeds tegen – en toen...'

Raphael deed voor hoe hij de zak over zijn vaders hoofd had getrokken. '*Kaputt*.'

'En toen,' zei Robin, nog steeds met droge mond, 'heb je gebeld met zijn telefoon, dat had je alibi moeten zijn. Je had natuurlijk zijn toegangscode van Kinvara gekregen. Vervolgens ben je vertrokken en heb je de deur niet goed dichtgedaan.'

Robin wist niet of ze zich de beweging voor de patrijspoort links van haar verbeeldde. Ze hield haar ogen gericht op Raphael, en op de enigszins trillende revolver.

'Een groot deel hiervan is indirect bewijs,' mompelde hij, nog steeds met die glazige blik. 'Flick en Francesca hebben allebei een motief om over mij te liegen... Dat met Francesca heb ik niet netjes afgehandeld. Misschien heb ik nog een kans... misschien...'

'Je hebt geen kans meer, Raff,' zei Robin. 'Kinvara zal niet lang meer voor je liegen. Als ze haar de waarheid vertellen over *Mare Mourning*, vallen voor haar natuurlijk voor het eerst alle puzzelstukjes in elkaar. Ik denk dat jíj erop hebt gestaan dat ze het schilderij verplaatste naar de zitkamer, om het te beschermen tegen het vocht in de logeerkamer. Hoe heb je dat voor elkaar gekregen? Heb je een of ander kletsverhaal opgehangen, gezegd dat het jóú deed denken aan haar dode merrie? Straks ziet ze in dat jij weer met haar hebt aangepapt zodra je wist wat de waarde van het schilderij was, en dat al die gemene dingen die je tegen haar had gezegd toen je het uitmaakte dus waar waren. En het ergste van alles,' zei Robin, 'is dat toen jullie samen insluipers hoorden op het terrein – deze keer echt – jij de vrouw op wie je zogenaamd zo gek was in haar eentje naar buiten liet gaan, in haar nachthemd, terwijl jij binnenbleef om het schilderij te bescher...'

'KLAAR NU!' brulde hij plotseling, en hij hief de loop van de revolver tot die weer tegen haar voorhoofd drukte. 'Hou je fucking bék, ja!'

Robin bleef roerloos zitten. Ze stelde zich voor hoe het zou voelen als hij de trekker overhaalde. Hij had gezegd dat hij door een kussen zou schieten om het geluid te dempen, maar misschien was hij dat vergeten, misschien stond hij op het punt zijn zelfbeheersing te verliezen.

'Weet je hoe het is in de gevangenis?' vroeg hij.

Ze probeerde 'nee' te zeggen, maar er kwam geen geluid.

'Het lawaai,' fluisterde hij. 'Die lucht! De lelijke, domme mensen – sommigen zijn net beesten. Erger dan beesten. Ik heb nooit geweten dat er zulke mensen bestonden. De plekken waar je moet eten en schijten. Altijd achteromkijken, altijd rekenen op geweld.

Het gerammel, het gegil en die fucking smeerboel. Ik word nog liever levend begraven. Ik ga daar niet meer heen.

Ik zou een droomleven krijgen. Vrijheid, helemaal vrij zou ik zijn. Nooit zou ik nog hoeven kruipen voor types als die klote-Drummond. Op Capri staat een villa die ik al heel lang op het oog heb. Uitzicht over de Golf van Napels. Daarnaast zou ik nog een leuk optrekje kopen in Londen... nieuwe auto, zodra ik mijn fucking rijbewijs terug heb. Moet je je voorstellen hoe het is als je weet dat je alles kunt kopen, alles kunt doen... Een droomleven.

Ik hoefde alleen nog maar wat kleine probleempjes op te lossen en dan zou alles geregeld zijn. Flick: een makkie. Laat op de avond, een donkere weg, mes tussen de ribben, het slachtoffer van een roofoverval.

En Kinvara... Als ze mij eenmaal in haar testament had opgenomen, zou ze na een paar jaar haar nek gebroken hebben na een val van een ongeschikt paard, of verdronken zijn in Italië... Ze kan heel slecht zwemmen.

En daarna kan iedereen de tering krijgen, of niet dan? De Chiswells, mijn moeder, die hoer. Ik zou van niemand iets nodig hebben. Alles, ik zou álles hebben... maar nu is het allemaal weg.'

Ondanks zijn donkere huid was hij lijkbleek, zag ze, de donkere schaduwen onder zijn ogen diepe holtes in de schemering. 'Alles weg. Zal ik jou eens wat zeggen, Venetia? Ik knal je fucking kop van je fucking romp, want ik heb besloten dat ik jou niet mag. Ik wil graag eerst jouw rotkop uit elkaar zien spatten voordat ik mezelf...'

'Raff...'

'*Raff... Raff...*' imiteerde hij haar blatend. 'Waarom denken alle vrouwen toch dat ze anders zijn? Jullie zijn niet anders, geen van allen.'

Hij pakte het slappe kussen dat naast hem lag. 'We gaan samen. Ik vind het wel leuk om in de hel aan te komen met een sexy meid aan mijn...'

De deur vloog open, met een oorverdovend lawaai van versplinterend hout. Raphael draaide zich met een ruk om en richtte het wapen op de grote gestalte die zojuist was binnengevallen. Robin vloog over de tafel heen om hem bij de arm te pakken, maar Raphael ramde haar terug met zijn elleboog en ze voelde het bloed uit haar gespleten lip spuiten.

'Raff, nee, niet... Niet doen!'

Hij was gaan staan, gebukt vanwege het lage plafond, met de loop van de revolver in zijn mond. Strike, die met zijn schouder de deur open gebeukt had, stond hijgend op een meter afstand, en achter Strike stond Wardle.

'Toe dan! Schiet dan, kleine lafbek,' zei Strike.

Robin wilde protesteren, maar ze kon geen geluid voortbrengen.

Er klonk een metalen klikje.

'Ik heb in Chiswell House de kogels eruit gehaald, sukkel,' zei Strike, en hij hobbelde naar voren en ramde de revolver uit Raphaels mond. 'Toch niet half zo slim als je dacht te zijn, hè?'

Robins oren tuitten. Raphael vloekte in het Engels en het Italiaans, schreeuwde dreigementen en schopte en spartelde terwijl Strike Wardle hielp om hem over de tafel heen te buigen zodat hij hem handboeien kon omdoen, maar ze deinsde als in een droom achteruit bij het groepje vandaan en wankelde naar het keukentje van de boot, waar potten en pannen hingen en een witte keukenrol stond, belachelijk alledaags, naast een minuscuul wasbakje. Ze voelde haar lip dik worden op de plek waar Raphael haar had geslagen. Ze scheurde een velletje keukenpapier af, hield het onder de koude kraan en drukte het tegen haar bloedende mond, terwijl ze door de patrijspoort toekeek hoe geüniformeerde agenten kwamen aangesneld door de zwarte toegangspoort en het wapen in beslag namen van de tegenstribbelende Raphael, die door Wardle naar de oever was gesleurd.

Er was zojuist een wapen op haar hoofd gericht. Niets leek nog echt. Nu beende de politie de boot op en af, maar het was slechts lawaai en echo, en toen het tot haar doordrong dat Strike naast haar stond, leek hij de enige persoon die iets met de werkelijkheid te maken had.

'Hoe wist je het?' bracht ze moeizaam uit, door de natte prop keukenpapier.

'Ik besefte het vijf minuten nadat je vertrokken was. De laatste drie cijfers van het nummer dat je me had laten zien, waarmee Matthew je zogenaamd die berichten had gestuurd, waren hetzelfde als die van een van de wegwerptoestellen. Ik ben nog achter je aan gegaan, maar je was al weg. Layborn heeft patrouillewagens op pad gestuurd en ik ben je steeds blijven bellen. Waarom nam je niet op?'

'Mijn telefoon stond op stil in mijn tas. Nu ligt hij in het kanaal.'

Ze snakte naar een stevige borrel. Misschien, dacht ze vaag, was er echt een bar in de buurt... maar ze zou nu natuurlijk niet naar een bar mogen. Dat werd weer urenlang bij New Scotland Yard zitten. Daar hadden ze ongetwijfeld een uitgebreide verklaring nodig. Ze zou het afgelopen uur tot in de details opnieuw moeten beleven, en ze was nu al doodop.

'Hoe wist je dat ik hier was?'

'Ik heb Izzy gebeld en gevraagd of Raphael iemand kende in de buurt van het nepadres dat hij jou had gegeven. Ze vertelde me dat hij een chique drugsvriendin had met een woonboot. Hij kon verder nergens meer terecht, de politie houdt al twee dagen zijn flat in de gaten.'

'En jij wist dat er geen kogels in dat wapen zaten?'

'Ik hóópte dat er geen kogels in zaten,' verbeterde hij haar. 'Voor hetzelfde geld had hij het nagekeken en weer geladen.'

Hij graaide in zijn zak. Zijn vingers trilden een beetje toen hij een sigaret opstak. Hij nam een trek en zei: 'Verdomd goed van je om hem zo lang aan de praat te houden, Robin, maar de volgende keer dat je wordt gebeld door een onbekend nummer bel je verdomme eerst terug om te checken wie het is. En waag het niet om óóit nog een verdachte over je privéleven te vertellen, hoor je me?'

'Zou ik misschien twee minuutjes,' zei ze, met de koude prop keukenpapier tegen haar dikke, bloedende lip gedrukt, 'mogen genieten van het feit dat ik niet dood ben voordat je me de les gaat lezen?'

Strike blies een sliert rook uit. 'Ja, dat lijkt me redelijk,' antwoordde hij en hij trok haar onhandig tegen zich aan.

Een maand later

Epiloog

> Je verleden is dood, Rebecca. Het heeft je niet langer in zijn greep – het heeft niets te maken met jou zoals je nu bent.
>
> Henrik Ibsen, *Rosmersholm*

De Paralympics waren gekomen en weer gegaan, en september deed zijn best om de herinnering weg te spoelen aan de lange zomer vol Union Jacks, waarin Londen zich wekenlang had gekoesterd in de aandacht van de hele wereld. De regen tikte tegen de hoge ramen van de Cheyne Walk Brasserie en ging de strijd aan met Serge Gainsbourg, die zacht 'Black Trombone' zong via verborgen speakers.

Strike en Robin waren samen aangekomen en zaten nog maar net aan een tafeltje toen Izzy, die het restaurant had uitgekozen omdat het dicht bij haar flat was, arriveerde, enigszins verregend in een wapperende Burberry-trenchcoat en met een druipende paraplu. Het kostte haar vrij veel tijd om die laatste in te klappen bij de deur.

Strike had hun cliënte nog maar één keer gesproken sinds het oplossen van de zaak, omdat Izzy zo geschokt en van streek was geweest dat ze weinig te zeggen had. Vandaag troffen ze elkaar op Strikes verzoek, want er was nog één los eindje in de zaak-Chiswell. Izzy had Strike door de telefoon verteld, toen ze de afspraak maakten voor deze lunch, dat ze bijna niet meer de deur uit kwam na de arrestatie van Raphael. 'Ik kan niemand onder ogen komen. Het is afschuwelijk.'

'Hoe gaat het met je?' vroeg ze gespannen toen Strike zich achter het tafeltje met het witte tafellinnen vandaan wurmde om haar natte omhelzing in ontvangst te nemen. 'En o, arme Robin, ik vind het zo erg voor je,' voegde ze eraan toe, om naar de andere kant van de tafel te snellen en Robin te omhelzen, waarna ze afwezig 'O ja, bedankt' zei tegen de serveerster die met een strak gezicht haar natte regenjas en paraplu aannam.

Izzy ging zitten, zei: 'Ik had me voorgenomen om niet te gaan huilen,' griste toen een servet van de tafel en drukte dat stevig tegen haar traanbuizen. 'Sorry... zo gaat het steeds. Ik probéér wel om niet zo gênant te doen...' Ze schraapte haar keel en rechtte haar rug. 'Het was ook zo'n schok,' fluisterde ze.

'Ja, natuurlijk,' zei Robin.

Izzy schonk haar een waterig lachje.

'*C'est l'automne de ma vie*,' zong Serge Gainsbourg. '*Plus personne ne m'étonne...*'

'Hebben jullie het kunnen vinden?' vroeg Izzy, wanhopig op zoek naar een algemeen gespreksonderwerp. 'Leuke zaak, hè?' nodigde ze hen uit om het Provençaalse restaurant te bewonderen dat Strike bij binnenkomst een beetje aan Izzy's flat had doen denken, maar dan vertaald naar het Frans. Hier was dezelfde conservatieve mix van traditioneel en modern terug te vinden: zwart-witfoto's aan spierwitte muren, stoelen en banken bekleed met vuurrood en turquoise leer, en een ouderwetse bronzen kroonluchter met veel glas en roze lampenkapjes.

De serveerster kwam terug met menukaarten en vroeg wat ze wilden drinken.

'Moeten we niet wachten?' Izzy wees op de lege stoel.

'Hij is verlaat,' zei Strike, die snakte naar bier. 'We kunnen wel vast wat te drinken bestellen.'

Er hoefde tenslotte niets meer ontrafeld te worden. Vandaag ging het om de uitleg, de verklaringen. Er viel een ongemakkelijke stilte toen de serveerster wegliep.

'Ach jee, ik weet niet of je dat al hebt gehoord,' zei Izzy plotseling tegen Strike, en ze leek opgelucht te zijn dat ze kon terugvallen op wat voor haar een standaardroddel was. 'Charlie ligt in het ziekenhuis.'

'O ja?' zei hij zonder een spoor van belangstelling.

'Yah, bedrust. Ze had iets... Er lekte vruchtwater weg, geloof ik. Nou ja, hoe dan ook, ze wilden haar houden ter observatie.'

Strike knikte uitdrukkingsloos. Robin, beschaamd dat ze er meer over wilde weten, hield haar mond. De drankjes werden gebracht. Izzy, die te gespannen leek te zijn om te merken hoe ongeïnteresseerd Strike had gereageerd op wat voor haar een veilig onderwerp van gezamenlijke belangstelling was, vervolgde: 'Ik heb gehoord dat Jago helemaal flipte toen hij dat verhaal over jullie tweeën zag in de pers. Hij zal wel dolblij zijn dat ze nu ergens is waar hij een oogje in het zeil...'

Maar Izzy zag iets in Strikes blik waardoor ze stilviel. Ze nam een grote slok wijn, keek om zich heen of er aan de weinige tafeltjes die bezet waren iemand meeluisterde en zei toen: 'Ik neem aan dat de politie je op de hoogte houdt? Weet je dat Kinvara alles heeft toegegeven?'

'Ja,' zei Strike. 'Dat hebben we gehoord.'

Izzy schudde het hoofd en haar ogen vulden zich weer met tranen. 'Het is zo afschuwelijk. Je vrienden weten niet wat ze moeten zeggen... Ik kan het nog altijd niet geloven. Het is onvoorstelbaar... Ráff. Ik wilde naar hem toe gaan, weet je. Ik móést hem zien... maar hij weigerde me te ontvangen. Hij wil niet dat er iemand op bezoek komt.'

Ze klokte nog meer wijn naar binnen.

'Hij moet gek geworden zijn of zo. Hij is vast ziek, dat kan toch niet anders? Om zoiets te doen? Hij kan onmogelijk geestelijk in orde zijn.'

Robin dacht terug aan de donkere woonboot, waar Raphael zo bevlogen had gesproken over het leven dat hij wilde leiden, de villa in Capri, de vrijgezellenflat in Londen en de nieuwe auto die hij zou kopen als hij zijn rijbewijs terug had, dat hij had moeten inleveren na het doodrijden van een jonge moeder. Ze dacht eraan hoe zorgvuldig hij de dood van zijn vader had gepland – de fouten die hij had gemaakt waren slechts te wijten aan de haast waarmee de moord gepleegd had moeten worden. Ze stelde zich zijn gezichtsuitdrukking weer voor boven de revolver toen hij haar had gevraagd waarom er voor vrouwen een verschil was tussen de moeder die hij een hoer had genoemd en de stiefmoeder die hij had verleid, en Robin, die hij op het punt stond te vermoorden zodat hij niet in zijn eentje in de hel hoefde aan te komen. Was hij ziek in de zin dat hij in een psychiatrische inrichting thuishoorde in plaats van in de gevangenis, dat grote schrikbeeld van hem? Of was zijn droom van vadermoord ontsproten aan het schimmige niemandsland tussen gestoordheid en onverbeterlijke kwaadaardigheid?

'... vreselijke jeugd gehad,' zei Izzy, en ook al reageerden Strike en Robin geen van beiden, ging ze door: 'Echt waar, hoor. Geen kwaad woord over paps, maar Freddie was álles voor hem. Paps was niet aardig voor Raff en de Orka – ik bedoel Ornella, zijn moeder. Nou ja, Torks zegt altijd dat ze nog het meest op een chique hoer lijkt. Als Raff niet op kostschool zat, sleepte ze hem overal mee naartoe, steeds weer achter een nieuwe man aan.'

'Het kan erger,' zei Strike.

Robin, die net had zitten denken dat Raphaels leven met zijn moeder wel wat weg had van het kleine beetje dat ze wist van Strikes jonge jaren, was evengoed verbaasd hem die opvatting zo botweg te horen uiten.

'Heel veel mensen hebben het in hun jeugd zwaarder dan iemand wiens moeder zich gedraagt als een feestbeest,' zei hij, 'en die worden geen moordenaar. Neem nou Billy Knight. Heeft het bijna zijn hele leven zonder moeder moeten stellen. Zijn vader was een gewelddadige alcoholist die hem sloeg en verwaarloosde; Billy werd geesteszie k, en toch heeft hij nooit een vlieg kwaad gedaan. Hij is midden in een psychose naar mijn kantoor gekomen omdat hij gerechtigheid wilde voor iemand anders.'

'Ja,' zei Izzy snel, 'ja, dat is natuurlijk wel waar.'

Maar Robin kreeg de indruk dat Izzy zelfs nu de pijn van Billy niet vergelijkbaar vond met die van Raphael. Het leed van de eerste zou bij haar altijd meer medelijden oproepen dan dat van de laatste, omdat een Chiswell nu eenmaal van nature heel anders was dan zo'n moederloze jongen wiens mishandeling aan het oog onttrokken was geweest door het bos, waar de landarbeiders leefden volgens hun eigen wetten.

'Daar zal je hem hebben,' zei Strike.

Billy Knight was zojuist het restaurant binnengekomen, de regendruppels glinsterden in zijn geschoren haar. Hoewel hij nog steeds te mager was, was zijn gezicht wat voller geworden, en hijzelf en zijn kleding waren schoner. Hij was pas een week geleden ontslagen uit de kliniek en woonde nu in Jimmy's flat aan Charlemont Road.

'Hallo,' zei hij tegen Strike. 'Sorry dat ik te laat ben. De metro deed er langer over dan ik dacht.'

'Geeft niks,' zeiden de twee vrouwen tegelijk.

'Jij bent Izzy,' zei hij en hij ging naast haar zitten. 'Lang niet gezien.'

'Inderdaad,' zei Izzy, een beetje overdreven vriendelijk. 'Dat is even geleden, hè?'

Robin stak hem over de tafel heen een hand toe. 'Hoi, Billy, ik ben Robin.'

'Hallo.' Hij gaf haar een hand.

'Wil je wijn, Billy?' bood Izzy aan. 'Of bier?'

'Ik mag niet drinken met mijn medicijnen,' zei hij.

'Ach nee, natuurlijk niet,' reageerde Izzy opgelaten. 'Eh... neem een glaasje water, en hier is je menukaart... We hebben nog niet besteld.'

Zodra de serveerster weg was richtte Strike zich tot Billy. 'Ik heb je iets beloofd toen ik je opzocht in de kliniek,' zei hij. 'Ik zou voor je uitzoeken wat er is gebeurd met het kindje dat jij gewurgd hebt zien worden.'

'Ja,' zei Billy gespannen. Hij was in de regen helemaal van East Ham naar Chelsea gereisd in de hoop de oplossing te horen van dit twintig jaar oude raadsel. 'U zei aan de telefoon dat u het had uitgezocht.'

'Ja,' zei Strike, 'maar ik wilde dat je het zou horen van iemand die weet hoe het zit, iemand die er destijds bij was, zodat je het hele verhaal krijgt.'

'Jij?' vroeg Billy aan Izzy. 'Was jij erbij? Boven bij het paard?'

'Nee, nee,' zei Izzy snel. 'Het was in de schoolvakantie.' Ze nam een versterkende slok wijn, zette haar glas neer, haalde diep adem en zei toen: 'Fizz en ik logeerden allebei bij schoolvriendinnetjes. Ik heb naderhand gehoord wat er was gebeurd... Het is als volgt ge... Freddie was thuis, terug van de universiteit, en hij had een paar vrienden meegenomen. Paps had ze alleen thuis achtergelaten omdat hij naar een diner voor oud-regimentsleden in Londen moest. Freddie kon nogal... Eerlijk gezegd was hij soms erg stout. Hij had een heleboel flessen goede wijn uit de wijnkelder gehaald en ze waren bezopen en toen zei een van de meisjes dat ze wel eens wilde weten of het waar was wat er werd gezegd over het witte paard... je kent het verhaal wel,' zei ze tegen Billy, die immers uit Uffington kwam. 'Als je in het oog drie keer om je as draait en je doet een wens...'

'Ja,' zei Billy met een knikje. Zijn schrikachtige ogen waren heel groot.

'Dus gingen ze allemaal in het donker het huis uit, maar Freddie kennende... Hij was écht stout. Ze maakten een omweg door het bos langs jullie huis. Steda Cottage. Omdat Freddie eh... marihuana wilde kopen. Dat kweekte je broer toch?'

'Ja,' zei Billy weer.

'Freddie wilde wat te roken hebben voor boven bij het paard, terwijl de meisjes hun wens deden. Ze hadden natuurlijk niet meer moeten rijden, ze waren al dronken.

Toen ze bij jullie huis aankwamen, was je vader niet thuis...'

'Hij was in de schuur,' zei Billy plotseling. 'Bezig met de afwerking van een... je weet wel.'

De herinnering leek zich naar voren te hebben gedrongen, getriggerd door haar relaas. Strike zag dat Billy met zijn linkerhand stevig zijn rechterhand vasthield, om te voorkomen dat de tic terugkeerde die voor Billy leek te dienen om het kwaad af te weren. De regen striemde nog steeds tegen de ramen van het restaurant en Serge Gainsbourg zong: '*Oh, je voudrais tant que tu souviennes...*'

'Oké,' zei Izzy, en ze haalde nog een keer diep adem. 'Zoals ik het heb gehoord van een van de meiden die erbij waren... Ik zeg niet wie,' voegde ze er enigszins defensief aan toe tegen Strike en Robin. 'Het is lang geleden en ze heeft er een trauma aan overgehouden... Goed, doordat Freddie en zijn vrienden met veel lawaai het huisje binnenkwamen, werd jij wakker, Bill. Het was een hele bups, en Jimmy rolde een joint voor hen voordat ze vertrokken... Afijn.' Izzy slikte moeizaam. 'Jij had honger en Jimmy... of misschien was het Freddie, dat weet ik niet... Het leek hun grappig om een beetje van de wiet voor de joint die ze aan het draaien waren te verkruimelen en in jouw yoghurt te doen.'

Robin stelde zich Freddies vrienden voor. Sommigen hadden het misschien een kick gevonden om in dat donkere arbeidershuisje te zitten met een van de bewoners die ook nog eens drugs verkocht, maar anderen, zoals het meisje dat het verhaal had verteld aan Izzy, voelden zich misschien ongemakkelijk onder de gebeurtenissen, maar ze waren te jong, en ook te bang voor hun lachende vrienden, om in te grijpen. In de ogen van de toen vijfjarige Billy waren het waarschijnlijk volwassenen, maar Robin wist nu dat ze destijds allemaal tussen de negentien en hooguit eenentwintig waren geweest.

'Ja,' zei Billy zacht. 'Ik wist wel dat ze me iets hadden gegeven.'

'En toen wilde Jimmy met hen mee die heuvel op. Ik heb gehoord dat hij een van de meisjes wel zag zitten,' zei Izzy zuinigjes. 'Maar jij voelde je niet lekker, nadat ze je die yoghurt hadden gegeven. Hij kon je zo niet alleen achterlaten, dus nam hij je mee.

Jullie stapten met z'n allen in een stel Land Rovers en reden naar Dragon Hill.'

'Maar... Nee, dat klopt niet,' zei Billy. Hij had weer die opgejaagde blik in zijn ogen. 'Waar is het kleine meisje dan? Ze was daar ook. Ze zat bij mij in de auto. Ik weet nog dat ze haar eruit haalden toen we boven aankwamen. Ze huilde om haar moeder.'

'Dat was geen meisje,' zei Izzy. 'Freddie dacht... nou ja, Freddie dacht dat hij leuk was...'

'Maar het was wel een meisje. Ze spraken haar aan met een meisjesnaam,' zei Billy. 'Dat weet ik nog.'

'Ja,' zei Izzy ongelukkig. 'Raphaela.'

'Dat is het!' riep Billy uit, en in het restaurant keken mensen naar hem om. 'Raphaela, zo noemden ze haar.'

'Het was geen meisje, Billy, het was mijn kleine... mijn kleine...'

Izzy drukte het servetje weer tegen haar ogen.

'Het spijt me zo... Dat was mijn broertje Raphael. Freddie en zijn vrienden moesten op hem passen omdat mijn vader niet thuis was. Raff was een ontzettend schattig jongetje. Ik denk dat hij ook wakker geworden was, en de meisjes zeiden dat ze hem niet alleen in huis konden achterlaten, dat ze hem mee moesten nemen. Freddie wilde dat niet. Hij wilde Raff alleen thuislaten, maar de meisjes beloofden dat ze hem onder hun hoede zouden nemen.

Alleen... toen ze eenmaal daarboven waren, was Freddie vreselijk dronken en hij had heel veel wiet gerookt en Raff hield maar niet op met huilen en Freddie werd kwaad. Hij zei dat Raff alles verpestte en toen...'

'Toen heeft hij hem de keel dichtgeknepen,' zei Billy met een paniekerige blik. 'Het was dus echt, hij heeft hem ver...'

'Nee, nee!' reageerde Izzy geschrokken. 'Billy, je weet best dat hij hem niet heeft vermoord. Je herinnert je Raff toch wel? Dat moet. Hij kwam iedere zomer, hij leeft nog!'

'Freddy sloeg zijn handen om Raphaels nek,' zei Strike, 'en kneep hem de keel dicht tot hij bewusteloos was. Raphael plaste daarbij in zijn broek. Zakte in elkaar. Maar hij was niet dood.'

Billy's linkerhand hield nog steeds zijn rechterhand stevig vast. 'Ik heb het echt gezien.'

'Ja, dat klopt,' zei Strike. 'En je was een verdomd goede getuige, alles in beschouwing genomen.'

De serveerster kwam terug met hun eten. Toen iedereen een bord had, Strike met ribeye en friet, de twee vrouwen een quinoasalade en Billy soep – meer had hij niet meer durven bestellen, vermoedde Strike – vervolgde Izzy haar verhaal.

'Raff vertelde me wat er was gebeurd toen ik na de feestdagen terugkwam. Hij was nog zo klein, en helemaal van streek. Ik probeerde het aan te kaarten bij paps, maar die wilde niet luisteren. Hij wimpelde me min of meer af. Zei dat Raphael een huilebalk was, dat hij altijd... altijd klaagde...

Als ik er nu op terugkijk,' zei ze tegen Strike en Robin, en ze kreeg weer tranen in de ogen, 'en bedenk hoeveel haat Raff gevoeld moet hebben, na dat soort gebeurtenissen...'

'Ja, Raphaels advocatenteam zal wel proberen zulke dingen op te voeren,' zei Strike opgewekt terwijl hij op zijn vlees aanviel, 'maar het feit blijft, Izzy, dat hij niets heeft gedaan met de wens om je vader te zien sterven tot hij ontdekte dat er boven een Stubbs in huis hing.'

'Een betwiste Stubbs,' verbeterde Izzy hem, en ze trok een zakdoekje uit haar mouw en snoot haar neus. 'Henry Drummond denkt dat het een kopie is. De man van Christie's heeft goede hoop, maar er is een Stubbs-kenner in de States die overkomt om het schilderij te bestuderen en volgens hem komt het niet overeen met de aantekeningen die Stubbs heeft gemaakt over het verloren schilderij. Maar eerlijk gezegd,' zei ze hoofdschuddend, 'kan het me geen moer schelen. Voor mijn part belandt dat ding in een vuilcontainer. Er zijn belangrijkere zaken,' vervolgde ze schor, 'dan geld.'

Strike had een excuus voor zijn stilzwijgen – een mond vol ribeye – maar hij vroeg zich af of het ooit bij Izzy was opgekomen dat de kwetsbare man naast haar in een piepklein tweekamerflatje in East Ham woonde, samen met zijn broer, terwijl hij strikt genomen nog geld tegoed had van de verkoop van de laatste galg. Als de Stubbs verkocht was, zou de familie Chiswell misschien kunnen overwegen alsnog aan die plicht te voldoen.

Billy leek bijna in trance terwijl hij van zijn soep at, zijn blik wazig. Robin vond hem er in die peinzende toestand vredig uitzien, gelukkig zelfs.

'Dus ik heb het verkeerd begrepen,' vroeg Billy na een hele poos. Hij sprak nu met het zelfvertrouwen van iemand die met twee benen in de realiteit staat. 'Ik heb gezien dat ze dat paard begroeven en ik dacht dat het dat kindje was. Ik was gewoon een beetje in de war.'

'Nou,' zei Strike, 'ik denk dat er nog wat meer achter zit. Je wist dat de man die het kind had gewurgd degene was die samen met je vader het paard had begraven in de boskuil. Freddie was daar waarschijnlijk niet vaak, hij was een stuk ouder dan jij, dus je wist niet zo goed wie hij was... maar ik denk dat je een groot deel van je herinnering aan het paard en de manier waarop het is gedood heel diep hebt weggestopt. Je hebt twee wrede daden samengevoegd, daden die gepleegd waren door dezelfde persoon.'

'Maar,' zei Billy een beetje aarzelend, 'wat is er dan met het paard gebeurd?'

'Kun je je Spotty nog herinneren?' vroeg Izzy.

Billy legde stomverbaasd zijn lepel neer en hield zijn hand horizontaal op een meter of wat boven de grond. 'Die kleine... Ja. Graasde die niet op het croquetveld?'

'Het was een stokoud miniatuurpaardje, met vlekjes,' legde Izzy uit aan Strike en Robin. 'Ze was de laatste van Tinky's stal. Tinky had een vreselijke wansmaak, zelfs in paarden...'

(*Niemand had het in de gaten, en weet je waarom? Omdat het zulke vuile arrogante snobs zijn...*)

'... maar Spotty was een schatje,' gaf Izzy toe. 'Als je in de tuin was, liep ze als een hondje achter je aan.

Ik denk niet dat Freddie het met opzet deed, maar...' zei ze hulpeloos. 'Ach, ik weet het niet meer. Ik weet niet hoe hij het in zijn hoofd haalde. Hij was altijd heel opvliegend. Er was iets gebeurd wat hem dwarszat. Paps was er niet, en hij pakte zijn jachtgeweer uit de wapenkast, klom op het dak, begon op vogels te schieten en toen... Naderhand zei hij tegen mij dat het niet zijn bedoeling was geweest om Spotty te raken, maar hij zal toch op haar gericht moeten hebben, nietwaar? Anders had hij haar niet kunnen doodschieten.'

Hij mikte wel degelijk op haar, dacht Strike. Je knalt niet per ongeluk van die afstand twee kogels door een paardenhoofd als dat niet je bedoeling is.

'Toen raakte hij in paniek,' zei Izzy. 'Hij liet Jack'o... ik bedoel, jouw vader,' zei ze tegen Billy, 'meehelpen om het beest te begraven. Toen paps thuiskwam, zei Freddie dat Spotty in elkaar gezakt was, dat hij de dierenarts had gebeld en dat die haar had meegenomen, maar dat verhaal bleef nog geen twee minuten overeind. Paps was wóést toen hij de waarheid achterhaald had. Hij gruwde van dierenmishandeling.

Ik vond het verschrikkelijk toen ik het hoorde,' zei Izzy treurig. 'Ik was dol op Spotty.'

'Heb jij toevallig een houten kruis in de grond gestoken op de plek waar ze was begraven, Izzy?' vroeg Robin, en haar vork bleef ergens in de lucht zweven.

'Hoe weet je dát nou toch weer?' vroeg Izzy stomverbaasd. De tranen liepen opnieuw over haar wangen en ze pakte het zakdoekje.

Het stortregende nog steeds toen Strike en Robin samen bij de brasserie vertrokken en langs de Chelsea Embankment naar de Albert Bridge liepen. De leigrijze Theems stroomde eeuwig voort, het wateroppervlak nauwelijks verstoord door de steeds dikkere druppels die Strikes sigaret dreigden te doven en de paar plukjes haar die waren ontsnapt aan de capuchon van Robins regenjas doorweekten.

'Zo werkt dat bij de upper class,' zei Strike. 'Knijp gerust hun kinderen de keel dicht, maar van hun paarden moet je afblijven.'

'Dat is niet helemaal eerlijk,' wees Robin hem terecht. 'Izzy vindt ook dat Raphael afschuwelijk behandeld is.'

'Dat is nog niks vergeleken met wat hem in Dartmoor te wachten staat,' zei Strike onverschillig. 'Mijn medeleven is beperkt.'

'Ja,' zei Robin, 'dat heb je uitgebreid duidelijk gemaakt.'

Hun schoenen kletsten op het glimmende asfalt.

'Hoe gaat het met de CGT?' Strike beperkte die vraag tot één keer per week. 'Doe je je oefeningen nog?'

'Braaf,' zei Robin.

'Niet zo bijdehand. Ik meen...'

'Ik meen het ook serieus,' zei Robin kalm. 'Ik doe wat ik moet doen. Ik heb al wekenlang geen paniekaanval meer gehad. Hoe gaat het met je been?'

'Al wat beter. Ik doe mijn rekoefeningen en eet gezond.'

'Je hebt zojuist een half aardappelveld en zowat een hele koe naar binnen gewerkt.'

'Dat was de laatste maaltijd die ik kan declareren bij de Chiswells,' zei Strike. 'Ik wilde het onderste uit de kan halen. Wat zijn jouw plannen voor vanmiddag?'

'Ik moet achter dat dossier van Andy aan en daarna bel ik die man in Finsbury Park om te kijken of hij ons te woord wil staan. O, en ik moest van Nick en Ilsa vragen of je zin hebt om vanavond mee te eten, we halen Indiaas.'

Robin was gezwicht voor de verzekering van Nick, Ilsa en Strike zelf dat het voor iemand die pas onder bedreiging van een vuurwapen gegijzeld was geweest niet wenselijk was om in een piepklein kamertje in een huis vol vreemden te gaan wonen. Over drie dagen ging ze verhuizen naar een flat in Earl's Court, die ze zou delen met een vriend van Ilsa, een homoseksuele acteur van wie de partner was vertrokken. Haar nieuwe huisgenoot zocht iemand die netjes was, gezond van geest en geen strikte negen-tot-vijfinstelling had.

'Ja, leuk,' zei Strike. 'Ik moet eerst terug naar kantoor. Barclay denkt dat Dodgy nu echt te ver is gegaan. Weer een tiener, en ze gingen samen een hotel in en uit.'

'Mooi,' zei Robin. 'Nee, niet mooi, ik bedoel...'

'Het is wél mooi,' zei Strike ferm, terwijl de regen aan alle kanten over en om hen heen spetterde. 'Weer een tevreden klant. Ons banksaldo is voor de verandering gezond. Misschien kan ik je salaris een beetje verhogen. Wacht, ik moet die kant op. Dan zie ik je straks bij Nick en Ilsa.'

Ze zwaaiden even naar elkaar en gingen ieder hun eigen kant op, allebei met een lachje dat ze verborgen hielden tot ze op veilige afstand waren, blij om te weten dat ze elkaar over een paar uurtjes weer zouden zien, met curry en bier bij Nick en Ilsa. Maar Robins gedachten gingen algauw uit naar de vragen die beantwoord moesten worden door een man in Finsbury Park.

Met gebogen hoofd tegen de regen had ze geen aandacht voor het schitterende herenhuis dat ze passeerde, de natgeregende ramen die uitzicht boden op de statige rivier, en de dubbele voordeur met de twee zwanen.

Dankwoord

Om redenen die niet uitsluitend te maken hebben met de complexe plot was *Witte dood* een van de lastigste boeken die ik ooit heb geschreven, maar ook een van mijn favoriete. Ik had dit echt niet kunnen doen zonder de hulp van de volgende mensen.

David Shelley, mijn fantastische redacteur, gaf me alle tijd die ik nodig had om dit boek precies zo te maken als ik het hebben wilde. Zonder zijn begrip, geduld en vaardige hand was *Witte dood* er misschien niet eens geweest.

Mijn echtgenoot Neil heeft het manuscript gelezen terwijl ik eraan werkte. Zijn feedback was van onschatbare waarde en hij heeft me ook op duizend praktische manieren gesteund, maar ik geloof dat ik hem nog het dankbaarst ben voor het feit dat hij niet één keer heeft gevraagd waarom ik had besloten een dikke, ingewikkelde roman te schrijven terwijl ik tegelijkertijd werkte aan een toneelstuk en twee scenario's. Ik weet ook wel dat hij wéét waarom, maar er zijn niet veel mensen die de verleiding hadden kunnen weerstaan het toch te vragen.

Mr Galbraith vindt nog steeds dat hij ontzettend geboft heeft met zo'n fantastische literair agent, die tevens een dierbare vriend is. Dank je wel, Andere Neil (Blair).

Ik heb veel hulp gehad bij de research voor de verschillende locaties die Strike en Robin in de loop van dit verhaal bezoeken, en ik heb mogen profiteren van de ervaring en kennis van diverse mensen. Mijn innige dank gaat uit naar Simon Berry en Stephen Fry, voor die heerlijke, gedenkwaardige lunch bij Pratt's, waar ik het boek met weddenschappen mocht inzien; parlementslid Jess Phillips, die heel behulpzaam was en me heeft rondgeleid achter de schermen van het Lagerhuis en Portcullis House en, samen met Sophie Francis-Cansfield, David Doig en Ian Stevens, ontelbare vragen heeft beantwoord over het leven in Westminster; barones Joanna Shields, die heel aardig was en me zo gul haar tijd schonk, ze heeft me het ministerie van Cultuur, Media en Sport laten zien, al mijn vragen beantwoord en ervoor gezorgd dat ik Lancaster House kon bezoeken; Raquel Black, die me ontzettend goed heeft geholpen, vooral door foto's te nemen toen mijn batterij leeg was; Ian Chapman en James Yorke, bedankt voor de fascinerende rondleiding door Lancaster House; en Brian Spanner, voor het uitstapje naar Horse Isle.

Ik zou nergens zijn zonder de ondersteuning door het team op mijn kantoor en thuis. Daarom heel veel dank aan Di Brooks, Danni Cameron, Angela Milne, Ross Milne en Kaisa Tiensuu voor hun harde werk en hun goede humeur, die ik allebei zeer op prijs stel.

Na zestien jaar samen hoop ik dat Fiona Shapcott precies weet hoeveel ze voor me betekent. Bedankt, Fi, voor alles wat je voor me doet.

Mijn vriend David Goodwin is een onfeilbare bron van inspiratie, en zonder hem was dit boek nooit geworden wat het is.

De QSC daarentegen zaten me alleen maar in de weg.

Mark Hutchinson, Rebecca Salt en Nicky Stonehill, bedankt dat jullie de boel draaiende hielden dit jaar; ik ben vooral blij dat jullie ervoor gezorgd hebben dat ik zelf niet instortte.

Last but nóóit least bedank ik mijn kinderen Jessica, David en Kenzie dat ze het met me uithouden. Het is niet altijd makkelijk, een moeder die schrijver is, maar zonder jullie en papa zou de echte wereld voor mij niets waard zijn.

Verantwoording

Rosmersholm-teksten: *Complete Works of Henrik Ibsen* (Hastings: Delphi Classics, e-book), 2013. In het Engels vertaald door Robert Farquharson.

'Wherever You Will Go' (p. 33 en p. 35). Tekst en muziek Aaron Kamin & Alex Band. © 2001 Alex Band Music/Universal Music Careers/BMG Platinum Songs/Amedeo Music. Universal Music Publishing MGB Limited/BMG Rights Management (US) LLC. Alle rechten voorbehouden. Gebruikt met toestemming van Hal Leonard Europe Limited.

'No Woman No Cry' (p. 112 en p. 113). Door Vincent Ford. Uitgegeven door Fifty Six Hope Road Music Limited/Primary Wave/Blue Mountain Music. Alle rechten voorbehouden.

'*Hear the word of Lachesis, the daughter of necessity*' (p. 221). *The Dialogues of Plato* (New York: Scribner, Armstrong & Co, e-book), 1873.

'Where Have You Been' (p. 474). Tekst en muziek door Lukasz Gottwald, Geoff Mack, Adam Wiles, Esther Dean & Henry Russell Walter. © 2012 Kasz Money Publishing/Dat Damn Dean Music/Prescription Songs/Songs Of Universal Inc/Oneirology Publishing/TSJ Merlyn Licensing BV/Hill and Range Southwind Mus S A. Carlin Music Corporation/Kobalt Music Publishing Limited/Universal/MCA Music Limited/EMI Music Publishing Limited. Alle rechten voorbehouden. Gebruikt met toestemming van Hal Leonard Europe Limited.

'Niggas In Paris' (p. 506 en p. 507). Tekst en muziek Reverend W.A. Donaldson, Kanye West, Chauncey Hollis, Shawn Carter & Mike Dean. © 2011 Unichappell Music Inc. (BMI)/EMI Blackwood Music Inc./Songs Of Universal Inc./Please Gimme My Publishing Inc./U Can't Teach Bein' The Shhh Inc./Carter Boys Music (ASCAP)/ Papa George Music (BMI). EMI Music Publishing Limited/Universal/MCA Music Limited. Alle rechten namens Papa George Music, Carter Boys Music en Unichappell Music Inc. Verleend door Warner/Chappell North America Ltd. Alle rechten voorbehouden. Gebruikt met toestemming van Hal Leonard Europe Limited, Sony/ATV Music Publishing en Warner/Chappell North America Ltd.

'Black Trombone' (p. 722) Tekst: Serge Gainsbourg
© Warner Chappell Music, Imagem Music.

'Le Chanson de Prevert' (p. 726). Tekst: Serge Gainsbourg
© Warner Chappell Music, Imagem Music.